Księga 1

Pamiętniki Wampirów

Przebudzenie
Walka
Szał

L.J. SMITH

Przekład

Edyta Jaczewska

Maja Kittel

AMBER

Redakcja stylistyczna
Izabella Sieńko-Holewa
Elżbieta Steglińska

Korekta
Jolanta Kucharska

Zdjęcie na okładce
Key Artwork © 2011 Warner Bros. Entertainment Inc.
All Rights Reserved.

Skład
Wydawnictwo Amber
Jerzy Wolewicz

Druk
Opolgraf SA, Opole.

Tytuł oryginału
The Vampire Diaries: The Awakening
The Vampire Diaries: The Struggle
The Vampire Diaries: The Fury

ISBN 978-83-241-3890-6

Warszawa 2011. Wydanie II

Wydawnictwo AMBER Sp. z o.o.
02-952 Warszawa, ul. Wiertnicza 63
tel. 620 40 13, 620 81 62

www.wydawnictwoamber.pl

Spis treści

Przebudzenie

Mojej drogiej przyjaciółce i siostrze, Judy.
Ze szczególnym podziękowaniem dla Anne Smith, Peggy
Bokulic, Anne Marie Smith i Laury Penny za informacje
na temat stanu Wirginia oraz dla Jacka i Sue Checków
za wszystkie ich opowieści o tamtejszych tradycjach.

ROZDZIAŁ 1

Drogi pamiętniku,
~~Dzisiaj stanie się coś strasznego.~~
Sama nie wiem, dlaczego to napisałam. To jakiś obłęd. Przecież nie mam żadnych powodów do niepokoju, za to mnóstwo, żeby się cieszyć, ale...
Siedzę tu o 5.30 rano, całkiem przytomna i przestraszona. Wciąż sobie tłumaczę, że czuję się rozbita, bo jeszcze się nie przyzwyczaiłam do różnicy czasu między Francją a domem. Ale to nie wyjaśnia, dlaczego jestem tak przerażona. I zagubiona.
To dziwne uczucie ogarnęło mnie przedwczoraj, kiedy ciocia Judith, Margaret i ja wracałyśmy z lotniska. Samochód skręcił w naszą ulicę i nagle pomyślałam: Mama i tata czekają na nas w domu. Założę się, że siedzą na werandzie albo wyglądają z salonu przez okno. Na pewno bardzo za mną tęsknili.
Wiem. To brzmi zupełnie idiotycznie.
Ale nawet kiedy zobaczyłam dom i pustą werandę, to uczucie nie zniknęło. Wbiegłam po stopniach i próbowałam otworzyć drzwi, a potem zastukałam. A gdy ciocia Judith otworzyła drzwi, wpadłam do środka i po prostu stanęłam w holu, nasłuchując, jakbym się

spodziewała, że mama zejdzie po schodach albo tata zawoła do mnie z gabinetu.

Wtedy właśnie ciocia Judith z głośnym łomotem postawiła walizkę na podłodze za moimi plecami, westchnęła z głębi serca i powiedziała: Jesteśmy w domu. Margaret się roześmiała, a mnie ogarnęło najpaskudniejsze uczucie, jakie mi się przytrafiło w życiu. Jeszcze nigdy nie czułam się tak kompletnie i całkowicie nie na miejscu.

Dom. Jestem w domu. Dlaczego to brzmi jak kłamstwo?

Urodziłam się tutaj, w Fell's Church, i od zawsze mieszkam w tym domu. Odkąd pamiętam. To moja stara, dobrze znana sypialnia, ze śladem przypalenia na podłodze tam, gdzie z Caroline w piątej klasie usiłowałyśmy popalać papierosy i o mało nie zakaszlałyśmy się na śmierć. Kiedy spojrzę przez okno, widzę wielki pigwowiec, na który Matt z kumplami wspięli się, żeby się wkręcić na moją urodzinową imprezę piżamową dwa lata temu. To moje łóżko, mój fotel, moja toaletka.

Ale w tej chwili wszystko wygląda dziwnie, zupełnie jakbym nie należała do tego miejsca. A najgorsze, że czuję, że jest takie miejsce, do którego należę, tylko zwyczajnie nie umiem go odnaleźć.

Wczoraj byłam zbyt zmęczona, żeby pójść na rozpoczęcie roku szkolnego. Meredith odebrała za mnie plan lekcji, ale nawet nie chciało mi się rozmawiać z nią przez telefon. Ktokolwiek dzwonił, ciocia informowała go, że jestem zmęczona po podróży samolotem i że poszłam spać. Ale przy kolacji przyglądała mi się z dziwnym wyrazem twarzy.

Dzisiaj muszę zobaczyć się ze wszystkimi. Mamy się spotkać na parkingu pod szkołą. Czy to dlatego się boję? Czy właśnie oni mnie przerażają?

Elena Gilbert przerwała pisanie. Spojrzała na ostatnią linijkę, a potem pokręciła głową. Pióro zawisło nad niewielkim notesem w błękitnej aksamitnej oprawie. Nagłym gestem uniosła głowę i cisnęła i pióro, i notes w stronę wykuszowego okna. Odbiły się od framugi i spadły na wyścielaną ławeczkę we wnęce.

To wszystko było kompletnie bez sensu.

Od kiedy to ona, Elena Gilbert, boi się spotykać ze znajomymi? Od kiedy w ogóle się czegoś boi? Wstała i gniewnie wsunęła ręce w rękawy czerwonego jedwabnego kimona. Nie zerknęła w ozdobne wiktoriańskie lustro nad komodą z wiśniowego drewna. Wiedziała, co w nim zobaczy. Elenę Gilbert, czadową, szczupłą blondynkę, maturzystkę, dziewczynę, która zawsze ma najfajniejsze ciuchy, której pragnął każdy chłopak i którą każda inna dziewczyna chciałaby być. Dziewczynę, która w tej chwili miała nachmurzoną minę i ściągnięte usta. A to było do niej zupełnie niepodobne.

Gorąca kąpiel, kawa i dojdę do siebie, pomyślała. Poranny rytuał mycia i ubierania koił nerwy. Bez pośpiechu przeglądała nowe ciuchy kupione w Paryżu. Wreszcie wybrała bladoróżowy top i białe lniane szorty – to połączenie sprawiało, że wyglądała jak deser lodowy z malinami. Hm… smakowicie, pomyślała, a lustro pokazało jej odbicie dziewczyny z tajemniczym uśmiechem na ustach. Wcześniejsze obawy gdzieś znikły.

– Eleno! Gdzie jesteś? Spóźnisz się do szkoły! – Z dołu dobiegło niewyraźne wołanie.

Jeszcze raz przeciągnęła szczotką po jedwabistych włosach i związała je ciemnoróżową wstążką. A potem złapała plecak i zeszła po schodach.

W kuchni czteroletnia Margaret jadła przy stole płatki, a ciocia Judith przypalała coś na kuchence. Ciocia była kobietą, która zawsze wyglądała, jakby ją coś zdenerwowało. Miała miłą szczupłą twarz i miękkie jasne włosy, niedbale zaczesane do tyłu. Elena cmoknęła ją w policzek.

– Dzień dobry wszystkim. Przepraszam, ale nie mam czasu na śniadanie.

– Ależ Eleno, nie możesz wychodzić bez jedzenia. Potrzebujesz białka…

– Przed szkołą kupię sobie pączka – odparła rześko. Pocałowała Margaret w ciemnoblond czuprynkę i ruszyła do wyjścia.

– Eleno…

– Po szkole pójdę pewnie do Bonnie albo Meredith, więc nie czekajcie z obiadem. Na razie!

– Eleno…

Ale Elena już stała przy frontowych drzwiach. Zamknęła je za sobą, odcinając się od odległych protestów cioci Judith, i wyszła na frontową werandę.

Przystanęła.

Znów dopadło ją paskudne przeczucie. Niepokój, lęk. I pewność, że stanie się coś okropnego.

Maple Street była pusta. Wysokie wiktoriańskie domy wyglądały dziwnie, jakby w środku były puste. Zupełnie jak domy na jakimś porzuconym planie filmowym. Wydawało się, że nie ma w nich ludzi, za to w środku siedzi mnóstwo dziwnych istot obserwujących okolicę.

To było to. Coś ją obserwowało. Niebo w górze nie było błękitne, ale mleczne i matowe jak olbrzymia, odwrócona do góry dnem miska. W powietrzu panowała duchota. Elena czuła, że ktoś jej się przypatruje.

Pomiędzy gałęziami rosnącego przed domem wielkiego pigwowca dostrzegła coś ciemnego.

Wrona. Tkwiła tam równie nieruchomo, jak otaczające ją żółknące liście. Ptak wpatrywał się w nią z uwagą.

Nie, to śmieszne, pomyślała Elena. Ale nie mogła się uwolnić od dziwnego uczucia. To była największa wrona, jaką widziała w życiu, dorodna i lśniąca. Na czarnych piórach światło rysowało małe tęcze. Dziewczyna dostrzegła wszystkie szczegóły: ostre, ciemne szpony, ostry dziób, jedno połyskliwe czarne oko.

Ptak siedział nieruchomo. Równie dobrze mógł to być woskowy model. Ale przyglądając mu się, Elena poczuła, że zaczyna się powoli oblewać rumieńcem, że gorąco ogarnia jej szyję i policzki. Bo ta wrona... gapiła się na nią. Patrzyła na nią tak, jak patrzyli chłopcy, kiedy miała na sobie kostium kąpielowy albo przejrzystą bluzkę. Ptak rozbierał ją oczami.

Rzuciła plecak na ziemię i podniosła kamień leżący obok podjazdu.

– Wynoś się stąd! – krzyknęła, a głos drżał jej z gniewu. – No już! Wynocha! – Z ostatnim słowem cisnęła kamieniem.

Z drzewa posypały się liście. Wrona wzbiła się w powietrze, cała i zdrowa. Skrzydła miała wielkie, hałasu mogły narobić za całe stado wron. Elena przykucnęła, przerażona, gdy ptak zapikował tuż nad jej głową, a podmuch skrzydeł potargał jej jasne włosy.

Ale wrona znów wzbiła się w powietrze i zatoczyła koło. Jej czarna sylwetka kontrastowała z białym jak papier niebem. A później, z pojedynczym ostrym skrzeknięciem, odleciała w stronę lasów.

Elena powoli się wyprostowała, a potem rozejrzała wkoło zawstydzona. Nie mogła uwierzyć, że zrobiła coś takiego. Teraz, kiedy ptak zniknął, niebo znów wydawało się normalne. Lekki wietrzyk poruszał liśćmi. Wzięła głęboki oddech. W którymś z domów otworzyły się drzwi i grupka dzieci wybiegła ze śmiechem na zewnątrz.

Uśmiechnęła się do nich i jeszcze raz odetchnęła. Ulga zalała ją jak promienie słońca. Jak mogła tak niemądrze się zachować? To był piękny dzień, pełen obietnic. Nic złego się nie stanie!

Oczywiście pomijając to, że za moment spóźni się do szkoły. A cała paczka będzie czekała na nią na parkingu.

Zawsze mogę im powiedzieć, że się zatrzymałam, żeby rzucać kamieniami w podglądacza, pomyślała i o mało nie zaczęła chichotać. Ale by się zdziwili.

Nie oglądając się na pigwowiec, ruszyła ulicą, jak mogła najszybciej.

Wrona wylądowała w koronie potężnego dębu. Stefano powoli uniósł głowę. Zobaczył, że to tylko ptak, i się odprężył.

Zerknął w dół, na trzymany w dłoniach nieruchomy jasny kształt i poczuł, że twarz mu się wykrzywia z żalu. Nie chciał go zabijać. Gdyby zdawał sobie sprawę, że jest aż tak głodny, zapolowałby na coś większego. To właśnie go przerażało, nigdy nie wiedział, jak silny okaże się głód ani co będzie musiał zrobić, żeby go zaspokoić. Miał szczęście, że tym razem zabił tylko królika.

Stał pod wiekowymi dębami, a słońce przeświecające przez liście padało na jego kręcone włosy. W dżinsach i T-shircie Stefano wyglądał dokładnie tak jak każdy zwyczajny chłopak ze szkoły średniej.

Ale nim nie był.

Przywędrował tu, w sam środek lasu, gdzie nikt nie mógł go zobaczyć, żeby się pożywić. Teraz uważnie oblizywał wargi, żeby nie zostały na nich żadne ślady. Nie chciał ryzykować. I tak będzie mu trudno udawać, że jest kimś innym.

Przez chwilę się zastanawiał, czy nie powinien dać sobie spokoju. Może lepiej wracać do Włoch, do kryjówki. Skąd w ogóle pomysł, że uda mu się znów dołączyć do świata rządzonego dziennym światłem?

Ale zmęczyło go życie w mroku. Miał dosyć ciemności i istot, które w niej żyły. Ale najbardziej ze wszystkiego męczyła go samotność.

Nie wiedział, dlaczego zdecydował się na Fell's Church w stanie Wirginia. Jak dla niego to było młode miasto – najstarsze budynki postawiono jakieś sto pięćdziesiąt lat temu. Ale nadal żyły tu wspomnienia i duchy wojny secesyjnej, równie żywe jak supermarkety i sieci fast foodów.

Stefano rozumiał szacunek dla przeszłości. Pomyślał, że uda mu się polubić ludzi z Fall's Church. I może – być może – znajdzie tu dla siebie miejsce.

Oczywiście, nigdy się nie doczeka całkowitej akceptacji. Na samą myśl wargi wykrzywił mu gorzki uśmiech. Wiedział, że na coś takiego nie może liczyć. Nigdy nie znajdzie miejsca, gdzie mógłby w pełni przynależeć, gdzie mógłby naprawdę być sobą.

Chyba że zdecyduje się na świat cienia…

Odepchnął od siebie tę myśl. Wyrzekł się mroku, zostawił go za sobą. Wymazywał te wszystkie długie lata i zaczynał od nowa. Dzisiaj.

Zorientował się, że nadal trzyma królika. Położył go łagodnie na posłaniu z dębowych liści. W oddali, zbyt daleko, żeby dosłyszały to ludzkie uszy, usłyszał lisa.

Chodź, polujący bracie, pomyślał ze smutkiem. Czeka na ciebie śniadanie.

Zarzucając kurtkę na ramię, dostrzegł wronę, która wcześniej zakłóciła mu spokój. Nadal siedziała na gałęzi dębu. Wydawało się, że go obserwuje. Było w tym ptaku coś złego.

Chciał wysłać sondującą myśl, żeby sprawdzić zwierzę, ale się powstrzymał. Pamiętaj o obietnicy, pomyślał. Nie będę używał mocy, o ile nie okaże się to absolutnie konieczne.

Poruszał się prawie bezszelestnie mimo leżących na ziemi opadłych liści i suchych gałązek. Zawrócił na skraj lasu. Tam gdzie zostawił zaparkowany samochód. Obejrzał się za siebie, tylko raz. Wrona sfrunęła z gałęzi i usiadła na króliku.

W geście, jakim rozpostartymi skrzydłami nakryła biały bezwładny kształt, kryło się coś złowieszczego i triumfalnego. Stefano poczuł, że ścisnęło go w gardle, i o mało nie zawrócił, żeby odpędzić ptaka. Ale przecież wrona ma takie samo prawo pożywić się królikiem, jak lis, pomyślał.

Takie samo prawo jak on.

Jeśli jeszcze raz natknę się na tego ptaka, zajrzę do jego umysłu, zdecydował. Odwrócił się i szybko ruszył przez las, zaciskając szczęki. Nie chciał się spóźnić do szkoły.

ROZDZIAŁ 2

Znajomi otoczyli Elenę już w chwili, gdy znalazła się na szkolnym parkingu. Wszyscy tam byli, cała paczka, której nie widziała od końca lipca. Plus czterech czy pięciu cwaniaków, którzy chcieli zdobyć popularność, pokazując się w towarzystwie. Przywitała się z przyjaciółmi.

Caroline była wyższa co najmniej o trzy centymetry i jeszcze bardziej niż zwykle przypominała ponętną modelkę z „Vogue'a". Przywitała się z Eleną chłodno i natychmiast się od niej odsunęła, mrużąc jak kotka zielone oczy.

Bonnie nie przybył nawet milimetr – szopa kręconych rudych włosów koleżanki sięgała Elenie zaledwie do brody, kiedy dziewczyna objęła ją w uścisku.

Zaraz, jak to... kręcone? – pomyślała Elena. Odsunęła od siebie Bonnie.

– Coś ty zrobiła z włosami?

– Podoba ci się? Dzięki temu wydaje się, że jestem wyższa. – Zmierzwiła puszyste loki i się uśmiechnęła. Jej brązowe oczy połyskiwały ożywieniem, a mała twarzyczka w kształcie serca się rozjaśniła.

Elena przesunęła się dalej.

– Meredith. Nic się nie zmieniłaś.

Przywitały się serdecznie. Za nią tęskniłam najbardziej, pomyślała Elena, spoglądając na przyjaciółkę. Meredith nigdy się nie malowała, ale przy idealnej, oliwkowej cerze i gęstych czarnych rzęsach nie potrzebowała makijażu. Uniosła jedną brew, przyglądając się Elenie.

– A tobie włosy zjaśniały od słońca... Ale gdzie opalenizna? Myślałam, że z Riwiery Francuskiej trochę jej przywieziesz.

– Wiesz, że nigdy się nie opalam. – Elena uniosła ręce, żeby im się przyjrzeć. Skórę miała delikatną jak porcelana, niemal tak samo jasną i przezroczystą jak Bonnie.

– Hej! – wtrąciła się Bonnie, chwytając Elenę za rękę. – Zgadnij, czego się nauczyłam tego lata od swojej ciotecznej siostry? – I zanim ktokolwiek zdołał się odezwać, poinformowała wszystkich z triumfem: – Czytania z ręki!

Rozległo się parę jęków, kilka osób się roześmiało.

– Możecie się śmiać – powiedziała Bonnie zupełnie niezbita z tropu. – Siostra powiedziała, że jestem medium. Niech spojrzę... – Zerknęła w dłoń Eleny.

– Szybko, bo się spóźnimy – ponagliła ją przyjaciółka.

– Dobra. To jest linia życia… A może to linia serca? – Ktoś z grupy roześmiał się złośliwie. – Cicho, ja tu zaglądam w otchłań. Widzę… – I nagle Bonnie zmieniła się na twarzy, jakby coś ją zaskoczyło. Jej oczy zrobiły się większe. Nagle odwróciła wzrok od dłoni Eleny. Zupełnie jakby dostrzegła coś przerażającego.

– Spotkasz wysokiego nieznajomego bruneta – mruknęła Meredith zza jej pleców. Rozległa się lawina chichotów.

– Bruneta, owszem, i nieznajomego… ale nie będzie wysoki. – Głos Bonnie zabrzmiał cicho, jakby z oddali. – Chociaż – dodała po chwili ze zdziwieniem – kiedyś był wyższy. – Uniosła na Elenę brązowe szeroko otwarte oczy. – Ale to przecież niemożliwe… Prawda? – Puściła rękę Eleny, ale jakoś tak, jakby chciała ją od siebie odepchnąć.

– Dobra, koniec przedstawienia. Idziemy – rzuciła Elena lekko zirytowana. Zawsze uważała, że wróżby z ręki to zwykłe bajki. Więc dlaczego się rozzłościła? Dlatego że rano nieźle się wystraszyła?

Dziewczyny ruszyły w stronę szkoły, ale przystanęły, słysząc odgłos silnika.

– No proszę – powiedziała Caroline, oglądając się. – Niezła bryka.

– Niczłc porsche – poprawiła ją sucho Meredith.

Lśniące czernią porsche 911 turbo z pomrukiem przejechało przez parking, szukając miejsca. Poruszyło się wolno jak pantera podkradająca się do ofiary.

Wreszcie samochód się zatrzymał i drzwi się otworzyły. Zobaczyły kierowcę.

– O Boże! – szepnęła Caroline.

– Zgadzam się – westchnęła Bonnie.

Elena dostrzegła zgrabną sylwetkę. Chłopak miał na sobie sprane dżinsy, które przylegały mu do nóg jak druga skóra, obcisły T-shirt i skórzaną kurtkę o niezwykłym kroju. Włosy miał wijące się, ciemne.

Ale nie był wysoki. Zwyczajnie, średniego wzrostu.

Elena wypuściła powietrze.

– Kim jest ten zamaskowany facet? – spytała Meredith. To była trafna uwaga. Ciemne okulary zasłaniały oczy chłopaka i wyglądały jak maska.

Nagle wszystkie zaczęły paplać.

– Widzicie tę kurtkę? Jest włoska, pewnie z Rzymu.

– Skąd wiesz? Nigdy w życiu się nie ruszyłaś dalej niż do Rzymu w stanie Nowy Jork!

– Oho! Elena znów ma tę swoją minę. Poluje.

– Niski ciemnowłosy przystojniak powinien się mieć na baczności.

– Nie jest niski, jest idealny!

Ponad tę gadaninę wybił się głos Caroline:

– Och, Eleno, daj spokój. Masz już Matta. Czego jeszcze chcesz? Co można robić z dwoma, czego nie da się robić z jednym?

– To samo, tylko dłużej – odparła, przeciągając słowa, Meredith i cała grupa parsknęła śmiechem.

Chłopak zamknął samochód i poszedł w stronę szkoły. Elena ruszyła za nim swobodnym krokiem, a reszta dziewczyn udała się za nią zbita w grupkę. Nagle się zirytowała. Czy naprawdę nigdzie nie może się ruszyć, żeby ten orszak nie deptał jej po piętach? Meredith pochwyciła jej spojrzenie i Elena, wbrew samej sobie, się uśmiechnęła.

– Noblesse oblige – szepnęła cicho Meredith.

– Co?

– Jeśli chcesz być królową, musisz się liczyć z konsekwencjami.

Elena zmarszczyła brwi na tę myśl, wchodząc z koleżankami do szkoły. Znalazły się w długim korytarzu. Postać w dżinsach i skórzanej kurtce znikała w drzwiach biura administracji, w głębi. Elena zwolniła kroku, idąc w tamtą stronę. Wreszcie przystanęła i zaczęła czytać ogłoszenia wywieszone na korkowej tablicy obok drzwi. Przez przeszkloną ścianę obok widać było całe wnętrze biura.

Pozostałe dziewczyny gapiły się zupełnie otwarcie i chichotały.

– Ładny widok z tyłu.

– Kurtka od Armaniego.

– Myślisz, że jest spoza stanu?

Elena wytężała słuch, chcąc pochwycić nazwisko chłopaka. Wyglądało na to, że pojawił się problem. Pani Clarke, sekretarka zajmująca się przyjęciami, przeglądała jakąś listę i kręciła głową. Chłopak coś powiedział, a ona uniosła ręce gestem znaczącym: „Ale co ja ci na to poradzę?" Jeszcze raz przejechała palcem wzdłuż listy i znów pokręciła głową. Chłopak zawrócił do wyjścia, ale przystanął. A kiedy pani Clarke na niego spojrzała, coś się zmieniło.

Chłopak trzymał teraz okulary słoneczne w ręku. Wydawało się, że pani Clarke jest czymś zaskoczona. Elena zauważyła, że sekretarka kilka razy zamrugała powiekami. Otwierała i zamykała usta, jakby próbując coś powiedzieć.

Żałowała, że widzi tylko tył głowy chłopaka. Pani Clarke grzebała w stosie papierów z oszołomioną miną. Wreszcie znalazła jakiś formularz i coś na nim nabazgrała, a potem odwróciła go i podsunęła chłopakowi.

Dopisał coś na dole – pewnie swoje nazwisko – i oddał kartkę. Pani Clarke chwilę wpatrywała się w papiery, przerzuciła kolejny stos dokumentów i wreszcie wręczyła chłopakowi coś, co wyglądało jak plan lekcji. Ani na moment nie oderwała od niego wzroku, gdy odbierał go z jej rąk. Skinął głową z podziękowaniem i zawrócił w stronę drzwi.

Elenę wręcz rozsadzała ciekawość. O co chodziło? No i jakie oczy ma ten nieznajomy. Ale wychodząc z biura, znów założył okulary. Była rozczarowana.

Przystanął na korytarzu, więc przyjrzała mu się uważnie. Ciemne kręcone włosy okalały twarz, która przypominała podobizny wyryte na starych rzymskich monetach czy medalionach. Wysokie kości policzkowe, klasyczny prosty nos... O tych ustach można marzyć całą noc, pomyślała Elena. Górna warga była ślicznie zarysowana, delikatna, a całe usta bardzo zmysłowe. Paplanina dziewczyn zamarła, jak nożem uciął.

Większość z nich odwracała się teraz od chłopaka, patrząc wszędzie, byle tylko nie na niego. Elena nie ruszyła się z miejsca przy szybie i lekko pokręciła głową, wyciągając z włosów wstążkę, żeby luźno opadły jej na ramiona.

Nie rozglądając się, chłopak poszedł dalej korytarzem. Ledwie się oddalił, znów podniósł się chórek westchnień i szeptów.

Elena nic z tego nie słyszała.

Oszołomiona, myślała o tym, jak ją minął. Przeszedł obok i nawet nie spojrzał.

Z trudem dotarło do niej, że dzwoni dzwonek. Meredith szarpała ją za ramię.

– Co?

– Trzymaj, masz swój plan. Mamy teraz razem matematykę na drugim piętrze. Chodź!

Pozwoliła, żeby Meredith pociągnęła ją za sobą korytarzem i po schodach, a potem wepchnęła do klasy. Odruchowo usiadła na wolnym miejscu i starała się skupić wzrok na nauczycielce stojącej przed uczniami. Mimo to prawie jej nie widziała. Ciągle była w szoku.

Przeszedł obok niej i nawet nie spojrzał. Nie mogła sobie przypomnieć, kiedy po raz ostatni jakiś chłopak zrobił coś takiego. Wszyscy przynajmniej zerkali. Niektórzy gwizdali, inni ją zagadywali. Jeszcze inni tylko wytrzeszczali oczy.

Cieszyło ją to.

Bo tak naprawdę, co było ważniejsze od chłopców? To, czy się tobą interesowali, stanowiło wskaźnik popularności i urody. I do wielu różnych rzeczy się przydawali. Mogli być całkiem fajni, chociaż zwykle nie na długo. Czasami już na początku okazywali się beznadziejni.

Większość chłopaków, myślała Elena, jest jak szczenięta. Urocze, o ile znają swoje miejsce, ale do zastąpienia. Nieliczni mogli stać się czymś więcej i nadawali na przyjaciół. Jak Matt.

Och, Matt. W zeszłym roku miała nadzieję, że to ten, którego szukała. Chłopak, przy którym poczuje... No cóż, coś więcej. Coś więcej niż poczucie dumy z podboju, zadowolenie, że może się popisać przed innymi dziewczynami nową zdobyczą. Zaczęła się do niego przywiązywać. Ale latem, kiedy miała czas przemyśleć sprawę, zrozumiała, że to uczucia kuzynki albo siostry.

Pani Halpern rozdawała podręczniki do matematyki. Elena odruchowo wzięła od niej książkę i wpisała w środku swoje nazwisko, nadal pogrążona w myślach.

Lubiła Matta bardziej niż wszystkich innych chłopców. I dlatego zamierzała mu oznajmić, że to koniec.

Miała z tym jednak pewien kłopot. Przedtem nie wiedziała, jak mu o tym napisać. Teraz nie wiedziała, jak mu to powiedzieć. Nie bała się, że Matt zacznie robić jakieś wielkie zamieszanie, ale wiedziała, że nie zrozumie. Ona sama tak do końca tego nie rozumiała.

Było zupełnie tak, jakby wiecznie szukała... czegoś. A kiedy już jej się wydawało, że znalazła, to coś znikało. Tak było z Mattem i z każdym innym chłopakiem.

A wtedy zaczynała od nowa. Na szczęście zawsze znajdował się ktoś inny. Żadnemu chłopakowi nie udało się jej oprzeć i żaden jej nie zignorował. Aż do teraz.

Do teraz. Wspominając chwilę na korytarzu, Elena poczuła, że mocno zaciska palce na trzymanym w ręku pisaku. Nadal nie potrafiła uwierzyć, że przeszedł obok niej tak obojętnie.

Dzwonek zadzwonił i wszyscy wysypali się z klasy. Elena przystanęła w drzwiach. Przygryzła wargę, przypatrując się tłumowi uczniów, który przepływał przez korytarz. A potem zauważyła jedną z dziewczyn, które przedtem kręciły się po parkingu, licząc na zdobycie popularności.

– Frances! Chodź tutaj.

Frances gorliwie podbiegła, a jej nieładna twarz się rozjaśniła.

– Posłuchaj, Frances, pamiętasz tego chłopaka rano?

– Tego z porsche? Jak mogłabym zapomnieć?

– Potrzebny mi jego plan lekcji. Zdobądź go z biura administracji albo przepisz od niego, jeśli będziesz musiała. Ale zrób to!

Frances zrobiła zdziwioną minę, a potem uśmiechnęła się szeroko i pokiwała głową.

— 23 —

– Dobrze, Eleno. Spróbuję. Jeśli uda mi się go zdobyć, spotkamy się na lunchu.

– Dzięki. – Elena patrzyła za odchodzącą dziewczyną.

– Wiesz co, naprawdę jesteś szalona. – Usłyszała tuż obok Meredith.

– Po co być królową szkoły, jeśli nie można czasem wykorzystać tej pozycji? – odparła spokojnie Elena. – Jakie mam teraz zajęcia?

– Wstęp do ekonomii. Masz, weź to sobie. – Meredith wyciągnęła do niej plan lekcji. – Muszę lecieć na chemię. Na razie!

Wstęp do ekonomii i całą resztę poranka pamiętała potem jak przez mgłę. Miała nadzieję, że uda jej się jeszcze raz rzucić okiem na nowego ucznia, ale nie pojawił się na żadnej z jej lekcji. Za to na jednej był Matt i poczuła, że coś ją zakłuło w sercu, kiedy błękitne oczy z uśmiechem podchwyciły jej spojrzenie.

W końcu zadzwoniono na lunch. Szła do stołówki, witając się z uczniami. Caroline stała na zewnątrz, oparta swobodnie o ścianę, z uniesioną brodą, wyprostowanymi ramionami i wypchniętym w przód biodrem. Dwóch chłopaków, z którymi gadała, ucichło i zaczęło się nawzajem szturchać, kiedy dostrzegli nadchodzącą Elenę.

– Cześć – rzuciła chłopakom i Caroline. – Gotowa coś zjeść?

Zielone oczy dziewczyny od niechcenia przesunęły się po Elenie, gdy Caroline odgarniała za ucho błyszczące kasztanowe włosy.

– Co, przy królewskim stole? – zdziwiła się.

Elenę to zaskoczyło. Przyjaźniły się z Caroline od przedszkola. Zawsze ze sobą rywalizowały, ale w żartobliwy sposób. Ostatnio Caroline się zmieniła i zaczęła traktować tę rywalizację coraz poważniej. A teraz Elenę zdziwił jad w głosie koleżanki.

– No cóż, raczej trudno cię zaliczyć do plebsu – rzuciła lekkim tonem.

– Och, co do tego masz całkowitą rację – przyznała Caroline, obracając się, żeby spojrzeć jej w twarz. Zielone, kocie oczy był zmrużone i nieprzejrzyste, a Elenę zdumiała wrogość, jaką w nich zobaczyła. Obaj chłopcy uśmiechnęli się niezręcznie i nieco odsunęli. Zdawało się, że Caroline tego nie widzi. – Mnóstwo się zmieniło tego lata, kiedy cię tu nie było, Eleno – ciągnęła. – Być może czas twojego panowania dobiega końca.

Elena się zarumieniła. Czuła, jak gorąco wypływa jej na twarz. Próbowała nie podnosić głosu.

– Być może – odparła. – Ale na twoim miejscu, Caroline, jeszcze nie kupowałabym berła. – Odwróciła się i weszła do stołówki.

Z ulgą dostrzegła Meredith i Bonnie, a za ich plecami Frances. Ruszyła w ich kierunku i czuła, że policzki przestają ją palić. Nie pozwoli Caroline wyprowadzić się z równowagi, w ogóle nie będzie o niej myślała.

– Mam to – powiedziała Frances, wymachując kartką papieru, kiedy Elena usiadła.

– A ja mam parę smacznych kawałków – odezwała się z powagą Bonnie. – Eleno, posłuchaj tylko. Chłopak chodzi ze mną na biologię i siedzę tuż koło niego. Nazywa się Stefano, Stefano Salvatore. Jest Włochem i wynajmuje pokój na stancji u pani Flowers na skraju miasta. – Westchnęła. – Jest taki romantyczny. Caroline upuściła swoje książki i pomógł jej je pozbierać.

Elena skrzywiła się cierpko.

– Ależ z niej niezdara. Coś jeszcze się działo?

– To wszystko. W zasadzie wcale z nią nie rozmawiał. Rozumiesz, jest straaaasznie tajemniczy. Pani Edincott, ta od biologii, próbowała go zmusić, żeby zdjął okulary słoneczne, ale się nie zgodził. Ma jakiś kłopot z oczami.

– Jaki kłopot z oczami?

– Nie mam pojęcia. Może to coś nieuleczalnego? To by dopiero było romantyczne!

– Och, szalenie – stwierdziła Meredith.

Elena wpatrywała się w kartkę od Frances i zagryzła wargę.

– Mam z nim siódmą lekcję. Historię Europy. Ktoś jeszcze na to chodzi?

– Ja – powiedziała Bonnie. – Caroline chyba też. Aha, i zdaje się, Matt. Mówił coś wczoraj, że to dokładnie jego pech, bo trafił mu się pan Tanner.

Cudownie, pomyślała Elena, chwytając widelec i dźgając nim tłuczone ziemniaki. Zapowiadało się, że siódma lekcja będzie szalenie ciekawa.

Stefano cieszył się, że szkolny dzień się kończy. Chciał się wyrwać z tych zatłoczonych sal i korytarzy chociaż na parę minut.

Tyle umysłów. Presja tylu schematów myślenia, tak wielu otaczających go psychicznych głosów wprawiała go w oszołomienie. Od lat nie przebywał w takim ludzkim ulu.

Zwłaszcza jeden umysł wyróżniał się wśród pozostałych. Stała pomiędzy dziewczynami, które obserwowały go na głównym korytarzu. Nie wiedział, jak wygląda, ale osobowość miała silną. I był pewien, że znów ją rozpozna.

Jak na razie udało mu się przetrwać pierwszy dzień maskarady. Skorzystał z mocy tylko dwa razy, a i to ostrożnie. Mimo to był zmęczony i – przyznawał to z żalem – głodny. Królik to za mało.

Będzie się tym martwił później. Znalazł klasę, w której miał ostatnią lekcję. Usiadł w ławce. I natychmiast poczuł obecność tego umysłu.

Jaśniał gdzieś na obrzeżach jego świadomości złotym światłem, miękkim, a przecież intensywnym. Po raz pierwszy udało mu się zlokalizować dziewczynę, której umysł wyczuwał. Siedziała tuż przed nim.

W tej samej chwili odwróciła się i zobaczył jej twarz. Ledwie udało mu się powstrzymać okrzyk zaskoczenia.

Katherine! Ale to przecież niemożliwe. Katherine nie żyła, nikt nie wiedział o tym lepiej niż on.

A jednak podobieństwo było niesamowite. Złotawoblond włosy, tak jasne, że w słońcu zdawały się niemal skrzyć. Kremowa skóra, która zawsze przywodziła mu na myśl łabędzi puch albo alabaster, leciutko zaróżowiona rumieńcem na wysokości kości policzkowych. I te oczy... Oczy Katherine miały kolor, jakiego nigdy wcześniej nie widział, błękitu głębszego niż błękit nieba, tak intensywnego jak lapis-lazuli w wysadzanej klejnotami przepasce, którą nosiła we włosach. Ta dziewczyna miała takie same oczy.

Uśmiechając się, spojrzała wprost na niego.

Szybko odwrócił wzrok od tego uśmiechu. Najbardziej ze wszystkiego nie chciał myśleć o Katherine. Nie chciał patrzeć na dziewczynę, która mu ją przypominała, i nie chciał już dłużej wyczuwać jej umysłem. Nie podnosił oczu znad stolika, z całej siły blokując własne myśli. A ona, powoli, odwróciła się z powrotem na swoim miejscu.

Była urażona. Wyczuwał to mimo blokady. Nic go to nie obchodziło. W sumie nawet się ucieszył i miał nadzieję, że to ją utrzyma z daleka. Poza tym nic do niej nie czuł.

Powtarzał to sobie, siedząc na zajęciach, ledwie zwracając uwagę na monotonny głos nauczyciela. Czuł w powietrzu subtelny zapach perfum. Fiołki, pomyślał. Jej smukła szyja pochylała się nad książką, jasne włosy opadały na ramiona po obu stronach karku.

Złości i frustracji zaczęło towarzyszyć kuszące mrowienie w zębach – raczej łaskotanie czy drżenie niż ból. To był głód, szczególny głód. I nie taki, jaki chciałby zaspokoić.

Nauczyciel kręcił się po klasie jak fretka, zadając pytania. Stefano skupił na nim uwagę. Najpierw się zdziwił, bo chociaż nikt z uczniów nie znał odpowiedzi, pytania sypały się dalej. Potem dotarło do niego, że ten człowiek robi to specjalnie. Żeby zawstydzić ludzi ich niewiedzą.

Właśnie znalazł sobie kolejną ofiarę, niewysoką dziewczynę z szopą rudych loków i twarzyczką w kształcie serca. Stefano patrzył z niesmakiem, jak nauczyciel bombarduje ją pytaniami. Minę miała żałosną. Belfer odwrócił się od niej i odezwał do całej klasy:

– Widzicie, o co mi chodzi? Wydaje się wam, że jesteście tacy świetni, maturzyści, za chwilę dyplom ukończenia liceum. No cóż, powiem wam, że niektórym z was nie należy się dyplom ukończenia przedszkola. – Gestem wskazał rudowłosą dziewczynę. – Zielonego pojęcia o rewolucji francuskiej. Uważa, że Maria Antonina to pseudonim aktorki niemego kina!

Uczniowie kręcili się z zażenowaniem na swoich miejscach. Stefano wyczuwał w ich umysłach niechęć i upokorzenie. I lęk. Wszyscy się bali tego niewysokiego, chudego człowieczka o oczach łasicy.

– Dobrze, spróbujmy z inną epoką. – Nauczyciel odwrócił się w stronę tej samej dziewczyny, którą przepytywał wcześniej. – W czasach renesansu... – przerwał. – Wiesz, co to renesans, prawda? Okres pomiędzy XIII a XVI wiekiem, w trakcie którego Europa ponownie odkryła wielkie idee starożytnej Grecji i Rzymu. Epoka, która stworzyła wielu najświetniejszych europejskich myślicieli i artystów. – Kiedy dziewczyna ze zmieszaniem pokiwała głową, ciągnął: – Czym w czasach renesansu zajmowali się w szkole uczniowie w waszym wieku? No? Jakieś pomysły? Cokolwiek?

Dziewczyna z trudem przełknęła ślinę. Ze słabym uśmiechem powiedziała:

– Grali w futbol?

Wkoło rozległy się śmiechy, a twarz nauczyciela pociemniała.

– Wątpliwe! – rzucił, a w klasie ucichło. – Uważasz, że to dobry żart? No cóż, w tamtych czasach uczniowie w waszym wieku już znaliby świetnie kilka języków. Opanowaliby też logikę, matematykę, astronomię, filozofię i gramatykę. Byliby gotowi do wstąpienia na uniwersytet, na którym każdy przedmiot wykładano po łacinie. Futbol stanowiłaby absolutnie ostatnią rzecz, jaką...

– Przepraszam.

Spokojny głos przerwał nauczycielowi w pół zdania. Wszyscy odwrócili się i zaczęli gapić na Stefano.

– Co powiedziałeś?

– Przepraszam – powtórzył Stefano, zdejmując okulary i wstając z miejsca – ale pan się myli. Uczniów w czasach renesansu zachęcano do udziału w grach sportowych. Uczono ich, że zdrowe ciało zapewnia zdrowy umysł. I z całą pewnością grywali w gry zespołowe. – Odwrócił się w stronę rudowłosej dziewczyny i uśmiechnął, a ona z wdzięcznością oddała uśmiech. W stronę nauczyciela rzucił jeszcze: – Ale najważniejsza rzecz, jakiej ich uczono, to grzeczność i dobre maniery. Jestem pewien, że w swoim podręczniku znajdzie pan coś na ten temat.

Uczniowie szczerzyli zęby od ucha do ucha. Twarz nauczyciela poczerwieniała i facet coś wybełkotał. Ale Stefano nadal patrzył mu prosto w oczy i po chwili to nauczyciel odwrócił spojrzenie.

Zadzwonił dzwonek.

Stefano szybko włożył okulary i zebrał swoje książki. Już i tak zwrócił na siebie więcej uwagi, niż powinien i nie miał ochoty patrzeć na tę jasnowłosą dziewczynę. Musiał się stąd wyrwać. W żyłach poczuł znajome palenie.

Ale kiedy był już przy drzwiach, ktoś za nim zawołał:

– Hej! Oni serio grali wtedy w piłkę?

Rzucił pytającemu uśmiech przez ramię.

– Och tak. Czasem głowami odciętymi jeńcom wojennym.

Elena obserwowała go, kiedy wychodził. Z premedytacją się od niej odwrócił. Specjalnie utarł jej nosa i to przy Caroline, która obserwowała to sokolim wzrokiem. Łzy paliły ją w oczach, ale w umyśle płonęła tylko jedna myśl.

Zdobędzie go, choćby miało ją to zabić. Choćby to miało zabić ich oboje. Zdobędzie go.

ROZDZIAŁ 3

Poranny brzask przecinał nocne niebo różem i bledziutką zielenią. Stefano obserwował świt z okna pokoju na stancji. Wynajął ten pokój ze względu na klapę w suficie, która prowadziła na niewielki tarasik na dachu nad jego pokojem. W tej chwili klapa była otwarta, a chłodny wilgotny wiatr wiał wzdłuż prowadzącej na górę drabinki. Stefano był ubrany. Nie dlatego, że wcześnie wstał. Wcale się nie kładł.

Właśnie wrócił z lasu. Kilka wilgotnych zwiędłych liści przyczepiło się do cholewki buta. Strzepnął je. Wczorajsze komentarze uczniów nie umknęły jego uwagi. Wiedział, że gapili się na jego ciuchy. Zawsze ubierał się jak najlepiej. Po pierwsze, lubił to, po drugie, tak wypadało. Jego nauczyciel zawsze powtarzał: „Arystokrata powinien się odziewać zgodnie ze swoją pozycją. Jeśli tego nie czyni, okazuje innym pogardę. Każdy w tym świecie ma swoje miejsce, a twoje miejsce znajduje się wśród szlachty". Rzeczywiście tak było. Kiedyś.

Dlaczego się nad tym zastanawiał? Oczywiście, powinien był wziąć pod uwagę, że zabawa w szkołę przyniesie wspomnienia jego własnych uczniowskich dni. Teraz napływały, natrętne i prędkie, zupełnie jakby przerzucał strony pamiętnika, zatrzymując się tu czy tam przy jakimś wpisie. Jedno zabłysło mu wyraźnie przed oczami – twarz jego ojca tego dnia, kiedy Damon oświadczył, że rezygnuje z uniwersytetu. Nie zdoła tego zapomnieć. Jeszcze nigdy nie widział ojca tak rozwścieczonego...

– Już tam nie wrócisz? – Giuseppe był sprawiedliwym człowiekiem, ale miał też temperament. To, co usłyszał od najstarszego syna, przyprawiło go o ataki furii.

Tenże syn spokojnie ocierał usta chustką z szafranowego jedwabiu.

– Myślę, że nawet ty jesteś w stanie zrozumieć takie proste zdanie, ojcze. Mam je powtórzyć po łacinie?

– Damonie... – Stefano zaczął spiętym głosem, przerażony brakiem szacunku. Ojciec przerwał mu gniewnie.

– Chcesz powiedzieć, że ja, Giuseppe, hrabia Salvatore, będę musiał patrzeć w oczy przyjaciołom, wiedząc, że mój syn to *scioparto*? Leń, który nie robi nic pożytecznego dla Florencji?

Służący wycofywali się jak najdalej, widząc, że Giuseppe wrze z gniewu.

Damon nawet nie mrugnął okiem.

– Najwyraźniej. O ile chcesz nazywać przyjaciółmi tych, którzy łaszą się do ciebie w nadziei, że pożyczysz im pieniądze.

– *Sporco parassito!* – Giuseppe zerwał się z krzesła. – Czy nie wystarczy, że marnujesz czas w szkole i moje pieniądze? Och, wiem wszystko o hazardzie, walkach na kopie, kobietach. I wiem, że gdyby nie twój sekretarz i korepetytorzy, nie zaliczyłbyś żadnych kursów. A teraz chcesz zupełnie pogrążyć się w niesławie. I dlaczego? Dlaczego? – Gwałtownym ruchem złapał Damona za podbródek. – Żebyś mógł wrócić do polowań i sokołów?

Stefano musiał oddać bratu sprawiedliwość – Damon wydawał się nieporuszony. Stał niemal swobodnie, poddając się chwytowi ojca. W każdym calu arystokrata, od eleganckiej, gładkiej czapki na ciemnych włosach przez blamowany gronostajami płaszcz po miękkie skórzane buty. Górną wargę wykrzywił mu arogancki grymas.

Tym razem posunąłeś się za daleko, pomyślał Stefano, obserwując brata i ojca, którzy mierzyli się wzrokiem. Nawet ty nie wykręcisz się z tego samym wdziękiem.

Właśnie wtedy usłyszał kroki zbliżające się do gabinetu. Odwracając się, zobaczył oszałamiające oczy barwy lapis-lazuli, obrzeżone długimi, jasnymi rzęsami. To Katherine. Jej ojciec, baron von Swartzschild, przywiózł ją z chłodnych Niemiec na włoską prowincję w nadziei, że pomoże córce wyzdrowieć po przedłużającej się chorobie. Od dnia jej przyjazdu dla Stefano wszystko się zmieniło.

– Wybaczcie, panowie, nie chciałam przeszkodzić. – Głos miała cichy, ale wyraźny. Zrobiła lekki ruch, jakby zamierzała odejść.

– Ależ nie idź. Zostań – powiedział szybko Stefano. Chciał dodać coś więcej, wziąć ją za rękę. Nie śmiał. Nie w obecności ojca. Mógł tylko patrzeć w jej oczy. Lśniły niczym błękitne klejnoty.

– Tak, zostań – dodał Giuseppe i Stefano zobaczył, że jego twarz złagodniała i się rozjaśniła. Ojciec puścił Damona i zrobił krok w stronę Katherine, poprawiając ciężkie fałdy długiej, obrzeżonej futrem szaty. – Twój ojciec powinien dzisiaj wrócić z miasta. Niezmiernie się ucieszy na twój widok. Ale policzki masz nieco blade, mała Katherine. Mam nadzieję, że nie jesteś znów chora?

– Wiesz, panie, że zawsze jestem blada. Nie używam różu jak te wasze śmiałe włoskie dziewczęta.

– Nie potrzebujesz go – wyrwało się Stefano.

Katherine uśmiechnęła się do niego. Była taka piękna. W piersi poczuł ból.

– Za mało cię widuję w ciągu dnia. Rzadko zaszczycasz nas swoją obecnością przed zmierzchem – ciągnął ojciec.

– Oddaję się nauce i modlitwom w moich pokojach, panie – powiedziała Katherine cicho, spuszczając oczy. Stefano wiedział, że to nieprawda, ale się nie odezwał. Nigdy by nie zdradził sekretu Katherine. Znów spojrzała na ojca. – Ale teraz tu jestem.

– Tak, to prawda. Muszę zadbać, żeby z okazji powrotu twojego ojca przygotowano specjalną ucztę. Damonie... porozmawiamy później. – Giuseppe dał znak służącemu, wychodząc. Stefano z zachwytem spojrzał na Katherine. Rzadko zdarzało się, żeby mogli porozmawiać sam na sam, bez ojca albo Gudren, jej statecznej niemieckiej służącej.

Ale to, co zobaczył, było jak cios w żołądek. Katherine uśmiechała się – tym samym sekretnym uśmiechem, który często z nim dzieliła. Ale nie patrzyła na niego. Spoglądała na Damona.

Stefano znienawidził brata i jego mroczną urodę, wdzięk i zmysłowość, które przyciągała kobiety jak płomień ćmy. Chciał go uderzyć, roztrzaskać to piękno w drobny mak. Zamiast tego musiał stać i patrzeć, jak Katherine powoli podchodzi do brata, krok po kroku, a złoty brokat jej sukni szeptem pieści wykładaną kaflami posadzkę.

A wtedy Damon wyciągnął do Katherine rękę i uśmiechnął się okrutnym, triumfalnym uśmiechem...

Stefano nagłym ruchem odwrócił się od okna.

Po co na nowo rozdrapywał stare rany? Mimo woli wyjął złoty łańcuszek, który nosił pod koszulką. Palcem wskazującym pogłaskał zawieszony na nim pierścionek, a potem uniósł go do światła.

Złote kółeczko wykonano kunsztownie, a pięć stuleci nie przyćmiło blasku metalu. W pierścionku osadzono jeden kamień, lazuryt wielkości paznokcia małego palca. Stefano przyjrzał się pierścionkowi, a później ciężkiemu srebrnemu pierścieniowi, też z lazurytem, na swoim palcu. W sercu poczuł znajomy ucisk.

Nie umiał zapomnieć o przeszłości i na dobrą sprawę wcale nie chciał. Mimo wszystkiego, co zaszło, hołubił wspomnienia o Katherine. Wszystkie z wyjątkiem jednego. O tym naprawdę nie wolno mu myśleć, to jedyna strona pamiętnika, której nie należy odwracać. Gdyby miał jeszcze raz na nowo przeżywać ten horror, tę... ohydę, oszalałby. Tak jak szalał tamtego dnia, tego ostatniego dnia, kiedy zrozumiał, że jest potępiony...

Stefano oparł się o okno, chłodząc czoło o szybę. Jego nauczyciel mawiał: „Zło nigdy nie znajdzie spokoju. Może zatriumfować, ale spokoju nigdy nie odnajdzie".

Dlaczego w ogóle przyjechał do Fell's Church?

Miał nadzieję, że mimo wszystko znajdzie tu spokój, ale okazało się to niemożliwe. Nigdy nie doczeka się akceptacji, nie zazna odpoczynku. Bo był złem. I nie mógł zmienić tego, czym jest.

Tego ranka Elena wstała wcześniej niż zwykle. Słyszała ciotkę, która kręciła się po swoim pokoju i szykowała, żeby iść pod prysznic. Margaret spała jeszcze mocno, zwinięta jak myszka w łóżku. Elena cicho minęła na wpół otwarte drzwi pokoju młodszej siostry i przeszła przez korytarz, a potem wyszła z domu.

Powietrze było świeże i rześkie. Na pigwowcu jak zwykle siedziały sroki i wróble. Elena, która poszła spać z bólem głowy, uniosła twarz w stronę czystego nieba i głęboko odetchnęła.

Czuła się o wiele lepiej niż wczoraj. Obiecała Mattowi, że się spotkają przed lekcjami i chociaż raczej się na to spotkanie nie cieszyła, była przekonana, że jakoś sobie poradzi.

Matt mieszkał dwie przecznice od szkoły. To był prosty, drewniany dom, jak wszystkie inne przy tej ulicy. Może tylko bujana ławeczka na werandzie była bardziej zaniedbana i farba nieco z niej obłaziła. Matt już stał przed domem i na moment na jego widok jej serce zabiło szybciej.

Bo rzeczywiście był przystojny. Nie w taki zapierający dech w piersiach, prawie niepokojący sposób jak – no cóż, niektórzy ludzie – ale zdrową amerykańską urodą. Matt Honeycutt był typowym Amerykaninem. Jasne włosy krótko przystrzygł na sezon futbolowy i był opalony od pracy na świeżym powietrzu na farmie dziadków. Niebieskie oczy patrzyły uczciwie i wprost. Ale dzisiaj, kiedy wyciągnął ramiona, żeby ją lekko uścisnąć, kryło się w nich nieco smutku.

– Chcesz wejść do środka?

– Nie. Przejdźmy się – poprosiła Elena. Ruszyli ramię w ramię, nie dotykając się. Ulicę obsadzono klonami i orzechami włoskimi. W powietrzu wisiała cisza, jak to rano. Elena wpatrywała się we własne stopy stąpające po wilgotnym chodniku i nagle poczuła się niepewnie. Nie wiedziała, jak zacząć tę rozmowę.

– Nadal mi nie opowiedziałaś o Francji – zagaił.

– Och, było super – stwierdziła. Zerknęła na niego kątem oka. Matt także wbijał wzrok w chodnik. – Wszystko tam było super – ciągnęła, usiłując zabarwić głos odrobiną entuzjazmu. – Ludzie, jedzenie, wszystko. Było naprawdę… – umilkła i roześmiała się nerwowo.

– Taa, wiem. Super – dokończył za nią. Zatrzymał się i stał, wpatrując w swoje zdarte tenisówki. Elena pamiętała je jeszcze z zeszłego roku. Rodzina Matta ledwie wiązała koniec z końcem, być może nie stać go było na nowe buty. Podniosła wzrok i przekonała się, że chłopak spokojnie wpatruje się w jej twarz.

– Wiesz? Ty też w tej chwili wyglądasz super – powiedział.

Elena otworzyła usta, zaskoczona, ale nie dopuścił jej do głosu.

– I domyślam się, że masz mi coś do powiedzenia. – Wytrzeszczyła na niego oczy, a on uśmiechnął się krzywym, nieco smutnym uśmiechem. A potem znów wyciągnął do niej ramiona.

– Och, Matt – rzuciła ze śmiechem i mocno go uściskała. Odsunęła się, żeby mu spojrzeć w twarz. – Nie spotkałam jeszcze faceta, który byłby od ciebie milszy. Nie zasługuję na ciebie.

– Aha, i dlatego mnie rzucasz – stwierdził Matt, kiedy znów ruszyli w drogę. – Bo jestem dla ciebie zdecydowanie za dobry. Powinienem był już dawno się domyślić.

Lekko trąciła go w ramię.

– Nie, nie dlatego. I wcale cię nie rzucam. Będziemy przyjaciółmi, prawda?

– Och, jasne. Absolutnie.

– Bo zdałam sobie sprawę, że tym właśnie jesteśmy. – Przystanęła i znów na niego popatrzyła. – Dobrymi przyjaciółmi. Bądź ze mną szczery, czy nie tym właśnie dla ciebie jestem?

Popatrzył na nią, a potem uniósł oczy do nieba.

– Mogę mieć na ten temat inne zdanie? – zapytał. A kiedy Elena posmutniała na twarzy, dodał: – To nie ma nic wspólnego z tym nowym facetem, prawda?

– Nie – odpowiedziała po chwili wahania, a potem szybko dorzuciła: – Jeszcze go nawet nie poznałam.

– Ale chcesz poznać. Nie, nic zaprzeczaj. – Objął ją ramieniem i delikatnie odwrócił. – Chodź, pójdziemy do szkoły. Jeśli wystarczy nam czasu, to ci nawet kupię pączka.

Kiedy szli, coś zatrzepotało w gałęziach włoskiego orzecha nad nimi. Matt zagwizdał i pokazał to palcem.

– Patrz! Większej wrony jeszcze nie widziałem!

Elena szybko zerknęła w górę, ale ptaka już nie było.

Szkoła była najlepszym miejscem, w którym Elena mogła wprowadzić w życie swój plan.

Rano obudziła się, wiedząc, co chce zrobić. A potem zebrała tyle informacji na temat Stefano Salvatore, ile się dało. Co nie było trudne, bo w Liceum imienia Roberta E. Lee mówiono tylko o nim.

Wszyscy wiedzieli, że wczoraj miał jakieś starcie z sekretarką. A dzisiaj wezwano go do gabinetu dyrektora. Chodziło o jego papiery. Ale dyrektorka odesłała go z powrotem do klasy. Plotka głosiła, że najpierw odbyła rozmowę telefoniczną z Rzymem. A może to był Waszyngton? I wszystko było załatwione. Przynajmniej oficjalnie.

Kiedy Elena tego popołudnia szła na historię Europy, powitał ją cichy gwizd. Dick Carter i Tyler Smallwood pałętali się po korytarzu. Dwóch etatowych pacanów, pomyślała, ignorując ich zaczepki. Jeden grał w ataku, a drugi jako obrońca w szkolnej drużynie juniorów i dlatego wydawało im się, że są supergośćmi. Zerkała na nich spod oka, kręcąc się po korytarzu, nakładając szminkę i bawiąc się lusterkiem puderniczki.

Udzieliła Bonnie szczegółowych instrukcji. Plan miał zadziałać, kiedy tylko Stefano się pokaże. Lusterko puderniczki dawało jej świetny widok na resztę korytarza za plecami.

Ale jakoś przegapiła moment, w którym chłopak się pojawił. Nagle znalazł się tuż obok niej. Zatrzasnęła puderniczkę, kiedy ją mijał. Chciała go zatrzymać, ale nie zdążyła, bo… Coś się stało. Stefano zesztywniał, a przynajmniej zrobił się czujny, jakby coś go niepokoiło. Właśnie wtedy Dick i Tyler stanęli w drzwiach do sali historycznej, blokując wejście.

Światowy rekord cymbalstwa, pomyślała Elena. Rozzłoszczona, spiorunowała ich wzrokiem nad ramieniem Stefano.

Ale im spodobała się zabawa i nadal sterczeli przed drzwiami, udając, że nie widzą, iż Stefano chce wejść do środka.

– Przepraszam. – To był ten sam ton, jakiego użył wobec nauczyciela historii. Grzeczny i obojętny.

Dick i Tyler popatrzyli na siebie, a porem rozejrzeli się wkoło, jakby mieli jakieś słuchowe omamy.

– *Scuzi*? – zapytał Tyler falsetem. – Ty *scuzi*? Ja *scuzi*? Jacuzzi?

Obaj ryknęli śmiechem.

Elena widziała, jak mięśnie Stefano stężały pod T-shirtem. To było totalnie nie w porządku – obaj byli od niego wyżsi, a Tyler do tego ze dwa razy szerszy.

– Macie jakiś problem? – Elena zdziwiła się tak samo jak dwaj napastnicy, słysząc za plecami nowy głos. Odwróciła się i zobaczyła Matta. Jego niebieskie oczy spoglądały twardo.

Elena zagryzła wargę, tłumiąc uśmiech, kiedy Tyler i Dick odsunęli się niechętnie od drzwi. Poczciwy stary Matt, pomyślała. Tyle że właśnie teraz poczciwy stary Matt wchodził do klasy ramię w ramię ze Stefano, a ona mogła jedynie pójść za nimi, wpatrując się w plecy chłopaków. Kiedy obaj usiedli, wślizgnęła się na miejsce za Stefano, skąd mogła go obserwować, sama nie będąc widziana. Jej plan będzie musiał zaczekać, aż się skończą lekcje.

Matt grzechotał drobnymi w kieszeni. Zawsze tak robił, gdy chciał coś powiedzieć.

– Hm, słuchaj – zaczął wreszcie zmieszany. – Ci faceci, no wiesz...

Stefano się roześmiał. To był gorzki śmiech.

– Kim jestem, żeby ich oceniać? – W jego głosie słyszało się więcej emocji niż wtedy, kiedy rozmawiał z panem Tannerem. Ale był to sam smutek. – I niby dlaczego miałbym tu być mile widziany? – dokończył jakby sam do siebie.

– A dlaczego nie? – Matt gapił się na Stefano. Zacisnął szczękę, jakby podejmując jakąś decyzję. – Słuchaj – powiedział – wczoraj mówiłeś o piłce. Nasz łapacz zerwał sobie ścięgno i potrzebujemy zastępcy. Dziś po południu są kwalifikacje. Co ty na to?

– Ja? – Stefano brzmiał tak, jakby go coś zaskoczyło. – Ja... nie wiem, czy umiem.

– Potrafisz biegać?

– Czy potrafię? – Stefano odwrócił się lekko do Matta i Elena zobaczyła, że wargi wykrzywia mu leciutki uśmieszek. – Tak.

– A łapać?

– Tak.

– To wszystko, co musi umieć łapacz. Ja jestem rozgrywającym. Jeśli umiesz złapać to, co rzucę, i pobiec z piłką, to umiesz grać.

– Rozumiem. – Stefano teraz już się prawie uśmiechał i chociaż Matt nadal miał poważną minę, to jego niebieskie oczy skrzyły się radością. Zaskoczona własnymi emocjami Elena zdała sobie sprawę, że jest zazdrosna. Między chłopakami rodziła się jakaś serdeczność, z której ona była zupełnie wykluczona.

Ale po chwili uśmiech Stefano zniknął.

– Dziękuję... ale nie. Mam inne zobowiązania – powiedział z rezerwą.

W tym momencie pojawiły się Bonnie i Caroline. A potem zaczęła się lekcja.

Podczas całego wykładu Tannera na temat Europy Elena powtarzała sobie po cichu: „Cześć, nazywam się Elena Gilbert. Jestem w Komitecie Powitalnym Maturzystów i wyznaczono mnie, żeby cię oprowadzić po szkole. Chyba nie chcesz narobić mi kłopotów i pozwolisz wywiązać się z obowiązku, prawda?" Przy ostatnim zdaniu powinna szeroko otworzyć oczy i popatrzeć na niego tęsknie. Ale tylko jeśli zrobi taką minę, jakby chciał się od tego wykręcić. To był niezawodny sposób – facet ewidentnie uwielbiał ratować damy w opałach.

W połowie lekcji dziewczyna siedząca obok podsunęła jej karteczkę. Elena otworzyła ją i rozpoznała okrągłe, dziecinne pismo Bonnie. „Zatrzymałam C., ile się dało. I jak? Podziałało'???", przeczytała.

Uniosła wzrok i napotkała spojrzenie Bonnie, która odwróciła się w pierwszej ławce. Elena wskazała karteczkę i pokręciła przecząco głową, bezgłośnie szepcząc: „Po lekcji".

Wydawało się jej, że minęło sto lat, zanim Tanner wydał jakieś ostatnie instrukcje, związane z pracami semestralnymi i zakończył lekcję. Wszyscy zerwali się na nogi. No to do dzieła, pomyślała Elena i z walącym sercem stanęła dokładnie na drodze Stefano, blokując mu przejście tak, że nie mógł jej wyminąć.

Zupełnie jak Dick i Tyler, pomyślała. Miała chęć roześmiać się histerycznie. Podniosła oczy i zorientowała się, że patrzy wprost na jego usta.

Wszystkie myśli wyparowały jej z głowy. Co zamierzała powiedzieć? Otworzyła usta i powtarzane wcześniej słowa wydostały się z nich nieskładnie:

– Cześć, nazywam się Elena Gilbert. Jestem w Komitecie Powitalnym Maturzystów i wyznaczono mnie, żeby...

– Przepraszam, nie mam czasu. – Przez chwilę nie mieściło jej się w głowie, że Stefano coś mówi. Że nie dał jej szansy dokończyć. Mimo to dokończyła przygotowaną kwestię.

– ...cię oprowadzić po szkole.

– Przepraszam, nie mogę. Muszę... iść na kwalifikacje do drużyny. – Stefano odwrócił się do Matta, który stał obok ze zdumioną miną. – Powiedziałeś, że to zaraz po szkole, prawda?

– Tak – wydukał Matt. – Ale...

– No to lepiej się zbierajmy. Pokażesz mi, gdzie to jest.

Matt spojrzał bezradnie na Elenę, a potem wzruszył ramionami.

– No... Jasne, chodź. – Obejrzał się, kiedy odchodzili. Stefano tego nie zrobił.

Elena się odwróciła i stanęła twarzą w twarz z kółeczkiem gapiów. Caroline uśmiechała się otwarcie i złośliwie. Elena poczuła, że jej ciało ogarnia jakieś odrętwienie i że coś ją ściska za gardło. Nie mogła tu zostać ani chwili dłużej. Odwróciła się i szybko wyszła z klasy.

ROZDZIAŁ 4

Kiedy Elena dotarła do swojej szafki, odrętwienie zaczynało mijać, a ucisk w gardle szukał ujścia we łzach. Nie mogła się rozbeczeć w szkole! Zamknęła szafkę i ruszyła do głównego wyjścia.

Już drugi dzień z rzędu wracała do domu zaraz po ostatnim dzwonku. I to sama. Ciocia Judith padnie ze zdumienia. Ale kiedy Elena doszła do domu, samochodu cioci nie było na podjeździe. Razem z Margaret pojechały pewnie do sklepu. Dom był cichy i spokojny, kiedy Elena wchodziła do środka.

Ucieszyła się. Akurat w tej chwili potrzebowała samotności. Ale, z drugiej strony, nie bardzo wiedziała, co ma ze sobą zrobić. Teraz, kiedy nareszcie mogła sobie popłakać, przekonała się, że łzy nie chcą płynąć. Upuściła plecak na posadzkę holu i powoli poszła do salonu.

To był ładny pokój. Jedyna część domu – poza sypialnią Eleny – która należała do jego dawnej konstrukcji. Ten dawny dom został zbudowany jeszcze przed 1861 rokiem, ale niemal kompletnie spłonął w czasie wojny secesyjnej. Udało się uratować tylko ten pokój, z ozdobnym kominkiem obrzeżonym sztukaterią w ślimacznice, i jeszcze wielką sypialnię ponad nim. Pradziadek ojca Eleny postawił w tym samym miejscu nowy dom i Gilbertowie mieszkali w nim od tamtych czasów.

Chciała wyjrzeć przez jedno z sięgających od podłogi do sufitu okien. Grube szyby były tak stare, że zmętniały i wszystko, co znajdowało się na zewnątrz, wydawało się nieco zniekształcone, jakby świat był lekko pijany. Przypomniała sobie, jak ojciec po raz pierwszy pokazał jej te zmętniałe szyby. Miała wtedy mniej lat niż Margaret teraz.

Znów coś ją ścisnęło za gardło, lecz łzy nadal nie chciały popłynąć. Targały nią sprzeczne uczucia. Nie pragnęła towarzystwa, a jednak była boleśnie samotna. Chciała wszystko przemyśleć, ale teraz, kiedy próbowała, myśli uciekały niczym myszy, chowające się przed sową śnieżną.

Sowa śnieżna… drapieżny ptak… mięsożerca… wrona… – myślała. „Większej wrony jeszcze nie widziałem", powiedział Matt.

Znów zapiekły ją oczy. Biedny Matt. Zraniła go, a tak ładnie się zachował. I nawet był miły dla Stefano.

Stefano. Serce zabiło jej mocniej i ten łomot wycisnął jej łzy z oczu. Nareszcie mogła się rozpłakać. Płakała z gniewu, z upokorzenia, z frustracji i… Dlaczego jeszcze?

Co dzisiaj tak naprawdę straciła? Co czuła do nieznajomego chłopaka, Stefano Salvatore? Owszem ignorował ją i to stanowiło wyzwanie. Sprawiało, że stał się kimś innym niż reszta. Kimś interesującym. Stefano był egzotyczny, on ją… pobudzał.

Zabawne, zwykle to faceci mówili Elenie, że właśnie tak ją widzą. A potem dowiadywała się od nich samych albo od ich znajomych czy sióstr, jak się denerwowali, idąc z nią na randkę. Jak pociły im się dłonie, a w żołądkach latały motyle. Elenę zawsze bawiły takie historie. Ale jeszcze nie spotkała chłopaka, przez którego sama by się denerwowała.

Tymczasem kiedy dzisiaj odezwała się do Stefano, jej puls gnał jak szalony, a kolana się uginały. Dłonie miała wilgotne. A w żołądku fruwały już nie motylki, a stado nietoperzy.

Facet był interesujący tylko dlatego, że przez niego zaczynała się denerwować? To niezbyt dobry powód, żeby się kimś zainteresować. W sumie całkiem kiepski.

Ale chodziło też o jego usta. Ładnie wykrojone wargi, na których widok kolana miękły jej z zupełnie innego powodu niż zdenerwowanie. I czarne jak noc włosy – palce ją świerzbiły, żeby przegarnąć te miękkie fale. I sprężyste ciało, długie nogi... Ten głos. To właśnie ten głos pomógł jej się wczoraj zdecydować. Słysząc go, postanowiła, że na pewno zdobędzie Stefano. Gdy rozmawiał z panem Tannerem, jego ton był chłodny i pogardliwy, ale przy tym wszystkim dziwnie pociągający. Zastanawiała się, czy ten głos umiałby stać się czarny jak noc i jak by zabrzmiał, szepcząc jej imię...

– Elena!

Aż podskoczyła, wyrwana z rozmarzenia. Ale to nie Stefano Salvatore ją wołał, tylko ciocia Judith szarpała się z wejściowymi drzwiami.

– Elena? Elena! – A teraz Margaret wołała ją donośnym i piskliwym głosikiem. – Jesteś w domu?

Elena znów poczuła się nieszczęśliwa. Rozejrzała się po kuchni. W tej chwili nie była w stanie stawić czoła pełnym niepokoju pytaniom ciotki ani niewinnej radości Margaret. Nie z tymi wilgotnymi rzęsami i łzami, które w każdej chwili mogły popłynąć na nowo. W mgnieniu oka podjęła decyzję i w tej samej chwili, w której trzasnęły drzwi frontowe, cicho wyślizgnęła się z domu tylnymi drzwiami.

Na werandzie, a potem w ogrodzie za domem, zawahała się. Nie chciała wpaść na nikogo znajomego. Ale dokąd miała pójść, żeby nie czuć tej samotności?

Oczywiście. Pójdzie odwiedzić mamę i tatę.

To był długi spacer, prawie na skraj miasta, ale przez trzy ostatnie lata Elena przemierzała tę drogę niejeden raz. Przeszła przez most Wickery i wspięła się na wzgórze, minęła ruiny kościoła, a potem zeszła do niewielkiej dolinki poniżej.

Ta część cmentarza była dobrze utrzymana, tylko starsze sektory wyglądały na nieco zapuszczone. Tutaj trawę porządnie przycinano, a bukiety kwiatów tworzyły barwne plamy kolorów przy nagrobkach. Elena przykucnęła obok wielkiego marmurowego kamienia z nazwiskiem „Gilbert".

– Cześć, mamo. Cześć, tato – szepnęła. Pochyliła się, żeby położyć na grobie bukiet purpurowych niecierpków, które zebrała po drodze. A potem usiadła, podwijając pod siebie nogi.

Często tu bywała od czasu wypadku. Margaret miała wtedy tylko rok, w zasadzie ich nie pamiętała. Ale Elena owszem. Pogrążyła się we wspomnieniach, ucisk w gardle zelżał, a łzy popłynęły łatwiej. Tak bardzo za nimi tęskniła. Za matką, wciąż młodą i piękną, i ojcem, któremu w uśmiechu pojawiały się zmarszczki w kącikach oczu.

Oczywiście, miała szczęście, bo została jej jeszcze ciocia Judith. Nie każda ciotka od razu zrezygnowałaby z pracy i przeniosła się z powrotem do małego miasteczka, żeby się opiekować dwiema osieroconymi siostrzenicami. A Robert, narzeczony cioci Judith, był dla małej Margaret bardziej jak ojczym niż jak przyszywany wujek.

Ale Elena pamiętała rodziców. Czasami, zaraz po pogrzebie, przychodziła tu, żeby się na nich wściekać. Złościć się, że byli tacy głupi i dali się zabić. To było wtedy, kiedy nie znała jeszcze dobrze cioci Judith i czuła, że nigdzie na ziemi nie ma własnego miejsca.

A teraz, gdzie jest moje miejsce? – zastanawiała się. Łatwo było powiedzieć, że tutaj, w Fell's Church, gdzie mieszkała przez całe życie. Ostatnio jednak najprostsze odpowiedzi wydawały się błędne. Czuła, że gdzieś tam, na świecie, musi być coś innego, jakieś inne miejsce, które umiałaby od razu rozpoznać i nazwać domem.

Nagle padł na nią cień. Uniosła oczy przestraszona. Przez chwilę nie poznawała stojących nad nią dwóch postaci – nieznanych, jakby nieco groźnych. Wpatrywała się w nie zmartwiała.

– Eleno – odezwała się niższa grymaśnym tonem, trzymając rękę na biodrze. – Słowo daję, że czasami się o ciebie martwię.

Zamrugała powiekami, a potem roześmiała się krótko. To były Bonnie i Meredith.

– To co człowiek ma zrobić, jeśli chce zapewnić sobie nieco prywatności? – zapytała, kiedy obie siadały.

– Powiedzieć nam, żebyśmy sobie poszły – stwierdziła Mcredith, ale Elena tylko wzruszyła ramionami. Po wypadku Meredith i Bonnie często tu po nią przychodziły. Nagle poczuła, że cieszy się z tego i że jest im za to wdzięczna. Jeśli nie miała swojego miejsca nigdzie indziej, to przynajmniej dobrze się tu czuła z przyjaciółkami, którym nie była obojętna. Nie przeszkadzało jej, że widzą, iż płakała. Bez oporu przyjęła zmiętą chusteczkę higieniczną podsuniętą przez Bonnie i otarła nią oczy. Chwilę siedziały w milczeniu, patrząc, jak wiatr porusza kępą dębów, rosnących na skraju cmentarza.

– Przykro mi, że tak się porobiło – powiedziała na koniec Bonnie cichym głosem. – To było naprawdę okropne.

– A na drugie imię masz Dyskrecja – stwierdziła Meredith. – Eleno, nie mogło być przecież aż tak źle…

– Nie było cię tam. – Poczuła, że na samo wspomnienie znów robi jej się gorąco na całym ciele. – Było okropnie. Ale wszystko mi jedno – dodała wyzywająco obojętnym tonem. – Skończyłam z nim. I tak go nie chcę.

– Eleno!

– Nie chcę, Bonnie. Najwyraźniej wyobraża sobie, że jest za dobry dla… dla Amerykanek. Więc może wziąć te swoje designerskie okulary słoneczne i je sobie…

— 43 —

Obie dziewczyny parsknęły śmiechem. Elena wytarła nos i pokręciła głową.

– A więc? – odezwała się do Bonnie, z uporem próbując zmienić temat. – Przynajmniej Tanner był dzisiaj w lepszym humorze.

Bonnie zrobiła minę męczennicy.

– Wiesz, że mnie zmusił, żebym się zapisała jako pierwsza do wygłoszenia ustnej prezentacji? Ale wszystko mi jedno, zrobię prezentację o druidach i...

– O czym?

– O druidach. Tych dziwacznych starcach, którzy zbudowali Stonehenge, uprawiali magię i inne takie w prehistorycznej Anglii. Pochodzę od nich i dlatego jestem medium.

Meredith parsknęła, ale Elena zmarszczyła brwi, wpatrując się w źdźbło trawy, które nawijała na palce.

– Bonnie, czy ty wczoraj naprawdę wyczytałaś coś z mojej dłoni? – zapytała nagle.

Bonnie się zawahała.

– Nie wiem – powiedziała wreszcie. – Ja... Wtedy mi się wydawało, że wyczytałam. Ale czasami ponosi mnie wyobraźnia.

– Wiedziała, że tu jesteś – powiedziała Meredith niespodziewanie. – Chciałam cię szukać w kawiarni, ale Bonnie powiedziała: „Ona jest na cmentarzu".

– Tak powiedziałam? – Bonnie wyglądała tak, jakby się lekko, ale przyjemnie zdziwiła. – No cóż, same widzicie. Moja babka pochodziła z Edynburga i miała dar jasnowidzenia. Ja też go mam. To się pojawia co drugie pokolenie.

– I jesteś potomkinią druidów – powiedziała Meredith z powagą.

– To prawda! W Szkocji zachowują stare tradycje. Nie uwierzyłabyś, co moja babka potrafi zrobić. Zna sposoby, żeby dowiedzieć się, za kogo wyjdziesz za mąż i kiedy umrzesz. Powiedziała mi, że umrę wcześnie.

– Bonnie!

– Naprawdę. W trumnie będę wyglądała młodo i pięknie. Nie uważacie, że to romantyczne?

– Nie. Uważam, że to straszne – stwierdziła Elena. Cienie się wydłużały i wiatr zaczynał się robić chłodny.

– Więc za kogo wyjdziesz za mąż, Bonnie? – wtrąciła zręcznie Meredith.

– Nie wiem. Babka powiedziała, jaki rytuał trzeba odprawić, żeby się dowiedzieć, ale nigdy tego nie zrobiłam. Oczywiście – Bonnie przybrała minę osoby obytej w świecie – musi być niesamowicie bogaty i totalnie fantastyczny. Jak nasz tajemniczy nieznajomy, na przykład. Tym bardziej że nikt inny go nie chce. – Rzuciła złośliwe spojrzenie w kierunku przyjaciółki.

Elena nie chwyciła przynęty.

– A może Tyler Smallwood? – podsunęła niewinnie. – Jego ojciec ma chyba wystarczająco dużo kasy.

– I wcale nie jest brzydki – zgodziła się Meredith z powagą. – To znaczy, o ile lubisz zwierzęta. Te jego wielkie białe zębiska.

Dziewczyny popatrzyły na siebie i równocześnie wybuchnęły śmiechem. Bonnie rzuciła kępką trawy w Meredith, a ta strzepnęła ją z siebie i odwzajemniła się, rzucając w nią dmuchawcem. I nagle Elena poczuła, że wszystko będzie dobrze. Wróci do siebie, przestanie być zagubioną, obcą osobą i pojawi się stara Elena Gilbert, królowa Liceum imienia Roberta E. Lee. Rozwiązała morelową wstążkę i potrząsnęła włosami, aż opadły luźno wokół twarzy.

– Zdecydowałam już, o czym będzie moja ustna prezentacja – powiedziała, obserwując przez zmrużone oczy, jak Bonnie palcami wyczesuje źdźbła trawy z włosów.

– O czym? – spytała Meredith.

Elena uniosła podbródek i spojrzała na czerwonofioletowe niebo nad wzgórzem. Powoli wzięła głęboki oddech i jeszcze przez moment trzymała koleżanki w niepewności. A potem oświadczyła spokojnie:

– O włoskim renesansie.

Bonnie i Meredith wytrzeszczyły na nią oczy, spojrzały na siebie i znów zaniosły się śmiechem.

– Aha! – powiedziała Meredith chwilę później. – A więc drapieżnik powraca.

Elena uśmiechnęła się do niej zaczepnie. Wróciła jej pewność siebie. I chociaż sama tego nie rozumiała, wiedziała jedno – Stefano Salvatore żywy z tego nie wyjdzie.

– No dobrze – powiedziała rześko. – A teraz posłuchajcie mnie obie. Nikt inny nie może o tym wiedzieć albo stanę się pośmiewiskiem całej szkoły. A Caroline wiele by dała za coś, co by mnie ośmieszyło. Ale ja go nadal chcę i zdobędę. Jeszcze nie wiem jak, ale to zrobię. Dopóki nie wymyślę jakiegoś planu, będziemy go ignorować.

– My wszystkie?

– Tak, my wszystkie. Nie możesz go mieć, Bonnie, on jest mój. I muszę móc ci zaufać.

– Chwileczkę – powiedziała Meredith z błyskiem w oku. Odpięła od bluzki emaliowaną broszkę, a potem uniosła kciuk i szybko się ukłuła. – Bonnie, daj mi rękę.

– Po co? – spytała Bonnie, podejrzliwie zerkając na broszkę.

– Bo chcę ci się oświadczyć. A jak sądzisz, po co, idiotko?

– Ale... Ale... Och, niech będzie. Auć!

– A teraz ty, Eleno. – Meredith z wprawą nakłuła kciuk Eleny, a potem go ścisnęła, żeby ukazała się kropelka krwi. – A teraz – ciągnęła, patrząc na pozostałe dwie dziewczyny roziskrzonymi, ciemnymi oczami – przyciśniemy do siebie kciuki i złożymy przysięgę. Zwłaszcza ty, Bonnie. Przysięgnij, że zachowasz całą rzecz w tajemnicy i zrobisz w sprawie Stefano wszystko, co Elena ci każe.

– Słuchajcie, przysięga krwi to niebezpieczna sprawa – zaprotestowała Bonnie zupełnie poważnie. – To znaczy, że musisz jej dotrzymać bez względu na wszystko, Meredith.

– Wiem – odparła Meredith z determinacją. – Dlatego chcę, żebyś to zrobiła. Pamiętam, jak było z Michaelem Martinem.

Bonnie się skrzywiła.

– To było strasznie dawno temu, a potem zaraz ze sobą zerwaliśmy i... Dobra, niech będzie. Przysięgam. – Zamknęła oczy i powiedziała: – Obiecuję, że zachowam całą rzecz w tajemnicy i zrobię w sprawie Stefano wszystko, co Elena mi każe.

Meredith powtórzyła przysięgę, A potem Elena, patrząc na cień rzucany przez ich złączone kciuki w zapadającym zmierzchu, wzięła głęboki oddech i dodała:

– A ja przysięgam, że nie spocznę, póki on nie będzie mój.

Poryw zimnego wiatru powiał przez cmentarz, rozwiewając włosy dziewczyn i szeleszcząc suchymi liśćmi zaścielającymi ziemię. Bonnie wydała jakiś stłumiony okrzyk i wszystkie rozejrzały się wkoło, a potem nerwowo zachichotały.

– Zrobiło się ciemno – stwierdziła Elena zdziwiona.

– Lepiej wracajmy do domu – zaproponowała Meredith. Wstała i przypięła sobie broszkę z powrotem. Bonnie też wstała, ssąc czubek kciuka.

– Do widzenia – rzuciła cicho Elena w kierunku nagrobka. Niecierpki rysowały się na ziemi purpurową plamą. Podniosła leżącą koło nich morelową wstążkę i skinęła głową do Bonnie i Meredith. – Chodźmy.

W milczeniu wspinały się na wzgórze w stronę ruin kościoła. Przysięga krwi wprawiła je wszystkie w poważny nastrój. Kiedy mijały ruiny, Bonnie przeszedł dreszcz. Po zachodzie słońca zrobiło się zimno i wiatr się wzmagał. Każdy poryw szeptał wśród traw i sprawiał, że stare dęby szeleściły poruszającymi się liśćmi.

– Zimno mi – powiedziała Elena, przystając na moment przy mrocznym otworze, który kiedyś stanowił drzwi kościoła, i spoglądając na leżącą niżej okolicę.

Księżyc jeszcze nie wzeszedł i ledwie widziała zarys starego cmentarza i leżący za nim most Wickery. Stary cmentarz datował się na czasy wojny secesyjnej i wiele nagrobków nosiło nazwiska żołnierzy. Był zaniedbany: przy grobach rosły jeżyny i wybujałe chwasty; bluszcz porastał rozpadający się granit. Elena nigdy tego miejsca nie lubiła.

– Wygląda inaczej, prawda? To znaczy, po ciemku – zauważyła niepewnym tonem. Nie wiedziała, jak ubrać w słowa to, co przyszło jej na myśl, że to nie jest miejsce dla żywych.

– Możemy iść dłuższą drogą – zaproponowała Meredith. – Ale to oznacza kolejnych dwadzieścia minut spaceru.

– Ja mogę iść tędy – powiedziała Bonnie, z trudem przełykając ślinę. – Zawsze mówiłam, że chciałabym zostać pochowana tam na dole, na starym cmentarzu.

– Przestań wreszcie gadać o grobach! – ucięła Elena i ruszyła w dół wzgórza. Ale im dalej szła wąską ścieżką, tym mniej pewnie się czuła. Zwolniła i pozwoliła się dogonić Bonnie i Meredith. Kiedy zbliżały się do pierwszych nagrobków, serce zaczęło jej walić szybciej. Próbowała to zignorować, ale cała skóra ją mrowiła. Czuła, że delikatne włoski na ramionach jej się zjeżyły. Pomiędzy porywami wiatru wszystkie odgłosy zdawały się dziwnie potęgować – chrzęst liści na ścieżce pod ich stopami wręcz ogłuszał.

Ruiny kościoła rysowały się teraz za nimi mroczną sylwetką. Wąska ścieżka prowadziła między pokrytymi porostami nagrobkami, z których wiele było wyższych od Meredith. Elena pomyślała z lękiem, że są dość wysokie, żeby ktoś mógł się za nimi schować. Zresztą niektóre z tych nagrobków mogły wystraszyć, na przykład ten z aniołkiem, który wyglądał jak prawdziwe niemowlę, tyle że od rzeźby odpadła głowa i ktoś ostrożnie ułożył ją przy ciele cherubinka. Szeroko otwarte oczy granitowej głowy miały puste spojrzenie. Elena nie mogła oderwać od nich wzroku i serce znów jej przyspieszyło.

– Dlaczego przystajemy? – spytała Meredith.

– Ja... Przepraszam – mruknęła Elena, ale kiedy się obejrzała, natychmiast zesztywniała. – Bonnie? – powiedziała. – Bonnie, co się dzieje?

Bonnie wpatrywała się w cmentarz z otwartymi ustami, a oczy miała szeroko otwarte i równie puste, jak kamienny cherubin. Elenie strach ścisnął żołądek.

– Bonnie, przestań. Przestań! To nie jest śmieszne.

Bonnie nie reagowała.

– Bonnie! – krzyknęła Meredith. Spojrzały na siebie z Eleną i nagle Elena poczuła, że musi stamtąd uciec. Odwróciła się na pięcie, chcąc iść dalej ścieżką, ale jakiś dziwny głos odezwał się za jej plecami, więc odwróciła się znów raptownie.

– Eleno – usłyszała. To nie był głos Bonnie, a przecież wychodził z jej ust. Blada w otaczającym mroku Bonnie nadal wpatrywała się w cmentarz. Twarz miała zupełnie pozbawioną wyrazu. – Eleno – powtórzył głos, a potem dodał, kiedy Bonnie odwróciła się w jej stronę. – Ktoś tam na ciebie czeka.

Elena nigdy nie mogła sobie przypomnieć, co tak naprawdę wydarzyło się w ciągu następnych kilku minut. Wydawało się, że coś się porusza wśród ciemnych, przygarbionych sylwetek nagrobków, że się tam przemieszcza i rośnie. Elena wrzasnęła, Meredith też. I obie rzuciły się do ucieczki. Bonnie pobiegła za nimi z krzykiem.

Elena gnała wąską ścieżką, potykając się o kamienie i kępki wilgotnych liści. Bonnie tuż za nią szlochała i z trudem łapała oddech. A Meredith, spokojna i cyniczna Meredith, dziko dyszała. W gałęziach dębu nad nimi nagle coś zatrzepotało i wrzasnęło. Elena przekonała się, że jednak może biec jeszcze szybciej.

– Za nami coś jest! – krzyknęła piskliwie Bonnie. – O Boże, co się dzieje?

– Na most – sapnęła Elena, pokonując płomień palący ją w płucach. Nie wiedziała dlaczego, ale czuła, że muszą się tam dostać. – Nie zatrzymuj się, Bonnie! Nie oglądaj się za siebie! – Złapała dziewczynę za rękaw i pociągnęła, nie pozwalając się odwrócić.

– Nie dam rady – płakała Bonnie, przywierając do jej boku z bezradną miną.

– Dasz! – warknęła Elena i znów złapała Bonnie za rękaw, zmuszając do dalszego biegu. – No już. Dalej!

Przed nimi dostrzegła srebrzysty połysk wody. Pomiędzy dębami pojawiła się wolna przestrzeń, a tuż za nią most. Pod Eleną uginały się nogi, a oddech świszczał jej w gardle, ale nie zwolniła kroku. Teraz widziała już drewniane bale mostu. Do mostu zostało tylko dziesięć metrów... potem pięć... potem metr...

– Udało się – wysapała Meredith, a jej stopy zadudniły na moście.

– Nie przystawaj! Na drugi brzeg!

Most skrzypiał, kiedy chwiejnym krokiem biegły po nim na drugą stronę, a woda niosła echem odgłos ich kroków. Kiedy zeskoczyła na ubitą ziemię na drugim brzegu, wreszcie puściła rękaw Bonnie. Stanęła.

Meredith zgięła się wpół, opierając dłonie na udach i łapiąc głębokie wdechy. Bonnie płakała.

– Co to było? Och, co to było? – spytała. – Czy to nadal nas goni?

– Myślałam, że to ty jesteś ekspertem od takich spraw – powiedziała Meredith łamiącym się głosem. – Na litość boską, Eleno, wynośmy się stąd.

– Nie, teraz już w porządku – szepnęła Elena. Ona też miała łzy w oczach i dygotała na całym ciele, ale zniknęło już wrażenie, że ktoś gorącym oddechem dyszy w jej kark. Między tym czymś a nią rozciągała się rzeka, tocząca swoje ciemne wody. – Tutaj nas nie dogoni.

Meredith wytrzeszczyła na nią oczy. Potem popatrzyła na drugi brzeg, gęsto porośnięty dębami i na Bonnie. Oblizała wargi i roześmiała się krótko.

– Jasne. Tu nas nie dogoni. Ale wracajmy do domu tak czy inaczej, dobra? Chyba że chcesz tu spędzić całą noc.

Elena wzdrygnęła się pod wpływem jakiegoś uczucia, którego nie umiała nazwać.

– Nie dzisiaj, dzięki – rzuciła. Objęła ramieniem nadal pochlipującą Bonnie. – Już dobrze, Bonnie. Już jesteśmy bezpieczne. Chodź.

Meredith znów obejrzała się na rzekę.

– Wiesz, nic tam nie widzę – rzekła już spokojniej. – Może nic za nami nie biegło? Może bez powodu spanikowałyśmy? Z niewielkim wsparciem obecnej tu druidzkiej kapłanki.

Elena nie odpowiedziała. Ruszyły w dalszą drogę, trzymając się blisko siebie na ścieżce z ubitej ziemi. Miała wątpliwości. Bardzo wiele wątpliwości.

ROZDZIAŁ 5

Księżyc w pełni świecił mu dokładnie nad głową. Stefano wracał do pensjonatu. Kręciło mu się w głowie i prawie się zataczał ze zmęczenia oraz nadmiaru krwi. Już dawno nie pozwolił sobie na tak obfity posiłek. Ale eksplozja nieokiełznanej mocy przy cmentarzu porwała go szaleństwem, pozbawiając resztek już i tak osłabionej samokontroli. Nie wiedział, skąd pojawiła się moc. Z kryjówki wśród cieni obserwował te dziewczyny, kiedy nagle moc wybuchła za jego plecami. Dziewczyny rzuciły się do ucieczki. Rozdarty między obawą, że powpadają do rzeki, a chęcią zbadania mocy i odkrycia jej źródła, podążył na koniec za Eleną. Nie mógł znieść myśli, że coś jej się stanie.

Coś czarnego odleciało w stronę lasu, kiedy ludzkie istoty znalazły schronienie na moście. Nawet swoimi nocnymi zmysłami Stefano nie mógł wyczuć, co to było. Przyglądał się, jak Elena i te dwie ruszają w stronę miasta. A potem zawrócił na cmentarz.

Teraz był pusty, wolny od obecności, która kryła się tam wcześniej. Na ziemi leżał cienki pasek jedwabiu, który ludziom w mroku wydałby się szary. Ale Stefano zobaczył jego prawdziwą barwę i mnąc materiał między palcami, podniósł powoli do ust, czując zapach jej włosów.

Ogarnęły go wspomnienia. Wystarczająco źle było wtedy, kiedy jej nie widział. Gdy chłodny blask jej jaźni tylko łaskotał go na skraju świadomości. Ale być z nią w tej samej sali w szkole, czuć jej obecność za plecami i odurzający zapach jej skóry wszędzie dokoła siebie – to było więcej, niż potrafił znieść.

Słyszał każdy jej oddech, czuł na plecach promieniejące od niej ciepło, wyczuwał każde uderzenie słodkiego pulsu. I wreszcie, ku własnemu przerażeniu, przekonał się, że poddaje się tym uczuciom. Językiem przeciągnął po swoich wilczych zębach, napawając się gromadzącym się w nich bólem zmieszanym z przyjemnością. Ciesząc się nim. Z premedytacją wdychał jej zapach i pozwalał napływać wizjom. Jak delikatna byłaby jej szyja, gdyby jego usta dotknęły jej, obsypując lekkimi pocałunkami. Dotarłyby do niewielkiego zagłębienia u podstawy szyi. Musnąłby to miejsce. Poczuł, jak pod skórą mocno uderza jej puls. I wreszcie pozwoliłby ustom się rozchylić, obnażając obolałe zęby, teraz ostre niczym małe sztylety, i...

Nie! Drgnął i wybił się z transu. Krew tętniła mu w żyłach mocno, nierówno. Trząsł się na całym ciele. Lekcja się skończyła. Uczniowie zaczęli wstawać z ławek. Miał tylko nadzieję, że nikt mu się nie przyglądał zbyt uważnie.

Kiedy się do niego odezwała, nie mógł uwierzyć, że stoi naprzeciwko niej, w żyłach czując płomień i z obolałą szczęką. Przez moment obawiał się, że straci panowanie nad sobą, że złapie ją za ramiona i posmakuje na oczach wszystkich. Nie miał pojęcia, jak udało mu się uciec, poza tym że jakiś czas później rozładowywał nadmiar energii w intensywnych ćwiczeniach fizycznych, tylko na wpół świadomy, że nie wolno mu wykorzystywać mocy. To nie miało znaczenia. Nawet bez niej pod każdym względem przewyższał chłopców, którzy rywalizowali z nim na boisku futbolowym. Wzrok miał lepszy, refleks szybszy, mięśnie silniejsze. Wreszcie jakaś dłoń klepnęła go w plecy i usłyszał Matta:

– Gratulacje! Witaj w drużynie!

Spoglądając w tę szczerą, uśmiechniętą twarz, Stefano poczuł wstyd. Gdybyś tylko wiedział, czym jestem, nie uśmiechałbyś się do mnie, pomyślał ponuro. Wygrałem wasze eliminacje dzięki oszustwu. A dziewczyna, którą kochasz – bo kochasz ją, prawda? – właśnie o niej cały czas myślę.

I rzeczywiście myślał o niej ciągle tego popołudnia, mimo że z całych sił próbował wybić ją sobie z głowy. Jak niewidomy ruszył z lasu w stronę cmentarza, przyciągany jakąś siłą, której nie rozumiał. A kiedy już się tam znalazł, obserwował ją, walcząc z sobą i ogarniającą go potrzebą, dopóki fala mocy nie sprawiła, że dziewczyny uciekły. Poszedł do domu, ale dopiero, kiedy się posilił. Kiedy już stracił panowanie nad sobą.

Nie mógł sobie przypomnieć, jak to się stało. Zaczęło się od fali mocy, która rozbudziła w nim instynkty, które wolał pozostawiać w uśpieniu. Potrzebę polowania. Głód pogoni, zapachu lęku i dzikiego triumfu zabijania. Minęły lata – wieki – odkąd czuł tę potrzebę z taką siłą. Żyły paliły go żywym ogniem. Wszystkie myśli zasnuła czerwień, nie mógł myśleć o niczym innym poza tym gorącym, miedzianym posmakiem, pierwotną energią, krwią.

Nadal czując, jak roznosi go ta gorączka, podszedł wtedy o krok czy dwa w stronę dziewczyn. Lepiej nie myśleć, co mogło się zdarzyć, gdyby nie wyczuł woni tamtego starego człowieka. Ale kiedy dotarł do mostu, pochwycił nosem ostrą, charakterystyczną woń ludzkiego ciała.

Ludzkiej krwi. Najpotężniejszego eliksiru, zakazanego wina. Parującej esencji samego życia, upajającego bardziej niż jakikolwiek alkohol. Był taki zmęczony walką z tą potrzebą.

Na brzegu pod mostem wyczuł jakiś ruch w stercie szmat. W mgnieniu oka Stefano wylądował obok kocim, pełnym gracji ruchem. Szarpnął ręką i ściągnął łachmany, obnażając pomarszczoną twarz wieńczącą wychudłą szyję. Człowiek wytrzeszczył na niego oczy. Stefano obnażył zęby.

A potem były już tylko odgłosy posiłku.

Teraz, z trudem wchodząc po schodach pensjonatu, usiłował o tym nie myśleć. Nie chciał też myśleć o niej – o dziewczynie, która kusiła go swoim ciepłem i żywotnością. To jej pragnął, ale musi to jakoś powstrzymać. Od tej pory będzie zabijać w sobie wszelkie takie myśli, zanim się jeszcze narodzą. Dla własnego dobra i dla jej dobra. Bo był czymś, co można nazwać jej najgorszym sennym koszmarem, a ona nawet tego nie wiedziała.

– Kto tam? To ty, chłopcze? – zawołał ostro chrapliwy głos. Drzwi na pierwszym piętrze się otworzyły i wyjrzała zza nich siwa głowa.

– Tak signora... Proszę pani. Przepraszam, jeśli panią przestraszyłem.

– Ach, trzeba czegoś więcej niż skrzypiące klepki, żeby mnie wystraszyć. Zamknąłeś drzwi, wchodząc?

– Tak, signora. Jest pani... bezpieczna.

– Słusznie. Musimy dbać o bezpieczeństwo. Nigdy nie wiadomo, na co się można natknąć w tych lasach, prawda? – Spojrzał przelotnie na uśmiechniętą drobną twarz otoczoną kosmykami siwych włosów. Na jasne bystre oczy. Czy krył się w nich jakiś sekret?

– Dobranoc, signora.

– Dobranoc, chłopcze. – Zatrzasnęła drzwi.

W pokoju padł na łóżko i leżał, wpatrując się w niski skośny sufit.

Zwykle w nocy kręcił się niespokojnie, to nie była jego naturalna pora na sen. Ale dziś był zmęczony. Tak wiele energii trzeba było, żeby wyjść na słońce, a obfity posiłek przyczynił się do ogarniającego go bezwładu. Niebawem, chociaż nie zamykał oczu, przestał widzieć bielony sufit nad głową.

Wspominał. Katherine, tak urocza tamtego wieczoru przy fontannie. Promienie księżyca srebrzące jej bladozłote włosy. Czuł się wtedy taki dumny, siedząc z nią i będąc wybrańcem, z którym podzieliła się tajemnicą...

– I nigdy nie możesz wychodzić na słońce?

– Mogę, owszem, o ile noszę to. – Uniosła delikatną, białą dłoń i promień księżyca zalśnił na małym pierścionku z lazurytem. – Ale słońce ogromnie mnie męczy. Nigdy nie miałam zbyt wiele siły.

Stefano popatrzył na nią, na delikatne rysy jej twarzy i drobną sylwetkę. Była prawie tak niematerialna jak szklana przędza. Nie, nie mogła mieć wiele siły.

– Jako dziecko często chorowałam – powiedziała cicho, spojrzenie utkwiwszy w wodzie wypływającej z fontanny. – Ostatnim razem chirurg powiedział wreszcie, że umrę. Pamiętam, że papa płakał, i pamiętam, jak leżałam w swoim wielkim łóżku, zbyt słaba, żeby się poruszyć. Nawet oddychanie sprawiało mi wielki trud. Bardzo mi było smutno odchodzić z tego świata i było mi zimno, tak bardzo zimno. – Zadrżała, a potem się uśmiechnęła.

– I co się stało?

– Obudziłam się w środku nocy i zobaczyłam Gudren. Stała przy łóżku. A potem usunęła się na bok i dostrzegłam mężczyznę, którego przyprowadziła. Byłam przerażona. Na imię miał Klaus i słyszałam, jak ludzie z wioski opowiadali, że w nim jest zło. Prosiłam, żeby mnie ratowała, ale ona tylko stała i patrzyła. Kiedy przytknął usta do mojej szyi, myślałam, że mnie zabije.

Przerwała. Stefano przyglądał jej się z przerażeniem i współczuciem, a ona uśmiechnęła się do niego uspokajająco.

– Właściwie to wcale nie było straszne. Najpierw trochę bolało, ale szybko przestało. A potem wrażenie było wręcz przyjemne. Kiedy pozwolił mi się napić własnej krwi, poczułam się silniejsza, niż byłam od miesięcy. A potem wspólnie odczekaliśmy godziny, które pozostały do świtu. Kiedy przyszedł chirurg, nie mógł uwierzyć, że mam dość sił, żeby usiąść i mówić. Papa powiedział, że to cud i rozpłakał się ze szczęścia. – Jej twarz się nachmurzyła – Wkrótce będę musiała opuścić papę. Któregoś dnia zda sobie sprawę, że od tamtej choroby nie postarzałam się ani o jeden dzień.

– I nigdy się nie postarzejesz?

– Nie. To jest właśnie cudowne, Stefano! – Spojrzała na niego z dziecinną radością. – Zawsze będę młoda i nigdy nie umrę! Możesz to sobie wyobrazić?

Nie potrafił jej sobie w żaden sposób wyobrazić innej niż w tej chwili: uroczej, niewinnej, idealnej.

– Ale… Nie bałaś się na początku?

– Najpierw trochę tak. Ale Gudren pokazała mi, co robić. To ona podpowiedziała, żebym kazała zrobić dla siebie ten pierścionek z kamieniem, który ochroni mnie przed światłem słońca. A gdy leżałam w łóżku, przynosiła mi kubki z ciepłym jedzeniem. A potem zaczęła przynosić drobne zwierzęta, które łapał w sidła jej syn.

– Ludzi… nie?

Zadźwięczał jej śmiech.

– Oczywiście, że nie. Gołąb dostarcza mi wszystkiego, czego mi potrzeba na jedną noc. Gudren mówi, że jeśli chcę zyskać siłę, powinnam pić ludzką krew, bo esencja życiowa jest u ludzi najsilniejsza. I Klaus też mnie namawiał, znów chciał ze mną wymieszać krew. Ale powiedziałam Gudren, że nie chcę siły. A jeśli chodzi o Klausa... – przerwała i opuściła wzrok, tak że gęste rzęsy rzuciły cień na jej policzki. Bardzo cichym głosem ciągnęła: – Moim zdaniem to nie jest coś, na co można się zdecydować pochopnie. Napiję się ludzkiej krwi dopiero, kiedy znajdę sobie towarzysza. Kogoś, kto zechce trwać przy moim boku przez całą wieczność. – Spojrzała na niego z powagą.

Stefano uśmiechnął się do niej, czując, że kręci mu się w głowie. Był taki dumny. Z trudem ukrywał szczęście, jakie go w tej chwili ogarnęło.

Ale to było zanim jego brat, Damon, wrócił z uniwersytetu. Zanim Damon spojrzał w błękitne jak lazuryt oczy Katherine.

Stefano jęknął. A potem znów ogarnęła go ciemność i przez głowę zaczęły przebiegać kolejne obrazy.

Były to pojedyncze urywki przeszłych zdarzeń niełączące się w żaden logiczny ciąg. Przyglądał im się niczym scenom, na moment oświetlonym blaskiem błyskawicy. Twarz jego brata wykrzywiona w wyrazie nieludzkiej furii. Błękitne oczy Katherine, błyszczące i roześmiane, kiedy obracała się na palcach w nowej białej sukni. Błysk bieli pod drzewem cytrynowym. Ciężar szpady w dłoni, wołający z oddali głos Giuseppe. Drzewo cytrynowe. Nie wolno mu iść za drzewo cytrynowe. Znów zobaczył twarz Damona, ale tym razem brat śmiał się dziko. Śmiał się i śmiał, śmiechem, który przypominał zgrzyt tłuczonego szkła. A drzewo cytrynowe było teraz bliżej...

– Damon! Katherine! Nie!

Usiadł na łóżku prosto jak kij.

Rozdygotanymi dłońmi przeczesał włosy. Próbował uspokoić oddech.

Okropny sen. Od dawna nie torturowały go koszmary. W sumie od bardzo dawna w ogóle o niczym nie śnił. Kilka ostatnich scen snu wciąż na nowo pojawiało mu się przed oczyma i znów zobaczył drzewo cytrynowe i usłyszał śmiech brata.

Ten śmiech rozbrzmiewał mu w myślach niemal zbyt wyraźnym echem. Nagle nieświadomy, że zdecydował się w ogóle poruszyć – Stefano przekonał się, że stoi przy otwartym oknie. Nocne powietrze chłodem owiewało mu policzki, kiedy wyglądał w srebrzysty mrok.

– Damon? – Wysłał na fali mocy poszukiwawczą myśl. A potem zamarł w kompletnym bezruchu, nasłuchując wszystkimi zmysłami.

Nie poczuł niczego, najdrobniejszej fali w odpowiedzi. W pobliżu para nocnych ptaków poderwała się do lotu. W mieście większość umysłów spała, w lasach nocne zwierzęta krzątały się wokół swoich tajemnych sprawek.

Westchnął i cofnął się w głąb pokoju. Może się mylił co do tego śmiechu. Może nawet mylił się co do zagrożenia, czającego się na cmentarzu. Fell's Church trwało w bezruchu, spokojne. Powinien wziąć przykład z reszty miasteczka. Potrzebował snu.

5 września (w sumie 6 września nad ranem, mniej
więcej koło pierwszej w nocy)

Drogi pamiętniku,
Powinnam wracać do łóżka. Ale zaledwie parę minut temu obudziłam się, przekonana, że ktoś krzyczy, a teraz w domu jest cicho. Dziś wieczorem wydarzyło się tyle dziwnych rzeczy, że nerwy mam po prostu w strzępach.

Ale przynajmniej obudziłam się, wiedząc dokładnie, co mam zrobić w sprawie Stefano. Wszystko, ot tak, ułożyło mi się w głowie. Plan B, faza pierwsza wchodzi w życie z samego rana.

Oczy Frances pałały, a jej policzki się zaczerwieniły, kiedy zbliżyła się do trzech dziewczyn przy stoliku.

– Eleno, posłuchaj tylko!

Uśmiechnęła się do niej uprzejmie, ale z dystansem. Frances pochyliła brązowowłosą głowę.

– To znaczy... Mogę się do was przysiąść? Właśnie usłyszałam coś dziwnego na temat Stefano Salvatore.

– Siadaj – pozwoliła łaskawie Elena. – Ale – dodała, smarując bułkę masłem – nie jesteśmy w sumie takie znów zainteresowane tymi rewelacjami.

– Wy...? – Frances wytrzeszczyła na nią oczy. A potem spojrzała na Meredith i wreszcie na Bonnie. – Żartujecie, dziewczyny, prawda?

– Ależ skąd. – Meredith nadziała strączek fasolki szparagowej na widelec i przyjrzała mu się w zamyśleniu. – Dzisiaj przejmujemy się czymś innym.

– Dokładnie – potwierdziła Bonnie chwilę później. – Stefano to już stara sprawa. Wiesz, było, minęło. – A potem pochyliła się i pomasowała kostkę.

Frances spojrzała na Elenę błagalnie.

– Ale ja myślałam, że chcesz się wszystkiego o nim dowiedzieć.

– Ciekawość – powiedziała Elena. – Mimo wszystko jest tu nowy i chciałam, żeby poczuł się w Fell's Church dobrze. Ale, oczywiście, muszę być lojalna wobec Jeana-Claude'a.

– Jeana-Claude'a?

– Jeana-Claude'a – powiedziała Meredith, unosząc brwi i wzdychając.

– Jeana-Claude'a – potwierdziła dzielnie Bonnie.

Ostrożnie, kciukiem i palcem wskazującym, Elena wydobyła z plecaka zdjęcie.

– Tu jest, stoi przed domkiem, w którym mieszkałam. Zaraz potem zerwał dla mnie kwiat i powiedział... No cóż – uśmiechnęła się tajemniczo. – Nie powinnam tego powtarzać.

Frances gapiła się na zdjęcie. Widniał na nim opalony młody mężczyzna, stojący przed krzewem hibiskusa i nieśmiało uśmiechnięty.

– Jest od ciebie starszy, prawda? – zapytała z szacunkiem.

– Ma dwadzieścia jeden lat. Oczywiście – Elena obejrzała się przez ramię – ciotka nigdy by się na to nie zgodziła, więc ukrywamy to przed nią, dopóki nie skończę szkoły. Musimy pisać do siebie w tajemnicy.

– Jakie to romantyczne – westchnęła Frances. – Nie powiem żywej duszy, obiecuję. Ale co do Stefano...

Elena uśmiechnęła się do niej z wyższością.

– Jeśli już mam jeść po europejsku – powiedziała – to zawsze wybiorę kuchnię francuską zamiast włoskiej. – Odwróciła się do Meredith. – Mam rację?

– Hm. Całkowitą. – Meredith i Elena wymieniły znaczące uśmiechy, a potem spojrzały na Frances. – Zgodzisz się z nami?

– Och, tak – rzuciła szybko Frances. – Też tak sądzę. Absolutnie. – Uśmiechnęła się tak samo jak one i wreszcie sobie poszła.

Kiedy zniknęła, Bonnie odezwała się żałośnie:

– Eleno, to mnie zabije. Umrę, jeśli się nie dowiem, co to były za plotki.

– Ach, tamto? Sama mogę ci powiedzieć – odparła Elena spokojnie. – Miała zamiar nam oznajmić, że chodzą słuchy, że Stefano Salvatore ćpa.

– Co takiego? – Bonnie wytrzeszczyła oczy, a potem wybuchnęła śmiechem. – Przecież to śmieszne. Jaki ćpun, na litość boską, tak by się ubierał i nosił ciemne okulary? To znaczy, który narkoman robi co się tylko da, żeby zwrócić na siebie uwagę... – Umilkła, a potem szeroko otworzyła oczy. – No ale z drugiej strony, może właśnie po to tak robi. Kto by podejrzewał kogoś, kto się tak rzuca w oczy? A poza tym mieszka sam, jest taki skryty... Eleno! Co, jeśli to prawda?

– To nie jest prawda – stwierdziła Meredith.

– Skąd wiesz?

– Bo sama rozpuściłam tę plotkę. – Na widok miny Bonnie uśmiechnęła się szeroko i dodała: – Elena mi kazała.

– Och... – Bonnie spojrzała z podziwem na Elenę. – Jesteś przebiegła. Mogę zacząć wmawiać ludziom, że on jest śmiertelnie chory?

– Nie, nie możesz. Nie chcę, żeby ustawiły się do niego w kolejce wszystkie pielęgniarki z powołania, żeby go trzymać za rękę. Ale możesz opowiadać ludziom co tylko chcesz na temat Jeana-Claude'a.

Bonnie podniosła zdjęcie.

– A tak naprawdę to kim on jest?

– Ogrodnikiem. Ma świra na punkcie tych krzewów hibiskusa. Poza tym jest żonaty i ma dwoje dzieci.

– Szkoda – powiedziała Bonnie całkiem poważnie. – Ale powiedziałaś Frances, żeby nikomu o tym nie mówiła...

– Właśnie. – Elena zerknęła na zegarek. – Co znaczy, że, powiedzmy tak do drugiej, powinno się to rozniеść po całej szkole.

Po szkole dziewczyny poszły do Bonnie. Przy frontowych drzwiach powitało je jazgotliwe szczekanie, a kiedy Bonnie otworzyła drzwi, usiłował się zza nich wymknąć na zewnątrz bardzo stary i bardzo gruby pekińczyk. Wabił się Jangcy i był tak rozpuszczony, że nie cierpieli go wszyscy poza matką Bonnie. Spróbował ugryźć Elenę w kostkę, kiedy go mijała.

Salon był ciemnawy i zatłoczony, z mnóstwem wymyślnych mebli i ciężkimi zasłonami w oknach. Pośrodku pokoju stała Mary, siostra Bonnie. Właśnie odpinała czepek od wijących się rudych włosów. Była tylko dwa lata starsza od Bonnie i pracowała jako pielęgniarka w klinice Fell's Church.

– Och, Bonnie – uśmiechnęła się. – Cieszę się, że wróciłaś. Cześć, Eleno. Meredith.

Elena i Meredith przywitały się z nią.

– Coś się stało? Chyba jesteś zmęczona – spytała Bonnie.

Mary upuściła czepek na stolik do kawy. Zamiast odpowiedzieć, sama zadała pytanie:

– Wczoraj wieczorem, kiedy wróciłaś do domu taka zdenerwowana, mówiłaś, że gdzie byłyście?

– Na dole przy... Tuż obok mostu Wickery.

– Tak właśnie myślałam. – Mary wzięła głęboki oddech. – Posłuchaj mnie, Bonnie McCullough. Masz tam nigdy więcej nie chodzić, a już zwłaszcza nie sama. I nie w nocy. Jasne?

– Ale dlaczego nie? – zapytała Bonnie zaskoczona.

– Bo wczoraj wieczorem ktoś został tam zaatakowany. Oto dlaczego. A wiesz, gdzie go znaleźli? Na samym brzegu, tuż obok mostu Wickery.

Elena i Meredith spojrzały na nią z niedowierzaniem, a Bonnie chwyciła Elenę za ramię.

– Kogoś zaatakowano pod mostem? Co się stało?

– Nie wiem. Dziś rano jeden z pracowników cmentarza zauważył, że ktoś tam leży. To był bezdomny. Ale kiedy go przywieźli, był na wpół żywy i nie odzyskał jeszcze przytomności. Może nie przeżyć.

Elena z trudem przełknęła ślinę.

– Jak to, został zaatakowany?

– Chodzi mi o to – wyjasniła Mary dobitnym głosem – że ktoś mu niemal rozerwał gardło. Stracił niesamowicie dużo krwi. Najpierw myśleli, że to może jakieś zwierzę, ale teraz doktor Lowen mówi, że to musiał być człowiek. A policja uważa, że ktoś, kto to zrobił, może się ukrywać na cmentarzu. – Mary popatrzyła na każdą z dziewczyn po kolei, zaciskając usta w wąską linijkę. – Więc jeśli byłyście przy moście albo na cmentarzu, to ten człowiek mógł być tam wtedy, kiedy i wy. Jasne?

– Nie musisz nas straszyć – odezwała się Bonnie słabym głosem. – Zrozumiałyśmy.

– Dobrze. Nie ma sprawy. – Mary się zgarbiła i ze znużeniem potarła kark. – Muszę się położyć. Nie chciałam być opryskliwa. – I po tych słowach wyszła z pokoju.

Dziewczyny popatrzyły na siebie.

– To mogła być jedna z nas – zauważyła Meredith cicho. – A zwłaszcza ty, Eleno, poszłaś tam sama.

Elenę przeszły ciarki. Ogarnęło ją to samo uczucie, co na cmentarzu. Jakby otaczały ją zewsząd te wysokie nagrobki i jakby powiał zimny wiatr. Słońce i Liceum imienia Roberta E. Lee nigdy nie wydawały się bardziej odległe.

– Bonnie – zaczęła powoli – czy widziałaś kogoś? Czy o to ci chodziło, kiedy powiedziałaś, że ktoś tam na mnie czeka?

W półmroku salonu Bonnie spojrzała na nią, jakby nic nie rozumiała.

– O czym ty mówisz? Nic takiego nie mówiłam.

– Owszem, mówiłaś.

– Nieprawda!

– Bonnie – odezwała się Meredith – obie cię słyszałyśmy. Gapiłaś się na te stare nagrobki, a potem powiedziałaś
Elenie...

– Nie mam pojęcia, o co wam chodzi! – Twarz Bonnie ściągnął gniew, ale w oczach miała łzy. – I nie chcę już więcej o tym
rozmawiać.

Elena i Meredith wymieniły bezradne spojrzenia. Na zewnątrz słońce schowało się za chmurą.

ROZDZIAŁ 6

26 września

Drogi pamiętniku,
    *Przepraszam, że tak długo nie pisałam. Sama nie
wiem, dlaczego tak się stało. Może o niektórych sprawach boję się opowiedzieć nawet tobie.*

    *Po pierwsze, stało się coś strasznego. Tego wieczo-
ru, kiedy z Bonnie i Meredith byłyśmy na cmentarzu,
jakiś włóczęga został tam zaatakowany i prawie zabity. Policja nadal nie znalazła sprawcy. Ludzie uważają, że ten włóczęga oszalał, bo kiedy się ocknął, zaczął
wrzeszczeć o jakichś „oczach w mroku", o dębach i innych takich. Ale ja pamiętam, co nam się przytrafiło
tamtego wieczoru, i wiem swoje. To mnie przeraża.*

    *Wszyscy byli przez jakiś czas przestraszeni i dzie-
ciaki musiały siedzieć w domach po zmroku albo wolno im było wychodzić tylko grupkami. Ale minęły już
trzy tygodnie, nic takiego nie wydarzyło się ponownie,
więc emocje powoli opadają. Ciocia Judith twierdzi,*

że musiał to zrobić jakiś inny bezdomny. Ojciec Tylera Smallwooda zasugerował nawet, że ten starzec mógł to sobie zrobić sam – chociaż ciekawa jestem, w jaki sposób człowiek miałby sam sobie przegryźć gardło.

Ale najbardziej byłam zajęta planem B. Jak na razie wszystko idzie dobrze. Dostałam już kilka listów i bukiet czerwonych róż od „Jeana-Claude'a" (wujek Meredith ma kwiaciarnię) i chyba wszyscy zdążyli zapomnieć, że w ogóle byłam kiedyś zainteresowana Stefano. Tak więc moja pozycja towarzyska nie jest zagrożona. Nawet Caroline nie sprawiała mi ostatnio żadnych kłopotów.

W sumie nie wiem, co Caroline porabiała w ostatnich dniach, i zupełnie mnie to nie obchodzi. Nie widuję jej już w czasie lunchu ani po szkole, tak jakby zupełnie się odsunęła od swojej dawnej paczki.

W tej chwili obchodzi mnie tylko on, Stefano.

Nawet Bonnie i Meredith nie mają pojęcia, jakie to dla mnie ważne. Boję się im o tym powiedzieć. Boję się, że pomyślą, że zwariowałam. W szkole noszę maskę spokoju i opanowania, ale w środku... No cóż, każdy dzień jest trudniejszy niż poprzedni.

Ciocia Judith zaczęła się o mnie martwić. Mówi, że ostatnio za mało jem i ma rację. Nie mogę się skoncentrować nad lekcjami ani nawet na niczym przyjemnym, na przykład na zbiórce funduszy na halloweenową imprezę. Nie mogę się skoncentrować na niczym poza nim. I nie rozumiem, dlaczego tak się dzieje.

Nie odezwał się do mnie od tamtego okropnego popołudnia. Ale powiem ci coś dziwnego. W zeszłym tygodniu na historii podniosłam wzrok i przyłapałam go na gapieniu się na mnie. Siedzieliśmy kilka miejsc od siebie, a on przy swoim stoliku siedział dokładnie bokiem i tylko patrzył. Na moment aż się przeraziłam, a serce zaczęło mi szybko walić i tak po prostu się na siebie gapiliśmy. A potem odwrócił wzrok. Ale od tamtej pory to się powtórzyło jeszcze dwa razy i za każdym razem czułam

*na sobie jego spojrzenie, zanim zdążyłam podnieść
wzrok i zobaczyć, że patrzy. To szczera prawda. Wiem,
że sobie tego nie wyobraziłam.*

*Stefano nie przypomina żadnego chłopaka, jakiego
dotąd poznałam.*

*Wydaje mi się samotny i odcięty od ludzi. Ale to je-
go własna decyzja. W drużynie futbolowej radzi sobie
świetnie, mimo to nie zadaje się z żadnym z chłopaków.
Może poza Mattem. Tylko z nim rozmawia. Z dziewczynami też nie gada – o ile wiem – więc może ta plotka
o ćpaniu jednak się na coś przydała. Ale wygląda na to,
że to on unika ludzi, a nie oni jego. Znika między lekcjami i po treningach. I nigdy go nie widuję w stołówce.
Nigdy nikogo nie zaprosił do swojego pokoju w pensjonacie. Nigdy nie zagląda po szkole do kawiarni.*

*Więc jak ja mam go złapać w jakimś miejscu, gdzie
nie będzie mógł przede mną uciec? To prawdziwy problem. Bonnie mówi: A dlaczego nie miałabyś znaleźć się
z nim gdzieś sam na sam w czasie burzy? Musielibyście
się do siebie przytulić, żeby nie dopuścić do wychłodze-
nia organizmów. Meredith z kolei podsunęła, że samochód powinien mi się zepsuć przed jego pensjonatem.
Ale żaden z tych dwóch pomysłów nie jest najlepszy,
a ja dostaję świra, usiłując wymyślić coś innego.*

*Każdy dzień jest dla mnie trudniejszy niż poprzedni.
Czuję się, jakbym była jakimś zegarem i jakby ktoś coraz mocniej nakręcał mi sprężynę. Jeśli nie znajdę sobie
szybko jakiegoś zajęcia, to...*

Miałam zamiar napisać: umrę.

Wyjście z sytuacji przyszło jej do głowy zupełnie nagle.
I było proste.

Żałowała Matta. Wiedziała, że zraniły go te plotki o Jeanie-
-Claudzie. Prawie się do niej nie odzywał, odkąd ta historia się
rozeszła. Zwykle mijał ją, witając tylko szybkim skinieniem głowy. A kiedy któregoś dnia wpadła na niego na pustym koryta-

rzu, przed lekcją kreatywnego pisania, uciekł wzrokiem przed jej spojrzeniem.

– Matt... – zaczęła. Chciała mu powiedzieć, że to nieprawda, że nigdy nie zaczęłaby spotykać się z jakimś innym chłopakiem, nie uprzedzając go o tym. Chciała wyjaśnić, że nigdy nie zamierzała go zranić i że teraz czuje się okropnie. Ale nie wiedziała, od czego zacząć. Wreszcie wykrztusiła tylko: – Przepraszam cię. – A potem zawróciła, żeby wejść do klasy.

– Eleno – odezwał się, a ona się odwróciła. Teraz przynajmniej na nią patrzył, jego spojrzenie błądziło po jej ustach, włosach. A potem pokręcił głową, jakby chciał powiedzieć, że nie ma za co przepraszać. – Ten Francuz to tak na serio? – zapytał wreszcie.

– Nie – odparła Elena natychmiast i bez wahania. – Wymyśliłam go – dodała wprost. – Żeby pokazać wszystkim, że się wcale nie przejmuję... – urwała.

– Że się nie przejmujesz Stefano. Rozumiem. – Matt pokiwał głową, jednocześnie z większym smutkiem i większym zrozumieniem. – Posłuchaj, Eleno, on się faktycznie zachował niefajnie. Ale moim zdaniem nie było w tym nic osobistego. On taki jest dla wszystkich...

– Poza tobą.

– Nie. Gada ze mną, czasami, ale nigdy o niczym osobistym. Nic nie mówi o rodzinie ani co robi poza szkołą. To tak... To tak, jakby wokół niego był jakiś mur, którego nie umiem przebić. Moim zdaniem on nikogo poza ten mur nie wpuści. I wielka szkoda, bo myślę, że wcale nie jest mu z tym dobrze.

Elena zastanowiła się nad tym. Ona sama nigdy nie wzięłaby tego pod uwagę. Stefano zawsze wydawał się opanowany, spokojny i niewzruszony. Ale z drugiej strony wiedziała, że inni ludzie ją widzą tak samo. Czy możliwe, że w głębi duszy Stefano czuje się tak samo zagubiony i nieszczęśliwy jak ona?

I wtedy przyszedł jej do głowy ten śmiesznie prosty pomysł. Żadnych skomplikowanych intryg, żadnych burz ani psujących się samochodów.

– Matt – zaczęła powoli – nie sądzisz, że byłoby dobrze, gdyby ktoś zdołał przebić ten mur? To znaczy, dobrze dla Stefano?

Zgodzisz się, że nic lepszego nie mogłoby go spotkać? – Spojrzała na niego przenikliwie, pragnąc, żeby rozumiał.

Przez chwilę przyglądał się jej, a potem na moment zamknął oczy i pokręcił głową z niedowierzaniem.

– Eleno – westchnął. – Jesteś niesamowita. Owijasz sobie ludzi wokół palca i nawet nie zdajesz sobie z tego sprawy. A teraz chcesz mnie prosić, żebym ci pomógł zastawić pułapkę na Stefano. A ja jestem takim cholernym durniem, że możliwe że się na to zgodzę.

– Nie jesteś durniem, jesteś dżentelmenem. I tak, chcę cię poprosić o przysługę, ale tylko jeśli uznasz, że to w porządku. Nie chcę ranić Stefano. Nie chcę też ranić ciebie.

– Nie chcesz?

– Nie. Wiem, jak to musi brzmieć, ale to prawda. Ja tylko chcę… – Znów urwała. Jak miała mu wyjaśnić, czego chce, skoro sama tego nie rozumiała?

– Ty tylko chcesz, żeby wszyscy i wszystko kręciło się dokoła Eleny Gilbert – stwierdził z goryczą. – Chcesz po prostu tego wszystkiego, czego nie masz.

Zaszokowana cofnęła się o krok i spojrzała na niego. Coś ją ścisnęło w gardle, a w oczach zaczęły się zbierać gorące łzy.

– Przestań – powiedział. – Eleno, nie patrz tak na mnie. Przepraszam cię – westchnął. – Dobrze. To co mam zrobić? Związać go i dostarczyć ci na wycieraczkę?

– Nie. – Elena usiłowała powstrzymać łzy. – Chciałam tylko, żebyś go namówił, aby w przyszłym tygodniu przyszedł na jesienny bal.

Matt zrobił dziwną minę.

– Żeby przyszedł na bal.

Elena pokiwała głową.

– Dobrze. Jestem prawie pewien, że się tam pojawi. I, Eleno… Naprawdę, poza tobą nie chcę tam nikogo zabierać.

– Dobrze – powiedziała Elena po chwili. – Aha, i wiesz… Dziękuję ci.

Matt nadal miał tę dziwną minę.

– Nie dziękuj mi, Eleno. To nic takiego… Naprawdę.

Jeszcze się nad tym głowiła, kiedy się odwrócił i odszedł w głąb korytarza.

– Nie ruszaj się – ostrzegła Meredith i pociągnęła Elenę za pasmo włosów gestem dezaprobaty.

– Wciąż uważam, że obaj byli cudowni – odezwała się Bonnie z siedzenia w oknie.

– Kto? – mruknęła Elena z roztargnieniem.

– Jakbyś nie wiedziała. – Bonnie jęknęła. – Tych twoich dwóch facetów, którzy wczoraj cudem, w ostatniej chwili uratowali mecz. Kiedy Stefano złapał piłkę, myślałam, że zemdleję. Albo zwymiotuję.

– Przestań – zażądała Meredith.

– A Matt? Ten chłopak to po prostu poezja...

– Żaden z nich nie jest mój – zaprotestowała Elena. Za sprawą wprawnych palców Meredith jej włosy zamieniały się właśnie w dzieło sztuki, w miękką masę poskręcanego złota. A sukienka była taka jak trzeba, w kolorze lodowatego fioletu, dzięki któremu jej oczy nabierały lawendowego blasku. Mimo to zdawała sobie sprawę, że wygląda blado i... zdecydowanie. Nie jak zaróżowiona z emocji dziewczyna, ale jak pobielały na twarzy i zdeterminowany żołnierz, którego właśnie wysyłają na linię frontu.

Gdy wczoraj stanęła na boisku futbolowym w momencie, kiedy wywołano jej nazwisko jako królowej jesiennego balu, w głowie miała tylko jedną myśl. Stefano nie może odmówić tańca z nią. Jeśli w ogóle przyjdzie na bal, to nie może odmówić tańca z królową jesiennego balu. Teraz, stojąc przed lustrem, znów to sobie powtórzyła.

– Dzisiaj każdy, kogo zechcesz, będzie twój – powiedziała uspokajająco Bonnie. – Aha, posłuchaj, kiedy pozbędziesz się Matta, mogę się nim zająć i go pocieszyć?

Meredith parsknęła.

– A co sobie pomyśli Raymond?

– Och, jego może ty pocieszysz. Ale serio, Eleno, lubię Matta. A kiedy już dopadniesz Stefano, trochę wam się zrobi za ciasno w tym trójkąciku. A więc...

– Rób, co chcesz. Mattowi należy się trochę czułości. – A na pewno nie dostanie jej ode mnie, pomyślała Elena. Nadal nie do końca mieściło jej się w głowie, że go tak potraktowała. Ale w tej akurat chwili nie mogła sobie pozwolić na wątpliwości co do własnych zamiarów. Potrzebowała całej swojej siły i koncentracji.

– No już. – Meredith wsunęła ostatnią szpilkę we włosy Eleny. – Tylko na nas popatrzcie. Oto królowa jesiennego balu i jej dwór. A przynajmniej jego część. Jesteśmy piękne.

– To była królewska liczba mnoga? – zażartowała Elena.

Ale Meredith mówiła prawdę. Były piękne. Sukienka Meredith z wiśniowego atłasu była zebrana mocno w talii i puszczona w luźnych fałdach od bioder. Ciemne włosy przyjaciółka rozpuściła na plecach. A Bonnie, kiedy wstała i dołączyła do nich przed lustrem, wyglądała jak błyszcząca laleczka, cała w różowej tafcie i czarnych cekinach.

A jeśli chodzi o nią samą... Elena przyjrzała się swojemu odbiciu w lustrze i znów się zastanowiła. Suknia była w porządku. Jedyne określenie, jakie jej przychodziło do głowy, to: „kandyzowane fiołki". Jej babcia trzymała kiedyś słoiczek takich prawdziwych kwiatków, obtaczanych w cukrze i zamrożonych.

Razem zeszły na dół, tak jak zwykle przed każdą imprezą, odkąd skończyły siódmą klasę – poza tym, że kiedyś zawsze towarzyszyła im Caroline. Z lekkim zdziwieniem Elena zdała sobie sprawę, że nawet nie wie, z kim Caroline przyjdzie dzisiaj wieczorem.

Ciocia Judith i Robert – który już niedługo miał zostać wujkiem Robertem – siedzieli w salonie razem z Margaret ubraną w piżamkę.

– Och, dziewczyny, wyglądacie ślicznie – zachwyciła sie ciocia tak poruszona i ożywiona, jakby to ona wybierała się na bal. Pocałowała Elenę, a Margaret wyciągnęła do siostry rączki, żeby ją uścisnąć.

– Jesteś ładna – orzekła ze szczerością czterolatki.

Robert też zerkał na Elenę. Zamrugał, otworzył usta i znów je zamknął.

– O co chodzi, Bob?

– Och. – Spojrzał na ciocię Judith z zażenowaniem. – No cóż, w sumie przyszło mi do głowy, że Elena to odmiana imienia Helena. A z jakiegoś powodu pomyślałem o Helenie Trojańskiej.

– Piękna i przeklęta – powiedziała radośnie Bonnie.

– No cóż, owszem – zgodził się Robert, ale nie miał szczęśliwej miny.

Elena milczała.

Zdzwonił dzwonek przy drzwiach. Matt stał na stopniu w swojej znajomej granatowej sportowej kurtce. Przyszli z nim Ed Goff, z którym się umówiła Meredith, i Raymond Hernandez – randka Bonnie. Elena szukała wzrokiem Stefano.

– Pewnie już tam jest – powiedział Matt, który zrozumiał jej spojrzenie. – Posłuchaj, Eleno...

Ale cokolwiek miał jej do powiedzenia, przerwała mu gadanina pozostałych dwóch par. Bonnie i Raymond pojechali razem z nimi samochodem Matta i przez całą drogę do szkoły nie przestawali sypać żartami.

Z otwartych drzwi auli płynęła muzyka. Kiedy Elena wysiadła z samochodu, ogarnęła ją jakaś dziwna pewność. Spoglądając na budynek szkoły, zdała sobie sprawę, że coś się na pewno zdarzy.

Jestem gotowa, pomyślała. I miała nadzieję, że to prawda.

W środku było kolorowo, tłumnie i radośnie. Gdy tylko weszli do sali, otoczyli ich znajomi, i oboje z Mattem zostali zasypani gradem komplementów – suknia Eleny, jej fryzura, kwiaty. A Matt to rodząca się legenda, nowy Joe Montana, pewny kandydat do sportowego stypendium na studia.

W tym oszałamiającym zamieszaniu, w którym powinna czuć się jak ryba w wodzie, Elena rozglądała się za ciemnowłosą głową Stefano.

Tyler Smallwood dyszał jej nad karkiem mieszaniną ponczu, bruta i gumy doublemint. Dziewczyna, z którą przyszedł, miała minę, jakby go chciała zabić. Elena zignorowała go w nadziei, że sobie pójdzie.

Pan Tanner minął ich z rozmiękłym kubkiem papierowym w dłoni. Wyglądał, jakby uwierał go kołnierzyk koszuli. Sue Carson, druga w kolejce pretendentka do tronu królowej jesiennego balu, podeszła do niej niedbałym krokiem i zaczęła gruchać coś na temat fioletowej sukni. Bonnie już znalazła się na parkiecie i skrzyła w światłach. Ale Elena nigdzie nie widziała Stefano.

Jeśli jeszcze raz poczuje gumę doublemint, zrobi jej się słabo. Trąciła Matta łokciem i uciekli w stronę stołów z jedzeniem, gdzie trener Lyman wdał się w analizę meczu. Pary i grupki podchodziły do nich, przystawały na parę minut, a potem wycofywały się i robiły miejsce następnym. Zupełnie, jakbyśmy naprawdę byli królewską parą, przemknęła Elenie przez głowę szalona myśl. Zerknęła, chcąc sprawdzić, czy Matt podziela jej rozbawienie, ale on patrzył nieruchomym wzrokiem gdzieś w lewo.

Poszła za jego spojrzeniem. I tam, za grupką graczy futbolowych, znalazła chłopaka, którego szukała. Nie mogła się mylić, nawet w przyćmionym świetle. Przeszedł ją dreszcz bardziej przypominający ból niż cokolwiek innego.

– A teraz co? – odezwał się Matt przez zaciśnięte zęby. – Mam go związać?

– Nie. Mam zamiar poprosić go do tańca, to wszystko. Jeśli chcesz, zaczekam i najpierw zatańczę z tobą.

Pokręcił przecząco głową, a ona ruszyła przez tłum w stronę Stefano.

Podchodząc, Elena obserwowała go uważnie. Czarna marynarka miała nieco inny krój niż te noszone przez pozostałych chłopaków, była bardziej elegancka, pod nią miał biały kaszmirowy sweter. Stał w kompletnym bezruchu, nieco z dala od otaczających go grupek i nie kręcił się. I chociaż widziała go tylko z profilu, dostrzegła, że nie nosił ciemnych okularów.

Oczywiście, zdjął je na mecz, ale jeszcze nigdy nie widziała go bez nich z bliska. Poczuła się podekscytowana i ożywiona, zupełnie jakby to była jakaś maskarada i właśnie przyszedł czas na zdjęcie masek. Skupiła wzrok na jego ramieniu, na linii szczęki, a on już się odwracał w jej stronę.

W tej samej sekundzie do Eleny dotarło, że jest piękna. I nie chodziło tylko o sukienkę ani sposób uczesania. Była piękna sama w sobie – szczupła królewska istota z jedwabiu i ognia. Zobaczyła, że on lekko, odruchowo rozchyla usta i wreszcie zajrzała mu w oczy.

– Cześć. – Czy to był jej własny głos, taki spokojny i pewny siebie? Oczy miał zielone jak liście dębu latem. – Jak się bawisz? – spytała.

Teraz już lepiej. Nie powiedział tego, ale wiedziała, że właśnie to sobie pomyślał. Widziała to w jego spojrzeniu. Jeszcze nigdy nie była tak pewna własnej siły. Tyle że Stefano nie wyglądał tak, jakby się ucieszył na jej widok. Raczej jakby coś go uderzyło, zabolało, jakby nie mógł już ani chwili dłużej znieść tego wszystkiego.

Orkiestra zaczynała grać jakiś wolny taniec. A on nadal patrzył. Spijał ją wzrokiem. Zielone oczy pociemniały, poczerniały pragnieniem. Nagle wydało jej się, że może ją przyciągnąć do siebie i pocałować mocno, nie mówiąc ani słowa.

– Chciałbyś zatańczyć? – zapytała miękko. Igram z ogniem, z czymś, czego nie rozumiem, pomyślała nagle. I w tym samym momencie zorientowała się, że jest przerażona. Serce zaczęło jej mocno walić. Zupełnie tak, jakby te zielone oczy przemawiały do jakiejś części jej samej, dobrze ukrytej gdzieś w głębi. I jakby ta część krzyczała do niej: „Uważaj!" Instynkt stary jak świat podpowiadał, żeby rzucić się do ucieczki.

Nie ruszyła się. Ta sama siła, którą ją przerażała, przykuwała ją do miejsca. Zupełnie nad tym nie panuję, pomyślała. Cokolwiek miało się zdarzyć, wykraczało poza jej zrozumienie, nie było niczym normalnym ani zwyczajnym. Teraz nie można już było tego powstrzymać i choć przerażona, napawała się tą chwilą. Stefano patrzył na nią jak zahipnotyzowany. Odpowiedziała tym samym, a przestrzeń między nimi aż kipiała od energii, zupełnie jak w czasie uderzenia pioruna. Zobaczyła, że jego oczy ciemnieją, że on się poddaje i poczuła, jak jej własne serce dziko zabiło, kiedy powoli wyciągnął do niej dłoń.

I wtedy czar prysł.

– Ależ słodko wyglądasz, Eleno – odezwał się ktoś.

Elena kątem oka dostrzegła złotą kreację, kasztanowe włosy bujne i błyszczące i skórę opaloną na idealny odcień brązu. To była Caroline. Miała na sobie sukienkę ze złotej lamy, która bardzo odważnie podkreślała jej figurę. Jedną rękę wsunęła pod ramię Stefano i uśmiechnęła się do niego leniwie. Wyglądali wspaniale, niczym para modeli o międzynarodowej sławie, która zabłądziła na szkolną imprezę – o wiele bardziej wyrafinowani i eleganccy niż ktokolwiek inny na tej sali.

– A ta sukieneczka jest bardzo ładna – ciągnęła Caroline. Elena pomyślała, że ręka wsunięta pod ramię Stefano tłumaczy wszystko: gdzie się podziewała Caroline w czasie lunchu przez te ostatnie tygodnie i co właściwie przez ten cały czas knuła. – Mówiłam Stefano, że po prostu musimy tu choć na moment zajrzeć, ale długo nie zostaniemy. Więc nie pogniewasz się, ale zatrzymam go dla siebie do tańca, dobrze?

Elena była teraz dziwnie spokojna, choć w głowie miała pustkę. Powiedziała, że oczywiście, nie ma nic przeciwko i patrzyła, jak Caroline i Stefano odchodzą razem.

Wokół Eleny pojawiła się grupka znajomych, odwróciła się od nich i podeszła do Matta.

– Wiedziałeś, że przyjdzie tu z nią?

– Wiedziałem, że Caroline tego chce. Kręciła się koło niego w czasie lunchu i po szkole. W sumie trochę mu się narzucała. Ale...

– Rozumiem. – Nadal czuła ten dziwny, nienaturalny spokój. Przyglądała się ludziom i zauważyła, że w jej stronę idzie Bonnie, a Meredith odchodzi od stołu. A więc widziały. Pewnie wszyscy widzieli. Bez słowa ruszyła w stronę dziewczyn. Wszystkie skierowały się do damskiej łazienki.

Pełno w niej było dziewczyn, a Meredith i Bonnie rzucały lekkie, obojętne uwagi, jednocześnie zerkając na nią z troską.

– Widziałaś tamtą sukienkę? – powiedziała Bonnie, ukradkiem ściskając palce Eleny. – Przód musiał się trzymać na klej. Co ona włoży na następną imprezę? Celofan?

– Przezroczystą folię kuchenną – powiedziała Meredith, a ciszej dodała: – Wszystko w porządku?

– Tak. – Elena widziała w lustrze, że oczy ma zbyt jasne i że na policzkach wykwitły jej plamy czerwieni. Poprawiła włosy i się odwróciła.

Łazienka opustoszała. Zostały w niej same. Bonnie mięła teraz nerwowo kokardę z cekinami przy talii.

– Może to jednak lepiej – powiedziała cicho. – No bo myślałaś przez tych ostatnich kilka tygodni tylko o nim. Już prawie miesiąc. Więc może tak jednak będzie lepiej, a ty będziesz się teraz mogła zająć innymi sprawami, zamiast... uganiać się za nim.

I ty, Brutusie, pomyślała Elena.

– Dzięki wielkie za wsparcie – stwierdziła ironicznie.

– Nie bądź taka – wtrąciła Meredith. – Ona wcale nie próbuje cię zranić, tylko uważa, że...

– Pewnie ty myślisz tak samo, co? No cóż, nie ma problemu. Po prostu zacznę się teraz zajmować innymi sprawami. Na przykład znajdę sobie nowe najlepsze przyjaciółki. – Zostawiła je, gapiące się na nią, i wyszła.

Na zewnątrz znów pochłonął ją wir kolorów i muzyki. Była weselsza niż kiedykolwiek na jakiejkolwiek imprezie. Tańczyła ze wszystkimi, śmiała się za głośno, flirtowała z każdym chłopakiem, którego widziała.

Teraz wywoływali ją na podium, żeby ją ukoronować. Stała tam, spoglądając na barwne jak motyle sylwetki poniżej. Ktoś wręczył jej kwiaty, ktoś wpiął wc włosy diadem. Rozległy się oklaski. To wszystko toczyło się jak we śnie.

Po zejściu z podium zaczęła flirtować z Tylerem, bo stał najbliżej. A potem przypomniała sobie, jak on i Dick potraktowali Stefano, więc wyjęła jedną różę z bukietu i mu ją wręczyła. Matt spoglądał na nią gdzieś z boku, usta miał zaciśnięte. Zapomniana towarzyszka Tylera była bliska płaczu.

W oddechu Tylera wyczuwała teraz alkohol obok mięty, twarz miał zaczerwienioną. Wszędzie dokoła niej byli jego przyjaciele – głośny, roześmiany tłum. Zobaczyła, że Dick dolewa coś z butelki w papierowej torbie do trzymanej w ręku szklaneczki ponczu.

Jeszcze nigdy nie bawiła się z nimi. Była tu mile widziana, podziwiana, a chłopcy prześcigali się, żeby zwrócić na siebie jej uwagę. Sypały się żarty, a Elena śmiała się, nawet kiedy ich nie rozumiała. Tyler objął ją ramieniem w talii. Roześmiała się głośniej. Kącikiem oka dostrzegła, że Matt kręci głową i odchodzi. Dziewczyny zaczynały się robić krzykliwe, chłopcy niesforni. Tyler wilgotnymi wargami muskał jej kark.

– Mam pomysł – oświadczył wszystkim, mocniej przyciągając do siebie Elenę. – Chodźmy gdzieś, gdzie będzie fajniej.

– Na przykład, gdzie, Tyler? Do domu twoich rodziców?

Tyler uśmiechnął się szerokim zuchwałym uśmiechem.

– Nie, mam na myśli miejsce, gdzie będziemy mogli trochę poszaleć. Na przykład cmentarz.

Dziewczyny pisnęły. Chłopcy zaczęli się trącać łokciami i na żarty przepychać.

Dziewczyna, z którą przyszedł Tyler, nadal kręciła się na obrzeżach grupki.

– Tyler, to jakieś kompletne wariactwo – powiedziała wysokim, cienkim głosem. – Wiesz, co się stało z tamtym włóczęgą. Ja nie idę.

– Świetnie, zostań tutaj. – Tyler wyciągnął kluczyki z kieszeni i pomachał nimi w stronę reszty tłumku. – Kto się nie boi? – zapytał.

– Hej, ja w to wchodzę – oznajmił Dick. Zawtórował mu chórek chętnych głosów.

– Ja też – dodała Elena wyzywającym tonem. Uśmiechnęła się do Tylera, a on prawie ją podniósł z ziemi w uścisku.

A potem razem z Tylerem prowadzili rozkrzyczaną, rozbrykaną grupkę na parking, gdzie wszyscy wsiedli do samochodów. A jeszcze potem Tyler opuścił dach swojego kabrioletu, a ona wskoczyła do środka. Dick i Vickie Bennett rozsiedli się na tylnym siedzeniu.

– Eleno! – zawołał ktoś z daleka, z oświetlonego wejścia do szkoły.

– Jedź – powiedziała do Tylera, zdejmując diadem. Silnik samochodu zaczął pomrukiwać. Z parkingu wyjechali z piskiem opon, a Elenie owiał twarz chłodny, nocny wiatr.

ROZDZIAŁ 7

Bonnie tańczyła na parkiecie, przymykając oczy, pozwalając, żeby porwała ją muzyka. Kiedy je na moment otworzyła, Meredith przywoływała ją gdzieś z boku gestem ręki. Bonnie wojowniczo wysunęła podbródek, ale kiedy gesty stawały się coraz bardziej naglące, spojrzała na Raymonda, przewróciła oczami i posłuchała. Raymond poszedł za nią.

Matt i Ed stali za Meredith. Matt marszczył brwi, a Ed miał zmieszaną minę.

– Elena właśnie wyszła – stwierdziła Meredith.

– To wolny kraj – mruknęła Bonnie.

– Wyszła z Tylerem Smallwoodem – poinformowała ją Meredith. – Matt, jesteś pewien, że nie słyszałeś, dokąd jadą?

Pokręcił głową.

– Powiedziałbym, że jeśli coś się stanie, to sama tego chciała. Ale w sumie, w pewnym sensie to moja wina – stwierdził ponuro. – Chyba powinniśmy za nią pojechać.

– I wyjść z imprezy? – zirytowała się Bonnie. Spojrzała na Meredith, która bezgłośnie szepnęła do niej: „Obiecałaś". – W głowie mi się to nie mieści – parsknęła buntowniczo.

– Nie wiem, jak ją znajdziemy – powiedziała Meredith – ale musimy spróbować. – A później dodała dziwnie niepewnym głosem. – Bonnie, nie wiesz, dokąd ona pojechała?

– Co? Nie, oczywiście, że nie. Tańczyłam przecież. Wiesz, właśnie to się robi, kiedy się idzie na imprezę.

– Ty i Ray tu zostańcie – zwrócił się Matt do Eda. – Jeśli Elena wróci, powiedzcie, że jej szukamy.

– Jeśli mamy jechać, lepiej zróbmy to od razu – wtrąciła cierpko Bonnie. Odwróciła się i wpadła na faceta w czarnej marynarce. – Przepraszam – rzuciła ostro. Podniosła wzrok i zobaczyła Stefano Salvatore. Nie odezwał się ani słowem, kiedy Bonnie razem z Mattem i Meredith szła do wyjścia, zostawiając za sobą Eda i Raymonda z bardzo nieszczęśliwymi minami.

Gwiazdy były jakieś odległe. Świeciły lodowato jasnym światłem na tle bezchmurnego nieba. Elena czuła się zupełnie jak one. Jakaś jej część się śmiała i coś wykrzykiwała razem z Dickiem, Vickie i Tylerem, głośno, żeby zagłuszyć świst wiatru. Ale inna część obserwowała to wszystko z oddali.

Tyler zaparkował gdzieś w połowie wzgórza z ruinami kościoła, zostawiając włączone światła, kiedy wysiedli. Chociaż za nimi spod szkoły wyruszyło jeszcze parę samochodów, wydawało się, że tylko oni ostatecznie pojechali na cmentarz.

Tyler otworzył bagażnik i wyjął z niego sześciopak piwa.

– Tym więcej dla nas. – Podał piwo Elenie, ale ta pokręciła głową, usiłując zignorować nieprzyjemne uczucie w żołądka. Czuła, że źle się stało, że się tu znalazła. Ale za żadne skarby by się teraz do tego nie przyznała.

Wspięli się po wykładanej kamiennymi płytami ścieżce. Dziewczyny się potykały w butach na wysokich obcasach i opierały na chłopcach. Kiedy doszli na górę, Elena wstrzymała oddech, a Vickie wyrwał się okrzyk.

Coś wielkiego i czerwonego wisiało tuż nad horyzontem. Dopiero po chwili do Eleny dotarło, że to po prostu księżyc. Był wielki i wyglądał równie nieprawdziwie jak rekwizyt w filmie science fiction. Napęczniały krąg połyskiwał słabą, nieprzyjemną poświatą.

– Zupełnie jak jakaś wielka nadgniła dynia – powiedział Tyler i cisnął kamieniem w stronę księżyca. Elena zmusiła się do rzucenia mu promiennego uśmiechu.

– Może wejdziemy do środka? – zaproponowała Vickie, wskazując pusty otwór po drzwiach kościoła.

Dach w większości zapadł się do środka, chociaż dzwonnica nadal była nienaruszona, a wieża wznosiła się wysoko nad ich głowami. Stały jeszcze trzy ściany kościoła, czwarta sięgała kolan. Wszędzie walały się stosy gruzu.

Tuż obok policzka Eleny rozbłysło jakieś światełko. Odwróciła się. Ze zdziwieniem zobaczyła, że Tyler trzyma zapalniczkę. Uśmiechnął się do niej, obnażając białe, zdrowe zęby.

– Potrzebna ci latareczka, mała? – spytał.

Żeby ukryć zmieszanie, Elena roześmiała się najgłośniej ze wszystkich. Wzięła od niego zapalniczkę i oświetliła grobowiec wmurowany w ścianę kościoła. Nie przypominał żadnego innego nagrobka na tym cmentarzu, chociaż ojciec mówił Elenie, że widywał takie w Anglii. Wyglądał jak wielka, biała, kamienna skrzynia, wystarczająco duża dla dwojga ludzi. Na jego pokrywie dwie marmurowe postacie spoczywały w leżących pozach.

– Thomas Keeping Fell i Honoria Fell – powiedział Tyler, robiąc szeroki gest, jakby ich sobie przedstawiał. – Stary Thomas podobno założył Fell's Church. Chociaż w sumie Smallwoodowie też już tu wtedy mieszkali. Prapradziadek mojego pradziadka mieszkał w dolinie przy Drowning Creek...

– Ale go wilki zjadły – dokończył Dick i odrzucił głowę do tyłu, naśladując wilcze wycie. Potem mu się odbiło. Vickie zachichotała. Przystojne rysy twarzy Tylera na moment zniekształciła irytacja, ale zmusił się do uśmiechu.

– Thomas i Honoria jakoś blado wyglądają – stwierdziła Vickie, nadal rozchichotana. – Przydałoby im się nieco koloru. – Z torebki wyjęła szminkę i zaczęła malować białe marmurowe usta posągu tłustym szkarłatem. Elena poczuła, że znów ją coś ściska w żołądku. Jako dziecko zawsze podziwiała tę bladą damę i poważnego mężczyznę, którzy leżeli z zamkniętymi oczyma i dłońmi skrzyżowanymi na piersiach. A po śmierci własnych rodziców myślała, że właśnie tak leżą obok siebie na cmentarzu. Mimo to uniosła zapalniczkę, kiedy dziewczyna dorysowywała szminką wąsy i nos klauna Thomasowi Fellowi.

Tyler przyglądał się rzeźbom.

– Hej, tak się wystroili i nie mają dokąd pójść. – Oparł dłonie po obu stronach krawędzi kamiennej pokrywy i próbował ją przesunąć na bok. – Wiesz co, Dick? Może pomożemy im skoczyć na miasto? Na przykład wybrać się do centrum?

Nie, pomyślała Elena przerażona, kiedy Dick ryknął, rozbawiony, a Vickie roześmiała się piskliwie. Ale Dick już stanął obok Tylera. Zbierał siły i się szykował, kładąc dłonie na kamiennej pokrywie nagrobka.

– Na trzy – powiedział Tyler i zaczął odliczać: – Jeden, dwa, trzy!

Elena nie mogła oderwać oczu od okropnej maski klauna na twarzy Thomasa Fella, kiedy chłopcy się mocowali i stękali, naprężając mięśnie pod ubraniem. Nie udało im się przesunąć płyty ani o centymetr.

– To cholerstwo musi być jakoś przymocowane od spodu – stwierdził Tyler z gniewem, odwracając się od nagrobka.

Elenie zrobiło się słabo z ulgi. Oparła się o kamienną płytę, żeby nie upaść. Wtedy to się stało.

Usłyszała zgrzyt kamienia i poczuła, że pod jej lewą dłonią płyta zaczyna się przesuwać. Straciła równowagę. Upuściła zapalniczkę i krzyknęła. Potem jeszcze raz, usiłując utrzymać się na nogach. Czuła, że wpada do otwartego nagrobka, a wokół niej zaczyna szumieć lodowaty wiatr. Słyszała jakieś dzikie wrzaski.

A potem stała przed kościołem. Księżyc świecił na tyle jasno, że widziała pozostałych. Tyler ją podtrzymywał. Rozejrzała się wkoło dzikim wzrokiem.

– Zwariowałaś? Co się stało? – Tyler nią potrząsał.

– Ona się poruszyła! Ta płyta się poruszyła! Zaczęła się otwierać i, sama nie wiem, czułam, że wpadam do środka. Było mi zimno...

Chłopcy zaczęli się śmiać.

– Biedulka się wystraszyła – ironizował Tyler. – Chodź, Dickie, chłopie, sprawdzimy, co tam się dzieje.

– Tyler, nie...

Ale i tak weszli do środka. Vickie przystanęła w progu i patrzyła. Elena drżała. Po chwili Tyler pomachał do niej, żeby weszła do kościoła.

– Patrz – powiedział, kiedy niechętnie zajrzała do budynku. Znalazł zapalniczkę, a teraz podniósł ją wysoko nad płytą nagrobną Thomasa Fella. – Nadal tam siedzą zamknięci. Mają jak u Pana Boga za piecem.

Elena gapiła się na pokrywę nagrobka, idealnie przylegającą do podstawy.

– Ona się naprawdę poruszyła. Prawie wpadłam do środka...

– Jasne, kochanie, co tylko chcesz. – Tyler objął ją ramionami od tyłu i przyciągnął mocno do siebie. Obejrzała się i zobaczyła, że Dick i Vickie stoją w takiej samej prawie pozie. Tyle że Vickie zamknęła oczy i miała taką minę, jakby jej się to podobało. Tyler podbródkiem pogładził Elenę po włosach.

– Chciałabym już wrócić na imprezę – wydusiła bezbarwnym tonem.

Tyler przestał ją głaskać. A potem westchnął.

– Jasne, kochanie. – Spojrzał na Dicka i Vickie. – A wy?

Dick uśmiechnął się szeroko.

– A my tu sobie jeszcze chwilkę zostaniemy. – Vickie zachichotała, nadal nie otwierając oczu.

– Dobrze. – Elena się zastanawiała, jak zamierzają stąd wrócić, ale pozwoliła Tylerowi wyprowadzić się z kościoła. Kiedy już byli na zewnątrz, przystanął.

– Nie mogę cię stąd zabrać, póki chociaż nie rzucisz okiem na grób mojego dziadka – oznajmił. – Och, Eleno – dodał, kiedy zaczęła protestować. – Ranisz moje serce. Musisz go obejrzeć, to duma mojej rodziny.

Elena zmusiła się do uśmiechu, chociaż miała wrażenie, że żołądek zamienił jej się w bryłę lodu. Może jeśli zadba o jego dobry humor, wreszcie ją stąd zabierze.

– Dobrze – zgodziła się, ruszając w stronę cmentarza.

– Nie tędy. To tam. – I za chwilę Tyler sprowadzał ją na dół w stronę starego cmentarza. – Nic się nie bój, serio, to tylko kawałeczek od głównego przejścia. Popatrz, widzisz? – Wskazał na coś połyskującego w świetle księżyca.

Elena aż sapnęła. Coś ją ścisnęło za serce. Wyglądało to tak, jakby stała tam jakaś postać, wielkolud z okrągłą łysą głową. Wcale nie chciała tam iść. Przerażały ją rozsypujące się granitowe nagrobki – pomniki przeszłych stuleci. Jasne księżycowe światło rzucało dziwaczne cienie, a wszędzie kryły się plamy nieprzeniknionego mroku.

– Na szczycie jest taka kula. Nie ma się czego bać – zapewnił Tyler, ciągnąc ją za sobą ścieżką w stronę połyskującego pomnika. Wykonano go z czerwonego marmuru. Wielka kula przypominała wschodzący, napęczniały księżyc. Ten sam, który oświetlał ich z góry, równie biały jak dłonie Thomasa Fella. Elena nie zdołała ukryć drżenia.

– Biedactwo, zmarzłaś. Trzeba cię jakoś rozgrzać – zatroskał się Tyler. Elena usiłowała go od siebie odepchnąć, ale był zbyt silny. Objął ją ramionami i przyciągnął do siebie.

– Tyler, chcę już jechać. Chcę stąd iść, teraz…

– Jasne, kochanie, pójdziemy – przyrzekł. – Ale najpierw trzeba cię troszkę rozgrzać. Jej, ależ zmarzłaś.

– Przestań! – Kiedy ją obejmował, najpierw tylko ją to denerwowało, ale teraz z przerażeniem poczuła jego dłonie na swoim ciele, szukające skrawków gołej skóry.

Elena jeszcze nigdy w życiu nie znalazła się w sytuacji, w której nie mogła liczyć na pomoc z zewnątrz. Próbowała obcasem pantofla trafić go w stopę, ale zdążył ją cofnąć.

– Zabierz te ręce!

– Daj spokój, Eleno. Nie bądź taka. Po prostu chcę, żeby ci się zrobiło trochę cieplej…

– Puszczaj! – wykrztusiła. Próbowała się wyrwać z jego uścisku. Tyler potknął się, a potem runął na nią, przygniatając do bluszczu i chaszczy płożących się po ziemi. Elena jęknęła z rozpaczą. – Tyler, zabiję cię. Mówię serio. Złaź ze mnie.

Próbował się z niej zsunąć i nagle zaczął się śmiać. Był ciężki i prawie nie mógł się ruszać, jakby stracił kontrolę nad ciałem.

– Och, daj spokój, Eleno. Nie wściekaj się. Tylko cię rozgrzewałem. Rozgrzewałem Elenę, Księżniczkę Lodu... Cieplej
ci teraz, prawda?

A potem poczuła jego usta, gorące i wilgotne, na swojej
twarzy. Nadal przyciskał ją do ziemi, a jego wilgotne pocałunki
przesuwały się w dół po jej szyi. Usłyszała odgłos rozdzierane-
go materiału.

– Ups – wymamrotał Tyler. – Przepraszam za to.

Elena wykręciła głowę w bok i trafiła ustami na dłoń Tylera,
niezgrabnie głaszczącą ją po policzku. Ugryzła ją, głęboko za-
tapiając zęby. Z całej siły. Poczuła krew i usłyszała pełen bólu
krzyk Tylera. Wyrwał rękę.

– Hej! Mówiłem, że przepraszam! – Tyler spojrzał z nieza-
dowoleniem na ranę. A potem pociemniał na twarzy i zacisnął
dłoń w pięść.

No to po mnie, pomyślała Elena dziwnie spokojnie. Oberwę
i zemdleję albo mnie po prostu zabije. Przygotowała się na
cios.

Stefano opierał się chęci powrotu na cmentarz. Wszystko
w nim krzyczało, żeby tego nie robić. Ostatnim razem był tu tej
nocy, kiedy zaatakował starego włóczęgę.

Na samo wspomnienie znów ścisnęło go w środku z przerażenia. Mógłby przysiąc, że nie opróżnił tego starego człowieka
pod mostem. Że nie zabrał mu dość krwi, żeby go skrzywdzić.
Ale wszystko tego wieczoru, kiedy rozeszła się fala mocy, było jakieś mętne i niejasne. O ile w ogóle była tam fala mocy. Być może
tylko to sobie wyobraził albo sam był sprawcą wydarzeń. Dziwne
rzeczy się zdarzają, kiedy potrzeby wymykają się spod kontroli.

Zamknął oczy. Kiedy usłyszał, że włóczęga trafił do szpitala, bliski śmierci, przeżył szok. Jak to możliwe, że pozwolił
sobie stracić panowanie? Żeby prawie zabić! Przecież nie zabił
nikogo od czasu...

Nie chciał o tym myśleć.

Teraz, stojąc przed bramą cmentarza w mroku północy, niczego nie chciał bardziej jak odwrócić się i odejść. Wrócić na bal,

gdzie zostawił Caroline – gibkie, opalone stworzenie, które było przy nim bezpieczne, ponieważ nic dla niego nie znaczyło.

Ale nie mógł wrócić, bo była tu Elena. Wyczuwał ją i wiedział, że jest przygnębiona. Elena miała kłopoty, więc musiał ją odnaleźć.

Był w połowie drogi na wzgórze, kiedy dostał zawrotów głowy. Zatoczył się i ruszył w stronę kościoła, bo była to jedyna rzecz, na której mógł skupić wzrok. Fale szarej mgły zaczęły mu przepływać przed oczami, ale próbował iść przed siebie. Słaby, czuł się taki słaby. I bezradny wobec niesamowitej siły tego zamroczenia.

Musiał… iść do Eleny. Ale nie miał siły. Nie mógł być taki… słaby. Jeśli ma pomóc Elenie, musi iść…

Stanął w wejściu do kościoła.

Elena zobaczyła księżyc nad ramieniem Tylera. Pomyślała, że to ostatni widok, jaki zobaczy w życiu. Krzyk zamarł jej w gardle, zduszony strachem.

A potem coś złapało Tylera i rzuciło nim o nagrobek jego dziadka.

Tak to wyglądało w oczach Eleny. Przeturlała się na bok, z trudem łapiąc oddech, jedną dłonią podtrzymując podartą sukienkę, drugą szukając jakiejś broni.

Nie potrzebowała jej. W ciemności coś się poruszyło i zobaczyła, kto ściągnął z niej Tylera. Stefano Salvatore. Ale to był Stefano, jakiego nigdy jeszcze dotąd nie widziała. Twarz o szlachetnych rysach pobielała w zimnej furii, a w zielonych oczach lśniło mordercze światło. Nawet nie poruszając się, emanował takim gniewem, że Elena poczuła, iż boi się go bardziej niż Tylera.

– Kiedy cię spotkałem, od razu wiedziałem, że nie nauczono cię dobrych manier. – Głos miał cichy i chłodny, ale w jakiś sposób przyprawił on Elenę o zawrót głowy. Nie mogła od niego oderwać oczu. Zbliżał się do Tylera, który w oszołomieniu potrząsał głową i usiłował się podnieść. Stefano poruszał się jak tancerz, każdy jego ruch był pełen gracji i precyzji. – Ale nie miałem pojęcia, że masz aż tak nieciekawy charakter.

Uderzył Tylera. Chłopak wyprowadzał właśnie cios potężną pięścią, ale Stefano uderzył go niemal od niechcenia w bok twarzy, zanim pięść dotarła do celu.

Tyler poleciał na następny nagrobek. Podniósł się na nogi i stał, ciężko dysząc. Zalśniły białka oczu. Elena zobaczyła, że z nosa płynie mu strużka krwi. A potem chłopak runął do ataku.

– Dżentelmen nigdy się nikomu nie narzuca ze swoim towarzystwem – powiedział Stefano i zadał mu cios w bok. Tyler znów się rozpłaszczył na ziemi, twarzą w chaszczach. Tym razem wstawał wolniej, a krew płynęła mu z obu dziurek nosa i kącika ust. Parskał niczym przestraszony koń, kiedy znów się rzucił na Stefano.

Chłopak złapał tył marynarki Tylera, obracając go wokół własnej osi. Potrząsnął nim mocno, a wielkie łapy napastnika latały wokół niego jak wiatrak, nie mogąc trafić w cel. A potem Tyler znowu upadł.

– Dżentelmen nie obraża kobiety – kontynuował Stefano. Twarz Tylera się wykrzywiła, przewracał oczami. Złapał Stefano za łydkę, ale ten szarpnięciem podniósł go na nogi i znów nim zatrząsł. Tyler zrobił się w jego rękach bezwładny i zamknął oczy. Stefano nadal mówił, podtrzymując ciężkie ciało chłopaka i każde słowo podkreślając silnym potrząśnięciem. – A przede wszystkim, nie robi kobiecie krzywdy...

– Stefano! – krzyknęła Elena. Przy każdym potrząśnięciu głowa Tylera latała w przód i w tył. Elena bała się tego, co widziała. Bała się tego, co może zrobić Stefano. A najbardziej ze wszystkiego bała się głosu Stefano, zimnego niczym cięcie szpadą. Ten głos był piękny, śmiertelnie groźny i całkowicie pozbawiony litości. – Stefano, przestań!

Odwrócił głowę w jej stronę, zaskoczony, jakby zapomniał, że cały czas tu stała. Przez chwilę patrzył na nią, jakby jej nie poznawał. Oczy miał czarne w świetle księżyca. Pomyślała, że przypomina drapieżnika. Jakiegoś wielkiego ptaka albo mięsożercę o lśniącej sierści, niezdolnego do odczuwania ludzkich emocji. A potem na jego twarzy pojawiło się zrozumienie i ze spojrzenia zniknęło nieco mroku.

Popatrzył na bezwładnie chwiejącą się głowę Tylera, a potem łagodnie oparł go o nagrobek z czerwonego marmuru. Pod Tylerem nogi się ugięły i chłopak osunął się po płycie, ale – ku uldze Eleny – otworzył oczy. A przynajmniej lewe. Prawe napuchło i zamieniło się w szparkę.

– Nic mu nie będzie – stwierdził Stefano bezbarwnym tonem.

Lęk mijał. Elena czuła się teraz pusta. Jestem w szoku, zdziwiła się. Pewnie lada moment zacznę histerycznie krzyczeć.

– Ma cię kto zabrać do domu? – spytał Stefano wciąż tym samym, lodowato nieczułym tonem.

Elena pomyślała o Dicku i Vickie, którzy robili Bóg wie co za nagrobkiem Thomasa Fella.

– Nie – zaprzeczyła.

Jej umysł znów zaczynał pracować, zauważać otaczający ją świat. Fioletowa sukienka była rozdarta na przodzie do samego dołu, kompletnie zniszczona. Odruchowo zebrała fałdy, zasłaniając się trochę.

– Odwiozę cię.

Mimo odrętwienia Elena poczuła dreszcz. Spojrzała na niego, na tę dziwnie elegancką postać o twarzy bladej w świetle księżyca, stojącą pomiędzy nagrobkami. Jeszcze nigdy przedtem nie był w jej oczach taki... taki piękny. Ale miał w sobie coś obcego. Nie tylko cudzoziemskiego, ale nieludzkiego, bo żaden człowiek nie mógłby roztaczać wokół siebie atmosfery takiej mocy ani takiej rezerwy.

– Dziękuję. To bardzo miło z twojej strony – powiedziała powoli. Nic innego nie mogła zrobić.

Zostawili obolałego Tylera, który usiłował podnieść się na nogi przy nagrobku dziadka. Elenę znów przeszył chłód, kiedy doszli do ścieżki, a Stefano ruszył w stronę mostu Wickery.

– Zostawiłem samochód w pensjonacie – wyjaśnił. – Tędy wrócimy najszybciej.

– Przyszedłeś z tamtej strony?

– Nie. Nie przyszedłem przez most. Ale tamtędy będzie bezpiecznie.

Uwierzyła mu. Blady i milczący. Szedł obok, nie dotykając jej. Zdjął tylko marynarkę i okrył nią jej nagie ramiona. Poczuła dziwną pewność, że zabiłby każdą istotę, która spróbowałaby ją zaatakować.

Most bielał w świetle księżyca, a pod nim lodowata woda opływała wiekowe głazy. Cały świat trwał nieruchomo, piękny i chłodny, kiedy szli pomiędzy dębami w stronę wąskiej podmiejskiej drogi.

Mijali pastwiska otoczone płotami i ciemne pola, aż doszli do długiego zakrętu przed podjazdem pod pensjonat. Wielki budynek wzniesiono z rdzawej cegły z miejscowej gliny. Otaczały go stare cedry i klony. We wszystkich oknach poza jednym było ciemno.

Stefan otworzył skrzydło podwójnych drzwi i weszli do niewielkiego holu. Dokładnie naprzeciwko była klatka schodowa. Poręcz przy schodach, tak jak i drzwi, wykonano z naturalnego dębu, wypolerowanego do połysku.

Weszli na słabo oświetlony podest pierwszego piętra. Ku zdziwieniu Eleny Stefano wprowadził ją do jednej z sypialni i otworzył drzwi, które wyglądały, jakby za nimi była jakaś szafa. Za drzwiami zobaczyła bardzo wąskie, strome schody.

Co za dziwne miejsce, pomyślała. Ta tajemnicza klatka schodowa, ukryta w samym sercu domu, gdzie nie mógł przeniknąć żaden odgłos z zewnątrz. Doszła do szczytu schodów i weszła do wielkiego pokoju, który zajmował całe drugie piętro.

Był prawie tak samo słabo oświetlony jak korytarz, ale Elena widziała poplamiony drewniany parkiet i gołe belki pod pochyłym sufitem. Wszędzie były wysokie okna, a pomiędzy kilkoma ciężkimi meblami stały liczne skrzynie.

Zdała sobie sprawę, że Stefano na nią patrzy.

– Jest tu jakaś łazienka, gdzie mogłabym…?

Skinął w stronę jakichś drzwi. Zdjęła marynarkę i podała mu ją, nawet na niego nie patrząc.

ROZDZIAŁ 8

Elena weszła do łazienki oszołomiona i w jakiś odrętwiały sposób wdzięczna chłopakowi za ratunek. Wyszła z niej wściekła.

Nie była pewna, jak doszło do zmiany nastroju. Ale w jakimś momencie, kiedy przemywała zadrapania na twarzy i ramionach, rozzłoszczona brakiem lustra i tym, że w samochodzie Tylera zostawiła torebkę, znów zaczęła coś czuć. I był to właśnie gniew.

Niech szlag trafi Stefano Salvatore. Był zimny i opanowany, nawet kiedy ratował jej życie. Niech szlag trafi tę jego uprzejmość, galanterię i mury, które wokół siebie zbudował, a które teraz wydawały się wyższe i grubsze niż kiedykolwiek przedtem.

Wysunęła z włosów resztę spinek i za ich pomocą pospinała sukienkę z przodu. Potem szybko przeczesała włosy kościanym rzeźbionym grzebieniem, który znalazła przy umywalce. Wyszła z łazienki z wysoko uniesioną głową i zmrużonymi oczami.

Nie włożył z powrotem marynarki. Stał przy oknie w białym swetrze, z pochyloną głową, spięty, wyczekujący. Nie podnosząc głowy, wskazał zwój ciemnego aksamitu, przewieszony przez poręcz fotela.

– Może będziesz chciała to narzucić na sukienkę.

To był płaszcz, długi do ziemi, bardzo ciepły i miękki, z kapturem. Elena okryła ramiona ciężką materią. Ale nie ułagodziła jej ta propozycja. Zauważyła, że Stefano nie podszedł do niej i że nawet na nią nie spojrzał, mówiąc.

Z rozmysłem stanęła tuż obok niego, stanowczo za blisko, owijając się ciaśniej płaszczem. Nawet w tej chwili czuła zmysłową przyjemność, wiedząc, że jego fałdy ją otulają i ciągną się za nią po ziemi. Przyjrzała się ciężkiej mahoniowej toaletce stojącej przy oknie.

Leżał na niej sztylet z rękojeścią z kości słoniowej i stał srebrny kubek wysadzany agatami. Zobaczyła też złoty krążek z wstawioną w środek jakąś tarczą i kilka leżących luzem złotych monet.

Podniosła jedną, po pierwsze, dlatego że ją zainteresowały. Ale przede wszystkim dlatego, że wiedziała, iż dotknie go, że bierze do ręki jego rzeczy.

– Co to jest?

Odpowiedział dopiero po chwili.

– Złoty floren. Moneta z Florencji – usłyszała.

– A to?

– Niemiecki zegarek na łańcuszku. Schyłek XV wieku – powiedział roztargnionym tonem. – Eleno...

Wyciągnęła rękę w kierunku wieka małej żelaznej skrzyneczki.

– A to? Czy to się otwiera?

– Nie. – Miał refleks kota, jego dłoń przytrzymała wieczko. – To coś osobistego – dodał, a w jego głosie było słychać wyraźną frustrację.

Zauważyła, że dotknął dłonią tylko skrzynki, ale nie jej ręki. Sięgnęła ręką, a on momentalnie cofnął swoją.

Nagle gniew urósł do takich rozmiarów, że nie mogła go dłużej powstrzymywać.

– Uważaj – wycedziła. – Nie dotykaj mnie, mógłbyś złapać jakąś zarazę.

Odwrócił się w stronę okna.

A przecież, kiedy się odsunęła i wróciła w kąt pokoju, widziała, że obserwuje jej odbicie w szybie. I nagle zrozumiała, jak musi w jego oczach wyglądać – jasne włosy spływające na czerń płaszcza, jedna biała dłoń przytrzymująca jego fałdy pod szyją, żeby zasłonić suknię. Uwięziona księżniczka, spacerująca niespokojnie z kąta w kąt w swojej wieży.

Odrzuciła głowę tył, żeby spojrzeć na klapę w suficie, i dobiegło ją ciche, ale wyraźne westchnienie. Kiedy się odwróciła, spoglądał na jej obnażoną szyję, a wyraz jego oczu ją zmieszał. Ale po chwili spojrzenie chłopaka stwardniało. Znów nabierał dystansu.

– Chyba – zaczął – będzie lepiej, jeśli już wrócisz do domu.

Chciała go jakoś zranić. Sprawić, żeby poczuł się tak, jak ona się czuła. I chciała usłyszeć prawdę. Była zmęczona grą, knuciem, planowaniem i próbami czytania w myślach Stefano Salvatore. Przestraszyła się i jednocześnie poczuła cudowną ulgę, gdy usłyszała swój głos.

– Dlaczego mnie nienawidzisz?

Popatrzył na nią. Przez chwilę jakby nie mógł znaleźć słów. A potem powiedział:

– Nie nienawidzę cię.

– Owszem. – Nie dawała za wygraną. – Wiem, że... Że to nieuprzejme mówić takie rzeczy, ale nie dbam o to. Wiem, że powinnam być ci wdzięczna za to, że mnie dzisiaj uratowałeś, ale to też mi jest obojętne. Nie prosiłam, żebyś mnie ratował. Nie wiem, co w ogóle robiłeś tam, na cmentarzu. A już na pewno nie rozumiem, po co mnie ratowałeś, biorąc pod uwagę to, co do mnie czujesz.

Pokręcił głową, ale głos miał łagodny.

– Nie nienawidzę cię.

– Od samego początku mnie unikasz, jakbym... Jakbym była trędowata. Próbowałam traktować cię przyjaźnie, ale to zignorowałeś. Czy tak właśnie zachowuje się dżentelmen, kiedy ktoś po prostu próbuje być dla niego miły?

Usiłował coś powiedzieć, ale nie dała mu szansy.

– Raz po raz upokarzałeś mnie w szkole. Teraz też nie rozmawiałbyś ze mną, gdyby nie to, co się stało na cmentarzu. Czy aż tego trzeba, żeby z ciebie wyciągnąć jakieś słowo? Trzeba kogoś niemal zamordować? Nawet w tej chwili – ciągnęła z goryczą – nie chcesz mi pozwolić się do ciebie zbliżyć. Jaki masz problem, Stefano, że musisz żyć w taki sposób? Że musisz budować mury, żeby nie dopuszczać do siebie ludzi? Że nie umiesz nikomu zaufać? Co z tobą jest nie tak?

Milczał, odwracając twarz. Wzięła głęboki oddech, a potem wyprostowała plecy i uniosła głowę, chociaż oczy ją piekły od łez.

– I co jest nie tak ze mną? – dodała już ciszej. – Nawet nie chcesz na mnie spojrzeć, ale pozwalasz się obskakiwać Caroline Forbes? Mam prawo wiedzieć chociaż tyle. Nie będę ci więcej zawracała głowy, nawet się do ciebie nie odezwę, ale zanim pójdę, chcę poznać prawdę. Dlaczego tak bardzo mnie nienawidzisz, Stefano?

Powoli odwrócił się do niej i uniósł głowę. Oczy miał smutne, niewidzące. Coś aż ścisnęło Elenę za serce na widok bólu na jego twarzy.

Nadal kontrolował ton głosu, ale z trudem. Słyszała, ile wysiłku kosztuje go pilnowanie, żeby nie zadrżał.

– Tak – przyznał – masz prawo wiedzieć, Eleno. – Spojrzał jej wreszcie prosto w oczy.

Aż tak źle? – pomyślała.

– Nie nienawidzę cię – ciągnął, każde słowo wymawiając starannie i wyraźnie. – Nigdy nie darzyłem cię takim uczuciem. Ale... kogoś mi przypominasz.

Elena osłupiała. Spodziewałaby się wszystkiego, ale nie tego.

– Przypominam ci kogoś?

– Kogoś, kogo kiedyś znałem – wyznał cicho. – Ale – dodał powoli, jakby coś sam sobie usiłował wytłumaczyć – w gruncie rzeczy nie jesteś taka sama jak ona. Była do ciebie podobna, ale bardziej delikatna i krucha. Bezbronna. Wewnętrznie i zewnętrznie.

– A ja taka nie jestem.

Wyrwał mu się jakiś dźwięk, który byłby śmiechem, gdyby znalazła się w nim choć odrobina radości.

– Nie. Ty potrafisz walczyć. Jesteś... sobą.

Elena przez moment milczała. Nie mogła się już dłużej gniewać, widząc na jego twarzy ten ból.

– Byliście ze sobą bardzo blisko?

– Tak.

– Co się stało?

Milczał tak długo, że Elena myślała, iż już jej nie odpowie.

– Umarła – odparł wreszcie.

Elenie wyrwało się westchnienie. Zniknęły gdzieś resztki gniewu.

– Musiałeś bardzo cierpieć – powiedziała miękko, myśląc o białym nagrobku Gilbertów. – Naprawdę ci współczuję.

Nic nie powiedział. Jego twarz znów znieruchomiała, jakby spoglądał gdzieś w dal, na coś strasznego i rozdzierającego serce, co tylko on sam mógł zobaczyć. Ale Elena dostrzegła w nim nie tylko żal. Przez wszystkie mury, ponad z trudem utrzymywaną kontrolą, zobaczyła umęczony wyraz nieznośnego poczucia winy i samotności. Spojrzenie tak zagubione i udręczone, że podeszła do niego, zanim się zorientowała, co robi.

– Stefano – szepnęła. Miała wrażenie, że jej nie słyszy. Że pogrążył się w świecie swojej rozpaczy.

Nie mogła się powstrzymać, żeby nie położyć mu dłoni na ramieniu.

– Stefano, wiem, jak to potrafi boleć…

– Nie możesz wiedzieć! – wybuchnął, a cały jego spokój przerodził się w nieokiełznaną wściekłość. Opuścił wzrok na jej dłoń, jakby dopiero teraz zorientował się, że tam leży. Jakby do szału doprowadziła go bezczelność tego dotyku. Zielone oczy otworzyły się szeroko i pociemniały, kiedy strząsnął jej dłoń, zasłaniając się ręką, żeby go znów nie dotknęła…

I tak się jakoś złożyło, że trzymał ją teraz za rękę i przeplatał palce z palcami jej dłoni, ściskając je z całej siły. Zerknął ze zdziwieniem na ich splecione dłonie. A potem, powoli, uniósł wzrok i spojrzał jej w twarz.

– Eleno… – szepnął.

I wtedy zobaczyła cierpienie przepełniające jego oczy, jakby nie był w stanie dłużej walczyć. Poniósł porażkę, mury wreszcie runęły, a ona zobaczyła, co się za nimi kryło.

I wtedy, bezradnym gestem, zbliżył usta do jej ust.

– Czekaj, zatrzymaj się tu – powiedziała Bonnie. – Wydaje mi się, że coś widziałam.

Odrapany ford Matta zwolnił i zjechał w kierunku pobocza, wzdłuż którego rosły gęste krzaki. Mignęło między nimi coś białego, zbliżając się w ich stronę.

– O mój Boże – wyszeptała cicho Meredith. – To Vickie Bennett.

Dziewczyna, potykając się, wbiegła w światła reflektorów i zatrzymała się, wymachując rękoma. Matt z całej siły nacisnął hamulec. Dziewczyna miała zupełnie potargane włosy, a jej oczy spoglądały pusto z twarzy poplamionej ziemią. Na sobie miała tylko cieniutką białą halkę.

– Wsadźcie ją do samochodu – zadysponował Matt.

Meredith już otwierała drzwi. Wyskoczyła ze środka i podbiegła do półprzytomnej dziewczyny.

– Vickie, nic ci nie jest? Co ci się stało?

Vickie jęknęła, nadal patrząc wprost przed siebie. A potem jakby nagle zauważyła Meredith i przywarła do niej, wbijając paznokcie w jej ramiona.

– Wynoście się stąd! – krzyknęła, z oczyma pełnymi rozpaczliwego błagania, głosem dziwnym i stłumionym, jakby coś miała w ustach. – Wszyscy się stąd wynoście! To się zbliża.

– Co się zbliża? Vickie, gdzie jest Elena?

– Wynoście się, ale już.

Meredith spojrzała na drogę, a potem zaprowadziła roztrzęsioną dziewczynę do samochodu.

– Zabierzemy cię stąd – powiedziała – ale musisz nam powiedzieć, co się stało. Bonnie, daj mi swój szal. Ona przemarzła.

– Coś jej się stało – zauważył Matt ponuro. – Jest pewnie w szoku czy coś. Pytanie, gdzie są inni? Vickie, czy Elena była z tobą?

Vickie zaszlochała, zakrywając twarz dłońmi, kiedy Meredith okrywała mieniącym się, różowym szalem Bonnie jej ramiona. – Nie... Dick – powiedziała Vickie niewyraźnie. Wydawało się, że coś ją boli, kiedy mówi. – Byliśmy w kościele... To było straszne. Pojawiło się... Jak mgła, zewsząd. Ciemna mgła. I oczy. Widziałam w ciemności jego oczy, one płonęły. Paliły mnie...

– Bredzi – stwierdziła Bonnie. – Albo histeryzuje, jakkolwiek by to nazwać.

– Vickie, proszę, powiedz nam tylko jedno. Gdzie jest Elena? Co się z nią stało? – Matt starał się mówić powoli, wyraźnie i z naciskiem.

– Nie wiem. – Vickie uniosła zalaną łzami twarz do nieba. – Dick i ja... byliśmy sami. My wtedy... A potem to nagle otoczyło nas ze wszystkich stron. Nie mogłam uciec. Elena powiedziała, że nagrobek się otworzył. Może to stamtąd wyszło. Straszne...

– Byli na cmentarzu, w ruinach kościoła – przetłumaczyła to sobie Meredith. – A Elena poszła z nimi. Popatrzcie na to. – W świetle zapalonym w kabinie samochodu wszyscy widzieli głębokie, świeże zadrapania biegnące po szyi Vickie aż do stanika halki.

– Wygląda to jak zadrapania zwierzęcia – zdziwiła się Bonnie. – Jak ślady po pazurach kota czy coś.

– Tego starego włóczęgi pod mostem nie napadł żaden kot – zauważył Matt. Twarz miał bladą i było widać, jak zaciska szczęki. Meredith, idąc za jego wzrokiem, też spojrzała na drogę i pokręciła głową.

– Matt, najpierw musimy ją odwieźć. Musimy – powiedziała. – Posłuchaj mnie, martwię się o Elenę tak samo jak ty. Ale Vickie potrzebny jest lekarz. Powinniśmy zadzwonić na policję. Nie mamy wyboru, musimy wracać.

Matt przez kolejną długą chwilę wpatrywał się w drogę, a potem powoli wypuścił powietrze z płuc. Gwałtownym ruchem zatrzasnął drzwi samochodu, wrzucił bieg i zawrócił.

Przez całą drogę do miasta Vickie mamrotała coś na temat oczu...

Elena poczuła na ustach pocałunek Stefano.

I... To było aż tak proste. Wszystkie pytania zyskały odpowiedzi, wszystkie wątpliwości zniknęły. Poczuła nie tylko namiętność, ale też wszechogarniającą czułość i miłość tak silną, że aż zadrżała w środku. Przeraziłaby ją intensywność tego uczucia, gdyby nie to, że przy nim nie musiała bać się niczego.

Wreszcie znalazła swoje miejsce.

Właśnie tu był jej dom. Ze Stefano. Była u siebie.

Lekko się odsunął. Poczuła, że drży.

– Och, Eleno – szepnął tuż przy jej ustach. – Nie możemy...

– Już się stało – szepnęła, znów go do siebie przyciągając.

To było zupełnie tak, jakby mogła usłyszeć jego myśli, od-czytywać jego uczucia. Pomiędzy nimi przebiegała iskra przy-jemności i pożądania, łącząc ich ze sobą, przyciągając coraz bli-żej. Ale Elena wyczuła też głębsze emocje. Chciał ją tak tulić zawsze, chronić przed wszelką krzywdą. Obronić ją przed każ-dym złem, jakie mogło jej zagrozić. Chciał połączyć swoje i jej życie w jedno.

Czuła jego wargi na swoich i ledwie mogła znieść słodycz tego pocałunku. Tak, pomyślała. Uczucia zalewały ją falami ni-czym woda w spokojnym, przejrzystym stawie. Tonęła w nich i w tej radości, którą wyczuwała u Stefano. I we własnym słod-kim pragnieniu, którym na nią odpowiadała. Skąpała się w mi-łości Stefano, pozwoliła jej się prześwietlić i rozjaśnić wszel-kie mroczne miejsca duszy niczym słonecznym promieniem. Drżała z przyjemności, miłości i pragnienia.

Odsunął się powoli, jakby nie mógł się od niej oderwać. Spojrzeli sobie w oczy z pełną zdziwienia radością.

Nic nie mówili. Słowa nie były im potrzebne. Pogładził ją po włosach dotykiem tak lekkim, że ledwie go poczuła, zupełnie jakby się bał, że się w jego dłoniach rozsypie. Zrozumiała, że to nie nienawiść kazała mu tak długo jej unikać. Nie, to wcale nie była nienawiść.

Elena nie miała pojęcia, ile czasu minęło, zanim cicho zeszli po schodach pensjonatu. W każdej innej chwili byłaby zachwy-cona, wsiadając do eleganckiego czarnego samochodu Stefano. Ale dziś wieczorem prawie go nie dostrzegała. Trzymał ją za rę-kę, kiedy jechali wyludnionymi ulicami.

Podjechali pod jej dom. Elena pierwsza dostrzegła światła.

– To policja – powiedziała z niejakim trudem. Dziwnie by-ło mówić coś po tak długim milczeniu. – A na podjeździe sto-ją samochody Roberta i Matta – dodała. Spojrzała na Stefano i poczuła, że spokój, który ją wcześniej przepełniał, teraz zaczy-na ją opuszczać. – Ciekawe, co się stało. Chyba nie sądzisz, że Tyler już im powiedział...?

– Nawet Tyler nie byłby aż tak głupi – stwierdził Stefano.

Przystanął za wozami policji, a Elena niechętnie wysunęła dłoń z jego uścisku. Całym sercem żałowała, że nie mogą po prostu zostać ze Stefano sami, że muszą się zajmować światem.

Ale nic nie mogła na to poradzić. Podeszli ścieżką do drzwi – stały otworem. W środku, w domu, paliły się wszystkie światła.

Weszli do środka. Elena zauważyła, że odwraca się ku niej chyba kilkanaście twarzy. Nagle zrozumiała, jak musi w ich oczach wyglądać, stojąc w drzwiach w powłóczystym czarnym aksamitnym płaszczu, ze Stefano u boku. Ciocia Judith coś krzyknęła i porwała ją w objęcia, jednocześnie przytulając do siebie i potrząsając nią.

– Eleno! Och, dzięki Bogu, że nic ci się nie stało. Gdzie ty się podziewałaś? Dlaczego nie zadzwoniłaś? Zdajesz sobie sprawę, przez co wszyscy przeszliśmy?

Rozejrzała się po pokoju oszołomiona. Nic z tego nie rozumiała.

– Cieszymy się po prostu, że już jesteś. – Robert starał się załagodzić sprawę.

– Byłam u Stefano – wyjaśniła cicho. – Ciociu, to jest Stefano Salvatore, wynajmuje pokój w pensjonacie. To on mnie odwiózł.

– Dziękuję – powiedziała ciocia Judith do Stefano ponad głową Eleny. A potem, odsuwając się lekko, żeby spojrzeć na siostrzenicę, dodała: – Ale twoja sukienka, twoje włosy... Co się stało?

– Nie wiesz? Więc Tyler wam nie powiedział. Ale w takim razie, dlaczego tu jest policja? – Elena instynktownie stanęła bliżej Stefano i poczuła, że on też się do niej przysuwa w odruchu opiekuńczości.

– Są tutaj, bo Vickie Bennett została dziś wieczorem zaatakowana na cmentarzu – odezwał się Matt. On, Bonnie i Meredith stali za plecami cioci Judith i Roberta z minami pełnymi ulgi i zmieszania. Byli niesamowicie zmęczeni. – Znaleźliśmy ją dwie, może trzy godziny temu i od tamtej pory szukamy ciebie.

– Zaatakowana? – spytała Elena, zaszokowana. – Przez kogo?

– Nikt nie wie – powiedziała Meredith.

– No cóż, być może to nic takiego, czym należałoby się martwić – stwierdził Robert uspokajającym tonem. – Lekarz mówił, że porządnie najadła się strachu, a wcześniej coś piła. To wszystko mogło jej się tylko przywidzieć.

– Tych zadrapań sobie nie wymyśliła – zauważył Matt grzecznie, ale stanowczo.

– Zadrapań? Ale o czym wy mówicie? – spytała ostro Elena, patrząc to na jednego, to na drugiego.

– Ja ci powiem – odezwała się Meredith i wyjaśniła zwięźle, jak udało im się znaleźć Vickie. – Powtarzała, że nie wie, gdzie jesteś. Że kiedy się to stało, była sama z Dickiem. A gdy ją tu przywieźliśmy, lekarz powiedział, że nic pewnego nie może stwierdzić. Nie stało jej się właściwie nic, jest tylko podrapana, a podrapać mógł ją i kot.

– Nie było żadnych innych obrażeń na jej ciele? – spytał ostro Stefano. Odezwał się po raz pierwszy od momentu wejścia do domu i Elena spojrzała na niego zaskoczona tonem jego głosu.

– Nie – odrzekła Meredith. – Oczywiście kot ubrania z niej nie zdarł, ale być może zrobił to Dick. Aha, i została ugryziona w język.

– Co takiego? – zdziwiła się Elena.

– Mocno ugryziona, znaczy. Musiało nieźle krwawić i teraz ma kłopoty z mówieniem.

Stojący obok Eleny Stefano wyraźnie zmartwiał.

– Umiała wyjaśnić to, co zaszło?

– Histeryzowała – poinformował go Matt. – Naprawdę histeryzowała, mówiła zupełnie bez sensu. Wciąż coś plotła o jakichś oczach i ciemnej mgle, i że nie była w stanie uciec. Dlatego właśnie lekarz uważa, że to mógł być jakiś rodzaj halucynacji. O ile da się cokolwiek powiedzieć, to tylko to, że ona i Dick Carter byli w ruinach kościoła przy cmentarzu około północy. I że coś się tam pojawiło i ją zaatakowało.

– Za to nie ruszyło Dicka, co wskazuje, że przynajmniej to coś ma odrobinę gustu. Policja go znalazła, stracił przytomność, leżał na posadzce kościoła i nic nie pamięta.

Ale Elena ledwie słyszała ostatnie słowa. Ze Stefano działo się coś bardzo niedobrego. Nie umiała powiedzieć, skąd ta pewność, ale wiedziała to. Zesztywniał po ostatnich słowach Matta i teraz, chociaż się nie poruszył, wyczuwała, że zaczyna ich dzielić jakiś dystans. Zupełnie jakby znaleźli się na dryfujących w przeciwnych kierunkach płytach kry lodowej.

Odezwał się tym opanowanym tonem, który słyszała już wcześniej w jego pokoju.

– W kościele, Matt?

– Tak, w ruinach kościoła.

– I jesteś pewien, że mówiła, że to była północ?

– Pewności mieć nie mogła, ale to musiało być mniej więcej o tej porze. Znaleźliśmy ją niedługo potem. Dlaczego pytasz?

Stefano milczał. Elena czuła, jak powiększa się dzieląca ich przepaść.

– Stefano… – szepnęła. A potem, na głos, dodała desperacko: – Stefano, co się stało?

Pokręcił głową. Nie odcinaj się ode mnie, pomyślała, ale on nawet nie chciał na nią spojrzeć.

– Przeżyje? – spytał raptownie.

– Lekarz powiedział, że nic takiego jej nie dolega – wyjaśnił Matt. – Nikomu przez myśl nie przeszło, że mogłaby nie przeżyć.

Stefano krótko skinął głową, a potem odwrócił się do Eleny.

– Muszę iść – oznajmił. – Jesteś już bezpieczna.

Złapała go za ręce, kiedy się odwracał.

– Oczywiście, że jestem bezpieczna – powiedziała. – Dzięki tobie.

– Tak. – Ale w jego oczach zabrakło odzewu. Stały się nieprzejrzyste, jak osłonięte ekranem.

– Zadzwoń do mnie jutro. – Uścisnęła jego dłoń, starając się przekazać mu, co czuje mimo uważnych spojrzeń obserwujących ich osób. Siłą woli przykazywała mu, żeby zrozumiał.

Spojrzał na ich złączone dłonie z miną pozbawioną wyrazu, a potem powoli znów podniósł na nią oczy. I wreszcie odwzajemnił uścisk jej palców.

– Dobrze, Eleno – szepnął, patrząc jej głęboko w oczy. I po chwili już go nie było.

Wzięła głęboki oddech i spojrzała na wszystkich obecnych w pokoju. Ciocia Judith wciąż kręciła się w pobliżu i zerkała na wystającą spod płaszcza podartą sukienkę Eleny.

– Eleno – odezwała się. – Co się stało? – I spojrzenie jej oczu pobiegło w stronę drzwi, za którymi przed chwilą zniknął Stefano.

Elenie wyrwał się z gardła jakiś histeryczny śmiech, który próbowała opanować.

– Stefano tego nie zrobił – powiedziała. – On mnie uratował. – Poczuła, że jej twarz kamienieje i popatrzyła na policjanta stojącego za ciocią Judith. – To był Tyler, Tyler Smallwood…

ROZDZIAŁ 9

Wcale nie była ponownym wcieleniem Katherine. Jadąc z powrotem do pensjonatu w bladolawendowej ciszy przedświtu, Stefano rozmyślał o tym wszystkim.

Powiedział jej mniej więcej to samo i była to prawda, ale dopiero teraz docierało do niego, ile czasu zajęło mu dojście do tego wniosku. Od tygodni świadomy był każdego oddechu i poruszenia Eleny i zapamiętywał te różnice.

Włosy miała o ton czy dwa jaśniejsze niż Katherine, a brwi i rzęsy ciemniejsze – u Katherine były niemal srebrne. I była wyższa prawie o dłoń. Poruszała się też z większą swobodą.

Współczesne dziewczyny były o wiele bardziej świadome własnych ciał.

Nawet jej oczy, od których tamtego pierwszego dnia nie mógł oderwać wzroku, nie były do końca takie same. Katherine zwykle patrzyła szeroko otwartymi ze zdumienia oczyma dziecka albo spuszczała wzrok, jak przystało dobrze wychowanej dziewczynie pod koniec XV wieku. A Elena wpatrywała się człowiekowi prosto w oczy spojrzeniem spokojnym i śmiałym. Czasami mrużyła oczy w wyrazie determinacji albo wyzwania, których brakowało Katherine.

Jeśli chodziło o wdzięk, urodę i czystą fascynację, jaką wzbudzały, były do siebie podobne. Ale tam, gdzie Katherine przypominała białe kociątko, Elena była śnieżną panterą.

Przejeżdżając obok pięknych starych klonów, Stefano skrzywił się na wspomnienie, które go nagle dopadło. Nie chciał o tym myśleć, nie zamierzał sobie na to pozwolić... Ale pamięć już roztaczała przed nim obrazy. Zupełnie tak, jakby ktoś otworzył książkę, a on nie mógł nic zrobić, tylko bezradnie patrzeć na kartkę, podczas gdy w jego myślach snuła się ta historia.

Biel. Katherine tego dnia ubrana była na biało. W nową białą suknię z weneckiego jedwabiu z rozcinanymi rękawami, które ukazywały noszoną pod spodem koszulę z delikatnego płótna. Na szyi zawiesiła naszyjnik ze złota i pereł, w uszach miała maleńkie zwisające kolczyki z perłami.

Była tak zachwycona nową suknią, którą ojciec specjalnie dla niej zamówił.

Okręcała się w niej na palcach przed Stefano, drobną dłonią unosząc sutą, długą do ziemi spódnicę i ukazując rąbek spodniej szaty z żółtego brokatu...

– Widzisz, jest wyszywana moimi inicjałami. Papa tak sobie zażyczył. *Mein lieber papa...* – Jej głos ucichł i przestała okręcać się wokół własnej osi. Powoli uniosła dłoń do serca. – Co się stało, Stefano? Nie uśmiechasz się.

Nawet nie próbował. Widok Katherine, stojącej tam niczym białozłota eteryczna zjawa, sprawiał mu fizyczny ból. Gdyby miał ją stracić, nie wiedziałby, jak żyć.

Palce zacisnął konwulsyjnie na chłodnym, grawerowanym metalu.

– Katherine, jak mam się uśmiechać, jak mogę być szczęśliwy, kiedy...

– Kiedy?

– Kiedy widzę, jak spoglądasz na Damona. – No i już, powiedział to wreszcie. Ciągnął z trudem: – Zanim wrócił do domu, ty i ja codziennie byliśmy razem. Mój ojciec i twój cieszyli się i wspominali o ślubie. Ale teraz dni robią się krótsze, lato się niemal skończyło, a ty spędzasz z Damonem tyle samo czasu, co ze mną. Ojciec pozwolił mu zostać tu tylko dlatego, że ty o to poprosiłaś. Ale dlaczego o to prosiłaś, Katherine? Myślałem, że to ja nie jestem ci obojętny.

W jej błękitnych oczach pojawił się niepokój.

– Nie jesteś mi obojętny, Stefano. Och, wiesz, że tak nie jest!

– Więc po co wstawiasz się za Damonem u ojca? Gdyby nie ty, wyrzuciłby go na ulicę...

– A to by ci sprawiło niemałą przyjemność, braciszku. – Głos od strony drzwi zabrzmiał gładko i arogancko, ale kiedy Stefano się odwrócił, zobaczył, że oczy Damona płonęły.

– Och, nie! To nieprawda – zaprzeczyła Katherine. – Stefano na pewno by nie chciał, żeby spotkała cię jakaś krzywda.

Damon skrzywił się w uśmiechu i rzucił bratu cierpkie spojrzenie, podchodząc do Katherine.

– Być może, nie – powiedział, a jego głos nieco złagodniał. – Ale Stefano przynajmniej co do jednego się nie myli. Dni robią się coraz krótsze i niedługo twój ojciec wyjedzie z Florencji. I zabierze cię ze sobą. Chyba że będzie miał powód, żeby cię tu zostawić.

Chyba że będziesz miała męża, z którym tu zostaniesz. Te słowa nie padły, ale i tak wszyscy je usłyszeli. Baron tak bardzo kochał córkę, że nie będzie jej zmuszać do małżeństwa wbrew jej woli. Koniec końców, to będzie decyzja Katherine, jej wybór.

Teraz, kiedy temat został już poruszony, Stefano nie mógł milczeć.

– Katherine wie, że niedługo będzie musiała na stałe opuścić ojca... – zaczął, popisując się swoją sekretną wiedzą, ale brat mu przerwał.

– Owszem, zanim staruszek zrobi się podejrzliwy – rzucił Damon swobodnym tonem. – Nawet najbardziej wyrozumiały ojciec musi się w końcu zacząć zastanawiać, dlaczego córka pokazuje się wyłącznie nocą.

Stefano ogarnął gniew i uraza. A więc to prawda. Damon wiedział. Katherine podzieliła się tajemnicą z jego bratem.

– Dlaczego mu powiedziałaś, Katherine? Dlaczego? Co ty w nim widzisz? W mężczyźnie, którego nie obchodzi nic poza jego własną przyjemnością? Jak on cię ma uszczęśliwić, skoro myśli wyłącznie o sobie?

– A jak ma cię uszczęśliwić chłopiec, który zupełnie nie zna świata? – wtrącił Damon głosem ostrym jak brzytwa i pełnym pogardy. – Jak cię ochroni, skoro nigdy nie starł się z rzeczywistością? Całe życie spędził wśród książek i obrazów, lepiej niech przy nich zostanie.

Katherine ze zdenerwowaniem pokręciła głową, a jej błękitne jak szlachetne kamienie oczy zasnuły się łzami.

– Żaden z was nie rozumie – stwierdziła. – Obaj myślicie, że mogę wyjść za mąż i osiąść tutaj jak każda inna florencka dama. Ale ja nie przypominam innych dam. Jak miałabym prowadzić dom pełen służby, która będzie mnie na każdym kroku śledziła? Jak mam zamieszkać na stałe w jednym miejscu, gdzie ludzie będą zauważać, że lata wcale mnie nie zmieniają? Nigdy nie będę mogła żyć normalnie. – Wzięła głęboki oddech i przyjrzała się każdemu z braci. – Kto zdecyduje się zostać moim mężem, będzie musiał porzucić życie w świetle słońca – szepnęła. – Musi wybrać życie przy księżycu i w godzinach mroku.

– Musisz zatem wybrać kogoś, kto mroku się nie boi – odparł Damon, a Stefano zdziwiła natarczywość w jego głosie.

Jeszcze nie słyszał, żeby brat odzywał się tak szczerze i z takim brakiem afektacji. – Katherine, spójrz na mojego brata. Czy on zdoła zrezygnować ze słońca? Za bardzo przywykł do zwyczajnych spraw: przyjaciół, rodziny, obowiązku wobec Florencji. Mrok zniszczyłby go.

– Kłamca! – krzyknął Stefano. Teraz już kipiał gniewem. – Jestem tak samo silny jak ty, bracie, nie obawiam się niczego w mroku czy w świetle dnia. I kocham Katherine bardziej niż przyjaciół czy rodzinę...

– Albo swój obowiązek? Czy kochasz ją wystarczająco, żeby porzucić obowiązek?

– Tak – powiedział wojowniczo Stefano. – Dość, żeby porzucić wszystko.

Damon uśmiechnął się jednym z tych swoich nagłych, niepokojących uśmiechów. A potem znów zwrócił się do Katherine.

– Zdaje się – zauważył – że wybór należy wyłącznie do ciebie. Masz dwóch starających się o rękę, wybierzesz jednego z nas czy żadnego?

Katherine powoli pochyliła złotowłosą głowę. A potem uniosła błękitne oczy na nich obu.

– Dajcie mi czas do niedzieli. I do tej pory nie męczcie mnie pytaniami.

Stefano niechętnie pokiwał głową.

– A w niedzielę? – spytał Damon.

– A w niedzielę o zmierzchu dokonam wyboru.

Zmierzch... Fiolctowe, głębokie cienie zmierzchu...

Stefano otaczały aksamitne cienie, kiedy oprzytomniał. To nie był zmierzch, ale świt, który zabarwiał niebo. Zagubiony w myślach przyjechał na skraj lasu.

W oddali widział most Wickery i cmentarz. Nowe wspomnienia gwałtownie przyspieszyły mu puls.

Zapowiedział Damonowi, że dla Katherine gotów jest zrezygnować ze wszystkiego. I dokładnie to zrobił. Odrzucił wszelkie pragnienie słonecznego światła i dla niej stał się mroczną istotą. Myśliwym wiecznie skazanym na to, że i na niego będą polować, złodziejem, zmuszonym kraść cudze życie, żeby napełnić własne żyły.

I, być może, mordercą.

Powiedzieli, że ta dziewczyna, Vickie, nie umrze. Ale jego następna ofiara może zginąć. Najgorsze było to, że niczego nie mógł sobie przypomnieć. Pamiętał tylko słabość i wszechogarniającą potrzebę. I jak, potykając się, wchodził do kościoła. Nic więcej. Ocknął się na zewnątrz, a w uszach echem odbijał mu się krzyk Eleny. I pobiegł w jej stronę, nie zastanawiając się nad tym, co mogło się stać wcześniej.

Elena... na moment ogarnął go przypływ radości i podziwu, wypierając wszystko inne. Elena, ciepła jak światło słońca, miękka jak poranek, ale o stalowym rdzeniu, którego nic nie mogło złamać. Była niczym ogień płonący na lodzie, jak ostra klinga srebrnego sztyletu.

Ale czy miał prawo ją kochać? Samo jego uczucie narażało ją na niebezpieczeństwo. Co, jeśli następnym razem, kiedy dopadnie go potrzeba, Elena okaże się najbliższą ludzką istotą. Najbliższym naczyniem pełnym ciepłej ożywczej krwi?

Umrę, zanim jej dotknę, pomyślał, czyniąc z tego przysięgę. Umrę z pragnienia, a nie otworzę jej żył. I przysięgam, że nigdy nie pozna mojego sekretu. Nigdy nie będzie musiała przeze mnie zrezygnować ze słońca.

Za jego plecami niebo zaczynało jaśnieć. Ale zanim odjechał, wysłał jedną badawczą myśl, wspartą całą siłą własnego bólu, chcąc odnaleźć tę inną moc, która mogła kryć się w pobliżu. Szukając jakiegoś innego wytłumaczenia dla tego, co się zdarzyło w kościele.

Ale nic się nie pojawiło, ani śladu odpowiedzi. Zupełnie, jakby cmentarz z niego kpił.

Elena się obudziła, kiedy słońce zaczęło świecić w jej okno. Czuła się tak, jakby właśnie wyzdrowiała po długim ataku grypy i jakby to był poranek Bożego Narodzenia. Kiedy siadała na łóżku, dopadła ją mieszanina różnych myśli.

Och! Wszystko ją bolało. Ale ona i Stefano... Dzięki temu nic jej nie martwiło. Ten pijany dureń, Tyler... Ale Tyler zupełnie się nie liczył. Nic się nie liczyło poza tym, że Stefano ją kocha.

Zeszła na dół w koszuli nocnej. Z tego, w jaki sposób światło słońca przenikało do domu, wywnioskowała, że bardzo długo spała. Ciocię Judith i Margaret zastała w salonie.

– Dzień dobry, ciociu. – Długo i mocno ściskała zaskoczoną ciotkę. – Dzień dobry i tobie, myszko. – Porwała Margaret na ręce i zaczęła z nią tańczyć walca po całym pokoju. – Ach! Robercie, dzień dobry. – Nieco zażenowana swoimi wyczynami i negliżem postawiła Margaret na podłodze i szybko ruszyła do kuchni.

Ciotka poszła za nią. Była uśmiechnięta mimo ciemnych kręgów pod oczami.

– Masz chyba dobry humor.

– Och, tak. – Elena znów ją uściskała, żeby przeprosić za te podkrążone oczy.

– Wiesz, że musimy pojechać do biura szeryfa i porozmawiać z nim w sprawie Tylera.

– Tak. – Elena wyjęła z lodówki sok i nalała go sobie do szklanki. – Czy mogę iść najpierw do Vickie Bennett? Na pewno jest przygnębiona, zwłaszcza że wygląda na to, że nie wszyscy jej wierzą.

– A ty jej wierzysz, Eleno?

– Tak – powiedziała powoli. – Wierzę jej, bo... ciociu – dodała, nagle podejmując decyzję – mnie też się coś przytrafiło w tym kościele. Wydawało mi się, że...

– Eleno! Bonnie i Meredith przyszły do ciebie. – Z holu dobiegł głos Roberta.

Nastrój prysł.

– Och... Wpuść je tu! – zawołała Elena, upijając łyk soku pomarańczowego. – Opowiem ci wszystko później – obiecała cioci Judith, kiedy dziewczyny zbliżały się do kuchni.

Bonnie i Meredith przystanęły w drzwiach z niezwykłą jak na nie rezerwą. Elena też czuła się niezręcznie i odezwała się dopiero, kiedy ciotka zostawiła je same.

Odchrząknęła, nie odrywając wzroku od zniszczonego fragmentu wykładziny na kuchennej podłodze. Szybko podniosła wzrok i zobaczyła, że Bonnie i Meredith gapią się na ten sam fragment podłogi.

Roześmiała się. Słysząc to, obie dziewczyny popatrzyły na nią.

– Jestem zbyt szczęśliwa, żeby się wypierać – powiedziała Elena, wyciągając do nich ręce. – I wiem, że powinnam przeprosić za to, co powiedziałam. Przepraszam, ale po prostu nie jestem w stanie robić z tego wielkiej sprawy. Zachowałam się okropnie i należałoby ściąć mi głowę. Czy możemy teraz udawać, że to się w ogóle nigdy nie stało?

– Powinnaś nas przeprosić za to, że przed nami uciekłaś – zrugała ją Bonnie, kiedy we trzy złączyły się w jakimś bezładnym uścisku.

– I to jeszcze z Tylerem Smallwoodem – dodała Meredith.

– No cóż, za to dostałam już nauczkę – oznajmiła Elena i na moment twarz jej pociemniała. A potem kaskadą zabrzmiał śmiech Bonnie.

– I poderwałaś pana numer jeden, Stefano Salvatore! Co tu mówić o efektownych wejściach. Kiedy zjawiłaś się tu z nim wczoraj, myślałam, że mam omamy. Jak to zrobiłaś?

– Nic nie zrobiłam. On się tam po prostu pojawił, jak kawaleria w tych starych westernach.

– I ocalił twoją cześć – wtrąciła Bonnie. – Czy może być coś bardziej porywającego?

– Znalazłabym jeden czy dwa pomysły – dodała Meredith. – No, ale może Elena i o to zadbała.

– Opowiem wam wszystko – obiecała Elena, puszczając przyjaciółki. – Ale pójdziecie ze mną najpierw do Vickie? Chciałabym z nią porozmawiać.

– W sumie możesz porozmawiać z nami, gdy będziesz się ubierać i myć zęby – stwierdziła Bonnie stanowczo. – A jeśli opuścisz chociaż jeden szczegół, staniesz przed obliczem hiszpańskiej inkwizycji.

– Widzisz? – powiedziała Meredith z lekką irytacją. – Wysiłek pana Tannera coś dał. Bonnie już wie, że hiszpańska inkwizycja to nie jest kapela rockowa.

Elena śmiała się wesoło, kiedy szły na górę.

Pani Bennett była blada i zmęczona, ale wpuściła je do środka.

– Vickie odpoczywa, lekarz kazał zatrzymać ją w łóżku – wyjaśniła z nieco drżącym śmiechem. Elena, Bonnie i Meredith stłoczyły się w wąskim korytarzyku.

Mama Vickie lekko zapukała do sypialni córki.

– Kochanie, przyszły do ciebie koleżanki ze szkoły. Nie siedźcie u niej za długo – poprosiła Elenę, otwierając drzwi.

– Dobrze – obiecała Elena. Weszła do ładnego biało-niebieskiego pokoju, a za nią pozostałe dziewczyny. Vickie leżała w łóżku, oparta o poduszki, z błękitnym pledem podciągniętym pod samą brodę. Na tle pościeli jej twarz była biała jak papier. Dziewczyna wpatrywała się prosto przed siebie pustym wzrokiem.

– Tak samo wyglądała wczoraj w nocy – szepnęła Bonnie.

Elena podeszła do łóżka.

– Vickie – odezwała się cicho. Koleżanka nadal wpatrywała się w przestrzeń, ale Elena miała wrażenie, że jej oddech nieco się zmienił. – Vickie, słyszysz mnie? To ja, Elena Gilbert. – Zerknęła niepewnie na Bonnie i Meredith.

– Chyba dostała jakieś środki uspokajające – powiedziała Meredith.

Ale pani Bennett nie wspomniała o żadnych lekach. Marszcząc brwi, Elena znów zwróciła się do niereagującej dziewczyny.

– Vickie, to ja, Elena. Chciałam tylko porozmawiać z tobą o wczorajszej nocy. Chcę, żebyś wiedziała, że wierzę w to, co mówiłaś. – Elena zignorowała ostre spojrzenie rzucone jej przez Meredith i ciągnęła: – I chciałam cię zapytać…

– Nie! – Z gardła Vickie wyrwał się wrzask, głośny i dziki. Jej ciało, przedtem nieruchome jak u woskowej lalki, teraz gwałtownie się ożywiło. Jasnobrązowe włosy Vickie latały w powietrzu, kiedy gwałtownie kręciła głową z boku na bok, a rękoma bezładnie wymachiwała w powietrzu. – Nie! Nie! – krzyczała.

– Zróbcie coś! – zawołała Bonnie. – Proszę pani! Proszę pani!

Elena i Meredith usiłowały utrzymać Vickie w łóżku, ale im się wyrywała. Krzyki nie cichły. Nagle obok nich znalazła się matka Vickie i pomogła przytrzymać córkę, odsuwając dziewczyny od łóżka.

– Co wyście jej zrobiły? – zawołała.

Vickie przylgnęła do matki i nieco się uspokoiła, ale wtedy ponad ramieniem pani Bennett dostrzegła Elenę.

– Ty też w tym tkwisz! Jesteś zła! – krzyknęła do niej histerycznie. – Nie zbliżaj się do mnie!

Elena osłupiała.

– Vickie! Przyszłam tylko zapytać...

– Lepiej już idźcie. Zostawcie nas same – zażądała pani Bennett, opiekuńczym gestem obejmując Vickie. – Nie widzicie, jak ona reaguje?

Elena w ciszy wyszła z pokoju. Bonnie i Meredith ruszyły jej śladem.

– To na pewno te leki – zawyrokowała Bonnie, kiedy stały już przed domem. – Dziewczyna zupełnie odjechała.

– Zauważyłaś jej ręce? – odezwała się Meredith do Eleny. – Kiedy próbowałyśmy ją uspokoić, złapałam ją za rękę. Była zimna jak lód.

Elena kręciła głową zmieszana. Nic z tego nie rozumiała, ale nie chciała pozwolić, żeby ta historia zepsuła jej cały dzień. Desperacko szukała w myślach czegoś, co przesłoniłoby to doświadczenie, co pozwoliłoby jej nadal cieszyć się własnym szczęściem.

– Wiem – powiedziała. – Pensjonat.

– Co?

– Powiedziałam Stefano, żeby dzisiaj do mnie zadzwonił, ale dlaczego nie miałybyśmy zamiast tego iść do niego. Do pensjonatu? To niedaleko stąd.

– Tylko dwadzieścia minut spacerem – stwierdziła Bonnie. Rozjaśniła się. – Przynajmniej wreszcie obejrzymy ten jego pokój.

– W sumie – zdecydowała Elena – pomyślałam, że mogłybyście obie zaczekać na dole. No cóż, zajrzę do niego tylko na kilka minut – dodała obronnym tonem pod wzrokiem koleżanek. Być może to dziwne, ale nie chciała dzielić się z przyjaciółkami Stefano. Dla niej był jeszcze kimś tak nowym, że traktowała go niemal jak jakiś sekret.

Kiedy zastukały do wypolerowanych dębowych drzwi, otworzyła im pani Flowers. Pomarszczona, przypominająca gnoma staruszka miała zadziwiająco bystre czarne oczy.

– Ty na pewno jesteś Elena – powiedziała. – Widziałam cię wczoraj ze Stefano przed domem, a kiedy wrócił, powiedział mi, jak masz na imię.

– Widziała nas pani? – spytała Elena zdziwiona. – Ja pani nie zauważyłam.

– Rzeczywiście, nie zauważyłaś – przytaknęła pani Flowers i zachichotała. – Moja droga, jesteś bardzo ładną dziewczyną – dodała. – Bardzo ładną. – Poklepała Elenę po policzku.

– Hm, dziękuję – odparła Elena z zażenowaniem. Nie podobał jej się sposób, w jaki te ptasie oczy świdrowały ją spojrzeniem. Spojrzała za panią Flowers, na schody. – Czy Stefano jest w domu?

– Musi być, chyba że wyfrunął przez dach! – Pani Flowers znów zachichotała. Elena roześmiała się grzecznie.

– Zostaniemy tu z panią na dole – zdecydowała Meredith, a Bonnie przewróciła oczami. Ukrywając uśmiech, Elena pokiwała głową i ruszyła po schodach.

Jaki dziwny stary dom, pomyślała, zmierzając w stronę drugiej klatki chodowej w tamtej sypialni. Głosy z dołu ledwie tu docierały, a kiedy wspinała się po stromych schodach, zupełnie zanikły. Otoczyła ją cisza i kiedy doszła do widniejących w półmroku drzwi, ogarnęło ją wrażenie, że wkracza w zupełnie inny świat.

Zapukała nieśmiało.

– Stefano?

Ze środka nic nie dosłyszała, ale nagle drzwi się otworzyły. Chyba wszyscy dzisiaj jesteśmy bladzi i zmęczeni, pomyślała Elena, a potem znalazła się w jego ramionach.

Objęły ją z całej siły.

– Elena. Och, Eleno...

A potem się odsunął. Było zupełnie tak samo jak wczoraj w nocy, znów poczuła, jak między nimi otwiera się przepaść. Zobaczyła, że w jego oczach pojawia się to poprawne, chłodne spojrzenie.

– Nie – powiedziała, nie do końca świadoma, że mówi to na głos. – Nie pozwolę ci. – I przyciągnęła go do siebie w pocałunku.

Przez chwilę nie reagował, a potem zadrżał, a jego pocałunek stał się natarczywy. Wplótł palce w jej włosy, a wokół Eleny wszechświat się rozsypał. Nic już nie istniało poza Stefano, dotykiem jego ramion i ogniem warg w pocałunku.

Kilka minut albo kilka stuleci później odsunęli się od siebie, oboje drżący. Ale wciąż patrzyli sobie w oczy i Elena zobaczyła, że źrenice Stefano są zbyt mocno rozszerzone nawet jak na panujący tu półmrok. Wokół tych źrenic była tylko cieniutka obrączka zieleni. Spojrzenie miał oszołomione, a usta obrzmiałe.

– Moim zdaniem – odezwał się i jego głos był opanowany, jak zawsze – lepiej uważajmy, kiedy to robimy.

Elena pokiwała głową zaskoczona. Na pewno nie publicznie, pomyślała. I nie wtedy, kiedy na dole czekają Bonnie i Meredith. I nawet nie wtedy, kiedy jesteśmy zupełnie sami, chyba że...

– Ale możesz po prostu się do mnie przytulić.

Jakie to dziwne, że po tym nagłym odruchu namiętności mogła się czuć tak bezpieczna, spokojna, kiedy obejmował ją ramionami.

– Kocham cię – szepnęła w chropawą wełnę jego swetra.

Poczuła, że przeszył go dreszcz.

– Eleno... – zaczął, a w tym szepcie słyszała niemal rozpacz.

Uniosła głowę.

– Co w tym złego? Co w tym może być złego, Stefano? Nie kochasz mnie?

– Ja... – Spojrzał na nią bezradnie. Nagle usłyszeli, że gdzieś z dołu nawołuje niewyraźnie głos pani Flowers.

– Chłopcze! Chłopcze! Stefano! – Brzmiało to tak, jakby stukała butem w poręcz schodów.

Westchnął.

– Lepiej zobaczę, czego chce. – Odsunął się od Eleny. Z jego twarzy nic nie można było wyczytać.

Zostawiona sama sobie, Elena oplotła się ramionami i zadrżała. Tak było zimno. Powinien mieć kominek, pomyślała, dla zabicia czasu rozglądając się po pokoju, aż jej spojrzenie wreszcie padło na mahoniową komodę, którą oglądała wczoraj w nocy.

Skrzynka.

Zerknęła na drzwi. Gdyby wszedł i ją przyłapał... Naprawdę nie powinna... Ale już szła w kierunku komody.

Przypomnij sobie los żony Sinobrodego, pomyślała. Ciekawość ją zabiła. Ale jej palce już leżały na żelaznym wieczku skrzynki. Z mocno bijącym sercem uniosła je...

W półmroku, w pierwszej chwili wydawało się, że skrzynka jest pusta i Elena roześmiała się nerwowo. Czego się spodziewała? Listów miłosnych od Caroline? Zakrwawionego sztyletu?

A potem zauważyła cieniutki pasek jedwabiu, porządnie zwinięty, leżący w kącie skrzynki. Wyjęła go i przesunęła między palcami. To była morelowa wstążka, którą zgubiła drugiego dnia szkoły.

Och, Stefano. W oczach zakręciły jej się łzy i bezradnie poczuła, jak w jej sercu wzbiera miłość. Aż tak dawno temu? Już wtedy nie byłam ci obojętna? Och, Stefano, jak ja cię kocham...

I nieważne, że nie umiesz mi tego powiedzieć, pomyślała. Za drzwiami rozległ się jakiś odgłos, a ona szybko zwinęła wstążkę i wsunęła ją z powrotem do skrzynki. A potem odwróciła się w stronę drzwi, mruganiem powiek odpędzając łzy.

To nieważne, że w tej chwili nie umiesz tego powiedzieć. Będę to mówiła za nas oboje. I któregoś dnia się nauczysz.

ROZDZIAŁ 10

7 października, koło ósmej rano

D*rogi pamiętniku,*
Piszę to na matematyce i mam tylko nadzieję,
że pani Halpern mnie nie przyłapie.

Wczoraj wieczorem nie miałam czasu na pisanie, chociaż chciałam. To był taki szalony, poplątany dzień, zupełnie jak wieczór jesiennego balu. Dzisiaj rano, siedząc tu w szkole, czuję się niemal tak, jakby wszystko, co się stało w ten weekend, było jakimś snem. Złe rzeczy były strasznie złe, ale to, co dobre, było naprawdę bardzo, bardzo dobre.

Nie będę wytaczała sprawy Tylerowi Smallwoodowi. Ale został zawieszony w prawach ucznia i usunięty z drużyny. Tak samo Dick, za to, że pił na balu. Nikt tego nie mówi, ale chyba wiele osób myśli, że to on jest winien temu, co spotkało Vickie. Siostra Bonnie widziała Tylera wczoraj w klinice i mówiła, że oboje oczu miał podbite i całą twarz w sińcach. Nie mogę przestać martwić się o to, co się stanie, kiedy on i Dick wrócą do szkoły. Teraz mają jeszcze więcej powodów niż kiedyś, żeby nie cierpieć Stefano.

No właśnie, Stefano. Kiedy dziś rano się obudziłam, wpadłam w panikę, myśląc: A co, jeśli to wszystko nieprawda? Co, jeśli to się nigdy nie zdarzyło, co, jeśli zmienił zdanie? Ciocia Judith zmartwiła się przy śniadaniu, bo znów nie mogłam jeść. No, ale wchodząc do szkoły, zobaczyłam go na korytarzu przy biurze administracji. I tylko na siebie popatrzyliśmy. I już wiedziałam. Zanim się odwrócił, uśmiechnął się jakoś tak cierpko. Ale to też zrozumiałam. Miał rację, lepiej nie podchodzić do siebie na korytarzu, w takim publicznym miejscu, chyba że chcemy zapewnić sekretarkom odrobinę dreszczyku.

Jesteśmy parą. Teraz muszę znaleźć jakiś sposób, żeby wyjaśnić to wszystko Jeanowi-Claude'owi. Ha, ha.

Nie rozumiem tylko, dlaczego Stefano nie jest tak samo szczęśliwy jak ja. Kiedy jesteśmy ze sobą, czuję, co on czuje i wiem, jak bardzo mnie pragnie, jak bardzo mu na mnie zależy. Kiedy mnie całuje, jest w nim jakiś niemal rozpaczliwy głód, zupełnie jakby chciał wyrwać mi duszę z ciała. Jak czarna dziura, która...

Nadal 7 października, koło drugiej po południu

No cóż, na trochę musiałam przerwać, bo pani Halpern jednak mnie przyłapała. Zaczęła nawet czytać na głos to, co napisałam, ale potem – chyba od opisywanego tematu – zaparowały jej okulary i przerwała. Nie była specjalnie uradowana. Ale jestem zbyt szczęśliwa, żeby się przejmować takimi drobiazgami jak dwója z matematyki.

Stefano i ja jedliśmy razem lunch, a przynajmniej poszliśmy razem w kąt boiska, gdzie sobie usiedliśmy z moim lunchem. Nawet nie pomyślał o tym, żeby sobie coś przynieść, no i, oczywiście, okazało się, że ja też nie mogę przełknąć ani kęsa. Raczej się staraliśmy nie dotykać – niestety – ale rozmawialiśmy i ciągle na siebie patrzyliśmy. Chcę go dotykać. Bardziej niż jakiegokolwiek chłopaka kiedykolwiek przedtem. I wiem, że on też tego chce, ale się powstrzymuje.

I tego właśnie nie rozumiem. Dlaczego on z tym walczy? Wczoraj w jego pokoju zyskałam niepodważalny dowód, że od samego początku się mną interesował.

Pamiętasz, jak opowiadałam, że drugiego dnia szkoły byłam z Bonnie i Meredith na cmentarzu? No cóż, wczoraj w pokoju Stefano znalazłam tę morelową wstążkę, którą nosiłam tego dnia. Pamiętam, że biegnąc, wypuściłam ją z ręki, a on ją najwidoczniej znalazł i zachował. Nie powiedziałam mu, że wiem, bo najwyraźniej chciał to utrzymać w sekrecie, ale to dowodzi, że nie jestem mu obojętna, prawda?

Ach! Jest jeszcze jedna niespecjalnie uradowana osoba. Caroline. Okazuje się, że ciągała go codziennie na lunchu do pracowni fotograficznej, a kiedy dzisiaj się nie pokazał, szukała Stefano tak długo, aż nas znalazła. Biedny chłopak, na śmierć o niej zapomniał i był sam tym zaszokowany. Kiedy już sobie poszła – a przybrała przedtem dość paskudny odcień zieleni na twarzy – opowiedział mi, jak przyczepiła się do niego od tego pierwszego tygodnia szkoły. Powiedziała, że zauważyła, że nie jada lunchu i że ona też go nie je, bo jest na diecie. Więc może mogliby razem chodzić gdzieś, gdzie jest spokój i da się odetchnąć. W sumie nie chciał powiedzieć o niej nic złego – znów jego przekonanie, że dżentelmen tak nie postępuje. W każdym razie przyznał, że między nimi nic nie było. A jeśli chodzi o Caroline, to fakt, że o niej zapomniał, był chyba dla niej gorszy, niż gdyby ją obrzucił kamieniami.

Zastanawiam się, dlaczego Stefano nie je lunchu. U członka drużyny futbolowej to rzadkość.

Oho! Pan Tanner przechodził obok. W ostatniej chwili udało mi się zakryć pamiętnik zeszytem. Bonnie zaśmiewa się teraz za swoim podręcznikiem do historii. Widzę, jak jej ramiona drżą. A Stefano, który siedzi przede mną, jest tak spięty, że wygląda, jakby miał lada moment katapultować się ze swojego krzesła. Matt rzuca mi spojrzenia pod tytułem: ty wariatko, a Caroline piorunuje mnie wzrokiem. A ja mam bardzo, ale to bardzo niewinną minę i piszę, nie odrywając oczu *od stojącego przede mną pana Tannera. Więc jeśli pismo mam niewyraźne i brzydkie, to chyba jestem usprawiedliwiona.*

Przez cały zeszły miesiąc właściwie nie byłam sobą. Nie mogłam myśleć jasno ani skoncentrować się na niczym poza Stefano. Tyle mi się nagromadziło niezałatwionych spraw, że aż się boję. Podobno mam nadzorować przygotowanie dekoracji sali na tę imprezę halloweenową. A w ogóle nic w tej sprawie nie zrobiłam. Zostało mi dokładnie trzy i pół tygodnia, żeby to zorganizować, ale chcę tylko być ze Stefano.

Mogłabym zrezygnować z organizowania imprezy, ale wtedy zostawiłabym na lodzie Bonnie i Meredith. I wciąż pamiętam, co powiedział Matt, kiedy go prosiłam, żeby ściągnął Stefano na bal: Chcesz, żeby wszyscy i wszystko kręciło się wokół Eleny Gilbert.

A to nieprawda. To znaczy, nawet jeśli tak było w przeszłości, nie pozwolę, żeby to dłużej trwało. Chcę... O Boże, to zabrzmi kompletnie idiotycznie, ale chcę być warta Stefano. Wiem, że on by nie zawiódł kumpli z drużyny tylko dlatego, że nie chce mu się czegoś zrobić. Mam nadzieję, że będzie ze mnie dumny.

Chcę, żeby mnie kochał tak bardzo, jak ja kocham jego.

– Pośpiesz się! – zawołała Bonnie od drzwi sali gimnastycznej. Obok niej czekał szkolny woźny, pan Shelby.

Elena rzuciła ostatnie spojrzenie na odległe sylwetki graczy na boisku futbolowym, a potem z ociąganiem podeszła do Bonnie.

– Chciałam tylko powiedzieć Stefano, dokąd idę – powiedziała. Po tygodniu chodzenia z nim nadal odczuwała przyjemność, kiedy mogła chociaż wypowiedzieć głośno jego imię. W tym tygodniu co wieczór przychodził do niej do domu. Pojawiał się przy drzwiach o zachodzie słońca, z rękami w kieszeniach, ubrany w kurtkę z podniesionym kołnierzem. Zwykle szli na spacer w zapadającym zmierzchu albo siedzieli na werandzie i rozmawiali. Chociaż nic na ten temat nie mówili, Elena wiedziała, że to sposób Stefano na to, żeby nie znaleźli się ze sobą na osobności. Od tamtego wieczoru, kiedy odbył się bal, dbał o to. Chroni mój honor, myślała Elena z cierpkim humorem, ale i z lękiem, bo czuła, że w tym wszystkim chodzi o coś więcej.

– Zdoła bez ciebie przeżyć jeden wieczór – zauważyła Bonnie rozsądnie. – Jeśli zaczniesz z nim gadać, nigdy się stąd nie ruszymy, a ja chciałabym wrócić do domu na obiad.

– Dzień dobry panu – Elena zwróciła się do woźnego, który nadal cierpliwie czekał. Ku jej zdziwieniu mrugnął do niej, cały czas zachowując poważny wyraz twarzy. – A gdzie Meredith? – dodała.

– Tu – odezwał się za nią jakiś głos i Meredith pojawiła się z kartonowym pudłem pełnym segregatorów i notatników. – Wzięłam rzeczy z twojej szafki.

– To już wszystkie? – spytał woźny. – No dobrze, dziewuszki, to pamiętajcie, że macie zatrzasnąć drzwi za sobą i zamknąć, dobra? Żeby nikt nie mógł dostać się do środka.

Bonnie, która już miała wchodzić do sali, stanęła jak wryta.

– A jest pan pewien, że już tam kogoś w środku nie ma? – zapytała z niepokojem.

Elena pchnęła ją, kładąc dłoń między łopatkami koleżanki.

– Pośpiesz się! – zaczęła ją przedrzeźniać. – Chcę wrócić do domu na obiad.

– W środku nikogo nie ma – oznajmił pan Shelby. Usta mu zadrgały pod wąsami. – Ale jakby co, to wrzeszczcie z całych sił, dziewuszki. Będę tu, niedaleko.

Drzwi zatrzasnęły się za nimi z dziwnie zdecydowanym odgłosem.

– Do roboty – westchnęła Meredith z rezygnacją i postawiła pudło na podłodze.

Elena pokiwała głową i rozejrzała się po pustym wnętrzu. Co roku samorząd uczniowski urządzał w Halloween imprezę, żeby zebrać fundusze. Elena od dwóch lat była w komitecie zajmującym się dekoracjami. Razem z Bonnie i Meredith, ale rola przewodniczącej komitetu to było już coś innego. Musiała podejmować decyzje, które będą miały wpływ na wszystkich, a nie mogła się oprzeć na tym, co robiono w latach poprzednich.

Zwykle imprezę urządzano w magazynie tartaku, ale ze względu na rosnący w mieście niepokój zdecydowano, że szkolna sala gimnastyczna będzie bezpieczniejsza. Dla Eleny oznaczało to konieczność zaplanowania od nowa całego wystroju. W dodatku do Halloween zostały tylko niecałe trzy tygodnie.

– W sumie tu już jest mocno niesamowicie – szepnęła Meredith. I rzeczywiście, było coś niepokojącego w tej wielkiej, zamkniętej sali, gdy były tu same, pomyślała Elena. Przekonała się, że sama też zniża głos.

– Najpierw wszystko dokładnie zmierzymy – postanowiła. Ruszyły w głąb sali, a ich kroki rozległy się w niej głuchym echem. – Okej – powiedziała Elena, kiedy skończyły. – To teraz do roboty. – Próbowała bagatelizować niepokój, tłumacząc sobie, że to śmieszne czuć lęk w szkolnej sali gimnastycznej, mając przy sobie Bonnie i Meredith, i całą drużynę futbolową na treningu niecałe dwieście metrów dalej.

We trzy usiadły na trybunie z pisakami i notatnikami w rękach. Elena i Meredith przeglądały szkice dekoracji z poprzednich lat, a Bonnie gryzła końcówkę pisaka i rozglądała się wkoło z namysłem.

– No cóż, mamy salę. – Meredith, robiła w swoim notesie szybki szkic. – Tędy będą wchodzić ludzie. Na pewno okrwawione zwłoki powinny się znaleźć na samym końcu trasy... A przy okazji, kto w tym roku będzie robił za okrwawione zwłoki?

– Chyba trener Lyman. W zeszłym roku wypadł świetnie, poza tym chłopaki z drużyny się nie rozbrykają. – Elena wskazała na szkic. – Dobrze, więc tę część oddzielimy przepierzeniem i tu zrobimy średniowieczną izbę tortur. Prosto stamtąd będą przechodzić do pokoju żywych trupów...

– Moim zdaniem powinniśmy też mieć druidów – wtrąciła nagle Bonnie.

– Co? – zapytała Elena, a kiedy Bonnie zaczęła powtarzać nazwę głośniej, zamachała uspokajająco ręką. – Dobra, dobra, pamiętam. Ale po co?

– Bo to oni wymyślili Halloween. Naprawdę. Kiedyś to było jedno z ich świąt. Palili ogniska i wystawiali rzepy z wyciętymi otworami na usta i oczy, żeby odgonić złe duchy. Wierzyli, że to taki dzień, kiedy granica dzieląca żywych od umarłych jest najwęższa. A potrafili być okrutni, Eleno. Składali ofiary z ludzi. Moglibyśmy poświęcić trenera Lymana.

– W sumie to nie taki kiepski pomysł – przytaknęła Meredith. – Okrwawione zwłoki mogłyby być ofiarą. Rozumiecie, na kamiennym ołtarzu, z nożem i kałużami krwi wszędzie dokoła. A potem, kiedy podchodzisz do niego bliżej, on się nagle podnosi.

– A ty dostajesz ataku serca – powiedziała Elena, ale musiała przyznać, że pomysł jest niezły, zdecydowanie można się było wystraszyć. Trochę jej się robiło niedobrze na samą myśl. I jeszcze krew… Ale przecież to i tak tylko keczup.

Dziewczyny ucichły. Z szatni dla chłopców, tuż przy sali, dobiegał odgłos lejącej się wody i trzaskania drzwi szafek, a ponad nimi jakieś niewyraźne krzyki.

– Trening się skończył – mruknęła Bonnie. – Na zewnątrz pewnie już ciemno.

– Tak, a nasz bohater się właśnie myje – dodała Meredith, unosząc lekko jedną brew i spoglądając na Elenę. – Chcesz zerknąć?

– Jasne – przytaknęła Elena. Tylko częściowo był to żart. W jakiś dziwny, niekreślony sposób atmosfera w sali zrobiła się mroczna. Akurat w tej chwili żałowała, że nie widzi Stefano. Że nie może z nim teraz być. – Słyszałyście coś jeszcze o Vickie Bennett? – spytała nagle.

– No cóż – odezwała się Bonnie po chwili. – Rodzice chcą ją zabrać do psychiatry.

– Do psychiatry? Ale po co?

– Bo… Uważają, że te jej opowieści to były jakieś halucynacje. I słyszałam, że ma jakieś okropne koszmary.

– Och – westchnęła Elena. Odgłosy z szatni dla chłopców słabły, a potem usłyszały trzaśnięcie zewnętrznych drzwi. Halucynacje, pomyślała. Halucynacje i koszmary. Z jakiegoś powodu przypomniała sobie o tym wieczorze, kiedy wraz z Bonnie zaczęły uciekać przed czymś, czego żadna z nich nie umiała zobaczyć.

– Lepiej bierzmy się z powrotem do dzieła – zasugerowała Meredith. Elena otrząsnęła się z rozmyślań i pokiwała głową.

– Mogłybyśmy... Mogłybyśmy zrobić też cmentarz – powiedziała Bonnie z wahaniem, zupełnie jakby czytała w myślach Eleny. – To znaczy, jako dekoracje na imprezę.

– Nie – ucięła ostro Elena. – Wystarczy nam to, co już mamy – dodała spokojniej i znów pochyliła się nad notesem.

Znów przez chwilę nie było słychać niczego poza skrobaniem pisaków i szelestem papieru.

– Okej – powiedziała Elena na koniec. – Teraz musimy tylko wymierzyć te przepierzenia. Ktoś będzie musiał wejść za trybuny... No i co teraz?

Światła w sali gimnastycznej zamigotały i przygasły.

– O nie – jęknęła Meredith. Światła jeszcze raz zamigotały, zgasły, a potem znów się zapaliły, ale słabo.

– Nic nie mogę przeczytać – powiedziała Elena, wpatrując się w kartkę papieru, która teraz wydawała się czysta. Spojrzała na Bonnie i Meredith i zobaczyła tylko jaśniejsze plamy ich twarzy.

– Coś złego się dzieje z zapasowym generatorem prądu – zauważyła Meredith. – Pójdę po pana Shelby'ego.

– Nie możemy po prostu skończyć jutro? – spytała Bonnie płaczliwie.

– Jutro sobota – przypomniała Elena. – A my miałyśmy to skończyć w zeszłym tygodniu.

– Idę po woźnego – powtórzyła Meredith. – Chodź, Bonnie, pójdziesz ze mną.

– Mogłybyśmy pójść wszystkie – zaczęła Elena, ale Meredith jej przerwała.

– Jeśli pójdziemy wszystkie i go nie znajdziemy, to nie dostaniemy się z powrotem do środka. Chodź, we dwie będziemy bezpieczne. – Pociągnęła opierającą się Bonnie w stronę drzwi. – Eleno, nie wpuszczaj nikogo do środka.

– Nie musisz mi tego mówić – zapewniła Elena, wypuszczając je z sali, a potem patrząc, jak robią kilka kroków korytarzem. Kiedy ich sylwetki zaczęły się rozpływać w mroku, cofnęła się do środka i zamknęła drzwi.

No cóż, niezły pasztet się z tego zrobił, jak mawiała kiedyś mama. Elena podeszła do kartonowego pudła, które przyniosła Meredith, i zaczęła pakować do niego z powrotem segregatory i notesy. W półmroku widziała ich niewyraźne zarysy. Nie słychać było nic, tylko jej oddech i odgłosy pakowania. Była sama w tej wielkiej, mrocznej sali...

Ktoś ją obserwował.

Nie wiedziała, skąd to wie, ale była tego pewna. Ktoś był z nią w tej wielkiej sali i ją obserwował. „Oczy w mroku", powiedział włóczęga. Vickie też to powiedziała. A teraz na nią patrzyły jakieś oczy.

Obracając się na pięcie, rozejrzała się szybko wkoło, wytężając wzrok, żeby przeniknąć półmrok. Starała się nie oddychać. Bała się, że jeśli narobi hałasu, to coś rzuci się na nią. Ale nic nie zobaczyła i niczego nie usłyszała.

Na trybunach było ciemno, stanowiły jakieś groźne kształty rozciągające się w mroku. A odległy kąt sali stanowił po prostu ciemną, szarą mgłę. Ciemna mgła, pomyślała i poczuła, jak boleśnie zaczynają jej się napinać wszystkie mięśnie. Rozpaczliwie nasłuchiwała. O Boże, co to za szmer? Musiała to sobie wyobrazić... Niech to będzie tylko jej wyobraźnia.

Nagle rozjaśniło jej się w głowie. Musiała się stąd wydostać, i to natychmiast. Tu się czaiło niebezpieczeństwo – to nie było żadne złudzenie. Coś się tam kryło, coś złego, coś, co się na nią szykowało. A była tu zupełnie sama.

To coś poruszyło się w półmroku.

Krzyk zamarł jej w gardle. Mięśnie odmówiły jej posłuszeństwa, sparaliżował ją strach i jakaś nienazwana siła. Bezradnie patrzyła, jak z półmroku wyłania się i zbliża do niej jakaś postać. To wyglądało zupełnie tak, jakby ciemność ożyła i nabierała ciała. Kiedy się w nią wpatrywała, zaczęła dostrzegać postać... człowieka. Młodego chłopaka.

– Przepraszam, jeśli cię wystraszyłem.

Głos miał przyjemny, z lekkim akcentem, którego nie umiała określić. Wcale nie było w nim słychać skruchy.

Ulga nadeszła tak nagle i była tak silna, że to aż zabolało. Zgarbiła się i usłyszała własny oddech, który wyrwał jej się w długim westchnieniu.

To tylko jakiś facet, były uczeń albo pomocnik woźnego. Zwyczajny facet, który leciutko się uśmiechał, jakby rozbawiło go to, że na jego widok o mało nie zemdlała.

No cóż... Może jednak nie taki zupełnie zwyczajny facet. Był zaskakująco przystojny. Twarz miał bladą w tym dziwnym półmroku, ale widziała wyraziste, niemal idealne rysy pod szopą ciemnych włosów. O takich kościach policzkowych marzą rzeźbiarze. Prawie ginął w mroku, bo był ubrany na czarno – miękkie czarne buty, czarne dżinsy, czarny sweter i skórzana kurtka.

Nadal lekko się uśmiechał. Ulga Eleny szybko zamieniła się w gniew.

– Jak się tu dostałeś? – spytała ostro. – Co tu w ogóle robisz? Nikogo innego nie powinno być w sali gimnastycznej.

– Wszedłem drzwiami. – Głos miał łagodny, kulturalny, ale nadal słyszała w nim rozbawienie i to ją wyprowadzało z równowagi.

– Wszystkie drzwi są pozamykane – zauważyła krótko i dobitnie.

Uniósł brwi i się uśmiechnął.

– Naprawdę?

Elena poczuła kolejny przypływ lęku. Zaczęły jej się jeżyć włoski na karku.

– Drzwi miały być zamknięte – sprecyzowała najzimniejszym tonem, na jaki umiała się zdobyć.

– Jesteś zła – powiedział poważnie. – Przepraszam, że cię przestraszyłem.

– Nie bałam się! – ucięła. W jakiś sposób czuła się przy nim głupio, jak dziecko, uspokajane przez kogoś o wiele mądrzejszego i bardziej doświadczonego. To ją jeszcze bardziej rozgniewało. – Byłam tylko zaskoczona – ciągnęła. – I chyba trudno się temu dziwić, skoro skradałeś się po ciemku w taki sposób.

– W mroku dzieją się ciekawe rzeczy… czasami.

Nadal się z niej śmiał, widziała to wyraźnie w jego oczach. Podszedł o krok bliżej, a ona dostrzegła, że jego oczy były niezwykłe, niemal czarne, ale płonęły w nich jakieś dziwne ogniki. Jakby zaglądając w nie coraz głębiej i głębiej, można było się w te oczy zapaść i tak już spadać wiecznie.

Zdała sobie sprawę, że się na niego gapi. Dlaczego światła wciąż się nie zapalały? Chciała się stąd wydostać. Odsunęła się tak, żeby między nimi znalazł się rząd trybun, i schowała ostatnie dwa segregatory do pudła. O reszcie pracy zaplanowanej na dzisiejszy wieczór gotowa była zapomnieć. Teraz ważne było tylko to, żeby się stąd wydostać.

Przedłużające się milczenie wyprowadzało ją z równowagi. On tylko stał bez ruchu i przyglądał się jej. Dlaczego nic nie mówił?

– Szukasz kogoś? – Była na siebie zła, że to ona pierwsza się odezwała.

Nadal tylko na nią patrzył, wpijając w nią spojrzenie ciemnych oczu w sposób, który coraz bardziej zbijał ją z tropu. Z trudem przełknęła ślinę.

Nie odrywając spojrzenia od jej warg, mruknął:

– Och, tak.

– Co? – Zapomniała już, o co pytała. Policzki i szyja zaczęły jej się oblewać rumieńcem od napływającej krwi. Zaczęło jej się kręcić w głowie. Gdyby tylko przestał tak na nią patrzeć…

– Owszem, szukam kogoś – powtórzył nie głośniej niż przedtem. A potem jednym krokiem zbliżył się do niej tak, że dzielił ich tylko kraniec siedzenia na trybunie.

Elena nie mogła złapać tchu. Stał tak blisko. Dość blisko, by móc jej dotknąć. Czuła delikatny zapach wody kolońskiej i skóry jego kurtki. I nadal nie odrywał spojrzenia od jej oczu, a ona nie była w stanie odwrócić wzroku. Nigdy jeszcze nie widziała takich oczu, czarnych jak północ, ze źrenicami szerokimi jak u kota. Kiedy zbliżał się do niej, przesłoniły jej cały świat. Pochylił głowę w jej stronę. Czuła, że przymyka oczy, że już niewiele widzi. Że odchyla głowę do tyłu, rozchyla usta...

Nie! W ostatniej chwili odwróciła głowę na bok. Czuła się tak, jakby właśnie cofnęła się znad krawędzi przepaści. Co ja robię? – pomyślała, zaszokowana. O mały włos nie pozwoliłam mu się pocałować. Nieznajomemu, którego po raz pierwszy zobaczyłam kilka minut temu.

Ale to nie było jeszcze najgorsze. Bo w ciągu tych kilku minut wydarzyło się coś niewiarygodnego. Zupełnie zapomniała o Stefano.

Ale teraz jego obraz pojawił się w jej myślach, a tęsknota za nim odezwała się w jej ciele niemal fizycznym bólem. Pragnęła Stefano, tego, żeby ją objął i żeby wreszcie poczuła się bezpieczna.

Przełknęła ślinę. Skrzydełka nosa zadrżały jej, kiedy głęboko odetchnęła. Próbowała odezwać się głosem spokojnym i pełnym godności.

– Wychodzę – powiedziała. – Jeśli kogoś szukasz, to lepiej zrób to gdzie indziej.

Patrzył na nią dziwnie, z miną, której nie rozumiała. Było to połączenie rozdrażnienia, niechętnego szacunku i jeszcze czegoś. Czegoś gorącego i gwałtownego, co ją przerażało, ale w inny sposób.

Odczekał z odpowiedzią, aż dotknęła dłonią klamki. Jego głos zabrzmiał cicho, z powagą, bez śladu rozbawienia.

– Być może już tego kogoś znalazłem... Eleno.

Kiedy obejrzała się za siebie, nic nie dostrzegła w mroku.

ROZDZIAŁ 11

Elena, potykając się, szła ciemnym korytarzem. Wyciągnęła ręce, usiłując wyczuć, co jest wkoło niej. A potem świat nagle rozbłysnął światłami i znalazła się w znajomym otoczeniu rzędów szafek. Poczuła tak wielką ulgę, że o mało nie krzyknęła. Nigdy nie sądziła, że się ucieszy z tego, że zapalą się światła. Stała tam przez chwilę, rozglądając się wkoło z zadowoleniem.

– Eleno! Co ty tu robisz?

Meredith i Bonnie szły w jej stronę korytarzem.

– Gdzie wyście się podziewały? – spytała je gniewnie.

Meredith się skrzywiła.

– Nie mogłyśmy znaleźć Shelby'ego. A kiedy go wreszcie znalazłyśmy, spał. Poważnie – dodała, widząc niedowierzającą minę Eleny. – Spał. I nie mogłyśmy go dobudzić. Dopiero kiedy światła znów się zapaliły, otworzył oczy. Natychmiast poszłyśmy do ciebie. A ty co tutaj robisz?

Elena się zawahała.

– Znudziło mnie to czekanie – powiedziała, starając się o lekki ton. – I tak dziś zrobiłyśmy już chyba wszystko, co się dało.

– Teraz nam to mówisz – zirytowała się Bonnie. Meredith nic nie powiedziała, ale rzuciła przyjaciółce uważne, przenikliwe spojrzenie. Elenę opanowało niemiłe wrażenie, że te ciemne oczy widzą więcej, niż chciałaby pokazać.

Przez cały weekend i kolejny tydzień Elena była zajęta przygotowaniami do imprezy. Wciąż miała za mało czasu dla Stefano i to ją denerwowało, ale jeszcze bardziej denerwował ją sam Stefano. Wyczuwała jego namiętność, ale czuła też, że z nią walczy, że wciąż stara się nie zostawać z nią sam na sam. I na wiele sposobów pozostał dla niej taką samą tajemnicą, jaką był, kiedy go zobaczyła po raz pierwszy.

Nigdy nie wspominał o swojej rodzinie ani o życiu przed przyjazdem do Fell's Church. A jeśli zadawała jakieś pytania, zbywał ją. Raz zapytała, czy tęskni za Włochami i czy żałuje, że tu przyjechał. A wtedy na moment oczy mu rozbłysły jak zielone liście dębu odbijające się w wodach strumienia.

– Jak miałbym żałować, skoro ty tu jesteś? – powiedział i pocałował ją w taki sposób, że wszystkie pytania wyparowały jej z głowy. W tym momencie Elena rozumiała, co to znaczy odczuwać niezmącone szczęście. Czuła też jego radość, a kiedy się odsunął, zobaczyła, że twarz mu się rozjaśniła, jakby oświetliło ją światło słońca.

– Och, Eleno – szepnął.

Dobre chwile właśnie tak wyglądały. Ale ostatnio całował ją coraz rzadziej i czuła, że dystans między nimi wciąż się zwiększa.

W ten piątek razem z Bonnie i Meredith miały nocować u państwa McCullough. Niebo poszarzało i groziło deszczem, kiedy szły do domu Bonnie. Jak na środek października zrobiło się niezwykle zimno i wydawało się, że drzewa rosnące wzdłuż ulicy już odczuły ataki mroźnych wiatrów. Klony zamieniły się w feerię szkarłatu, a miłorzęby pokryły jaskrawą żółcią.

Bonnie przywitała je przy drzwiach.

– Wszyscy sobie poszli! Aż do jutrzejszego popołudnia mamy cały dom dla siebie, bo wtedy rodzina wróci z Leesburga. – Gestem zaprosiła je do środka i chciała złapać tłustego pekińczyka, który próbował wymknąć się na zewnątrz. – Nie, Jangcy, zostań w domu. Jangcy, nie! Nie, mówię!

Ale było za późno. Jangcy zwiał i biegł teraz przez frontowy trawnik w stronę pojedynczej brzozy, gdzie zaczął wściekle ujadać pod gałęziami, a fałdki tłuszczu na jego karku aż zafalowały.

– A teraz co mu odbiło? – odezwała się Bonnie, zakrywając dłońmi uszy.

– To chyba jakaś wrona – powiedziała Meredith.

Elena zesztywniała. Podeszła do drzewa, spoglądając pomiędzy gałęzie. Rzeczywiście, była tam. Ta sama wrona, którą widziała już dwa razy przedtem. A może i trzy razy, pomyślała, wspominając ciemny kształt, który wzbił się w powietrze z drzewa na cmentarzu.

Kiedy patrzyła na ptaka, poczuła, że żołądek ściska jej strach, a ręce robią się lodowate. Wrona znów gapiła się na nią błyszczącym czarnym okiem, spojrzeniem niemal ludzkim. To oko... Gdzie ona już widziała takie oczy?

Nagle wszystkie trzy podskoczyły, bo wrona wydała ochrypły krzyk i poderwała się z drzewa, szybując prosto na nie. W ostatniej chwili zmieniła kierunek i zapikowała w stronę psa, który teraz szczekał wręcz histerycznie. Przeleciała o centymetry od psich zębów, a potem znów wzbiła się w powietrze i poszybowała nad domem, znikając pomiędzy ciemnymi drzewami orzecha rosnącego za nim.

Stały jak wmurowane ze zdumienia. A potem Bonnie i Meredith spojrzały na siebie i rozładowały napięcie w wybuchu nerwowego śmiechu.

– Przez moment wydawało mi się, że ona leci na nas – powiedziała Bonnie, podchodząc do rozwścieczonego pekińczyka i ciągnąc go, wciąż rozszczekanego, w stronę domu.

– Mnie też – przytaknęła Elena cicho. Szła za przyjaciółkami. Nie śmiała się.

Kiedy już z Meredith ułożyły swoje rzeczy, wieczór zaczął się toczyć zwykłym torem. Trudno było odczuwać niepokój, siedząc w zagraconym salonie Bonnie, przy ogniu buzującym na kominku, z kubkiem gorącej czekolady w ręce. Wkrótce wszystkie trzy pogrążyły się w dyskusji na temat przygotowań do imprezy. Elena się odprężyła.

– Idzie nam całkiem nieźle – podsumowała Meredith. – Oczywiście, tyle czasu zajęło nam wymyślanie przebrań dla pozostałych, że nie miałyśmy nawet chwili zastanowić się nad własnymi.

– Ja już wiem – powiedziała Bonnie. – Będę kapłanką druidów. Potrzebna mi tylko girlanda z liści dębu na włosy i jakaś biała szata. Mary i ja uszyjemy coś w jeden wieczór.

– Ja chyba będę czarownicą – stwierdziła Meredith z namysłem. – Potrzebuję długiej czarnej sukienki. A ty, Eleno?

Elena się uśmiechnęła.

– No cóż, to miał być sekret, ale... Ciocia Judith pozwoliła mi iść do krawcowej. Znalazłam w jednej z książek, z których przygotowywałam pracę semestralną, zdjęcie takiej renesansowej sukni i teraz ją kopiujemy. Z weneckiego jedwabiu, w kolorze lodowatego błękitu. Jest przepiękna.

– Brzmi fajnie – mruknęła Bonnie. – I drogo.

– Wzięłam własne pieniądze, z funduszu powierniczego po rodzicach. Mam nadzieję, że spodoba się Stefano. To niespodzianka dla niego i... No, mam nadzieję, że się ucieszy.

– A za co przebierze się Stefano? Czy on się w ogóle pojawi na imprezie haloweenowej?

– Sama nie wiem – odparła Elena po chwili. – Mam wrażenie, że wcale go to nie cieszy.

– Trudno go sobie wyobrazić owiniętego w podarte prześcieradła i wymazanego sztuczną krwią, jak inni faceci – zgodziła się Meredith. – On jest... No cóż, ma na to zbyt wiele godności.

– Już wiem! – wykrzyknęła Bonnie. – Wiem dokładnie, kim mógłby być, i wcale nie musiałby się specjalnie przebierać. Posłuchajcie, jest cudzoziemcem, jest nieco blady, ma to cudowne ponure spojrzenie... Dajcie mu frak, a będzie z niego idealny hrabia Drakula.

Elena uśmiechnęła się mimo woli.

– No cóż, zapytam go – obiecała.

– A skoro mowa o Stefano – wtrąciła Meredith, nie spuszczając z Eleny ciemnych oczu. – Jak wam idzie?

Elena westchnęła i wpatrzyła się w ogień.

– Nie jestem pewna – odezwała się wreszcie. – Są chwile kiedy wszystko jest cudownie, ale są takie, kiedy...

Meredith i Bonnie wymieniły spojrzenia i Meredith odezwała się łagodnie.

– I takie, kiedy co?

Elena zawahała się, zastanowiła. A potem jakby podjęła jakąś decyzję.

– Coś wam pokażę – powiedziała. Wstała i szybko wyjęła z torby niewielki notes oprawiony w błękitny aksamit.

– Pisałam o tym wczoraj, o świcie, bo nie mogłam spać – wyznała. – Lepiej bym chyba teraz tego nie ujęła. – Znalazła stronę, wzięła głęboki oddech i zaczęła czytać.

17 października

Drogi pamiętniku,
Dzisiaj wieczorem czułam się podle i muszę się tym z kimś podzielić.

Coś jest nie tak między mną a Stefano. W nim jest jakiś okropny smutek, do którego nie umiem dotrzeć, i ten smutek nas rozdziela. Nie wiem, co robić.

Nie mogę znieść myśli, że go stracę. Ale jest tak bardzo nieszczęśliwy, że jeśli mi nie powie, co się dzieje, jeśli mi na tyle nie zaufa, to nie widzę dla nas żadnej nadziei.

Wczoraj, kiedy mnie tulił, wyczułam pod jego koszulą coś gładkiego i okrągłego, zawieszonego na łańcuszku. Zapytałam go żartem, czy to jakiś prezent od Caroline. A on po prostu zamarł i nie chciał już rozmawiać. Zupełnie jakby nagle znalazł się o tysiąc kilometrów stąd, a jego oczy... W jego oczach był taki ból, że nie mogłam na to patrzeć.

Elena przerwała czytanie i w milczeniu przyglądała się ostatnim zapisanym przez siebie linijkom.

Czułam, że ktoś w przeszłości strasznie go zranił i że on nigdy się z tym nie upora. Ale wydaje mi się też, że jest coś, czego on się obawia, jakiś sekret, który chciałby przede mną ukryć. Gdybym tylko wiedziała, co to jest, mogłabym mu dowieść, że może mi zaufać. Że może to zrobić niezależnie od tego, co się stanie. Do samego końca.

– Gdybym tylko wiedziała – szepnęła.
– Gdybyś wiedziała co? – spytała Meredith, a Elena, zaskoczona, uniosła wzrok.

– Och… Gdybym wiedziała, co się może zdarzyć – wyjaśniła szybko, zamykając pamiętnik. – To znaczy, gdybym wiedziała, że ze sobą zerwiemy, to chyba chciałabym jak najszybciej mieć to za sobą. A gdybym wiedziała, że wszystko dobrze się skończy, nie przejmowałabym się tym, co się dzieje teraz. Ale okropnie jest tak żyć z dnia na dzień i nie wiedzieć, co będzie dalej.

Bonnie zagryzła wargę, usiadła prosto, a oczy jej rozbłysły.

– Pokażę ci, jak się tego dowiedzieć, Eleno – zaofiarowała się. – Babcia zdradziła mi, w jaki sposób odkryć, za kogo się wyjdzie za mąż. To się nazywa kolacja zmarłych.

– Niech zgadnę, na pewno jakaś stara druidzka sztuczka – zażartowała Meredith.

– Nie wiem, czy jest bardzo stara – odparła Bonnie. – Babcia mówi, że takie kolacje zmarłych istnieją od zawsze. W każdym razie to działa. Mama zobaczyła ojca, kiedy spróbowała, i miesiąc później byli po ślubie. To proste, Eleno. Poza tym co masz do stracenia?

Elena popatrzyła na przyjaciółki.

– Nie wiem – stwierdziła. – Słuchajcie, chyba nie wierzycie, że…

Bonnie wyprostowała się z urażoną godnością.

– Nazywasz moją mamę kłamczuchą? Och, daj spokój, Eleno, nic nie szkodzi spróbować. Niby czemu nie?

– A co musiałabym zrobić? – spytała Elena pełna wątpliwości. Była dziwnie zaintrygowana i trochę się bała.

– To bardzo proste. Musimy mieć wszystko gotowe przed wybiciem północy…

Pięć minut przed północą Elena stała w jadalni McCulloughów, czując się przede wszystkim głupio. Z ogrodu na tyłach dolatywało nerwowe poszczekiwanie Jangcy, ale w domu było zupełnie cicho, pomijając powolne tykanie zegara stojącego w rogu. Zgodnie z instrukcjami Bonnie na wielkim stole z orzechowego drewna ustawiła jeden talerz, jedną szklankę i położyła jeden zestaw sztućców, cały czas nie mówiąc ani słowa.

Potem miała zapalić pojedynczą świecę, ustawioną na świeczniku pośrodku stołu, a sama stanąć za krzesłem przy nakryciu dla jednej osoby.

Według Bonnie z wybiciem północy miała odsunąć krzesło i zaprosić do stołu swojego przyszłego męża. W tym momencie świeca powinna zgasnąć, a ona zobaczy na tym krześle ducha.

Wcześniej odczuwała lekki niepokój, niepewna, czy chce oglądać jakiegokolwiek ducha, nawet swojego przyszłego męża. Ale teraz to wszystko wydawało jej się po prostu głupie i nieszkodliwe. Kiedy zegar zaczął wybijać godzinę, wyprostowała się i mocniej chwyciła oparcie krzesła. Bonnie powiedziała jej, że nie może puścić oparcia do końca rytuału.

Och, to jednak było głupie. Może nie wypowie tych słów... Ale kiedy zegar wybił dwunastą...

– Wejdź – powiedziała z zażenowaniem w stronę pustego pokoju, odsuwając krzesło. – Wejdź. Wejdź...

Świeca zgasła.

Elena drgnęła w ciemności. Poczuła wiatr, chłodny podmuch, który zgasił świecę. Napływał od strony przeszklonych drzwi za jej plecami, a ona odwróciła się szybko, jedną dłoń wciąż trzymając na oparciu krzesła. Przysięgłaby, że drzwi do ogrodu są zamknięte.

Coś poruszyło się w mroku.

Elenę ogarnęło przerażenie, spychając na dalszy plan zażenowanie i rozbawienie. O Boże, co ona narobiła? Co na siebie sprowadziła? Serce jej się ścisnęło i poczuła, jakby bez ostrzeżenia została rzucona w sam środek najgorszego koszmaru. Nie tylko było ciemno, ale i zupełnie cicho. Nic nie widziała, nic nie słyszała, wydawało się jej, że spada...

– Pozwól – powiedział jakiś głos i jasny płomyk rozświetlił mrok.

Przez okropną, krótką chwilę wydawało jej się, że to Tyler, bo przypomniała jej się zapalniczka w ruinach kościoła na wzgórzu. Ale kiedy świeca na stole zapłonęła, zobaczyła dłoń o bladych długich palcach. Miała nadzieję, że to ręka Stefano, ale potem spojrzała na twarz gościa.

– To ty! – zdziwiła się. – Skąd się tu wziąłeś? – Przeniosła wzrok z niego na przeszklone drzwi. Były otwarte. – Zawsze tak wchodzisz do cudzych domów, nieproszony?

– Przecież chciałaś, żebym wszedł. – Głos miał taki, jaki zapamiętała, spokojny, ironiczny i rozbawiony. Przypomniała sobie też ten uśmiech. – Dziękuję – dodał i z wdziękiem usiadł na odsuniętym przez nią krześle.

Szybkim ruchem zdjęła dłoń z oparcia.

– Nie ciebie zapraszałam – powiedziała bezradnie, rozdarta między oburzeniem a wstydem. – Co ty tu robisz? Dlaczego kręcisz się przy domu Bonnie?

Uśmiechnął się. W świetle świecy jego czarne włosy miały niemal płynny połysk, zbyt miękkie i delikatne jak na włosy człowieka. Twarz miał bardzo bladą, ale jednocześnie ogromnie pociągającą. Spojrzał jej w oczy i przytrzymał jej wzrok.

– „Heleno! Dla mnie urok twój jest jak te barki, co przed laty koiły ciężki drogi znój, cicho wędrowca w swoje światy niosąc przez wonne bławaty…" – zacytował.

– Lepiej sobie idź. – Nie chciała, żeby do niej mówił. Jego głos zaskakująco na nią działał, sprawiał, że czuła się dziwnie słaba, jakby rozpuszczała się w środku. – Nie powinieneś tu wchodzić. Proszę. – Sięgnęła po świecę, chcąc ją zabrać i wyjść, walcząc z ogarniającymi ją zawrotami głowy.

Ale zanim zdążyła to zrobić, uczynił coś nieoczekiwanego. Złapał jej wyciągniętą dłoń. Nie brutalnie, ale łagodnym gestem i przytrzymał ją chłodnymi, szczupłymi palcami. A potem odwrócił jej dłoń, pochylił ciemną głowę i pocałował ją w rękę.

– Nie rób tego… – szepnęła Elena zdumiona.

– Chodź ze mną – poprosił, zaglądając jej w oczy.

– Proszę, nie… – Świat wkoło niej zawirował. Zwariował. O czym w ogóle mówił? Dokąd ma z nim iść? Ale czuła się taka słaba, taka bezsilna.

Wstał i podtrzymał ją. Oparła się o niego, czując jego chłodne palce na pierwszym guziku bluzki pod szyją.

– Proszę, nie…

– Tak trzeba. Zobaczysz. – Rozpinał jej bluzkę, drugą dłonią podtrzymując głowę Eleny.

– Nie! – Nagle wróciła jej siła. Wyrwała mu się, potykając się o krzesło. – Powiedziałam, że masz wyjść, i mówiłam serio. Wynoś się. Natychmiast!

Na moment w jego oczach zabłysła niczym niezmącona furia, mroczna fala groźby. Ale potem znów stały się spokojne i chłodne. Uśmiechnął się olśniewająco, ale po chwili ten uśmiech zniknął bez śladu.

– Pójdę sobie – powiedział. – Na razie.

Pokręciła głową, patrząc, jak wychodzi przez przeszklone drzwi. Kiedy się za nim zamknęły, stała tam w milczeniu i usiłowała uspokoić oddech.

Ta cisza... Ale nie powinno być tak cicho. Spojrzała na zegar i zobaczyła, że stanął. Zanim zdążyła się nad tym zastanowić, usłyszała podniesione głosy Meredith i Bonnie.

Wybiegła na korytarz, czując, że nogi się pod nią dziwnie uginają. Dopięła bluzkę. Tylne drzwi stały otworem. Zobaczyła na zewnątrz dwie postaci, pochylające się nad jakimś kształtem, leżącym na trawniku.

– Bonnie? Meredith? Co się stało?

Bonnie podniosła wzrok, kiedy Elena do nich podeszła. Oczy miała pełne łez.

– Och, Eleno, on nie żyje.

Elena z przerażeniem spojrzała na kłębek sierści u stóp Bonnie. Pekińczyk leżał na boku, zupełnie nieruchomo i miał otwarte oczy.

– Bonnie... – wyjąkała.

– Był już stary – odezwała się Bonnie. – Ale nigdy nie sądziłam, że to się stanie tak szybko. Przecież jeszcze przed chwilą szczekał.

– Lepiej wracajmy do środka – zaproponowała Meredith, a Elena spojrzała na nią i pokiwała głową. Dzisiaj w nocy lepiej nie stać na zewnątrz, po ciemku. I to nie była noc na zapraszanie do domu zjaw. Teraz już to wiedziała, chociaż nadal nie rozumiała tego, co się wydarzyło.

Dopiero kiedy wróciły do salonu, zauważyła, że jej pamiętnik zniknął.

Stefano uniósł głowę znad miękkiej jak aksamit szyi łani. Las pełen był odgłosów nocy. Nie wiedział, który z nich zakłócił mu spokój.

Kiedy moc jego umysłu się rozproszyła, łania wybudziła się z transu. Poczuł, jak jej mięśnie drżą, kiedy usiłowała się podnieść.

A więc biegnij, pomyślał, siadając i puszczając zwierzę wolno. Łania dźwignęła się na nogi i uciekła.

Nasycił się już. Pedantycznie oblizał kąciki ust, czując, jak jego wilcze kły się cofają i tracą ostrość, nadwrażliwe, jak zawsze po długim posiłku. Coraz trudniej było mu się zorientować, kiedy ma już dość. Ataki zawrotów głowy nie powtórzyły się po tym ostatnim, obok kościoła, ale żył w strachu, że powrócą.

Jednego bał się najbardziej. Że pewnego dnia ocknie się, z chaosem w myślach, i zobaczy pełne gracji ciało Eleny, leżące mu bezwładnie w ramionach. Jej szczupłą szyję naznaczoną dwiema czerwonymi rankami. Jej serce uciszone na zawsze.

Mógł się czegoś takiego spodziewać.

Żądza krwi, wraz ze wszystkimi siłami i przyjemnościami z nią związanymi, wciąż stanowiła dla niego wielką tajemnicę. Nawet teraz. Chociaż żył z nią codziennie od stuleci, nadal jej nie rozumiał. Jako człowiek byłby wstrząśnięty samą myślą o piciu tej gęstej, ciepłej substancji z oddychającego ciała. O ile ktoś w ogóle odważyłby mu się coś podobnego zaproponować.

Ale nikt go nie pytał o zdanie tamtej nocy, kiedy Katherine go odmieniła.

Nawet po tych wszystkich latach wspomnienie było wciąż wyraźne. Spał, kiedy pojawiła się w jego sypialni, poruszając się tak cicho jak zjawa.

Miała na sobie delikatną płócienną koszulę. Zbliżyła się do niego.

To było w noc przed wyznaczonym przez nią dniem. Dniem, kiedy miała im oznajmić swój wybór. Przyszła do niego.

Biała dłoń rozsunęła zasłony przy jego łożu. Stefano obudził się i z przestrachem usiadł. Kiedy zobaczył jej jasne, złote włosy połyskujące wokół ramion i błękitne oczy pogrążone w mroku, oniemiał ze zdumienia.

I z miłości. Nigdy w życiu nie widział piękniejszej istoty. Zadrżał i chciał coś powiedzieć, ale położyła mu na ustach dwa chłodne palce.

– Cii – szepnęła, a łóżko zapadło się nieco bardziej, kiedy położyła się obok niego.

Twarz zapłonęła mu rumieńcem, serce waliło wstydem i podnieceniem. Jeszcze nigdy żadna kobieta nie leżała w jego łóżku. A to była Katherine. Katherine, której uroda zdawała się być darem nieba. Katherine, którą kochał bardziej niż własną duszę.

A ponieważ ją kochał, zdobył się na wielki wysiłek. Kiedy wślizgnęła się pod okrycia i przysunęła tak blisko, że wyczuł zapach chłodnego nocnego powietrza w fałdach jej cieniutkiej koszuli, udało mu się odezwać.

– Katherine – szepnął. – My... ja mogę zaczekać. Aż pobierzemy się w kościele. Poproszę ojca, żeby to było w przyszłym tygodniu. To... to nie tak długo...

– Cii – szepnęła. I znów poczuł ten chłód na skórze. Nic nie mógł już poradzić, wyciągnął ręce i przytulił ją do siebie. – To, co teraz robimy, nie ma z tym nic wspólnego – powiedziała i wyciągnęła smukłe palce, żeby pogłaskać po go szyi.

Zrozumiał. I poczuł strach. Lęk zniknął, kiedy gładziła jego szyję. Chciał tego, chciał wszystkiego, co pozwoliłoby mu być z Katherine.

– Połóż się, ukochany – szepnęła.

Ukochany. To słowo zaśpiewało w nim, kiedy osuwał się na poduszkę, unosząc brodę, żeby obnażyć szyję. Strach zniknął, zastąpiło go szczęście tak wielkie, że nie dało się go opisać.

Poczuł na piersi lekkie muśnięcie jej włosów i próbował się uspokoić. Poczuł jej oddech na swojej szyi, potem jej usta. A potem zęby.

Ból go zakłuł, ale leżał bez ruchu i nie wydał żadnego dźwięku, myśląc tylko o Katherine, o tym, co pragnął jej dać. Niemal od razu ból zelżał i poczuł, że traci krew. To wcale nie było tak okropne, jak się tego obawiał. Miał wrażenie, że coś jej daje, że ją karmi.

A potem było tak, jakby ich umysły zlały się w jedno, stały się jednym. Czuł radość Katherine, kiedy piła z niego, jej zachwyt pojeniem się ciepłą krwią, która dawała jej życie. I wiedział, że sam umie się cieszyć tym dawaniem. Ale rzeczywistość zacierała się, znikała granica między snem a jawą. Nie mógł myśleć jasno, w ogóle nie mógł już myśleć. Potrafił tylko czuć, a te uczucia wzbijały się spiralą, która niosła go coraz wyżej, zrywając ostatnie związki z ziemią.

Jakiś czas później, nie wiedząc, jak się tam znalazł, przekonał się, że leży w jej ramionach. Tuliła go jak matka tuli maleńkie dziecko. I naprowadzała jego usta na nagą skórę tuż ponad głębokim dekoltem nocnej koszuli. Była tam maleńka ranka, zadrapanie rysujące się ciemniej na tle bladej skóry. Nie czuł strachu. Nie wahał się i kiedy zachęcającym ruchem pogładziła go po włosach, zaczął ssać.

Precyzyjnym ruchem Stefano otrzepał ziemię z kolan. Świat ludzi spał, pogrążony w głębokim śnie, ale jego własne zmysły były wyostrzone. Powinien być syty, ale znów poczuł głód. Wspomnienia rozbudziły w nim apetyt. Węsząc nosem za piżmową wonią lisa, ruszył na polowanie.

ROZDZIAŁ 12

Elena powoli obracała się na palcach przed wielkim lustrem w sypialni cioci Judith. Margaret siedziała w nogach wielkiego łóżka z baldachimem z podziwem w błękitnych oczach.

– Chciałabym mieć taką sukienkę na Halloween – powiedziała.

– Wolę cię jako małego białego kotka – stwierdziła Elena, całując małą między białymi uszkami, przymocowanymi do przepaski na głowie. A potem zwróciła się do ciotki, stojącej przy drzwiach z igłą i nitką, gdyby trzeba było coś poprawić. – Jest idealna – stwierdziła radośnie.

Dziewczyna w lustrze mogła równie dobrze zstąpić z którejś z ilustracji w książkach Eleny o włoskim renesansie. Szyję i ramiona miała obnażone, a obcisły stanik sukni w kolorze zimnego błękitu podkreślał jej wąską talię. Długie obfite rękawy miały rozcięcia, przez które widać było spodnią szatę z białego jedwabiu, a szeroka, powłóczysta spódnica sięgała do samej ziemi, lekko się po niej ciągnąc. Suknia była piękna. Jasnoniebieski kolor podkreślał ciemniejszy błękit tęczówek Eleny.

Odwracając się od lustra, zerknęła na staroświecki zegar z wahadłem wiszący nad toaletką.

– Och, nie. Już prawie siódma. Stefano będzie tu lada chwila.

– Słyszę jego samochód – powiedziała ciocia Judith, wyglądając przez okno. – Zejdę i go wpuszczę.

– Nie trzeba – zapewniła ją Elena. – Sama do niego zejdę. Do widzenia. Bawcie się dobrze przy zbieraniu słodyczy!

Szybko zeszła po schodach.

No, raz kozie śmierć, pomyślała. Kiedy sięgała do gałki przy drzwiach, przypomniała sobie dzień – prawie dwa miesiące temu – kiedy zastąpiła Stefano drogę po historii Europy. Towarzyszyło jej wtedy to samo uczucie niespokojnego oczekiwania, ożywienia i napięcia.

Mam tylko nadzieję, że teraz pójdzie lepiej niż z tamtym planem, pomyślała. Przez ostatnie półtora tygodnia coraz więcej nadziei wiązała z tym wieczorem. Jeśli dziś nie dojdą ze Stefano do porozumienia, to już nigdy im się to nie uda.

Otworzyła drzwi i się cofnęła. Spuściła oczy, ogarnięta dziwną nieśmiałością, niemal bojąc się spojrzeć Stefano w twarz. Ale kiedy usłyszała, że gwałtownie nabiera powietrza w płuca, uniosła oczy. Poczuła, że serce ściska jej chłód.

Patrzył na nią z zachwytem. Ale to nie był radosny zachwyt, jaki widziała w jego oczach tego pierwszego wieczoru w jego pokoju. Przypominało to raczej szok.

– Nie podoba ci się – szepnęła przerażona łzami, które zapiekły ją w oczach.

Jak zwykle szybko nad sobą zapanował, zamrugał i pokręcił głową.

– Nie, jest piękna. Ty jesteś piękna.

– Sam wyglądasz świetnie – pochwaliła cicho. I mówiła szczerze. Był elegancki i przystojny w smokingu i pelerynie, w którą postanowił się przebrać. Zdziwiła się, że się zgodził na to przebranie. Kiedy mu je zaproponowała, wydawał się przede wszystkim rozbawiony. A teraz wyglądał dobrze i swobodnie, jakby taki strój był dla niego równie naturalny jak dżinsy.

– Lepiej już chodźmy – powiedział równie cicho i poważnie.

Elena skinęła głową i poszła z nim do samochodu, ale serca nie ściskał jej już chłód. Było skute lodem. Okazał się bardziej niedostępy niż kiedykolwiek, a ona nie miała pojęcia, jak go odzyskać.

Kiedy dojeżdżali do budynku liceum, nad ich głowami rozległ się grzmot. Elena, trochę otępiała, wyjrzała przez okno samochodu z niepokojem. Niebo zakrywały gęste i grube chmury, chociaż jeszcze nie zaczęło padać. Powietrze było pełne napięcia, naelektryzowane, a ponure fioletowe burzowe chmury nadawały niebu wygląd rodem z sennego koszmaru. Świetna aura na Halloween, groźna, jak nie z tego świata, alc w Elcnic budziła wyłącznie lęk. Od tamtego wieczoru w domu Bonnie straciła upodobanie do niesamowitych i niezwykłych wydarzeń.

Nie odnalazła pamiętnika, chociaż przeszukały dom Bonnie od piwnicy po dach. Nadal nie mogła pojąć, że zniknął. Sama myśl, że obcy człowiek czyta jej najskrytsze myśli, doprowadzała ją do szału. Bo, oczywiście, pamiętnik skradziono, innego wyjaśnienia nie było. Tego wieczoru drzwi do domu McCulloughów były otwarte, ktoś mógł zwyczajnie wejść do środka. Chętnie by zabiła tego, kto to zrobił.

Przypomniała sobie te ciemne oczy. Chłopaka, któremu prawie pozwoliła się uwieść w domu Bonnie, który sprawił, że zapomniała o Stefano. Czy to on ukradł pamiętnik?

Zatrzymali się pod szkołą. Wysiadła i zmusiła się do uśmiechu, kiedy szli korytarzami. W sali gimnastycznej panował jeden wielki, z trudem poddający się kontroli chaos. W ciągu godziny, odkąd Elena stąd wyszła, wszystko się zmieniło. Wtedy sala pełna była organizatorów – uczniów z samorządu szkolnego, członków drużyny futbolowej, członków Key Club, którzy wspólnie robili ostatnie poprawki przy dekoracjach i rekwizytach. Teraz pełno tu było nowych osób, z których większość nawet nie przypominała istot ludzkich.

Kilku zombie odwróciło się, kiedy Elena wchodziła do środka.

Wyszczerzone w uśmiechu czaszki wynurzały się spod gnijących twarzy. Jakiś groteskowo zniekształcony garbus pokuśtykał do niej ręka w rękę z trupem o sinobladej skórze i pustych oczodołach. Z innej strony nadeszli wilkołak z wyszczerzonymi kłami poplamionymi krwią oraz ciemnowłosa, wspaniała czarownica.

Elena zdała sobie sprawę, że w kostiumach nie rozpoznaje połowy z tych ludzi. A oni otoczyli ją, podziwiając błękitną suknię i zarzucając ją problemami, które już zdążyły się pojawić. Elena uciszyła ich machaniem ręki i zwróciła się do czarownicy, której długie ciemne włosy spływały na plecy dopasowanej czarnej sukni.

– Co się stało, Meredith? – spytała.

– Trener Lyman zachorował – odpowiedziała ponuro czarownica. – Więc ktoś poprosił Tannera o zastępstwo.

– Tannera? – przeraziła się Elena.

– Tak. A on zdążył już narobić kłopotów. Oberwało się biednej Bonnie. Lepiej do nich idź.

Elena westchnęła, pokiwała głową i ruszyła przed siebie. Kiedy mijała makabryczną izbę tortur i koszmarną salę szalonego nożownika, pomyślała, że dekoracje wyszły za dobrze. To miejsce nawet w jasnym świetle robiło niesamowite wrażenie.

Sala druidów znajdowała się w pobliżu wyjścia. Tam wybudowano kartonowy Stonehenge. Ale śliczna młoda druidka, która stała między całkiem realnie wyglądającymi monolitami, ubrana w białe szaty i girlandę z dębowych liści, miała minę, jakby chciała wybuchnąć płaczem.

– Ale pan musi być umazany krwią – tłumaczyła błagalnie. – To część tej sceny, jest pan ofiarą z człowieka.

– Wystarczy, że muszę nosić ten idiotyczny strój – uciął krótko pan Tanner. – Nikt mnie nie uprzedził, że mam się do tego cały wysmarować keczupem.

– Keczup niekoniecznie wyląduje na panu – przekonywała Bonnie. – Tylko na szatach i na ołtarzu. Został pan złożony w ofierze – powtórzyła, jakby to w jakiś sposób miało go przekonać.

– Jeśli chodzi o całą tę scenografię – oświadczył pan Tanner z niesmakiem – to stoi ona pod dużym znakiem zapytania. Wbrew popularnemu przekonaniu druidzi nie zbudowali Stonehenge. Powstało ono w epoce brązu, w czasach kultury, która...

Elena podeszła do nich.

– Panie profesorze, ale teraz nie o to chodzi.

– Właśnie tak. Wam nie chodzi o to – powiedział. – I dlatego ty i twoja neurotyczna przyjaciółka zawalacie historię.

– To było niepotrzebne – odezwał się nowy głos, a Elena obejrzała się szybko przez ramię na Stefano.

– Panie Salvatore – wycedził Tanner, wymawiając te słowa takim tonem, jakby chciał powiedzieć: „Dość już tego wszystkiego". – Pewnie chce mi pan podrzucić parę nowych złotych myśli. A może mnie też podbije pan oko? – Obrzucił długim spojrzeniem Stefano, który stał, nieświadomy własnej elegancji, w idealnie uszytym smokingu. Do Eleny w nagłym przebłysku intuicji coś dotarło.

Tanner wcale nie jest od nas wiele starszy, pomyślała. Robi wrażenie starego, bo włosy mu rzedną, ale założę się, że jeszcze nie ma trzydziestki. A potem, z jakiegoś powodu, przypomniała sobie, jak Tanner wyglądał na jesiennym balu, w tanim i wyświechtanym garniturze, który wcale na nim dobrze nie leżał.

Założę się, że na własny szkolny jesienny bal nawet nie poszedł, pomyślała. I po raz pierwszy poczuła dla niego coś w rodzaju współczucia.

Być może Stefano też to poczuł, bo chociaż szybko podszedł do niskiego mężczyzny i stanął z nim twarzą w twarz, kiedy się odezwał, głos miał spokojny.

– Nie mam takiego zamiaru. Moim zdaniem popadliśmy w lekką przesadę. Może... – Elena nie dosłyszała reszty, ale mówił to spokojnym, cichym tonem, a pan Tanner faktycznie go wysłuchał. Obejrzała się na tłumek, który zgromadził się za nią: cztery czy pięć ghuli, wilkołaka, goryla i garbusa.

– Już dobrze, wszystko pod kontrolą – zapewniła i się rozeszli. Stefano zajął się wszystkim, chociaż nawet nie wiedziała, jak to zrobił, bo przed sobą miała tylko tył jego głowy.

Tył jego głowy... Na chwilę wróciła myślami do tego pierwszego dnia szkoły. Przypomniała sobie, jak Stefano rozmawiał w biurze z panią Clarke, sekretarką, i jak dziwnie się wtedy zachowywała. I rzeczywiście, kiedy teraz Elena spojrzała na Tannera, miał taką samą, z lekka ogłupiałą minę. Poczuła, że powoli ogarnia ją niepokój.

– Chodź – zwróciła sie do Bonnie. – Zobaczymy, co przy wejściu.

Przeszły przez salę lądowania obcych i salę żywych trupów, prześlizgując się między przepierzeniami, aż doszły do pierwszego pomieszczenia, gdzie wchodzących gości witał wilkołak. Wilkołak zdjął głowę od kostiumu i rozmawiał właśnie z dwiema mumiami i egipską księżniczką.

Elena musiała przyznać, że w roli Kleopatry Caroline wygląda świetnie. Smukłe opalone ciało widać było wyraźnie pod przejrzystą lnianą szatą, którą miała na sobie. Matt, czyli wilkołak, mógł się czuć usprawiedliwiony, kiedy jego spojrzenie wciąż uciekało z twarzy Caroline w jakieś niższe rejony.

– Co słychać? – zapytała z wymuszoną swobodą.

Matt lekko drgnął, a potem odwrócił się w stronę Eleny i Bonnie. Elena prawie go nie widywała od jesiennego balu i wiedziała, że jego kontakty ze Stefano też się rozluźniły. Przez nią. I chociaż trudno było mieć do Matta o to pretensje, zdawała sobie sprawę, jak bardzo zabolało to Stefano.

– Wszystko w porządku. – Miał zmieszaną minę.

– Kiedy Stefano skończy z Tannerem, chyba go tu przyślę – stwierdziła Elena. – Może pomóc przy witaniu zwiedzających.

Matt obojętnie wzruszył ramionami. A potem powiedział:

– Ale co ma skończyć z Tannerem?

Elena spojrzała na niego ze zdziwieniem. Dałaby głowę, że przed chwilą był w sali druidów i wszystko widział. Wyjaśniła sytuację.

Na zewnątrz znów uderzył piorun. Przez otwarte drzwi Elena dostrzegła błyskawice na tle nocnego nieba. Parę sekund później usłyszała kolejne wyładowanie, jeszcze głośniejsze.

– Mam nadzieję, że nie będzie lało – zaniepokoiła się Bonnie.

– Rzeczywiście – powiedziała Caroline, która do tej pory stała w milczeniu. – Szkoda, gdyby nikt nie przyszedł.

Elena spojrzała na nią ostro i zobaczyła w wąskich kocich oczach Caroline nieskrywaną nienawiść.

– Caroline – odezwała się impulsywnie. – Słuchaj, czy mogłybyśmy dać sobie z tym spokój? Zapomnieć o tym, co się stało, i zacząć od nowa?

Pod opaską w kształcie kobry oczy Caroline rozszerzyły się, a potem znów zamieniły w szparki. Skrzywiła się i podeszła bliżej do Eleny.

– Nigdy ci tego nie zapomnę – wycedziła. Odwróciła się na pięcie i wyszła.

Zapadła cisza. Bonnie i Matt gapili się w podłogę. Elena podeszła do drzwi, chciała poczuć chłodny powiew wiatru na policzkach. Na zewnątrz widziała boisko, a za nim szarpane wiatrem gałęzie dębów i po raz kolejny ogarnęło ją złe przeczucie. Dziś jest ta noc, pomyślała z żalem. Dziś jest ta noc, kiedy to się stanie. Ale nie miała zielonego pojęcia, co?

Jakiś głos zabrzmiał w zmienionej nie do poznania sali gimnastycznej.

– Dobra, za chwilę zaczną wpuszczać ludzi. Ed, gasimy światła!

Nagle zapadł mrok, a powietrze wypełniły jęki i wybuchy szalonego śmiechu, zupełnie jakby orkiestra stroiła instrumenty. Elena westchnęła i odwróciła się, żeby spojrzeć na salę.

– Lepiej się szykujmy do oprowadzania – szepnęła do Bonnie. Ta skinęła głową i zniknęła w ciemnościach. Matt założył łeb wilkołaka i włączył magnetofon, który do całej kakofonii dźwięków dodał jakąś niesamowitą muzykę.

Stefano wyszedł zza rogu. Jego włosy i peleryna zlewały się z mrokiem. Tylko biały przód koszuli odcinał się wyraźną plamą.

– Z Tannerem wszystko w porządku – powiedział. – Mogę ci jeszcze jakoś pomóc?

– No cóż, mógłbyś popracować tu z Mattem, witać gości... – Elena urwała. Matt pochylał się nad magnetofonem i precyzyjnie dostrajał głośność, nie podnosząc oczu. Elena spojrzała na Stefano i zobaczyła, że jego twarz jest ściągnięta i pozbawiona wyrazu. – Albo możesz iść do szatni dla chłopców i zająć się rozdawaniem kawy i innych rzeczy pracującym – dokończyła zniechęcona.

– Pójdę do szatni – oznajmił. I odwrócił się, a ona zauważyła, że odchodząc, lekko się potknął.

– Stefano? Coś ci się stało?

– Nic mi nie jest. – Odzyskał równowagę. – Jestem trochę zmęczony, to wszystko.

Odwróciła się do Matta, chcąc coś powiedzieć, ale w tym momencie w drzwiach stanęła pierwsza grupka gości.

– Zaczynamy przedstawienie – rzucił krótko Matt i zniknął w mroku.

Elena przechodziła z sali do sali i zajmowała się rozwiązywaniem problemów. Zeszłego roku ta część wieczoru sprawiała jej najwięcej przyjemności – obserwowanie makabrycznych scenek i śmiechów zwiedzających. Ale dzisiaj wszystkim jej myślom towarzyszyły jakiś lęk i napięcie. Dziś jest ta noc, pomyślała znowu i miała wrażenie, że serce lodowacieje jej jeszcze bardziej.

Minęła ją śmierć – bo chyba za nią przebrała się ta osoba w czarnej szacie z kapturem. Zaczęła się zastanawiać, czy widziała ją już na jakiejś wcześniejszej imprezie z okazji Halloween. W ruchach tej osoby było coś znajomego.

Bonnie wymieniła udręczony uśmiech z wysoką szczupłą czarownicą, która kierowała gości do pokoju pająków. Kilku chłopaków z gimnazjum uderzało wiszące w nim gumowe pająki, wrzeszczało i robiło sporo zamieszania. Bonnie szybko zagoniła ich do sali druidów.

Tam stroboskopowe światła nadawały scenografii atmosferę jak ze snu. Bonnie z ponurym triumfem patrzyła na pana Tannera, rozciągniętego na ołtarzu, w białych szatach obficie poplamionych krwią, wpatrzonego w sufit niewidzącym spojrzeniem.

– Super! – zawołał jeden z chłopaków, podbiegając do ołtarza. Bonnie stała z boku, szeroko uśmiechnięta, czekając, aż okrwawiona ofiara raptownie usiądzie i śmiertelnie wystraszy dzieciaka.

Ale pan Tanner nie drgnął nawet wtedy, kiedy chłopak wsadził rękę w kałużę krwi przy jego głowie.

To dziwne, pomyślała Bonnie, podbiegając, żeby zabrać dzieciakowi ofiarny nóż.

– Nie rób tego! – rzuciła, więc tylko uniósł do góry umazaną rękę, która w ostrym świetle stroboskopów zabłysła czerwienią. Bonnie ogarnęło nagłe irracjonalne przeczucie, że pan Tanner zaczeka, aż ona się nad nim pochyli, i będzie próbował przestraszyć właśnie ją. Ale dalej tylko patrzył w sufit.

– Panie profesorze, wszystko dobrze? Panie profesorze? Panie profesorze?!

Nie drgnął ani się nie odezwał. Szeroko otwarte jasne oczy nie poruszyły się. Nie dotykaj go, coś ostrzegało Bonnie w myślach. Nie dotykaj go, nie dotykaj go, nie dotykaj…

W świetle stroboskopów widziała rękę, którą wyciągnęła do Tannera, złapała go za ramię i potrząsnęła. Zobaczyła, jak jego głowa bezwładnie przetacza się w jej stronę. A potem zobaczyła jego gardło.

Zaczęła krzyczeć.

Elena usłyszała krzyki. Brzmiały wysoko, przeciągle, zupełnie inaczej niż wszystkie pozostałe odgłosy na imprezie. Od razu zrozumiała, że to nie żart.

Wszystko, co działo się potem, przypominało okropny koszmar.

Dopadła biegiem sali druidów i zobaczyła tam okropną scenę. Ale nie tę, która została przygotowana dla zwiedzających. Bonnie wrzeszczała, Meredith trzymała ją za ramiona. Trzech chłopaków próbowało wydostać się przez zasłonę zawieszoną w przejściu, a dwóch ochroniarzy przeszkadzało im w tym, zaglądając przez nią do środka. Pan Tanner leżał bezwładnie na kamiennym ołtarzu, a jego twarz…

– On nie żyje! – zaszlochała Bonnie, kiedy wreszcie udało jej się wydobyć z siebie coś więcej niż wrzask. – O Boże, ta krew jest prawdziwa! On nie żyje. A ja go dotknęłam. Eleno, on nie żyje, on naprawdę nie żyje…

Ludzie napływali do wnętrza. Ktoś jeszcze zaczął krzyczeć, a potem wszyscy próbowali się stamtąd wydostać, przepychając się w panice i wpadając na przepierzenia.

– Zapalcie światła! – zawołała Elena i usłyszała, że to wołanie podejmują inni. – Meredith, szybko do telefonu przy sali, wezwij karetkę, dzwoń na policję… Zapalcie wreszcie te światła!

Kiedy światła rozbłysły, Elena rozejrzała się wkoło, ale nie zobaczyła żadnych dorosłych, nikogo, kto mógłby zapanować nad sytuacją. Przejęta lodowatym chłodem próbowała szybko się zdecydować, co teraz robić. Częściowo po prostu zdrętwiała z przerażenia. Pan Tanner… Nigdy go nie lubiła, ale jeśli się nad tym zastanowić, to tylko wszystko pogarszało.

– Zabierzcie stąd dzieciaki! Wszyscy wychodzą poza obsługą – powiedziała.

– Nie! Trzeba zamknąć drzwi! Nikt nie może stąd wyjść do przyjazdu policji – zawołał stojący obok wilkołak, zdejmując maskę. Elena odwróciła się ze zdumieniem, słysząc jego głos, i zobaczyła, że to nie Matt, tylko Tyler Smallwood.

Dopiero w tym tygodniu pozwolili mu wrócić do szkoły, na twarzy miał jeszcze ślady lania, jakie oberwał od Stefano. Ale w jego głosie brzmiała stanowczość i Elena zobaczyła, że osoby wyznaczone do ochrony zamykają drzwi wyjściowe. Usłyszała, że w całej sali gimnastycznej zamykają się pozostałe drzwi.

Z kilkunastu osób stłoczonych w sali druidów tylko jedną Elena rozpoznała jako pracującą przy obsłudze imprezy. Resztę znała ze szkoły, ale nikogo dobrze. Jakiś chłopak przebrany za pirata odezwał się do Tylera:

– Chcesz powiedzieć, że... zrobił to ktoś, kto tu jest?

– Owszem, zrobił to ktoś, kto tu jest – powiedział Tyler. W jego głosie było jakieś dziwne ożywienie, jakby prawie się cieszył z tej sytuacji. Wskazał ręką kałużę krwi na kamieniu. – Jeszcze nie zastygła, to musiało się stać niedawno. Popatrzcie na to, jak ma przecięte gardło. Zabójca musiał to zrobić tym. – Wskazał ręką ofiarny nóż.

– Więc morderca rzeczywiście może tu być – szepnęła jakaś dziewczyna w kimonie.

– I nietrudno zgadnąć, kto to – rzucił Tyler. – Ktoś, kto nienawidził Tannera, kto zawsze wdawał się z nim w kłótnie. Ktoś, kto się z nim dzisiaj sprzeczał, wcześniej. Widziałem to.

A więc to ty byłeś wilkołakiem z tej sali, pomyślała Elena z oszołomieniem. Ale po co tu w ogóle przyszedłeś? Nie jesteś na liście organizatorów.

– Ktoś, kto już na raz zaatakował człowieka – ciągnął Tyler, obnażając zęby. – Ktoś, kto, z tego co wiemy, może być psychopatą. Przyjechał do Fell's Church tylko po to, żeby zabijać.

– Tyler, co ty wygadujesz? – Oszołomienie Eleny prysło jak bańka mydlana. Wściekła podeszła do wysokiego, postawnego chłopaka. – Zwariowałeś!

Wskazał ją gestem ręki, nawet na nią nie patrząc.

– Tak mówi jego dziewczyna, ale może jednak jest trochę stronnicza?

– Może ty sam jesteś nieco stronniczy, Tyler – odezwał się jakiś głos zza pleców zgromadzonych ludzi i Elena zobaczyła drugiego wilkołaka. Do środka wchodził Matt.

– Ach, tak? No to może powiesz nam, co wiesz o tym Salvatore? Skąd jest? Gdzie mieszka jego rodzina? Skąd ma pieniądze? – Tyler zwrócił się do pozostałych. – Kto w ogóle wie coś na jego temat?

Ludzie kręcili głowami. Elena widziała, jak na wszystkich twarzach po kolei wykwita podejrzenie. Nieufność wobec nieznanego. Stefano był przecież inny. Wciąż pozostawał kimś obcym. A im potrzebny był teraz kozioł ofiarny.

Dziewczyna w kimonie zaczęła:

– Słyszałam taką plotkę...

– Bo tylko to wszyscy słyszeli, plotki! – powiedział Tyler. – Nikt w sumie nic o nim nie wie. Ale ja wiem jedno. Te napady w Fell's Church zaczęły się w pierwszym tygodniu szkoły, wtedy kiedy pojawił się tu Stefano Salvatore.

Po jego słowach wzmogły się szmery i Elena sama też coś zrozumiała. Oczywiście, to było śmieszne, to był zwyczajny zbieg okoliczności. Ale Tyler mówił prawdę. Ataki zaczęły się po przyjeździe Stefano.

– Powiem wam coś jeszcze! – krzyknął Tyler, uciszając ich gestem. – Posłuchajcie mnie! – Zaczekał, aż wszyscy na niego spojrzą, i wtedy dodał powoli i dobitnie: – On był na cmentarzu tej nocy, kiedy zaatakowano Vickie Bennett.

– No jasne, że był na cmentarzu, porachował ci tam kości – powiedział Matt, ale jego głos pozbawiony był zwykłej stanowczości. Tyler uczepił się tej uwagi i wykorzystał ją.

– Tak. I o mało mnie nie zabił. A dziś ktoś naprawdę zamordował Tannera. Nie wiem, co o tym myślicie, ale moim zdaniem, on to zrobił. Jest sprawcą!

– A gdzie on jest? – zapytał ktoś z tłumu.

Tyler rozejrzał się wkoło.

– Jeśli to zrobił, to musi tu gdzieś jeszcze być! – zawołał. – Znajdźmy go!

– Stefano nic nie zrobił! Tyler! – wołała Elena, ale zagłuszyły ją okrzyki pozostałych, którzy podchwytywali i powtarzali słowa Tylera. „Znajdźcie go! Znajdźcie go... Znajdźcie go..." Elena słyszała, jak te słowa przechodzą z ust do ust. Twarze obecnych w sali druidów przepełniło teraz coś więcej niż tylko nieufność. Elena widziała w nich gniew i żądzę zemsty. Tłum zmienił się w motłoch, którego nie można było kontrolować.

– Gdzie on jest, Eleno? – spytał Tyler. Dostrzegła w jego oczach płomień triumfu. On się z tego naprawdę cieszył.

– Nie wiem – powiedziała ostro Elena. Miała ochotę go uderzyć.

– Musi tu jeszcze być! Znajdziemy go! – zawołał ktoś, a potem już wszyscy naraz ruszyli z miejsca, zaczęli biegać w różne strony i się przepychać. Przepierzenia się przewracały albo je przesuwano.

Elenie mocno waliło serce. To już nic była grupa ludzi, tylko rozszalały żywioł. Bała się tego, co mogli zrobić Stefano, gdyby go znaleźli. Ale gdyby próbowała go ostrzec, zaprowadziłaby Tylera prosto do niego.

Rozejrzała się wokół z desperacją. Bonnie nadal wpatrywała się w martwą twarz pana Tannera. Stąd nie mogła oczekiwać pomocy. Odwróciła się po raz kolejny w stronę tłumu i napotkała spojrzenie Matta.

Wydawał się poruszony i zły, jasne włosy miał potargane, policzki zarumienione i błyszczące. Elena całą siłę woli włożyła w jedno błagalne spojrzenie.

Proszę, Matt, myślała. Na pewno w to nie wierzysz. Wiesz, że to nieprawda.

Ale w jego oczach widziała, że nie był tego pewien. Była w nich mieszanina zdumienia i wzburzenia.

Proszę, błagała w myślach, wpatrując się w niebieskie oczy i pragnąc, żeby ją zrozumiał. Proszę cię, Matt, tylko ty możesz go uratować. Nawet jeśli nie wierzysz, proszę, zaufaj... Proszę cię...

Zobaczyła, że jego twarz się zmienia, że znika oszołomienie i zastępuje je ponura determinacja. Patrzył na nią jeszcze przez chwilę i krótko skinął głową. A potem zawrócił i zniknął wśród kłębiącego się, polującego tłumu.

Matt przedzierał się przez zbiegowisko bez trudu aż do chwili, kiedy znalazł się przy przeciwległej ścianie sali gimnastycznej. Tam, przy drzwiach do szatni dla chłopców, stało paru chłopaków z pierwszej klasy. Szorstko kazał im posprzątać przewrócone przepierzenia. A kiedy się tym zajęli, szarpnął klamkę drzwi i wymknął się na zewnątrz.

Szybko się rozejrzał, bo nie chciał wołać Stefano. Zresztą, pomyślał, chłopak musiał słyszeć zamieszanie, które wybuchło na sali. Pewnie już zwiał. Ale wtedy dostrzegł na posadzce z białych kafelków ubraną na czarno postać.

– Stefano? Co się stało? – Przez jakąś okropną chwilę Matt myślał, że właśnie patrzy na kolejne zwłoki. Ale kiedy przyklęknął przy jego boku, Stefano się poruszył. – Hej, wszystko w porządku, tylko siadaj powoli... Ostrożnie. Nic ci nie jest?

– Nie – powiedział Stefano. Ale Matt pomyślał, że wygląda, jakby mu się coś stało. Twarz miał białą jak kreda, a źrenice mocno rozszerzone. Sprawiał wrażenie zdezorientowanego i chorego. – Dziękuję – powiedział.

– Za moment przestaniesz mi dziękować. Musisz stąd uciekać. Słyszysz ich? Szukają cię.

Stefano odwrócił się w stronę sali gimnastycznej, jakby nasłuchiwał. Ale nadal patrzył nierozumiejącym wzrokiem.

– Kto mnie szuka? Dlaczego?

– Wszyscy. Nieważne. Ważne, że musisz uciekać, zanim cię dopadną. – A kiedy Stefano nadal patrzył na niego nieobecnym spojrzeniem, dodał: – Doszło do kolejnego ataku, tym razem na Tannera, na pana Tannera. Nie żyje. A oni myślą, że ty to zrobiłeś.

Teraz wreszcie w oczach Stefano dostrzegł zrozumienie. Zrozumienie, przerażenie i jakąś dziwną rezygnację, która przeraziła go bardziej niż wszystko, co zobaczył wcześniej. Mocno złapał chłopaka za ramię.

– Wiem, że tego nie zrobiłeś – powiedział i w tym momencie w to uwierzył. – Oni też to zrozumieją, kiedy znów będą w stanie myśleć. Ale na razie, lepiej się stąd wynoś.

– Wyniosę się... tak – obiecał Stefano. Zagubione spojrzenie zniknęło, a w jego głosie pojawiła się nuta coraz wyraźniejszej goryczy. – Wyniosę się...

– Stefano...

– Matt. – Zielone oczy były mroczne i pełne ognia, a Matt przekonał się, że nie jest w stanie odwrócić od nich wzroku. – Czy Elena jest bezpieczna? Dobrze. Więc zajmij się nią. Proszę.

– Stefano, ale o czym ty mówisz? Jesteś niewinny, to wszystko się uspokoi...

– Po prostu o nią dbaj, Matt.

Cofnął się, nadal patrząc w hipnotyzujące zielone oczy. A potem, powoli, pokiwał głową.

– Tak zrobię – powiedział cicho. I patrzył, jak Stefano odchodzi.

ROZDZIAŁ 13

Elena stała w kręgu dorosłych i policji, czekając, aż będzie mogła się stamtąd wyrwać. Wiedziała, że Matt ostrzegł Stefano na czas – wyczytała to z jego twarzy – ale nie mógł podejść na tyle blisko, żeby z nią porozmawiać.

Nareszcie, kiedy cała uwaga skupiła się na zabitym, udało jej się odłączyć od grupy i podejść do Matta.

– Stefano udało się uciec – uspokoił ją, cały czas patrząc w stronę dorosłych. – Ale powiedział mi, że mam się tobą zająć. Chce, żebyś tu została.

– Że masz się mną zająć? – Elenę przejęła trwoga, a po chwili zrodziło się w niej podejrzenie. Niemal szeptem, dodała:

– Rozumiem. – Zastanawiała się przez moment i odezwała ostrożnie: – Matt, muszę iść umyć ręce. Bonnie złapała mnie, kiedy swoje miała we krwi. Zaraz wrócę.

Chciał zaprotestować, ale już się odwróciła. Kiedy otwierała drzwi szatni dla dziewczyn, uniosła w górę zakrwawione ręce gestem wyjaśnienia i nauczyciel, który przy nich teraz stał, pozwolił jej przejść. Ale kiedy już była w szatni, ruszyła prosto w stronę tylnych drzwi i weszła do pogrążonej w mroku szkoły. A stamtąd na nocne powietrze.

Zucone! – klął w myślach Stefano, chwytając krawędź regału na książki i przewracając go z całą zawartością. Idiota! Ślepy, cholerny idiota. Jak mogłeś być taki głupi?

Znaleźć wśród nich swoje miejsce? Doczekać się akceptacji jako jeden z nich? Musiał oszaleć, skoro wyobrażał sobie, że to możliwe.

Złapał za jedną z wielkich ciężkich skrzyń i cisnął nią przez pokój, gdzie uderzyła z hukiem o ścianę i rozbiła okno. Dureń, dureń.

Kto go gonił? Wszyscy. Matt tak powiedział. „Doszło do kolejnego ataku… Oni myślą, że ty to zrobiłeś".

No cóż, chociaż raz wydawało się, że *barbari*, te małostkowe ludzkie istoty ze swoim strachem przed wszystkim co nieznane, miały rację. Niby jak inaczej miał wyjaśnić to, co się stało? Poczuł słabość, zawroty głowy, wszechogarniające oszołomienie, a potem pogrążył się z mroku. Kiedy się ocknął, usłyszał od Matta, że kolejny człowiek został zaatakowany, napadnięty. Tym razem pozbawiony nie tylko krwi, ale i życia. Jak to wyjaśnić inaczej niż w ten sposób, że Stefano był zabójcą?

Był zabójcą. Złem. Stworzeniem zrodzonym w mroku, skazanym na to, żeby żyć z nim, polować i kryć się w nim na zawsze. A dlaczego nie zabijać? Dlaczego nie słuchać własnej natury? Skoro nie mógł jej zmienić, może równie dobrze się nią upoić. Rozpęta teraz mrok w tym mieście, które go znienawidziło, które nawet w tej chwili na niego polowało.

Ale najpierw... zaspokoi pragnienie. Żyły płonęły mu jak sieć suchych, gorących drutów. Potrzebował pożywienia... Niedługo... Zaraz...

W pensjonacie było ciemno. Elena zastukała do drzwi, ale nikt nie odpowiedział. Nad jej głową huknął piorun. Ale nadal nie padało.

Po trzecim, długim pukaniu, nacisnęła klamkę. Drzwi się otworzyły. W środku było cicho i ciemno jak w grobie. Po omacku trafiła do schodów i ruszyła na górę.

Na podeście pierwszego piętra było tak samo ciemno. Potknęła się, szukając sypialni, z której można było wejść na drugie piętro. U szczytu schodów dostrzegła wątłe światło i wspięła się tam, mając uczucie, że ściany na nią napierają. Że zbliżają się do niej z obu stron.

Światło wydostawało się szparą spod zamkniętych drzwi. Elena lekko i szybko zastukała.

– Stefano – szepnęła, a potem zawołała: – Stefano, to ja!

Żadnej odpowiedzi. Złapała klamkę i pchnęła drzwi, zaglądając do pokoju.

– Stefano...

Nikogo tu nie było.

W pokoju panował bałagan. Wyglądało to tak, jakby przez pokój przeszła wichura, wszędzie siejąc zniszczenie. Skrzynie, które stały w kątach, teraz leżały pod różnymi dziwnymi kątami, z pootwieranymi wiekami, a ich zawartość walała się po podłodze. Jedno okno było rozbite. Wszystkie rzeczy Stefano, wszystko, o co tak starannie dbał i co zdawał się cenić, leżało porozrzucane jak śmieci.

Elenę ogarnęło przerażenie. Furia, która przetoczyła się przez ten zdewastowany pokój, boleśnie rzucała się w oczy i przyprawiała ją o zawrót głowy. „Ktoś, kto już zaatakował człowieka", tak powiedział Tyler.

Nic mnie to nie obchodzi, pomyślała, a wzbierający gniew kazał jej odepchnąć od siebie strach. Nic mnie to nie obchodzi, Stefano. I tak chcę cię zobaczyć. Gdzie jesteś?

Klapa w suficie była otwarta i z góry wpadało do pokoju chodne powietrze. Aha, pomyślała Elena i nagle znów ogarnął ją lęk. Dach był taki wysoki...

Nigdy jeszcze nie wspinała się po drabince na tarasik na dachu domu. Długa suknia jeszcze jej to utrudniała. Powoli przeszła przez otwór w dachu i uklękła tam, a później wstała. W rogu zobaczyła ciemną postać i szybko ruszyła w jej stronę.

– Stefano, musiałam przyjść – zaczęła i nagle urwała, bo niebo przeszyła błyskawica dokładnie w tej chwili, w której ciemna postać się odwróciła. I to było tak, jakby ziściły się wszystkie lęki, złe przeczucia i koszmarne sny, jakie miała w życiu. Nie była nawet w stanie krzyknąć. To przekraczało ludzkie pojęcie.

O Boże... Nie. Jej umysł nie chciał zrozumieć tego, co widziały oczy. Nie! Nie! Nie będzie na to patrzyła, nie uwierzy w to...

Ale nie mogła nie widzieć. Nawet gdyby zdołała zamknąć oczy, każdy szczegół tej sceny wyrył się już w jej pamięci. Zupełnie jakby raz na zawsze wypaliła ją w jej mózgu błyskawica.

Stefano. Taki elegancki i pełen gracji w swoim zwykłym ubraniu, w czarnej skórzanej kurtce z uniesionym kołnierzem. Stefano o włosach tak ciemnych jak jedna z burzowych chmur piętrzących się na niebie za jego głową. Stefano pochwycony w rozbłysku światła, na wpół odwrócony od niej, w pozycji zwierzęcia sprzężonego do skoku, z wyrazem zwierzęcej furii na twarzy.

I krew. Arogancie, wrażliwe, zmysłowe usta wysmarowane miał krwią. Koszmarna czerwień plamiła jego bladą skórę i ostrą biel obnażonych zębów. W dłoni trzymał bezwładne ciałko turkawki, białe jak jego zęby, o opadających skrzydłach. Kolejna turkawka leżała u jego stóp niczym zmięta i wyrzucona chusteczka.

– O Boże, nie – szepnęła Elena. Ciągle to szeptała, cofając się, ledwie świadoma, że to w ogóle robi. Jej umysł zwyczajnie nie umiał objąć tej okropnej sceny. Myśli gnały bezładnie, w panice, niczym myszy usiłujące uciec z klatki. Nie chciała w to uwierzyć, nie mogła w to uwierzyć. Mięśnie jej tężały, serce waliło dziko, w głowie się zakręciło.

– O Boże, nie…

– Eleno! – Jeszcze okropniejsze niż to wszystko było zobaczyć twarz Stefano, patrzącą na nią zza tej zwierzęcej maski, zobaczyć, jak grymas zamienia się w szok i rozpacz. – Eleno, proszę cię. Proszę, nie…

– O Boże, nie! – Krzyk prawie rozerwał jej gardło. Cofnęła się i potknęła, kiedy postąpił krok bliżej. – Nie!

– Eleno, proszę, uważaj… – Ten okropny stwór z twarzą Stefano szedł w jej stronę, a jego zielone oczy płonęły. Odskoczyła w tył, kiedy podszedł jeszcze o krok i wyciągnął rękę. Dłoń o wąskich czułych palcach, które tak łagodnie gładziły ją po włosach…

– Nie dotykaj mnie! – zawołała. A potem jeszcze raz krzyknęła, kiedy – cofając się – trafiła na barierkę tarasu. Żelazo miało ponad sto pięćdziesiąt lat i miejscami zupełnie przerdzewiało. Ciężar Eleny okazał się zbyt duży i dziewczyna poczuła, że barierka się łamie. Usłyszała odgłos pękającego metalu i drewna, przemieszany z własnym krzykiem. Pod nią nie było nic, nie miała się czego złapać. Spadała.

W tej samej chwili zobaczyła kipiące fioletowe chmury i zarys domu obok. Wydało jej się, że ma dość czasu, żeby zobaczyć je całkiem wyraźnie i żeby poczuć nieskończony strach. Krzyczała i spadała. Spadała…

Ale okropny moment zetknięcia z ziemią nie nastąpił. Nagle objęły ją jego ramiona i podtrzymały w nicości. A potem głuchy odgłos lądowania i ramiona zacisnęły się, kiedy jego ciało zaabsorbowało wstrząs. Wszystko znieruchomiało.

Stała bez ruchu w jego objęciach i usiłowała dojść do siebie. Próbowała uwierzyć w kolejną niewiarygodną rzecz. Spadła z drugiego piętra, z dachu, a przecież nic jej się nie stało. Stała w ogrodzie za pensjonatem, w kompletnej ciszy dzielącej kolejne pioruny, wśród opadłych na ziemię liści, gdzie teraz powinno leżeć jej ciało.

Powoli podniosła wzrok na twarz wybawiciela. Stefano.

Za wiele dziś wieczorem było strachu, za wiele ciosów. Nie wiedziała, jak zareagować. Mogła tylko patrzeć na niego w jakimś zadziwieniu.

W jego oczach zobaczyła sporo smutku. Te oczy, które wcześniej płonęły zielonym lodem, teraz były mroczne i puste, pozbawione nadziei. To samo spojrzenie widziała tamtego pierwszego wieczoru w jego pokoju, ale teraz było jeszcze gorzej. Była w nim nienawiść do samego siebie, przemieszana z żalem i rezygnacją. Nie mogła tego znieść.

– Stefano – szepnęła, czując jak ten sam smutek ogarnia jej własną duszę. Widziała na jego wargach ślad czerwieni, ale teraz budził w niej odruch współczucia obok instynktownego lęku. Taka samotność. Taka obcość i taka samotność...

– Och, Stefano – szepnęła.

W pozbawionych wyrazu, zagubionych oczach nie dostrzegła odpowiedzi.

– Chodź – poprosił cicho i zaprowadził ją z powrotem do domu.

Stefano czuł wstyd, kiedy doszli na drugie piętro, do pobojowiska, które stanowiło teraz jego pokój. Nie mógł znieść, że akurat Elena musiała zobaczyć to wszystko. Ale z drugiej strony może to i dobrze, że wreszcie odkryła, kim naprawdę jest i do czego jest zdolny.

Powoli, jak ogłuszona, podeszła do łóżka i usiadła. A potem popatrzyła na niego pociemniałymi oczami.

– Powiedz mi – poprosiła.

Zaśmiał się krótko, bez śladu radości i zobaczył, że zadrżała. Widząc to, jeszcze bardziej się znienawidził.

– A co chcesz wiedzieć? – zapytał. Oparł stopę na wieku przewróconego kufra i spojrzał na nią niemal wyzywająco, gestem wskazując resztę pokoju. – Kto to zrobił? Ja.

– Jesteś silny – stwierdziła, nie odrywając spojrzenia od przewróconego kufra. Uniosła oczy, jakby przypomniała sobie, co zaszło na dachu. – I szybki.

– Silniejszy niż ludzie – przyznał, specjalnie podkreślając ostatnie słowo. Dlaczego teraz nie cofała się przed nim, dlaczego nie patrzyła na niego z obrzydzeniem, jakie zobaczył wcześniej? Już go nie obchodziło, co sobie o nim myśli. – Mam szybszy refleks i jestem wytrzymalszy. Muszę taki być. Przecież poluję – dodał szorstko.

Coś w jej spojrzeniu kazało mu pomyśleć o chwili, w której go zastała. Otarł usta grzbietem dłoni, a potem sięgnął po szklankę wody, która stała na szafce przy łóżku. Czuł jej spojrzenie na sobie, kiedy pił wodę, a potem znów otarł usta. Och... Niestety, nadal nie było mu obojętne, co sobie o nim pomyśli.

– Więc możesz jeść i pić... inne rzeczy – odezwała się.

– Nie muszę – wyznał cicho, czując, jak dopada go zmęczenie i przygnębienie. – Nie potrzebuję niczego innego. – Odwrócił się nagłym gestem, czując, że znów rośnie w nim jakaś gwałtowna pasja. – Powiedziałaś, że jestem szybki, ale to nie jest cała prawda. Słyszałaś kiedyś takie powiedzenie, Eleno? „Szybcy i martwi"? Szybkość dotyczy życia, oznacza żyjących. Ja należę do tej drugiej połowy.

Widział, że dziewczyna drży. Ale głos miała spokojny i nie odrywała od niego oczu.

– Opowiedz mi – powtórzyła. – Stefano, mam prawo wiedzieć.

Pamiętał te słowa. I były tak samo prawdziwe jak wtedy, kiedy wypowiedziała je po raz pierwszy.

– Tak, chyba je masz – odparł, a jego głos był znużony i twardy. Przez kilka uderzeń serca wpatrywał się w stłuczone okno, a potem znów spojrzał na nią i powiedział bezbarwnym tonem: – Urodziłem się pod koniec XV wieku. Wierzysz mi?

Popatrzyła na przedmioty leżące tam, gdzie pozrzucał je z komody jednym wściekłym ruchem ręki. Floreny, srebrny kubek, jego sztylet.

– Tak – powiedziała miękko. – Wierzę ci.

– Chcesz wiedzieć więcej? Jak stałem się tym, czym jestem? – Kiedy pokiwała głową, znów odwrócił się do okna. Jak miał jej to powiedzieć? On, który od tak dawna unikał wszelkich pytań. Stał się takim ekspertem od ukrywania i kłamstw.

Pozostawał jeden jedyny sposób, a mianowicie powiedzieć jej całą prawdę, nie ukrywając niczego. Otworzyć się przed nią, jak nie otworzył się nigdy przed nikim.

Chciał tego. Chociaż wiedział, że kiedy skończy, Elena się od niego odwróci. Ale musiał pokazać jej, kim jest.

I tak, wpatrując się w mrok za oknem, gdzie niebieska jasność przecinała chwilami niebo, zaczął opowiadać.

Mówił beznamiętnym tonem, pozbawionym emocji, ostrożnie dobierając słowa. Opowiedział jej o ojcu, prawdziwym człowieku renesansu, i o życiu we Florencji, i o rodzinnym wiejskim majątku. Opowiedział jej o studiach i ambicjach. O bracie, który był od niego tak różny, i o wszystkich nieporozumieniach między nimi.

– Nie wiem, kiedy Damon zaczął mnie nienawidzić – powiedział. – Zawsze tak było, odkąd pamiętam. Może dlatego, że po moich narodzinach matka już nigdy tak naprawdę nie wróciła do zdrowia. Umarła kilka lat później. Damon bardzo ją kochał i wydaje mi się, że zawsze mnie winił za jej śmierć. – Przerwał i przełknął ślinę. – A później pojawiła się dziewczyna.

– Ta, którą ci przypominam? – spytała miękko. Kiwnął głową. – Ta, która dała ci pierścień? – spytała znów, z nieco większym wahaniem.

Spojrzał na srebrny pierścień na swoim palcu, a potem popatrzył jej w oczy. Później, powoli, wyjął pierścionek, który nosił zawieszony na łańcuszku pod koszulą i spojrzał na niego.

– Tak. A to był jej pierścionek – przyznał. – Bez takiego talizmanu umieramy na słońcu, jakbyśmy płonęli na stosie.

– A więc ona była… taka jak ty?

– To ona mnie zrobiła tym, czym jestem. – Z wahaniem opowiedział jej o Katherine. O jej urodzie i słodyczy. I o swojej miłości do niej. A także o miłości Damona. – Była zbyt łagodna, zbyt uczuciowa – powiedział na koniec z bólem. – Wszystkich obdarzała uczuciem, nawet mojego brata. Ale wreszcie powiedzieliśmy jej, że musi między nami wybrać. A potem... przyszła do mnie.

Wspomnienie tamtej nocy, tamtej słodkiej, strasznej nocy wróciło wartką falą. Przyszła do niego. Był taki szczęśliwy, pełen zdumienia i radości. Próbował opowiedzieć o tym Elenie, znaleźć na to słowa. Przez całą noc był taki szczęśliwy. I nawet tego następnego ranka, kiedy się obudził, a jej już nie było, nawet wtedy czuł się niczym król.

Mógłby to uznać za sen, gdyby nie to, że dwie małe ranki na jego szyi były całkiem realne. Ze zdziwieniem przekonał się, że nie bolą i że już się częściowo zdążyły zagoić. Ukrył je pod wysokim kołnierzem koszuli.

Teraz jej krew płynie w moich żyłach, pomyślał i jego serce szybciej zabiło. Przekazała mu swoją siłę. Wybrała go.

Zdołał nawet znaleźć uśmiech dla Damona, kiedy tego wieczoru spotkali się w umówionym miejscu. Damona przez cały dzień nie było w domu, ale pojawił się w starannie utrzymanym ogrodzie w samą porę. Stanął, opierając się o drzewo, poprawiając mankiet koszuli. Katherine się spóźniała.

– Może jest zmęczona – podsunął Stefano, obserwując, jak niebo w kolorze melona bladnie i pokrywa się nocnym granatem. Próbował nie okazywać swojej dumy. – Może potrzebuje więcej wypoczynku niż zwykle.

Damon spojrzał na niego ostro, jego oczy świdrowały go spod szopy czarnych włosów.

– Być może – powtórzył ze wznoszącą się intonacją, jakby chciał dodać coś więcej.

Ale wtedy usłyszeli lekkie kroki na ścieżce i Katherine pojawiła się między bukszpanami. Miała na sobie białą suknię. Była piękna jak anioł.

Obdarzyła uśmiechem obydwu. Stefano grzecznie oddał uśmiech, ich sekret podkreślając tylko gorącym spojrzeniem. Czekał.

– Prosiliście, żebym dokonała wyboru – powiedziała, spoglądając najpierw na niego, a potem na jego brata. – Przyszliście o godzinie, którą wyznaczyłam, a ja wam wyjawię, co ustaliłam.

Uniosła drobną dłoń. Tę, na której nosiła pierścionek. Patrząc na kamień, Stefano zauważył, że ma ten sam odcień intensywnego błękitu, co wieczorne niebo. Zupełnie tak, jakby Katherine zawsze nosiła ze sobą fragment nocy.

– Obaj widzieliście ten pierścionek – ciągnęła cicho. – I wiecie, że bez niego bym umarła. Niełatwo zdobyć taki talizman, ale na szczęście moja służąca, Gudren, jest bystra. A we Florencji jest wielu złotników.

Stefano słuchał, nic nie rozumiejąc, ale kiedy spojrzała na niego, uśmiechnął się do niej ponownie, zachęcająco.

– A więc – kontynuowała, patrząc mu w oczy – kazałam zrobić dla ciebie prezent. – Ujęła jego dłoń i coś na niej położyła. Spojrzał i zobaczył, że to pierścień podobny do jej własnego, ale większy, masywniejszy i wykonany ze srebra, nie złota.

– Jeszcze go nie potrzebujesz, wychodząc na słońce – powiedziała miękko, z uśmiechem. – Ale będzie ci niezbędny.

Duma i zachwyt odebrały mu mowę. Sięgnął po jej dłoń, chcąc ją ucałować, chcąc natychmiast porwać Katherine w ramiona, choćby i przy Damonie. Ale ona już odwracała się od niego.

– A dla ciebie – zwróciła się do Damona i Stefano wydało się, że słuch go mami, bo z pewnością to ciepło, ta sympatia w głosie Katherine nie mogły być przeznaczone dla jego brata. – Dla ciebie również. Ty też już niedługo będziesz go potrzebował.

Oczy też musiały oszukiwać Stefano. Pokazywały mu obraz niemożliwy, niewiarygodny. Na dłoni Damona Katherine kładła pierścień dokładnie taki sam, jak jego własny.

Milczenie, które potem zapadło, było wszechogarniające. Jak cisza, która nastąpi po końcu świata.

– Katherine... – Stefano ledwie zdołał wydusić z siebie to słowo. – Jak możesz mu to dawać? Po tym, co nas połączyło...

– Co was połączyło? – Głos Damona zabrzmiał jak chlaśnięcie bata i brat odwrócił się z gniewem w stronę Stefano. – Przecież to do mnie przyszła wczoraj w nocy. Wybór już podjęty! – I Damon szarpnięciem rozchylił wysoki kołnierz koszuli, ukazując maleńkie ranki na szyi. Stefano wbił w nie wzrok, walcząc z ogarniającymi go mdłościami. Te ranki były dokładnie takie same, jak jego własne.

Pokręcił głową z niedowierzaniem.

– Ależ Katherine... To przecież nie był sen. Przyszłaś do mnie...

– Przyszłam do was obu. – W głosie Katherine brzmiał spokój, wręcz radość, a spojrzenie też miała łagodne.

Uśmiechnęła się najpierw do Damona, a potem do Stefa-no.

– Osłabiło mnie to, ale bardzo się cieszę z tego, co zrobiłam. Nie rozumiecie? – ciągnęła, kiedy patrzyli na nią, zbyt osłupiali, żeby się odezwać. – To jest mój wybór! Kocham was obu i z żadnego nie umiem zrezygnować. Teraz będziemy we troje, szczęśliwi.

– Szczęśliwi... – wykrztusił Stefano.

– Tak, szczęśliwi! Już na zawsze zostaniemy towarzyszami. – Jej głos unosił się w euforii, a w oczach jaśniała radość dziecka. – Będziemy razem, nigdy nie chorując, nigdy się nie starzejąc, aż do końca świata! Tak wybrałam.

– Szczęście... razem z nim? – Głos Damona trząsł się od furii i Stefano zobaczył, że zwykle opanowany brat pobielał ze złości. – Przy tym chłoptasiu, który stoi między nami? Przy tym rozgadanym, pyskatym uosobieniu wszelkich cnót? Już w tej chwili ledwie mogę znieść jego widok. Na Boga, wolałbym nigdy więcej nie musieć go oglądać, nigdy nie słyszeć jego głosu!

– A ja czuję do ciebie to samo, bracie – warknął Stefano. Serce zabiło mu szybciej. To wina Damona, to Damon zatruł umysł Katherine do tego stopnia, że nie wiedziała, co robi. – I mam coraz większą ochotę zapewnić, że tak się stanie – dodał gwałtownie.

Damon bezbłędnie odczytał jego słowa.

– Przynieś szpadę, jeśli zdołasz ją gdzieś znaleźć – syknął z oczami poczerniałymi groźbą.

– Damonie, Stefano, proszę! Proszę, nie! – zawołała Katherine, stając między nimi i chwytając Stefano za ramię.

Patrzyła to na jednego, to na drugiego, a jej błękitne oczy rozszerzyły się z lęku i pojaśniały od łez. – Zastanówcie się, co mówicie. Jesteście braćmi.

– To nie moja wina – sarknął Damon tonem, który zrobił z jego słów obelgę.

– Ale czy nie możecie się pogodzić? Dla mnie? Damonie... Stefano? Proszę...

Stefano jakąś częścią duszy pragnął ulec rozpaczliwemu spojrzeniu Katherine, ustąpić przed jej łzami. Ale zraniona duma i zazdrość były zbyt silne i wiedział, że twarz ma równie twardą i nieustępliwą jak brat.

– Nie – powiedział. – To niemożliwe. Albo jeden, albo drugi, Katherine. Nigdy się tobą z nim nie podzielę.

Dłoń Katherine opadła, a z jej oczu popłynęły łzy. Wielkie krople spadały na białą suknię. Oddech załamał jej się w konwulsyjnym szlochu. A potem, wciąż płacząc, uniosła spódnicę sukni i uciekła.

– Wtedy Damon wziął pierścionek, który mu dała, i go nałożył – opowiadał Stefano głosem ochrypłym ze zmęczenia i od emocji. – A do mnie powiedział: „Jeszcze będzie moja, bracie". I odszedł. – Stefano odwrócił się, mrugając powiekami, jakby wychodził na światło słońca z ciemności, i spojrzał na Elenę.

Siedziała zupełnie nieruchomo na łóżku i patrzyła na niego tymi oczami tak podobnymi do oczu Katherine. Zwłaszcza teraz, kiedy przepełniał je smutek i lęk. Ale Elena nie uciekła. Odezwała się do niego:

– A... co się stało potem?

Stefano odruchowo, gwałtownie, zacisnął dłonie w pięści i odwrócił się do okna. Tylko nie to wspomnienie. Tego wspomnienia nie potrafił znieść, a co dopiero o nim opowiadać. Jak mógłby to zrobić? Jak miałby pociągnąć Elenę za sobą w ten mrok i pokazać jej straszne rzeczy, jakie się w nim czaiły?

– Nie – powiedział. – Nie mogę. Nie mogę.

– Musisz mi powiedzieć – odezwała się cicho. – Stefano, to już koniec tej historii, prawda? To właśnie to kryje się za wszystkimi twoimi murami, to właśnie boisz się mi pokazać. Ale musisz mi na to pozwolić. Och, Stefano, teraz nie możesz się zatrzymać.

Czuł zbliżającą się do niego potworność. Ziejącą jamę, którą zobaczył wtedy tak wyraźnie, widział ją teraz przed sobą zupełnie tak samo, jak tamtego odległego dnia. Tego dnia, kiedy wszystko się skończyło. I wszystko się zaczęło.

Poczuł, że ktoś go chwyta za rękę, i zobaczył, że zacisnęły się na niej palce Eleny, obdarzając go ciepłem, dając mu siłę.

– Powiedz mi.

– Chcesz wiedzieć, co stało się później, co spotkało Katherine? – szepnął. Pokiwała głową. Oczy miała prawie oślepione łzami, ale spojrzenie nadal spokojne. – No to ci opowiem. Następnego dnia umarła. Mój brat, Damon, i ja, my obaj, zabiliśmy ją.

ROZDZIAŁ 14

Elena poczuła po tych słowach, że przeszywa ją dreszcz.
– Nie mówisz poważnie – odezwała się niepewnym głosem. Pamiętała, co zobaczyła na dachu, pamiętała krew plamiącą wargi Stefano i siłą opanowała odruch, który kazał jej się od niego odsunąć. – Stefano, ja cię znam. Nie mógłbyś tego zrobić…

Zignorował jej protesty, po prostu nadal patrzył tymi oczami, które płonęły jak zielony lód na dnie lodowca. Patrzył gdzieś poza nią, w jakąś niezmierzoną przestrzeń.

– Tej nocy leżałem w łóżku i wbrew wszystkiemu miałem nadzieję, że do mnie przyjdzie. Już zaczynałem zauważać u siebie pewne zmiany. Lepiej widziałem po ciemku i zdawało mi się, że lepiej słyszę. Czułem się silniejszy niż kiedykolwiek, pełen jakiejś żywiołowej energii. I byłem głodny. Takiego głodu nawet sobie nie wyobrażałem. W porze obiadu przekonałem się, że zwyczajne jedzenie i picie w żaden sposób go nie zaspokajają. Nie umiałem tego pojąć. A potem spojrzałem na białą szyję jednej ze służących i zrozumiałem dlaczego. – Wziął głęboki oddech, jego oczy pociemniały od udręki. – Tej nocy oparłem się potrzebie, chociaż musiałem użyć całej woli. Myślałem o Katherine i modliłem się, żeby do mnie przyszła. Modliłem się? – Zaśmiał się krótko. – O ile taka istota jak ja może się modlić.

Elenie zdrętwiały palce w jego uścisku, ale próbowała mocniej chwycić jego dłoń, żeby dać mu trochę wsparcia.

– Mów dalej, Stefano.

Teraz już mówił niepowstrzymanie. Prawie jakby zapomniał o jej obecności, jakby opowiadał tę historię samemu sobie.

– Następnego dnia rano potrzeba była silniejsza. Zupełnie jakby moje żyły wysychały i pękały, rozpaczliwie potrzebując płynu. Wiedziałem, że długo tego nie zniosę. Poszedłem do komnat Katherine. Chciałem z nią porozmawiać, błagać ją... – głos mu się załamał. – Ale Damon już tam był, czekał pod jej pokojami. Widziałem, że nie oparł się pokusie. Blask jego skóry, sprężysty krok, to mówiło wszystko. Minę miał tak zadowoloną jak kot, który napił się śmietanki.

Ale Katherine nie dostał.

– Stukaj, ile chcesz – powiedział do mnie – ale ta smoczyca, która jest w środku, nie wpuści cię. Już próbowałem. Może pokonamy ją siłą, ty i ja?

Nie chciałem mu odpowiedzieć. Ta jego mina, zarozumiała, zadowolona z siebie, odstręczała mnie. Zacząłem walić w drzwi, jakbym... – umilkł, a potem znów się roześmiał smutno. – Miałem zamiar powiedzieć: „Jakbym chciał obudzić umarłego”. Ale umarli wcale tak mocno nie śpią, jak się okazuje.

Po chwili znów podjął opowiadanie.

– Służąca, Gudren, otworzyła drzwi. Twarz miała jak duży płaski talerz, a oczy jak czarne szkiełka. Zapytałem, czy mogę się widzieć z jej panią. Spodziewałem się, że mi odpowie, że Katherine śpi, ale Gudren tylko popatrzyła na mnie, a potem na stojącego za moimi plecami Damona.

– Jemu nie chciałam powiedzieć – odezwała się – ale tobie powiem. Moja pani Katherine wyszła. Wyszła dziś wcześnie rano na spacer po ogrodzie. Powiedziała, że ma dużo do przemyślenia.

Zdziwiłem się.

– Wcześnie rano? – spytałem.

– Tak – odparła. Popatrzyła na nas obu z Damonem bez sympatii. – Moja pani była wczoraj wieczorem bardzo nieszczęśliwa – powiedziała znacząco. – Przez całą noc płakała.

A kiedy to powiedziała, ogarnęło mnie dziwne uczucie. To nie był wstyd i żal, że Katherine poczuła się taka nieszczęśliwa. To był strach. Zapomniałem o głodzie i słabości. Zapomniałem nawet o nienawiści do Damona. Ogarnął mnie wielki niepokój. Odwróciłem się do Damona i powiedziałem, że musimy znaleźć Katherine. Ku mojemu zdziwieniu skinął głową.

Zaczęliśmy przeszukiwać ogrody, nawołując Katherine po imieniu. Pamiętam dokładnie, jak wszystko wyglądało tego dnia. Słońce świeciło wśród cyprysów i sosen. Mijaliśmy drzewa, coraz głośniej nawołując... Cały czas ją wołaliśmy...

Elena poczuła, że Stefano przeszywa dreszcz. Miał mocno zaciśnięte palce. Oddychał szybko i płytko.

– Dotarliśmy już prawie do końca ogrodów, kiedy przypomniałem sobie o ulubionym miejscu Katherine. Był to zakątek w głębi ogrodów, przy niskim murku pod drzewem cytrynowym. Pobiegłem tam i zacząłem ją wołać. Ale, podchodząc bliżej, przestałem. Poczułem... strach. Jakieś okropne przeczucie. I wiedziałem, że nie powinienem... Że nie wolno mi tam iść...

– Stefano! – odezwała się Elena. Palce ją bolały, zgniecione uściskiem jego ręki. Drżenie, które parę razy przebiegło jego ciało, zamieniło się w atak dreszczy. – Stefano, proszę!

Nie dał żadnego znaku, że ją w ogóle słyszy.

– To było zupełnie jak... senny koszmar... Wszystko działo się tak powoli. Nie mogłem się ruszyć, a przecież musiałem. Musiałem iść dalej. Z każdym krokiem ten strach rósł. I poczułem zapach. Zapach, który przypominał spalony tłuszcz... Nie mogę tam iść... Nie chcę tego widzieć...

Jego głos stał się wyższy i bardziej natarczywy. Chwytał z trudem oddech. Oczy miał szeroko otwarte, źrenice rozszerzone, zupełnie jak przerażone dziecko. Elena złapała jego szczupłe palce drugą ręką, chowając jego dłoń w swoich rękach.

– Stefano, wszystko w porządku. Nie jesteś tam. Jesteś tu, ze mną.

– Nie chcę tego widzieć, ale nic na to nie mogę poradzić. Tam jest coś białego. Coś się bieli pod drzewem. Nie każ mi na to patrzeć!

– Stefano! Stefano, popatrz na mnie!

Ale nie słyszał jej. Słowa wymykały mu się spazmatycznie, jakby nie mógł ich kontrolować, jakby się śpieszył, żeby zdążyć je wszystkie wypowiedzieć.

– Nie mogę podejść bliżej. Ale podchodzę. I widzę to drzewo, murek. I tę biel. Za drzewem. Biel, a pod spodem złoto. I wtedy wiem, wiem. Idę tam, bo to jej suknia. Biała suknia Katherine. I obchodzę to drzewo, widzę ją na ziemi. To prawda. To jest suknia Katherine… – Głos mu się wzniósł i załamał w niewymownym przerażeniu. – Ale Katherine w niej nie ma.

Elena poczuła dreszcz, jakby jej ciało zanurzyło się w zimnej wodzie. Cała się pokryła gęsią skórką i próbowała coś do niego powiedzieć, ale nie mogła. A on mówił tak, jakby mógł powstrzymać własne przerażenie, tylko nie przerywając mówienia.

– Katherine tam nie ma, więc to może wszystko jakiś żart. Ale jej suknia leży na ziemi i jest pełna popiołów. Zupełnie takich popiołów jak z paleniska, tylko że te popioły śmierdzą spalonym ciałem. One cuchną. Robi mi się słabo od tego odoru. Obok rękawa sukni leży kawałek pergaminu. A na kamieniu… Na kamieniu tuż obok jest pierścionek. Pierścionek z niebieskim oczkiem. Pierścionek Katherine… – Nagle zawołał okropnym głosem: – Katherine, coś ty zrobiła?

A potem osunął się na kolana, wreszcie puszczając rękę Eleny, żeby schować twarz we własnych dłoniach.

Elena objęła go, kiedy wstrząsał nim szloch. Trzymała go za ramiona, przyciągając jego głowę do swoich kolan.

– Katherine zdjęła pierścionek – szepnęła. To nie było pytanie. – Wystawiła się na słońce.

Szloch ciągle nim szarpał, a ona przytulała go do fałd swojej sukni, głaszcząc po trzęsących się ramionach. Mruczała jakieś bezsensowne słowa pocieszenia, odpychając od siebie własne przerażenie. Aż wreszcie ucichł i podniósł głowę. Głos miał nadal zmieniony, ale już wrócił do rzeczywistości.

– Ten pergamin to była wiadomość, dla mnie i dla Damona. Napisała, że była samolubna, chcąc nas obu mieć dla siebie. Pisała, że nie może znieść tego, że stała się przyczyną konfliktu między nami. Wyrażała nadzieję, że kiedy odejdzie, przestaniemy się nienawidzić. Zrobiła to, żeby nas do siebie zbliżyć.

– Och, Stefano – szepnęła Elena. Czuła, że w oczach zaczynają ją palić gorące łzy współczucia. – Stefano, tak mi przykro. Ale czy nie rozumiesz, nawet po tych wszystkich latach, że Katherine postąpiła źle? To było samolubne. I to był jej wybór. W pewien sposób to nie miało nic wspólnego z tobą ani z Damonem.

Stefano pokręcił głową, jakby nie chciał do siebie dopuścić prawdy tych słów.

– Oddała swoje życie... za to. Zabiliśmy ją. – Usiadł teraz, ale źrenice nadal miał rozszerzone niczym dwa wielkie czarne dyski. To było spojrzenie małego, zagubionego chłopca. – Damon stanął za moimi plecami. Wziął tę wiadomość, przeczytał. A potem chyba oszalał. Obaj oszaleliśmy. Podniosłem z ziemi pierścionek Katherine, a on próbował mi go odebrać. Nie powinien był. Biliśmy się. Mówiliśmy sobie straszne rzeczy. Obwinialiśmy się nawzajem za to, co się stało. Nie pamiętam, jak wróciliśmy pod dom, ale nagle miałem w ręku szpadę. Walczyliśmy. Chciałem na zawsze zniszczyć tę jego arogancką twarz, chciałem go zabić. Pamiętam, jak ojciec wołał do nas z domu. Zaczęliśmy walczyć jeszcze zacieklej, żeby skończyć, zanim do nas dobiegnie. Byliśmy dobrze dobranymi przeciwnikami. Ale Damon zawsze był silniejszy, a tego dnia wydawał się szybszy, zupełnie, jakby zmieniał się prędzej niż ja. Nagle poczułem, że szpada Damona mija moją gardę. A potem przeszyła mi serce.

Elena patrzyła na niego osłupiała. Ale Stefano mówił dalej.

– Poczułem ból. Poczułem stal, która wbijała mi się do środka. Głęboko i mocno. I wtedy opuściła mnie siła, upadłem. Leżałem na bruku dziedzińca.

Podniósł oczy na Elenę i dokończył z prostotą:

– Wtedy… umarłem.

Elena siedziała jak zmrożona, jakby ten lód, który przez cały wieczór czuła w sercu, wylał się poza nie i uwięził ją całą.

– Damon podszedł, przystanął nade mną i się pochylił. Z oddali słyszałem krzyki ojca i służby, ale widziałem już tylko twarz Damona. Te oczy czarne jak bezksiężycowa noc. Chciałem go zranić za to, co mi zrobił. Za wszystko, co zrobił mnie i Katherine. – Stefano umilkł na moment, a potem powiedział zmienionym głosem: – Więc uniosłem szpadę i zabiłem go. Ostatkiem sił przeszyłem serce mojego brata.

Burza przeszła i zza rozbitego okna Elena słyszała słabe nocne odgłosy, cykanie świerszczy, wiatr owiewający drzewa. W pokoju Stefano zrobiło się bardzo cicho.

– Nie wiem, co się potem działo. Obudziłem się w grobowcu – powiedział Stefano. Odsunął się od niej, oparł o łóżko i zamknął oczy. Twarz miał ściągniętą zmęczeniem, ale zniknął z niej już ten okropny wygląd śniącego dziecka. – I Damonowi, i mnie wystarczyło krwi Katherine na tyle, żeby nie zginąć. Zamiast tego przemieniliśmy się. Obudziliśmy się razem w grobowcu, ubrani w najlepsze stroje, położeni na kamiennych płytach obok siebie. Byliśmy za słabi, żeby jeszcze zrobić sobie nawzajem jakąś krzywdę, tej krwi ledwie starczyło. I byliśmy zdezorientowani. Wołałem do Damona, ale on wybiegł w noc. Na szczęście pochowali nas z pierścieniami, które dostaliśmy od Katherine. A ja w kieszeni znalazłem jej pierścionek. – Jakby bezwiednie, Stefano wyciągnął dłoń i pogładził złote kółeczko. – Pewnie myśleli, że dała go mnie. Próbowałem wrócić do domu. Głupio zrobiłem. Służba zaczynała krzyczeć na mój widok i rozbiegać się w poszukiwaniu księdza. Więc też uciekłem. W jedyne miejsce, gdzie byłem bezpieczny. W mrok.

I tam już zostałem. Tam jest moje miejsce, Eleno. Zabiłem Katherine swoją dumą i zazdrością. Zabiłem Damona swoją nienawiścią. I nie tylko zamordowałem swojego brata. Skazałem na potępienie.

Gdyby nie umarł wtedy, kiedy krew Katherine była w nim taka silna, jeszcze miałby szansę. Z czasem ta krew by osłabła i wreszcie zniknęła. Znów stałby się normalnym człowiekiem. Ale zabijając go, skazałem go na życie w nocnym mroku. Odebrałem mu jedyną szansę na zbawienie. – Stefano zaśmiał się gorzko. – Wiesz, co nazwisko Salvatore znaczy po włosku, Eleno? Oznacza zbawienie, zbawcę. Takie noszę nazwisko, a imię mi dali po świętym Szczepanie, pierwszym chrześcijańskim męczenniku. A ja skazałem własnego brata na piekło.

– Nie – powiedziała Elena. I potem, silniejszym głosem, dopowiedziała: – Nie, Stefano. On sam skazał się na potępienie. Zabił cię. Co się z nim stało później?

– Na jakiś czas dołączył do kondotierów, bezlitosnych najemników, którzy trudnili się rabunkiem i grabieżą. Wędrował z nimi po kraju, walczył i pił krew swoich ofiar.

Mieszkałem już wtedy poza murami miasta, na wpół zagłodzony, żywiąc się zwierzętami, sam zezwierzęcony. Przez długi czas nie miałem wieści o Damonie. Potem, pewnego dnia, usłyszałem w myślach jego głos.

Był silniejszy niż ja, bo pił ludzką krew. I zabijał. Ludzie mają najsilniejszą energię życiową i ich krew daje moc. A kiedy się ich zabija, w jakiś sposób ta esencja życia staje się najsilniejsza. Zupełnie jakby w ostatnich chwilach walki i przerażenia dusza stawała się naprawdę pełna życia. Ponieważ Damon zabijał, udało mu się zgromadzić więcej mocy niż mnie.

– Jakiej... mocy? – spytała Elena. W jej głowie zaczynała się rysować pewna myśl.

– Siły, jak sama powiedziałaś, i szybkości. Wyostrzenia wszystkich zmysłów, zwłaszcza nocą. To podstawa. Potrafimy poza tym... wyczuwać umysły. Czujemy ich obecność, a czasami rodzaj myśli. Słabsze umysły możemy wprowadzać w zamęt, żeby je zastraszyć albo nagiąć do naszej woli. Są jeszcze inne moce. Pijąc dość ludzkiej krwi, potrafimy zmieniać postać, przekształcać się w zwierzęta. A im częściej zabijasz, tym moc jest silniejsza.

Głos Damona w moich myślach był bardzo silny. Oświadczył, że teraz jest *condottieri* własnej kompanii i że wraca do Florencji. Powiedział, że jeśli tam będę, kiedy przyjedzie, zabije mnie. Uwierzyłem i się wyniosłem. Od tego czasu widziałem go raz czy dwa. Groźba jest zawsze taka sama i za każdym razem jest w niej więcej mocy. Damon maksymalnie wykorzystał swoją naturę i zdaje się czerpać radość z tej ciemnej strony.

Ale to też i moja natura. Taki sam mrok jest we mnie. Myślałem, że uda mi się to pokonać, ale się myliłem. Dlatego właśnie przyjechałem tu, do Fell's Church. Myślałem, że jeśli osiądę w jakimś małym miasteczku, z dala od dawnych wspomnień, to uda mi się uciec przed mrokiem. A zamiast tego dziś wieczorem zabiłem człowieka.

– Nie – zaprzeczyła Elena z mocą. – Nie wierzę w to, Stefano. – Jego opowieść wstrząsnęła nią i napełniła ją litością... Ale także lękiem. Przyznawała to przed sobą. Ale niesmak zniknął i jednej rzeczy była pewna. Stefano nie był mordercą. – Co stało się dzisiaj, Stefano? Pokłóciłeś się z Tannerem?

– Ja... nie pamiętam – wyznał ponuro. – Użyłem mocy, aby go przekonać, żeby zrobił to, czego chciałaś. A potem wyszedłem. Ale później zakręciło mi się w głowie i opanowała mnie słabość. Tak jak przedtem. – Spojrzał jej prosto w oczy. – Ostatni raz to się stało na cmentarzu tej nocy, kiedy zaatakowano Vickie Bennett.

– Ale ty tego nie zrobiłeś. Nie mógłbyś tego zrobić... Stefano?

– Sam nie wiem – powiedział szorstko. – Czy jest jakieś inne wyjaśnienie? A z tego starego włóczęgi piłem krew tej nocy, kiedy uciekałaś z dziewczynami z cmentarza. Mógłbym przysiąc, że nie wypiłem tyle, żeby mu zrobić krzywdę, ale o mały włos nie umarł. I byłem w pobliżu, kiedy doszło do ataków na Vickie i Tannera.

– Ale nie pamiętasz, żebyś ich atakował – powiedziała Elena z ulgą. Myśl, która zakiełkowała jej w głowie, już się zamieniała w pewność.

– A co to za różnica? Kto inny mógł to zrobić, skoro nie ja?

– Damon – powiedziała Elena.

Skrzywił się i poczuła, że ramiona znów mu sztywnieją.

– To kusząca myśl. Za pierwszym razem miałem nadzieję, że można to tak wyjaśnić. Że to ktoś inny, ktoś taki jak mój brat. Ale szukałem umysłem i nic nie znalazłem, żadnej innej obecności. Najprostsze wyjaśnienie jest takie, że to ja morduję.

– Nie – powtórzyła Elena. – Nie rozumiesz. Ja nie mówiłam, że ktoś taki jak Damon mógł zrobić te rzeczy, które tu się stały. Chodziło mi o to, że Damon tu jest, w Fell's Church. Widziałam go.

Stefano patrzył na nią i milczał.

– To musiał być on. – Elena odetchnęła głęboko. – Widziałam go już dwa razy, może trzy. Stefano, opowiedziałeś mi długą historię, a teraz wysłuchaj mojej.

Szybko i w jak najprostszych słowach wyjaśniła mu, co zaszło w sali gimnastycznej i w domu Bonnie. Zacisnął usta w wąską białą linijkę, kiedy opowiedziała, jak Damon próbował ją pocałować. Policzki jej się zarumieniły, kiedy przypomniała sobie własną reakcję. Prawie mu się poddała.

Opowiedziała też o wronie i o tych wszystkich innych dziwnych rzeczach, które wydarzyły się, odkąd wróciła do domu z Francji.

– Wydaje mi się, że Damon był dzisiaj wieczorem na imprezie halloweenowej – zakończyła. – Tuż po tym, jak zrobiło ci się słabo, ktoś mnie minął w wejściu. Był przebrany za... za śmierć, w czarną szatę z kapturem. Nie widziałam jego twarzy. Ale coś w jego ruchach wydawało mi się znajome. To był on, Stefano. Damon tam był.

– Ale to nadal nie wyjaśnia pozostałych przypadków. Vickie i tamtego włóczęgi. – Twarz Stefano była napięta, jakby bał się robić sobie nadzieję.

– Sam powiedziałeś, że nie wypiłeś dość, żeby go skrzywdzić. Kto wie, co spotkało tamtego starca, kiedy sobie poszedłeś? Czy to nie byłaby dla Damona najłatwiejsza rzecz pod słońcem zaatakować go potem? Zwłaszcza jeśli śledził cię przez cały czas, może w jakiejś innej postaci...

– Na przykład wrony – mruknął Stefano.

– Na przykład wrony. A jeśli chodzi o Vickie... Powiedziałeś, że umiecie manipulować słabszymi umysłami, podporządkowywać je. Czy to niemożliwe, że właśnie coś takiego Damon robi tobie? Zwodzi twój umysł, tak jak ty zwodzisz ludzkie?

– Tak. I ukrywa przede mną swoją obecność. – W głosie Stefano rosło ożywienie. – Dlatego nie odpowiadał na moje wezwania. Chciał...

– Chciał, żeby stało się właśnie to, co się stało. Chciał, żebyś zaczął w siebie wątpić, żebyś uznał, że to ty mordujesz. Ale to nieprawda, Stefano. Och, teraz już to wiesz i nie będziesz się musiał bać. – Wstała, czując, że ogarniają ją radość i ulga. Z tej strasznej nocy wyłaniało się jednak coś dobrego. – Dlatego byłeś wobec mnie taki zdystansowany, prawda? – domyśliła się, wyciągając do niego ręce. – Bo bałeś się tego, co możesz zrobić. Ale nie musisz się już dłużej bać.

– Nie? – Znów oddychał szybciej i spojrzał na jej dłonie, jakby to były dwa węże. – Myślisz, że nie masz powodu się bać? Damon może i atakował tamtych ludzi, ale on nie kontroluje moich myśli. A ty nie wiesz, co o tobie myślałem.

Elena nie podniosła głosu.

– Nie chcesz mnie skrzywdzić.

– Nie? Bywały chwile, kiedy przyglądałem ci się w publicznych miejscach i z trudem się powstrzymywałem, żeby cię nie dotknąć. Kiedy tak mnie kusiła twoja biała szyja... delikatna biała szyja, z niebieskimi żyłkami, które biegną pod skórą... – Nie odrywał wzroku od jej szyi i patrzył tak, że przypomniał jej się Damon i serce szybciej jej zabiło. – Chwile, kiedy myślałem, że się na ciebie rzucę. Tam, w szkole.

– Nie musisz się na mnie rzucać – powiedziała Elena. Teraz czuła już własny puls wszędzie, w nadgarstkach, po wewnętrznej stronie łokci, na szyi. – Podjęłam decyzję, Stefano – oznajmiła miękko, chwytając jego spojrzenie. – Chcę tego.

Z trudem przełknął ślinę.

– Nie wiesz, o co prosisz.

– Myślę, że wiem. Powiedziałeś mi, jak to było z Katherine. Chcę, żeby tak było z nami. Nie chodzi mi o to, że chcę, żebyś mnie zmienił. Ale przecież możemy trochę się sobą podzielić i to się nie musi stać, prawda? Wiem – dodała jeszcze łagodniej – jak bardzo kochałeś Katherine. Ale jej już nie ma, a ja jestem. I cię kocham, Stefano. Chcę być przy tobie.

– Nie masz pojęcia, co wygadujesz! – Stanął nieruchomo, na twarzy miał wściekłość, oczy pełne udręki. – Jeśli raz sobie pofolguję, co mnie powstrzyma przed przemienieniem cię albo zabiciem? Ta pasja jest silniejsza, niż możesz to sobie wyobrazić. Jeszcze nie rozumiesz, czym jestem? Do czego jestem zdolny?

Stała i patrzyła na niego spokojnie, lekko unosząc brodę. To go doprowadzało do szału.

– Jeszcze nie dość widziałaś? A może mam ci pokazać coś więcej? Umiesz sobie wyobrazić, co mógłbym ci zrobić? – Podszedł do wygaszonego kominka i porwał z niego długie polano, grubsze niż oba nadgarstki Eleny razem. Jednym ruchem przełamał je na pół, jakby to była zapałka. – Twoje delikatne kości – powiedział.

Na podłodze leżała zrzucona z łóżka poduszka. Podniósł ją i jednym ruchem paznokci pociął jej jedwabną poszewkę na wstążki.

– Twoja delikatna skóra.

A potem skoczył do Eleny z nienaturalną szybkością. Stał przy niej i trzymał ją za ramiona, zanim się zorientowała, co się dzieje. Przez chwilę przyglądał się jej twarzy, a potem, z dzikim sykiem, od którego zjeżyły jej się włosy, obnażył zęby.

To był ten sam grymas, którego świadkiem była na dachu, pokazał w nim białe zęby. Kły niesamowicie wydłużyły się i wyostrzyły. To były kły drapieżnika.

– Twoja biała szyja – dokończył zmienionym głosem.

Elena przez chwilę stała jak sparaliżowana, jakby nie mogła oderwać wzroku od tej mrożącej krew w żyłach wizji, ale potem coś głęboko ukrytego w jej podświadomości wzięło górę. Objęta jego ramionami, wyciągnęła ręce i ujęła dłońmi jego twarz. Policzki miał chłodne pod dotykiem. Trzymała go delikatnie. Tak delikatnie, jakby chciała go w ten sposób skarcić za żelazny uścisk, w jakim zamknął jej ramiona. I zobaczyła, że jego twarz powoli ogarnia zdziwienie, kiedy dotarło do niego, że wcale nie zamierza z nim walczyć ani mu się wyrywać.

Elena poczekała, aż zakłopotanie pojawi się w jego oczach. Spojrzenie zmieniło się, stało się niemal błagalne. Wiedziała, że jej własna twarz jest nieustraszona, łagodna, a przecież stanowcza. Lekko rozchyliła usta. Oboje oddychali teraz szybciej, we wspólnym rytmie. Elena poczuła, że zadrżał jak wtedy, kiedy wspomnienia o Katherine stały się nie do zniesienia. A potem, bardzo wolnym i rozmyślnym ruchem przyciągnęła te rozciągnięte grymasem drapieżnika usta do własnych.

Próbował stawiać jej opór. Ale jej łagodność okazała się silniejsza niż cała jego nieludzka siła. Zamknęła oczy i myślała tylko o Stefano. Nie o tych okropnych rzeczach, których się dzisiaj dowiedziała, ale o Stefano, który głaskał ją po włosach tak czule, jakby miała mu się rozpaść w rękach. Myślała o tym, całując jego wargi, choć jeszcze kilka minut wcześniej jej groziły.

Poczuła zmianę, poczuła transformację jego ust, kiedy poddał się, bezradnie odpowiadając na jej pocałunek. Reagował na delikatną pieszczotę jej pocałunków z równą delikatnością. Poczuła, jak ciało Stefano zadygotało, uścisk jego dłoni zelżał, zwyczajnie ją objął. Wiedziała, że zwyciężyła.

– Nigdy mnie nie skrzywdzisz – szepnęła.

I było zupełnie tak, jakby pocałunkami odpędzali strach, nieukojony żal i samotność, która gryzła ich od środka. Elena poczuła, że namiętność ogarnia ją niczym letnia błyskawica i podobną namiętność wyczuwała w Stefano. Ale wszystko inne przenikała czułość niemal przerażająca swoją intensywnością. Nie musimy się spieszyć, niepotrzebne są żadne gwałtowne gesty, myślała Elena, kiedy Stefano łagodnie sadzał ją na łóżku.

Stopniowo ich pocałunki stały się bardziej natarczywe i Elena poczuła, że ta letnia błyskawica przebiega całe jej ciało, elektryzując je, wprawiając serce w przyspieszone bicie i tamując oddech. Poczuła się dziwnie lekka. Zamknęła oczy i odrzuciła głowę w tył, poddając się.

Już czas, Stefano, pomyślała. Bardzo delikatnym gestem przyciągnęła jego twarz do swojej szyi. Poczuła, jak jego wargi muskają jej skórę. Poczuła jego oddech, ciepły i chodny zarazem. A potem ostre ukłucie.

Ból minął niemal od razu. Zastąpiło go uczucie przyjemności, od której aż zadrżała. Przepełniła ją jakaś wielka słodycz, którą razem z nią czerpał z tej chwili Stefano.

A wreszcie znów patrzyła mu w twarz, w tę twarz, która choć raz nie osłaniała się przed nią żadnymi barierami, żadnymi murami. I od jego spojrzenia zrobiło jej się słabo.

Ufasz mi? – szepnął. A kiedy po prostu kiwnęła głową, nie spuszczając z niej wzroku, sięgnął po coś leżącego koło łóżka. To był sztylet. Przyjrzała mu się bez lęku i znów spojrzała na niego.

Ani na moment nie odrywał od niej spojrzenia, wyjmując sztylet z pochwy i robiąc małe nacięcie u podstawy własnej szyi. Elena patrzyła szeroko otwartymi oczami na krew tak jasną jak jarzębina, ale kiedy pociągnął ją do siebie, nie próbowała stawiać oporu.

Potem tylko przez długi czas ją tulił, a świerszcze za oknem grały swoją muzykę. Wreszcie się poruszył.

– Chciałbym, żebyś tu została – szepnął. – Chciałbym, żebyś została na zawsze. Ale nie możesz.

– Wiem – odparła równie cicho. Ich oczy znów się spotkały w milczącej bliskości. Tyle jeszcze zostało do powiedzenia, tyle powodów, żeby być razem. – Jutro – powiedziała. A potem, opierając się o jego ramię, szepnęła: – Stefano, cokolwiek się zdarzy, będę przy tobie. Powiedz mi, że mi wierzysz.

Jego głos był przyciszony, stłumiony, bo wtulał usta w jej włosy.

– Och, Eleno, wierzę ci. Cokolwiek się zdarzy, będziemy razem.

ROZDZIAŁ 15

Kiedy tylko odwiózł Elenę do domu, wrócił do lasu. Wybrał Old Creek Road, jadąc pod posępnymi chmurami, wśród których nie widać było ani skrawka nieba, aż do miejsca, gdzie zaparkował tamtego pierwszego dnia szkoły.

Zostawił samochód i starał się dokładnie odtworzyć drogę na polankę, gdzie zobaczył wronę. Pomógł mu instynkt myśliwego, przywodząc w pamięci zarys krzaka czy kształt węźlastego korzenia, który wyjął po drodze. Wreszcie stanął na polanie otoczonej prastarymi dębami.

Tutaj. Pod okryciem z wyblakłych brunatnych liści zachowały się może nawet jakieś kości tego królika.

Głęboko zaczerpnął powietrza, żeby się uspokoić, i wysłał w przestrzeń próbną, natarczywą myśl.

I po raz pierwszy, odkąd przyjechał do Fell's Church, poczuł coś w rodzaju słabego odzewu. Był ledwo wyczuwalny i urywany. Nie umiał określić, skąd napływał.

Westchnął i się odwrócił.

Przed nim stał Damon, z rękoma założonymi na piersi, oparty o największy dąb. Wyglądał tak, jakby stał tam już od wielu godzin.

– A więc… – odezwał się Stefano – to prawda. Minęło tyle czasu, bracie.

– Nie tak wiele, jak ci się wydaje. – Stefano pamiętał ten głos, aksamitny, pełen ironii. – Obserwowałem cię przez te lata – dodał spokojnie Damon. Zdjął kawałeczek kory z rękawa skórzanej kurtki gestem tak swobodnym, jakim kiedyś poprawiał swoje brokatowe mankiety. – Ale nie miałeś o tym pojęcia, prawda? Nie, skąd, twoja moc jest tak słabiutka jak zawsze.

– Uważaj, Damonie – powiedział Stefano cicho i groźnie. – Bardzo dzisiaj w nocy uważaj. Nie jestem w wyrozumiałym nastroju.

– Święty Szczepan się zirytował? Proszę, proszę. Zdenerwowałeś się. Pewnie przez te moje małe wycieczki na twoje terytorium. Zrobiłem to tylko po to, żeby się do ciebie zbliżyć. Bracia powinni być sobie bliscy.

– Zabiłeś dzisiaj wieczorem. I próbowałeś sprawić, żebym myślał, że sam to zrobiłem.

– A jesteś całkiem pewien, że nie zrobiłeś? Może zrobiliśmy to razem. Uważaj! – rzucił, kiedy Stefano zbliżył się do niego. – Dzisiaj ja też nie jestem tolerancyjnie nastawiony. Mnie się trafił tylko zasuszony nauczyciel historii, tobie ładniutka dziewczyna.

Gniew, jaki czuł w sobie Stefano, skoncentrował się, stając się pojedynczym rozpalonym punktem, zupełnie jakby zapłonęło w nim słońce.

– Trzymaj się z daleka od Eleny – szepnął z taką groźbą, że Damon aż lekko odchylił głowę. – Trzymaj się od niej z daleka, Damonie. Wiem, że ją szpiegowałeś, obserwowałeś. Ale koniec z tym. Jeszcze raz się do niej zbliżysz, a pożałujesz.

– Zawsze byłeś egoistą. To twoja jedyna wada. Nie lubisz się niczym dzielić, prawda? – Nagle Damon rozchylił usta w dziwnie atrakcyjnym uśmiechu. – Na szczęście śliczna Elena jest od ciebie hojniejsza. Nie opowiedziała ci o naszych małych schadzkach? No jak to, przecież przy pierwszym spotkaniu o mało nie oddała mi się z miejsca.

– Kłamiesz!

– Ależ skąd, drogi bracie. Nigdy nie kłamię w ważnych sprawach. A może w nieważnych? W każdym razie twoja piękna dama o mało nie zemdlała mi w ramionach. Moim zdaniem lubi facetów w czerni. – Stefano wpatrywał się w niego, próbując zapanować nad oddechem, a Damon dodał niemal łagodnym tonem: – Wiesz, mylisz się co do niej. Uważasz, że jest słodka i uległa, taka jak Katherine. A nie jest. Ona w ogóle nie jest w twoim typie, mój świętoszkowaty braciszku. Ma w sobie ducha i ogień, z którymi nie wiedziałbyś, co robić.

– A ty byś, oczywiście, wiedział.

Damon powoli rozplótł ramiona i się uśmiechnął.

– Och, tak.

Stefano chciał się na niego rzucić, zetrzeć mu z twarzy ten arogancki uśmiech, rozszarpać Damonowi gardło. Odezwał się głosem, nad którym z trudem panował:

– Masz rację w jednym. Jest silna. Dość silna, żeby ci stawić opór. A teraz, kiedy wie, kim naprawdę jesteśmy, stawi go. Czuje do ciebie wyłącznie niesmak.

Damon uniósł brwi.

– O, doprawdy? Jeszcze zobaczymy. Może wreszcie zrozumie, że głęboki mrok pociąga ją bardziej niż marny zmierzch. Ja przynajmniej nie wypieram się swojej prawdziwej natury. Ale martw się o siebie, braciszku. Wyglądasz na słabego i niedożywionego. Ona się z tobą droczy, co?

Zabij go, odezwał się jakiś natarczywy głos w myślach Stefano. Zabij go, złam mu kark, rozerwij mu gardło na strzępy. Ale wiedział, że Damon pożywił się dziś wieczorem bardzo obficie. Ciemna aura brata wydawała się napęczniała, niemal lśniła od życiowej energii, której zaczerpnął.

– Tak, napiłem się do syta – przyznał Damon z zadowoleniem, jakby czytał bratu w myślach. Westchnął i przeciągnął językiem po wargach, wspominając tę satysfakcję. – Mały był, ale zadziwiająco soczysty. Nie taki ładny jak Elena, no i na pewno tak przyjemnie nie pachniał. Ale zawsze cudownie jest poczuć w sobie krążenie nowej krwi. – Damon odetchnął głęboko, odsuwając się od drzewa i rozglądając wkoło. Stefano pamiętał te pełne gracji ruchy, każdy gest opanowany, precyzyjny. Minione stulecia tylko podkreśliły wrodzoną grację Damona. – Mam ochotę zrobić coś takiego – dodał Damon, podchodząc do rosnącego w pobliżu młodego drzewka. Było od niego dwa razy wyższe, a kiedy objął pień, palce jego dłoni się nie spotkały. Ale Stefano widział przyspieszony oddech i falowanie mięśni pod cienką czarną koszulą Damona, a potem drzewo wysunęło się z ziemi, a jego korzenie bezładnie zwisły. Stefano poczuł zapach wzruszonej ziemi. – I tak to drzewo mi się tu nie podobało – powiedział Damon i cisnął je tak daleko od siebie, jak na to pozwoliły splątane korzenie. A potem uśmiechnął się czarująco. – Mam też ochotę zrobić coś takiego.

Ruch, błysk i Damon zniknął. Stefano rozejrzał się, ale nigdzie go nie widział.

– Tu na górze, braciszku. – Głos napłynął znad jego głowy, a kiedy Stefano zerknął w tę stronę, zobaczył, że Damon siedzi wśród gałęzi dębu. Szelest brunatnych liści i znów zniknął. – Znów na dole, braciszku. – Stefano okręcił się na pięcie, klepnięty w ramię, ale nic za sobą nie zobaczył. – No tu, braciszku. – Znów się odwrócił. – Spróbuj jeszcze raz. – Wściekły, Stefano odwrócił się w drugą stronę, próbując złapać Damona. Ale jego palce chwytały wyłącznie powietrze.

„Stefano, tutaj". Tym razem głos rozległ się w jego myślach, a jego moc wstrząsnęła nim do głębi. Trzeba było niezwykłej siły, żeby tak wyraźnie przekazywać myśli. Powoli odwrócił się jeszcze raz i zobaczył Damona stojącego znów w tej samej pozie opartego o wielki dąb.

Ale tym razem rozbawienie zniknęło z oczu brata. Były czarne i nieprzeniknione, a usta Damon miał zaciśnięte w wąską linijkę.

„Jakiego jeszcze dowodu potrzebujesz, Stefano? Jestem silniejszy od ciebie. Jestem też od ciebie szybszy i posiadam moce, o których nic nie wiesz. Stare moce, Stefano. I nie boję się ich używać. Użyję ich zaraz przeciwko tobie".

– Po to tu przyjechałeś? Żeby mnie torturować?

„Obchodzę się z tobą miłosiernie, braciszku. Wiele razy mogłem cię zabić, ale zawsze cię oszczędzałem. Tym razem jest inaczej". Damon znów odsunął się od drzewa i przemówił na głos.

– Ostrzegam cię, Stefano, nic próbuj mi się sprzeciwiać. To nieważne, po co tu przyjechałem. Ważne, że teraz chcę Eleny. A jeśli będziesz chciał mnie powstrzymać, odebrać mi ją, zabiję cię.

– Spróbuj tylko – powiedział Stefano. Gorąca plama furii płonęła w nim jaśniej niż kiedykolwiek, emanując blaskiem całej galaktyki gwiazd. Wiedział, że to w jakiś sposób zagraża mrokowi Damona.

– Uważasz, że mi się nie uda? Nigdy się niczego nie nauczysz, braciszku. – Stefano zdążył tylko dostrzec, że Damon ze znużeniem kręci głową, a potem znów ten lekki ruch i poczuł, jak chwytają go silne ramiona. Zaczął walczyć odruchowo, gwałtownie, z całych sił próbując je z siebie strząsnąć. Ale były niczym z żelaza.

Szarpał się dziko, próbując trafić Damona we wrażliwe miejsce pod brodą. Na nic, ramiona miał unieruchomione za plecami, ciało jak w kleszczach. Był równie bezbronny jak ptak w łapach chudego i doświadczonego kota.

Na moment udał bezwład, próbował zrobić się ciężki, a potem nagle napiął wszystkie mięśnie, starając się wyrwać, zadać jakiś cios. Okrutne ręce tylko mocniej go ścisnęły, a jego wysiłki stały się bezsensowne. Żałosne.

„Zawsze byłeś uparty. Może to cię przekona". Stefano spojrzał w twarz brata, bladą jak matowe szyby okien pensjonatu. W te czarne bezdenne oczy. A potem poczuł palce chwytające go za włosy, ciągnące jego głowę do tyłu, obnażające gardło.

Podwoił wysiłki, teraz już rozpaczliwe. „Nie próbuj", rozległ się głos w jego głowie, a potem poczuł ostry ból ugryzienia. Poczuł upokorzenie i bezradność ofiary, zwierzyny, zdobyczy. A potem ból odbieranej mu przemocą krwi.

Nie chciał się temu poddać i ból stał się intesywniejszy. Miał uczucie, jakby ktoś mu rozdzierał duszę, był niczym drzewo wyrywane z ziemi z korzeniami. Ból przeszywał go ognistymi włóczniami, zbiegającymi się w punkcie, w którym zatopił zęby Damon. Męczarnia sięgnęła szczęki i policzka, rozlała się w dół po ramieniu. Ogarnęły go zawroty głowy i poczuł, że traci przytomność.

A potem, nagle, Damon go puścił. Upadł na ziemię, na łoże z wilgotnych, gnijących liści. Z trudem chwytając oddech, boleśnie dźwignął się na czworaka.

– Widzisz, braciszku, jestem od ciebie silniejszy. Dość silny, żeby się z ciebie napić, żeby ci odebrać krew i życie, jeśli będę chciał. Zostaw mi Elenę albo to zrobię.

Stefano podniósł wzrok. Damon stał z głową odrzuconą do tyłu, na lekko rozstawionych nogach, jak zwycięzca stawiający stopę na karku pokonanego. Czarne jak noc oczy przepełniał triumf, a na ustach miał krew Stefano.

Stefano ogarnęła nienawiść, taka jakiej jeszcze nigdy nie zaznał. Czuł się, jakby cała jego poprzednia nienawiść do Damona była tylko kroplą wody w porównaniu z tym szalejącym, spienionym oceanem. Wiele razy w ciągu minionych stuleci żałował tego, co zrobił bratu. Żałował z całej siły, że nie może tego cofnąć. Teraz chciał tylko to powtórzyć.

– Elena nie jest twoja – wykrztusił, podnosząc się na nogi, próbując ukryć, ile go to kosztuje wysiłku. – I nigdy nie będzie. – Koncentrując się na każdym kolejnym kroku, stawiając jedną stopę przed drugą, ruszył w drogę powrotną. Całe ciało go bolało, a wstyd, jaki odczuwał, dokuczał mu bardziej niż fizyczny ból. Do ubrania przywarły fragmenty mokrych liści i grudki ziemi, ale nie strzepywał ich z siebie. Walczył, żeby iść dalej, żeby nie poddać się słabości, która ogarniała jego wszystkie kończyny.

„Nigdy się nie nauczysz, bracie".

Stefano się nie odwrócił, nie próbował odpowiadać. Zazgrzytał zębami i wciąż szedł naprzód. Kolejny krok. I jeszcze jeden. I następny.

Gdyby tylko mógł na moment usiąść i odpocząć…

Następny krok i jeszcze jeden. Do samochodu na pewno miał już blisko. Liście szeleściły mu pod stopami, a potem usłyszał, jak zaszeleściły tuż za nim.

Próbował odwrócić się szybko, ale był pozbawiony refleksu. I ten raptowny ruch kosztował go zbyt wiele energii. Przepełniła go ciemność, ogarniająca ciało i umysł. Poczuł, że spada. Spadał bez końca w gęsty mrok czarnej nocy. A potem, na szczęście, przestał cokolwiek czuć.

ROZDZIAŁ 16

Elena szła do Liceum imienia Roberta E. Lee z takim uczuciem, jakby nie była tam od lat. Ostatnia noc wydawała jej się czymś rodem z odległego dzieciństwa – ledwie pamiętanym. Ale wiedziała, że dziś trzeba będzie wziąć na siebie konsekwencje.

Już wczoraj musiała stawić czoło cioci Judith. Ciotka bardzo się zdenerwowała, kiedy sąsiedzi powiedzieli jej o morderstwie. A jeszcze bardziej, gdy nikt nie umiał jej wyjaśnić, gdzie jest Elena. Kiedy pojawiła się w domu koło drugiej nad ranem, ciotka szalała ze zmartwienia.

Elena nie mogła się wytłumaczyć. Powiedziała tylko, że była ze Stefano i że wie, o co go oskarżają, ale jest pewna, że jest niewinny. Całą resztę musiała zatrzymać dla siebie. Nawet gdyby ciocia Judith jej uwierzyła, nigdy by tego nie zdołała zrozumieć.

Tego ranka Elena zaspała, a teraz była spóźniona. Poza nią na ulicach nie było nikogo, kiedy śpiesznie szła w stronę szkoły. Niebo nad jej głową szarzało i zrywał się wiatr. Rozpaczliwie chciała zobaczyć Stefano. Przez całą noc śniły jej się koszmary.

Jeden sen był szczególnie rzeczywisty. Zobaczyła w nim bladą twarz Stefano i jego gniewne, pełne oskarżenia oczy. Uniósł w jej stronę jakąś książkę i powiedział: „Jak mogłaś, Eleno? Jak mogłaś?" A potem rzucił tę księgę pod nogi i odszedł. Wołała za nim i prosiła, ale wciąż szedł przed siebie, aż zniknął w ciemności. Kiedy spojrzała na książkę, zobaczyła, że to notes oprawiony w błękitny aksamit. Jej pamiętnik.

Znów przeszył ją gniew na myśl, że pamiętnik skradziono. Ale co oznaczał ten sen? Co takiego znalazło się w jej pamiętniku, że Stefano w taki sposób zareagował?

Nie wiedziała. Wiedziała za to, że musi go zobaczyć, poczuć wokół siebie jego ramiona. Oderwana od niego czuła się tak, jakby odebrano jej własne ciało.

Wbiegła po schodach do szkoły. Skierowała się w stronę skrzydła pracowni języków obcych, bo wiedziała, że na pierwszej godzinie Stefano ma łacinę. Gdyby tylko mogła zobaczyć go na chwilę, uspokoiłaby się.

Ale nie było go w klasie. Przez małe okienko w drzwiach widziała puste krzesło. Matt siedział obok, a wyraz jego twarzy przestraszył ją jeszcze bardziej. Cały czas zerkał w stronę stolika Stefano z ponurą miną.

Elena odruchowo odsunęła się od drzwi. Niczym automat wspięła się po schodach i weszła do swojej klasy na matematykę. Kiedy otworzyła drzwi, zobaczyła, że wszystkie twarze zwracają się w jej stronę. Podeszła szybkim krokiem do stolika obok Meredith.

Pani Halpern na chwilę przerwała lekcję i popatrzyła na nią, a potem dalej prowadziła wykład. Kiedy nauczycielka odwróciła się do tablicy, Elena zerknęła na Meredith.

Meredith wzięła ją za rękę.

– Wszystko w porządku? – szepnęła.

– Nie wiem – odpowiedziała Elena głupio. Czuła, jakby samo powietrze w klasie dusiło ją, jakby przygniatał ją jakiś ciężar. Palce Meredith były ciepłe i suche. – Meredith, czy ty wiesz, co się stało ze Stefano?

– Chcesz powiedzieć, że ty nie wiesz? – Meredith otworzyła szerzej ciemne oczy i Elena poczuła, że coś ją gniecie, jakiś wielki ciężar robi się nie do wytrzymania. Zupełnie jakby się znalazła gdzieś bardzo głęboko pod wodą bez ochronnego skafandra.

– Nie aresztowali go, prawda? – spytała, wyduszając z siebie te słowa.

– Gorzej. Zniknął. Policja wczesnym rankiem przyjechała do jego pensjonatu, a jego tam nie było. Przyjechali też do szkoły, ale wcale się tu dziś nie pokazał. Powiedzieli, że samochód znaleźli porzucony przy Old Creek Road. Eleno, oni uważają, że uciekł, bo jest winny.

– To nieprawda – powiedziała Elena przez zaciśnięte zęby. Widziała, że ludzie się odwracają i zaczynają na nią patrzeć, ale było jej wszystko jedno. – On jest niewinny!

– Wiem, że tak uważasz, Eleno, ale dlaczego uciekał?

– On by tego nie zrobił. Nie mógłby. – Coś w Elenie rozgorzało ogniem, gniewem, który zepchnął strach na dalszy plan. Oddychała z trudem. – Nigdy by nie wyjechał z własnej woli.

– Chcesz powiedzieć, że ktoś go do tego zmusił? Ale kto? Tyler by się nie odważył...

– Zmusił go albo jeszcze gorzej – przerwała Elena. Cała klasa patrzyła już na nie obie, a pani Halpern właśnie otwierała usta. Elena nagle wstała z miejsca. Miała otwarte oczy, ale nie widziała niczego dokoła. – Niech Bóg ma go w swojej opiece, jeśli skrzywdził Stefano – zawodziła. – Niech go ma w opiece. – A potem odwróciła się i ruszyła do drzwi.

– Eleno, wracaj tu! Eleno! – słyszała za sobą wołanie Meredith i pani Halpern. Szła przed siebie coraz szybciej, widząc tylko to, co znajdowało się bezpośrednio na jej drodze. Skoncentrowała się na jednej myśli.

Pomyślą, że chce ścigać Tylera Smallwooda. Dobrze. Zmarnują czas, szukając jej, gdzie nie trzeba. Wiedziała, co musi zrobić.

Wybiegła ze szkoły. Powietrze było chłodne, jesienne. Szła szybko, prędko pokonując dystans dzielący ją od Old Creek Road. Stamtąd poszła w stronę mostu Wickery i cmentarza.

Lodowaty wiatr szarpał ją za włosy i kłuł w twarz. Liście dębów fruwały wkoło niej i wirowały w powietrzu. Ale w sercu wciąż czuła ogień, który nie dopuszczał do niej zimna. Wiedziała teraz, co znaczy furia. Minęła purpurowe buki i płaczące wierzby. Znalazła się w samym środku cmentarza i rozejrzała wkoło rozgorączkowanym wzrokiem.

Ponad nią chmury płynęły po niebie stalowoszarą rzeką. Gałęzie dębów i buków obijały się o siebie dziko. Poryw wiatru cisnął jej w twarz garść liści. Zupełnie jakby stary cmentarz próbował ją wypędzić. Jakby demonstrował jej swoją siłę, szykując się, żeby zrobić jej krzywdę.

Elena zignorowała to wszystko. Okręciła się na pięcie, płonącym spojrzeniem wypatrując czegoś między nagrobkami. A potem znów się obejrzała za siebie i krzyknęła prosto w dziko wiejący wiatr. To było tylko jedno słowo, ale wiedziała, że tym słowem go sprowadzi:

– Damonie!

Walka

ROZDZIAŁ 1

Damonie!
Lodowaty wiatr smagał Elenę w twarz, rozwiewał jej włosy, szarpiąc za lekki sweterek. Liście dębów wirowały wśród rzędów granitowych nagrobków, a gałęzie drzew gięły się od podmuchów wiatru. Elenie marzły ręce i wargi, policzki drętwiały z zimna, ale dzielnie stawiała czoło szalejącej wichurze i wołała w jej stronę:

– Damonie!

Ta pogoda to popis jego siły, którym zamierzał ją przerazić. Nie udało się. Myśl, że tej samej mocy użyje przeciwko Stefano, budziła w niej furię, której płomień przeciwstawiała wiatrowi. Jeśli Damon zrobił coś Stefano, jeśli Damon go skrzywdził...

– Odpowiedz mi, do diabła! – krzyknęła w stronę dębów okalających cmentarz.

Zwiędły liść dębu chlasnął ją po stopie jak pomarszczona, brunatna dłoń, ale nie doczekała się żadnej odpowiedzi. W górze niebo poszarzało jak szkło, było bure jak otaczające ją nagrobki. Gniew i bezradność ścisnęły Elenę za gardło. Zwątpiła. Pomyliła się. Damona tu jednak nie było, znalazła się sam na sam z wyjącym wiatrem.

Zawróciła i cicho krzyknęła.

Stał za nią tak blisko, że odwracając się, dotknęła jego ubrania. Powinna była zorientować się, że stoi za nią jakiś człowiek, powinna była wyczuć ciepło jego ciała i usłyszeć oddech. Ale Damon nie był człowiekiem.

Cofnęła się parę kroków, zanim zdołała się powstrzymać. Instynkt przetrwania, który milczał, kiedy wołała w gwałtownie wiejącą wichurę, teraz błagał ją, żeby rzuciła się do ucieczki.

Zacisnęła dłonie w pięści.

– Gdzie jest Stefano?

Między ciemnymi brwiami Damona pojawiła się pionowa zmarszczka.

– Jaki Stefano?

Elena podeszła bliżej i spoliczkowała go.

Uderzyła go bez zastanowienia, potem nie mogła uwierzyć, że to zrobiła. Ale to był mocny policzek, wymierzony z całą siłą, jaką miała, i głowa Damona aż odskoczyła na bok. Dłoń ją zabolała. Stała, próbując uspokoić oddech, i przyglądała mu się.

Ubrany był jak wtedy, kiedy widziała go po raz pierwszy. Miękkie czarne buty, czarne dżinsy, czarny sweter i skórzana kurtka. I był podobny do Stefano. Nie rozumiała, dlaczego wcześniej jej to umknęło. Miał takie same ciemne włosy, taką samą bladą cerę, był tak samo niepokojąco przystojny. Ale włosy miał proste, nie falujące, oczy czarne jak noc, a usta okrutne.

Powoli odwrócił głowę, chcąc na nią spojrzeć, a ona dostrzegła, że uderzony policzek szybko podbiega mu krwią.

– Nie okłamuj mnie – powiedziała drżącym głosem. – Wiem, kim jesteś. Wiem, czym jesteś. Wczoraj wieczorem zabiłeś pana Tannera. A teraz Stefano zniknął.

– Doprawdy?

– Wiesz, że tak!

Damon wyszczerzył zęby w uśmiechu, który błyskawicznie zniknął.

– Ostrzegam cię, jeżeli go skrzywdziłeś…

– To co? – spytał. – Co zrobisz, Eleno? Co ty mi możesz zrobić?

Elena umilkła. Dopiero teraz zauważyła, że wiatr ucichł. Wkoło nich zapadła śmiertelna cisza, zupełnie jakby stali bez ruchu w samym środku jakiegoś wielkiego kręgu mocy. Miało się wrażenie, że wszystko – ołowiane niebo, dęby i purpurowe buki, sama ziemia – było z nim jakoś połączone, jakby Damon z tego wszystkiego czerpał moc. Stał z głową lekko przekrzywioną na bok, oczy miał bezdenne i pełne dziwnych błysków.

– Nie wiem – szepnęła. – Ale coś wymyślę. Możesz mi wierzyć.

Roześmiał się nagle, a serce Eleny zaczęło bić mocniej. Boże, jaki on był piękny. Przystojny to za słabe i nijakie określenie. Jak zwykle uśmiech igrał na jego ustach zaledwie chwilę, ale jego ślad został w oczach.

– Ależ wierzę ci – zapewnił, odprężając się i rozglądając po cmentarzu. A potem odwrócił się do niej i wyciągnął rękę. – Jesteś zbyt wiele warta dla mojego brata – dodał lekko.

Elena miała ochotę uderzyć w wyciągniętą rękę, ale nie chciała znów go dotykać.

– Powiedz mi, gdzie on jest.

– Może później... Ale nie za darmo. – Cofnął dłoń dokładnie w tej samej chwili, w której Elena dostrzegła na niej pierścionek, taki sam jaki nosi Stefano: srebrny, z lazurytem. Zapamiętaj to, pomyślała zajadle. To ważne.

– Mój brat – ciągnął Damon – to głupiec. Wydaje mu się, że skoro jesteś podobna do Katherine, to będziesz też równie słaba i uległa jak ona. Ale myli się. Czułem twój gniew z drugiego krańca miasta. Czuję go i teraz, białe światło, zupełnie jak słońce na pustyni. Masz w sobie siłę, Eleno, nawet teraz. Ale mogłabyś być o wiele silniejsza...

Wpatrywała się w niego, nic nie pojmując, niezadowolona ze zmiany tematu.

– Nie wiem, o czym mówisz. Ani co to ma wspólnego ze Stefano?

– Mówię o mocy, Eleno. – Nagle podszedł do niej o krok i utkwił w niej oczy, mówiąc cicho i nagląco. – Próbowałaś wszystkiego, ale nic nie dało ci satysfakcji. Jesteś dziewczyną, która ma wszystko, ale zawsze istniało coś, co znajdowało się poza twoim zasięgiem, coś, czego rozpaczliwie pragniesz, a nie masz. Właśnie to ci oferuję, Eleno. Moc. Wieczne życie. I uczucia, jakich nigdy wcześniej nie zaznałaś.

Wtedy nagle zrozumiała i poczuła w ustach gorycz żółci. Zakrztusiła się z przerażenia i odrazy.

– Nie.

– Dlaczego nie? – szepnął. – Dlaczego tego nie spróbować, Eleno? Bądź szczera. Czy jakaś część ciebie tego nie chce? – W jego ciemnych oczach były ogień i emocje, które ją hipnotyzowały i nie pozwalały odwrócić wzroku. – Mogę rozbudzić w tobie uczucia, do których jesteś zdolna, a które są uśpione. Jesteś dość silna, żeby żyć w mroku, żeby się nim cieszyć. Dlaczego nie skorzystać z tej mocy, Eleno? Pozwól, żebym ci pomógł.

– Nie! – Z trudem oderwała od niego wzrok. Nie będzie na niego patrzyła, nie pozwoli mu zrobić sobie tego. Nie pozwoli mu sprawić, żeby zapomniała... Żeby zapomniała o...

– To właśnie największy sekret – stwierdził. Głosem pieścił ją tak samo jak czubkami palców, które dotknęły jej szyi. – Będziesz szczęśliwsza niż kiedykolwiek przedtem.

Jest coś okropnie ważnego, o czym powinna pamiętać. Korzystał z mocy, żeby zapomniała, ale ona na to nie pozwoli.

– I będziemy razem, ty i ja. – Chłodne palce gładziły jej szyję, wślizgując się pod kołnierz swetra. – Tylko my dwoje, na zawsze.

Poczuła nagłe ukłucie bólu, kiedy jego palce przesunęły się po dwóch maleńkich rankach na jej szyi, i rozjaśniło jej się w głowie.

Chciał, żeby zapomniała o... Stefano.

Właśnie Stefano usiłował usunąć z jej myśli. Wspomnienie jego zielonych oczu i uśmiechu, za którym zawsze krył się smutek. Ale nic nie mogło wyrwać go z jej myśli, nie po tym, co ze sobą przeżyli. Odsunęła się od Damona, odpychając chłodne palce. Spojrzała mu prosto w oczy.

– Ja już znalazłam to, czego chcę – oznajmiła. – I tego, z kim chcę być na zawsze.

W oczach Damona zgęstniała czerń; zimna wściekłość, która zelektryzowała powietrze pomiędzy nimi. Patrząc w te oczy, Elena pomyślała o kobrze szykującej się do ataku.

– Chociaż ty nie bądź taka bezdennie głupia jak mój brat – wycedził. – Bo inaczej będę musiał potraktować cię tak samo.

Przestraszyła się. Nic na to nie mogła poradzić, nie kiedy ogarniało ją to zimno, od którego drętwiały kości. Wiatr znów zaczynał się wzmagać, szarpać gałęziami drzew.

– Damonie, powiedz mi, gdzie on jest.

– W tej chwili? Nie wiem. Nie możesz przestać o nim myśleć nawet na moment?

– Nie! – Zadrżała. Wiatr znowu rozwiał jej włosy.

– I to jest twoja ostateczna odpowiedź? Eleno, zastanów się dobrze, zanim zaczniesz ze mną tę grę. Konsekwencje mogą wcale nie być zabawne.

– Jestem pewna. – Musiała go powstrzymać, zanim znów ją zdominuje. – I nie zdołasz mnie zastraszyć, Damonie. A może nie zauważyłeś? W tej samej chwili, w której Stefano powiedział mi, kim jesteś, co zrobiłeś, straciłeś wszelką władzę, jaką mogłeś nade mną mieć. Nienawidzę cię. Brzydzę się tobą. I nic mi nie możesz zrobić, już nie.

Twarz mu się zmieniła, wykrzywiła się i zastygła w goryczy i okrucieństwie. Roześmiał się i tym razem ten śmiech ciągnął się bez końca.

– Nic? – wysyczał. – Mogę zrobić wszystko i tobie, i tym, których kochasz. Nie masz pojęcia, co mogę zrobić. Ale się przekonasz.

Cofnął się, a podmuch wiatru chlasnął Elenę jak ostrze noża. Miała wrażenie, że gorzej widzi, zupełnie jakby powietrze przed jej oczyma wypełniło się plamkami światła.

– Idzie zima, Eleno – powiedział głosem spokojnym i opanowanym, nawet wśród tej szalejącej wichury. – Bezlitosna pora roku. Ale zanim przyjdzie, dowiesz się, co mogę i czego nie mogę zrobić. Zanim nadejdzie, dołączysz do mnie. Będziesz moja.

Wirująca biel oślepiała ją, nie widziała już Damona. Teraz także jego głos zaczynał zanikać. Objęła się ramionami, pochyliła głowę, drżała na całym ciele. Szepnęła:

– Stefano...

– Jeszcze jedno. – Znów dobiegł ją głos Damona. – Pytałaś wcześniej o mojego brata. Nawet nie próbuj go szukać, Eleno. Wczoraj w nocy go zabiłem.

Gwałtownie uniosła głowę, ale nie widziała nic, tylko tę oblepiającą biel, która parzyła jej nos i policzki i zlepiała rzęsy.

Był pierwszy listopada i padał śnieg. Słońce zniknęło z nieba.

ROZDZIAŁ 2

Nienaturalny zmierzch zawisł nad opuszczonym cmentarzem. Śnieg nie pozwalał Elenie widzieć wyraźnie, a od wiatru drętwiała, jakby weszła do lodowatej wody. Mimo to uparcie nie zawracała w stronę nowego cmentarza i biegnącej za nim drogi. O ile się orientowała, most Wickery leżał na wprost. Skierowała się w tę stronę.

Policja znalazła porzucony samochód Stefano niedaleko Old Creek Road. To znaczy, że musiał go zostawić gdzieś między Drowning Creek a lasem. Elena potykała się na zarośniętej cmentarnej ścieżce, ale szła uparcie z pochyloną głową, ściskając lekki sweter. Od zawsze znała ten cmentarz i mogła znaleźć na nim drogę z zamkniętymi oczami.

Kiedy doszła do mostu, dygotała tak, że czuła ból. Teraz śnieg nie padał już tak gęsto, ale wiatr jeszcze się wzmógł. Przenikał przez jej ubranie, jakby było zrobione z bibułki, i zapierał dech w piersiach.

Stefano, pomyślała i skręciła na Old Creek Road. Nie wierzyła w to, co powiedział Damon. Gdyby Stefano zginął, ona by wiedziała. Żył, był gdzieś i musiała go znaleźć. Mógł być gdziekolwiek w tej wirującej bieli, mógł być ranny, zamarzać. Jak przez mgłę do Eleny docierało, że już nie postępuje racjonalnie. Wszystkie myśli zastąpiła tylko ta jedna. Stefano. Znaleźć Stefano.

Coraz trudniej było trzymać się drogi. Po prawej stronie rosły dęby, po lewej bystro płynęły wody Drowning Creek. Potknęła się i zwolniła kroku. Wiatr już nie był aż tak ostry, ale czuła okropne zmęczenie. Chociaż na minutę musiała usiąść i odpocząć.

Kiedy osunęła się na ziemię, nagle zdała sobie sprawę, jak niemądrze postąpiła, wyruszając na poszukiwanie Stefano. Przecież on do niej przyjdzie. Wystarczy, że tu posiedzi i na niego zaczeka. Pewnie właśnie do niej idzie.

Elena zamknęła oczy i oparła głowę na podciągniętych kolanach. Zrobiło jej się teraz o wiele cieplej. Błądziła myślami i zobaczyła w nich Stefano, Stefano, który się do niej uśmiechał. Ramiona, którymi ją obejmował, były silne i dawały poczucie bezpieczeństwa, a ona odprężyła się zadowolona, że już nie musi czuć tego lęku i napięcia. Trafiła do domu. Znalazła swoje miejsce. Stefano nigdy by nie pozwolił, żeby stało jej się coś złego.

Ale potem, zamiast ją przytulić, Stefano zaczął nią potrząsać. Zakłócał ten cudowny spokój i odpoczynek. Zobaczyła jego twarz, bladą i zaniepokojoną, jego zielone oczy pociemniałe bólem. Próbowała go poprosić, żeby przestał, ale nie chciał słuchać. Eleno, wstawaj, powiedział, a ona czuła, że te zielone oczy zmuszają ją, żeby posłuchała. Eleno, wstawaj, już...

– Eleno, wstawaj! – Głos był wysoki, piskliwy i przerażony. – No chodź, Eleno! Wstawaj! Nie damy rady cię zanieść!

Mrugając powiekami, Elena skupiła wzrok na jakiejś twarzy. Drobnej, w kształcie serca, z jasną, niemal przezroczystą cerą, otoczonej burzą miękkich, rudych loczków. Szeroko otwarte brązowe oczy, z drobinkami śniegu osiadłymi na rzęsach, wpatrywały się w nią z niepokojem.

– Bonnie – powiedziała powoli. – Co ty tu robisz?

– Pomogła mi cię znaleźć – odpowiedział inny, niższy głos z drugiej strony Eleny. Odwróciła się lekko i dostrzegła idealne łuki brwi i oliwkową cerę. Ciemne oczy Meredith, zwykle tak ironiczne, teraz też były pełne troski. – Wstawaj, Eleno, chyba że naprawdę chcesz się zamienić w Królową Śniegu.

Cała była zasypana śniegiem, pokrywał ją jak biały futrzany płaszcz. Elena wstała, pokonując zesztywnienie, i ciężko wsparła się na dziewczynach. Odprowadziły ją do samochodu Meredith.

W samochodzie powinno być jej cieplej, ale zakończenia nerwowe w ciele Elęny znów zaczynały ożywać, przyprawiając ją o dreszcz, który mówił jej, jak bardzo zmarzła. Zima to bezlitosna pora roku, pomyślała. Meredith prowadziła.

– Co się dzieje, Eleno? – spytała Bonnie z tylnego siedzenia. – Co się z tobą dzieje, dlaczego uciekłaś ze szkoły? I jak mogłaś przyjść właśnie tutaj?

Elena zawahała się, a potem pokręciła głową. Bardzo chciała móc opowiedzieć wszystko Bonnie i Meredith. Opowiedzieć im tę straszliwą historię o Stefano i Damonie, i o tym, co naprawdę spotkało wczoraj wieczorem pana Tannera – i o tym, co było później. Ale nie mogła. Nawet gdyby one jej uwierzyły, to nie był jej sekret, nie wolno jej go wyjawić.

– Wszyscy cię szukają – powiedziała Meredith. – Cała szkoła się denerwuje, a twoja ciotka odchodzi od zmysłów.

– Przepraszam – wykrztusiła Elena bezbarwnym głosem, próbując opanować gwałtowne dreszcze. Skręciły na Maple Street i zatrzymały się przed jej domem.

Ciotka Judith czekała z ogrzanymi kocami.

– Wiedziałam, że jeśli cię znajdą, będziesz zmarznięta na kość – oznajmiła pogodnym głosem, przytulając Elenę. – Śnieg następnego dnia po Halloween! W głowie się nie mieści. Gdzie ją znalazłyście?

– Na Old Creek Road, za mostem – odparła Meredith.

Szczupła twarz ciotki Judith zbielała.

– Przy cmentarzu? Tam, gdzie doszło do tamtych ataków? Eleno, jak mogłaś... – Urwała, patrząc na siostrzenicę. – Nie będziemy o tym w tej chwili rozmawiać – dodała, próbując znów przybrać pogodny ton. – Chodź, zdejmiesz przemoczone ubranie.

– Kiedy się wysuszę, muszę tam wrócić – odezwała się Elena. Wróciła jej jasność umysłu; wiedziała, że nie spotkała Stefano, to był tylko sen. Stefano się nie odnalazł.

– Wykluczone – odezwał sie Robert, narzeczony cioci Judith. Do tej pory Elena go nie zauważyła. Nie sposób było dyskutować, kiedy mówił tym tonem. – Policja poszukuje Stefano, nie wtrącaj się w ich pracę – dodał.

– Policja uważa, że to on zabił pana Tannera. Ale on tego nie zrobił. Wiecie o tym, prawda? – Kiedy ciocia Judith pomagała jej zdjąć przemoczony sweter, Elena szukała wzrokiem wsparcia, ale wszystkie przyjaciółki i ciocia Judith miały podobne miny. – Wiecie, że on tego nie zrobił – powtórzyła niemal rozpaczliwie.

Zapadło milczenie.

– Eleno... – powiedziała wreszcie Meredith. – Nikt nie chce myśleć, że to on to zrobił. Ale... No cóż, jego ucieczka nie wyglądała dobrze.

– On nie uciekł. Nie uciekł! On nie...

– Spokojnie, Eleno – uspokoiła ją ciocia Judith. – Nie denerwuj się. Moim zdaniem chyba się przeziębiłaś. Jest bardzo zimno, a wczoraj w nocy spałaś zaledwie kilka godzin... – Położyła dłoń na policzku Eleny.

Nagle Elena poczuła, że dłużej tego nie zniesie. Nikt jej nie wierzył, przyjaciółki i rodzina też nie. W tej chwili czuła się otoczona przez wrogów.

– Nie jestem chora! – zawołała, odsuwając się. – I wcale nie zwariowałam... Nieważne, co wam się wydaje. Stefano nie uciekł ani nie zabił pana Tannera i nic mnie nie obchodzi, że mi nie wierzycie... – Urwała, krztusząc się własnymi słowami. Pozwoliła, by ciotka zaprowadziła ją na górę, ale nie chciała położyć się do łóżka. Kiedy się rozgrzała, zeszła i usiadła w salonie na kanapie niedaleko kominka, otulona kocami. Telefon przez całe popołudnie dzwonił i słyszała, jak ciotka Judith rozmawia z przyjaciółmi, sąsiadami, z nauczycielkami. Wszystkich zapewniała, że Elenie nic nie jest. Że ta wczorajsza tragedia wstrząsnęła nią, i to wszystko, a teraz ma chyba lekką gorączkę. Ale kiedy odpocznie, dojdzie do siebie.

Meredith i Bonnie siedziały obok niej.

– Chcesz pogadać? – spytała cicho Meredith.

Elena pokręciła głową, wpatrując się w ogień. Wszyscy byli przeciwko niej. A ciocia Judith myliła się: Elena wcale nie czuła się dobrze. I nie poczuje się dobrze, dopóki nie odnajdzie Stefano.

Odwiedził ją Matt. Jasne włosy miał oprószone śniegiem, tak samo jak granatową kurtkę. Elena spojrzała na niego z nadzieją. Wczoraj Matt pomógł uratować Stefano, kiedy reszta szkoły chciała go zlinczować. Ale dzisiaj odpowiedział na jej pełne nadziei spojrzenie wzrokiem pełnym powagi i żalu, a troska w jego oczach dotyczyła wyłącznie Eleny.

Poczuła okropne rozczarowanie.

– Co tu robisz? – spytała ostro. – Dotrzymujesz obietnicy, że będziesz o mnie dbał?

W oczach Matta pojawiła się uraza, ale zareagował spokojnie:

– Częściowo, być może. Ale dbałbym o ciebie tak czy inaczej, niezależnie od obietnicy. Martwiłem się o ciebie. Posłuchaj, Eleno…

Nie miała nastroju do słuchania kogokolwiek.

– No cóż, czuję się świetnie, dzięki. Zapytaj kogokolwiek w domu. Wszyscy to potwierdzą. Więc możesz przestać się martwić. Poza tym nie wiem, czemu miałbyś dotrzymywać obietnicy danej mordercy.

Zaskoczony Matt zerknął na Meredith i Bonnie. A potem bezradnie pokręcił głową.

– Jesteś niesprawiedliwa.

Elena na sprawiedliwość też nie miała nastroju.

– Mówiłam ci, możesz się już o mnie nie martwić, o moje sprawy też nie. Wszystko w porządku, dzięki.

Nie zostało nic do powiedzenia. Matt skierował się do drzwi w tej samej chwili, w której ciotka Judith pojawiła się z kanapkami.

– Przepraszam, muszę już iść – mruknął. Wyszedł i nie obejrzał się za siebie.

Meredith, Bonnie, ciocia Judith i Robert usiłowali rozmawiać, jedząc przy kominku wczesną kolację. Elena nie mogła nic przełknąć i nie chciała rozmawiać. Jedynie młodsza siostra Eleny, Margaret, nie była przygnębiona. Z optymizmem czterolatki przytuliła się do Eleny i zaproponowała jej słodycze, które zebrała w Halloween.

Elena mocno przytuliła siostrę, na chwilę wtulając twarz w popielatoblond włosy Margaret. Gdyby Stefano mógł się do niej odezwać, przekazać jej jakąś wiadomość, już by to zrobił. Żadna siła na świecie nie powstrzymałaby go, chyba że był poważnie ranny albo utkwił w jakiejś pułapce, albo...

Nie mogła sobie pozwolić na myślenie o tym ostatnim „albo". Stefano żyje, na pewno żyje. Damon to kłamca.

Ale Stefano znalazł się w tarapatach, a ona musiała go odnaleźć. Martwiła się o niego przez cały wieczór, desperacko usiłując wymyślić jakiś plan. Co do jednego miała pewność: będzie musiała działać sama. Nikomu nie mogła ufać.

Ściemniało się. Elena poruszyła się na kanapie i udała, że ziewa.

– Jestem zmęczona – powiedziała cicho. – Może mimo wszystko coś mnie bierze. Chyba pójdę do łóżka.

Meredith przyglądała jej się uważnie.

– Tak sobie właśnie myślałam, proszę pani – zwróciła się do cioci Judith – że może Bonnie i ja powinnyśmy zostać na noc. Dotrzymać Elenie towarzystwa.

– Jaki miły pomysł – ucieszyła się ciocia Judith. – O ile tylko wasi rodzice nie będą mieli nic przeciwko, chętnie was przenocuję.

– Do Herron jest daleko. Chyba też zostanę – wtrącił Robert. – Mogę się przespać tu, na kanapie.

Ciocia Judith protestowała, że na górze jest dość gościnnych sypialni, ale Robert się uparł. Powiedział, że na kanapie będzie mu najwygodniej.

Elena rzuciła jedno spojrzenie w stronę holu, skąd doskonale widać było drzwi wyjściowe, i siedziała dalej nieruchomo. Zaplanowali sobie to wszystko już wcześniej, a nawet jeśli nie, to teraz działali zgodnie. Chcieli mieć pewność, że ona nie wymknie się z domu.

Kiedy nieco później wyszła z łazienki, owinięta czerwonym jedwabnym kimonem, zastała Meredith i Bonnie siedzące na jej łóżku.

– No cóż, witajcie, Rozenkranc i Gildenstern – syknęła z goryczą.

Bonnie, która siedziała ze zgnębioną miną, teraz się przeraziła. Spojrzała na Meredith niepewnie.

– Myśli, że jesteśmy szpiegami jej ciotki – wyjaśniła Meredith. – Eleno, powinnaś rozumieć, żc tak nie jest. W ogóle nam nie ufasz?

– Nie wiem. A mogę?

– Tak, bo jesteśmy twoimi przyjaciółkami. – Zanim Elena zdołała zrobić jeden ruch, Meredith zeskoczyła z łóżka i zatrzasnęła drzwi, a potem stanęła naprzeciw Eleny. – A teraz, chociaż raz w życiu, posłuchaj mnie, ty mała idiotko. To prawda, że nie wiemy, co mamy myśleć o Stefano. Ale czy ty nie rozumiesz, że to jest twoja wina? Odkąd się z nim zeszłaś, odcinasz się od nas. Działy się różne rzeczy, o których nic nam nie mówiłaś. A przynajmniej nie opowiadałaś nam wszystkiego. Ale mimo to, mimo wszystko, my nadal tobie ufamy. Nadal się o ciebie troszczymy. Nadal jesteśmy po twojej stronie, Eleno, i chcemy ci pomóc. A jeśli ty tego nie rozumiesz, to naprawdę jesteś kompletną idiotką.

Elena powoli przeniosła wzrok z zatroskanej, przejętej twarzy Meredith na bladą buzię Bonnie. Bonnie pokiwała głową.

– To prawda. – Mrugała szybko, jakby chciała powstrzymać łzy. – Nawet jeśli ty już nas nie lubisz, my lubimy ciebie.

Elena poczuła, że jej oczy też napełniają się łzami, i nie mogła już wytrzymać z zawziętą miną. A potem Bonnie zeskoczyła z łóżka i wszystkie trzy się uściskały, a Elena nie zdołała powstrzymać łez, które popłynęły jej po twarzy.

– Przepraszam, że z wami nie rozmawiałam – przyznała ze skruchą. – Wiem, że tego nie zrozumiecie, i nawet nie mogę wam powiedzieć, dlaczego coś ukrywam. Po prostu nie mogę. Ale jest jedna rzecz, którą mogę wam powiedzieć. – Cofnęła się, otarła policzki i spojrzała na dziewczyny poważnie. –

Nieważne, ile jest dowodów przeciwko Stefano, on nie zabił pana Tannera. Wiem, że go nie zabił, bo wiem, kto to zrobił. I to jest ta sama osoba, która zaatakowała Vickie i tamtego starego człowieka pod mostem. I... – Przerwała i zastanawiała się chwilę. – I, Bonnie, och, wydaje mi się, że on też zabił Jangcy.

– Jangcy? – Bonnie szeroko otworzyła oczy. – Ale dlaczego miałby chcieć zabić psa?

– Nie wiem, ale był tam tamtej nocy w twoim domu. I był... zły. Przykro mi, Bonnie.

Bonnie pokręciła głową oszołomiona. Meredith zdziwiła się:

– Dlaczego nie powiedziałaś policji?

Śmiech Eleny zabrzmiał nieco histerycznie.

– Nie mogę. To nie sprawa dla nich. I to jest kolejna rzecz, której nie mogę wam wyjaśnić. Powiedziałyście, że nadal mi ufacie: no cóż, w tej sprawie musicie właśnie po prostu mi zaufać.

Bonnie i Meredith spojrzały po sobie, a potem zerknęły na narzutę łóżka, której haft Elena nerwowo skubała palcami. Wreszcie Meredith powiedziała:

– Dobrze. Jak możemy pomóc?

– Nie wiem. Nie da się, chyba że... – Elena urwała i spojrzała na Bonnie. – Chyba że – ciągnęła zmienionym głosem – pomożesz mi znaleźć Stefano.

Brązowe oczy Bonnie wypełniło ogromne i niekłamane zdziwienie.

– Ja? Ale co ja mogę zrobić? – A potem, słysząc, jak Meredith głośno bierze wdech, dodała: – Aha... Aha.

– Tego dnia, kiedy poszłam na cmentarz, wiedziałaś, gdzie jestem – przypomniała Elena. – A nawet przewidziałaś, że Stefano pojawi się w szkole.

– Myślałam, że nie wierzysz w moje parapsychiczne zdolności – odparła Bonnie słabym głosem.

– Od tamtej pory zrozumiałam to i owo. W każdym razie gotowa jestem uwierzyć we wszystko, jeśli to pomoże znaleźć Stefano. Jeśli jest jakakolwiek szansa, że to pomoże.

Bonnie zgarbiła się, jakby chciała, żeby jej drobna postać jeszcze się zmniejszyła.

– Elena, ty nie rozumiesz. Ja nie mam wprawy, to nie jest coś, co potrafię kontrolować. No i... To nie zabawa, już nie. Im częściej korzysta się z takich mocy, tym bardziej one same zaczynają posługiwać się tobą. Wreszcie może się skończyć na tym, że mnie obezwładnią. To niebezpieczne.

Elena wstała i podeszła do toaletki z wiśniowego drewna, patrząc na nią, ale jej nie widząc. Wreszcie odwróciła się do dziewczyn.

– Masz rację, to nie jest zabawa. I wierzę w to, co mówisz o niebezpieczeństwie. Ale dla Stefano to też nie jest zabawa. Bonnie, moim zdaniem on gdzieś tam jest, i to poważnie ranny. I nikt mu nie pomoże, nikt nawet go nie szuka, pomijając jego wrogów. Może w tej chwili umiera. Może... Może już... – Gardło jej się ścisnęło. Pochyliła głowę nad toaletką i zmusiła się, żeby wziąć głęboki oddech, próbując się uspokoić. Kiedy podniosła oczy, zobaczyła, że Meredith zerka na Bonnie.

Bonnie wyprostowała się jak struna. Uniosła brodę i zacisnęła usta. A w jej zwykle łagodnych brązowych oczach, którymi teraz spojrzała w oczy Eleny, zalśniło stanowcze światełko.

– Potrzebna nam będzie świeca – powiedziała.

Zapałka z trzaskiem rozbłysła iskrami w ciemności, a potem jasnym płomieniem zapłonęła świeca. Jej światło objęło złotawym blaskiem bladą twarz pochylającej się nad nią Bonnie.

– Będę potrzebowała was obu, żeby się skoncentrować – wyjaśniła. – Patrzcie w płomień świecy i myślcie o Stefano. Wyobrażajcie go sobie. I nieważne, co się będzie działo, macie patrzeć w płomień. I proszę, żebyście w żadnym razie nic nie mówiły.

Elena pokiwała głową, a później w pokoju słychać było tylko ich ciche oddechy. Płomień świecy drżał i tańczył, rzucając świetlne wzory na trzy siedzące wkoło niego dziewczyny. Bonnie, z zamkniętymi oczami, oddychała głęboko i powoli jak ktoś zapadający w sen.

Stefano, myślała Elena, spoglądając w płomień i próbując przelać w tę myśl całą siłę woli. Przywoływała go w myślach wszystkimi dostępnymi zmysłami. Szorstkość wełnianego swetra pod jej policzkiem, zapach skórzanej kurtki, siła obejmujących ją ramion. Och, Stefano...

Rzęsy Bonnie zadrgały, zaczęła szybciej oddychać jak śpiący, który ma zły sen. Elena z determinacją nie odrywała wzroku od płomienia świecy, ale kiedy Bonnie przerwała milczenie, zimny dreszcz przebiegł jej po kręgosłupie.

Najpierw był to jęk, odgłos bólu. Potem Bonnie odrzuciła głowę do tyłu, a jej płytki, urywany oddech przeszedł w słowa.

– Sam... – zaczęła i urwała. Elena wbiła sobie paznokcie w skórę dłoni. – Sam... W ciemności – dodała Bonnie. Jej przepełniony bólem głos dobiegał jak z oddali.

Na chwilę zamilkła, a potem znów zaczęła mówić, bardzo szybko.

– Jest ciemno i zimno. I jestem sam. Coś jest za mną... Ostre i twarde. Kamienie. Przedtem mnie uwierały, ale teraz już nie. Cały zdrętwiałem z zimna. Tak tu zimno... – Bonnie zwinęła się, jakby usiłowała się od czegoś odsunąć, a potem roześmiała się okropnie, jakby szlochała. – To... zabawne. Nigdy nie sądziłem, że tak bardzo będę chciał zobaczyć słońce. Ale tu jest ciągle tak ciemno. I zimno. Woda sięga mi do szyi, jest jak lód. To też zabawne. Ta woda wszędzie, a ja umieram z pragnienia. Tak mi się chce pić... Boli...

Elena poczuła, że serce jej się ściska. Bonnie znalazła się wewnątrz umysłu Stefano i kto wie, co jeszcze zdoła w nim odkryć? Stefano, powiedz nam, gdzie jesteś, myślała rozpaczliwie. Rozejrzyj się wkoło i powiedz, co widzisz.

– Pić. Potrzebuję... życia? – W głosie Bonnie pojawiło się powątpiewanie, jakby nie była pewna, jak ma ująć w słowach pewną myśl. – Jestem słaby. Powiedział, że zawsze będę tym słabszym. On jest silny... Zabójca. Ale ja też jestem zabójcą. Zabiłem Katherine, może zasługuję na śmierć. Dlaczego nie darować sobie tego wszystkiego?...

– Nie! – zaprotestowała Elena, zanim zdążyła się powstrzymać. W tej jednej sekundzie zapomniała o wszystkim poza bólem Stefano. – Stefano...

– Elena! – krzyknęła ostro Meredith w tej samej chwili. Bonnie pochyliła się naprzód, zamilkła. Przerażona Elena zrozumiała, co zrobiła.

– Bonnie, nic ci nie jest? Możesz go jeszcze raz odszukać? Nie chciałam...

Bonnie uniosła głowę. Oczy miała teraz otwarte, ale nie patrzyły ani na świecę, ani na Elenę. Kiedy się odezwała, głos miała zniekształcony, a Elenie aż zamarło serce. To nie był głos Bonnie, ale ona znała ten głos. Słyszała już raz ten głos, dobiegający z ust Bonnie wtedy, na cmentarzu.

– Eleno... – powiedział teraz głos. – Nie zbliżaj się do mostu. To śmierć, Eleno. Tam czeka twoja śmierć.

Elena złapała dziewczynę za ramiona i potrząsnęła.

– Bonnie! – prawie krzyknęła. – Bonnie!

– Co...? Och, nie. Puść. – Bonnie odezwała się słabym i cichym, ale już własnym głosem. Nadal pochylona dotknęła ręką czoła.

– Bonnie, nic ci nie jest?

– Nie... Chyba. Ale to było takie dziwne. – Podniosła wzrok, zamrugała oczami. – Eleno, o co chodziło z tym zabójcą?

– Pamiętasz to?

– Pamiętam wszystko. Nie umiem tego opisać, to było okropne. Ale co to znaczy?

– Nic – zbyła ją Elena. – Stefano miał halucynacje, to wszystko.

Wtrąciła się Meredith.

– On? Więc naprawdę uważasz, że zamieniła się w Stefano?

Elena pokiwała głową. Oczy ją zapiekły, zabolały. Odwróciła wzrok.

– Tak, moim zdaniem to był Stefano. I Bonnie chyba nawet powiedziała nam, gdzie on jest. Pod mostem Wickery, w wodzie.

ROZDZIAŁ 3

Bonnie wytrzeszczyła oczy.

– Nie pamiętam żadnego mostu. Dla mnie to wcale nie przypominało mostu.

– Ale sama tak powiedziałaś, na koniec. Myślałam, że pamiętasz… – Elena urwała. – Nie pamiętasz tej części – stwierdziła beznamiętnie. To nie było pytanie.

– Pamiętam, że byłam sama, w jakimś zimnym i ciemnym miejscu, i że czułam się słaba… I że chciało mi się pić. A może jeść? Sama nie wiem, ale potrzebowałam… czegoś. I prawie chciało mi się umrzeć. A potem mnie obudziłaś.

Elena i Meredith wymieniły spojrzenia.

– A potem – przypomniała jej Elena – powiedziałaś jeszcze coś takim dziwnym głosem. Powiedziałaś, żeby nie zbliżać się do mostu.

– Powiedziała, że to ty masz się do niego nie zbliżać – poprawiła ją Meredith. – Właśnie ty, Eleno. Powiedziała, że tam czeka śmierć.

– Nic mnie nie obchodzi, co tam czeka. Jeśli tam jest Stefano, to ja tam jadę.

– No to tam właśnie pojedziemy wszystkie – zdecydowała Meredith.

Elena się zawahała.

– Nie mogę was o to prosić – powiedziała powoli. – Tam może być niebezpiecznie… Chodzi mi o niebezpieczeństwo nieznanego wam rodzaju. Najlepiej byłoby, gdybym pojechała sama.

– Żartujesz sobie? – zaprotestowała Bonnie, wojowniczo wysuwając podbródek. – Uwielbiamy niebezpieczeństwo. Chcę być w trumnie młoda i piękna, zapomniałaś?

– Daj spokój – przerwała jej Elena. – Sama powiedziałaś, że to nie zabawa.

– Dla Stefano też nie – przypomniała im Meredith. – Niewiele mu pomożemy, siedząc tutaj.

Elena już zrzucała z siebie kimono i szła w stronę szafy.

– Lepiej ciepło się ubierzmy. Wybierzcie sobie, co chcecie, tylko się dobrze opatulcie.

Kiedy już ubrały się mniej więcej odpowiednio do pogody, Elena ruszyła do drzwi. A potem przystanęła.

– Robert – powiedziała. – Zauważy nas, gdy będziemy szły do drzwi.

Wszystkie razem odwróciły się i spojrzały w stronę okna.

– Och, super – westchnęła Bonnie.

Kiedy gramoliły się przez okno na wielki pigwowiec, Elena zauważyła, że śnieg przestał padać. Ale zimno szczypiące ją w policzki przypomniało jej o słowach Damona. Zima do okrutna pora roku, pomyślała i zadrżała.

W domu pogaszono wszystkie światła, włącznie z tymi w salonie. Robert musiał już pójść spać. Mimo to Elena wstrzymywała oddech, kiedy skradały się pod zaciemnionymi oknami. Samochód Meredith stał zaparkowany w głębi ulicy. W ostatniej chwili Elena zdecydowała się zabrać jakąś linę i teraz bezgłośnie otworzyła drzwi garażu. W Drowning Creek nurt był dość silny i niebezpiecznie było tam brodzić.

W napięciu jechały na obrzeże miasta. Kiedy mijały skraj lasu, Elenie przypomniało się, jak liście wirowały wkoło niej na cmentarzu. Przede wszystkim dębowe.

– Bonnie, czy liście dębu mają jakieś szczególne znaczenie? Czy twoja babka kiedykolwiek ci coś o nich wspominała?

– No cóż, dla druidów były święte. To znaczy wszystkie drzewa, ale dęby czcili najbardziej. Uważali, że duch dębów dawał im siłę.

Elena przetrawiała to w milczeniu. Kiedy dojechały do mostu i wysiadły z samochodu, spojrzała niepewnie w stronę dębów po prawej stronie drogi. Noc była jednak spokojna i dziwnie cicha, a zbrązowiałych liści, które jeszcze pozostały na gałęziach, nie poruszał najmniejszy podmuch wiatru.

– Uważajcie, czy nie zobaczycie wrony – powiedziała do Bonnie i Meredith.

– Wrony? – odezwała się Meredith ostro. – Takiej jak ta przed domem Bonnie w noc, kiedy zdechł Jangcy?

– Jak tej nocy, kiedy Jangcy został zabity. Tak. – Elena podeszła do ciemnej rzeki z mocno bijącym sercem. Mimo nazwy Drowning Creek to nie był strumień, ale rwąca rzeka o typowych dla tych stron gliniastych brzegach, które łączył most Wickery, drewniana konstrukcja sprzed prawie stu lat. Kiedyś można było przejeżdżać po nim wozami, teraz był to tylko most dla pieszych, którym i tak nikt nie chodził, bo znajdował się na uboczu. Co za odludne i nieprzyjazne miejsce, pomyślała Elena. Gdzieniegdzie na ziemi widać było łachy śniegu.

Mimo wcześniejszych odważnych słów Bonnie teraz się zawahała.

– Pamiętacie, jak ostatnim razem biegłyśmy przez ten most? – spytała.

Aż za dobrze, pomyślała Elena. Kiedy ostatnim razem tam były, goniło je coś… Coś z tego cmentarza. Albo ktoś, pomyślała.

– Jeszcze nie jesteśmy na moście – powiedziała. – Najpierw musimy poszukać pod nim, z tej strony.

– Tam, gdzie znaleźli tego starego człowieka z poderżniętym gardłem? – mruknęła Meredith, ale pojechała, gdzie wskazała Elena.

Światła samochodu oświetlały tylko niewielki fragment brzegu pod mostem. Kiedy Elena weszła w wąski krąg światła, poczuła nieprzyjemny dreszcz złego przeczucia. Śmierć tu czeka, powiedział ten głos. Czy ta śmierć jest tu, na dole?

Poślizgnęła się na mokrych, porośniętych mchem kamieniach. Słyszała wyłącznie szum wody, który słabym echem odbijał się od mostu ponad jej głową. I chociaż wytężała wzrok, w mroku widziała wyłącznie brzeg rzeki i drewniane słupy mostu.

– Stefano? – szepnęła i prawie się ucieszyła, że odgłos płynącej wody zagłuszył jej słowa. Czuła się jak osoba, która woła: „Kto tam?", w pustym domu, a jednak boi się, że ktoś mógłby odpowiedzieć.

– Coś tu się nie zgadza – odezwała się Bonnie za jej plecami.

– Co masz na myśli?

Bonnie rozglądała się, lekko kręcąc głową, koncentrując się tak, że aż zesztywniała.

– Po prostu coś jest nie tak. Ja nie... No cóż, po pierwsze, wtedy nie słyszałam żadnej rzeki. W ogóle niczego nie słyszałam, tam było zupełnie cicho.

Elenie serce zamarło ze zmartwienia. Rozumiała, że Bonnie ma rację, że Stefano nie ma w tym opuszczonym miejscu. Ale z drugiej strony, za bardzo była przerażona, żeby jej posłuchać.

– Musimy się upewnić – zdecydowała, pokonując ucisk w klatce piersiowej, wchodząc w mrok, posuwając się naprzód na oślep, bo nic już nie widziała. Ale wreszcie musiała przyznać, że nie było tam śladu czyjejkolwiek obecności. Wytarła zziębnięte, ubłocone ręce o dżinsy.

– Możemy sprawdzić drugą stronę mostu – zaproponowała Meredith, a Elena odruchowo pokiwała głową. Ale nie musiała patrzeć na twarz Bonnie, żeby wiedzieć, co tam znajdą. To nie było to miejsce.

– Po prostu wynośmy się stąd – powiedziała, wspinając się przez zarośla w stronę plamy światła koło mostu. Dochodząc do niej, Elena stanęła jak wryta.

Bonnie aż sapnęła.

– O Boże...

– Z powrotem – syknęła Meredith. – Do brzegu.

Wyraźnie widoczna w świetle reflektorów samochodu, ponad nimi stała jakaś ciemna sylwetka. Elena, patrząc na nią z szaleńczo bijącym sercem, mogła tylko stwierdzić, że był to mężczyzna. Jego twarz kryła się w ciemnościach, ale Elena miała dziwne przeczucia.

Postać ruszyła w ich stronę.

Chowając się przed nim, Elena cofnęła się na brzeg rzeki, przywierając do filaru mostu. Czuła, że za jej plecami Bonnie drży, a w jej ramię wbiła palce Meredith.

Nic stąd nie widziały, ale nagle na moście rozległ się odgłos ciężkich kroków. Prawie nie śmiejąc oddychać, przylgnęły do siebie, unosząc twarze w górę. Ciężkie kroki dźwięczały na deskach mostu, oddalając się od dziewczyn.

Proszę, niech on pójdzie dalej, pomyślała Elena. Och, proszę...

Przygryzła wargę zębami, a po chwili Bonnie cicho jęknęła, ściskając rękę Eleny lodowatymi palcami. Zawracał.

Powinnam stąd wyjść, pomyślała Elena. To mnie szuka, nie ich. Powinnam stąd wyjść i stawić mu czoło, a może pozwoli Bonnie i Meredith odejść. Ale ten wściekły gniew, który dodawał jej sił dziś rano, teraz wypalił się na popiół. Mobilizując całą siłę woli, i tak nie była w stanie puścić ręki Bonnie, nie mogła się ruszyć z miejsca.

Kroki rozlegały się dokładnie nad ich głowami. A potem zapadła cisza, po której usłyszały na brzegu jakieś szelesty.

Nie, pomyślała Elena, drętwiejąc ze strachu. On szedł tu, na dół. Bonnie jęknęła i ukryła twarz na ramieniu Eleny, a Elena czuła, że napinają się jej wszystkie mięśnie, kiedy zobaczyła stopy, nogi wyłaniające się z ciemności. Nie...

– A co wy tu robicie?

W pierwszej chwili umysł Eleny nie pozwalał jej przetrawić tej informacji. Nadal panikowała i o mało nie wrzasnęła, kiedy Matt zrobił jeszcze jeden krok, zaglądając pod most.

– Elena? Co ty tu robisz? – powtórzył.

Bonnie szybko uniosła głowę. Meredith odetchnęła z ulgą. Elena czuła, że nogi się pod nią uginają.

– Matt... – powiedziała. Na nic więcej się nie zdobyła.

Bonnie prędzej odzyskała śmiałość.

– A co ty tutaj robisz? – spytała uniesionym głosem. – Chcesz, żebyśmy dostały zawału? Co tu robisz o tej porze?

Matt wsunął dłoń do kieszeni, zabrzęczały jakieś drobne. Kiedy wyszli spod mostu, spojrzał w stronę rzeki.

– Jechałem za wami.

– Co takiego? – spytała Elena.

Niechętnie odwrócił się do niej twarzą.

– Jechałem za wami – powtórzył. Wyprostował się sztywno. – Pomyślałem, że znajdziesz jakiś sposób, żeby wymknąć się ciotce. Więc siedziałem w samochodzie po drugiej stronie ulicy i obserwowałem wasz dom. No i faktycznie, we trzy wyszłyście przez okno. Więc przyjechałem tu za wami.

Elena nie wiedziała, co ma odpowiedzieć. Była zła, a on, oczywiście, pewnie zrobił to, żeby dotrzymać obietnicy danej Stefano. Ale na myśl o Matcie, który siedział w swoim wysłużonym, starym fordzie i pewnie zamarzał tam na kość, bez kolacji... Coś ją dziwnie ścisnęło za serce, ale nie chciała się nad tym zastanawiać.

Znów spoglądał na rzekę. Podeszła do niego bliżej i powiedziała cicho.

– Przepraszam cię, Matt – powiedziała. – Za to, jak się zachowałam wcześniej, w domu... I za... I za... – Przez chwilę szukała właściwych słów, a wreszcie się poddała. Za wszystko, pomyślała bezradnie.

– No cóż, to ja przepraszam, że was przed chwilą wystraszyłem. – Spojrzał na nią rzeczowo, jakby to zamykało sprawę. – Ale może teraz powiecie mi, co wy wyprawiacie?

– Bonnie się wydawało, że tu będzie Stefano.

– Bonnie się nic podobnego nie wydawało – rzuciła Bonnie. – Bonnie od początku mówiła, że to nie to miejsce. Szukamy czegoś cichego, jakiejś zamkniętej przestrzeni. Czułam się tam... osaczona – wyjaśniła Mattowi.

Matt spojrzał na nią nieufnie, jakby się bał, że ona może go ugryźć.

– No to rzeczywiście – powiedział.

– Dokoła mnie były jakieś kamienie, ale nie takie jak te w rzece.

– Hm, no tak, na pewno były inne. – Spojrzał kątem oka na Meredith, która wreszcie ulitowała się nad nim.

– Bonnie miała wizję – wyjaśniła.

Matt aż się cofnął, a Elena mogła teraz zobaczyć w świetle reflektorów samochodu jego profil. Sądząc po jego minie, widziała, że nie jest pewien, czy ma je tam zostawić, czy też zapakować wszystkie do samochodu i odwieźć do najbliższego domu wariatów.

– To nie żarty – powiedziała. – Bonnie to medium, Matt. Wiem, że zawsze mówiłam, że nie wierzę w takie rzeczy, ale się myliłam. Nawet nie wiesz, jak bardzo. Dziś wieczorem ona... Ona jakoś zdołała się podłączyć pod umysł Stefano i udało jej się zerknąć na miejsce, gdzie jest uwięziony.

Matt wziął głęboki wdech.

– Rozumiem. A więc...

– Nie traktuj mnie z góry! Nie jestem głupia, Matt, i mówię ci, że tak faktycznie jest. Była tam ze Stefano, wie rzeczy, które tylko on mógł wiedzieć. I widziała miejsce, z którego on nie może się wydostać.

– Jak z pułapki – uzupełniła Bonnie. – No właśnie. To nie jest otwarta przestrzeń, żaden brzeg rzeki. Ale woda tam była, siedziałam w niej po szyję. To znaczy, on siedział. I dokoła były jakieś kamienne ściany, pokryte grubym mchem. Woda była lodowata i nieruchoma, i nieładnie pachniała.

– Ale co widziałaś? – spytała Elena.

– Nic. Zupełnie jakbym była niewidoma. To znaczy wiedziałam, że gdyby sięgał tam choćby najdrobniejszy promień światła, widziałabym coś, ale nie mogłam, bo tam było ciemno jak w grobie.

– Jak w grobie... – Elenie dreszcz przebiegł po krzyżu. Pomyślała o ruinach kościoła na wzgórzu nad cmentarzem. Był tam grobowiec, który kiedyś prawie, jak jej się wydawało, otworzyła.

– Ale w grobie nie byłoby tyle wody – odezwała się Meredith.

– Nie... Ale ja w takim razie nie mam pojęcia, gdzie to mogło być – przyznała Bonnie. – Stefano faktycznie trochę się mieszało w głowie, był taki słaby, jakby ranny. I strasznie chciało mu się pić...

Elena otworzyła usta, żeby przerwać Bonnie, ale w tej samej chwili wtrącił się Matt.

– Powiem wam, jak mi to brzmi.

Stał nieco poza ich grupką i trzy dziewczyny popatrzyły na niego, jakby podsłuchał cudzą rozmowę. Już prawie zdążyły o nim zapomnieć.

– No? – odezwała się Elena.

– No… – zaczął. – Mnie się wydaje, że to może być studnia.

Elena zamrugała, zaczynała się w niej rodzić nadzieja.

– Bonnie?

– To możliwe – przyznała Bonnie powoli. – Zgadzałby się rozmiar i te ściany, i wszystko. Ale studnie zwykle są otwarte, powinnam była widzieć gwiazdy.

– Nie, jeśli została czymś przykryta – stwierdził Matt. – Na wielu starych farmach w okolicy są studnie, z których już się nie korzysta, a niektórzy farmerzy zakrywają je, żeby jakieś dziecko przypadkiem nie wpadło do środka. Tak robią moi dziadkowie.

Podniecona Elena nie mogła już dłużej ukryć rozgorączkowania.

– To może być to. To musi być to. Bonnie, pamiętaj, powiedziałaś, że tam zawsze jest ciemno.

– Tak, i czułam się trochę jak pod ziemią. – Bonnie też ogarniał entuzjazm, ale Meredith przerwała jej rzeczowym pytaniem:

– Matt, ile twoim zdaniem jest w Fell's Church takich studni?

– Pewnie dziesiątki. Ale zakrytych? Nie tak znów wiele. A jeśli sugerujecie, że Stefano ktoś do takiej studni wepchnął, to ona nie może być nigdzie na widoku. Pewnie w jakimś opuszczonym miejscu…

– Jego samochód znaleziono przy tej drodze – powiedziała Elena.

– No to stara farma Francherów – uznał Matt.

Wszyscy popatrzyli po sobie. Rozpadający się dom na starej farmie Francherów stał pusty, odkąd wszyscy sięgali pamięcią. Otaczał go las, który zagarnął grunty farmy już prawie sto lat temu.

– Jedziemy – zdecydował Matt po prostu.

Elena położyła mu dłoń na ramieniu.

– Wierzysz, że…?

Na chwilę odwrócił wzrok.

– Nie wiem, w co mam wierzyć – westchnął na koniec. – Ale jadę.

Rozdzielili się. Matt pojechał z Bonnie przodem, Meredith z Eleną za nimi. Matt skręcił na rzadko używaną drogę prowadzącą przez las i jechał nią aż do miejsca, gdzie się urwała.

– Dalej idziemy pieszo – zarządził.

Elena cieszyła się, że pomyślała o zabraniu liny; będą jej potrzebowali, jeśli Stefano naprawdę wpadł do starej studni Francherów. A jeśli go tam nie ma...

Nie chciała o tym teraz myśleć.

Trudno szło się przez las, zwłaszcza po ciemku. Poszycie było gęste, ze wszystkich stron atakowały ich uschnięte gałęzie. Wokół nich latały ćmy, muskając policzki niewidzialnymi skrzydłami.

Wreszcie znaleźli się na polance. Widać tam było jeszcze kamienne fundamenty starego domu, teraz zlewające się z ziemią wśród zarośli i krzaków jeżyn. Komin w większości był nietknięty, dziury ziały tylko tam, gdzie jego szczeliny kiedyś spajał cement, wyglądał zupełnie jak rozsypujący się pomnik.

– Ta studnia powinna być gdzieś na tyłach – odezwał się Matt.

Znalazła ją Meredith, i to ona zawołała pozostałych. Zebrali się wkoło niej i patrzyli na płaski kwadratowy blok kamienia leżący niemal równo z ziemią.

Matt pochylił się i przyjrzał ziemi i roślinom dokoła bloku.

– Ktoś go niedawno przesuwał – stwierdził.

Właśnie wtedy serce Eleny zaczęło walić jak szalone. Czuła wibracje w całym ciele.

– Zdejmijmy to – powiedziała głosem niewiele głośniejszym niż szept.

Kamienna płyta była tak ciężka, że Matt nie mógł jej ruszyć. W końcu we czwórkę pchnęli ją, zapierając się z całej siły o ziemię, aż kamień ze zgrzytem przesunął się o kilka centymetrów. Kiedy między płytą a obramowaniem studni pojawiła się niewielka szpara, Matt użył gałęzi jako dźwigni, żeby poszerzyć otwór. Potem znów pchali wszyscy razem.

Kiedy otwór był dość szeroki, żeby wsunąć tam głowę i ramiona, Elena pochyliła się, zaglądając do środka. Prawie się bała mieć nadzieję.

– Stefano?

Chwile, które nastąpiły później, kiedy pochylała się nad czarną czeluścią, spoglądając w ciemność, słysząc tylko echa kamyków, strąconych do środka, były okropne. A potem, niewiarygodne, ale usłyszała coś jeszcze.

– Kto...? Eleno?

– Och! Stefano! – Z ulgi o mało nie oszalała. – Tak! Jestem tu, jesteśmy tu i zaraz cię stąd wyciągniemy. Nic ci nie jest? Zraniłeś się? – Sama wpadłaby do tej studni, gdyby Matt jej nie złapał. – Stefano, trzymaj się. Mamy linę. Powiedz mi, że nic ci nie jest.

Dobiegł ją słaby, niemal niedosłyszalny odgłos, ale Elena go rozpoznała. Śmiech. Stefano odezwał się słabym, ale zrozumiałym głosem:

– Bywało, że... czułem się lepiej. Ale... żyję. Kto jest z tobą?

– To ja, Matt. – Przechylił się przez krawędź studni. Elena, prawie nieprzytomna z radości, zauważyła, że był zaskoczony. – I Meredith. I Bonnie, która następnym razem będzie dla nas gięła łyżeczki samym wzrokiem. Rzucę ci linę... Chyba że Bonnie może cię wprawić w lewitację. – Nadal na kolanach, obejrzał się na dziewczynę.

Lekko uderzyła go w czubek głowy.

– Nie żartuj sobie z tego! Wydostań go!

– Tak jest, proszę pani – rzucił Matt dość beztrosko. – Stefano, trzymaj. Będziesz musiał się nią obwiązać.

– Dobrze – zgodził się Stefano. Nie tłumaczył, że palce mu zdrętwiały z zimna, i nie mówił, że nie uda im się udźwignąć jego ciężaru. Innego wyjścia nie było.

Następny kwadrans był dla Eleny okropny. Wszyscy czworo usiłowali wyciągnąć Stefano, chociaż Bonnie ograniczyła się przede wszystkim do dopingowania: „No, dalej! Dalej!", gdy robili przerwę na złapanie oddechu. Wreszcie Stefano złapał krawędź ciemnego otworu, a Matt pochylił się i złapał go pod ramiona.

Potem Elena obejmowała Stefano. Widziała, jak źle się czuł, bo stał nienaturalnie sztywno, a jego ciało wydawało się bezwładne. Resztkę energii zużył na wydostanie się ze studni, dłonie miał poranione, krwawiły. Ale najbardziej Elenę niepokoiło to, że nie odwzajemnił jej desperackiego uścisku.

Kiedy go puściła, żeby mu się przyjrzeć, zobaczyła, że twarz ma jak z wosku, a pod oczami czarne kręgi. Był tak zimny, że aż się przeraziła.

Spojrzała z niepokojem na pozostałych.

Matt zmarszczył brwi z troską.

– Lepiej zawieźmy go jak najszybciej do przychodni. On potrzebuje lekarza.

– Nie! – Głos Stefano brzmiał słabo i ochryple. Chłopak powoli uniósł głowę. Spojrzał na Elenę. W jego zielonych oczach był lęk. – Żadnych... lekarzy. – Spojrzenie tych oczu przeszywało ją. – Obiecaj... Eleno.

Elenę zapiekły oczy i przez chwilę nie widziała wyraźnie.

– Obiecuję – szepnęła. A potem poczuła, że siła woli i determinacja, dzięki którym jeszcze trzymał się na nogach, opuszczają go. Osunął się w jej ramiona nieprzytomny.

ROZDZIAŁ 4

Ale on musi trafić do lekarza. Wygląda, jakby umierał! – mówiła Bonnie.

– To niemożliwe. Nie mogę tego teraz wyjaśnić. Po prostu zawieźmy go do domu, dobrze? Jest przemoczony i marznie tutaj. Tam możemy podyskutować.

Przeniesienie Stefano przez las na jakiś czas wystarczająco ich zajęło. Nadal był nieprzytomny i kiedy wreszcie ułożyli go na tylnym siedzeniu auta Matta, wszyscy byli posiniaczeni i wyczerpani, a poza tym przemokli od jego nasiąkniętego wodą ubrania. W samochodzie Elena trzymała jego głowę na swoich kolanach. Meredith i Bonnie jechały za nimi.

– Widzę światła w oknach – powiedział Matt, zatrzymując samochód przed czerwonym jak rdza budynkiem. – Pani Flowers na pewno nie śpi. Ale drzwi pewnie są zamknięte.

Elena łagodnie zsunęła głowę Stefano z kolan i wysiadając z samochodu, zobaczyła, że jedno z okien pojaśniało, bo ktoś właśnie odsuwał zasłonę. A potem dostrzegła w oknie głowę i ramiona osoby spoglądającej w dół.

– Proszę pani! – zawołała, machając ręką. – To ja, Elena Gilbert. Znaleźliśmy Stefano i musimy dostać się do środka!

Sylwetka w oknie nie poruszyła się ani w żaden inny sposób dała znać, że słyszała te słowa. Ale patrząc na nią, Elena miała wrażenie, że nadal obserwuje ich z góry.

– Proszę pani, znaleźliśmy Stefano – zawołała jeszcze raz, gestem wskazując oświetlone wnętrze samochodu. – Proszę!

– Eleno! Już jest otwarte! – dobiegł ją głos Bonnie od strony wejścia na frontowej werandzie, więc przestała patrzeć w okno. Kiedy spojrzała znowu, zasłona była zaciągnięta, a światło w tym pokoju gasło.

To było dziwne, ale nie miała czasu się nad tym zastanawiać. Razem z Meredith pomogła Mattowi wyjąć Stefano z samochodu i wnieść go po schodkach.

Dom był ciemny i cichy. Elena wskazała pozostałym drogę na klatkę schodową naprzeciw drzwi, a potem na podest pierwszego piętra. Stamtąd weszli do sypialni, a Elena i Bonnie otworzyły drzwi do czegoś, co wyglądało jak szafa. Ukazała się kolejna klatka schodowa, bardzo ciemna i wąska.

– Kto zostawia... frontowe drzwi... otwarte... po tym wszystkim, co się ostatnio stało? – sapał Matt, kiedy targali bezwładnego Stefano na górę. – Ona chyba jest szalona.

– Jest szalona – potwierdziła Bonnie z góry, otwierając drzwi u szczytu schodów. – Kiedy byłyśmy tu po raz ostatni, wygadywała najdziwniejsze... – Urwała i zachłysnęła się powietrzem.

– Co się stało? – odezwała się Elena. Ale kiedy znaleźli się na progu pokoju Stefano, sama się przekonała.

Zapomniała już, w jakim stanie znajdował się ten pokój, kiedy go widziała po raz ostatni. Kufry pełne ubrań leżały poprzewracane na bok albo do góry nogami, jakby po całym pokoju porozrzucała je ręka olbrzyma. Ich zawartość walała się po podłodze razem z rzeczami, które pospadały z komody i stolików. Meble były poprzewracane, a jedno wybite okno wpuszczało do pokoju zimny wiatr. Paliła się tylko jedna lampa w rogu, rzucając na sufit groteskowe cienie.

– Co tu się stało?! – spytał Matt.

Elena nie odpowiedziała, póki nie ułożyli Stefano na łóżku.

– Nie jestem pewna – powiedziała, co właściwie nie mijało się z prawdą. – Ale wczoraj wieczorem już tak tu było. Matt, pomożesz mi? Trzeba go wysuszyć.

– Poszukam jakiejś innej lampy – zaproponowała Meredith, ale Elena szybko zaprotestowała.

– Nie, jest wystarczająco widno. Może raczej spróbuj rozpalić w kominku.

Z jednego z otwartych kufrów wystawał szlafrok frotté w jakimś ciemnym kolorze. Elena podniosła go i razem z Mattem zaczęła zdejmować ze Stefano mokre, oblepiające ciało ubranie. Walczyła właśnie ze swetrem, kiedy jeden rzut oka na jego szyję wystarczył, żeby zamarła w bezruchu.

– Matt... Czy mógłbyś mi podać tamten ręcznik?

Kiedy się odwrócił, ściągnęła Stefano sweter i szybko owinęła chłopaka szlafrokiem. Matt podał jej ręcznik, a ona otuliła nim szyję Stefano jak szalikiem. Puls jej przyspieszał, myśli też gnały jak szalone.

Nic dziwnego, że był taki osłabiony, taki bez życia. O Boże. Musi mu się przyjrzeć, sprawdzić, jak źle to wygląda. Ale jak ma to zrobić przy Matcie i dziewczynach?

– Pojadę po lekarza – powiedział Matt zdecydowanym tonem, patrząc na twarz Stefano. – Eleno, on potrzebuje pomocy.

Elena spanikowała.

– Matt, nie... Proszę. On... On się boi lekarzy. Nie wiem, co by się stało, gdybyś tu jakiegoś sprowadził. – Znów mówiła prawdę, choć niecałą. Domyślała się, co mogłoby pomóc Stefano, ale nie mogła tego zrobić przy nich. Pochyliła się nad chłopakiem, rozcierając jego ręce i usiłując coś wymyślić.

Co może zrobić? Ma chronić sekret Stefano kosztem jego życia? Czy zdradzić go, żeby go uratować? Czy uratowałaby go, gdyby powiedziała Mattowi, Bonnie i Meredith? Popatrzyła na przyjaciół, usiłując domyślić się ich reakcji, gdyby mieli się dowiedzieć prawdy o Stefano Salvatore.

To na nic. Nie mogła podjąć takiego ryzyka. Szok i przerażenie po odkryciu prawdy samą Elenę omal nie przyprawiły o szaleństwo. Jeśli ona, która Stefano kochała, gotowa była uciec przed nim z krzykiem, to co zrobi ta trójka? No a poza tym było jeszcze zabójstwo pana Tannera. Gdyby dowiedzieli się, kim jest Stefano, czy kiedykolwiek uwierzyliby w jego niewinność? A może, w głębi serca, zawsze by go podejrzewali?

Elena zamknęła oczy. To po prostu zbyt niebezpieczne. Meredith, Bonnie i Matt są jej przyjaciółmi, ale tą jedną rzeczą nie może się z nimi podzielić. Na całym świecie nie było ani jednej osoby, której mogłaby powierzyć ten sekret. Będzie musiała zachować go dla siebie.

Wyprostowała się i popatrzyła na Matta.

– On nie lubi lekarzy, ale mógłby przyjechać jakaś pielęgniarka. – Spojrzała na Bonnie i Meredith klęczące przed kominkiem. – Bonnie, może twoja siostra?

– Mary? – Bonnie zerknęła na zegarek. – W tym tygodniu pracuje w przychodni na drugą zmianę, ale pewnie już jest w domu. Tylko że...

– No to załatwione. Matt, pojedź z Bonnie i poproś Mary, żeby przyjechała tu i zerknęła na Stefano. Jeśli ona uzna, że potrzebny jest lekarz, nie będę się więcej sprzeciwiała.

Matt zawahał się, a potem westchnął głośno.

– Dobrze. Nadal uważam, że źle robisz, ale... Bonnie, jedziemy. Złamiemy parę przepisów drogowych.

Kiedy szli do drzwi, Meredith stała nadal przy kominku, przyglądając się Elenie spokojnymi, ciemnymi oczami.

Elena zmusiła się, żeby w te oczy spojrzeć.

– Meredith... Uważam, że powinniście jechać wszyscy razem.

– Naprawdę? – Ciemne oczy nie odwracały się od niej, jakby próbowały przewiercić ją na wskroś i odczytać jej myśli. Ale Meredith nie zadawała dalszych pytań. Po chwili skinęła głową i bez słowa poszła za Mattem i Bonnie.

Kiedy Elena usłyszała, że drzwi na dole zamykają się, szybko podniosła lampę, która leżała przewrócona obok nocnego stolika i włączyła ją. Teraz przynajmniej będzie mogła obejrzeć obrażenia Stefano.

Miała wrażenie, że jest jeszcze bledszy niż przedtem, był prawie tak biały jak prześcieradło, na którym leżał. Wargi też mu zbielały i Elenie nagle przyszedł do głowy Thomas Fell, założyciel Fell's Church. A raczej rzeźba Thomasa Fella, leżącego obok żony na kamiennej płycie ich grobowca. Skóra Stefano miała odcień tamtego marmuru.

Zadrapania i rozcięcia na jego dłoniach przybrały kolor żywej purpury, ale już nie krwawiły. Delikatnie odwróciła jego głowę, żeby przyjrzeć się szyi.

No właśnie. Odruchowo dotknęła własnego karku, jakby chcąc potwierdzić podobieństwo. Ale na szyi Stefano nie było widać dwóch malutkich dziurek. To były dwie głębokie, ziejące rany. Wyglądało to tak, jakby został zaatakowany przez jakieś zwierzę, które usiłowało rozszarpać mu gardło.

Elenę znów ogarnęła furia. Czuła rosnącą nienawiść. Zdała sobie sprawę, że mimo wściekłości i odrazy do tej pory nie czuła wobec Damona nienawiści. Nie takiej prawdziwej. Ale teraz... Teraz go znienawidziła. Nienawidziła go nienawiścią tak silną, jakiej nigdy w życiu nie czuła wobec nikogo. Pragnęła go skrzywdzić, żeby mu się odpłacić. Gdyby w tym momencie miała w ręku osinowy kołek, bez żalu wbiłaby go w serce Damona.

Ale w tej chwili musiała myśleć przede wszystkim o Stefano. Leżał tak nieruchomo. Właśnie to najtrudniej było znieść, ten brak życia czy oporu w jego ciele, tę pustkę. No właśnie. To było zupełnie tak, jakby opuścił własne ciało i zostawił ją sam na sam z tą wydrążoną skorupą.

– Stefano! – Potrząsanie nim nic nie pomogło. Jedną dłoń kładąc na środku jego zimnej klatki piersiowej, próbowała wyczuć bicie serca. Jeśli nawet biło, to zbyt słabo, żeby mogła coś poczuć.

Tylko spokojnie, przykazała sobie Elena i nie dopuszczała do głosu tej części umysłu, która zaczynała panikować. Tej części, która mówiła: „A co, jeśli on nie żyje? Co, jeśli naprawdę umarł i nie zdołasz go uratować?"

Rozglądając się po pokoju, zauważyła rozbite okno. Na podłodze pod nim leżały odłamki szkła. Podeszła tam i podniosła jeden, obserwując, jak mienił się w świetle kominka. Idealny, ostry jak brzytwa, pomyślała. A potem, z rozmysłem, zaciskając zęby, rozcięła sobie szkłem palec.

Z bólu aż sapnęła. A po chwili z nacięcia zaczęła płynąć krew, która skapywała z jej palca jak wosk z palącej się świecy. Szybko uklękła przy Stefano i przyłożyła palec do jego warg.

Drugą dłonią chwyciła jego bezwładną rękę, czując srebrny pierścionek, który miał na palcu. Sama też nieruchoma jak posąg klęczała tam i czekała.

Prawie nie zauważyła pierwszej, ledwie wyczuwalnej iskierki życia. Nie odrywała wzroku od jego twarzy i tylko kątem oka dostrzegła lekkie poruszenie się klatki piersiowej. Ale potem wargi pod jej palcem zadrżały i lekko się rozchyliły, a on odruchowo przełknął.

– Właśnie tak – szepnęła Elena. – No dalej, Stefano.

Jego rzęsy zatrzepotały. Z rodzącą się radością poczuła, że odwzajemnia uścisk jej palców. Znów przełknął.

– Tak. – Odczekała, aż zamrugał powiekami i powoli otworzył oczy, a potem odsunęła się i jedną ręką zaczęła walczyć z golfem swetra, starając się go zsunąć z szyi.

Zielone oczy były oszołomione, powieki ciężko opadały, ale widziała w nich zwykły upór.

– Nie – powiedział Stefano słabym szeptem.

– Musisz, Stefano. Oni tu wrócą i przywiozą ze sobą pielęgniarkę. Musiałam się na to zgodzić. A jeśli nie będziesz czuł się wystarczająco dobrze, żeby ją przekonać, że nie potrzeba wieźć cię do szpitala... – Nie dokończyła zdania. Sama nie wiedziała, co lekarz albo technik laboratoryjny odkryłby, robiąc Stefano jakieś badania. Ale wiedziała, że on wie i że boi się tego.

Stefano jednak zrobił jeszcze bardziej upartą minę, odwracając od niej twarz.

– Nie mogę – szepnął. – To zbyt niebezpieczne. Już wziąłem... za wiele... wczoraj.

Czy to było zaledwie wczoraj? Miała wrażenie, że to było jakiś rok temu.

– Czy to mnie zabije? – spytała. – Stefano, odpowiedz mi! Czy to mnie zabije?

– Nie... – odezwał się niechętnie. – Ale...

– No to musimy to zrobić. Nie kłóć się ze mną! – Pochylając się nad nim, trzymając jego dłoń, Elena czuła jego nieodpartą potrzebę. Zdumiewało ją, że w ogóle próbował z nią walczyć. Zupełnie jak człowiek umierający z głodu, stojący przy stole bankietowym, niezdolny oderwać wzroku od parujących dań, ale odmawiający jedzenia.

– Nie – powtórzył Stefano, a Elena poczuła, że ogarnia ją frustracja. Był jedyną osobą, jaką znała, tak samo upartą jak ona.

– Tak. A jeśli nie będziesz chciał współpracować, rozetnę sobie coś innego, na przykład nadgarstek. – Chwilę przedtem przycisnęła palec do prześcieradła, żeby powstrzymać krwawienie, teraz uniosła mu go przed oczami.

Źrenice mu się rozszerzyły, rozchylił wargi.

– Już... za dużo – mruknął, ale nie odrywał spojrzenia od jej palca, od jasnej kropelki krwi na jego czubku. – A ja mogę... nie opanować...

– Wszystko w porządku – szepnęła. Znów przesunęła palec nad jego ustami. Widziała, jak rozchylił wargi, żeby przyjąć krew, a potem pochyliła się nad nim i przymknęła oczy.

Usta miał chłodne i suche, kiedy dotknęły jej gardła. Jedną dłonią objął jej kark, a wargami odszukał dwie małe ranki, które już miała na szyi. Elena siłą woli powstrzymała odruch, który kazał jej się odsunąć, kiedy poczuła krótkie ukłucie bólu. A potem się uśmiechnęła.

Przedtem czuła dręczące go pragnienie, nieopanowany głód. Teraz połączyła ich więź, która pozwalała jej doznawać wyłącznie wielkiej radości i satysfakcji. Pogłębiającą się, w miarę jak zaspokajał swój głód.

Źródłem jej przyjemności było dawanie, wiedza, że własnym życiem utrzymuje przy życiu Stefano. Czuła, jak zaczyna napełniać go siła.

Po jakimś czasie zauważyła, że jego potrzeba słabnie. Ale nadal była dosyć silna i nie mogła zrozumieć, dlaczego Stefano zaczął ją od siebie odsuwać.

– Wystarczy – mruknął, odpychając ją.

Elena otworzyła oczy, budząc się z własnej sennej przyjemności. Oczy miał tak zielone jak liście mandragory, a na twarzy wypisany dziki głód drapieżnika.

– Nie wystarczy. Ciągle jesteś słaby...

– Wystarczy dla ciebie. – Znów ją odepchnął, a w jego oczach dostrzegła jakiś rozpaczliwy błysk. – Eleno, jeśli wypiję jeszcze trochę, zaczniesz się przemieniać. A jeśli się nie odsuniesz, jeśli się ode mnie natychmiast nie odsuniesz...

Elena cofnęła się i stanęła w nogach łóżka. Patrzyła, jak Stefano siada i otula się ciemnym szlafrokiem. W świetle lampy widziała, że jego twarz odzyskała nieco kolorów, że zabarwiła się leciutkim rumieńcem. Włosy mu schły i zwijały się w potarganą burzę loków.

– Tęskniłam za tobą – wyznała miękko. Poczuła nagłą ulgę, ból, który był prawie tak silny jak wcześniejszy strach i napięcie. Stefano żył, rozmawiał z nią. Wszystko dobrze się skończy.

– Eleno... – Ich oczy spotkały się i ogarnął ją zielony płomień. Nieświadomie przysunęła się do niego, a potem znieruchomiała, słysząc jego głośny śmiech.

– Jeszcze cię nie widziałem w takim stanie – powiedział, a ona popatrzyła na siebie. Buty i dżinsy miała oblepione czerwonawym błotem, cała zresztą była nim obficie wysmarowana. Kurtka jej się podarła, wyłaził z niej puch. Nie wątpiła, że twarz ma brudną, i wiedziała, że jej włosy zwisają w pozlepianych strąkach. Elena Gilbert, ikona mody Liceum imienia Roberta E. Lee, wyglądała jak nieszczęście.

– Podoba mi się – powiedział Stefano i tym razem roześmiała się razem z nim.

Nadal się śmiali, kiedy drzwi się otworzyły. Elena zesztywniała, poprawiając golf swetra i rozglądając się po pokoju, zaniepokojona, że jakieś ślady ich zdradzą. Stefano usiadł prosto i oblizał wargi.

– Już mu lepiej! – zawołała Bonnie, kiedy weszła do pokoju i zobaczyła Stefano. Matt i Meredith szli tuż za nią i na ich twarzach też malowało się zdziwienie i radość. Jako czwarta osoba do pokoju weszła dziewczyna tylko trochę starsza od Bonnie, ale zachowująca się z pewnością siebie, która przeczyła młodej twarzy. Mary McCullough podeszła prosto do pacjenta i sięgnęła po jego rękę zbadać puls.

– A więc to ty boisz się lekarzy – stwierdziła.

Stefano przez chwilę miał zdziwioną minę, ale potem szybko się opanował.

– To taka fobia z dzieciństwa – przyznał zawstydzony. Spojrzał kątem oka na Elenę, która uśmiechnęła się nerwowo i leciutko skinęła głową. – W każdym razie teraz lekarza nie potrzebuję, jak sama pani widzi.

– Może pozwolisz, że to ja o tym zdecyduję? Puls masz w porządku. W sumie jest zadziwiająco wolny, nawet jak na sportowca. Moim zdaniem nie masz hipotermii, ale mimo wszystko przemarzłeś. Zmierzymy ci temperaturę.

– Nie, to naprawdę niepotrzebne. – Głos Stefano był niski, uspokajający. Elena słyszała już przedtem, jak mówił w ten sposób, i wiedziała, co próbuje teraz zrobić. Ale Mary nie zwróciła na to uwagi.

– Otwórz usta, proszę.

– Ja się tym zajmę, dobrze? – powiedziała szybko Elena i wyciągnęła do Mary rękę po termometr. Tak się jakoś złożyło, że biorąc go od niej, wypuściła cienką szklaną rurkę z dłoni. Termometr spadł na drewnianą podłogę i stłukł się na kilka kawałków. – Och, strasznie przepraszam!

– Nieważne. Czuję się o wiele lepiej niż przedtem i robi mi się powoli coraz cieplej.

Mary spojrzała na kawałki termometru na podłodze, a potem rozejrzała się po pokoju, zauważając panujący w nim rozgardiasz.

– Dobra – rzuciła ostro, opierając dłonie na biodrach. – Co się tutaj działo?

Stefano nawet nie mrugnął okiem.

– Nic takiego. Pani Flowers jest kiepską gospodynią – powiedział, patrząc jej prosto w oczy.

Elenie chciało się śmiać i zobaczyła, że Mary też się zbiera na śmiech. Zamiast tego starsza dziewczyna skrzywiła się i założyła dłonie na piersi.

– Przypuszczam, że zwykłej odpowiedzi się nie doczekam – odparła. – Widzę też wyraźnie, że nic poważnego ci nie dolega. Nie mogę cię zmusić do przyjazdu do przychodni, ale usilnie doradzam, żebyś jutro przyjechał na badanie.

– Dziękuję – powiedział Stefano, co, jak stwierdziła Elena, niekoniecznie oznaczało zgodę.

– Eleno, ty za to wyglądasz, jakby lekarz mógł ci się przydać – powiedziała Bonnie. – Jesteś blada jak śmierć.

– Jestem po prostu zmęczona. To był długi dzień.

– Radzę ci jechać do domu, natychmiast położyć się do łóżka i porządnie się wyspać – powiedziała Mary. – Nie masz anemii, prawda?

Elena powstrzymała odruch uniesienia dłoni do policzka. Czy rzeczywiście tak zbladła?

– Nie, jestem tylko zmęczona – powtórzyła. – Pojedziemy teraz do domu, jeśli Stefano dobrze się czuje.

Pokiwał głową uspokajająco, dając jej znak oczami, że wszystko w porządku.

– Zostawcie nas na moment samych, dobrze? – zwrócił się do Mary i pozostałych, a oni wycofali się na klatkę schodową.

– Na razie. Uważaj na siebie – powiedziała Elena głośno, obejmując go. Szepnęła do niego: – Dlaczego nie użyłeś mocy przeciwko Mary?

– Użyłem – odparł powoli na ucho Elenie. – A przynajmniej próbowałem. Chyba wciąż jestem za słaby. Nie martw się, to minie.

– Oczywiście, że minie – przytaknęła Elena, ale coś ją ścisnęło w żołądku. – Ale jesteś pewien, że możesz zostać sam? Co, jeśli...

– Nic mi nie będzie. To ty nie powinnaś zostawać sama. – Stefano mówił cichym, naglącym tonem. – Eleno, nie miałem czasu cię ostrzec. Miałaś rację, Damon był w Fell's Church.

– Wiem. To on ci to zrobił, prawda? – Elena nie wspomniała, że poszła go szukać na cmentarzu.

– Ja... Nie pamiętam. Ale jest niebezpieczny. Zatrzymaj dzisiaj na noc Bonnie i Meredith, Eleno. Nie chcę, żebyś była sama. I zadbaj, żeby nikt nie zapraszał do twojego domu żadnych obcych ludzi.

– Od razu położymy się spać – obiecała Elena, uśmiechając się do niego. – I nikogo nie będziemy zapraszać.

– Pamiętaj o tym. – W jego głosie wcale nie było nonszalancji i Elena powoli pokiwała głową.

– Rozumiem, Stefano. Będziemy ostrożne.

– Dobrze. – Pocałowali się muśnięciem warg, ale ich złączone ręce nie bardzo chciały się rozstać. – Podziękuj im ode mnie – dodał.

– Tak zrobię.

Przed pensjonatem cała piątka się rozdzieliła. Matt zaproponował, że podwiezie do domu Mary, a Meredith mogłaby zabrać Elenę i Bonnie. Mary nadal miała podejrzenia co do wydarzeń tego wieczoru, a Elenie trudno było ją o to winić. Poza tym nie bardzo potrafiła myśleć. Ogarnęło ją zmęczenie.

– Prosił, żeby wam wszystkim podziękować – przypomniała sobie, kiedy tamci już odjechali.

– Nie ma... za co – powiedziała Bonnie z okropnym ziewnięciem, kiedy Meredith otworzyła przed nią drzwi samochodu.

Meredith nic nie powiedziała. Odkąd zostawiła Elenę sam na sam ze Stefano, prawie wcale się nie odzywała.

Bonnie roześmiała się nagle.

– Wszyscy zapomnieliśmy o jednym – powiedziała. – O przepowiedni.

– O jakiej przepowiedni? – spytała Elena.

– Tej z mostem. Tej, którą podobno wypowiedziałam. No cóż, zeszłaś pod most i śmierć tam jednak na ciebie nie czekała. Może źle zrozumiałaś słowa.

– Nie – powiedziała Meredith. – Słyszałyśmy je dobrze.

– No cóż, więc może chodzi o inny most. Albo... Hm... – Bonnie otuliła się kurtką, przymknęła oczy i nawet nie skończyła zdania.

Ale Elena dokończyła je w myślach. Albo to się stanie innym razem.

Kiedy Meredith włączyła silnik samochodu, gdzieś zahuczała sowa.

ROZDZIAŁ 5

2 listopada, sobota

*D*rogi pamiętniku,
dziś rano, kiedy się obudziłam, czułam się bardzo dziwnie. Właściwie nie wiem, jak to opisać. Z jednej strony byłam taka osłabiona, że kiedy próbowałam wstać z łóżka, nogi odmówiły mi posłuszeństwa. Ale z drugiej strony było mi... przyjemnie. Byłam taka odprężona, taka zadowolona. Jakbym się unosiła na fali złotego światła. Było mi wszystko jedno, czy jeszcze kiedykolwiek zdołam wstać z łóżka.

A potem przypomniałam sobie o Stefano i chciałam wstać, ale ciocia Judith znów mnie zapakowała do łóż-

ka. Powiedziała, że Meredith i Bonnie pojechały już parę godzin wcześniej, a ja tak mocno spałam, że nie mogły mnie dobudzić. Powiedziała, że potrzebny mi odpoczynek.

No więc leżę w łóżku. Ciocia Judith wstawiła mi tu telewizor, ale nie chce mi się nic oglądać. Wolę sobie leżeć i pisać albo po prostu leżeć.

Czekam na telefon Stefano. Powiedział, że zadzwoni. A może nie powiedział. Nie pamiętam. Kiedy zadzwoni, będę musiała...

3 listopada, niedziela, 20.30

Właśnie przeczytałam wczorajszy wpis i jestem zaszokowana. Co się ze mną działo? Przerwałam w pół zdania i teraz nawet nie wiem, co zamierzałam napisać. I nie wyjaśniłam, skąd ten mój nowy pamiętnik. Musiałam być jednak półprzytomna.

W każdym razie teraz oficjalnie zaczynam pisanie nowego pamiętnika. Kupiłam ten notes w papierniczym. Nie jest taki piękny jak ten poprzedni, ale będzie musiał wystarczyć. Już się pogodziłam z tym, że swojego starego pamiętnika nigdy nie zobaczę... Ktokolwiek go ukradł, nie ma zamiaru zwrócić. Ale kiedy sobie pomyślę, że ktoś go czytał, czytał wszystkie moje myśli i odczucia na temat Stefano, miałabym ochotę zabić. I jednocześnie sama umrzeć ze wstydu.

Nie wstydzę się tego, co czuję do Stefano. Ale to coś osobistego. I są tam takie rzeczy... O tym, jak to jest, kiedy się całujemy, kiedy on mnie przytula... Wiem, że on by nie chciał, żeby ktoś jeszcze to czytał.

Oczywiście, nie ma tam nic o jego tajemnicy. Jeszcze jej wtedy nie odkryłam. A dopiero po jej odkryciu naprawdę go zrozumiałam i naprawdę staliśmy się parą, nareszcie. Teraz każde jest dopełnieniem drugiego. Czuję się tak, jakbym czekała na niego całe życie.

— 221 —

*Może wyda ci się, że jestem okropna, bo go ko-
cham, chociaż wiem, kim jest. Potrafi być gwałtowny,
a ja wiem, że w jego przeszłości są rzeczy, których się
wstydzi. Ale nigdy nie umiałby zachować się gwałtownie wobec mnie, a przeszłość to przeszłość. Doskwiera
mu ogromne poczucie winy i tyle wewnętrznego bólu.
Chciałabym pomóc mu ozdrowieć.*

*Sama nie wiem, co zdarzy się teraz. Po prostu bar-
dzo się cieszę, że już nic mu nie zagraża. Dzisiaj poszłam do jego pensjonatu i dowiedziałam się, że policja
już tam wczoraj była. Stefano nadal był osłabiony i nie
mógł wykorzystać mocy, żeby się ich pozbyć, ale oni
o nic go nie oskarżali. Zadawali tylko pytania. Stefano
mówił, że zachowywali się przyjaźnie, co z kolei budzi
moje podejrzenia. A wszystkie ich pytania sprowadzają się w zasadzie do jednego: gdzie byłeś tej nocy, kiedy
zaatakowano pod mostem starego włóczęgę, i tej nocy,
kiedy została zaatakowana Vickie Bennett w ruinach
kościoła, i tego wieczoru, kiedy pan Tanner został zabity w szkole.*

*Nie mają przeciwko niemu żadnych dowodów. No
i dobrze, ataki zaczęły się zaraz po jego przyjeździe do
Fell's Church, ale co z tego? To nie dowodzi niczego.
Pokłócił się tamtego wieczoru z panem Tannerem.
I znów, co z tego? Pan Tanner kłócił się ze wszystkimi.
Stefano, zniknął po tym, gdy znaleziono zwłoki pana
Tannera. A teraz wrócił i widać wyraźnie, że sam też
został zaatakowany przez tę samą osobę, która popełni-
ła tamte przestępstwa. Mary opowiedziała policji o tym,
w jakim był stanie. A jeśli kiedykolwiek zapytają nas –
Matt, Bonnie, Meredith i ja, wszyscy możemy zeznać,
jak go znaleźliśmy. Nie mogą postawić mu zarzutów.*

*Stefano i ja rozmawialiśmy o tym i o innych spra-
wach. Tak dobrze było znów znaleźć się przy nim, nawet
jeśli wciąż był taki blady i wymęczony. On nadal nie
pamięta, jak skończył się tamten czwartkowy wieczór,*

ale to, co pamięta, wygląda dokładnie tak, jak przypusz-
czałam. Kiedy w czwartek odwiózł mnie do domu, poje-
chał szukać Damona. Pokłócili się. Skończyło się tym,
że Stefano, półżywy, znalazł się w tej studni. Nie trzeba
geniusza, żeby się domyślić, co się wydarzyło.

Nadal mu nie powiedziałam, że w piątek rano po-
szłam szukać Damona na cmentarzu. Chyba lepiej bę-
dzie, jeśli mu to jutro powiem. Wiem, że się zmartwi,
zwłaszcza kiedy usłyszy, co Damon mi powiedział.

No cóż, to wszystko. Jestem zmęczona. Z oczywi-
stych względów ten pamiętnik będzie lepiej strzeżony.

Elena przerwała pisanie i przeczytała ostatnią linijkę tekstu. A potem dopisała:

PS Ciekawe, kto będzie nas teraz uczył historii
Europy?

Schowała pamiętnik pod materacem swojego łóżka i wy-
łączyła światło.

Elena szła środkiem szerokiego korytarza. Otaczała ją dziwna pustka. Zwykle w szkole nie mogła opędzić się od padają-
cych ze wszystkich stron: „Cześć, Eleno!", niezależnie w którą stronę szła. Ale dzisiaj, kiedy się zbliżała, ludzie odwracali
wzrok albo nagle robili się strasznie zajęci i musieli odwracać
się do niej plecami. I tak to wyglądało przez cały dzień.

Przystanęła w drzwiach pracowni historii Europy. Kilka
osób już siedziało na swoich miejscach, a przy tablicy stał jakiś
nieznajomy.

Wyglądał prawie tak samo jak uczeń. Miał jasne włosy, nieco przydługie, i budowę sportowca. Na tablicy napisał: „Alaric
K. Saltzman". Kiedy się odwrócił, Elena zauważyła, że ma chłopięcy uśmiech.

Nadal się uśmiechał, kiedy Elena siadała, a do klasy wchodzili pozostali uczniowie. Stefano był wśród nich i spojrzał

Elenie w oczy, zajmując miejsce przy stoliku przed nią, ale nie odezwał się do niej. Nikt w klasie nie rozmawiał. Było cicho jak makiem zasiał.

Bonnie usiadła obok Eleny. Matt siedział tylko kilka stolików dalej, ale patrzył wprost przed siebie.

Jako ostatni do klasy weszli razem Caroline Forbes i Tyler Smallwood. Elenie nie spodobał się wyraz twarzy Caroline. Aż za dobrze znała ten koci uśmieszek i zmrużenie zielonych oczu. Przystojna, dość toporna twarz Tylera też aż promieniowała zadowoleniem. Sińce pod oczami, skutek zetknięcia się z pięścią Stefano, już prawie zniknęły.

– No dobrze, to na początek może ustawimy te wszystkie stoliki w okrąg?

Elena znów skupiła uwagę na nieznajomym stojącym na środku klasy. Wciąż się uśmiechał.

– No dalej, do dzieła. W ten sposób wszyscy będziemy widzieli swoje twarze w czasie rozmowy – wyjaśnił.

Klasa posłuchała go w milczeniu. Nieznajomy nie zasiadł za biurkiem pana Tannera, zamiast tego na środku okręgu postawił sobie krzesło i usiadł na nim okrakiem.

– A zatem – kontynuował. – Wiem, że na pewno ciekawi was, kim jestem. Swoje nazwisko zapisałem na tablicy: Alaric K. Saltzman. Ale chcę, żebyście zwracali się do mnie: Alaric. O sobie opowiem wam trochę więcej później, ale najpierw chcę dać wam szansę wypowiedzenia się. Dzisiejszy dzień jest na pewno dla większości z was trudny. Ktoś, kto nie był wam obojętny, zginął, i to musi boleć. Chciałbym dać wam szansę otworzenia się i podzielenia tymi uczuciami ze mną i resztą klasy. A potem będziemy mogli zacząć budować naszą znajomość, opierając się na zaufaniu. Kto chciałby coś powiedzieć?

Patrzyli na niego w milczeniu. Nikomu nawet rzęsa nie drgnęła.

– No cóż, to może... ty zaczniesz? – Nadal uśmiechnięty wskazał zachęcającym gestem ładną, jasnowłosą dziewczynę. – Powiedz nam, jak się nazywasz i co czujesz po tym, co się stało.

Zarumieniona dziewczyna wstała.

– Nazywam się Sue Carson i ja, hm... – Wzięła głęboki oddech i wytrwale brnęła dalej. – Jestem przerażona. Bo kimkolwiek jest ten szaleniec, nadal jest na wolności. A następnym razem może trafić na mnie. – Po czym usiadła.

– Dziękuję, Sue. Na pewno wiele osób w klasie podziela twój niepokój. A teraz, czy mam rozumieć, że niektórzy z was rzeczywiście byli tam, kiedy doszło do tej tragedii?

Krzesła zaskrzypiały, kiedy uczniowie zaczęli się niespokojnie wiercić. Ale Tyler Smallwood wstał i pokazał białe zęby w uśmiechu.

– Większość z nas tam była – powiedział, zerkając w stronę Stefano. Elena widziała, że inni zaczynają iść za jego wzrokiem. – Trafiłem tam zaraz po tym, kiedy Bonnie znalazła ciało. A teraz niepokoję się o naszą społeczność. Po ulicach grasuje niebezpieczny zabójca i na razie nikt nie zrobił nic, żeby go powstrzymać. No i... – Urwał. Elena nie była pewna, jak to się stało, ale czuła, że to Caroline dała mu jakiś znak, żeby zamilkł. Kiedy Tyler siadał na swoim miejscu, Caroline odrzuciła na plecy błyszczące kasztanowe włosy i założyła nogę na nogę.

– No dobrze, dziękuję. A więc większość z was tam była. To tym trudniejsze. Czy możemy wysłuchać osoby, która znalazła ciało? Czy jest tu Bonnie?

Bonnie powoli uniosła rękę, a potem wstała.

– Zdaje się, że to ja znalazłam ciało – przyznała. – To znaczy, byłam pierwszą osobą, która zorientowała się, że on naprawdę nie żyje, a nie udaje.

Alaric Saltzman miał taką minę, jakby się lekko zdziwił.

– Nie udaje? Często zdarzało mu się udawać umarłego? – Rozległy się nerwowe chichoty, a on sam znów się uśmiechnął tym chłopięcym uśmiechem. Elena odwróciła się i spojrzała na Stefano, który zmarszczył brwi.

– Nie, nie – zaprzeczyła Bonnie. – On miał być złożony w ofierze. W naszym Nawiedzonym Domu. Więc i tak cały był wymazany krwią, ale to była sztuczna krew. I to częściowo moja wina, bo on nie chciał brudzić się tą krwią, a ja mu powiedziałam, że musi. Bo miał udawać Okrwawione Zwłoki. Ale on ciągle powtarzał, że za dużo tego świństwa, i dopiero kiedy Stefano przyszedł i się z nim pokłócił... – Urwała. – To znaczy, porozmawialiśmy z nim i wreszcie się zgodził. Wtedy zaczęła się impreza w Nawiedzonym Domu. A zaraz potem zauważyłam, że on nie siada i nie straszy dzieciaków, tak jak powinien, więc podeszłam do niego i zapytałam, co się dzieje. A on nie odpowiadał. On tylko... on tylko patrzył w sufit. A potem dotknęłam go, a on... To było okropne. Jego głowa po prostu jakoś tak poleciała na bok. – Głos Bonnie załamał się i urwała. Z trudem przełknęła ślinę.

Elena wstała, tak samo jak Stefano i Matt, i jeszcze parę innych osób. Elena objęła Bonnie.

– Bonnie, spokojnie. No już, nie trzeba.

– I miałam całe ręce we krwi. Wszędzie była krew, tyle krwi... – Bonnie histerycznie pociągała nosem.

– Dobrze, chwila przerwy – powiedział Alaric Saltzman. – Przepraszam. Nie chciałem tak bardzo cię wytrącić z równowagi. Ale moim zdaniem prędzej czy później będziecie się musieli uporać z tymi uczuciami. Widzę, że to było dla was bardzo trudne przeżycie.

Wstał i zaczął się przechadzać po wnętrzu okręgu, nerwowo splatając i rozplatając dłonie. Bonnie nadal cichutko pochlipywała.

– Już wiem – powiedział, a ten chłopięcy uśmiech znów się pojawił. – Chciałbym, żebyśmy ten nasz kontakt nauczyciel-uczeń dobrze zaczęli, z dala od tej całej atmosfery. Może wszyscy przyjdziecie do mnie do domu dzisiaj wieczorem, żebyśmy mogli porozmawiać swobodnie? Może po prostu trochę lepiej się poznamy, może porozmawiamy o tym, co się stało. Możecie nawet przyprowadzić przyjaciół, jeśli będziecie mieli ochotę. Co wy na to?

Przez kolejne pół minuty gapili się na niego w milczeniu. A potem ktoś odezwał się:

– Do domu?

– Tak... Och, zapomniałem, przepraszam. Mieszkam u Ramseyów, przy Magnolia Avenue. – Zapisał adres na tablicy. – Ramseyowie to moi przyjaciele i odstąpili mi dom na czas swoich wakacji. Sam jestem z Charlottesville, a wasz dyrektor zadzwonił do mnie w piątek, by zapytać, czy mogę tu wziąć zastępstwo. Aż podskoczyłem z radości. To moja pierwsza nauczycielska praca.

– Ach, to wiele wyjaśnia – mruknęła Elena pod nosem.

– Doprawdy? – odezwał się Stefano.

– No, ale co wy na to? Jesteśmy umówieni? – Alaric Saltzman rozejrzał się po klasie.

Nikt nie miał serca mu odmówić. Tu i ówdzie odezwały się różne: „jasne" i „przyjdziemy".

– Świetnie, no to wszystko umówione. Zadbam o jakiś poczęstunek i będziemy sobie mogli wszyscy pogadać. Aha, przy okazji... – Otworzył i przejrzał dziennik. – Obecność na imprezie będzie stanowiła połowę waszej oceny. – Podniósł oczy i uśmiechnął się. – A teraz możecie już iść.

– Ale tupeciarz – mruknął ktoś cicho, kiedy Elena szła do drzwi. Bonnie ruszyła za nią, ale zatrzymał ją głos Alarica.

– Czy te osoby, które dzisiaj mówiły przed klasą, mogłyby jeszcze chwilę zostać?

– Lepiej zobaczę, co z treningiem – powiedział Stefano. – Pewnie jest odwołany, ale wolę sprawdzić.

Elena się zaniepokoiła.

– Jeśli nie jest odwołany, czujesz się na siłach?

– Nic mi nie będzie – powiedział wymijająco. Ale zauważyła, że twarz nadal ma ściągniętą i poruszał się tak, jakby wszystko go bolało. – Zobaczymy się przy twojej szafce – dodał.

Pokiwała głową. Kiedy doszła do swojej szafki, zobaczyła, że niedaleko Caroline rozmawia z dwiema dziewczynami. Trzy pary oczu śledziły każdy ruch Eleny, kiedy odkładała książki do szafki, ale gdy uniosła wzrok, dwie z nich szybko spojrzały w inną stronę. Tylko Caroline nadal się na nią gapiła, lekko przekrzywiając głowę na bok i szepcząc coś do pozostałych dwóch dziewczyn.

Elena miała tego dosyć. Zatrzasnęła drzwi szafki i podeszła prosto do tej grupki.

– Cześć, Becky, cześć, Sheila – powiedziała. A potem, z dużym naciskiem: – Cześć, Caroline.

Becky i Sheila wymamrotały powitanie i dodały coś o tym, że muszą już lecieć. Elena nawet nie obejrzała się za siebie, kiedy chyłkiem się wyniosły. Nie spuszczała oczu z Caroline.

– O co chodzi? – spytała ostro.

– O co chodzi? – Caroline wyraźnie świetnie się tym wszystkim bawiła i próbowała tę chwilę przeciągnąć. – A z czym?

– Z tobą, Caroline. Ze wszystkimi. Nie udawaj, że nic nie knujesz, bo ja wiem, że to robisz. Ludzie unikają mnie przez cały dzień, jakbym była trędowata, a ty masz taką minę, jakbyś właśnie wygrała na loterii. Co kombinujesz?

Caroline darowała sobie minę zdziwionego niewiniątka i uśmiechnęła się kocim uśmieszkiem.

– Powiedziałam ci, że w tym roku, kiedy szkoła się zacznie, wiele się zmieni, Eleno – stwierdziła. – Ostrzegałam cię, że twój czas królowania minął. Ale to wcale nie moja robota. To, co się dzieje, to zwykła selekcja naturalna. Prawo dżungli.

– A co konkretnie się dzieje?

– No cóż, powiedzmy sobie po prostu, że umawianie się z mordercą nie wzmacnia pozycji towarzyskiej.

Elenę zabolało w piersi tak, jakby Caroline ją uderzyła. Na moment ogarnęła ją ochota, żeby oddać uderzenie. Potem, czując w uszach pulsowanie krwi, wycedziła przez zaciśnięte zęby:

– To nieprawda. Stefano nic nie zrobił. Policja go przesłuchała i nie postawiła mu żadnych zarzutów.

Caroline wzruszyła ramionami. Uśmiechała się teraz z wyższością.

– Eleno, znamy się od przedszkola, więc dam ci radę, ze względu na stare dobre czasy: rzuć Stefano. Jeśli zrobisz to od razu, może uda ci się nie zostać kompletnym społecznym wyrzutkiem. W przeciwnym razie możesz sobie od razu kupić taki mały dzwoneczek, jaki trędowaci noszą na ulicach.

Elena nie mogła opanować wściekłości, kiedy Caroline odwróciła się i odeszła, a jej kasztanowe włosy lśniły w świetle jak płynne złoto. Wreszcie Elena odzyskała mowę.

– Caroline… – Tamta obejrzała się za siebie. – Wybierasz się dzisiaj wieczorem na tę imprezę do Ramseyów?

– Chyba tak. Bo co?

– Bo ja tam będę. Ze Stefano. To do zobaczenia w dżungli. – Tym razem to Elena odwróciła się pierwsza.

Godność, z jaką chciała odejść, nie wypadła do końca przekonująco, bo Elena zawahała się i zwolniła na widok szczupłej, stojącej w cieniu sylwetki na drugim końcu korytarza. Po chwili jednak, podchodząc bliżej, zobaczyła, że to Stefano.

Wiedziała, że uśmiech, jakim go wita, jest nieco wymuszony, a on zerknął w stronę szafek, kiedy ręka w rękę ruszyli do wyjścia.

– A więc trening odwołano? – odezwała się.

Pokiwał głową.

– O co poszło? – spytał cicho.

Nic takiego. Pytałam Caroline, czy wybiera się dziś wieczorem na imprezę. – Elena uniosła głowę i spojrzała na szare, ponure niebo.

– I o tym właśnie rozmawiałyście?

Pamiętała, co jej powiedział w swoim pokoju. Widział lepiej niż człowiek, słyszał też lepiej. Na tyle dobrze, żeby wychwycić słowa, jakie padły piętnaście metrów dalej?

– Tak – powiedziała uparcie, nadal przypatrując się chmurom.

– I to cię tak rozzłościło?

– Tak – powtórzyła znów tym samym tonem.

Czuła, że jej się przygląda.

– Eleno, to nieprawda.

– No cóż, skoro czytasz mi w myślach, to nie musisz zadawać pytań, prawda?

Teraz stali naprzeciw siebie. Stefano spiął się, zacisnął usta.

– Wiesz, że bym tego nie zrobił. Ale myślałem, że to tobie tak bardzo zależy na uczciwości w związkach.

– No dobrze. Caroline zachowywała się jak suka, jak zwykle, i trzepała ozorem o morderstwie. Co z tego? Dlaczego się przejmujesz?

– Bo ona może mieć rację – przyznał brutalnie Stefano. – Nie co do morderstwa, ale co do ciebie. Co do ciebie i mnie. Powinienem był wiedzieć, że do tego dojdzie. Nie chodzi tylko o nią, prawda? Przez cały dzień czułem wrogość i strach, ale byłem zbyt zmęczony, żeby się nad tym zastanawiać. Oni uważają mnie za zabójcę i wyżywają się na tobie.

– To nie ma znaczenia, co oni sobie myślą! Mylą się i prędzej czy później to zrozumieją. A wtedy wszystko znów będzie jak przedtem.

Kąciki ust Stefano uniosły się w smutnym uśmiechu.

– Naprawdę w to wierzysz? – Rozejrzał się wkoło, twarz mu stężała. – A jeśli nie zmienią zdania? Jeśli będzie tylko coraz gorzej?

– Jak to?

– Byłoby może lepiej... – Stefano wziął głęboki oddech i mówił dalej, z wahaniem: – Byłoby może lepiej, gdybyśmy przez jakiś czas się nie spotykali. Jeśli pomyślą, że nie jesteśmy już razem, dadzą ci spokój.

Spojrzała na niego.

– I uważasz, że mógłbyś się na to zdobyć? Nie widywać się ze mną i nie rozmawiać ze mną nie wiadomo jak długo?

– Jeśli to będzie konieczne, owszem. Moglibyśmy udawać, że ze sobą zerwaliśmy. – Zacisnął zęby.

Elena jeszcze chwilę na niego patrzyła. A potem obeszła go wkoło i przysunęła się bliżej, tak blisko, że prawie się dotykali. Musiał opuścić głowę, żeby spojrzeć jej w oczy, oddalone od jego zaledwie o parę centymetrów.

– Istnieje tylko jedna możliwość, żebym zawiadomiła całą szkołę, że ze sobą zerwaliśmy. A mianowicie wtedy, kiedy mi powiesz, że mnie nie kochasz i nie chcesz mnie oglądać na oczy. Powiedz mi to, Stefano, powiedz mi to teraz. Powiedz mi, że już nie chcesz ze mną być.

Wstrzymał oddech. Patrzył na nią zielonymi oczami, które mieniły się jak oczy kota odcieniami szmaragdu, malachitu i ostrokrzewu.

– Powiedz mi to – powtórzyła. – Powiedz mi, że dasz sobie radę beze mnie, Stefano. Powiedz mi...

Nie udało jej się dokończyć zdania. Musiała przerwać, bo ją pocałował.

ROZDZIAŁ 6

Stefano siedział w salonie domu Gilbertów i uprzejmie potakiwał każdemu słowu ciotki Judith, która wyraźnie czuła się nieswojo, goszcząc go. Nie trzeba było umieć czytać w myślach, żeby się w tym połapać. Ale starała się być miła, a więc Stefano też się starał. Chciał, żeby Elena była zadowolona.

Elena. Nawet kiedy na nią nie patrzył, w pokoju świadomy był przede wszystkim jej obecności. Jego skóra reagowała na dziewczynę jak przymknięte powieki na promień słońca. Kiedy wreszcie pozwalał sobie na nią spojrzeć, wszystkimi zmysłami odczuwał słodki wstrząs.

Tak bardzo ją kochał. Już nie widział w niej Katherine, prawie zapomniał, że tak bardzo przypominała mu tamtą nieżyjącą dziewczynę. Tak bardzo się przecież od siebie różniły. Elena miała takie same jasnozłote włosy i kremową skórę, te same delikatne rysy twarzy, co Katherine, ale na tym podobieństwo się kończyło. Jej oczy, fiołkowe w świetle ognia na kominku, ale zwykle błękitne intensywnym kolorem lapis-lazuli, nie były ani nieśmiałe, ani nie miały dziecinnego wyrazu, jak u Katherine. Wręcz przeciwnie, były wrotami do jej duszy, która przeświecała zza nich jak wielki gorący płomień. Elena była Eleną i w jego sercu jej obraz zajął miejsce łagodnego wspomnienia Katherine.

Ale właśnie jej siła sprawiała, że ich miłość stawała się niebezpieczna. Nie potrafił sprzeciwić jej się w zeszłym tygodniu, kiedy zaproponowała mu własną krew. Prawda, bez niej mógł umrzeć, ale z punktu widzenia bezpieczeństwa Eleny to się stało za wcześnie. Po raz setny przyjrzał się jej twarzy, szukając oznak zdradzających przemianę. Czy ta kremowa cera nie jest czasem bledsza? Jej mina nieco bardziej oderwana od rzeczywistości?

Od teraz będą musieli bardziej uważać. On będzie musiał być ostrożniejszy. Zadbać o to, żeby często jeść, zadowalając się zwierzętami, tak żeby nie pojawiała się pokusa. Nie wolno pozwolić, żeby pragnienie stało się za silne. Myśląc o tym, poczuł, że właśnie teraz dopada go głód. Taki suchy, palący ból, który czuł w całej górnej szczęce, który niósł się szeptem po żyłach i tętnicach. Powinien być w lesie – wyczulonymi zmysłami nasłuchiwać najlżejszego szmeru łamanej suchej gałązki, spinać mięśnie do pogoni – a nie siedzieć przy kominku i obserwować, jaki wzór tworzą na szyi Eleny bladoniebieskie żyłki.

Smukła szyja poruszyła się, kiedy Elena odwróciła się w jego stronę.

– Chcesz jechać na tę imprezę dziś wieczorem? – spytała. – Możemy wziąć samochód cioci.

– Ale najpierw zjecie obiad – wtrąciła szybko ciotka Eleny.

– Raczej coś zjemy na mieście po drodze.

To znaczy Elena coś przekąsi po drodze, pomyślał Stefano. On sam mógł przeżuwać i połykać zwykłe jedzenie, jeśli musiał, ale nic mu to nie dawało i już dawno przestało smakować. Nie, jego… apetyt był teraz nieco bardziej wyszukany, pomyślał. A jeśli pojadą na tę imprezę, to będzie oznaczało kolejne godziny głodu. Pokiwał jednak zgodnie głową w stronę Eleny.

– Jak chcesz – powiedział.

Chciała, była zdecydowana. Od początku o tym wiedział.

– No dobrze, to ja pójdę się przebrać.

Odprowadził ją do podstawy schodów.

– Włóż coś z wysokim kołnierzem. Jakiś sweter – poradził jej przyciszonym głosem.

Zerknęła w stronę drzwi do pustego salonu i odparła:

– Nie trzeba. Już się prawie zagoiły. Widzisz? – Odsunęła koronkowy kołnierzyk, przekrzywiając głowę na bok.

Stefan patrzył jak urzeczony na dwa okrągłe znaki na delikatnej skórze. Miały teraz kolor jasnowiśniowy, jak mocno rozwodnione wino. Zacisnął zęby i z trudem odwrócił wzrok. Gdyby miał patrzeć na tę szyję jeszcze chwilę, chybaby oszalał.

– Nie o to mi chodziło – rzucił szorstko.

Połyskliwa zasłona jej włosów znów opadła, zakrywając ślady.

– Och!

– Wchodźcie!

Posłuchali i weszli do salonu, gdzie rozmowy ucichły. Elena widziała twarze odwrócone w ich stronę, zaciekawione, ukradkowe spojrzenia i czujne miny. Nie do takich spojrzeń przywykła, kiedy wchodziła do jakiegoś pokoju.

Drzwi otworzył im ktoś z uczniów, Alarica Saltzmana nigdzie nie było widać. Ale za to widać było Caroline, która siedziała na barowym stołku, na którym najefektowniej mogła prezentować długie nogi. Spojrzała na Elenę kpiąco i zrobiła jakąś uwagę do chłopaka po swojej prawej stronie, a on się roześmiał.

Elena czuła, że coraz trudniej jest jej się uśmiechać, a na jej twarz powoli wystąpiły rumieńce. Ale potem usłyszała znajomy głos:

– Elena, Stefano! Tutaj.

Z ulgą dostrzegła Bonnie siedzącą razem z Meredith i Edem Goffem na nieudażej kanapie w rogu. Usiadła ze Stefano na kanapie naprzeciwko nich i usłyszała, że w pokoju znów zaczyna się robić głośno od rozmów.

Za milczącą zgodą nikt nie wspominał niezręcznej ciszy po wejściu Eleny i Stefano. Elena była zdecydowana udawać, że wszystko jest tak samo jak zwykle.

A Bonnie i Meredith stały po jej stronie.

– Wyglądasz świetnie – powiedziała Bonnie serdecznie. – Bardzo mi się podoba ten czerwony sweter.

– Rzeczywiście, ładnie jej. Prawda, Ed? – spytała Meredith, a Ed, nieco zaskoczony, przytaknął.

– Więc twoja klasa też została zaproszona – zwróciła się Elena do Meredith. – Myślałam, że może tylko nasi, z siódmej godziny.

– Ja nie wiem, czy „zaproszona" to jest odpowiednie słowo – odparła Meredith sucho. – Biorąc pod uwagę, że obecność tu to połowa naszej oceny.

– Myślisz, że on to mówił poważnie? Przecież to chyba niemożliwe – wtrącił Ed.

Elena wzruszyła ramionami.

– Moim zdaniem nie żartował. Gdzie Ray? – zapytała Bonnie.

– Ray? Och, Ray. Sama nie wiem, gdzieś tam jest. Chyba. Tu jest dzisiaj masa ludzi.

To prawda. Salon Ramseyów był pełen ludzi, a z tego, co widziała Elena, tłum wylewał się też do jadalnego, frontowej bawialni i kuchni pewnie też. Co chwila ktoś łokciem muskał włosy Eleny, kiedy ludzie przechodzili za jej plecami.

– Czego chciał od was Saltzman po lekcji? – spytał Stefano.

– Alaric – poprawiła go Bonnie sztywno. – On chce, żebyśmy mówili do niego po imieniu. Och, powiedział po prostu parę miłych słów. Przepraszał za to, że zmusił mnie do przeżywania na nowo tak okropnego doświadczenia. Nie wiedział zbyt dokładnie, jak zginął pan Tanner, i nie zdawał sobie sprawy, że jestem taka wrażliwa. Oczywiście, sam też jest ogromnie wrażliwy, więc zrozumiał, jak się poczułam. Przecież to Wodnik.

– Z księżycem w drugim domu – mruknęła Meredith pod nosem. – Bonnie, chyba nie wierzysz w takie głupoty, prawda? To nauczyciel, nie powinien próbować takich sztuczek z uczniami.

– On nie próbował żadnych sztuczek! Dokładnie to samo powiedział Tylerowi i Sue Carson. Mówił, że powinniśmy stworzyć grupę wsparcia albo napisać jakiś esej, w którym damy upust swoim uczuciom. Powiedział, że nastolatki zawsze bardzo łatwo poddają się różnym wpływom, a on nie chce, żeby ta tragedia wywarła trwały wpływ na nasze życie.

– O rany! – gwizdnął Ed, a Stefano pokrył wybuch śmiechu udawanym kaszlem. Ale wcale nie był rozbawiony i wcale nie zadał Bonnie tego pytania z czystej ciekawości. Elena to widziała, czuła emanujący od niego niepokój. Stefano czuł do Alarica Saltzmana dokładnie to samo, co reszta ludzi w tym pokoju czuła do Stefano. Nieufność i obawę.

– To rzeczywiście dziwne, bo na naszej lekcji udawał, że ta impreza to jakiś spontaniczny pomysł – zamyśliła się, nieświadomie reagując na niewypowiedzianą myśl Stefano – a widać wyraźnie, że to sobie wcześniej zaplanował.

– Mnie jeszcze bardziej dziwi, że szkoła zatrudniła nauczyciela, nie mówiąc mu, w jaki sposób zginął jego poprzednik – dodał Stefano. – Wszyscy o tym mówią, w gazetach też musieli o tym pisać.

– Ale nie ze szczegółami – oświadczyła stanowczo Bonnie. – W sumie policja wiele rzeczy zatrzymała dla siebie, bo uważają, że to im pomoże ująć sprawcę. Na przykład – ściszyła głos – wiecie, co powiedziała Mary? Doktor Feinberg rozmawiał z facetem, który wykonywał autopsję, z lekarzem sądowym. A on powiedział, że w tych zwłokach nie zostało ani trochę krwi. Nawet kropelki.

Elena poczuła podmuch lodowatego wiatru, jakby znów stała na cmentarzu. Nie mogła się odezwać.

– A gdzie się podziała? – spytał Ed.

– No cóż, zdaje się, cała znalazła się na podłodze – powiedziała spokojnie Bonnie. – Na ołtarzu i tak dalej. Teraz właśnie to bada policja. Ale to dziwna sprawa, żeby w zwłokach nie została ani kropla krwi, zwykle część zostaje i krzepnie, opadając do dolnych partii ciała. Plamy opadowe, to się tak nazywa. Wyglądają jak wielkie fioletowe siniaki. Co się stało?

– Od twojej niesłychanej wrażliwości zrobiło mi się niedobrze – wycedziła Meredith zduszonym głosem. – Czy moglibyśmy jednak zmienić temat?

– To nie ty przecież cała byłaś zalana cudzą krwią – zaperzyła się Bonnie, ale przerwał jej Stefano.

– Czy śledczy wyciągnęli jakieś wnioski z tych wszystkich informacji? Są może bliżej znalezienia zabójcy?

– Nie wiem – odparła Bonnie, a potem się rozchmurzyła. – No właśnie, Eleno, powiedziałaś, że wiesz…

– Przymknij się, Bonnie – przerwała Elena desperacko. Jeśli istniało miejsce, w którym szczególnie nie należało omawiać tego tematu, to właśnie w tym zatłoczonym pokoju, w otoczeniu ludzi, którzy nie cierpieli Stefano. Bonnie szerzej otworzyła oczy, a potem pokiwała głową i umilkła.

Ale Elena nie mogła się odprężyć. Stefano nie zabił pana Tannera, a przecież ślady, które mogły prowadzić do Damona, mogły równie dobrze prowadzić do niego. I poprowadziłyby do niego, bo przecież nikt poza nią i Stefano nie wiedział o istnieniu Damona. Gdzieś tam, w mroku, się czaił. Czekał na swoją następną ofiarę. Może na Stefano, a może na nią…

– Gorąco mi – powiedziała nagle. – Chyba pójdę zobaczyć, co do jedzenia i picia przygotował Alaric.

Stefano zrobił taki ruch, jakby chciał wstać, ale Elena gestem ręki dała mu znać, żeby siedział. Chipsy ziemniaczane i poncz do szczęścia mu nie były potrzebne, a poza tym chciała zostać na chwilę sama, coś zrobić, a nie siedzieć bez ruchu, jakoś uspokoić się.

Towarzystwo Bonnie i Meredith dało jej złudne poczucie bezpieczeństwa. Kiedy od nich odeszła, znów znalazła się pod ostrzałem spojrzeń rzucanych z ukosa. Tym razem rozgniewało ją to. Przeszła przez tłum rówieśników z ostentacyjną pewnością siebie, podtrzymując każde spojrzenie, które akurat udało jej się pochwycić. Skoro już się zaczynam okrywać złą sławą, pomyślała, po co mam kłaść uszy po sobie?

Zgłodniała. W jadalni Ramseyów ktoś poustawiał zadziwiająco smacznie wyglądające przekąski. Elena wzięła papierowy talerzyk i położyła na nim parę kawałków marchewki, ignorując ludzi kręcących się przy stole z bielonego dębu. Nie miała zamiaru ich zaczepiać, jeśli nie odezwą się do niej pierwsi. Przyglądała się z całą uwagą jedzeniu, przechylając się między kolegami, żeby sięgnąć po winogrona, ostentacyjnie obrzucając wzrokiem cały stół, jakby chciała sprawdzić, czy czegoś smacznego nie pominęła.

Udało jej się zwrócić na siebie uwagę wszystkich, nie musiała nawet podnosić oczu, żeby o tym wiedzieć. Od niechcenia pogryzała kruchy paluszek, trzymając go między zębami jak ołówek, a potem odwróciła się od stołu.

– Mogę sobie odgryźć kawałeczek?

Zaszokowana, szeroko otworzyła oczy. Oddech jej zaparło, a mózg odmówił posłuszeństwa, niezdolny pojąć to, co widziały oczy, więc stała tam bezbronna i zdana na łaskę losu. Ale choć straciła zdolność racjonalnego myślenia, zmysłami nadal bezlitośnie wszystko rejestrowała: czarne oczy, które przesłaniały jej całe pole widzenia, zapach wody kolońskiej, dwa długie palce, które ujęły jej podbródek i uniosły go w górę. Damon pochylił się i delikatnie odgryzł kawałek paluszka, który miała w ustach.

W tym momencie ich usta dzieliło zaledwie kilka centymetrów. Już się pochylał, chcąc ugryźć kolejny kawałek, kiedy Elena odzyskała przytomność umysłu na tyle, żeby odchylić się w tył, ręką wyjmując z ust niedojedzony paluszek i rzucając go gdzieś na bok. Złapał go w powietrzu, popisując się niesamowitym refleksem.

Nadal nie odrywał od niej oczu. Elena wreszcie złapała oddech i otworzyła usta, sama nie wiedziała po co. Pewnie, żeby zacząć krzyczeć. Żeby ostrzec wszystkich, żeby uciekli z tego domu. Serce waliło jej jak młotem, w oczach się ćmiło.

– No już, już. – Wyjął talerz z jej rąk, a potem zdołał ująć ją za nadgarstek. Trzymał go lekko, jak Mary, kiedy sprawdzała puls Stefano. Nadal gapiła się na niego, z trudem łapiąc powietrze, a on delikatnie pogłaskał ją po ręce, jakby chciał ją uspokoić. – No już, nic się nie stało.

Co ty tu robisz? – pomyślała. Rozgrywająca się na jej oczach scena wydawała jej się nienaturalnie wyraźna i dziwna. Zupełnie jak w takim koszmarze, kiedy wszystko jest niby normalnie, a potem nagle zdarza się coś groteskowego. Przecież on ich wszystkich pozabija.

– Eleno? Nic ci nie jest? – Sue Carson mówiła do niej, chwytając ją za ramię.

– Chyba się czymś zakrztusiła – powiedział Damon, puszczając rękę Eleny. – Ale już wszystko w porządku. Może nas przedstawisz?

On ich wszystkich pozabija...

– Eleno, to jest Damon, hm... – Sue zrobiła przepraszający ruch ręką, a Damon dokończył za nią.

– Smith. – Uniósł papierowy kubeczek w geście toastu. – *La vita*.

– Co ty tu robisz? – szepnęła.

– On studiuje na uniwersytecie – pośpieszyła z wyjaśnieniem Sue, kiedy stało się widoczne, że Damon nie zamierza odpowiedzieć. – Na... Uniwersytecie Stanu Wirginia, tak? Czy William i Mary?

– Tu czy tam – powiedział Damon, nadal patrząc na Elenę. Na Sue nie spojrzał ani razu. – Lubię podróżować.

Świat wokół Eleny znów zaczynał wyglądać normalnie, ale to był przerażający świat. Ze wszystkich stron tłoczyli się ludzie, obserwujący ich rozmowę z zainteresowaniem, co nie pozwalało jej mówić swobodnie. Ale dzięki nim czuła się też bezpieczniejsza. Bo chociaż nie wiedziała dlaczego, to przecież widziała jednak, że Damon gra w jakąś grę, udaje jednego z nich. I dopóki ta maskarada trwa, nic jej nie zrobi na oczach tego tłumu... A przynajmniej taką miała nadzieję.

Gra. Ale to on ustalał jej reguły. Stał tu, w salonie domu Ramsayów, i bawił się nią.

– Przyjechał tu tylko na parę dni – ciągnęła pogodnie Sue. – Odwiedza... znajomych, tak mówiłeś? Czy krewnych?

– Tak – potwierdził Damon.

– Masz szczęście, że możesz wybrać się z wizytą, kiedy tylko chcesz – stwierdziła Elena. Nie miała pojęcia, co jej odbiło, że chce spróbować go zdemaskować.

– Szczęście niewiele ma z tym wspólnego – odparł Damon. – Lubisz tańczyć?

– A z czego się specjalizujesz?

Uśmiechnął się do niej.

– Z amerykańskiego folkloru. Wiedziałaś na przykład, że jeśli masz na karku pieprzyk, to znaczy, że będziesz bogata? Pozwolisz, że sprawdzę?

– Ja nie pozwolę. – Głos dobiegł zza pleców Eleny. Brzmiał wyraźnie, chłodno i spokojnie. Elena tylko raz słyszała ten ton w ustach Stefano, kiedy nakrył na cmentarzu Tylera, który próbował się do niej dobierać. Palce Damona zamarły przy jej gardle, a ona, jakby zaklęcie przestało działać, się odsunęła.

– A czy ty się liczysz? – odezwał się Damon.

Stanęli naprzeciw siebie pod lekko migoczącym żółtawym światłem mosiężnego żyrandola.

Elena była świadoma własnych myśli, nakładających się na siebie jak warstwy tortu. Wszyscy patrzą, pewnie myślą, że to prawie jak w filmie... Nie zdawałam sobie sprawy, że Stefano jest wyższy... Bonnie i Meredith na pewno się zastanawiają, co się dzieje... Stefano jest rozgniewany, ale wciąż słaby, wciąż ma za mało sił... Jeśli teraz zaatakuje Damona, przegra...

I to na oczach tych wszystkich ludzi. Nagle rozjaśniło jej się w głowie, a wszystkie części układanki dopasowały się do siebie. Właśnie po to Damon tu przyszedł – żeby sprowokować Stefano do ataku, na pozór nieuzasadnionego. Nieważne, co będzie potem – Damon i tak wygra. Jeśli Stefano go pobije, to będzie tylko kolejny dowód na jego skłonność do używania przemocy. Kolejny argument dla wrogów Stefano. A jeśli Stefano przegra w tym starciu...

To zapłaci życiem, pomyślała Elena. Och, Stefano, on jest teraz od ciebie o wiele silniejszy... Proszę, nie rób tego. Nie graj według jego reguł. On chce cię zabić, tylko czeka na okazję.

Siłą woli poruszyła się z miejsca, chociaż nogi i ręce miała sztywne jak teatralna kukiełka.

– Stefano – powiedziała, biorąc w dłonie jego zimną rękę. – Chcę jechać do domu.

Wyczuwała napięcie jego ciała, zupełnie jakby pod skórą przebiegał mu prąd elektryczny. W tej chwili był skupiony wyłącznie na Damonie, a światło odbijało się od jego oczu jak od ostrza sztyletu. Nie rozpoznawała go, kiedy był w takim stanie, był jak ktoś obcy. Przerażał ją.

– Stefano... – powtórzyła, nawołując go, jakby zgubiła się we mgle i nie mogła go odnaleźć. – Stefano, proszę...

I powoli, powolutku poczuła, że zareagował. Usłyszała jego oddech i zobaczyła, że jego ciało odpręża się, schodzi na niższy energetycznie poziom. Ta mordercza koncentracja w jego spojrzeniu ustąpiła, a on spojrzał na nią i wreszcie ją dostrzegł.

– Dobrze – powiedział cicho, patrząc jej w oczy. – Chodźmy.

Kiedy zawrócili, ciągle go nie puszczała, trzymając go jedną dłonią za rękę, a drugą wsuwając mu pod ramię. Siłą woli zmusiła się, żeby się nie obejrzeć za siebie, kiedy szli do wyjścia, ale skóra na karku ją mrowiła, zupełnie jakby oczekiwała, że ktoś jej zada cios w plecy.

Zamiast tego usłyszała cichy i żartobliwy głos Damona:

– A słyszałaś, że pocałunek rudej dziewczyny leczy opryszczkę?

A zaraz potem przesadny, głośny i radosny wybuch śmiechu Bonnie.

Po drodze do drzwi wpadli wreszcie na gospodarza.

– Już wychodzicie? – spytał Alaric. – Ale ja nawet nie zdążyłem jeszcze z wami pogadać.

Minę miał pełną jednocześnie nadziei i wyrzutu, jak pies, który doskonale wie, że go nie zabiorą na spacer, ale mimo to macha ogonem. Elena poczuła, że zaczyna ją ogarniać niepokój o nauczyciela i wszystkich, którzy zostaną w tym domu. Ona i Stefano zostawiali ich na pastwę Damona.

Będzie musiała po prostu mieć nadzieję, że jej wcześniejsza ocena okaże się właściwa i że Damon będzie chciał kontynuować tę maskaradę. Teraz musi się zadowolić tym, że zabierze stąd Stefano, zanim on zdąży zmienić zdanie.

– Niezbyt dobrze się czuję – skłamała, sięgając po torebkę, którą zostawiła na kanapie. – Przykro mi. – Nieco mocniej ścisnęła ramię Stefano. Tak niewiele brakowało, żeby zawrócił i poszedł prosto do jadalni.

– To mnie jest przykro – powiedział Alaric. – Do zobaczenia.

Byli już na progu, kiedy dostrzegła mały kawałek fioletowego papieru wetknięty do bocznej kieszonki torebki. Wyjęła go i rozwinęła niemal odruchowo, umysł mając zaprzątnięty czym innym.

Na karteczce napisano parę słów, wyraźnym, dużym i nieznajomym charakterem pisma. Przeczytała je i poczuła, że robi jej się słabo. Tego już za wiele, po prostu nie zniesie tego.

– Co się stało? – spytał Stefano.

– Nic. – Wcisnęła kartkę do kieszeni, głęboko. – Nic takiego, Stefano. Jedźmy już.

Wyszli na zewnątrz pod kłujące krople deszczu.

ROZDZIAŁ 7

Następnym razem nie wyjdę – zapowiedział Stefano spokojnie.

Elena wiedziała, że mówił to serio, i bardzo się tego obawiała. Ale w tej chwili jeszcze nie do końca doszła do siebie i nie chciała się sprzeczać.

– On tam był – powiedziała. – W zwyczajnym domu pełnym zwyczajnych ludzi, jakby miał do tego pełne prawo. Nie spodziewałam się, że się na coś takiego odważy.

– A czemu nie? – spytał Stefano krótko, z goryczą. – Ja też bywam w zwyczajnych domach, pełnych zwyczajnych ludzi, jakbym miał do tego prawo.

– Nie chciałam, żeby to tak zabrzmiało. Chodzi mi o to, że publicznie widziałam go przedtem tylko raz, w Nawiedzonym Domu, kiedy miał na sobie maskę i kostium, a poza tym było tam ciemno. Przedtem zawsze pojawiał się w jakimś odludnym miejscu, jak w sali gimnastycznej tego wieczoru, kiedy zostałam tam sama, albo na cmentarzu...

Kiedy tylko skończyła wypowiadać ostatnie słowa, zorientowała się, że popełniła błąd. Nadal nie zdążyła opowiedzieć Stefano o tym, jak trzy dni wcześniej poszła szukać Damona. Teraz zobaczyła, że sztywno wyprostował się za kierownicą.

– Albo na cmentarzu?

– Tak... Wtedy kiedy ktoś gonił Bonnie, Meredith i mnie. Zakładam, że musiał nas wtedy gonić Damon. A poza nami trzema nikogo tam nie było.

Dlaczego go okłamywała? Bo, jakiś cichy głos w głębi umysłu odpowiedział ponuro, w przeciwnym razie mógłby nad sobą nie zapanować. Gdyby się dowiedział, co Damon jej powiedział, co jej obiecał, to by mogło doprowadzić go do ostateczności.

Nigdy nie będę mogła mu powiedzieć, dotarło do niej z przykrym wstrząsem. Ani o tym, ani o niczym, co Damon zrobi w przyszłości. Jeśli zmierzy się z Damonem, przegra.

W takim razie nigdy się nie dowie, obiecała sama sobie. Nieważne, co będę musiała zrobić, powstrzymam ich od bójki o mnie. Niech się dzieje, co chce.

Na moment lęk przejął ją chłodem. Pięćset lat temu Katherine też próbowała nie dopuścić do takiej bójki, a i tak skończyło się marszem żałobnym. Ale ona nie popełni tego samego błędu, powtarzała sobie Elena uparcie. Metody Katherine były dziecinne i niemądre. Kto poza głupim dzieckiem popełniałby samobójstwo w nadziei, że dwaj rywalizujący o nią bracia potem się pogodzą? To był najgorszy błąd w tej smutnej historii. Przez ten błąd rywalizacja między Stefano a Damonem zmieniła się w nieprzejednaną nienawiść. A co więcej, Stefano od tamtej pory żył w ciągłym poczuciu winy, obwiniał siebie za głupotę i słabość Katherine.

– Myślisz, że go ktoś zaprosił? – spytała, chcąc zmienić temat.

– Najwyraźniej, skoro był w środku.

– A więc to prawda o... O takich jak ty. Że musicie zostać zaproszeni, żeby wejść. Ale Damon wszedł do sali gimnastycznej bez zaproszenia.

– To dlatego, że sala gimnastyczna nie jest miejscem, gdzie mieszkają ludzie. To jedyny warunek. Nieważne, czy chodzi o dom, czy o namiot, czy o mieszkanie nad sklepem. Jeśli ludzie tam jedzą i śpią, to nie możemy wejść bez zaproszenia.

– Ale ja ciebie nie zapraszałam do siebie do domu.

– Owszem, zapraszałaś. Tego pierwszego wieczoru, kiedy cię odwiozłem, otworzyłaś przede mną drzwi i pokazałaś mi, żebym wszedł. To nie musi być ustne zaproszenie. Wystarczy, że pojawi się taka intencja. A osobą zapraszającą nie musi być nawet ktoś, kto w takim domu mieszka. Wystarczy dowolny człowiek.

Elena się zastanawiała.

– A jeśli się mieszka na łodzi?

– To samo. Chociaż bieżąca woda potrafi być sama w sobie barierą. Niektórzy z nas prawie nigdy nie mogą jej przekraczać.

Elena nagle zobaczyła w myślach, jak z Meredith i Bonnie biegną pędem przez most Wickery. Bo w jakiś sposób wiedziała wtedy, że jeśli zdążą przebiec przez most na drugą stronę, odgrodzą się od tego, co je goniło.

– A więc tak to wygląda – szepnęła. Ale nadal nie rozumiała, skąd to wtedy wiedziała. Zupełnie jakby ta wiedza pojawiła się w jej głowie za czyjąś sprawą. A potem dotarło do niej coś jeszcze.

– Zabrałeś mnie na drugą stronę mostu. Możesz przechodzić nad wodą.

– To dlatego, że jestem słaby – powiedział obojętnie, bez żadnych ukrytych emocji. – Jest w tym jakaś ironia, ale im większa jest twoja moc, tym bardziej dotyczą cię pewne ograniczenia. Im silniej jesteś związana z ciemnością, tym bardziej krępują cię jej zasady.

– A jakie są jeszcze te inne zasady? – spytała Elena. Zaczynał się rodzić w jej myślach zalążek planu. A przynajmniej nadziei na jakiś plan.

Stefano spojrzał na nią.

– Owszem – przyznał. – Czas chyba, żebyś się dowiedziała. Im więcej wiesz o Damonie, tym skuteczniej będziesz mogła sama się przed nim bronić.

Bronić się? Może Stefano wiedział jednak więcej, niż myślała. Ale kiedy skręcił w boczną ulicę i zaparkował, powiedziała tylko:

– No dobra. To co, mam robić zapasy czosnku?

Roześmiał się.

– Tylko jeśli chcesz stracić popularność. Ale są różne rośliny, które mogą ci pomóc. Na przykład werbena. To takie zioło, które podobno chroni ludzi przed czarami i pozwala zachować przytomność umysłu nawet wtedy, gdy ktoś używa przeciwko tobie mocy. Ludzie kiedyś nosili ją zawieszoną na szyi. Bonnie bardzo by się to podobało, to była święta roślina druidów.

– Werbena – powtórzyła Elena, smakując nowe słowo. – I co jeszcze?

– Bardzo silne światło albo bezpośrednie promienie słońca mogą być niezwykle bolesne. Zauważysz zmianę pogody.

– Już zauważyłam – odparła Elena po chwili milczenia. – Uważasz, że on to robi?

– Jestem pewien. Potrzeba ogromnej siły, żeby kontrolować żywioły, ale to mu ułatwia przemieszczanie się za dnia. Jak długo utrzymuje zachmurzenie, nie musi nawet osłaniać oczu.

– Ty też ich nie osłaniasz – zauważyła Elena. – A te... No wiesz, krzyże i inne takie?

– Nieskuteczne – odparł Stefano. – Chyba że osoba, która je trzyma, naprawdę wierzy, że to ją ochrania. W takim przypadku bardzo silnie potęgują jej zdolność stawiania oporu.

– Hm... Srebrne pociski?

Stefano znów się krótko roześmiał.

– To na wilkołaki. Z tego, co słyszałem, nie tolerują srebra w żadnej postaci. Jeśli chodzi o mój gatunek, osinowy kołek prosto w serce to nadal najskuteczniejsza metoda. Ale są jeszcze inne sposoby, mniej lub bardziej efektywne: spalenie, obcięcie głowy, wbijanie gwoździ w skronie. Ale najlepiej...

– Stefano! – Ten smutny, gorzki uśmiech na jego twarzy niepokoił ją. – A co ze zmienianiem się w zwierzęta? – spytała. – Mówiłeś kiedyś, że mając dość mocy, mógłbyś to zrobić. Jeśli Damon może się zmieniać w każde dowolne zwierzę, to jak go rozpoznamy?

– Nie w każde dowolne. Ograniczony jest do jednego, najwyżej dwóch. Nawet z jego mocą nie sądzę, żeby miał dość siły na więcej.

– A więc musimy nadal uważać na wrony.

– Dokładnie. Możesz też się zorientować, że on jest w pobliżu, obserwując normalne zwierzęta. Zwykle nie reagują na nas dobrze, wyczuwają w nas drapieżników.

– Jangcy bez przerwy szczekał na tę wronę. Jakby wiedział, że coś z nią jest nie tak – przypomniała sobie Elena. – Aha... Stefano – dodała nieco innym tonem, kiedy wpadło jej do głowy coś nowego. – Co z lustrami? Nie pamiętam, żebyś się w jakimś przeglądał.

Przez chwilę nic nie mówił. A potem się odezwał:

– Legendy mówią, że w lustrze odbija się dusza przeglądającej się w nich osoby. Dlatego prymitywne plemiona boją się luster. Obawiają się, że ktoś uwięzi ich dusze w lustrze, a potem ukradnie. Podobno mój gatunek nie ma odbicia w lustrze, bo nie mamy dusz. – Powoli sięgnął do lusterka wstecznego i przekręcił je w dół, poprawiając tak, żeby Elena mogła w nie zajrzeć. Na jego powierzchni zobaczyła odbicie jego oczu, zagubionych, niespokojnych, wiecznie smutnych.

Nic jej nie pozostało, jak przytulić się do niego, co natychmiast zrobiła.

– Kocham cię – szepnęła. Tylko taką pociechę mogła mu ofiarować. Nic więcej nie mieli.

Objął ją mocniej, chowając twarz w jej włosach.

– Jesteś moim lustrem – odszepnął.

Dobrze było czuć, że się odprężył, że z jego ciała znika napięcie, a w jego miejsce pojawia się serdeczność i wyciszenie. Ona też poczuła się lepiej, ogarnął ją spokój. Tak dobrze jej było, że przypomniała sobie, żeby go zapytać, co miał na myśli, dopiero kiedy stanęli na werandzie przed wejściem do jej domu i zaczęli się żegnać.

– Jestem twoim lustrem? – odezwała się, spoglądając na niego.

– Skradłaś mi duszę – powiedział. – Zamknij za sobą drzwi i nikomu już dzisiaj nie otwieraj. – A potem już go nie było.

– Eleno, dzięki Bogu – odetchnęła z ulgą ciocia Judith. A kiedy Elena wytrzeszczyła na nią oczy, dodała: – Bonnie dzwoniła z imprezy. Powiedziała, że nagle wyszłaś i kiedy nie wracałaś do domu, zaczęłam się niepokoić.

– Stefano i ja wybraliśmy się na przejażdżkę. – Elenie nie bardzo spodobał się wyraz twarzy ciotki po tych słowach. – Coś nie tak?

– Nie, nie. Tylko że… – Ciocia Judith chyba sama nie bardzo wiedziała, jak dokończyć to zdanie. – Eleno, tak się zastanawiam, może dobrze byłoby, gdybyś… nie spotykała się tak często ze Stefano.

Elena znieruchomiała.

– A więc ty też?

– To nie to, że ja wierzę w plotki – zapewniła ją ciocia Judith. – Ale dla własnego dobra może powinnaś nieco się wobec niego zdystansować, może…

– Może mam go rzucić? Zostawić go, bo ludzie rozpowiadają idiotyzmy na jego temat? Żeby czasem nie przylgnęło do mnie trochę błota, kiedy i mnie zaczną nim obrzucać? – Gniew przyniósł jej ulgę i słowa bezładnie pchały się Elenie na usta, kiedy usiłowała jak najszybciej wszystko z siebie wyrzucić. – Nie, wcale mi się nie wydaje, że to taki dobry pomysł, ciociu. Tak jak ty nie byłabyś zachwycona, gdybyśmy w ten sposób rozmawiały o Robercie, dla odmiany. A może ty byś się zgodziła na coś takiego!

– Eleno, nie życzę sobie, żebyś odzywała się do mnie takim tonem…

– Już powiedziałam wszystko, co chciałam! – zawołała Elena i po omacku zawróciła na schody. Udało jej się powstrzy-

mać łzy, dopóki nie znalazła się we własnym pokoju, za zamkniętymi drzwiami. Wtedy rzuciła się na łóżko i rozpłakała.

Jakiś czas później podniosła się, żeby zadzwonić do Bonnie.
Bonnie była podekscytowana i chętna do rozmowy. Jak to,
czy coś dziwnego wydarzyło się po wyjściu Eleny i Stefano?
Dziwne to właśnie było ich wyjście! Nie, ten facet, Damon, nie
mówił nic na temat Stefano, kiedy już wyszli. Pokręcił się tam
trochę i też zniknął. Nie, Bonnie nie widziała, żeby wyszedł razem z kimś. A co? Elena była zazdrosna? Tak, to miał być żart.
Ale facet naprawdę był świetny, prawda? Prawie przystojniej-
szy niż Stefano, to znaczy, zakładając, że komuś podobają się
takie ciemne włosy i oczy. Oczywiście, jeżeli ktoś woli jaśniejsze włosy i piwne oczy, to...
Elena doszła do natychmiastowego wniosku, że Alaric
Saltzman ma piwne oczy.
Wreszcie udało jej się skończyć rozmowę i dopiero wtedy
przypomniała sobie o karteczce, którą miała w torbie. Zapomniała zapytać Bonnie, czy ktoś zbliżał się do jej torebki, kiedy
była w jadalni. Ale z drugiej strony Bonnie i Meredith też na
jakiś czas zajrzały do jadalnego. Ktoś mógł to zrobić właśnie
wtedy.
Na sam widok fioletowego skrawka papieru poczuła w ustach nieprzyjemny posmak. Z trudem się zmuszała do patrzenia na tę kartkę. Ale teraz, kiedy została sama, musiała ją roz-
winąć i jeszcze raz przeczytać, ciągle nie tracąc nadziei, że jakimś cudem tym razem słowa będą inne, że ona się przedtem
zwyczajnie pomyliła.
Ale słowa się nie zmieniły. Wyraźnymi literami na bladym
tle było tam napisane tak, jakby te litery miały po trzy metry
wysokości:

*Chcę go dotykać. Bardziej niż jakiegokolwiek chłopaka
kiedykolwiek przedtem. I wiem, że on też tego chce, ale się powstrzymuje.*

Jej słowa. Z jej pamiętnika. Tego, który jej skradziono.

Następnego dnia do jej drzwi zadzwoniły Meredith i Bonnie.

– Stefano dzwonił wczoraj – wyjaśniła Meredith. – Powiedział, że chce mieć pewność, że nie będziesz szła do szkoły sama. Jego dziś w szkole nie będzie, więc pytał, czy Bonnie i ja nie mogłybyśmy wstąpić po ciebie po drodze.

– Eskortować cię – powiedziała Bonnie, najwyraźniej w świetnym humorze. – Służyć ci za przyzwoitki. Moim zdaniem to naprawdę cudowne i niesamowite, że on jest wobec ciebie taki opiekuńczy.

– Pewnie też jest Wodnikiem – dodała Meredith. – Chodź, Eleno, zanim będę ją musiała zabić, żeby się zamknęła na temat Alarica.

Elena szła w milczeniu, zastanawiając się, z jakiego powodu Stefano nie może pójść do szkoły. Czuła się dzisiaj bezbronna i wystawiona na ciosy, jakby ktoś wywrócił na drugą stronę jej skórę. Jeden z tych dni, kiedy była gotowa rozpłakać się z najbłahszego powodu.

Na szkolnej tablicy ogłoszeń ktoś przyczepił fioletową kartkę.

Powinna była się domyślić. Gdzieś w głębi duszy przeczuwała to. Złodziejowi nie wystarczyło, że dał jej znać, iż jej osobiste zapiski zostały przeczytane. Chciał jej pokazać, że może je jeszcze upublicznić.

Zerwała kartkę z tablicy i zwinęła ją, ale najpierw zerknęła na słowa. Jednym spojrzeniem objęła treść, którą i tak miała wypaloną w pamięci.

Czułam, że ktoś w przeszłości straszliwie go zranił i że on nigdy się z tym nie upora. Ale wydaje mi się też, że jest coś, czego on się obawia, jakiś sekret, który chciałby przede mną ukryć.

– Eleno, co to? Co się stało? Eleno, wracaj tu!

Bonnie i Meredith poszły za nią do najbliższej łazienki, gdzie Elena stanęła przy najbliższym koszu, drąc kartkę na mikroskopijne strzępki i oddychając tak szybko, jakby właśnie skończyła sprint na sto metrów. Popatrzyły na siebie, a potem obie ruszyły na obchód kabin.

– Dobra – powiedziała głośno Meredith. – Przywilej maturzystek. Ty! – Załomotała do jedynych zamkniętych drzwi. – Wyłaź.

Jakieś szelesty, a potem z kabiny wyszła zaskoczona pierwszoklasistka.

– Ale ja nawet nie...

– Wynocha. Już – zarządziła Bonnie. – A ty – zwróciła się do dziewczyny myjącej ręce – staniesz przy drzwiach i zadbasz, żeby tu nikt nie wchodził.

– Ale dlaczego? Co wy...

– Ruchy, mała. Jeśli ktoś wejdzie do środka, ty mi za to odpowiesz.

Kiedy drzwi do łazienki się zamknęły, dziewczyny stanęły przy Elenie.

– Ręce do góry, to napad! – powiedziała Meredith. – No dobra, Eleno, zeznawaj.

Elena podarła ostatni maleńki kawałek papieru. Chciało jej się jednocześnie śmiać i płakać. Chciała opowiedzieć im wszystko, ale nie mogła. Zadowoliła się tym, że powiedziała przynajmniej o pamiętniku.

Rozgniewały się i oburzyły tak samo jak ona.

– To musiał zrobić ktoś, kto był na imprezie – oznajmiła na koniec Meredith, kiedy już obie skończyły wyrażać swoje zdanie na temat charakteru, prowadzenia się i prawdopodobnych losów w życiu pozagrobowym złodzieja pamiętnika. – Ale mógł to zrobić każdy, kto tam był. Ja sobie nie przypominam nikogo konkretnego, kto przechodziłby obok twojej torebki, ale pokój od ściany do ściany był napakowany ludźmi, więc mogłam tego nie zauważyć.

– Ale dlaczego ktoś miałby chcieć zrobić coś takiego? – wtrąciła Bonnie. – Chyba że... Eleno, tej nocy, kiedy znaleźliśmy Stefano, robiłaś jakieś aluzje. Powiedziałaś, że chyba wiesz, kim jest zabójca.

– Nie chyba wiem, po prostu wiem. Ale jeśli się zastanawiacie, czy te sprawy się łączą, to ja nie jestem pewna. To chyba możliwe. To mogła zrobić ta sama osoba.

Bonnie się przeraziła.

– Ale to by oznaczało, że zabójca uczy się w naszej szkole! – A kiedy Elena pokręciła głową, zaczęła mówić dalej. – Jedyne na tej imprezie osoby spoza szkoły to był ten nowy facet i Alaric. – Zmieniła się na twarzy. – Alaric nie zabił pana Tannera. Nie było go nawet wtedy w Fell's Church.

– Wiem. Alaric tego nie zrobił. – Za daleko się posunęła, żeby teraz się wycofać. Bonnie i Meredith już wiedziały za wiele. – Zrobił to Damon.

– Ten facet to zabójca? Facet, który mnie pocałował?

– Bonnie, uspokój się. – Jak zwykle, histeryczne zachowania innych ludzi pomagały Elenie odzyskać panowanie nad sobą. – Tak, to on jest zabójcą i wszystkie trzy musimy na niego uważać. Właśnie dlatego wam o tym mówię. Nigdy, przenigdy nie zapraszajcie go do siebie do domu.

Elena urwała, przyglądając się twarzom przyjaciółek. Gapiły się na nią i na chwilę Elenę ogarnęło mdlące uczucie, że jej nie wierzą. Że zaczną ją uważać za wariatkę.

Ale Meredith zapytała tylko spokojnym, równym tonem:

– Jesteś tego pewna?

– Tak, jestem pewna. To on zamordował człowieka i to on wrzucił Stefano do studni, i w następnej kolejności może zaatakować którąś z nas. A ja nie wiem, czy da się go w jakiś sposób powstrzymać.

– W takim razie – powiedziała Meredith, unosząc brwi – nie dziwię się już, że w takim pośpiechu wyszliście ze Stefano z imprezy.

Caroline uśmiechnęła się złośliwie na widok Eleny, kiedy ta weszła do stołówki. Ale Elena prawie tego nie zauważyła.

Zauważyła za to od razu coś innego. W stołówce była Vickie Bennett.

Vickie nie chodziła do szkoły od tamtego wieczoru, kiedy Matt, Bonnie i Meredith znalazły ją błąkającą się przy drodze, majaczącą coś o mgle, oczach i czymś okropnym na cmentarzu. Lekarze, którzy ją potem przebadali, stwierdzili, że fizycznie nic poważnego jej nie dolega, ale i tak nadal nie pojawiała się w Liceum imienia Roberta E. Lee. Ludzie szeptali coś o psychiatrach i zalecanych przez nich psychotropach.

Ale wcale nie wygląda jak szalona, pomyślała Elena. Była blada i cicha, a ubranie miała jakby pogniecione. Kiedy Elena ją mijała, podniosła wzrok, a oczy miała jak spłoszony jelonek.

Dziwnie było tak siedzieć przy na wpół pustym stoliku w towarzystwie wyłącznie Bonnie i Meredith. Zwykle ludzie się tłoczyli, żeby znaleźć jakieś miejsce obok nich trzech.

– Nie skończyłyśmy dziś rano rozmowy – zaczęła Meredith. – Weź coś do jedzenia, a potem się zastanowimy, co zrobić z tymi kartkami.

– Nie jestem głodna – powiedziała obojętnie Elena. – A poza tym, co można zrobić? Jeśli to Damon, nie damy rady go powstrzymać. Wierzcie mi, to nie jest sprawa dla policji. Dlatego im nie powiedziałam, że to on jest zabójcą. Nie ma żadnego dowodu, a poza tym oni nigdy... Bonnie, ty mnie nie słuchasz.

– Przepraszam – odparła Bonnie, która patrzyła gdzieś ponad lewym uchem Eleny. – Ale tam się dzieje coś dziwnego.

Elena się odwróciła. Vickie Bennett stała na środku stołówki, ale już nie sprawiała wrażenia zmiętej i przygaszonej. Rozglądała się po sali z cynicznym, oceniającym uśmieszkiem.

– No cóż, normalnie to ona nie wygląda, ale żeby od razu dziwnie, to chyba jednak nie – orzekła Meredith. A potem dodała: – Zaraz, momencik...

Vickie rozpinała sweter, ale sposób, w jaki to robiła – przemyślanymi, drobnymi ruchami palców, przez cały czas rozglądając się z tym tajemniczym uśmiechem – sprawiał niepokojące wrażenie. Kiedy rozpięła ostatni guzik, ujęła sweter delikatnie palcem wskazującym i kciukiem i zsunęła go najpierw z jednego ramienia, a potem z drugiego. A potem pozwoliła mu opaść na podłogę.

– Dziwne to jednak dobre słowo – stwierdziła Meredith.

Uczniowie mijający Vickie z pełnymi tacami rzucali w jej stronę zaciekawione spojrzenia, a potem jeszcze się na nią oglądali przez ramię. Ale nie zatrzymywali się, do chwili, kiedy zdjęła buty.

Zrobiła to z wdziękiem, zaczepiając noskiem jednego pantofla o obcas drugiego i zrzucając but. Potem zdjęła też drugi.

– Dalej przecież się nie posunie – mruknęła Bonnie, a tymczasem palce Vickie zajęły się guzikami ze sztucznej masy perłowej przy bluzce.

Głowy się odwracały, ludzie trącali się i wskazywali ją sobie. Wokół Vickie zebrała się mała grupa, która stanęła na tyle daleko od niej, żeby nie zasłaniać widoku pozostałym.

Biała jedwabna bluzka zsunęła się i niczym zraniony duch spłynęła na podłogę. Pod spodem Vickie miała kremową koronkową haleczkę.

W stołówce zapadła już kompletna cisza, pomijając szmer szeptów. Nikt nie jadł. Grupka wokół Vickie się powiększyła.

Vickie uśmiechnęła się skromnie i zaczęła rozpinać guzik przy talii. Plisowana spódnica spadła na podłogę. Wyszła poza jej okrąg i odepchnęła ją na bok stopą.

Ktoś w głębi stołówki wstał i zaczął skandować:

– Idź na całość! Idź na całość! – Zaczęły dołączać do niego inne głosy.

– I nikt jej nie powstrzyma? – zagotowała się Bonnie.

Elena wstała. Kiedy ostatnio podeszła bliżej Vickie, dziewczyna zaczęła wrzeszczeć i rzuciła się na nią. Ale teraz, kiedy Elena podeszła, Vickie uśmiechnęła się do niej konspiracyjnie. Jej wargi poruszyły się, ale Elena nie mogła zrozumieć, co powiedziała w hałasie tego skandowania.

– Chodź, Vickie. Idziemy – powiedziała.

Vickie pokręciła jasnobrązowymi włosami i zsunęła ramiączko halki.

Elena pochyliła się, żeby podnieść sweter i otulić nim szczupłe ramiona dziewczyny. Kiedy to zrobiła, dotknęła Vickie, a jej na wpół przymknięte oczy znów otworzyły się szeroko, jak u przestraszonego zwierzęcia. Vickie rozejrzała się wkoło dzikim wzrokiem, jakby obudziła się z jakiegoś snu. Spojrzała na siebie i na jej twarzy wymalował się wyraz niedowierzania. Owijając się swetrem ściślej, cofnęła się, drżąca.

W stołówce znów zapadła cisza.

– Już dobrze – powiedziała Elena uspokajająco. – Chodź.

Na dźwięk jej głosu Vickie podskoczyła, jakby dotknęła przewodu pod prądem. Wytrzeszczyła oczy na Elenę i nagle eksplodowała krzykiem.

– Jesteś jedną z nich! Widziałam cię! Jesteś złem!

Odwróciła się i na bosaka wybiegła ze stołówki, zostawiając na środku osłupiałą Elenę.

ROZDZIAŁ 8

Wiesz, co jest najdziwniejsze w tym, co Vickie zrobiła w szkole? Pomijam rzeczy oczywiste – odezwała się Bonnie, oblizując z palców czekoladowy lukier.

– Co? – spytała bez zainteresowania Elena.

– No cóż, to, co miała na sobie, kiedy została tylko w halce. Wyglądała dokładnie tak samo jak wtedy, kiedy znaleźliśmy ją przy drodze, tylko że wtedy była cała podrapana.

– A nam się wydawało, że to zadrapania jakiegoś kota – powiedziała Meredith, łykając ostatni kęs ciastka. Zdawało się, że jest w tym swoim nastroju. W tej chwili przyglądała się uważnie Elenie. – Ale zdaje się, że to mało prawdopodobne.

Elena nie unikała jej wzroku.

– Może podrapała się o gałęzie – zasugerowała. – No dobra, dziewczyny, już zjadłyście. Chcecie zobaczyć tę pierwszą kartkę?

Wstawiły talerze do zlewu i weszły po schodach na górę, do pokoju Eleny. Elena czuła, że rumieni się, kiedy dziewczyny czytały kartkę. Bonnie i Meredith były jej najlepszymi przyjaciółkami, być może jej jedynymi przyjaciółkami. Zdarzało się wcześniej, że czytała im fragmenty swojego pamiętnika. Ale to

było coś innego. Nigdy w życiu nie czuła się podobnie upokorzona.

– No i? – odezwała się do Meredith.

– Osoba, która to napisała, ma metr siedemdziesiąt dwa,
lekko utyka i nosi fałszywe wąsy – oświadczyła Meredith. –
Przepraszam – powiedziała na widok miny Eleny. – Mało
śmieszne. W sumie niewiele można o tym powiedzieć, prawda?
Wygląda jak charakter pisma jakiegoś chłopaka, ale papier jest
raczej damski.

– I w tym wszystkim czuje się damską rękę – wtrąciła
Bonnie, lekko podskakując na łóżku Eleny. – No co? Tak jest –
dodała obronnym tonem. – Pchanie ci w oczy cytatów z twojego pamiętnika to coś, co może wymyślić tylko kobieta. Faceci
nie przejmują się pamiętnikami.

– Po prostu nie chcesz, żeby to był Damon – stwierdziła
Meredith. – A ja bym sądziła, że bardziej cię zmartwi to, że może być psychopatycznym zabójcą, niż że może kraść cudze pa-
miętniki.

– Sama nie wiem. W psychopatycznym mordercy jest coś
romantycznego. Wyobraź sobie, że giniesz, bo cię dusi własnymi rękoma. Wydusza z ciebie życie i ostatnia rzecz, jaką widzisz, to jego twarz... – Kładąc własne dłonie na szyi, Bonnie
z tragiczną miną udała, że sapie i się dusi, aż przewróciła się na
łóżko. – W każdej chwili na to pójdę – powiedziała, nadal nie
otwierając oczu.

Elena miała już powiedzieć: „Czy ty nie rozumiesz, że to
poważna sprawa", ale zamiast tego syknęła tylko pod nosem:

– O Boże. – A potem podbiegła do okna. Dzień był wilgotny i duszny, więc okno było otwarte. Na zewnątrz, na gołej gałęzi wielkiego pigwowca siedziała wrona.

Elena opuściła żaluzję tak gwałtownym gestem, że szyba
w oknie zadrżała i zabrzęczała. Wrona patrzyła na nią przez dy-
goczące szyby oczyma jak z obsydianu. Na jej błyszczących piórach światło odbijało się tęczą.

– Dlaczego to powiedziałaś? – odezwała się, odwracając
się do Bonnie.

– Hej, przecież nikogo tam nie ma – uspokoiła je Meredith łagodnie. – Chyba że wliczasz w to ptaki.

Elena odwróciła się od dziewczyn. Teraz na drzewie nie było już wrony.

– Przepraszam – powiedziała Bonnie po chwili cichym głosem. – Po prostu czasami nie mogę w to uwierzyć, nawet śmierć pana Tannera wydaje mi się nierealna. A ten Damon wyglądał jak... naprawdę fajny facet. Ale niebezpieczny. Mogę uwierzyć w to, że jest niebezpieczny.

– A poza tym on by cię nie udusił, on by ci poderżnął gardło – sprostowała Meredith. – A przynajmniej tak zrobił z panem Tannerem. Ale temu starcowi pod mostem ktoś rozerwał gardło, jakby to zrobiło jakieś zwierzę. – Meredith szukała wzrokiem jakiegoś wyjaśnienia ze strony Eleny. – Damon nie ma żadnego zwierzęcia, prawda?

– Nie. Nie wiem. – Nagle Elena poczuła się strasznie zmęczona. Martwiła się o Bonnie, o konsekwencję jej głupich słów.

Przypomniała sobie jego słowa: „Mogę zrobić wszystko, i tobie, i tym, których kochasz". Co teraz może zrobić Damon? Nie rozumiała go. Za każdym razem, kiedy go widziała, był inny. W sali gimnastycznej drwił z niej, śmiał się z niej. Następnym razem, mogłaby przysiąc, był zupełnie poważny, cytował jej jakieś wiersze i próbował namówić, żeby z nim poszła. W zeszłym tygodniu na cmentarzu, gdzie szalał lodowaty wiatr, był okrutny, groził jej. A wczoraj wieczorem pod jego kpiącymi słowami znów wyczuwała tę samą groźbę. Nie potrafiła przewidzieć, co zrobi teraz.

Ale cokolwiek się stało, musiała jakoś przed nim chronić Bonnie i Meredith. Zwłaszcza że nie mogła ich ostrzec otwarcie.

I co takiego kombinował Stefano? Potrzebowała go teraz bardziej niż kiedykolwiek. Gdzie on się podział?

Zaczęło się tego ranka.

– Wyjaśnijmy to sobie jasno – zaczął Matt, opierając się o nieźle poobijany błotnik swojego starego forda sedana, kiedy

Stefano poszedł do niego przed lekcjami. – Chcesz pożyczyć mój wóz.

– Tak – powiedział Stefano.

– A chcesz go pożyczyć z powodu kwiatów. Bo chcesz zdobyć jakieś kwiaty dla Eleny.

– Tak.

– I te konkretne kwiaty, które po prostu musisz zdobyć, nie rosną w okolicy.

– Może i rosną. Ale tak daleko na północy ich okres kwitnienia już się skończył. Albo przymrozki wymroziły kwiaty.

– Więc chcesz pojechać dalej na południe – jak daleko na południe, sam nie wiesz – żeby znaleźć trochę tych kwiatów, które po prostu musisz, ale to musisz dać Elenie.

– A przynajmniej parę takich roślin – uzupełnił Stefano. – Chociaż wolałbym, żeby kwitły.

– A ponieważ policja nadal nie oddała ci samochodu, chcesz pożyczyć mój i pojechać na południe, nie wiadomo na jak długo, żeby znaleźć te kwiaty, które koniecznie chcesz dać Elenie.

– Doszedłem do wniosku, że najłatwiej mi będzie wyjechać za miasto samochodem – wyjaśnił Stefano. – Nie chcę, żeby policja pojechała moim śladem.

– Hm. I dlatego potrzebujesz mojego samochodu.

– Tak. Pożyczysz mi go?

– Czy pożyczę swój samochód facetowi, który odbił mi dziewczynę, a teraz chce pojechać na przejażdżkę na południe, żeby znaleźć dla niej jakieś specjalne kwiaty, które koniecznie, ale to koniecznie musi jej dać? Zwariowałeś? – Matt, który wpatrywał się w niebo nad dachami drewnianych domów po drugiej stronie ulicy, odwrócił się i wreszcie spojrzał na Stefano. Jego błękitne oczy, zwykle pogodne i szczere, teraz pełne były niedowierzania.

Stefano odwrócił wzrok. Powinien był wiedzieć lepiej. Po wszystkim, co Matt już dla niego zrobił, oczekiwanie czegoś więcej było wprost śmieszne. Zwłaszcza w ostatnich dniach, kiedy ludzie odsuwali się na odgłos jego kroków i unikali jego spojrzenia, gdy podchodził bliżej. Oczekiwać, że Matt, który miał najwięcej powodów, żeby go nie cierpieć, zrobi mu tak wielką przysługę, nie żądając żadnych wyjaśnień, było zwyczajnym szaleństwem.

– Nie, nie zwariowałem – powiedział cicho i zawrócił, chcąc odejść.

– Ja też nie – odparł Matt. – A musiałbym być wariatem, żeby ci dać samochód. Nie, do diabła. Jadę z tobą.

Kiedy Stefano znów na niego spojrzał, Matt patrzył na samochód, a nie na niego, wysuwając dolną wargę z miną nieufnego zdecydowania.

– No bo wiesz... – dodał, pocierając obłażący plastik dachu – mógłbyś mi porysować lakier.

Elena odłożyła słuchawkę telefonu na widełki. Ktoś w pensjonacie był, bo ktoś wciąż odbierał dzwoniący telefon, ale potem tylko milczał i się rozłączał. Podejrzewała, że to pani Flowers, ale to nie wyjaśniało, gdzie podział się Stefano. Odruchowo zapragnęła pojechać do niego. Ale już się ściemniło, a Stefano wyraźnie ją ostrzegał, żeby nie ruszała się z domu po zmroku, a już przede wszystkim nie zbliżała do cmentarza czy lasu. Pensjonat leżał w pobliżu jednego i drugiego.

– Nie odpowiada? – odezwała się Meredith, kiedy Elena wróciła i usiadła na łóżku.

– Ciągle odkłada słuchawkę, kiedy mnie słyszy – powiedziała Elena i coś jeszcze mruknęła pod nosem.

– Powiedziałaś, że ona stuka?

– Nie, ale to się z tym rymuje – odparła Elena.

– Posłuchajcie – odezwała się Bonnie, siadając. – Jeśli Stefano zadzwoni, to będzie dzwonił tutaj. Nie ma sensu, żebyś jechała do mnie nocować.

Był w tym sens, ale Elena nie bardzo umiała wyjaśnić, o co jej chodzi, nawet sobie samej. Mimo wszystko na imprezie u Alarica Saltzmana Damon pocałował Bonnie. To wina Eleny, że Bonnie znalazła się w niebezpieczeństwie. W jakiś sposób wydawało jej się, że jeśli będzie tam obecna, to jakoś zdoła Bonnie ochronić.

– Rodzice i Mary są w domu – tłumaczyła Bonnie. – A od śmierci pana Tannera zamykamy na noc wszystkie okna i drzwi. W ten weekend tata założył nawet dodatkowe zamki. Nie wiem, co jeszcze mogłabyś zrobić.

Elena też nie wiedziała. Ale miała zamiar, tak czy inaczej, spróbować.

Zostawiła wiadomość dla Stefano u cioci Judith, żeby wiedział, gdzie jest. Między nią a ciotką nadal było napięcie. I tak zostanie, pomyślała Elena, dopóki ciocia Judith nie zmieni nastawienia do Stefano.

W domu Bonnie dostała pokój, który należał do jednej z sióstr Bonnie, teraz studiującej w innym mieście. Zaczęła od tego, że sprawdziła okno. Było zamknięte, a z zewnątrz nie można się było do niego dostać, żadnej rynny czy drzewa. Jak najdyskretniej sprawdziła też pokój Bonnie i wszystkie inne, do których udało jej się zajrzeć. Bonnie miała rację, wszystkie okna były porządnie od wewnątrz pozamykane. Nikt nie mógł dostać się przez nie do środka.

Tej nocy długo leżała w łóżku, wpatrując się w sufit i nie mogąc zasnąć. Wciąż przypominała jej się Vickie i ten senny striptiz w stołówce. Co się stało z tą dziewczyną? Będzie musiała zapytać o to Stefano, kiedy znów się z nim spotka.

Myśl o Stefano sprawiała jej przyjemność, nawet po tych wszystkich ostatnich okropnych wydarzeniach. Elena uśmiechnęła się w mroku i pozwoliła myślom błądzić. Któregoś dnia wszystkie te prześladowania się skończą, a ona i Stefano będą mogli zaplanować wspólne życie. Oczywiście, on sam nic jeszcze o tym nie wspominał, ale własnych pragnień Elena była pewna. Wyjdzie za Stefano albo za nikogo innego. A Stefano też nie ożeni się z nikim innym, tylko z nią...

W sen zapadła tak łatwo, że właściwie tego nie zauważyła. Ale w jakiś sposób wiedziała, że teraz śni. Jakby jakaś jej część stała z boku i obserwowała ten sen jak w jakiejś sztuce.

Stała w długim korytarzu, którego ściany z jednej strony były wyłożone lustrami, a z drugiej przeszklone. Na coś czekała. Potem dostrzegła ruch i zobaczyła Stefano za oknem. Twarz miał bladą, oczy pełne bólu i gniewu. Podeszła do okna, ale przez szyby nie słyszała, co mówił. W jednej dłoni trzymał jakiś notes w błękitnej oprawie, a drugą wskazywał na niego i jakby o coś pytał. A potem upuścił notes i odszedł.

– Stefano, nie odchodź! Nie zostawiaj mnie! – zawołała. Oparła białe palce na szybie okna. A potem zauważyła, że z boku okna jest zasuwka, więc otworzyła ją i zawołała go. Ale on zniknął, a na zewnątrz wirowała tylko biała mgła.

Niepocieszona, odwróciła się od okna i ruszyła korytarzem. Jej odbicie pojawiało się w mijanych lustrach. A potem coś w tym odbiciu zwróciło jej uwagę. To były jej oczy, ale pojawił się w nich nowy wyraz, drapieżny i drwiący. Taki wyraz miały oczy Vickie, kiedy się rozbierała. A jej uśmiech miał w sobie coś niepokojącego, głodnego.

Stała nieruchomo i patrzyła, a odbicie w lustrze nagle zaczęło wirować jak w tańcu. Elena się przeraziła. Rzuciła się biegiem po korytarzu, ale teraz każde z jej odbić było obdarzone własnym życiem – tańczyły, przyzywały ją do siebie, śmiały się z niej. Kiedy już myślała, że serce jej pęknie ze strachu, dotarła do końca korytarza i szarpnięciem otworzyła drzwi.

Znalazła się w wielkiej i pięknej sali. Wysokie sklepienie było pokryte misternymi płaskorzeźbami i złoceniami, drzwi obramowano marmurem. Klasyczne rzeźby stały w niszach wzdłuż ścian. Elena nigdy jeszcze nie widziała tak wspaniałego pomieszczenia, ale wiedziała, gdzie to jest. W renesansowych Włoszech, wtedy kiedy Stefano jeszcze żył.

Spojrzała na siebie i zobaczyła, że ma suknię podobną do tej, którą uszyła na Halloween, do lodowato błękitnej renesansowej sukni balowej. Ale ta suknia miała głęboki rubinowy odcień, a wokół talii była przepasana wąskim złotym pasem nabijanym błyszczącymi czerwonymi klejnotami. Takie same klejnoty miała we włosach. Z każdym jej ruchem jedwab połyskiwał jak płomienie tysiąca płonących pochodni.

W przeciwległym krańcu sali otworzyły się podwójne drzwi. Pojawiła się w nich jakaś postać. Podeszła w jej stronę i Elena zobaczyła, że to młody mężczyzna ubrany w renesansowy strój: kaftan, spodnie i obramowaną futrem kamizelę.

Stefano! Radośnie ruszyła w jego stronę, czując ciężar spływających od talii fałd sukni. Ale kiedy podeszła bliżej, przystanęła, gwałtownie łapiąc oddech. Bo to był Damon.

Szedł wciąż w jej stronę, pewny siebie, swobodnym krokiem. Uśmiechał się uśmiechem, w którym czaiło się wyzwanie. Stając przed nią, położył dłoń na sercu i się ukłonił. A potem wyciągnął dłoń do niej, jakby rzucając jej wyzwanie, kusząc, żeby ją przyjęła.

– Lubisz tańczyć? – zapytał. Ale jego wargi się nie poruszyły. Ten głos pojawił się w jej głowie.

Strach zniknął, a ona się roześmiała. Co się z nią stało, dlaczego się go wystraszyła? Przecież rozumieli się bardzo dobrze. Ale zamiast ująć jego dłoń, odwróciła się, ciągnąc za sobą fałdy jedwabnej sukni. Podeszła lekkim krokiem do jednej z rzeźb przy ścianie, nie oglądając się, czy on ruszy za nią. Wiedziała, że to zrobi. Udawała, że uważnie przygląda się rzeźbie, znów się odsuwając, kiedy stanął obok. Przygryzła wargi, żeby powstrzymać śmiech. Czuła się w tej chwili tak cudownie, była taka żywa, taka piękna. Niebezpieczne? Oczywiście, że ta gra była niebezpieczna. Ale ona zawsze lubiła ryzyko.

Kiedy znów się do niej zbliżył, spojrzała na niego przekornie, zanim się odwróciła. Wyciągnął rękę, ale udało mu się złapać tylko złoty pasek. Puścił go szybko, a ona przez ramię zobaczyła, że skaleczył się o ostry brzeg oprawy jednego z kamieni.

Kropelka krwi na jego palcu miała dokładnie ten sam kolor, co jej suknia. Rzucił jej spojrzenie z ukosa, a jego wargi rozchyliły się w kpiącym uśmiechu, kiedy uniósł skaleczony palec. Nie ośmielisz się, mówiły jego oczy.

Och, doprawdy? – mówiło spojrzenie Eleny. Śmiałym gestem ujęła jego dłoń i przytrzymała, przez moment drocząc się z nim. A potem podniosła ten palec do swoich warg.

Po kilku chwilach puściła go i spojrzała mu w oczy. Owszem, lubię tańczyć, powiedziała i przekonała się, że jak on, mogła komunikować się myślami. To było wspaniałe uczucie. Ruszyła na środek sali i tam zaczekała.

Poszedł za nią z gracją skradającego się zwierzęcia. Palce miał ciepłe, kiedy złączyli dłonie.

Rozległa się muzyka, chociaż na zmianę wzmagała się i cichła, i dobiegała jakby z daleka. A oni tańczyli wkoło tej pustej sali, poruszając się w zgodnym rytmie.

Spoglądał na nią i śmiał się, a jego ciemne oczy połyskiwały zadowoleniem. Czuła się taka piękna, taka elegancka i gotowa na wszystko. Nie mogła sobie przypomnieć, czy kiedykolwiek bawiła się równie dobrze.

Ale stopniowo jego uśmiech zbladł, a ich taniec zwolnił tempo. Wreszcie stanęła nieruchomo, otulona jego ramionami. Te ciemne oczy już nie były rozbawione, ale bezwzględne i gorejące. Spojrzała na niego poważnie, bez lęku. I wtedy po raz pierwszy wydało jej się, że śni, że lekko kręci jej się w głowie, że omdlewa i że ogarnia ją słabość.

Sala wkoło niej się zacierała. Widziała teraz tylko jego oczy, a od tego spojrzenia coraz bardziej chciało jej się spać. Pozwoliła tym oczom na wpół przymknąć się, głowie opaść w tył. Westchnęła.

Teraz on ją podtrzymywał, nie pozwalał upaść. Czuła jego wargi na szyi, paląco ciepłe, jakby dręczyła go gorączka. A potem poczuła ukąszenie, jakby ukłucie dwóch igieł. Ale ból szybko minął, a ona odprężyła się i czuła tylko przyjemność z tego, że ktoś pije jej krew.

Pamiętała to uczucie, to wrażenie unoszenia się na fali złotego światła. Cudowny spokój ogarniał jej ciało. Stawała się senna, nie chciało jej się ruszać. Zresztą i tak by się nie ruszyła, za dobrze jej było.

Palce trzymała w jego włosach, przyciągając do siebie jego głowę. Leniwie przesunęła nimi po miękkich, ciemnych pasmach. Włosy miał jak jedwab, pod jej palcami były ciepłe i żywe. Kiedy lekko uchyliła powieki, zobaczyła, że światło świec odbija się w nich tęczą. Czerwonawą, niebieską, fioletową... Zupełnie jak pióra ptaka...

I wtedy nagle wszystko prysło. Nagle poczuła ból szyi, zupełnie jakby ktoś usiłował wydrzeć jej duszę. Zaczęła się szarpać z Damonem, drapać go paznokciami, odpychać go od siebie. Jakiś krzyk zabrzmiał jej w uszach. Damon walczył z nią, ale to już nie był Damon, tylko wrona. Wielkie skrzydła uderzały ją, biły powietrze.

Otworzyła oczy. Nie spała i krzyczała. Sala balowa zniknęła, a na jej miejscu pojawiła się sypialnia ze zgaszonym światłem. Ale nie mogła uwolnić się od koszmaru. Kiedy sięgnęła do włącznika lampy, koszmar znów się zaczął, skrzydła uderzyły ją w twarz, zaatakował ostry dziób.

Elena uderzyła ptaka, jedną ręką osłaniając oczy. Cały czas krzyczała. Nie mogła się uwolnić od tych okropnych skrzydeł, które ciągle gwałtownie łopotały, z takim odgłosem, jakby naraz tasowano tysiące talii kart.

Ktoś szarpnięciem otworzył drzwi i usłyszała kroki. Ciepłe, ciężkie ciało wrony uderzyło ją i jej krzyki wzniosły się o ton wyżej. A potem ktoś ściągał ją z łóżka i stała zasłonięta plecami ojca Bonnie. Miał w ręku miotłę i tą miotłą uderzał ptaka.

Bonnie stała w drzwiach. Elena podbiegła i rzuciła jej się w ramiona. Ojciec Bonnie wołał coś, później usłyszała zatrzaśnięcie okna.

– Już jej tu nie ma – powiedział pan McCullough, z trudem łapiąc oddech.

Mary i pani McCullough stały tuż za drzwiami, na korytarzu, ubrane w szlafroki.

– Skaleczyła cię – zdziwiła się pani McCullough. – To obrzydliwe ptaszysko cię zraniło.

– Nic mi nie będzie – odparła Elena, zerkając na plamkę krwi na swojej twarzy. Była tak wstrząśnięta, że kolana się pod nią uginały.

– Jak ona się tu dostała? – spytała Bonnie.

Pan McCullough przyglądał się oknu.

– Nie powinnaś była otwierać go na noc – powiedział. – Czemu zdjęłaś zabezpieczenie?

– Nic nie zdejmowałam – zaprzeczyła Elena.

– Zasuwka została rozkręcona, a okno było otwarte, kiedy usłyszałem twój krzyk i wszedłem tu – relacjonował ojciec Bonnie. – Nie wiem, kto inny mógł otworzyć to okno poza tobą.

Elena zdusiła odruchowy protest. Z wahaniem, ostrożnie podeszła do okna. Miał rację, śruby zasuwki zostały odkręcone. A to można było zrobić wyłącznie od wewnątrz.

– Może lunatykowałaś – podsunęła Bonnie, odciągając Elenę od okna, a pan McCullough zaczął znów przykręcać zasuwkę. – Trzeba cię doprowadzić do porządku.

Lunatyzm. Nagle Elenie przypomniał się sen. Lustrzany korytarz, sala balowa i Damon, taniec z Damonem. Wysunęła się z uścisku Bonnie.

– Sama to zrobię – powiedziała i usłyszała, że głos jej się załamuje jak na granicy histerii. – Nie... Naprawdę. Sama się tym zajmę. – Uciekła do łazienki i oparła się plecami o zamknięte drzwi, ciężko dysząc.

Nie miała ochoty patrzeć do lustra. Ale wreszcie, z ociąganiem podeszła do lustra nad umywalką. Zadrżała, kiedy zobaczyła skraj swojego odbicia, i podchodziła, centymetr po centymetrze, aż cała się mogła przejrzeć w jego srebrzystej powierzchni.

Odbicie w lustrze oddało jej spojrzenie. Była blada jak duch, oczy miała zmęczone i przestraszone. Pod oczyma miała ciemne kręgi, a twarz wysmarowaną krwią.

Powolnym ruchem przekrzywiła głowę na bok i lekko uniosła włosy. O mało nie krzyknęła głośno, kiedy zobaczyła to, co było pod spodem.

Dwie małe i świeże ranki na szyi.

ROZDZIAŁ 9

Wiem, że pożałuję, że o to zapytałem – powiedział Matt, odwracając zaczerwienione oczy od szosy I-95, w którą się wpatrywał, i zerkając na Stefano, siedzącego na siedzeniu pasażera. – Ale czy możesz mi wyjaśnić, po co nam te ekstraniezwykłe, nigdzie na miejscu nie do zdobycia, na wpół tropikalne zielsko dla Eleny?

Stefano spojrzał na tylne siedzenie, na efekt ich poszukiwań prowadzonych wśród chaszczy i zarośli. Roślinki, z zielonymi gałązkami i drobno ząbkowanymi listkami, rzeczywiście przypominały zwykłe zielsko. Zeschnięte resztki kwiatów na końcach pędów były prawie niewidoczne i nikt nie mógł nawet udawać, że to roślina ozdobna.

– A co, gdybym ci powiedział, że można z tego zrobić stuprocentowo naturalny tonik do przemywania oczu? – podsunął po chwili zastanowienia. – Albo ziołową herbatkę?

– Dlaczego? Miałeś zamiar powiedzieć właśnie coś takiego?

– Nie do końca.

– Dobrze. Bo jakbyś spróbował, to chybabym ci przywalił.

Nawet nie patrząc na Matta, Stefano się uśmiechnął. Budziło się w nim coś nowego, coś, czego nie doznawał przez ponad pięćset lat, pomijając to, co czuła do niego Elena. Poczucie akceptacji, ciepła i przyjaźni dzielonej z jakąś ludzką istotą, która nie znała prawdy o nim, ale i tak mu całkowicie ufała. Która gotowa była przyjmować jego słowa na wiarę. Nie był zupełnie pewien, czy sobie na to zasłużył, ale nie mógł zaprzeczyć, że to dla niego wiele znaczy. Poczuł się... prawie jakby znów był człowiekiem.

Elena przyglądała się swojemu odbiciu w lustrze. To nie był żaden sen. Nie do końca. Ranki na jej szyi tego dowodziły. A teraz, kiedy je zobaczyła, zdała sobie też sprawę z uczucia lekkości i senności.

To jej wina. Tak się przejęła ostrzeganiem Bonnie i Meredith, żeby nie zapraszały obcych do swoich domów. I kompletnie zapomniała, iż sama zaprosiła Damona do domu Bonnie. Zrobiła to tej nocy, kiedy nakryła stół w jadalni Bonnie jak do obiadu i zawołała w mrok na zewnątrz: „Wejdź!"

To zaproszenie było już ważne na zawsze. Mógł wrócić w każdej chwili, kiedy zechce, nawet teraz. Zwłaszcza teraz, kiedy była słaba i można ją było łatwo zahipnotyzować i zmusić do otwarcia okna.

Elena niepewnym krokiem wyszła z sypialni, minęła Bonnie i weszła do gościnnej sypialni. Złapała swoją dużą torbę na ramię i zaczęła wpychać do niej rzeczy.

– Elena, nie możesz jechać do domu!

– Nie mogę zostać tutaj – odparła Elena.

Poszukała wzrokiem butów, dostrzegła je koło łóżka i sięgnęła po nie. A potem stanęła. Wyrwał jej się zduszony dźwięk. Na delikatnej, pogniecionej pościeli łóżka leżało pojedyncze czarne pióro. Było wielkie, niemożliwie wielkie, prawdziwe, zwyczajne, z grubą woskowatą lotką. Leżąc na tej białej perkalowej pościeli, wyglądało niemal obscenicznie.

Elenie zrobiło się niedobrze i odwróciła wzrok. Nic mogła złapać tchu.

– Dobra, dobra – powiedziała Bonnie. – Jeśli tak na to reagujesz, poproszę tatę, żeby cię odwiózł do domu.

– Ty też musisz jechać. – Do Eleny właśnie dotarło, że Bonnie nie będzie w tym domu ani trochę bardziej bezpieczna niż ona. Tobie i twoim bliskim, przypomniała sobie, odwróciła się i złapała Bonnie za ramię. – Musisz, Bonnie. Potrzebuję mieć cię przy sobie.

I ostatecznie udało jej się postawić na swoim. McCulloughowie uznali, że histeryzuje, że przesadza, prawdopodobnie ma zaburzenia nerwowe. Ale koniec końców ustąpili. Pan McCullough odwiózł ją i Bonnie do domu Gilbertów, gdzie, czując się jak włamywaczki, otworzyły drzwi i zakradły się do środka, nie budząc nikogo.

Nawet tu Elena nie mogła zasnąć. Leżała obok spokojnie oddychającej Bonnie, zerkając w stronę okna sypialni, wypatrując czegoś. Za oknem gałęzie pigwowca uderzały o szybę, ale nic innego nie pojawiło się do świtu.

A wtedy usłyszała samochód. Wszędzie poznałaby ten odgłos krztuszącego się silnika forda Matta. Przestraszona, podeszła na palcach do okna i spojrzała na nieruchomą, poranną scenerię kolejnego szarego dnia. A potem szybko zbiegła po schodach i otworzyła drzwi frontowe.

– Stefano! – Jeszcze nigdy w życiu tak się nie ucieszyła na niczyj widok. Rzuciła mu się w ramiona, zanim jeszcze zdołał na dobre zatrzasnąć drzwi samochodu. Aż się zachwiał pod jej ciężarem i wyczuła, że jest zaskoczony. Zwykle nie okazywała swoich uczuć publicznie.

– Hej – rzucił, delikatnie oddając uścisk. – Ja też się cieszę, ale nie pognieć kwiatów.

– Kwiatów? – Odsunęła się, spojrzała na to, co miał w rękach, i zerknęła mu w twarz. A potem spojrzała na wysiadającego z drugiej strony samochodu Matta. Stefano miał bladą i ściągniętą twarz, Matt aż puchł ze zmęczenia, a oczy miał przekrwione.

– Lepiej wejdźcie do środka – powiedziała wreszcie zdziwiona. – Obaj wyglądacie okropnie.

– To werbena – wyjaśnił Stefano jakiś czas później. On i Elena siedzieli przy kuchennym stole. Przez otwarte drzwi widać było Matta, rozciągniętego na kanapie w salonie. Lekko pochrapywał. Rzucił się tam, kiedy już zjadł trzy miseczki płatków z mlekiem. Ciocia Judith, Bonnie i Margaret wciąż jeszcze spały na górze, ale Stefano i tak starał się mówić cicho. – Pamiętasz, co ci o niej mówiłem? – spytał.

– Powiedziałeś, że pomaga zachować czysty umysł, nawet jeśli ktoś używa przeciw tobie mocy. – Elena była dumna z siebie, że udało jej się powiedzieć to tak spokojnie.

– Właśnie. I to jest jedna z tych rzeczy, których może próbować Damon. Może używać siły swojego umysłu nawet na odległość i może to zrobić, kiedy jesteś przytomna lub kiedy śpisz.

Łzy napłynęły do oczu Eleny i opuściła wzrok, żeby je ukryć. Przyjrzała się długim, smukłym łodyżkom, na czubkach których pozostały resztki zeschniętych kwiatków.

– Kiedy śpię? – spytała z lękiem, że tym razem jej głos nie zabrzmi już tak spokojnie.

– Tak. Mógłby na ciebie wpłynąć, żebyś wyszła z domu albo, powiedzmy, wpuściła go do środka. Ale werbena powinna temu zapobiec. – Stefano był zmęczony, ale zadowolony z siebie.

Och, Stefano, gdybyś tylko wiedział, pomyślała Elena. Ten podarunek pojawił się o jedną noc za późno. Mimo że bardzo się starała zachować spokój, na podłużne zielone listki skapnęła łza.

– Eleno! – odezwał się. – Co się stało? Powiedz mi.

Próbował spojrzeć jej w twarz, ale ona pochyliła głowę, wtulając ją w jego ramię. Objął ją, nie usiłując znów unosić jej twarzy.

– Powiedz mi – poprosił cicho.

Teraz albo nigdy. Jeśli kiedykolwiek ma mu o tym powiedzieć, to właśnie teraz. Bolało ją ściśnięte gardło i bardzo chciała wyrzucić z siebie wszystkie tłoczące się słowa.

Ale nie mogła. Nicważnc jak, ale nie pozwolę im o mnie walczyć, pomyślała.

– Ja tylko, no wiesz... Martwiłam się o ciebie – wykrztusiła. – Nie wiedziałam, gdzie zniknąłeś ani kiedy wrócisz.

– Powinienem był cię uprzedzić. I tylko tyle? Nic innego cię nie martwi?

– To wszystko. – Teraz będzie musiała poprosić Bonnie, żeby nic nie mówiła o wronie. Dlaczego jedno kłamstwo zawsze prowadzi do następnego? – A co mam zrobić z tą werbeną? – spytała, siadając prosto.

– Pokażę ci dziś wieczorem. Kiedy już wycisnę olejek z nasion, będziesz mogła nacierać nim skórę albo dodawać do kąpieli. Możesz też suche listki włożyć do saszetki i nosić ją przy sobie albo w nocy chować pod poduszkę.

– Dam je też Bonnie i Meredith. Przyda im się ochrona.

Pokiwał głową.

– A teraz... – Urwał gałązkę i wsunął jej w dłoń. – Zabierz to ze sobą do szkoły. Ja wracam do pensjonatu i zajmę się olejkiem. – Przerwał na chwilę, a potem znów się odezwał. – Eleno...

– Tak?

– Gdybym wierzył, że to ci w czymkolwiek pomoże, wyjechałbym. Nie narażałbym cię na kontakt z Damonem. Ale moim zdaniem on nie pojedzie za mną, jeśli wyjadę, już nie. Moim zdaniem będzie chciał zostać... Ze względu na ciebie.

– Nawet nie myśl o wyjeździe – oświadczyła gwałtownie, podnosząc na niego oczy. – Stefano, to ta jedyna rzecz, której bym nie zniosła. Obiecaj mi, że tego nie zrobisz, obiecaj.

– Nie zostawię cię z nim samej – powiedział Stefano, co niekoniecznie znaczyło dokładnie to samo. Ale przypieranie go do muru nie miało sensu.

Zamiast tego pomogła mu dobudzić Matta, a potem odprowadziła ich obu. Później, z gałązką suchej werbeny w ręku, poszła na górę przyszykować się do szkoły.

Bonnie ziewała podczas całego śniadania i dobudziła się dopiero, kiedy wyszły z domu. Do szkoły szły spacerem, a rześki wiatr owiewał im twarze. Zapowiadał się chłodny dzień.

– Miałam wczoraj w nocy naprawdę dziwny sen – odezwała się Bonnie.

Elenie serce zamarło. Już zdążyła wcisnąć gałązkę werbeny do plecaka Bonnie, na samo dno, gdzie Bonnie jej nie zauważy. Ale jeśli Damon zaatakował Bonnie w nocy...

– A co ci się śniło? – zapytała, zbierając się na odwagę.

– Ty. Widziałam, że stoisz pod jakimś drzewem, wiał wiatr. Nie wiem dlaczego, ale bałam się ciebie i nie chciałam podejść bliżej. Wyglądałaś... inaczej. Byłaś bardzo blada, ale prawie promieniałaś. A potem zobaczyłam, że z drzewa sfruwa wrona, a ty wyciągasz rękę i łapiesz ją w powietrzu. Byłaś taka szybka, że to aż niewiarygodne. A potem spojrzałaś na mnie dziwnie. Uśmiechałaś się, a ja i tak miałam ochotę zwiać. A potem skręciłaś wronie kark i ona zdechła.

Elena słuchała tego z rosnącym przerażeniem. Teraz powiedziała:

– To paskudny sen.

– Owszem, prawda? – odparła Bonnie spokojnie. – Ciekawe, co on znaczy? Wrona to we wszystkich legendach ptak zwiastujący złe rzeczy. Potrafi przepowiedzieć śmierć.

– Pewnie znaczy, że wiedziałaś, jak się zdenerwowałam, kiedy ta wrona dostała się do pokoju.

– Tak – powiedziała Bonnie. – Ale jest jeszcze jedno. Mnie się to śniło, zanim obudziłaś nas wszystkich swoim krzykiem.

Tego dnia w porze lunchu na tablicy ogłoszeń administracji pojawiła się kolejna kartka fioletowego papieru. Ale tym razem było na niej napisane tylko: „Szukać w ogłoszeniach drobnych".

– Jakich ogłoszeniach drobnych? – spytała Bonnie.

Meredith, która właśnie podeszła z egzemplarzem „Wildcat Weekly", szkolnej gazety, udzieliła odpowiedzi.

– Widziałyście to? – spytała.

Ogłoszenie znalazło się w dziale spraw osobistych, było kompletnie anonimowe, bez nagłówka ani podpisu. „Nie mogę znieść myśli, że go stracę. Ale on jest tak bardzo z jakiegoś powodu nieszczęśliwy, że jeśli mi nie powie, co to jest, jeśli mi na tyle nie zaufa, to ja nie widzę dla nas żadnej nadziei".

Czytając to, Elena poczuła, że jej zmęczenie zastępuje energia. O Boże, jak ona nienawidziła tego kogoś, kto to robił. Wyobrażała sobie, że go zabija, że do niego strzela albo uderza go nożem, że widzi, jak pada. A potem bardzo plastycznie wyobraziła sobie jeszcze coś. Że chwyta w rękę garść włosów złodzieja i zatapia zęby w jego szyi. To była dziwaczna, niepokojąca wizja, ale przez chwilę wydawała się całkiem realna.

Zdała sobie sprawę, że Bonnie i Meredith przyglądają jej się.

– Co? – spytała z lekkim zawstydzeniem.

– Widziałam, że nie słuchasz. – Bonnie westchnęła. – Właśnie powiedziałam, że to mi nie wygląda na Da... Na robotę tego zabójcy. Mnie się wydaje, że morderca nie byłby taki małostkowy.

– Bardzo tego nie lubię, ale tym razem muszę się z nią zgodzić – przyznała Meredith. – To mi zalatuje czymś nieprzyjemnym. Ktoś tu żywi do ciebie osobistą urazę i naprawdę chce, żeby cię zabolało.

Elena przełknęła zbierającą się w ustach ślinę.

– Poza tym ten ktoś wie, jak działa szkoła – zauważyła. – Musiał wypełnić formularz ogłoszenia na jednej z lekcji dziennikarstwa – dodała.

– I ten ktoś wiedział, że prowadzisz pamiętnik, zakładając, że ukradł go specjalnie. Może był na jednej z twoich lekcji tego dnia, kiedy zabrałaś go do szkoły. Pamiętasz? Wtedy, kiedy pan Tanner o mało cię nie przyłapał – dorzuciła Bonnie.

– Pani Halpern przecież mnie przyłapała. Nawet przeczytała kawałek na głos, coś o Stefano. To było zaraz po tym, kiedy zaczęliśmy ze sobą chodzić. Zaraz, Bonnie. Tego wieczoru u ciebie, kiedy ukradli pamiętnik, na jak długo wy obie wyszłyście z salonu?

– Tylko na parę minut. Jangcy przestał szczekać, a ja podeszłam do drzwi, żeby go wpuścić, i... – Bonnie zacisnęła wargi i wzruszyła ramionami.

– A więc złodziej musiał znać twój dom – powiedziała Meredith szybko. – Inaczej nie udałoby mu się wejść do środka, złapać pamiętnika i wyjść, zanim zdążyłyśmy go zobaczyć. No więc dobrze, prawdopodobnie szukamy kogoś przebiegłego i okrutnego, prawdopodobnie z jednej z twoich lekcji, Eleno, i znającego rozkład domu Bonnie. Kogoś, kto ma do ciebie osobistą urazę i nie cofnie się przed niczym, żeby ci... O Boże.

Wszystkie trzy popatrzyły po sobie.

– To musi być ona – szepnęła Bonnie. – Na pewno.

– Ale jesteśmy głupie, powinnyśmy były od razu się domyślić – powiedziała Meredith.

A Elena nagle zdała sobie sprawę, że gniew, który czuła już wcześniej na myśl o tej sprawie, był niczym w stosunku do gniewu, jaki naprawdę potrafiła odczuwać. Jak płomyk świecy w porównaniu ze słońcem.

– Caroline... – rzuciła i zacisnęła zęby tak mocno, że ją rozbolała szczęka.

Caroline. Elena naprawdę czuła, że w tej chwili mogłaby tę zielonooką dziewczynę zabić. I być może próbowałaby to zrobić, gdyby Bonnie i Meredith jej nie powstrzymały.

– Po szkole – orzekła stanowczo Meredith. – Kiedy będzie-my mogły gdzieś ją przydybać sam na sam. Odczekaj chociaż tyle, Eleno.

Ale kiedy szły do stołówki, Elena zauważyła kasztanowa-te włosy znikające w korytarzu pracowni muzycznych i pla-stycznych. Przypomniała sobie, co powiedział jakiś czas temu Stefano, że w przerwach na lunch Caroline zabierała go do pra-cowni fotograficznej. Żeby mieć trochę prywatności, powie-działa mu Caroline.

– Idźcie przodem, zapomniałam czegoś – powiedziała, kie-dy tylko Bonnie i Meredith miały już jedzenie na tacach. A po-tem udała że nie słyszy, jak ją wołają, wychodząc ze stołówki i kierując się w stronę skrzydła, gdzie były pracownie artystycz-ne.

We wszystkich salach było ciemno, ale drzwi do pracowni fotograficznej stały otworem. Coś kazało Elenie poruszać się bezszelestnie zamiast zamaszystym krokiem zmierzać do kon-frontacji, jak wcześniej zamierzała. Czy Caroline tam była? Jeśli tak, to co tu robiła sama, po ciemku?

W pierwszej chwili wydało jej się, że pracownia jest pusta. Potem Elena usłyszała szmer głosów z niewielkiej wnęki na ty-łach i zobaczyła, że drzwi do ciemni są uchylone.

Cicho, ukradkiem, podeszła i stanęła tuż przy drzwiach, a szmer głosów zamienił się w wyraźne słowa.

– Ale skąd będziemy wiedzieli, że właśnie ją wybiorą? – To była Caroline.

– Ojciec jest w zarządzie szkoły. Wybiorą ją, nic bój bi-dy. – A to z kolei był Tyler Smallwood. Jego ojciec był prawni-kiem i zasiadał w każdym możliwym komitecie. – Poza tym ko-go niby jeszcze mieliby wybrać? – ciągnął. – Duch Społeczności Fell's Church powinien mieć rozum, nie tylko figurę.

– A ja pewnie twoim zdaniem rozumu nie mam?

– Powiedziałem coś takiego? Posłuchaj, jeśli sama chcesz wystąpić w białej sukni na paradzie z okazji Dnia Założycieli, świetnie. Ale może wolisz zobaczyć, jak Stefano Salvatore wy-walają z miasta przez dowody z pamiętnika jego dziewczyny?

– Ale po co czekać tak długo?

Tyler się zniecierpliwił.

– Bo w ten sposób zrujnujemy też obchody. Obchody dnia Fellsów. Dlaczego im się przypisuje założenie miasta? Smallwoodowie byli tu wcześniej.

– Och, kogo obchodzi, kto założył to miasto? Ja chcę tylko zobaczyć, jak Elena zostanie upokorzona przed całą szkołą.

– I przed Salvatorem. – Niczym niezmącona nienawiść i złośliwość w głosie Tylera przyprawiła Elenę o gęsią skórkę. – Będzie miał szczęście, jeśli nie skończy powieszony na drzewie. Jesteś pewna, że tam jest dowód?

– Ile razy mam ci powtarzać? Najpierw pisze, że drugiego września na cmentarzu zgubiła wstążkę. Potem, że Stefano tego dnia ją znalazł i zachował. Most Wickery jest koło cmentarza. To znaczy, że Stefano drugiego września był niedaleko mostu, tego samego wieczoru, kiedy zaatakowano tam tego starego włóczęgę. Wszyscy już wiedzą, że pojawiał się na miejscu ataków na Vickie i Tannera. Czego jeszcze chcesz?

– W sądzie to by nie wystarczyło. Może powinienem znaleźć jakieś potwierdzone dowody. Na przykład zapytać panią Flowers, o której tamtego wieczoru wrócił do domu.

– A co ty się przejmujesz? Większość ludzi już i tak uważa, że on jest winny. Pamiętnik mówi o jakimś wielkim sekrecie, który on przed wszystkimi ukrywa. Ludzie skojarzą jedno z drugim.

– Dobrze go schowałaś?

– Nie, Tyler, leży na stoliku do kawy w salonie. Uważasz mnie za idiotkę?

– Uważam, że idiotycznie robisz, wysyłając Elenie te kartki. Tylko ją uprzedzasz. – Rozległ się szelest, jakby ktoś miał gazetę. – Popatrz na to, to się w pale nie mieści. Musisz natychmiast z tym skończyć. Co, jeśli ona się połapie, kto za tym stoi?

– A co zrobi, zadzwoni na policję?

– Nadal uważam, że powinnaś z tym skończyć. Odczekaj po prostu do Dnia Założycieli, a potem popatrzysz sobie, jak Królowa Śniegu zamienia się w kałużę wody.

– I powiem Stefano *ciao*. Tyler… Nikt mu nie zrobi krzywdy, prawda?

– A nawet gdyby? – Tyler przedrzeźniał jej wcześniejszy ton. – Zostaw to mnie i moim kumplom, Caroline. Ty tylko zrób swoje, dobra?

Caroline obniżyła głos do gardłowego szeptu.

– Spróbuj mnie jakoś przekonać.

Po chwili Tyler zachichotał.

Jakiś ruch, szelesty, westchnienie. Elena zawróciła i wyszła z pracowni tak samo cicho, jak przedtem tam weszła.

Poszła na sąsiedni korytarz, a tam oparła się o szafki i próbowała pomyśleć. Caroline, kiedyś jej najlepsza przyjaciółka, zdradziła ją i chce zobaczyć, jak zostanie upokorzona na oczach całej szkoły. Tyler, który zawsze wydawał się raczej denerwującym palantem niż realnym zagrożeniem, planował wygnanie Stefano z miasta, a może i lincz. A najgorsze ze wszystkiego było to, że w tym celu mieli zamiar wykorzystać jej pamiętnik.

Teraz zrozumiała początek swojego wczorajszego snu. Podobny sen śnił jej się w noc przed odkryciem zniknięcia Stefano. W obu Stefano patrzył na nią gniewnym, oskarżającym wzrokiem, a potem ciskał jakiś notes pod jej nogi i odchodził.

Nie jakiś notes. Jej pamiętnik. Były w nim dowody, które mogły się okazać śmiertelnie niebezpieczne dla Stefano. Już trzy razy w Fell's Church zaatakowano człowieka i za każdym razem Stefano był blisko miejsca zdarzenia. Jak to będzie wyglądało w oczach mieszkańców miasta, w oczach policji?

A prawdy przecież nie można wyznać. Co ma powiedzieć? „Stefano jest niewinny. To jego brat Damon nienawidzi go, a wie, jak bardzo Stefano nie znosi samej myśli o zabijaniu i krzywdzeniu ludzi. Przyjechał tu za Stefano i zaczął napadać na ludzi, żeby Stefano zaczął myśleć, że może sam to zrobił, żeby od tego zwariował. I teraz jest gdzieś w mieście – trzeba go poszukać na cmentarzu albo w lesie. Ale, ach, jeszcze jedno, szukajcie nie tylko tego przystojnego faceta, bo on akurat teraz może być wroną. A tak przy okazji, to wampir".

Sama w to przecież ledwo wierzyła. Brzmiało to niedorzecznie.

Ukłucie na szyi przypomniało jej, jak poważna jest w gruncie rzeczy ta rzekomo niedorzeczna sytuacja. Dziwnie się dzisiaj czuła, zupełnie jakby była chora. To było coś więcej niż zwykłe napięcie i brak snu. Lekko kręciło jej się w głowie i chwilami miała wrażenie, że ziemia ugina się pod jej stopami, a potem znów się prostuje. Objawy grypy, tyle że pewna była, iż nie wywołał ich żaden obecny w krwiobiegu wirus.

To znów wina Damona. Wszystko, pomijając jej pamiętnik, było winą Damona. O to nie mogła winić nikogo poza sobą. Gdyby tylko nie pisała o Stefano, gdyby nie wzięła ze sobą pamiętnika do szkoły. Gdyby tylko nie zostawiła go w salonie Bonnie. Gdyby, gdyby.

W tej chwili liczyło się tylko jedno: musi go odzyskać.

ROZDZIAŁ 10

Zadzwonił dzwonek. Nie miała czasu wracać do stołówki i porozmawiać z Bonnie i Meredith. Elena poszła na następną lekcję wśród odwracających się twarzy i nieprzyjaznych spojrzeń, do których w ostatnich dniach zaczynała się już przyzwyczajać.

Na historii trudno jej było nie gapić się na Caroline, nie dać jej jakoś znać, że wie. Alaric pytał o Matta i Stefano, nieobecnych już drugi dzień z rzędu, ale Elena wzruszyła ramionami, czując, że jest obserwowana i bezbronna. Nie ufała temu mężczyźnie o chłopięcym uśmiechu i piwnych oczach, spragnionemu wiedzy o śmierci pana Tannera. A Bonnie, która po prostu gapiła się na Alarica z oddaniem, nie stanowiła żadnej pomocy.

Po lekcji pochwyciła fragment rozmowy prowadzonej przez Sue Carson: „...zrobił sobie wolne na studiach... Zapomniałam, gdzie konkretnie studiuje".

Elena miała dość dyskretnego milczenia. Odwróciła się na pięcie i odezwała bezpośrednio do Sue i dziewczyny, z którą Sue rozmawiała, bez zaproszenia wtrącając się do ich rozmowy.

– Na twoim miejscu – zwróciła się do Sue – trzymałabym się z daleka od Damona. Mówię serio.

Po chwili usłyszała zażenowany śmiech. Sue była jedną z niewielu osób w szkole, które nie unikały Eleny, a teraz miała taką minę, jakby tego zaczynała żałować.

– To znaczy... – odezwała się druga z dziewczyn z wahaniem. – Dlatego że on też jest twój? Czy...

Elena roześmiała się cierpko.

– Dlatego że jest niebezpieczny – sprecyzowała. – I ja wcale nie żartuję.

Przyglądały się jej w kompletnym milczeniu. Elena oszczędziła im dalszego zażenowania i żeby nie musiały jej odpowiadać ani jakoś taktownie się jej pozbywać, zakręciła się na pięcie i odeszła. Wyciągnęła Bonnie z otaczającej Alarica po lekcji grupki fanek i poszła z nią w stronę szafki Meredith.

– Dokąd idziemy? Myślałam, że mamy porozmawiać z Caroline.

– Zmiana planów – odparła Elena. – Poczekaj, aż dojedziemy do domu. Wtedy wam opowiem.

– W głowie mi się to nie mieści – powiedziała Bonnie godzinę później. – Znaczy, wierzę w to, a jednocześnie nie mogę uwierzyć. Nawet w przypadku Caroline.

– To Tyler – stwierdziła Elena. – To on ma wielkie plany. I tyle z twierdzenia, że faceci nie interesują się pamiętnikami.

– W sumie powinnyśmy być mu wdzięczne – powiedziała Meredith. – Dzięki niemu mamy czas do Dnia Założycieli, żeby coś w tej sprawie zrobić. Elena, co mówiłaś? Dlaczego to ma być w Dzień Założycieli?

– Tyler ma jakieś anse do rodziny Fellsów.

– Ale przecież oni wszyscy już nie żyją! – wykrzyknęła Bonnie.

– Tylerowi w niczym to nie przeszkadza. Pamiętam, że na cmentarzu też o tym mówił, kiedy patrzyliśmy na ich grobowiec. On uważa, że ukradli jego przodkom należną im pozycję założycieli naszego miasta.

– Eleno... – odezwała się z powagą Meredith. – Czy w tym pamiętniku jest coś jeszcze, co mogłoby zaszkodzić Stefano? Pomijając to o tym starym włóczędze?

– A to nie wystarczy? – Pod spojrzeniem tych uważnych, ciemnych oczu Elena poczuła niepokój, który pojawił się gdzieś między żebrami. O co tak właściwie pytała Meredith?

– Wystarczy, żeby wygnać Stefano z miasta, jak sami powiedzieli – zgodziła się Bonnie.

– Wystarczy, żeby odebrać pamiętnik Caroline – zauważyła Elena. – Pozostaje pytanie jak.

– Caroline powiedziała, że schowała go w bezpiecznym miejscu. To pewnie znaczy, że w domu. – Meredith w zamyśleniu przygryzała wargę. – Ona ma tylko brata w pierwszej licealnej, tak? A jej mama nie pracuje, ale często jeździ na zakupy do Roanoke. Nadal mają tę służącą?

– A co? – spytała Bonnie. – Co to za różnica?

– No cóż, nie chcemy, żeby ktoś wpadł na nas, kiedy będziemy im się włamywały do domu.

– Kiedy co?! – Bonnie aż pisnęła. – Chyba nie mówisz poważnie!

– A co innego mamy robić? Siedzieć i czekać na Dzień Założycieli, a potem pozwolić, żeby przeczytała pamiętnik Eleny całemu miastu? To ona ukradła go z twojego domu. My tylko wykradniemy go z powrotem – powiedziała Meredith z nieznośnym spokojem.

– Złapią nas. Wywalą nas ze szkoły, o ile nie trafimy za to do więzienia. – Bonnie spojrzała na Elenę proszący. – Elena, powiedz jej.

– No cóż... – Szczerze mówiąc, Elenę też lekko zemdliło na taką perspektywę. I nie chodzi o wywalenie ze szkoły czy nawet więzienie, ale o ryzyko, że zostaną przyłapane na gorącym uczynku. Przed oczyma zamajaczyła jej wyniosła mina pani Forbes pałającej świętym oburzeniem. A potem zastąpiła ją złośliwie roześmiana Caroline na widok matki oskarżycielsko wskazującej palcem na Elenę.

Poza tym miała wrażenie, że to... profanacja. Wchodzić do czyjegoś domu, kiedy nikogo tam nie ma, grzebać w cudzych rzeczach. Okropnie czułaby się, gdyby ktoś jej samej zrobił coś takiego.

Ale przecież ktoś to już zrobił. Caroline zbezcześciła dom Bonnie, a teraz miała w rękach najbardziej osobistą rzecz należącą do Eleny.

– Zróbmy to – zdecydowała Elena. – Ale naprawde, bardzo ostrożnie.

– Może lepiej jednak to przedyskutować? – odezwała się słabym głosem Bonnie, zerkając to na stanowczą twarz Meredith, to na Elenę.

– Nie ma o czym mówić. Idziesz z nami – zapowiedziała jej stanowczo Meredith. – Obiecałaś – dodała, kiedy Bonnie już nabierała oddechu, żeby zaprotestować. I uniosła w górę palec wskazujący.

– Ta przysięga krwi dotyczyła tylko pomocy Elenie w zdobyciu Stefano! – zawołała Bonnie.

– Przypomnij sobie – powiedziała Meredith. – Przysięgałaś, że zrobisz wszystko, o co poprosi Elena, a będzie miało związek ze Stefano. Nie było mowy o żadnym limicie czasowym ani o tym, że to tylko dopóki ona go nie zdobędzie.

Bonnie otworzyła usta. Popatrzyła na Elenę, której wbrew sobie zbierało się na śmiech.

– To prawda – potwierdziła Elena z powagą. – I sama to powiedziałaś: przysięga krwi oznacza, że musisz jej dotrzymać niezależnie od wszystkiego, co się może zdarzyć.

Bonnie zamknęła usta i wysunęła brodę.

– No ładnie – stwierdziła ponuro. – Teraz do końca życia będę już musiała robić wszystko, o co Elena mnie poprosi w związku ze Stefano. Super.

– O nic więcej nigdy nie poproszę – powiedziała Elena. – I to wam obiecuję. Przysięgam, że...

– Nie rób tego! – przerwała jej Meredith z nagłą powagą. – Nie rób tego, Eleno. Możesz potem żałować.

– Teraz ty też wierzysz w przepowiednie? – spytała Elena. A potem spytała: – Ale jak mamy zdobyć klucz do domu Caroline?

9 listopada, sobota

Drogi pamiętniku,
przepraszam, że tak długo nie pisałam. Ostatnio byłam albo za bardzo zajęta, albo za bardzo przygnębiona – albo jedno i drugie – żeby pisać.

Poza tym po tym wszystkim, co się stało, prawie się boję w ogóle jeszcze prowadzić pamiętnik. Ale potrzebuję się komuś zwierzyć, bo w tej chwili nie ma takiego człowieka, nawet jednej osoby na tej ziemi, przed którą czegoś bym nie ukrywała.

Bonnie i Meredith nie mogą dowiedzieć się prawdy o Stefano. Stefano nie może dowiedzieć się prawdy o Damonie. Ciocia Judith nie może dowiedzieć się niczego. Bonnie i Meredith wiedzą o Caroline i pamiętniku; Stefano nie. Stefano wie o werbenie, której używam teraz codziennie; Bonnie i Meredith nie wiedzą. Chociaż obu podarowałam pełne jej saszetki. Jedna dobra wiadomość: werbena chyba działa, a przynajmniej od tamtej nocy już nie lunatykowałam. Skłamałabym jednak, gdybym twierdziła, że nie śnił mi się Damon. Ciągle się pojawia w moich koszmarach.

Moje życie jest teraz pełne kłamstw i potrzebuję kogoś, wobec kogo mogłabym być zupełnie szczera. Mam zamiar chować ten pamiętnik pod obluzowaną deską podłogi w szafie, żeby nikt go nie znalazł, nawet jeśli padnę trupem i zabiorą się do opróżniania mojego pokoju. Może któregoś dnia jedno z wnucząt Margaret będzie się tu bawiło i oderwie tę deskę w podłodze, i znajdzie go, ale przedtem – nikt. Ten pamiętnik to mój ostatni sekret.

Nie wiem, dlaczego myślę o śmierci i umieraniu.
To Bonnie ma bzika na ten temat, to ona uważa, że to
takie romantyczne. Ja wiem, jak to wygląda – w śmier-
ci Mamy i Taty nie było nic romantycznego. Tylko naj-
okropniejsze uczucie pod słońcem. Chcę żyć jak najdłu-
żej, wyjść za mąż za Stefano i być szczęśliwa. I nie wi-
dzę żadnego powodu, dla którego tak by nie miało być,
kiedy już nasze problemy się rozwiążą.

Ale są takie chwile, kiedy się boję i sama w to nie
wierzę. I są też takie różne drobiazgi, którymi nie po-
winnam się przejmować, a które jednak mnie martwią.
Na przykład, dlaczego Stefano nadal nosi pierścionek
Katherine na szyi, chociaż wiem, że mnie kocha. Na
przykład, dlaczego nigdy nie powiedział, że mnie kocha,
chociaż przecież wiem, że tak jest.

To wszystko nieważne. Wszystko się jakoś ułoży.
Musi się ułożyć. A potem będziemy razem i będziemy
szczęśliwi. Dlaczego nie miałoby tak być? Przecież nie
ma żadnego powodu. Nie ma żadnego powodu.

Elena przerwała pisanie, próbując skupić wzrok na lite-
rach na stronie przed sobą. Ale tylko jeszcze bardziej zaczęły
się rozmywać, więc zamknęła notes, zanim łza zdążyła skap-
nąć na tekst. A potem podeszła do szafy, pilnikiem do paznokci podważyła deskę w podłodze i schowała tam pamiętnik.

Miała ten pilnik w kieszeni tydzień później, kiedy we trzy,
razem z Bonnie i Meredith, stanęły pod tylnymi drzwiami domu Caroline.

– Pośpieszcie się! – syknęła zdenerwowana Bonnie, rozglądając się po ogrodzie, jakby spodziewała się, że coś na nie stamtąd wyskoczy. – No chodź, Meredith!

– Już – powiedziała Meredith, kiedy klucz wreszcie odwrócił się w zacinającym się zamku i klamka pod jej palcami ustąpiła. – Wchodzimy.

– Jesteś pewna, że ich nie ma? Eleno, co jeśli wrócą wcześniej? Dlaczego nie mogłyśmy tego zrobić przynajmniej za dnia?

– Bonnie, wejdziesz tam wreszcie? Już to wszystko omawiałyśmy. W ciągu dnia zawsze tu jest służąca. A dziś nie wrócą wcześnie, chyba że ktoś się pochoruje w Chez Louis. No, wchodźże! – rozkazała Elena.

– Nikt by się nie ośmielił rozchorować w czasie urodzinowej kolacji pana Forbesa – powiedziała uspokajająco Meredith, kiedy Bonnie weszła do domu. – Nic nam nie grozi.

– Jeśli mają dość pieniędzy, żeby chodzić do drogich restauracji, to powinno ich stać na to, żeby zostawić w domu parę zapalonych świateł – skwitowała Bonnie, uparcie nie dając się pocieszyć.

W głębi duszy Elena podzielała tę opinię. Dziwnie i nieswojo się czuła, chodząc po cudzym, nieoświetlonym domu i serce jej waliło nieprzyjemnie, kiedy wchodziły na górę po schodach. Dłoń, w której trzymała punktową latarkę, oświetlającą im drogę, była mokra i śliska. Ale mimo tych fizycznych objawów paniki jej umysł nadal funkcjonował, myślała racjonalnie.

– Musi być w jej sypialni – powiedziała.

Okno pokoju Caroline wychodziło na ulicę, co znaczyło, że muszą jeszcze bardziej uważać tam ze światłem. Elena świeciła tu i tam promieniem punktowej latarki. Planować przeszukanie cudzego pokoju, wyobrażać sobie, że się metodycznie, po kolei przegląda szuflady, to jedno. Zupełnie inaczej jest, kiedy faktycznie tam się stoi pośród tysiąca, jakby się zdawało, miejsc, gdzie można było coś schować. Bała się, że jeśli czegoś dotknie, to Caroline zauważy, że to było ruszane.

Pozostałe dwie dziewczyny też stały bez ruchu.

– Może powinnyśmy po prostu wrócić do domu – zaproponowała Bonnie cicho. A Meredith się nie sprzeciwiła.

– Musimy spróbować. Przynajmniej spróbować – oznajmiła Elena, słysząc, jak słabo i niepewnie zabrzmiał jej głos. Otworzyła pierwszą lepszą szufladę wysokiej komody i oświetliła latarką schludne stosiki koronkowej bielizny. Pogrzebawszy w nich chwilę, przekonała się, że na pewno nie schowano pod nimi niczego przypominającego książkę. Wyrównała bieliznę i zamknęła szufladę. A potem wypuściła powietrze z płuc.

– To nie takie trudne – zauważyła. – Musimy podzielić pokój na sektory i przeszukać wszystko w swoich sektorach, każdą szufladę, każdy mebel, każdy przedmiot dość duży, żeby w nim schować pamiętnik.

Sobie wyznaczyła szafę, a potem przede wszystkim sprawdziła pilnikiem deski podłogi w środku. Ale zdawało się, że w szafie Caroline deski podłogi i ściany są solidne. Przeglądając szafę, znalazła w niej parę rzeczy, które pożyczyła koleżance jeszcze w zeszłym roku. Kusiło ją, żeby je sobie odebrać, ale, oczywiście, nie mogła tego zrobić. Przeszukała buty i torby Caroline, ale nic nie znalazła, nawet kiedy podsunęła sobie krzesło, żeby móc sprawdzić górną półkę szafy.

Meredith siedziała na podłodze i przeglądała stos pluszowych zabawek, które trafiły na wygnanie do dużej skrzyni razem z innymi pamiątkami z dzieciństwa. Każdą przesuwała we wrażliwych, delikatnych palcach, szukając jakichś rozcięć w materiale. Przeszukała puchatego pudla i przerwała na moment.

– Sama jej to dałam – szepnęła. – Chyba na dziesiąte urodziny. Myślałam, że go już wyrzuciła.

Elena nie widziała jej oczu, bo Meredith latarką oświetlała pudla. Ale wiedziała, jak musiała się poczuć.

– Próbowałam się z nią pogodzić – powiedziała łagodnie. – Naprawdę próbowałam, Meredith, na imprezie w Nawiedzonym Domu. Ale ona w zasadzie powiedziała mi, że nigdy mi nie wybaczy tego, że jej odebrałam Stefano. Szkoda, że nie może być inaczej, ale to ona się na to nie zgodziła.

– A więc wojna.

– A więc wojna – potwierdziła Elena spokojnym i zdecydowanym głosem. Patrzyła, jak Meredith odkłada pudla na bok i bierze do ręki kolejnego pluszaka. A potem wróciła do własnych poszukiwań.

Ale z komodą nie poszczęściło jej się ani trochę bardziej niż z szafą, a z każdą mijającą chwilą ogarniał ją coraz większy niepokój, coraz większa pewność, że za moment usłyszą samochód wjeżdżający na podjazd pod domem Forbesów.

– To nie ma sensu – rzuciła wreszcie Meredith, obmacując materac w łóżku Caroline. – Musiała to ukryć... Zaraz. Coś tu jest, czuję coś ostrego.

Elena i Bonnie spojrzały z przeciwnych kątów pokoju. Obie zamarły na moment.

– Mam. Eleno, to pamiętnik!

Elenę ogarnęła ulga i poczuła się zupełnie jak zmięta kartka papieru, którą ktoś rozprostował i wyrównał. Znów mogła się poruszyć. Tak cudownie jej się oddychało. Wiedziała, przez cały czas wiedziała, że nic naprawdę złego nie może się stać Stefano. Życie nie mogło być aż tak okrutne, nie wobec Eleny Gilbert. Teraz wszyscy byli bezpieczni.

Ale Meredith miała zdziwiony głos.

– To pamiętnik. Ale on jest zielony, nie niebieski. To nie ten notes.

– Co? – Elena wyrwała jej niewielką książeczkę, oświetliła ją i próbowała sobie wmawiać, że szmaragdowa zieleń jej okładki to szafirowy błękit. Ale to na nic. Ten pamiętnik wyglądał prawie zupełnie tak jak jej, ale nim nie był.

– To pamiętnik Caroline – zauważyła osłupiała, nadal nie chcąc w to uwierzyć.

Bonnie i Meredith stanęły przy niej. Wszystkie przyjrzały się zamkniętemu notesowi, a potem spojrzały po sobie.

– Może tam są jakieś wskazówki – powiedziała Elena.

– W sumie jej się należy – zgodziła się Meredith. Ale to Bonnie wzięła wreszcie pamiętnik do ręki i otworzyła go.

Elena zerkała przez jej ramię na spiczaste, pochyłe litery charakteru pisma Caroline, tak odmienne od wielkich liter na fioletowych kartkach. Najpierw sama nie wiedziała, na co patrzy, ale potem wyłowiła wzrokiem własne imię. Elena.

– Zaraz. Co tu jest?

Bonnie, która jako jedyna stała tak, że mogła odczytać więcej niż jedno czy dwa słowa naraz, przez chwilę milczała, poruszając wargami. A potem parsknęła.

– Posłuchajcie tego – powiedziała i przeczytała: – „Elena to najbardziej samolubna osoba, jaką znam. Wszyscy uważają, że jest taka pozbierana, ale tak naprawdę to zwyczajna oziębłość. Niedobrze się robi od patrzenia na to, jak ludzie jej nadskakują, kompletnie nie zdając sobie sprawy, że ona nie dba o nic ani o nikogo innego poza sobą".

– Caroline tak napisała? Chyba sama o sobie! – Ale Elena czuła, że się rumieni. Matt powiedział do niej praktycznie to samo, kiedy zaczynała interesować się Stefano.

– Czytaj dalej, tam jest więcej – ponaglała Meredith, szturchając Bonnie, która zaczęła czytać urażonym tonem.

– „Bonnie jest ostatnio prawie tak samo nieznośna, wiecznie usiłuje dodać sobie znaczenia. Teraz zaczęła udawać, że ma zdolności parapsychiczne, żeby tylko ludzie zwrócili na nią uwagę. Gdyby miała jakieś zdolności parapsychiczne, to wiedziałaby, że Elena ją wyłącznie wykorzystuje".

Po chwili ciężkiego milczenia Elena zapytała:

– To wszystko?

– Nie, jest jeszcze fragment na temat Meredith. „Meredith nie robi nic, żeby to powstrzymać. W sumie Meredith nigdy nic nie robi, ona wyłącznie obserwuje. To zupełnie tak, jakby nie umiała działać, ona umie wyłącznie na różne sprawy reagować. Poza tym słyszałam, jak rodzice rozmawiali o jej rodzinie – nic dziwnego, że o nich nigdy nie wspomina". O co jej chodzi?

Meredith nawet nie drgnęła, a Elena w półmroku widziała tylko jej szyję i fragment brody. Ale przyjaciółka powiedziała spokojnym i równym tonem:

– To nic takiego. Szukaj dalej, Bonnie, może znajdziesz coś o pamiętniku Eleny.

– Spróbuj koło osiemnastego października. To wtedy został ukradziony – podpowiedziała Elena, odsuwając na bok własne pytania. Zapyta Meredith później.

Z osiemnastego października żadnego wpisu nie było, z następnego weekendu też nie. W sumie niewiele było jakichkolwiek zapisków po tej dacie. I w żadnym ani słowa o pamiętniku.

– No to by było na tyle – skwitowała Meredith i usiadła. – Ten notes jest do niczego. Chyba że będziemy chciały ją nim zaszantażować. No wiecie, że nie pokażemy jej pamiętnika, jeśli ona nie pokaże twojego.

To był kuszący pomysł, ale Bonnie zauważyła jego słaby punkt.

– Tu nie ma nic złego na temat Caroline, tylko jej narzekania na innych ludzi. Głównie na nas. Założę się, że ona wręcz by się ucieszyła, gdyby ktoś to przeczytał na głos przed całą szkołą. To by jej było na rękę.

– Więc co z nim zrobimy?

– Odłożymy na miejsce – powiedziała Elena ze znużeniem. Obrzuciła pokój światłem latarki. Wydawało jej się, że teraz pełno jest w nim subtelnych zmian w stosunku do stanu z chwili, kiedy tu weszły. – Będziemy musiały po prostu dalej udawać, że nie wiemy, że ona ma mój pamiętnik i liczyć na kolejną szansę.

– Dobrze – przytaknęła Bonnie, ale nie przestawała wertować niewielkiego notesu, od czasu do czasu pozwalając sobie na oburzone parsknięcie albo syk. – No, posłuchajcie tylko tego! – zawołała.

– Nie ma czasu – powiedziała Elena. Chciała dodać coś jeszcze, ale w tej chwili odezwała się Meredith, a ton jej głosu przykuwał uwagę.

– Samochód.

W sekundę zorientowały się, że ten samochód zmierza w stronę podjazdu pod domem Forbesów. Klęcząca obok łóżka Bonnie szeroko otworzyła usta i oczy i sprawiała wrażenie sparaliżowanej.

– Idziemy! Już – krzyknęła Elena, wyrywając pamiętnik z jej ręki. – Wyłączcie latarki i do tylnego wyjścia.

Już się poderwały, Meredith pchała Bonnie przed sobą. Elena przyklękła i uniosła narzutę, podnosząc materac łóżka Caroline. Drugą ręką wsunęła pamiętnik pomiędzy materac a spodnią narzutę. Pokryte cienkim materiałem sprężyny łóżka wbijały jej się w rękę od spodu, ale gorszy był nacisk ciężaru wielkiego materaca od góry. Popchnęła notes jeszcze głębiej czubkami palców, a potem wyciągnęła rękę i dokładnie wyrównała narzutę.

Wybiegając z pokoju, rozejrzała się po nim spanikowanym spojrzeniem; teraz już nie było czasu niczego poprawiać. Szybko i bezszelestnie wbiegła na schody i usłyszała obracający się w zamku drzwi frontowych klucz.

To, co nastąpiło potem, przypominało jakąś koszmarną zabawę w chowanego. Elena wiedziała, że oni przecież nie szukają jej świadomie, ale tak to wyglądało, jakby rodzina Forbesów uparła się nakryć ją we własnym domu. Wróciła na górę tą samą drogą, którą zaczęła schodzić, a na korytarzu rozległy się głosy i zaczęły zapalać światła, kiedy Forbesowie wchodzili po schodach. Schowała się przed nimi w ostatnim pokoju na piętrze i miała wrażenie, że za nią idą. Minęli podest i stanęli tuż przed tą właśnie, największą sypialnią. Chciała się schować do połączonej z pokojem łazienki, ale w szczelinie pod zamkniętymi drzwiami zobaczyła pojawiające się światło i zrozumiała, że tę drogę ucieczki ma odciętą.

Była w pułapce. W każdej chwili rodzice Caroline mogli wejść do środka. Spojrzała na drzwi balkonowe i natychmiast podjęła decyzję.

Na zewnątrz powietrze było zimne i, oddychając szybko, widziała lekki obłoczek pary. W pokoju za jej plecami zapaliło się jasne światło, a ona jeszcze bardziej skuliła się z lewej strony, żeby jej nie objęło. A potem z niezwykłą wyrazistością dosłyszała odgłos, którego najbardziej się obawiała: ktoś ujął klamkę i rozsuwając zasłony na boki, otworzył drzwi balkonowe.

Przerażona, rozejrzała się wkoło. Za wysoko tu było, żeby zeskoczyć na ziemię i nie miała czego się chwycić, żeby spróbować zejść na dół. Pozostawał więc tylko dach, ale tam też nie miała po czym się wspiąć. Mimo to instynktownie spróbowała i już stała na barierce balkonu, wyciągając rękę w górę i szukając jakiegoś chwytu, kiedy na tle cienkich zasłon pojawiła się jakaś sylwetka. Dłoń rozsunęła zasłony na boki, ta postać zaczęła się wyłaniać, a potem Elena poczuła, że coś chwyta ją za rękę, ściska za nadgarstek i ciągnie w górę. Odruchowo podpierała się nogami i czuła, że ktoś ją wciąga na wyłożony gontami dach. Usiłując uspokoić zdyszany oddech, podniosła z wdzięcznością oczy na swojego wybawcę – i zamarła.

ROZDZIAŁ 11

Na nazwisko mam Salvatore. To znaczy zbawca – powiedział. W mroku na moment zabłysły białe zęby.

Elena spojrzała w dół. Nawis dachu zasłaniał balkon, ale słyszała tam jakieś szuranie. Nie był to jednak odgłos pogoni i nic nie wskazywało na to, żeby ktoś podsłuchał słowa jej towarzysza. Chwilę później usłyszała, że drzwi balkonowe się zamykają.

– A ja myślałam, że nazywasz się Smith – powiedziała, nadal spoglądając w dół, w mrok.

Damon się roześmiał. To był niesamowicie zaraźliwy śmiech, bez tego gorzkiej nuty jak u Stefano. Przyszły jej na myśl tęczowe rozbłyski na piórach wrony.

Ale nie dała się ogłupić. Damon umiał być czarujący, ale był niebezpieczny bardziej, niż można sobie wyobrazić. Jego szczupłe, pełne gracji ciało było dziesięć razy silniejsze niż ludzkie. Leniwe, ciemne oczy doskonale widziały po ciemku. Dłonie o długich palcach, które wciągnęły ją na dach, potrafiły się poruszać z niesamowitą szybkością. A co najbardziej niepokojące, miał umysł zabójcy. Drapieżnika.

Wyczuwała to. To, że on się różni od ludzi. Tak długo żył z polowania i zabijania, że zapomniał już, jak żyć inaczej. I lubił to, wcale nie walczył z własną naturą jak Stefano, ale cieszył się nią. Nie miał żadnych zasad moralnych i sumienia, a ona znalazła się tu z nim sam na sam w środku nocy.

Cofnęła się nieco, gotowa w każdej chwili zareagować. Powinna być teraz na niego zła, po tym, co jej zrobił we śnie.

I była zła, ale wyrażanie tej złości nie miało sensu. On zdawał sobie sprawę z tego, jak bardzo ona musi być wściekła, i tylko by się roześmiał, gdyby mu o tym zaczęła mówić.

Przyglądała mu się spokojnie, uważnie, czekając na jego następny krok.

Ale on go nie zrobił. Ręce, którymi mógł poruszać tak szybko, jak poruszają się atakujące węże, trzymał bez ruchu na udach. Wyraz jego twarzy przypominał jej coś, co widziała już wcześniej, kiedy na nią patrzył. Kiedy widziała go po raz pierwszy, też miał w oczach ten ostrożny, niechętny szacunek – tyle że wtedy towarzyszyło mu zaskoczenie. Teraz nie było po nim śladu.

– Nie będziesz wrzeszczeć? Ani mdleć? – odezwał się, jakby dawał jej do wyboru standardowe reakcje.

Elena nadal mu się przyglądała. Był od niej o wiele silniejszy i szybszy, ale gdyby zaszła taka potrzeba, może uda jej się skoczyć na skraj dachu, zanim jej dosięgnie. A jeśli nie uda jej się zeskoczyć na balkon, to do ziemi jest dziesięć metrów... Mimo to zdecydowała się zaryzykować. Wszystko zależało teraz od Damona.

– Ja nie mdleję – powiedziała krótko. – I dlaczego miałabym na ciebie wrzeszczeć? Graliśmy w pewną grę. Dziś wieczorem postąpiłam głupio, więc przegrałam. Ostrzegałeś mnie na cmentarzu co do konsekwencji.

Rozchylił wargi, biorąc głęboki wdech, i odwrócił oczy.

– Być może po prostu będę musiał zrobić z ciebie swoją Królową Mroku – stwierdził tak, jakby mówił sam do siebie, i ciągnął: – Miałem wiele towarzyszek, dziewczyn tak młodych jak ty i kobiet, które słynęły z urody w całej Europie. Ale ty jesteś jedyna w swoim rodzaju. Chcę, żebyś była przy moim boku. Żebyśmy panowali, biorąc to, czego chcemy, wtedy, kiedy chcemy. Uwielbiani i budzący strach we wszystkich słabszych duszach. Czy to by było takie złe?

– Ja jestem jedną z tych słabszych dusz – oznajmiła Elena. – A poza tym jesteśmy wrogami, Damonie. Nigdy nie połączy nas nic innego.

– Jesteś pewna? – Popatrzył na nią i poczuła siłę umysłu, który zaczął badać jej umysł. Ale wcale nie zakręciło jej się w głowie, nie poczuła żadnej słabości ani chęci, żeby ulec. Tego popołudnia wzięła długą kąpiel, jak zawsze w ostatnich dniach, w gorącej wodzie z dodatkiem suszonej werbeny.

Oczy Damona zabłysły zrozumieniem, ale przyjął porażkę z wdziękiem.

– Co tu robisz? – zapytał od niechcenia.

To dziwne, ale nie czuła żadnej potrzeby, żeby go okłamywać.

– Caroline ma coś, co mi zabrała. Pamiętnik. Przyszłam go odzyskać.

W ciemnych oczach Damona pojawił się jakiś nowy wyraz.

– Niewątpliwie po to, żeby w jakiś sposób ochronić mojego brata – rzucił ze złością.

– Stefano nie ma z tym nic wspólnego!

– Och, doprawdy? – Bała się, że on rozumie więcej, niż chciała mu powiedzieć. – Dziwne, ale jakoś zawsze kiedy pojawiają się kłopoty, chodzi o niego. On stwarza problemy. No, ale gdyby zniknął ze sceny...

Elena odezwała się spokojnym tonem:

– Jeśli znów skrzywdzisz Stefano, pożałujesz. Znajdę sposób, że pożałujesz, że to zrobiłeś, Damonie. Mówię poważnie.

– Rozumiem. No cóż, w takim razie będę musiał popracować głównie nad tobą, nieprawdaż?

Elena nic nie powiedziała. Sama się zapędziła w kozi róg, zgadzając się grać w jego śmiertelnie niebezpieczne gierki. Odwróciła wzrok.

– Wiesz, że na koniec cię zdobędę – powiedział cicho. To był ten sam głos, którym mówił do niej na imprezie, kiedy powtarzał: „spokojnie, spokojnie". Nie było w nim teraz żadnej kpiny ani groźby, po prostu stwierdzał fakt. – Po dobroci czy po niewoli, jak mawiacie wy, ludzie – to w sumie ładne powiedzenie – będziesz moja, zanim sp ... nie następny śnieg.

Elena próbowała ukryć dreszcz, jaki przebiegł jej po plecach, ale wiedziała, że i tak to zauważył.

– Dobrze – powiedział. – Faktycznie masz trochę rozumu. Masz rację, że się mnie obawiasz, jestem najbardziej niebezpieczną istotą, jaką spotkasz w życiu. Ale w tej chwili mam akurat dla ciebie propozycję interesu do ubicia.

– Interesu?

– Dokładnie. Przyjechałaś tutaj po pamiętnik. Ale nie odzyskałaś go. Nie udało ci się, prawda? – Kiedy Elena nie odpowiedziała, mówił dalej: – A ponieważ nie chcesz w to wplątywać mojego brata, on nie może ci pomóc. Ale ja mogę. I pomogę.

– Pomożesz?

– Oczywiście. Ale nie za darmo.

Elena spojrzała na niego. Oblała się krwawym rumieńcem. Kiedy próbowała coś powiedzieć, udało jej się odezwać słabym szeptem:

– W zamian… za?

W mroku zobaczyła uśmiech.

– Za kilka minut twojego czasu, Eleno. Za kilka kropel twojej krwi. Za mniej więcej godzinę, jaką spędzisz ze mną sam na sam.

– Ty… – Elena nie mogła znaleźć właściwego słowa. Wszystkie epitety wydawały jej się za słabe.

– W końcu i tak będziesz musiała – stwierdził rzeczowo. – Jeśli jesteś uczciwa, będziesz musiała przyznać to przed sobą. Ostatni raz to nie był ostatni raz. Dlaczego tego nie chcesz przyjąć do wiadomości? – Zniżył głos do ciepłego, intymnego tonu. – Pamiętasz…

– Prędzej podetnę sobie gardło.

– Ciekawa myśl. Ale ja to mogę załatwić w o wiele przyjemniejszy sposób.

Teraz już śmiał się z niej. W jakiś sposób, po całym dzisiejszym dniu, ten śmiech przeważył szalę.

– Jesteś obrzydliwy i wiesz o tym – powiedziała. – Mdli mnie na twój widok. – Dygotała i nie mogła złapać tchu. – Prędzej umrę, niż ci ustąpię. Wolałabym raczej…

Nie była pewna, co ją do tego pchnęło. Kiedy znajdowała się w towarzystwie Damona, góre często brał nad nią instynkt.

A w tej chwili poczuła, że woli zaryzykować wszystko, niż pozwolić mu tym razem wygrać. Zauważyła, że on siedzi spokojnie, odprężony i bawi się rozwojem sytuacji. Drugą częścią umysłu usiłowała obliczyć, jak daleko ten nawis dachu wychodzi poza balkon.

– Wolałabym już raczej to – powiedziała i skoczyła w bok.

Miała rację, nie był na to przygotowany i nie zdołał ruszyć się z miejsca tak szybko, żeby ją powstrzymać. Poczuła, że traci grunt pod nogami i z rosnącym przerażeniem zrozumiała, że ten balkon był jednak płytszy, niż sądziła. Poczuła, że spada.

Ale nie doceniła Damona. Błyskawicznie sięgnął ręką – nie dość szybko, żeby ją utrzymać na dachu, ale udało mu się powstrzymać ją przed dalszym upadkiem. Zupełnie, jakby jej ciężar nic dla niego nie znaczył. Elena odruchowo złapała za wyłożony gontami skraj dachu i próbowała oprzeć na nim kolano.

Odezwał się wściekłym tonem:

– Ty mała idiotko! Jeśli tak bardzo chcesz spotkać się ze śmiercią, to ja sam cię jej przedstawię!

– Puść mnie – syknęła Elena przez zaciśnięte zęby. Ktoś musi w końcu wyjść na ten balkon, tego była całkowicie pewna. – Puszczaj.

– Tu i teraz? – Spoglądając w te nieprzeniknione ciemne oczy, zrozumiała, że on pyta poważnie. Że jeśli odpowie twierdząco, on ją puści.

– To by było szybkie zakończenie spraw, prawda? – spytała. Serce waliło jej ze strachu, ale nie chciała, żeby zobaczył, że się boi.

– Ale i wielka szkoda. – Jednym ruchem postawił ją znów bezpiecznie na dachu. Przyciągnął do siebie. Zamknął w ramionach, tuląc do swojego szczupłego ciała, i nagle Elena przestała cokolwiek widzieć. Poddała się. A potem poczuła, że jego mięśnie napinają się jak u kota, a później we dwoje poszybowali w dół.

Spadała. Nic nie mogła poradzić, przylgnęła do niego jak do jedynej stałej rzeczy na świecie. A potem Damon wylądował na ziemi jak kot, z łatwością amortyzując wstrząs.

Stefano zrobił kiedyś coś podobnego. Ale Stefano nie trzymał jej potem w taki sposób, tak mocno, że mógł ją posiniaczyć, z ustami niemal dotykającymi jej ust.

– Zastanów się nad moją propozycją – wysyczał.

Nie mogła się poruszyć ani odwrócić oczu. I tym razem wiedziała, że nie używał wobec niej mocy, że to wyłącznie dzika siła ich wzajemnej dla siebie atrakcyjności. Bez sensu było zaprzeczać – reagowała na niego fizycznie. Czuła jego oddech na swoich ustach.

– Do niczego nie jesteś mi potrzebny – odparła.

Pomyślała, że teraz ją pocałuje, ale nie zrobił tego. Nad nimi rozległ się odgłos otwieranych drzwi balkonowych i jakiś gniewny głos:

– Hej! Co się tam dzieje? Jest tam kto?

– Tym razem zrobiłem ci przysługę – powiedział Damon cicho. – Następnym razem odbiorę zapłatę.

Nie mogła odwrócić głowy. Gdyby teraz ją pocałował, pozwoliłaby na to. Ale nagle jego twarz jakby się zatarła. Zupełnie jakby mrok znów go brał w posiadanie. A potem czarne skrzydła wzbiły się w powietrze i wielka wrona odleciała w ciemność.

Coś, jakaś książka czy but, poleciało jej śladem z balkonu. Chybiło o metr.

– Cholerne ptaszyska! – odezwał się z góry głos pana Forbesa. – Musiały założyć jakieś gniazdo na dachu.

Drżąca, obejmując się ramionami, Elena skuliła się pod balkonem, czekając, aż w końcu ojciec Caroline wejdzie do środka.

Meredith i Bonnie znalazła skulone przy bramie.

– Dlaczego to tak długo trwało? – szepnęła Bonnie. – Myślałyśmy, że cię złapali!

– Niewiele brakowało. Musiałam przeczekać, aż zrobi się bezpiecznie. – Elena tak już przywykła do kłamstw na temat Damona, że teraz skłamała niemal odruchowo. – Wracajmy do domu – szepnęła. – Nic tu po nas.

Kiedy żegnały się pod drzwiami domu Eleny, Meredith powiedziała:

– Do Dnia Założycieli zostały tylko dwa tygodnie.

– Wiem. – Na chwilę Elena wróciła myślami do propozycji Damona. Ale pokręciła głową, chcąc tę myśl odpędzić. – Coś wymyślę – powiedziała.

Na pomysł wpadła dopiero pod koniec następnego dnia w szkole. Jedyne pocieszenie czerpała z tego, że Caroline chyba nie zauważyła w swoim pokoju nic dziwnego, ale żadnych innych powodów do zadowolenia Elena nie miała. Dziś rano w szkole na apelu ogłoszono, że zarząd szkoły wybrał Elenę do reprezentowania Ducha Społeczności Fell's Church. Przez całą mówkę dyrektora na ten temat Caroline uśmiechała się szeroko, triumfująco i złośliwie.

Elena próbowała nie zwracać na to uwagi. Starała się, jak mogła, ignorować afronty, jakie ją spotykały nawet po tym apelu, ale nie było to łatwe. To nigdy nie było łatwe i zdarzały się takie dni, kiedy zdawało jej się, że kogoś uderzy albo po prostu zacznie krzyczeć. Na razie jednak udawało jej się przetrwać.

Tego popołudnia, czekając, aż klasa, która miała historię na szóstej lekcji, wyjdzie z pracowni, Elena przyglądała się Tylerowi Smallwoodowi. Od powrotu do szkoły nie odezwał się do niej ani razu. Uśmiechał się tak samo paskudnie, jak Caroline w czasie wystąpienia dyrektora. Teraz, kiedy dostrzegł stojącą samotnie Elenę, szturchnął Dicka Cartera łokciem.

– A co my tam mamy? – powiedział. – Podpieramy ścianę?

Stefano, gdzie jesteś? – pomyślała Elena. Ale znała odpowiedź na to pytanie. Po drugiej stronie szkoły, na lekcji astronomii.

Dick już otwierał usta, żeby coś powiedzieć, ale nagle wyraz jego twarzy się zmienił. Patrzył gdzieś za Elenę, w głąb korytarza. Elena odwróciła się i zobaczyła Vickie.

Vickie i Dick spotykali się kiedyś, przed jesiennym balem. Elena przypuszczała, że nadal ze sobą chodzą. Ale Dick miał niepewną minę, jakby nie wiedział, czego ma się spodziewać po dziewczynie, która szła w jego stronę.

Vickie miała dziwny wyraz twarzy, jakoś dziwnie się poruszała. Szła tak, jakby jej stopy nie dotykały ziemi. Oczy miała senne, źrenice rozszerzone.

– Cześć – przywitał ją niepewnie Dick, stając naprzeciw niej. Vickie minęła go bez jednego spojrzenia i podeszła do Tylera. Elena obserwowała rozwój sytuacji z rosnącym niepokojem. To powinno być zabawne, ale nie było.

Tyler był zaskoczony. Gdy Vickie położyła mu dłoń na piersi, uśmiechnął się, ale z przymusem. Vickie wsunęła mu dłoń pod kurtkę. Uśmiech Tylera zbladł. Vickie położyła mu i drugą rękę na piersi. Tyler spojrzał na Dicka.

– Hej, Vickie, wyluzuj – powiedział szybko Dick, ale nie podszedł bliżej.

Vickie przesunęła obie dłonie w górę, zsuwając kurtkę z ramion Tylera, a on próbował znów ją włożyć, nie wypuszczając jednocześnie książek, z taką miną, jakby usiłował się nie przejmować. Nie udało mu się. Vickie wsunęła palce pod jego koszulę.

– Przestań. Powstrzymaj ją, stary – zwrócił się Tyler do Dicka. Cofnął się i oparł o ścianę.

– Hej, Vickie, odpuść. Nie rób tego. – Ale Dick nadal trzymał się w bezpiecznej odległości. Tyler rzucił mu rozzłoszczone spojrzenie i spróbował odsunąć Vickie od siebie.

Rozległ się jakiś odgłos. Najpierw wydawało się, że to częstotliwość niemal za niska dla ludzkiego ucha, ale potem dźwięk zaczął stopniowo narastać. Warkot, dziwnie groźny, od którego Elenę przebiegł po plecach lodowaty dreszcz. Tyler wytrzeszczył oczy ze zdumienia i wkrótce Elena zrozumiała dlaczego. Bo ten dźwięk wydobywał się z gardła Vickie.

A potem wszystko zaczęło się rozgrywać bardzo szybko. Tyler leżał na ziemi, a Vickie próbowała go ugryźć, jej zęby znalazły się o centymetry od jego szyi. Elena, zapomniawszy o wszystkich nieporozumieniach, próbowała pomóc Dickowi ją odciągnąć. Drzwi pracowni historycznej otworzyły się i Alaric zaczął coś wołać.

– Ostrożnie! Nie zróbcie jej krzywdy! To epilepsja, trzeba ją po prostu położyć!

Vickie znów kłapnęła zębami, kiedy pomocny nauczyciel włączył się do rozróby. Ta szczupła dziewczyna okazywała się silniejsza niż oni wszyscy razem i nie udawało im się nad nią zapanować. Nie udałoby im się długo jej tak utrzymać. Elena poczuła wielką ulgę, kiedy usłyszała za plecami znajomy głos.

– Vickie, uspokój się. Już dobrze. Uspokój się.

Dopiero kiedy Stefano złapał Vickie za ramię i zaczął do niej mówić uspokajającym tonem, Elena odważyła się rozluźnić chwyt. I w pierwszej chwili wydawało się, że strategia Stefano odniesie skutek. Vickie przestała ich szarpać i udało im się odciągnąć ją od Tylera. Stefano mówił do niej, a ona zrobiła się w ich rękach bezwładna i zamknęła oczy.

– Już dobrze. Zmęczyłaś się. Spróbuj teraz zasnąć.

Ale wtedy nagle moc, której używał Stefano, przestała działać na Vickie. Jej oczy otworzyły się szeroko i zupełnie już nie przypominały spojrzenia spłoszonego jelonka, które Elena zobaczyła w nich w stołówce. Teraz pełne były rozpalonej furii. Rzuciła się na Stefano i zaczęła z nim walczyć z nową siłą.

Trzeba było pięciu czy sześciu osób, żeby ją utrzymać, zanim sprowadzono policję. Elena nie wycofała się, chwilami mówiła do Vickie spokojnie, chwilami na nią wrzeszczała, dopóki policja nie pojawiła się na miejscu, ale nic z tego nie odnosiło skutku.

Wtedy odsunęła się i po raz pierwszy zwróciła uwagę na tłum gapiów. Bonnie stała w pierwszym rzędzie, patrzyła na to wszystko z otwartymi ustami. Tak samo jak Caroline.

– Co jej się stało?! – powiedziała Bonnie, kiedy policjanci wreszcie zabrali Vickie.

Elena, nieco zdyszana, odsunęła pasmo włosów spadające jej na oczy.

– Odbiło jej i próbowała rozebrać Tylera.

Bonnie zacisnęła usta.

– No cóż, musiała zwariować, skoro nabrała na niego ochoty, nieprawdaż? – I przez ramię rzuciła złośliwe spojrzenie Caroline.

Pod Eleną uginały się nogi i trzęsły jej się ręce. Poczuła obejmujące ją ramię i z ulgą oparła się o Stefano. A potem spojrzała na niego.

– Epilepsja? – odezwała się ze wzgardliwym niedowierzaniem.

Patrzył w głąb korytarza śladem Vickie. Alaric Saltzman, nadal pokrzykujący różne polecenia, najwyraźniej miał zamiar jechać razem z nią. Cała grupa skręciła za załom muru.

– Moim zdaniem lekcja właśnie została odwołana – powiedział Stefano. – Chodźmy.

W milczeniu szli w stronę pensjonatu, pogrążeni we własnych myślach. Elena marszczyła brwi i parę razy spoglądała na Stefano, ale odezwała się dopiero wtedy, kiedy znaleźli się już sami w jego pokoju.

– Stefano, o co tu chodzi? Co się stało Vickie?

– Sam się nad tym zastanawiam. Przychodzi mi do głowy tylko jedno wyjaśnienie. Ataki na nią wciąż się ponawiają.

– Chcesz powiedzieć, że Damon nadal... O mój Boże. Och, Stefano, powinnam była dać jej trochę swojej werbeny. Szkoda, że nie wiedziałam...

– To by nie zrobiło najmniejszej różnicy. Wierz mi. – Elena zawróciła do drzwi, jakby z miejsca chciała biec do Vickie, ale bardzo delikatnie ją powstrzymał. – Niektórzy ludzie dużo łatwiej ulegają wpływom niż inni, Eleno. Vickie nigdy nie miała zbyt silnej woli. Teraz on kieruje jej wolą.

Elena powoli usiadła.

– A więc nic nie można zrobić? Ale, Stefano, czy ona się stanie... Taka jak ty i Damon?

– To zależy – odparł ponuro. – Nie chodzi tylko o to, ile krwi straci. Żeby przemiana się zakończyła, potrzebuje też w żyłach jego krwi. Inaczej skończy jak pan Tanner. Wyssana, wykorzystana. Umrze.

Elena wzięła głęboki oddech. Chciała go zapytać jeszcze o coś, i to już od dawna.

– Stefano, kiedy tam w szkole mówiłeś do Vickie, wydawało mi się, że to działa. Używałeś swojej mocy, prawda?

– Tak.

– Ale potem ona znów zaczęła świrować. To znaczy, że... Stefano, ty się dobrze czujesz, prawda? Twoja moc wróciła?

Nie odpowiedział. Ale to już wystarczyło za odpowiedź.

– Stefano, dlaczego mi nie powiedziałeś? Co się stało? – Podeszła i uklękła przy nim tak, żeby musiał na nią spojrzeć.

– Regeneracja sił zajmuje mi trochę czasu, to wszystko. Nie martw się tym.

– Nie mogę się nie martwić. Czy można ci w tym jakoś pomóc?

– Nie – odparł. Ale oczy miał spuszczone.

I nagle zrozumiała.

– Och – szepnęła, odsuwając się. A potem znów się do niego przytuliła, próbując wziąć go za ręce. – Stefano, posłuchaj mnie...

– Eleno, nie. Nie rozumiesz? To niebezpieczne, niebezpieczne dla nas obojga, ale przede wszystkim dla ciebie. To by cię mogło zabić. Albo jeszcze gorzej.

– Tylko jeśli stracisz panowanie nad sobą – zauważyła. – A ty nie stracisz panowania. Pocałuj mnie.

– Nie – powtórzył Stefano. I dodał już mniej ostrym tonem: – Wybiorę się dziś na polowanie, jak tylko się ściemni.

– Ale czy to jest to samo? – spytała. Wiedziała, że tak nie jest. Moc dawało picie ludzkiej krwi. – Och, Stefano, proszę. Nie rozumiesz, że ja tego chcę? Ty tego nie chcesz?

– To nie fair – powiedział, w oczach miał ból. – Wiesz, że tak jest, Eleno. Wiesz, jak bardzo... – Znów się od niej odwrócił, zaciskając dłonie w pięści.

– No więc, dlaczego nie? Stefano, ja potrzebuję... – Nie dokończyła zdania. Nie umiała mu wyjaśnić, czego potrzebuje; to była potrzeba połączenia się z nim, jakiejś bliskości. Potrzebowała przypomnieć sobie, jak to jest być z nim, zatrzeć wspomnienie tego tańca we śnie i obejmujących ją ramion Damona. – Chcę, żebyśmy znów byli razem – szepnęła.

Stefano nadal się od niej odwracał i kręcił głową.

– No dobrze – szepnęła Elena, ale poczuła falę żalu i ogarnęła ją paraliżująca całe ciało obawa przed przegraną... Przede wszystkim bała się o Stefano, który bez swojej mocy był bezbronny, na tyle bezbronny, że mogliby go skrzywdzić zwykli mieszkańcy Fell's Church. Ale bała się też i o siebie.

ROZDZIAŁ 12

Jakiś głos odezwał się, kiedy Elena sięgnęła po puszkę stojącą na sklepowej półce.

– Już kupujesz galaretkę żurawinową?

Elena uniosła oczy.

– Cześć, Matt. Tak, ciocia Judith lubi robić próbę generalną w niedzielę przed Świętem Dziękczynienia, zapomniałeś? Kiedy przećwiczy, jest mniejsza szansa, że zdarzy jej się jakaś okropna wpadka.

– Na przykład, że piętnaście minut przed obiadem przypomni sobie, że nie kupiła galaretki?

– Na pięć minut przed – powiedziała Elena, zerkając na zegarek, a Matt się roześmiał. Przyjemny był ten śmiech, a Elena już od dawna go nie słyszała. Poszła w stronę kas, ale kiedy zapłaciła za zakupy, zawahała się i obejrzała za siebie. Matt stał przy stojaku z czasopismami, wyraźnie nimi zaabsorbowany, ale coś w tych jego lekko zgarbionych ramionach kazało jej do niego podejść.

Postukała palcem w pismo, które trzymał.

– A ty masz jakieś plany na dzisiaj? – spytała. Kiedy niepewnie rozejrzał się po sklepie, dodała: – Bonnie czeka w samochodzie, zje z nami. Ale poza tym, sama rodzina. No i Robert, oczywiście, powinien już dojechać na miejsce. – Miała na myśli to, że nie będzie Stefano. Nadal nie była pewna, jak ostatnio układały się sprawy między Stefano a Mattem. Przynajmniej rozmawiali ze sobą.

– Dziś sam sobie gotuję, mama jakoś średnio się czuje – powiedział. Ale potem, jakby chcąc zmienić temat, spytał: – A gdzie Meredith?

– Z rodziną, zdaje się, że pojechała do krewnych – odparła Elena mało konkretnie, bo sama Meredith też nie udzielała konkretnych informacji, rzadko opowiadała o swoich bliskich. – No, co ty na to? Zaryzykujesz kuchnię cioci Judith?

– Przez wzgląd na stare dobre czasy?

– Ze względu na starą, dobrą przyjaźń – powiedziała Elena po chwili wahania i uśmiechnęła się do niego.

Zamrugał i spojrzał gdzieś w bok.

– Jak mogę odrzucić takie zaproszenie? – spytał dziwnie stłumionym głosem. Ale kiedy odłożył pismo na stojak i wyszedł z nią ze sklepu, on też się uśmiechał.

Bonnie przywitała go radośnie. Kiedy przyjechali do domu ciocia Judith zrobiła bardzo zadowoloną minę i zaprosiła go do kuchni.

– Obiad już prawie na stole – oznajmiła, odbierając od Eleny torbę z zakupami. – Robert przyjechał parę minut temu. Może idźcie od razu do jadalni? Aha, i dostaw jedno krzesło, Eleno. Z Mattem będzie nas siedmioro.

– Sześcioro, ciociu – uściśliła Elena rozśmieszona. – Ty i Robert, ja i Margaret, Matt i Bonnie.

– Tak, kochanie, ale Robert też przywiózł gościa. Już tam siedzą.

Do Eleny te słowa dotarły, kiedy już przekraczała próg jadalni, ale dopiero po jakiejś chwili na nie zareagowała. A mimo to, wchodząc do środka, już wiedziała, kto tam na nią czeka.

Robert stał z otwartą butelką białego wina w ręku i miał wesołą minę. A przy stole, za jesiennym stroikiem i wysokimi świecznikami, zobaczyła Damona.

Elena zrozumiała, że przystanęła w drzwiach, dopiero kiedy Bonnie na nią wpadła. Zmusiła się do ruchu. Tylko umysł nie posłuchał, nadal nie chciał działać.

– A, Elena – odezwał się Robert, wyciągając rękę. – To Elena, dziewczyna, o której ci opowiadałem – zwrócił się do Damona. – Eleno, to jest Damon... Eee...

– Smith – podpowiedział Damon.

– No właśnie. Studiuje na mojej uczelni, William and Mary, poznaliśmy się przed chwilą przed drogerią. Rozglądał się za jakąś restauracją, żeby zjeść obiad, więc zaprosiłem go do nas na domowe jedzenie. Damonie, to przyjaciele Eleny, Matt i Bonnie.

– Cześć – powiedział Matt. Bonnie tylko wytrzeszczyła oczy i spojrzała na Elenę.

Elena próbowała wziąć się w garść. Nie wiedziała, czy ma krzyczeć, wymaszerować z tego pokoju, czy rzucić Damonowi w twarz właśnie nalany przez Roberta kieliszek wina. Na razie była zbyt wściekła, żeby się przestraszyć.

Matt poszedł do salonu po krzesło. Elena zastanawiała się nad spokojem, z jakim przyjął do wiadomości obecność Damona, a potem przypomniała sobie, że przecież Matta na imprezie u Alarica nie było. Skąd miał wiedzieć, co tam zaszło między Stefano a „przejezdnym studentem"?

Ale Bonnie zaczynała chyba wpadać w panikę. Patrzyła na Elenę błagalnym wzrokiem. Damon podniósł się i odsunął dla niej krzesło.

Zanim Elena wymyśliła odpowiedź, usłyszała w drzwiach wysoki, cichy głosik Margaret.

– Matt, chcesz zobaczyć mojego kotka? Ciocia Judith mówi, że mogę go zatrzymać. Dam mu na imię Śnieżek.

Elena obejrzała się i nagle wpadła na pomysł.

– Jest śliczny – powiedział Matt grzecznie, pochylając się nad małym kłębkiem białego futerka, który Margaret trzymała w ramionach. Zdziwił się, kiedy Elena bez ceremonii zabrała mu zwierzątko sprzed nosa.

– Chodź, Margaret, pokażesz swojego kotka znajomemu Roberta – ucieszyła się i prawie rzuciła futrzany kłębuszek Damonowi w twarz.

Rozpętało się istne piekło. Śnieżek zjeżył futerko i zrobił się dwa razy większy, niż był. Wydawał odgłosy, jakie wydaje woda kapiąca na rozgrzaną do czerwoności płytę paleniska i zamienił się w warczący, parskający cyklon, który drapał Elenę, rzucał się na Damona, a potem prawie po ścianach wypadł pędem z pokoju.

Przez chwilę Elena cieszyła się satysfakcją, obserwując czarne jak noc oczy Damona, nieco bardziej rozszerzone niż zwykle. A potem opuścił powieki, znów je przysłaniając, i Elena obejrzała się, żeby zobaczyć reakcję pozostałych obecnych w pokoju.

Margaret właśnie otwierała buzię, szykując się do wrzasku godnego syreny strażackiej. Robert próbował temu zapobiec, zabierając ją z jadalni na poszukiwanie kotka. Bonnie stała, przyciskając się plecami do ściany, była zdesperowana. Matt i ciocia Judith, która aż zajrzała tu z kuchni, byli zwyczajnie przerażeni.

– Chyba zwierzęta cię nie lubią – powiedziała do Damona i zajęła swoje miejsce przy stole. Skinęła na Bonnie, która niechętnie oderwała się od ściany i szybko usiadła na swoim krześle, zanim Damon zdążył znów go dotknąć. Bonnie nie odrywała od niego oczu, kiedy i on zajął swoje miejsce.

Po kilku minutach Robert pojawił się z Margaret, która miała na buzi ślady łez, i spojrzał surowo na Elenę. Matt w milczeniu usiadł na swoim miejscu, ale brwi miał uniesione aż po linię włosów.

Kiedy przyszła ciocia Judith i zaczęli jeść, Elena podniosła wzrok i rozejrzała się wokół stołu. Miała wrażenie, że wszystko spowija lekka mgła i że ta scena jest jakaś nierealna, choć jednocześnie przypomina niewiarygodnie idealne obrazki z reklam. Ot, przeciętna rodzina, która zasiadła do stołu zjeść indyka, pomyślała. Nieco podenerwowana niezamężna ciotka, zmartwiona, że groszek okaże się rozgotowany, a bułki przypalone, zadowolony z siebie przyszły wujek, złotowłosa nastoletnia siostrzenica i jej płowowłosa młodsza siostrzyczka. Niebieskooki, porządny chłopak z sąsiedztwa, chochlikowata przyjaciółka, niezwykle przystojny wampir podający sąsiadom przy stole kandyzowane bataty. Typowy amerykański dom.

Przez pierwszą połowę posiłku Bonnie wciąż nadawała w stronę Eleny telegraficzne pytania spojrzeniem: „Co mam robić?" Ale kiedy Elena dała jej tylko znać: „Nic", zdecydowała się najwyraźniej pogodzić z losem i zaczęła jeść.

Elena nie miała pojęcia, jak się zachować. Tego typu pułapka była dla niej policzkiem, upokorzeniem – a Damon to wiedział. Udało mu się oczarować ciocię Judith i Roberta komplementami na temat jedzenia i lekką rozmową na temat William and Mary. Nawet Margaret zaczęła się do niego uśmiechać i wyglądało na to, że Bonnie niedługo też się podda.

– W przyszłym tygodniu w Fell's Church będziemy obchodzić Dzień Założycieli – ciocia Judith poinformowała Damona, a jej szczupłe policzki nieco się zaróżowiły. – Bardzo byłoby miło, gdybyś mógł wtedy do nas zajrzeć.

– Chętnie – odparł Damon przyjaźnie.

Ciocia Judith miała zadowoloną minę.

– W tym roku Elena będzie pełniła ważną funkcję w obchodach. Ma reprezentować Ducha Społeczności Fell's Church.

– Na pewno jest z niej pani dumna – powiedział Damon.

– Och, oczywiście – przyznała ciocia. – Więc spróbujesz wtedy do nas przyjechać?

Elena wtrąciła się, wściekłym gestem smarując bułkę masłem.

– Słyszałam nowiny na temat Vickie – zagadnęła. – Pamiętasz, to ta dziewczyna, która została zaatakowana. – Spojrzała znacząco na Damona.

Na chwilę zapadła cisza. A potem Damon powiedział:

– Chyba jej nie znam.

– Och, na pewno znasz. Mniej więcej mojego wzrostu, brązowe oczy, szatynka... W każdym razie pogorszyło jej się.

– Ojej – powiedziała ciocia Judith.

– Tak. Najwyraźniej, lekarze nie wiedzą, co się dzieje. Jej stan po prostu ciągle się pogarsza, zupełnie jakby wciąż atakowano ją na nowo. – Elena, mówiąc to, nie odrywała wzroku od twarzy Damona, ale zobaczyła na niej wyłącznie uprzejme zainteresowanie. – Może jeszcze trochę nadzienia – zakończyła, podsuwając mu półmisek.

– Nie, dziękuję. Ale poproszę jeszcze trochę tego. – Uniósł łyżeczkę galaretki żurawinowej do świecy, której światło zaczęło przez nią prześwitywać. – To taki kuszący kolor.

Bonnie, tak samo jak cała reszta osób obecnych przy stole, podniosła wzrok w stronę świecy, kiedy to powiedział. Ale Elena zauważyła, że potem już tych oczu nie opuściła. Wciąż wpatrywała się w tańczący płomyk i powoli jej twarz zaczęła się stawać obojętna.

O nie, pomyślała Elena z dreszczem lęku przejmującym całe ciało. Widziała już wcześniej to spojrzenie. Spróbowała zwrócić na siebie uwagę Bonnie, ale wydawało się, że dziewczyna widzi wyłącznie tę świecę.

– ...a potem dzieci ze szkoły podstawowej wystawiają widowisko na temat historii miasta – mówiła ciocia Judith do Damona. – Ale uroczystość kończą starsi uczniowie. Eleno, ilu maturzystów będzie w tym roku czytało teksty?

– Tylko troje. – Elena musiała się odwrócić, żeby odpowiedzieć ciotce, i właśnie kiedy spoglądała na jej uśmiechniętą twarz, usłyszała ten głos.

– Śmierć.

Cioci Judith wyrwał się stłumiony okrzyk. Robert zatrzymał widelec z jedzeniem w pół drogi do ust. Elena rozpaczliwie i beznadziejnie żałowała, że nie ma tu Meredith.

– Śmierć – znów powiedział ten głos. – W tym domu jest śmierć.

Elena rozejrzała się wokół stołu i zrozumiała, że nikt jej nie pomoże. Wszyscy gapili się na Bonnie, nieruchomi jak ludzie pozujący do zdjęcia.

A Bonnie wpatrywała się w płomień świecy. Twarz miała nieobecną, a oczy tak samo szeroko otwarte jak wtedy, kiedy przedtem ten głos przez nią przemawiał. Teraz te niewidzące oczy spojrzały na Elenę.

– Twoja śmierć – powtórzył głos. – Śmierć na ciebie czeka, Eleno. To...

Bonnie zakrztusiła się, a potem pochyliła się naprzód i o mało nie wylądowała twarzą w talerzu.

Po chwili ogólnego paraliżu wszyscy rzucili się do działania. Robert podskoczył i łapiąc Bonnie za ramiona, oparł ją o krzesło. Twarz Bonnie przybrała niebieskawobiały odcień, oczy miała zamknięte. Ciocia Judith zaczęła się wokół niej uwijać, ocierać jej twarz zwilżoną serwetką. Damon przyglądał się zamyślonymi, zmrużonymi oczami.

Ten incydent skutecznie zakończył obiad. Robert uparł się natychmiast odwieźć Bonnie do domu i w zamieszaniu, które się wywiązało, Elenie udało się zamienić szeptem parę słów z Damonem.

– Wynoś się stąd!

Uniósł brwi.

– Co takiego?

– Powiedziałam, żebyś się wynosił. Już. Albo im powiem, że to ty jesteś zabójcą.

Spojrzał z wyrzutem.

– Nie uważasz, że gościowi należy się nieco więcej uprzejmości? – powiedział, ale na widok jej miny wzruszył ramionami z uśmiechem.

– Dziękuję za zaproszenie na obiad – zwrócił się głośno do cioci Judith, która mijała ich, niosąc do samochodu koc. – Mam nadzieję, że kiedyś będę mógł się zrewanżować. – A do Eleny dodał: – Do zobaczenia.

No cóż, zabrzmiało to jednoznacznie, pomyślała Elena, kiedy Robert ruszył odwieźć Matta i lejącą się przez ręce Bonnie. Ciocia Judith rozmawiała przez telefon z panią McCullough.

– Ja też nie wiem, co się dzieje z tymi dziewczynami – powiedziała. – Najpierw Vickie, teraz Bonnie... I Elena ostatnio też wcale nie jest sobą...

Ciocia Judith rozmawiała przez telefon, Margaret szukała Śnieżka, a Elena chodziła z kąta w kąt.

Będzie musiała zadzwonić do Stefano. Nic więcej nie może zrobić. O Bonnie się nie martwiła, jej poprzednie wizje raczej nie powodowały jakichś trwałych szkód. A Damon będzie miał dziś wieczorem ciekawsze rzeczy do roboty, niż znęcać się nad przyjaciółkami Eleny.

Przyjdzie tu i pobierze swoją zapłatę za „przysługę", jaką jej zrobił. Nie miała żadnych wątpliwości, że właśnie to oznaczały jego ostatnie słowa. A to znaczyło, że będzie musiała powiedzieć Stefano wszystko, bo dziś wieczorem będzie go potrzebowała, będzie potrzebowała jego ochrony.

Tylko co Stefano może poradzić? Mimo wszystkich jej próśb i tłumaczeń z zeszłego tygodnia nie chciał pić jej krwi. Twierdził, że moc wróci mu i bez tego, ale Elena wiedziała, że w tej chwili wciąż był osłabiony. Czy Stefano zdołałby powstrzymać Damona, nawet gdyby tu był? Czy mógłby to zrobić i przy tym nie zginąć?

Dom Bonnie też nie mógł jej dać schronienia. A Meredith nie było. Nikt nie mógł jej pomóc, nikomu nie mogła zaufać. Ale sama myśl, że ma czekać tu dziś w nocy, wiedząc, że Damon przyjdzie, była nie do zniesienia.

Usłyszała, że ciocia Judith kończy rozmowę. Odruchowo ruszyła w stronę kuchni, powtarzając w myślach numer telefonu Stefano. A potem przystanęła i powoli obejrzała się na salon, z którego właśnie wyszła.

Spojrzała na wysokie okna i na niezwykle efektowny kominek z pięknie profilowanym gzymsem. Ten pokój stanowił część starego domu, tego, który niemal całkowicie spłonął w czasie wojny secesyjnej. Jej sypialnia mieściła się dokładnie nad nim.

Zaczęło jej się rozjaśniać w głowie. Spojrzała na sztukaterię pod sufitem, na miejsce, gdzie łączyła się z bardziej nowoczesnym wystrojem jadalni. A potem prawie biegiem rzuciła się w stronę schodów, z szybko bijącym sercem.

– Ciociu? – Ciotka zatrzymała się przy schodach. – Ciociu, powiedz mi coś. Czy Damon wchodził do salonu?

– Co takiego? – Ciocia Judith spojrzała na nią z roztargnieniem.

– Czy Robert wprowadzał Damona do salonu? Proszę, ciociu, zastanów się! Muszę to wiedzieć.

– Zaraz, nie, chyba nie. Nie zabierał go tam. Po wejściu poszli prosto do jadalni. Elena, co ty wyrabiasz? – Ostatnie pytanie ciotka zadała, kiedy Elena impulsywnie objęła ją i uściskała.

– Przepraszam, ciociu. Po prostu się cieszę – powiedziała Elena. Z uśmiechem zawróciła, chcąc odejść.

– No cóż, miło, że ktoś się jednak cieszy po tym nieudanym obiedzie. Chociaż ten chłopak, Damon, chyba dobrze się u nas czuł. Wiesz, Eleno, wydaje mi się, że mu się spodobałaś, mimo że tak go nieładnie traktowałaś.

Elena przystanęła.

– I co?

– No cóż, pomyślałam sobie, że może powinnaś dać mu szansę, to wszystko. Wydał mi się bardzo sympatyczny. Tego typu młody człowiek zawsze jest tu mile widziany.

Elena wytrzeszczyła oczy na ciotkę, a potem z trudem powstrzymała wybuch histerycznego śmiechu. Ciotka sugerowała, że powinna zamiast Stefano zainteresować się Damonem... Bo Damon to bezpieczniejszy wariant. Młody człowiek, jaki spodoba się każdej ciotce.

– Ciociu... – próbowała coś powiedzieć, ale stwierdziła, że to nie ma sensu. W milczeniu pokręciła głową, uniosła ręce w górę gestem porażki i patrzyła, jak ciotka idzie na górę.

Zwykle Elena spała przy zamkniętych drzwiach. Ale dzisiaj zostawiła je otwarte i leżała na łóżku, spoglądając na mroczny korytarz. Co jakiś czas zerkała na fosforyzujące wskazówki zegara stojącego na nocnym stoliku.

Nie groziło jej, że zaśnie. Minuty powoli mijały, a ona prawie zaczęła żałować, że nie może spać. Czas płynął nieznośnie powoli. Jedenasta... Wpół do dwunastej... Północ. Pierwsza. Wpół do drugiej. Druga.

Dziesięć po drugiej usłyszała jakiś dźwięk.

Nasłuchiwała, nie podnosząc się z łóżka. Z parteru dobiegł ją jakiś szmer. Wiedziała, że jeśli będzie chciał, znajdzie sposób, żeby wejść do domu. Kiedy Damon się na coś uparł, żaden zamek by go nie powstrzymał.

W głowie dźwięczała jej muzyka ze snu, który przyśnił jej się, kiedy nocowała u Bonnie, kilka tęsknych, srebrzystych nut. Budziła w niej dziwne uczucia. Prawie jakby we śnie, jak w jakimś otępieniu, wstała z łóżka i poszła aż na próg pokoju.

W korytarzu było ciemno, ale jej oczy już zdążyły przyzwyczaić się do ciemności. Wyraźnie widziała ciemniejszą postać, która szła po schodach. Kiedy doszedł na szczyt schodów, zobaczyła krótki, groźny błysk jego uśmiechu.

Czekała, aż podszedł i stanął naprzeciw niej. Dzielił ich zaledwie metr drewnianej podłogi. W domu panowała kompletna cisza. Po drugiej stronie korytarza spała Margaret, na jego końcu ciocia Judith śniła swoje sny, kompletnie nieświadoma tego, co się działo poza drzwiami jej sypialni.

Damon nic nie mówił, tylko patrzył na nią, wzrokiem taksując jej długą białą koszulę nocną z wysokim koronkowym kołnierzykiem. Elena wybrała ją, bo to była najskromniejsza z jej koszul, ale Damonowi najwyraźniej się podobała. Zmusiła się, żeby stać spokojnie, ale w ustach jej zaschło, a serce mocno waliło. Nadszedł ten moment. Za minutę będzie już wiedziała.

Cofnęła się w głąb pokoju bez żadnego słowa czy zapraszającego gestu. W jego niezgłębionych oczach zobaczyła błysk i obserwowała, jak rusza prędko w jej stronę. I jak zatrzymuje się nagle.

Stał tuż przed drzwiami jej pokoju, najwyraźniej zbity z tropu. Znów spróbował zrobić krok naprzód, ale nie mógł. Wyglądało to tak, jakby coś mu nie pozwalało przekroczyć progu. Na jego twarzy zaskoczenie ustąpiło zastanowieniu, a wreszcie pojawił się gniew.

Podniósł wzrok, przyjrzał się nadprożu i sufitowi po obu stronach drzwi. A potem, kiedy wreszcie zrozumiał, obnażył zęby w zwierzęcym grymasie.

Bezpieczna po drugiej stronie wejścia, Elena roześmiała się cicho. A więc podziałało.

– Mój pokój i mieszczący się pod nim salon to wszystko, co zostało ze starego domu – powiedziała do niego. – No i, oczywiście, to był kiedyś zupełnie osobny dom. Do którego nie zostałeś zaproszony i nigdy nie zostaniesz.

Z gniewu pierś unosiła mu się szybko, skrzydełka nosa mu drgnęły, oczy się rozszerzyły. Emanowały od niego fale mrocznej złości. Patrzył tak, jakby chciał zburzyć ściany własnymi rękoma, które z wściekłością zaciskał w pięści.

Elenie zakręciło się w głowie od triumfu.

– Lepiej już idź – rzuciła. – Nie masz tu czego szukać.

Jeszcze przez moment te pełne groźby oczy piorunowały ją wzrokiem, a potem Damon zawrócił. Ale nie poszedł na schody. Zamiast tego zrobił krok przez korytarz i położył dłoń na klamce pokoju Margaret.

Elena podeszła, zanim zorientowała się, co robi. Przystanęła w drzwiach, chwytając się framugi, z trudem łapiąc oddech.

Prędkim ruchem odwrócił głowę i uśmiechnął się do niej leniwym, okrutnym uśmiechem. Lekko przekręcił klamkę, nawet na nią nie patrząc. Oczu jak płynny heban nie odrywał od Eleny.

– Wybieraj – powiedział.

Elena stała bez ruchu. Czuła się tak, jakby ogarnął ją mroźny podmuch zimy. Margaret to przecież dziecko. Nie mówił tego poważnie, nikt nie mógł być takim potworem, żeby skrzywdzić czteroletnie dziecko.

Ale na twarzy Damona nie było ani śladu łagodności czy współczucia. Był myśliwym, zabójcą, a słabsi stawali się jego ofiarami. Przypomniała sobie ten okropny zwierzęcy grymas, który zniekształcił przystojne rysy jego twarzy, i zrozumiała, że nigdy nie zostawi Margaret na jego pastwę.

Wydawało się, że to wszystko dzieje się w zwolnionym tempie. Widziała dłoń Damona na klamce, widziała ten bezlitosny wzrok. Wyszła z pokoju, zostawiając za sobą jedyne znane sobie bezpieczne miejsce.

Śmierć jest w tym domu, powiedziała Bonnie. A teraz Elena poszła na spotkanie tej śmierci z własnej nieprzymuszonej woli. Pochyliła głowę, żeby ukryć łzy bezradności, które napłynęły jej do oczu. Wszystko skończone. Damon wygrał.

Nie podniosła oczu, kiedy ruszył w jej stronę. Ale czuła, że powietrze wkoło niej poruszyło się, i zadrżała. A potem pogrążyła się w miękkiej, nieskończonej ciemności, która otuliła ją jak skrzydła wielkiego ptaka.

ROZDZIAŁ 13

Elena drgnęła, a potem otworzyła ciążące jej powieki. Wzdłuż brzegów zasłon prześwitywało światło. Trudno jej było poruszyć się, więc leżała na łóżku i próbowała połączyć w całość wydarzenia poprzedniego wieczoru i nocy.

Damon, Damon przyszedł tu i groził Margaret. Więc Elena wyszła do niego. Zwyciężył.

Ale dlaczego nie doprowadził tego do końca? Elena powolnym gestem uniosła dłoń, żeby dotknąć podstawy szyi, już wiedząc, co tam znajdzie. Tak, znalazła – dwie małe ranki, obolałe i wrażliwe na dotyk.

Mimo wszystko wciąż żyła. Nie spełnił do końca swojej obietnicy. Dlaczego?

Wspomnienia ostatnich godzin miała pomieszane i rozmyte. Tylko ich fragmenty były wyraźne. Oczy Damona wpatrujące się w nią, przesłaniające jej cały świat. Ostre ukłucie w okolicy gardła. A potem Damon, który rozpinał koszulę, i krew płynąca z małego nacięcia na jego szyi.

Zmusił ją wtedy, żeby napiła się jego krwi. O ile zmusił to właściwe słowo. Nie przypominała sobie, żeby stawiała jakikolwiek opór ani żeby czuła obrzydzenie. Wtedy już sama tego chciała.

Ale nie umarła, nie została nawet zbyt mocno osłabiona. Nie przemienił jej w wampira. I tego właśnie nie mogła zrozumieć.

On nie ma żadnych zasad moralnych ani sumienia, powiedziała sobie raz jeszcze. Więc na pewno nie powstrzymała go litość. Pewnie po prostu chce przedłużyć tę grę, zadać ci jeszcze więcej cierpienia, zanim cię zabije. A może chce, żebyś zamieniła się w taką Vickie, jedną nogą stojącą w świecie mroku, jedną w świecie światła. I w ten sposób powoli popadającą w szaleństwo.

Jednego była pewna, nie da się ogłupić na tyle, żeby wziąć to za objaw dobroci serca. Damon nie był do niej zdolny. I nie obchodził go nikt poza nim samym.

Odsuwając na bok kołdrę, wstała z łóżka. Słyszała, że ciocia Judith przechodzi przez korytarz. Był poniedziałek rano i musiała zacząć szykować się do szkoły.

27 listopada, środa

Drogi pamiętniku,
nie ma sensu udawać, że nie jestem przerażona, bo jestem. Jutro Święto Dziękczynienia, a dwa dni potem Dzień Założycieli. A ja nadal nie wymyśliłam, jak powstrzymać Caroline i Tylera.

Nie wiem, co robić. Jeśli nie uda mi się odebrać Caroline mojego pamiętnika, ona go odczyta przy wszystkich. Będzie miała znakomitą okazję – jest jedną z trzech maturzystek wybranych do czytania wierszy na zamknięcie obchodów. Wybrana przez zarząd szkoły, którego członkiem jest ojciec Tylera, mogłabym dodać. Ciekawe, jak on się poczuje, kiedy już będzie po wszystkim?

Ale co to za różnica? Jeśli nie wymyślę żadnego planu, to kiedy już będzie po wszystkim, będzie mi wszystko jedno. I nie będzie Stefano, uczciwi obywatele Fell's Church wygnają go z miasta. Albo i zginie, jeśli nie uda mu się jeszcze odzyskać chociaż części swojej mocy. A jeśli on zginie, ja też umrę. To aż tak proste.

Co znaczy, że muszę znaleźć jakiś sposób i odzyskać pamiętnik. Muszę.

Ale nie wiem jak.

Wiem, czekasz, żebym to wreszcie napisała. Że jest sposób na odzyskanie pamiętnika – sposób Damona. I wystarczy tylko, żebym się zgodziła na jego cenę.

Ale nie rozumiesz, jak bardzo mnie to przeraża. Nie tylko dlatego, że przeraża mnie Damon, ale dlatego, że boję się, co się stanie, jeżeli on i ja znów się spotkamy. Boję się tego, co stanie się ze mną... A także ze mną i Stefano.

Nie mogę już o tym więcej pisać. Za bardzo mnie to przygnębia. Czuję się taka zagubiona, mam mętlik w głowie, jestem osamotniona. Z nikim nie mogę o tym porozmawiać. Nikt by tego nie zrozumiał.

Co ja mam zrobić?

28 listopada, czwartek, 23.30

Drogi pamiętniku,
dzisiaj wszystkie sprawy wydają mi się prostsze, może dlatego, że wreszcie podjęłam decyzję. Strasznie się boję tej decyzji, ale to lepsze niż jedyne pozostałe wyjście, które przychodzi mi na myśl.

Opowiem wszystko Stefano.

To jedyne, co mogę teraz zrobić. Dzień Założycieli jest w sobotę, a ja nie wymyśliłam żadnego planu. Ale może Stefano zdoła coś wymyślić, kiedy zrozumie, jak rozpaczliwa jest sytuacja. Jutro mam zamiar spędzić cały dzień u niego w pensjonacie, a kiedy tam się znajdę, powiem mu wszystko, co powinnam mu była powiedzieć od razu.

Wszystko. O Damonie też.

Nie wiem, jak on na to zareaguje. Wciąż przypominam sobie wyraz jego twarzy w moich snach. Jak na mnie patrzył, z tą całą goryczą i gniewem. Wcale nie tak, jakby mnie kochał. Jeśli tak na mnie spojrzy jutro...

Och, boję się. Żołądek mi się ściska. Prawie dziś nie jadłam obiadu z okazji Święta Dziękczynienia.

I nie mogę usiedzieć na miejscu. Czuję się tak, jakbym miała się rozpaść na milion kawałków. Iść dziś spać? Ha!

Proszę, niech Stefano zrozumie. Proszę, niech mi wybaczy.

Najzabawniejsze jest to, że przecież chciałam dla niego stać się lepszą osobą. Chciałam stać się warta jego miłości. Dla Stefano bardzo ważny jest honor, to, co dobre i co złe. A teraz, kiedy dowie się, że go okłamywałam, co sobie o mnie pomyśli? Czy mi uwierzy, że ja tylko próbowałam go chronić? Czy jeszcze kiedykolwiek mi zaufa?

Jutro się tego dowiem. O Boże, tak bym chciała, żeby już było po wszystkim. Sama nie wiem, jak tej chwili dożyję.

Elena wymknęła się z domu, nie mówiąc ciotce, dokąd się wybiera. Zmęczyły ją kłamstwa, a nie miała ochoty na aferę, która na pewno by się rozpętała, gdyby powiedziała, że idzie do Stefano. Od czasu, kiedy Damon był u nich na obiedzie, ciocia Judith nie przestawała o nim rozprawiać, każdą rozmowę okraszając bardziej lub mniej subtelnymi aluzjami. A Robert był niewiele lepszy. Czasami Elenie zdarzało się myśleć, że to on ciotkę napuszcza.

Nieufnie nacisnęła dzwonek przy drzwiach do pensjonatu. Gdzie się w ostatnich dniach podziewała pani Flowers? Kiedy drzwi się wreszcie otworzyły, stał za nimi Stefano.

Ubrany był jakby gdzieś się wybierał, kołnierz kurtki miał postawiony.

– Pomyślałem, że pójdziemy na spacer – powiedział.

– Nie. – Elena była stanowcza. Nie udało jej się uśmiechnąć do niego zupełnie szczerze, więc darowała sobie próby. – Chodźmy na górę, Stefano, dobrze? Chcę z tobą o czymś porozmawiać.

Przez krótki moment patrzył na nią zdziwiony. Musiał coś dostrzec w jej twarzy, bo mina stopniowo spoważniała mu i pomroczniała. Wziął głęboki oddech i pokiwał głową. Bez słowa zawrócił i zaprowadził ją do swojego pokoju.

Oczywiście, kufry, komody i regały na książki już dawno zostały poustawiane. Ale Elena miała wrażenie, że dopiero teraz to naprawdę zauważyła. Z jakiegoś powodu pomyślała o pierwszym wieczorze, który tu spędziła, gdy Stefano obronił ją przed obrzydliwymi uściskami Tylera. Spojrzała na przedmioty stojące na komodzie: XV-wieczne złote floreny, sztylet o rękojeści z kości słoniowej, mały żelazny kuferek z wiekiem na zawiasach. Próbowała go otworzyć tej pierwszej nocy, a on to wieczko zatrzasnął.

Odwróciła się. Stefano stał przy oknie, obramowany prostokątem szarego, ponurego nieba. W tym tygodniu codziennie było chłodno i mglisto, dzisiejszy dzień nie stanowił wyjątku. Mina Stefano pasowała do panującej za oknem aury.

– A więc – odezwał się cicho – o czym chcesz porozmawiać?

To była już ostatnia chwila na podjęcie decyzji i Elena tę decyzję podjęła. Wyciągnęła dłoń w stronę niewielkiego żelaznego kuferka i uniosła jego wieczko.

W środku delikatnym połyskiem jaśniał kawałek morelowego jedwabiu. Jej wstążka do włosów. Przypomniała jej o lecie, o dniach, które teraz wydawały się niemożliwie odległe. Podniosła wstążkę i wyciągnęła ją w stronę Stefano.

– O tym – powiedziała.

Kiedy dotknęła kuferka, podszedł do niej o krok, ale teraz zrobił zdziwioną, zdezorientowaną minę.

– O tym?

– Tak. Bo ja wiedziałam, że ona tu leży, Stefano. Znalazłam ją już dawno, kiedy któregoś dnia wyszedłeś z pokoju na parę minut. Nie wiem, dlaczego chciałam wiedzieć, co tu chowasz, i nie mogłam się powstrzymać. No i znalazłam wstążkę. A potem... – Przerwała, ale w końcu zebrała się na odwagę. – Potem opisałam to w swoim pamiętniku.

Stefano miał coraz bardziej ogłupiałą minę, jakby zupełnie czegoś innego się spodziewał. Elena szukała odpowiednich słów.

– Opisałam to, bo pomyślałam, że to jest dowód na to, iż przez cały czas nie byłam ci obojętna, skoro ją podniosłeś i zachowałeś. Nigdy nie sądziłam, że może się stać dowodem czegoś jeszcze.

Nagle zaczęła mówić szybciej. Opowiedziała mu, jak zabrała swój pamiętnik do Bonnie, i o tym, jak został skradziony. Opowiedziała mu o tych skierowanych do niej kartkach, o tym, jak się dowiedziała, że to Caroline je zostawia. A potem, odwracając oczy, nerwowo mnąc w palcach tę wstążkę w kolorze lata, opowiedziała mu o planie Caroline i Tylera.

Pod koniec prawie już nie mogła mówić.

– Od tamtej pory jestem ciągle przerażona – szepnęła, nadal patrząc na wstążkę. – Boję się, że będziesz na mnie zły. Boję się tego, co oni mogą zrobić. Po prostu się boję. Próbowałam odzyskać ten pamiętnik, Stefano, włamałam się nawet do domu Caroline. Ale za dobrze go schowała. A teraz myślę i myślę, ale nie umiem wymyślić żadnego sposobu, żeby ją powstrzymać przed odczytaniem go. – Wreszcie spojrzała na niego. – Przykro mi.

– I dobrze! – krzyknął, zaskakując ją siłą swojego gniewu. Poczuła, że cała krew odpływa jej z twarzy. Ale Stefano dopiero się rozkręcał. – Powinno ci być przykro za to, że ukrywałaś coś takiego przede mną. Przecież ja bym ci pomógł, Eleno. Dlaczego mi po prostu nie powiedziałaś?

– Bo to wszystko moja wina. I miałam jeszcze ten sen… – Próbowała mu opowiedzieć, jak wyglądał w tym śnie, tę gorycz i oskarżenie w jego oczach. – Chybabym umarła, gdybyś miał na mnie w taki sposób spojrzeć – dokończyła przygnębionym tonem.

Ale wyraz twarzy Stefano, kiedy spojrzał na nią teraz, stanowił mieszaninę ulgi i zdziwienia.

– A więc to o to chodzi – powiedział prawie szeptem. – To właśnie tym się przejmowałaś.

Elena otworzyła usta, ale on jeszcze nie skończył.

– Wiedziałem, że dzieje się coś złego. Wiedziałem, że coś przede mną ukrywasz. Ale myślałem, że… – Pokręcił głową i na jego ustach pojawił się krzywy uśmieszek. – Już nieważne. Nie chciałem naruszać twojej prywatności. Nie chciałem nawet pytać. A przez cały czas ty zamartwiałaś się o to, jak ochronić mnie.

Elenie jakby język przyrósł do podniebienia. Nie mogła wydobyć z siebie ani słowa. Jest coś jeszcze, pomyślała, ale nie zdołała tego powiedzieć, kiedy Stefano tak na nią patrzył, nie teraz, kiedy twarz mu się w taki sposób rozjaśniła.

– Kiedy powiedziałaś, że chcesz dzisiaj porozmawiać, myślałem, że zmieniłaś zdanie co do mnie – powiedział wprost, bez użalania się nad sobą. – I nie miałbym do ciebie pretensji. A zamiast tego... – Znów pokręcił głową. – Eleno... – wyszeptał i po chwili znalazła się w jego ramionach.

Tak dobrze było jej przy nim, czuła się tak bardzo na swoim miejscu. Nawet nie docierało do niej, jak źle wyglądały sprawy między nimi aż do tej chwili, kiedy to, co złe, zniknęło. Właśnie to zapamiętała, swoje uczucia tego cudownego pierwszego wieczoru w objęciach Stefano. Łączącą ich słodycz i czułość tego świata. Znów znalazła się w domu, tam gdzie jej miejsce. Gdzie już zawsze będzie u siebie.

Wszystko inne zapomniała.

Tak jak na początku, Elena miała wrażenie, że może wręcz czytać Stefano w myślach. Byli jednością, każde stanowiło część drugiego. Ich serca biły tym samym rytmem.

Tylko jednego brakowało, żeby to szczęście stało się kompletne. Elena wiedziała o tym i odrzuciła włosy za ramiona, odsłaniając przy tym szyję. A tym razem Stefano nie protestował, nie odepchnął jej. Zamiast odmowy, czuła jego głęboką akceptację – i dużą potrzebę.

Ogarnęły ją uczucia miłości, zachwytu i wdzięczności, a potem z niesamowitą radością zrozumiała, że to jego uczucia. Przez chwilę widziała siebie jego oczami i czuła, jak bardzo mu na niej zależy. Mogłaby się tego przerazić, gdyby sama nie darzyła go tak samo głęboką miłością.

Nie poczuła bólu, kiedy zatopił zęby w jej szyi. I nawet nie pomyślała o tym, że podsunęła mu tę nieskaleczoną stronę – chociaż ranki po ukąszeniu Damona już się zagoiły.

Przyciągnęła go do siebie, kiedy usiłował podnieść głowę. Ale był uparty i w końcu musiała mu na to pozwolić. Wciąż tuląc ją do siebie, poszukał ręką na komodzie sztyletu z rączką z kości słoniowej i jednym szybkim ruchem sam utoczył sobie krwi.

Kiedy pod Eleną nogi się ugięły, pomógł jej usiąść na łóżku. A potem po prostu trzymali się w ramionach nieświadomi upływu czasu ani niczego innego. Elenie wydawało się, że na świecie istnieje tylko ona i on.

– Kocham cię – wyznał cicho.

W pierwszej chwili pogrążona w przyjemnej mgle Elena przyjęła te słowa do wiadomości jakby nigdy nic. A potem, ze słodkim drżeniem, zrozumiała, co tak właściwie powiedział.

Kocha ją. Wiedziała to zawsze, ale nigdy przedtem jej tego nie powiedział.

– Kocham cię, Stefano – odszepnęła. Zdziwiła się, kiedy poruszył się i lekko odsunął, ale potem zobaczyła, co robił. Sięgając pod sweter, wyjął łańcuszek, który nosił na szyi, odkąd go poznała. Na łańcuszku wisiał złoty, misternie wykonany pierścionek z kamieniem z lapis-lazuli.

Pierścionek Katherine. Elena patrzyła, jak zdejmował i rozpinał łańcuszek, zsuwając z niego delikatną złotą obrączkę.

– Kiedy umarła Katherine – powiedział – myślałem, że nigdy nie zdołam już nikogo pokochać. Chociaż wiedziałem, że ona chciałaby, żeby tak się stało, pewien byłem, że to się nigdy nie zdarzy. Ale myliłem się. – Zawahał się na moment, a potem mówił dalej: – Zatrzymałem ten pierścionek, bo dla mnie był jej symbolem. Tego, jak chciałem zatrzymać ją w sercu. Ale teraz chciałbym, żeby stał się symbolem czegoś innego. – Znów się zawahał, prawie jakby obawiał się spojrzeć jej w oczy. – Biorąc pod uwagę, jak to wszystko wygląda, nie mam właściwie żadnego prawa prosić cię o to. Ale, Eleno... – Przez kilka chwil próbował jeszcze coś powiedzieć, ale w końcu poddał się, w milczeniu zaglądając jej w oczy.

Elena nie była w stanie się odezwać. Nie mogła nawet oddychać. Ale Stefano źle zrozumiał jej milczenie. Nadzieja w jego oczach zbladła i odwrócił się od niej.

– Masz rację – powiedział. – To niemożliwe. Po prostu za wiele tych trudności przeze mnie. Przez to, kim jestem. Ktoś taki jak ty nie może wiązać się z kimś takim jak ja. Nie powinienem był w ogóle tego proponować...

– Stefano! – przerwała Elena. – Stefano, gdybyś mógł przez chwilę nic nie mówić...

– ...więc zapomnij, że cokolwiek powiedziałem...

– Stefano! – wykrzyknęła. – Stefano, popatrz na mnie!

Powoli posłuchał i odwrócił się do niej. Zajrzał jej w oczy i pełne goryczy samopotępienie wyparowało z jego twarzy, a zastąpiła je mina, od której ona znów zaczęła oddychać z trudem. A potem, wciąż powoli, ujął dłoń, którą do niego wyciągnęła. Powolnym gestem, kiedy oboje patrzyli, wsunął jej pierścionek na palec.

Pasował tak, jakby został zrobiony specjalnie dla niej. Złoto połyskiwało bogato w świetle, a lazuryt iskrzył głębokim, intensywnym błękitem jak przejrzyste jezioro otoczone dziewiczymi śniegami.

– Będę musiała przez jakiś czas zatrzymać to w sekrecie – powiedziała, słysząc drżenie własnego głosu. – Ciocia Judith dostanie szału, jeśli się dowie, że się zaręczyłam przed skończeniem szkoły. Ale za rok w lecie skończę osiemnaście lat, a wtedy już nie będzie mogła nas powstrzymać.

– Eleno, jesteś pewna, że tego właśnie chcesz? Niełatwo będzie ze mną żyć. Już zawsze będę się od ciebie różnił, niezależnie, jak będę się starał. Jeśli kiedykolwiek zmienisz zdanie...

– Póki nie przestaniesz mnie kochać, nigdy zdania nie zmienię.

Znów ją objął i poczuła, jak ogarnia ją spokój i zadowolenie. Ale pozostawał jeszcze jeden, czający się na granicy podświadomości lęk.

– Stefano, ale jutro... Jeśli Caroline i Tyler zrealizują swój plan, to już nie będzie miało znaczenia, czy zmienię zdanie, czy nie.

– A więc musimy po prostu zadbać o to, żeby go nie zrealizowali. Jeśli Bonnie i Meredith mi pomogą, to chyba znajdę jakiś sposób, żeby odebrać Caroline ten pamiętnik. Nie ucieknę. Nie zostawię cię, Eleno, zostanę i będę walczyć.

– Ale oni cię skrzywdzą, Stefano. Ja tego nie zniosę.

– A ja nie mogę cię opuścić. Więc załatwione. Pozwól, że zajmę się resztą, znajdę jakiś sposób. A jeśli nie znajdę… No cóż, niezależnie od wszystkiego, zostanę przy tobie. Będziemy razem.

– Będziemy razem – powtórzyła Elena i oparła głowę na jego ramieniu, szczęśliwa, że przez chwilę może nie myśleć, tylko być.

20 listopada, piątek

*D*rogi pamiętniku,
jest późno, ale nie mogę zasnąć. Ostatnio jakbym potrzebowała mniej snu.

No cóż, jutro wielki dzień.

Rozmawialiśmy dziś wieczorem z Bonnie i Meredith. Plan Stefano to uosobienie prostoty. Chodzi o to, że niezależnie, gdzie Caroline ukryła ten pamiętnik, będzie musiała jutro go wyjąć i zabrać ze sobą. Nasze wystąpienia to ostatnie punkty obchodów, a ona musi najpierw wziąć udział w paradzie i tak dalej. Na ten czas będzie musiała gdzieś ten pamiętnik odłożyć. Więc jeśli będziemy ją obserwować od chwili, kiedy wyjdzie z domu, do momentu wejścia na scenę, powinno nam się udać zobaczyć, gdzie schowa pamiętnik. A ponieważ ona nawet nie wie, że ją podejrzewamy, nie będzie się miała na baczności.

I wtedy go odbierzemy.

Plan może nam się udać, bo wszyscy występujący podczas uroczystości będą poprzebierani w historyczne stroje. Pani Grimesby, bibliotekarka, pomoże nam włożyć nasze XIX-wieczne kostiumy przed paradą i nie wolno nam nieść ani mieć na sobie niczego, co nie jest częścią kostiumu. Żadnych toreb, żadnych plecaków. Żadnych pamiętników! Caroline będzie go musiała w którymś momencie odłożyć.

Będziemy ją na zmianę obserwować. Bonnie będzie czekała pod jej domem i zobaczy, co Caroline będzie niosła, wychodząc. Ja będę ją śledziła, kiedy będzie się przebierała u pani Grimesby w domu. Potem, w czasie parady, Stefano i Meredith włamią się do domu – albo do samochodu Forbesów, jeśli go tam zostawi – i zrobią, co trzeba.

Nie wiem, co by się tu mogło nie udać. I nie umiem ci nawet opisać, o ile lepiej się czuję. Tak dobrze jest móc się podzielić tym problemem ze Stefano. Mam nauczkę na przyszłość. Już nigdy nie będę przed nim nic ukrywała.

Jutro założę swój pierścionek. Jeśli pani Grimesby zapyta mnie o niego, powiem jej, że jest jeszcze starszy niż XIX stulecie, że to z renesansowych Włoch. Chciałabym zobaczyć wtedy jej minę.

A teraz chyba lepiej spróbować trochę pospać. Mam nadzieję, że nic mi się nie przyśni.

ROZDZIAŁ 14

Bonnie drżała, czekając pod wysokim, wiktoriańskim domem. Dziś rano powietrze było mroźne i chociaż dochodziła już ósma, słońce jakby wcale nie wzeszło. Niebo stanowiło jedną wielką masę szarych i białych chmur, pod nimi panował dziwny półmrok.

Zaczęła przytupywać i zacierać ręce, a potem drzwi domu Forbesów się otworzyły. Bonnie cofnęła się nieco dalej za krzaki, wśród których się chowała, i patrzyła, jak cała rodzina idzie do samochodu. Pan Forbes niósł wyłącznie kamerę. Pani Forbes miała torbę i składane krzesełko. Daniel Forbes, młodszy brat Caroline, też niósł takie krzesełko. A Caroline…

Bonnie pochyliła się naprzód i aż syknęła z zadowolenia. Caroline miała na sobie dżinsy i ciepły sweter, a w ręku niosła białą torbę worek, zaciąganą sznurkiem. Niezbyt dużą, ale dość dużą, żeby zmieścił się w niej pamiętnik.

Rozgrzana sukcesem, Bonnie odczekała za krzakami, aż samochód odjedzie. A potem poszła w kierunku rogu Trush Street i Hawthorne Drive.

– Tam jest, ciociu. Stoi na rogu.

Samochód przystanął, a Bonnie wślizgnęła się na tylne siedzenie obok Eleny.

– Ma białą torbę worek, zaciąganą sznurkiem – szepnęła do ucha Elenie, kiedy ciocia Judith znów ruszyła.

Elenę ogarnęło łaskotliwe ożywienie i delikatnie ścisnęła rękę Bonnie.

– Dobrze – odszepnęła. – Teraz sprawdzimy, czy zabierze ją do pani Grimesby. Jeśli nie, powiesz Meredith, że zostawiła ją w samochodzie.

Bonnie pokiwała zgodnie głową i odwzajemniła uścisk dłoni Eleny.

Do pani Grimesby dojechały w samą porę, żeby zobaczyć, jak Caroline wchodzi do środka z białym workiem zawieszonym na ramieniu. Bonnie i Elena wymieniły spojrzenia. Teraz to Elena będzie musiała sprawdzić, gdzie w jej domu Caroline zostawi torbę.

– Ja też tu wysiądę, proszę pani – powiedziała Bonnie, kiedy Elena wyskoczyła z samochodu. Powinna zaczekać na zewnątrz razem z Meredith, aż Elena powie im, gdzie jest torba. Ważne było, żeby Caroline nie zauważyła, że dzieje się coś niezwykłego.

Pani Grimesby, która otworzyła na pukanie Eleny, była bibliotekarką Fell's Church. Jej dom też wyglądał prawie jak biblioteka, wszędzie pełno było regałów na książki i książek leżących w stosach na podłodze. Zbierała też pamiątki historyczne związane z Fell's Church, włącznie z zachowanymi ubraniami z najwcześniejszych dni miasta.

W tej chwili w jej domu rozbrzmiewało wiele młodych głosów, a w pokojach pełno było przebierających się uczennic. Pani Grimesby zawsze nadzorowała kostiumy na paradę. Elena już chciała poprosić o skierowanie jej do tego samego pokoju, gdzie była Caroline, ale okazało się, że to niepotrzebne. Pani Grimesby już ją tam prowadziła.

Caroline, rozebrana do modnej bielizny, rzuciła Elenie spojrzenie, które miało być nonszalanckie, ale Elena dostrzegła pod nim wredny triumf. Sama nie podnosiła oczu znad stosu ubrań, które pani Grimesby zbierała z łóżka.

– Proszę, Eleno, jeden z najlepiej zachowanych kostiumów. Wszystko jest autentyczne, nawet wstążki. Sądzimy, że ta suknia należała do Honorii Fell.

– Jest piękna – zachwyciła się Elena, kiedy pani Grimesby rozpostarła przed nią fałdy cienkiego białego materiału. – Z czego jest uszyta?

– Z morawskiego muślinu i jedwabnej gazy. Ponieważ dziś jest dość chłodno, możesz na wierzch włożyć ten aksamitny żakiecik. – Bibliotekarka wskazała zawieszony na oparciu krzesła żakiet w kolorze pudrowego różu.

Zaczynając się przebierać, Elena rzuciła ukradkowe spojrzenie w stronę Caroline. Tak, u jej stóp leżał ten biały worek. Korciło ją, żeby po niego sięgnąć, ale pani Grimesby nadal była w pokoju.

Muślinowa suknia była bardzo prosta, fałdy materiału spływały spod biustu, gdzie sukienka przepasana była bladoróżową wstążką. Nieco bufiaste rękawy, sięgające łokcia, też były przewiązane wstążkami w tym samym kolorze. Na początku XIX wieku moda była dość luźna, więc suknia pasowała na XX-wieczną dziewczynę – przynajmniej szczupłą. Elena uśmiechnęła się, kiedy pani Grimesby podała jej lustro.

– Naprawdę należała do Honorii Fell? – spytała, myśląc o marmurowej postaci tej damy, na jej nagrobku w ruinach kościoła.

– Tak się przynajmniej uważa – powiedziała pani Grimesby. – Wspomina o podobnej sukni w swoim pamiętniku, więc to raczej pewne.

– Prowadziła pamiętnik? – zdziwiła się Elena.

– Och, tak. Mam go tu na regale w salonie. Pokażę ci go, kiedy będziesz wychodziła. A teraz żakiecik... Och, a co to?

Coś fioletowego zsunęło się na ziemię, kiedy Elena zdjęła żakiet z krzesła.

Poczuła, że twarz jej tężeje. Złapała karteczkę, zanim pani Grimesby zdążyła się pochylić i jej przyjrzeć.

Jedna linijka tekstu. Pamiętała, że napisała to w swoim pamiętniku czwartego września, pierwszego dnia szkoły. Ale kiedy już to napisała, skreśliła te słowa. Teraz nie były przekreślone, na kartce było widać jasno i wyraźnie:

Dzisiaj stanie się coś strasznego.

Elena z trudem powstrzymała się, żeby nie stanąć przed Caroline i nie cisnąć jej tej kartki w twarz. Ale to by wszystko popsuło. Zmusiła się do spokoju, mnąc kartkę papieru i ciskając ją do kosza.

– Jakiś śmieć – powiedziała i odwróciła się znów do pani Grimesby, ramiona trzymając prosto. Caroline nic nie powiedziała, ale Elena czuła, że patrzy na nią z triumfem w zielonych oczach.

Poczekaj tylko, pomyślała. Poczekaj, aż odzyskam ten pamiętnik. Spalę go, a potem porozmawiam sobie z tobą.

Do pani Grimesby powiedziała:

– Jestem gotowa.

– Ja też – odezwała się Caroline słodkim głosem.

Elena przyjrzała się jej z miną chłodnej obojętności. Bladozielona sukienka Caroline, z długą zielono-białą szarfą, nie była ani w połowie równie ładna jak jej suknia.

– Cudownie. Idźcie na dół, dziewczęta, i poczekajcie na swoich towarzyszy. Ach, Caroline, nie zapomnij swojego woreczka.

– Nie zapomnę – odparła Caroline z lekkim uśmiechem i sięgnęła po leżącą u jej stóp zaciąganą na sznurek torebkę.

Na szczęście z tego miejsca nie mogła zobaczyć wyrazu twarzy Eleny, bo na moment maska chłodnej obojętności opadła. Elena gapiła się, osłupiała, kiedy Caroline zaczęła mocować worek do paska sukni.

Jej zdumienie nie uszło uwagi pani Grimesby.

– Taki woreczek to przodek dzisiejszej damskiej torebki – wyjaśniła starsza pani uprzejmie. – Panie nosiły w nich kiedyś rękawiczki i wachlarze. Caroline przyszła tu i zabrała go sobie w zeszłym tygodniu, bo chciała doszyć odpadające koraliki... Bardzo to ładnie z jej strony.

– O, na pewno – zgodziła się Elena zduszonym głosem. Musiała stąd wyjść albo coś okropnego mogło się za moment zdarzyć. Zacznie krzyczeć albo uderzy Caroline, albo eksploduje. – Muszę wyjść na powietrze – powiedziała. Wypadła z pokoju i przystanęła dopiero pod domem.

Bonnie i Meredith czekały w samochodzie Meredith. Elenie dziwnie tłukło się serce, kiedy podeszła do niego i pochyliła do okna.

– Przechytrzyła nas – wyjaśniła spokojnie. – Ten worek jest częścią jej kostiumu i będzie go miała przy sobie przez cały dzień.

Bonnie i Meredith wytrzeszczyły na nią oczy, a potem spojrzały po sobie.

– Ale... No to co my teraz zrobimy? – spytała Bonnie.

– Nie wiem. – Do przerażonej Eleny właśnie zaczynało to docierać. – Nie wiem!

– Możemy dalej ją śledzić. Może przy lunchu odłoży torbę czy coś... – Ale głos Meredith zabrzmiał głucho.

Wszystkie znamy prawdę, pomyślała Elena, a prawda jest taka, że nie ma nadziei. Przegrałyśmy.

Bonnie spojrzała we wsteczne lusterko, a potem odwróciła się na siedzeniu.

– Twój powóz.

Elena też spojrzała. Dwa białe konie były zaprzężone do ładnie odnowionego, jadącego ulicą powoziku. Koła powozu przybrano białą krepą, jego siedzenia ozdobiono zielonymi paprociami, a z boku umieszczono napis: „Duch Społeczności Fell's Church".

Elena zdążyła tylko przekazać koleżankom rozpaczliwe:

– Nie spuszczajcie jej z oka. A jeśli w jakimś momencie zostanie sama... – A potem musiała już jechać.

Ale przez cały długi, okropny poranek Caroline ani na moment nie została sama. Otaczały ją tłumy widzów.

Dla Eleny parada była jednym pasmem tortur. Siedziała w powozie obok burmistrza i jego żony, próbowała się uśmiechać, starała się wyglądać normalnie. Ale w klatce piersiowej czuła miażdżący ucisk lęku.

Gdzieś przed nią, wśród maszerujących orkiestr, paradujących ludzi i otwartych powozów była Caroline. Elena zapomniała sprawdzić, na której platformie miała jechać. Być może na platformie pierwszej miejskiej szkoły – będzie tam sporo mniejszych dzieci, też poprzebieranych w kostiumy.

To już bez znaczenia. Gdziekolwiek by Caroline była, pół miasta na nią patrzyło.

Lunch, który odbył się po paradzie, został zorganizowany w szkolnej stołówce. Elena utknęła przy stole z burmistrzem Dawleyem i jego żoną. Caroline siedziała przy stole niedaleko; Elena widziała jej lśniące, opadające na plecy kasztanowate włosy. A obok niej, często pochylając się w jej stronę zaborczym gestem, siedział Tyler Smallwood.

Ze swojego miejsca Elena świetnie widziała małą scenkę, która rozegrała się mniej więcej w połowie lunchu. Serce jej podskoczyło do gardła, kiedy zobaczyła, że Stefano całkiem spokojnie przechodzi obok stolika Caroline.

Coś do niej powiedział. Elena obserwowała to, zapominając, żeby chociaż przesuwać nietknięte jedzenie na swoim talerzu. Ale to, co zobaczyła potem, znów ją przygnębiło. Bo Caroline odrzuciła głowę w tył i krótko coś powiedziała do Stefano, a potem znów zajęła się jedzeniem. Tyler natomiast poderwał się od stołu z poczerwieniałą twarzą i wykonał jakiś gniewny gest. Usiadł dopiero, kiedy Stefano odszedł.

Odchodząc, Stefano spojrzał w stronę Eleny i przez chwilę patrzyli na siebie w milczącym porozumieniu.

A więc nic więcej nie da się zrobić. Nawet jeśli jego moc wróciła, Tyler nie dopuści go do Caroline. Ta świadomość ścisnęła Elenie płuca tak miażdżącym ciężarem, że prawie nie mogła złapać tchu.

Później siedziała już tylko, oszołomiona przygnębieniem i rozpaczą, aż wreszcie ktoś ją wziął za ramię i powiedział, że już czas iść za kulisy sceny.

Wysłuchała niemal obojętnie otwierającej przemowy burmistrza Dawleya. Mówił o trudnych chwilach, jakie ostatnio przeżywało Fell's Chuch, i o duchu tej społeczności, który wspierał ich w minionych miesiącach. Potem rozdano nagrody za osiągnięcia w nauce, za wyniki sportowe, za pracę społeczną. Matt podszedł, żeby odebrać nagrodę dla Najlepszego Sportowca Roku, i Elena zobaczyła, że patrzy na nią z ciekawością.

A potem było widowisko historyczne. Dzieci z podstawówki chichotały, potykały się i zapominały słów, przedstawiając różne sceny, od czasów założenia Fell's Church aż po wojnę secesyjną. Elena patrzyła na to, jakby nic nie widząc. Od wczorajszego wieczoru cały czas czuła się nieco dziwnie i lekko kręciło jej się w głowie, a teraz miała wrażenie, że bierze ją grypa. W głowie, zwykle pełnej planów i kalkulacji, czuła pustkę. Nie mogła już myśleć. Prawie zobojętniała.

Przedstawienie skończyło się przy błyskach fleszy i burzy oklasków. Kiedy ostatni mały żołnierz Konfederacji zszedł ze sceny, burmistrz Dawley poprosił o ciszę.

– A teraz – powiedział – uczniowie, którzy wygłoszą teksty na zakończenie uroczystości. Proszę okazać uznanie naszemu Duchowi Niezależności, Duchowi Wierności i Duchowi Społeczności Fell's Church.

Rozległy się jeszcze głośniejsze oklaski. Elena stanęła obok Johna Clifforda, bystrego maturzysty, który został wybrany do reprezentowania Ducha Niezależności. Po jego drugiej stronie stanęła Caroline. W jakiś obojętny, prawie apatyczny sposób zauważyła, że Caroline wspaniale się prezentuje: stała z głową odrzuconą w tył, jej oczy pałały, policzki miała zarumienione.

John zaczął pierwszy, poprawiając okulary na nosie i mikrofon, a potem odczytał coś z ciężkiej brązowej księgi rozłożonej na pulpicie. Oficjalnie wybrani uczniowie mogli sami zdecydować, co odczytają, w praktyce niemal zawsze czytali jakiś fragment z wierszy M.C. Marsha, jedynego poety, którego wydało Fell's Church.

W czasie, kiedy John czytał, Caroline kradła mu uwagę publiczności. Uśmiechała się do widowni, potrząsała włosami, brała do ręki zawieszony u paska woreczek. Delikatnie gładziła palcami powierzchnię woreczka, a Elena złapała się na tym, że patrzy w tym kierunku jak zahipnotyzowana, ucząc się na pamięć każdego naszytego na nim koralika.

John ukłonił się i wrócił na swoje miejsce obok Eleny. Caroline wyprostowała się i krokiem modelki wyszła na podium.

Tym razem poza oklaskami rozległy się też aprobujące gwizdy. Ale Caroline nie uśmiechała się, zrobiła minę, jakby dźwigała na sobie dużą odpowiedzialność. Sprytnie odczekała, aż w stołówce zapadnie zupełna cisza, i dopiero wtedy przemówiła.

– Miałam zamiar odczytać dziś wiersz M.C. Marsha – oświadczyła, kiedy zapadła wyczekująca cisza. – Ale nie zrobię tego. Czemu czytać to – uniosła w górę tom XIX-wiecznej poezji – skoro w pewnej znalezionej przeze mnie książce są treści o wiele bardziej… aktualne?

Chciałaś powiedzieć, w ukradzionej, pomyślała Elena. Szukała teraz kogoś na widowni i udało jej się dostrzec Stefano. Stał niedaleko wyjścia, a po jego obu bokach stanęły Bonnie i Meredith, jakby chciały go ochronić. Potem Elena zauważyła coś jeszcze. Dick i jeszcze paru facetów stało parę metrów za nim. Byli starsi od uczniów liceum, wyglądali na twardzieli i było ich pięciu.

Wyjdź, pomyślała Elena, znów napotykając spojrzenie Stefano. Siłą woli chciała sprawić, żeby odczytał jej myśli.

Wyjdź stąd, Stefano, proszę, wyjdź, zanim to się zacznie. Uciekaj stąd.

Bardzo lekko, prawie niezauważalnie, Stefano pokręcił głową.

Caroline włożyła rękę do woreczka, jakby już się nie mogła doczekać.

– Mam zamiar przeczytać państwu coś o współczesnym Fell's Church, nie o mieście sprzed stu lat – mówiła, powoli wpadając w ton gorączkowego uniesienia. – O czymś, co jest ważne teraz, bo dotyczy kogoś, kto razem z nami tu mieszka. Jest teraz w tej sali.

Tyler musiał jej tę mówkę napisać, stwierdziła Elena. W zeszłym miesiącu w sali gimnastycznej pokazał, że ma do takich rzeczy smykałkę. Och, Stefano, Stefano. Boję się… Jej myśli rozproszyły się, niespójne, kiedy Caroline sięgnęła do worka.

– Chyba zrozumieją państwo, o co mi chodzi, po wysłuchaniu tego, co przeczytam – powiedziała Caroline i szybkim ruchem wyjęła ze swojego woreczka oprawiony w aksamit notes, a potem uniosła go w górę dramatycznym gestem. – Moim zdaniem to wyjaśni wiele rzeczy, które ostatnio zdarzały się w Fell's Church. – Oddychając szybko i płytko, odwróciła wzrok od zauroczonej widowni i spojrzała na notes.

Elena omal nie zemdlała, kiedy Caroline wyszarpnęła ten notes z torby. Na skraju pola widzenia zobaczyła jasne błyski. Zakręciło jej się w głowie jeszcze silniej, groziło jej, że upadnie. I wtedy coś dostrzegła.

Chyba oczy ją zawodzą. Oślepiły ją te reflektory i flesze aparatów. Teraz miała już wrażenie, że lada chwila zemdleje, trudno się dziwić, że widzi niewyraźnie.

Notes w dłoni Caroline był zielony, nie błękitny.

Ja chyba wariuję… A może to jakiś sen… A może to złudzenie optyczne. Ale ta mina Caroline!

Caroline, poruszając ustami, gapiła się bez słowa na notes. Wydawało się, że kompletnie zapomniała o widowni. Obracała notes w rękach, oglądając go ze wszystkich stron. Wsunęła rękę do woreczka, jakby miała nadzieję, że znajdzie tam coś jeszcze. A potem potoczyła dzikim spojrzeniem po scenie, jakby sprawdzała, czy coś jej nie upadło na podłogę.

Widownia zaczynała szeptać, niecierpliwiono się. Burmistrz Dawley i dyrektor szkoły popatrzyli na siebie z zaciśniętymi ustami i zmarszczonymi brwiami.

Nie znalazłszy niczego na podłodze, Caroline znów wytrzeszczyła oczy na notes. Ale teraz patrzyła na niego, jakby trzymała w ręku skorpiona. Nagłym gestem otworzyła notes i spojrzała do środka, jakby ostatkiem nadziei licząc, że to tylko inna okładka, a w środku znajdzie jednak słowa Eleny.

A potem powoli podniosła wzrok znad notesu i popatrzyła na zatłoczoną stołówkę.

Znów zapadła cisza i ta chwila zaczęła się przeciągać, a wszystkie spojrzenia skupiły się na dziewczynie w bladozielonej sukni. A potem, z jakimś niezrozumiałym okrzykiem, Caroline obróciła się na pięcie i uciekła ze sceny. Mijając Elenę, zamierzyła się na nią, a twarz miała wykrzywioną wściekłością i nienawiścią.

Łagodnym gestem, czując się tak, jakby unosiła się nad ziemią, Elena pochyliła się i podniosła to, czym tamta usiłowała w nią rzucić.

Pamiętnik Caroline.

Za plecami Eleny coś się działo, bo parę osób wybiegło śladem Caroline, a widownia eksplodowała komentarzami, uwagami i pytaniami. Elena znalazła wzrokiem Stefano. Wyglądał, jakby powoli ogarniała go radość. Ale miał też minę, jakby był równie jak Elena zdziwiony. Bonnie i Meredith miały podobne miny. A kiedy spojrzenia Eleny i Stefano skrzyżowały się, Elena poczuła, że ogarnia ją wdzięczność i radość, ale przede wszystkim czuła zaskoczenie.

To był cud. Mimo braku nadziei zostali uratowani. Ocaleni.

A potem jej spojrzenie napotkało jeszcze jedną ciemnowłosą głowę wśród tego tłumu.

Damon stał przy ścianie... Nie, on się o tę północną ścianę opierał. Usta miał rozchylone w półuśmiechu i śmiało patrzył Elenie w oczy.

Burmistrz stanął koło niej, nalegając, żeby wyszła na podest, uspokajając zebranych, starając się zaprowadzić jakiś porządek. Bezskutecznie. Elena odczytała wyznaczony sobie fragment tekstu nieprzytomnym głosem przed rozgadaną publicznością, która nie zwracała na nią najmniejszej uwagi. Ona sama też nie zwracała uwagi na tekst i nie miała pojęcia, co czyta. Co chwila spoglądała na Damona.

Kiedy skończyła, rozległy się oklaski, słabe i niepewne, a potem burmistrz odczytał program uroczystości przewidzianej na popołudnie. I wreszcie było po wszystkim, a Elena mogła już sobie pójść.

Zeszła ze sceny, nie mając pojęcia, dokąd właściwie idzie, ale nogi same ją zaniosły w stronę północnej ściany stołówki. Zobaczyła ciemną głowę Damona wychodzącego bocznymi drzwiami i poszła jego śladem.

Na dziedzińcu powietrze wydawało się znacznie chłodniejsze po zatłoczonej sali, chmury na niebie srebrzyły się i wirowały. Damon czekał na nią.

Zwolniła kroku, ale się nie zatrzymała. Stanęła dopiero tuż przy nim, wpatrując się w jego twarz.

Po długiej chwili milczenia odezwała się.

– Dlaczego?

– Myślałem, że bardziej zaciekawi cię jak. – Poklepał się po kurtce znaczącym gestem. – Dostałem zaproszenie na kawę dziś rano, w zeszłym tygodniu udało mi się zawrzeć znajomość.

– Ale dlaczego?

Wzruszył ramionami i przez chwilę na jego przystojnej twarzy pojawił się wyraz konsternacji. Elenie wydało się, że on sam nie wie, dlaczego tak postąpił – albo że nie chce się przyznać.

– Mam własne powody – powiedział.

– Nie wydaje mi się. – Coś zaczynało się między nimi budzić, coś, co przerażało Elenę swoją siłą. – Wcale mi się nie wydaje, żebyś je miał.

W ciemnych oczach pojawił się niebezpieczny błysk.

– Nie nalegaj, Eleno.

Podeszła jeszcze bliżej, tak że niemal go dotykała, i popatrzyła na niego.

– A ja uważam – powiedziała – że mam prawo nalegać.

Teraz jego twarz znalazła się zaledwie centymetry od jej twarzy, a Elena nigdy nie miała się dowiedzieć, czym by to się skończyło, gdyby nie głos, który odezwał się za nimi.

– A więc jednak udało ci się przyjechać! Tak bardzo się cieszę!

To była ciocia Judith. Elena poczuła się tak, jakby z jednego snu przerzucono ją w następny. Oszołomiona, zamrugała, cofnęła się o krok i wypuściła z płuc powietrze, dopiero teraz orientując się, że wstrzymała oddech.

– A więc udało ci się wysłuchać tekstu czytanego przez Elenę – ciągnęła radośnie ciocia Judith. – Eleno, poradziłaś sobie znakomicie, ale zupełnie nie rozumiem, co odbiło Caroline. Dziewczyny w tym mieście zachowują się ostatnio, jakby je coś opętało.

– Nerwy – podsunął Damon, starając się zachować powagę. Elenie też chciało się śmiać, ale potem ogarnęła ją irytacja. Owszem, była Damonowi wdzięczna za ratunek, ale gdyby nie Damon, nie byłoby tego problemu. Przecież to Damon popełnił czyny, za które Caroline chciała zwalić winę na Stefano.

– A gdzie jest Stefano? – odezwała się, kolejną myśl wypowiadając na głos. Widziała, że na dziedziniec wychodzą Bonnie i Meredith, ale same.

Na twarzy cioci Judith malowała się dezaprobata.

– Nie widziałam go – odparła krótko. A potem uśmiechnęła się miło. – Ale mam pomysł. Damonie, może pojedziesz do nas na obiad? Potem może ty i Elena moglibyście…

– Przestań – powiedziała Elena do Damona, a on zrobił uprzejmą pytającą minę.

– Co takiego? – spytała ciotka.

– Przestań – powtórzyła Elena. – Wiesz, o co mi chodzi. Natychmiast przestań.

ROZDZIAŁ 15

Eleno, jesteś niegrzeczna! – Ciocia Judith rzadko się gniewała, ale teraz się rozgniewała. – Jesteś za duża na tego rodzaju zachowanie!

– To nie jest niegrzeczność! Nie rozumiesz...

– Świetnie rozumiem. Zachowujesz się dokładnie tak samo jak wtedy, kiedy Damon był na obiedzie. Nie uważasz, że gościom należy się nieco większa uprzejmość?

Elenę ogarnęła frustracja.

– Nie masz pojęcia, co mówisz – powiedziała. Tego już za wiele. Słyszeć słowa Damona z ust ciotki Judith... Nie mogła już tego znieść.

– Eleno! – Plackowaty rumieniec zaczął wypływać na policzki ciotki. – Zdumiewasz mnie! I nie mogę nie zauważyć, że to dziecinne zachowanie pojawiło się, kiedy zaczęłaś się spotykać z tym chłopakiem.

– Ach. Z „tym chłopakiem". – Elena spiorunowała wzrokiem Damona.

– Tak, z tym chłopakiem! – powtórzyła ciocia Judith. – Odkąd straciłaś dla niego głowę, zmieniłaś się nie do poznania. Jesteś nieodpowiedzialna, skryta. I arogancka! Od samego początku miał na ciebie zły wpływ i ja nie zamierzam tego dłużej tolerować.

– Och, doprawdy? – Elena czuła się tak, jakby rozmawiała jednocześnie z Damonem i ciotką Judith, popatrzyła więc najpierw na jedno, potem na drugie z nich. Wszystkie uczucia, które w sobie w ostatnich dniach tłumiła – w ostatnich tygodniach, całymi miesiącami, odkąd Stefano wkroczył w jej życie – wyrywały się spod kontroli. Zupełnie jakby podnosiła się w niej jakaś wielka fala, której nie mogła zatrzymać.

Zdała sobie sprawę, że drży.

– No cóż, to wielka szkoda, bo będziesz to musiała tolerować. Nigdy nie zrezygnuję ze Stefano, dla nikogo tego nie zrobię. Na pewno nie dla ciebie! – Te ostatnie słowa przeznaczone były dla Damona, a ciocię Judith aż zatkało.

– Dość tego! – rzucił Robert. Stanął tuż obok z Margaret, twarz mu pociemniała. – Młoda damo, jeśli ten chłopak zachęca cię, żebyś w podobny sposób odzywała się do własnej ciotki...

– To nie jest żaden „ten chłopak"! – Elena cofnęła się o kolejny krok, chcąc ich wszystkich objąć wzrokiem. Robiła z siebie widowisko, przyglądali im się wszyscy obecni na dziedzińcu. Ale nic jej to nie obchodziło. Tak długo dusiła już w sobie uczucia, ukrywając niepokój i strach, żeby nikt ich nie mógł zobaczyć. Cały niepokój o Stefano, strach przed Damonem, ten wstyd i upokorzenie, jakich doznawała w szkole, wszystko to zepchnęła gdzieś głęboko. Ale teraz to do niej wracało. Wszystko pojawiało się naraz, wirem niewiarygodnego gniewu. Czuła, że chce tylko zranić stojących przed nią ludzi tak, żeby im w pięty poszło.

– To nie jest żaden „ten chłopak" – powtórzyła głosem zimnym jak lód. – Na imię ma Stefano i tylko on jeden mnie obchodzi. I tak się akurat składa, że jestem z nim zaręczona.

– Nie mów głupstw! – huknął Robert. – Tego już za wiele.

– Jakich głupstw? – Wyciągnęła w ich stronę rękę z pierścionkiem. – Zamierzamy się pobrać!

– Nie wyjdziesz za niego – zaczął Robert. Wszyscy byli wściekli. Damon chwycił jej rękę i przez chwilę patrzył na pierścionek, a potem raptownie odwrócił się i odszedł, a każdy jego krok był pełen ledwie hamowanej wściekłości. Robert wyrzucał z siebie jakieś bezładne słowa, ciocia Judith gotowała się ze złości.

– Eleno, ja ci kategorycznie zabraniam...

– Nie jesteś moją matką! – krzyknęła Elena. Łzy cisnęły jej się do oczu. Musiała się stąd wyrwać, zostać sama, być z kimś, kto ją kochał. – Jeśli Stefano będzie o mnie pytał, możecie mu powiedzieć, że czekam w pensjonacie! – dodała i ruszyła przed siebie przez tłum ludzi.

Miała nadzieję, że Bonnie i Meredith pójdą za nią, ale w końcu ucieszyła się, że tego nie zrobiły. Na parkingu pełno było samochodów, ale mało ludzi. Większość rodzin zostawała jeszcze na popołudniowe uroczystości. Ale niedaleko stał zaparkowany odrapany ford i znajoma postać otwierała jego drzwi.

– Matt! Jedziesz już? – Zdecydowała się momentalnie. Za zimno było, żeby całą drogę do pensjonatu przejść piechotą.

– Hm? Nie, muszę pomóc trenerowi Lymanowi składać stoły. Chciałem to tylko odłożyć. – Rzucił na przednie siedzenie plakietkę Najlepszego Sportowca. – Hej, nic ci nie jest? – Aż rozszerzył oczy na widok jej twarzy.

– Tak... Nie. Będzie dobrze, jeśli się stąd wyrwę. Słuchaj, mogę pożyczyć twój samochód? Tylko na trochę?

– No cóż... Jasne, ale... Słuchaj, a może ja cię podwiozę? Pójdę i powiem Lymanowi.

– Nie, chciałabym po prostu zostać sama... Och, proszę cię, o nic mnie nie pytaj. – Prawie wyrwała mu kluczyki z ręki. – Niedługo odprowadzę samochód z powrotem, obiecuję. Albo Stefano go odstawi. Jeśli go zobaczysz, powiedz mu, że czekam w pensjonacie. I dzięki. – Zatrzasnęła drzwi, ucinając jego protesty, i odpaliła silnik, startując ze zgrzytem skrzyni biegów, bo była przyzwyczajona do automatycznej. Zostawiła go, gapiącego się jej śladem.

Jechała, nic właściwie nie widząc i nie słysząc, płacząc, pogrążona we własnym świecie kotłujących się emocji. Wyjadą ze Stefano... Ucieką wspólnie... Wszystkim pokażą. Już nigdy nie wróci do Fell's Church.

A wtedy ciocia Judith pożałuje. A Robert się przekona, jak bardzo się mylił. Ale Elena nigdy im nie wybaczy. Nigdy.

Ona sama nikogo nie potrzebowała. A już na pewno nie tej głupiej szkoły imienia Roberta E. Lee, gdzie w jeden dzień z megapopularnej osoby można się było stać kompletnym wyrzutkiem, wystarczyło tylko zakochać się w niewłaściwej osobie. Nie potrzebowała żadnej rodziny ani żadnych przyjaciół...

Zwalniając, żeby wjechać na kręty podjazd przed pensjonat, Elena czuła, że jej myśli też przestają galopować.

No cóż. Nie na wszystkich swoich znajomych była wściekła. Bonnie i Meredith nie zrobiły jej nic złego. Ani Matt. On jest w porządku. Może jego samego nie potrzebuje, ale ten jego samochód spadł jej jak z nieba.

Elena poczuła, że mimo wszystko zaczyna jej się chcieć śmiać. Biedny Matt. Ludzie wiecznie sobie pożyczają tego jego rozklekotanego grata. Musi teraz myśleć, że ona i Stefano poszaleli.

Śmiech wywołał kolejnych parę łez, więc siedziała i ocierała je, kręcąc głową. O Boże, jak do tego wszystkiego doszło? Co za dzień. Powinna świętować zwycięstwo, bo przecież udało im się pokonać Caroline, a zamiast tego ona siedzi sama w samochodzie Matta i płacze.

Ale Caroline rzeczywiście wyglądała cholernie śmiesznie. Elena zatrzęsła się lekko od nieco histerycznego chichotu. Och, ta jej mina. Dobrze byłoby, żeby ktoś to nagrał na wideo.

Wreszcie i chichot, i łzy ustąpiły, i Elenę ogarnęła fala znużenia. Oparła się nieco o kicrownicę, usiłując przez chwilę w ogóle o niczym nie myśleć, a potem wysiadła z samochodu.

Pójdzie i poczeka na Stefano, a potem oboje wrócą i naprawią to zamieszanie, którego narobiła. Pomyślała ze znużeniem, że to trochę potrwa. Biedna ciocia Judith. Pół miasta widziało, jak Elena na nią nawrzeszczała.

Dlaczego tak się dała wyprowadzić z równowagi? Ale te uczucia nadal kłębiły się tuż pod powierzchnią, jak się przekonała, kiedy drzwi pensjonatu okazały się zamknięte i nikt nie reagował na dzwonek.

No, cudownie, pomyślała, a oczy znów ją zapiekły. Pani Flowcrs też pojechała na obchody Dnia Założycieli. A teraz Elena miała do wyboru siedzieć w samochodzie albo czekać tu, na tym wietrzysku...

Wtedy po raz pierwszy zauważyła pogodę i rozejrzała się wkoło, zaalarmowana. Dzień wstał chłodny i pochmurny, ale teraz znad ziemi wstawała mgła, jakby okoliczne pola parowały. Chmury już nie tylko kłębiły się po niebie, ale wręcz gnały. A wiatr się wzmagał.

Jęczał wśród gałęzi dębów, porywając ostatnie liście i strząsając je na ziemię. Ten dźwięk narastał, już nie jęk, ale ryk.

Było też coś jeszcze, coś, co rodziło się nie z wiatru, ale z samego powietrza, z otaczającej przestrzeni. Jakieś uczucie nacisku, zagrożenia o niewyobrażalnej sile. Jakby jakaś moc rosła, gromadziła się i zbliżała.

Elena odwróciła się twarzą w kierunku dębów.

Grupa tych drzew rosła poza domem, za nimi kolejne, które powoli przechodziły w las. A dalej była rzeka i cmentarz.

Coś… Coś się tam czaiło. Coś… Bardzo złego.

– Nie – szepnęła Elena. Nie widziała tego, ale czuła, zupełnie jakby jakiś wielki kształt unosił się tam, żeby się nad nią pochylić, przesłaniając niebo. Czuła to zło, tę nienawiść, tę zwierzęcą wściekłość.

Żądza krwi. Stefano użył tych słów, ale ona ich nie zrozumiała. A teraz czuła tę żądzę krwi… która skupiała się na niej.

– Nie!

Coraz wyżej i wyżej, groźba uniosła się nad nią. Nadal nic nie widziała, ale to było zupełnie tak, jakby rozpościerały się wielkie skrzydła, sięgając w dwie strony aż po horyzont. Coś pełnego niewyobrażalnej mocy… To coś chciało zabijać…

– Nie! – Dobiegła do samochodu w tej samej chwili, w której fala mocy uniosła się nad nią i zapikowała w jej stronę. Szamotała się z klamką i rozpaczliwie próbowała trafić kluczykiem do zamka. Wiatr wył, szalał, szarpał ją za włosy. Sypnęło jej w oczy lodem i piaskiem, oślepiło ją, ale wreszcie przekręciła kluczyk i drzwi się otworzyły.

Bezpieczna! Zatrzasnęła drzwi za sobą i rąbnęła pięścią w blokujący je przycisk. A potem rzuciła się w bok, sprawdzić, czy pozostałe drzwi też się zamknęły.

Na zewnątrz wiatr wył tysiącem głosów. Samochód zaczął się trząść.

– Przestań! Damonie, przestań! – Jej słaby głos zagłuszyła kakofonia dźwięków. Położyła dłonie na desce rozdzielczej, jakby chciała w ten sposób uspokoić samochód, który kołysał się coraz mocniej, bombardowany gradem.

A potem coś dostrzegła. Za tylną szybą robiło się ciemniej, a z tej ciemności wyłonił się jakiś kształt. Wyglądał jak olbrzymi ptak z mgły czy też ze śniegu, ale jego kontury były rozmyte. Jedyne, co widziała wyraźnie, to te wielkie, bijące skrzydła… I to, że leci wprost na nią.

Włóż kluczyk do stacyjki. No, włóż go! A teraz ruszaj! Umysł wydawał jej krótkie polecenia. Staruteńki ford zakrztusił się, a koła zapiszczały, zagłuszając wiatr, kiedy ruszyła z miejsca. Unoszący się za nią kształt podążył jej śladem, coraz bardziej rosnąc we wstecznym lusterku.

Wracaj do miasta, do Stefano! Jedź! Jedź! Ale kiedy skręciła z piskiem opon w lewo, na Old Creek Road, wpadła w poślizg, a z nieba rąbnęła błyskawica.

Gdyby nie udało jej się zahamować, to drzewo runęłoby na nią. Jednak jego upadek tylko wstrząsnął samochodem, a pień minął przedni błotnik o centymetry. Drzewo, w całej swojej masie rozdygotanych, obalonych gałęzi, zupełnie zablokowało jej powrotną drogę do miasta.

Znalazła się w pułapce. Odcięło jej jedyną drogę do domu. Była tu sama, w żaden sposób nie mogła uciec przed tą potworną mocą…

Moc. To było to, to był klucz do wszystkiego. „Im silniej jesteś związana z ciemnością, tym bardziej krępują cię jej zasady".

Bieżąca woda!

Wrzucając wsteczny bieg, zawróciła, a potem ruszyła przed siebie. Jasny kształt pochylił się i runął w jej stronę, chybiając o mały włos, tak samo jak przedtem to drzewo, a po chwili gnała na wprost wzdłuż Old Creek Road, prosto w najgorszą burzę.

Nadal była ścigana. Teraz Elena miała w głowie tylko jedną myśl. Musiała przejechać na drugą stronę rzeki, zostawić to coś za sobą.

Pojawiły się kolejne błyskawice i zobaczyła następne powalone drzewa, ale udało jej się je ominąć. Teraz już było niedaleko. Przez padający grad widziała rzekę migoczącą po jej lewej stronie. A potem zobaczyła most.

To tam, udało jej się! Podmuch wiatru sypnął gradem o przednią szybę, ale przy następnym ruchu wycieraczek znów go wyraźnie zobaczyła. To tam, trzeba będzie zaraz skręcić.

Samochód szarpnął i gwałtownym skrętem wpadł na drewnianą konstrukcję mostu. Elena czuła, jak koła szukają oparcia na jego śliskich deskach, a potem blokują się. Zrozpaczona próbowała wyprowadzić samochód z poślizgu, ale nic nie widziała i zabrakło jej miejsca na manewr...

I wtedy wpadła na barierkę, a nadgniłe drewno załamało się pod naporem samochodu. Zrobiło jej się niedobrze, kiedy samochód, obracając się, runął do wody.

Elena słyszała krzyki, ale nie kojarzyła, że to ona krzyczy. Rzeka zamknęła się wkoło niej, wszystko przesłonił hałas, zamęt i ból. Uderzając o kamienie, jedno okno roztrzaskało się, a potem drugie. Do środka runęła ciemna woda i przypominające lód odłamki szkła. Zalewało ją. Nic nie widziała, nie mogła się wydostać.

Nie mogła też oddychać. Pochłonął ją piekielny wir, a ona nie mogła złapać powietrza. Przecież musi żyć. Musi się stąd wydostać.

– Stefano, pomocy! – krzyknęła.

Ale nie usłyszała własnego wołania. Zamiast tego lodowata woda dostała jej się do płuc. Próbowała się wyrwać z jej objęć, ale woda była silniejsza od niej. Walczyła coraz bardziej rozpaczliwie, coraz bardziej niezbornie, a potem wszystko się skończyło.

I zapadła w wielki bezruch.

Bonnie i Meredith niecierpliwie przeszukiwały teren szkoły. Widziały, że Stefano szedł w tę stronę dlatego, że Tyler i jego nowi znajomi tam go zagonili. Chciały iść za nim, ale wtedy zaczęła się ta awantura z Eleną. A potem Matt powiedział im, że odjechała. Więc znów zaczęły szukać Stefano, ale w tym miejscu za szkołą nikogo nie widziały. Nic tam nie było poza samotnym barakiem z blachy falistej.

– A teraz jeszcze zbiera się na burzę! – powiedziała Meredith. – Posłuchaj tylko tego wiatru! Chyba zaraz lunie.

– Albo będzie padał śnieg! – Bonnie zadygotała. – Gdzie oni są?

– Nie mam pojęcia, chcę tylko znaleźć się pod dachem. No ładnie! – sapnęła Meredith, kiedy uderzyła w nią pierwsza fala lodowatego deszczu. Razem z Bonnie pobiegły w stronę najbliższego schronienia, blaszanego baraku.

I tam właśnie znalazły Stefano. Drzwi były uchylone, a kiedy Bonnie zajrzała do środka, aż się cofnęła.

– Banda zbirów Tylera! – syknęła. – Uważaj!

Między Stefano a drzwiami stało w półokręgu paru facetów. W rogu stanęła Caroline.

– Musi go mieć! Jakoś się do niego dorwał, wiem, że to zrobił! – mówiła właśnie.

– Co musi mieć? – odezwała się Meredith głośno. Wszyscy obejrzeli się w stronę wejścia.

Caroline skrzywiła się, kiedy zobaczyła je w drzwiach, a Tyler warknął:

– Wynocha stąd. Nie chcecie się do tego mieszać.

Meredith go zignorowała.

– Stefano, chciałabym z tobą pomówić.

– Za chwilę. Odpowiesz na jej pytanie? Co takiego muszę mieć? – Stefano koncentrował się na Tylerze. Był bardzo spokojny.

– Jasne, że odpowiem na jej pytanie. Kiedy tylko już odpowiem na twoje. – Mięsiste łapy Tylera zacisnęły się w pięści. Podszedł o krok. – Salvatore, zrobię z ciebie karmę dla psów.

Paru mięśniaków zarechotało złośliwie.

Bonnie otworzyła usta. Chciała powiedzieć:

– Wynośmy się stąd.

Ale zamiast tego powiedziała tylko:

– Most.

Zabrzmiało to na tyle dziwnie, że wszyscy spojrzeli w jej stronę.

– Co? – powiedział Stefano.

– Most – powtórzyła Bonnie, wcale nie zamierzając tego mówić. Przerażona wytrzeszczyła oczy. Słyszała słowa, które wydobywały się z jej ust, ale nie miała nad nimi żadnej kontroli. A potem poczuła, że oczy jej się otwierają szerzej, że dolna szczęka jej opada i że wreszcie panuje nad głosem. – Most, o Boże, most! To tam jest Elena! Stefano, musimy ją ratować... Och, szybko!

– Bonnie, jesteś pewna?

– Tak, o mój Boże... To tam pojechała. Ona się topi! Szybko! – Bonnie pociemniało w oczach. Ale nie mogła teraz zemdleć, musieli odnaleźć Elenę.

Stefano i Meredith chwilę się wahali, a potem Stefano minął chłopaków, rozsuwając ich na boki jak bibułkowy parawan. Pobiegli trawnikiem w stronę parkingu, ich śladem dreptała Bonnie. Tyler ruszył za nimi, ale potem przystanął, kiedy wiatr uderzył w niego całą siłą.

– Dlaczego ona pojechała w taką burzę? – krzyknął Stefano, kiedy wskakiwali do samochodu Meredith.

– Zdenerwowała się, Matt mówił, że wzięła jego samochód. – Meredith wzięła głębszy oddech, kiedy wsiedli do auta. Szybko wyjechała z parkingu i ruszyła naprzeciw wiatrowi z niebezpiecznie dużą prędkością. – Powiedziała, że pojedzie do pensjonatu.

– Nie, jest przy moście! Meredith, szybciej! O Boże, przyjedziemy za późno! – Po twarzy Bonnie spływały łzy.

Meredith wcisnęła pedał gazu do dechy. Samochodem zatrzęsło, szarpał nim wiatr i grad. Przez cały czas tej upiornej jazdy Bonnie szlochała, wbijając palce w oparcie siedzenia przed sobą.

Gwałtowne ostrzeżenie Stefano uchroniło Meredith przed uderzeniem w zwalone drzewo. Wyszli z samochodu i natychmiast zaatakował ich porywisty wiatr.

– Za duże, nie uniesiemy go! Dalej idziemy pieszo! – krzyknął Stefano.

Oczywiście, że jest za duże, żeby je przesunąć, pomyślała Bonnie, już przełażąc przez gałęzie. To był w pełni wyrośnięty dąb. Ale kiedy znalazła się po drugiej stronie, lodowata wichura wyparła jej z głowy wszelkie myśli.

Po paru minutach cała zdrętwiała. Wydawało jej się, że ta droga ciągnie się bez końca. Prawie nic nie widzieli, gdyby nie

Stefano, sami powpadaliby do rzeki. Bonnie zataczała się jak pijana. O mało nie upadła na ziemię, a później usłyszała krzyk Stefano.

Meredith silniej objęła ją ramieniem i znów zaczęły biec, potykając się. Ale kiedy zbliżyły się do mostu, widok sprawił, że przystanęły.

– O mój Boże... Eleno! – krzyknęła Bonnie. Most Wickery zamienił się w masę zwalonego drewna. Po jednej stronie barierka zniknęła, a deski mostu zawaliły się, jakby uderzone jakąś gigantyczną pięścią. Poniżej woda kotłowała się wokół strasznej masy szczątków. Część tego zwałowiska stanowił samochód Matta. Tylko przednie reflektory samochodu wystawały ponad poziom wody.

Meredith też krzyczała, ale do Stefano:

– Nie! Nie możesz tam schodzić!

Nawet się nie obejrzał. Skoczył z brzegu do wody, która zamknęła się nad jego głową.

Następną godzinę Bonnie przypominała sobie potem przez mgłę. Pamiętała, jak czekały na Stefano wśród wciąż szalejącej burzy. Pamiętała, że było jej już niemal wszystko jedno, kiedy wreszcie z wody wyłoniła się zgarbiona postać. Pamiętała, że nie poczuła rozczarowania, tylko wielki, wszechogarniający żal, kiedy zobaczyła bezwładne ciało, które Stefano ułożył przy drodze.

I pamiętała wyraz jego twarzy.

Pamiętała, jak wyglądał, kiedy próbowali coś dla Eleny zrobić. Ale przed nimi już nie leżała Elena, to była jakaś woskowa lalka o jej rysach twarzy. Nie przypominała tamtej żywiołowej dziewczyny, która teraz leżała nieżywa. Bonnie pomyślała, że głupio to wygląda, kiedy tak nią potrząsają i męczą, usiłując usunąć wodę z jej płuc. Przecież woskowe lalki nie oddychają.

Pamiętała twarz Stefano, kiedy wreszcie dał za wygraną. Kiedy Meredith szarpała się z nim, wrzeszcząc o ponad godzinie bez powietrza i o uszkodzeniu mózgu. Słowa docierały do Bonnie bez ich treści. Stwierdziła po prostu, że to dziwne, że Meredith i Stefano wydzierają się na siebie nawzajem i jednocześnie płaczą.

A potem Stefano przestał płakać. Siedział tylko i trzymał w ramionach tę lalkę Elenę. Meredith nadal na niego krzyczała, ale on jej nie słuchał. Siedział tam po prostu. A Bonnie miała już nigdy nie zapomnieć wyrazu jego twarzy.

A potem coś do Bonnie dotarło, coś, od czego oprzytomniała i przeraziła się. Złapała Meredith za rękę i rozejrzała się wkoło, szukając źródła tego strachu. To było coś złego... Coś okropnego się zbliżało. Już prawie było przy nich.

Stefano też to poczuł. Stał się czujny, zesztywniał jak wilk łapiący węchem trop.

– Co jest? – krzyknęła Meredith. – Co się z tobą dzieje?

– Musicie uciekać! – Stefano wstał, nadal trzymając w ramionach bezwładną postać. – Wynoście się stąd!

– O co ci chodzi? Nie możemy cię zostawić...

– Owszem, możecie! Uciekajcie! Bonnie, zabierz ją stąd!

Nikt nigdy przedtem nie kazał jeszcze Bonnie opiekować się kimś innym. To nią ludzie zawsze musieli się opiekować. Ale teraz ujęła Meredith za ramię i zaczęła ciągnąć za sobą. Stefano miał rację. Dla Eleny nie mogły już nic zrobić, ale jeśli tu zostaną, to coś, co ją zabiło, zabije i je.

– Stefano! – wołała Meredith wleczona przez Bonnie.

– Położę ją pod drzewami. Pod wierzbami, nie pod dębami – zawołał za nimi.

Dlaczego mówił im to teraz? – zastanowiła się Bonnie jakimś skrawkiem umysłu, którego nie opanowało przerażenie burzą.

Odpowiedź była prosta i szybko ją zrozumiała. Bo już go tu nie będzie, żeby powiedzieć im o tym później.

ROZDZIAŁ 16

Dawno temu, na mrocznych ulicach Florencji, wygłodniały, przerażony i wycieńczony Stefano złożył sam sobie obietnicę. A w zasadzie kilka obietnic dotyczących mocy, którą w sobie przeczuwał, i tego, jak zamierzał postępować wobec słabych, błądzących, ale przecież ludzkich istot, które go otaczały.

Teraz miał zamiar wszystkie te postanowienia złamać.

Ucałował zimne czoło Eleny i ułożył ją pod drzewem wierzby. Jeśli mu się uda, wróci tutaj i dołączy do niej.

Tak jak myślał, fala mocy minęła Bonnie i Meredith i podążyła za nim, ale znów osłabła i cofnęła się, czekając.

Nie każe jej czekać zbyt długo.

Uwolniwszy się od ciężaru ciała Eleny, zaczął przemykać jak drapieżnik po pustej drodze. Marznący deszcz ze śniegiem i wiatr nie przeszkadzały mu specjalnie. Potrafił je przeniknąć instynktem myśliwego.

Wszystkie siły skupił na namierzeniu ofiary. Nie ma teraz czasu myśleć o Elenie. Pomyśli później, już po wszystkim.

Tyler i jego kumple wciąż byli w baraku. Dobrze. Nic mieli pojęcia, co się dzieje, kiedy okno roztrzaskało się na kawałki, a do środka wpadł wicher.

Stefano chciał zabić, kiedy złapał Tylera za gardło i zatopił w nim kły. To była jedna z jego zasad: nie zabijaj, i chciał ją teraz złamać.

Ale któryś z mięśniaków rzucił się na niego, zanim zdążył Tylera zupełnie opróżnić z krwi. Chłopak nie tyle próbował bronić prowodyra, ile uciec. Ale po drodze wpadł na Stefano, który cisnął nim o ziemię i łapczywie zatopił zęby w nowej tętnicy.

Gorący metaliczny smak działał na niego ożywczo, rozgrzewał go, przepływał przez niego jak płomień. Chciał jeszcze więcej.

Moc. Życie. Oni je mieli, on go potrzebował. W przypływie wspaniałej siły, która przyszła wraz z tym, co już wypił, bez trudu ich oszołomił. A potem przechodził od jednego do drugiego, pijąc do syta i odrzucając na bok ciała. Zupełnie jakby po kolei otwierał wszystkie puszki z sześciopaku piwa.

Był przy ostatnim, kiedy zauważył skuloną w kącie Caroline.

Usta mu ociekały krwią, kiedy podniósł głowę i popatrzył na nią. Te zielone oczy, zwykle zwężone, teraz otworzyły się tak szeroko, że dokoła tęczówki widać było białko, zupełnie jak u przerażonego konia. Jej blade wargi poruszały się, kiedy szeptała jakieś bezgłośne prośby.

Postawił ją, ciągnąc za zieloną szarfę przepasującą suknię. Jęczała, przewracając oczami. Wsunął rękę w jej kasztanowate włosy, żeby obnażyć gardło. Cofnął głowę, szykując się do ugryzienia, a Caroline krzyknęła dziko i osunęła mu się bezwładnie na rękach.

Pozwolił jej upaść. Już i tak miał dosyć. Pękał od krwi, czuł się jak objedzony kleszcz. Jeszcze nigdy nie czuł się tak silny, tak pełen żywiołowej mocy.

Czas teraz na Damona.

Wydostał się z baraku tą samą drogą, którą tu wszedł. Ale już nie w ludzkiej postaci. W niebo wzbił się, a potem zatoczył na nim koło polujący jastrząb.

Cudowna była ta nowa postać. Taka silna... I taka okrutna. A ptak miał świetny wzrok. Niósł Stefano tam, gdzie chciał się znaleźć, przeszukując dęby rosnące w okolicy. Szukał pewnej polany.

Znalazł ją. Wiatr nim szarpał, ale obniżył lot, żałobnym krzykiem wyzywając Damona na pojedynek. Damon, stojąc na ziemi w swojej ludzkiej postaci, zasłonił twarz dłońmi, kiedy jastrząb zapikował wprost na niego.

Stefano szponami wyrył mu pasy ciała na ramionach i usłyszał w odpowiedzi krzyk bólu i gniewu Damona.

Już nie jestem twoim słabym młodszym bratem, wysłał Damonowi myśl, wzlatując na potężnej fali mocy. A tym razem przychodzę po twoją krew.

Poczuł płynącą od Damona nienawiść, ale głos, który rozległ się w jego głowie, kpił. I tak mi dziękujesz za uratowanie ciebie i twojej narzeczonej?

Stefano złożył skrzydła i znów zapikował w dół, a cały jego świat zawęził się do tego jednego celu. Zabić. Celował w oczy

Damona, a kij, którym brat chciał się przed nim bronić, przeleciał obok jego nowego ciała. Rozorał szponami policzek Damona do krwi. Dobrze.

Nie powinieneś był zostawiać mnie przy życiu, przekazał Damonowi. Powinieneś był zabić nas oboje od razu.

Chętnie naprawię ten błąd! Damon dał się przed chwilą zaskoczyć, ale teraz Stefano czuł, że brat zbiera moc, umacnia się i czeka. Ale najpierw może powiesz mi, kogo mam zabić tym razem.

Umysł jastrzębia nie radził sobie z natłokiem emocji, które obudziło to złośliwe pytanie. Z niezrozumiałym krzykiem znów runął na Damona, ale tym razem ciężki kij trafił w cel. Ranny, z opadającym skrzydłem, jastrząb opadł na ziemię za plecami Damona.

Stefano natychmiast przybrał ludzką postać, prawie nie czując bólu złamanej ręki. Zanim Damon zdążył się odwrócić, pochwycił go, zdrową ręką łapiąc brata za kark i obracając go ku sobie.

Kiedy się odezwał, jego głos zabrzmiał niemal łagodnie.

– Za Elenę... – szepnął i rzucił się Damonowi do gardła.

Było ciemno i bardzo zimno, ktoś został skrzywdzony.

Ktoś potrzebował pomocy.

Ale ona czuła się tak strasznie zmęczona.

Powieki Eleny zadrgały i uniosły się, więc zaczęła coś widzieć. A co do zimna... Była wychłodzona, przemarznięta do szpiku kości, zamarzała. No i nic dziwnego; pokrywał ją lód.

Gdzieś w głębi duszy wiedziała, że chodzi o coś więcej.

Co się stało? Była w domu, spała... Nie, to Dzień Założycieli. Była w stołówce, na scenie.

Czyjaś twarz śmiesznie tam wyglądała.

Nie mogła się z tym wszystkim uporać, nie mogła myśleć. Przed oczyma przelatywały jej jakieś oderwane twarze, w uszach słyszała urywki rozmów. Była zupełnie oszołomiona.

I tak bardzo zmęczona.

Może lepiej znów zasnąć. Ten lód nie był wcale taki zły. Bardzo chciała się położyć, ale potem znów dobiegły ją krzyki.

Usłyszała je nie tyle uszami, ile mózgiem. Krzyki gniewu i bólu. Komuś było bardzo źle.

Usiadła zupełnie nieruchomo, próbując się w tym wszystkim połapać.

Kątem oka dostrzegła ruch. Wiewiórka. Co dziwne, poczuła też jej zapach. Przecież nigdy jeszcze nie czuła zapachu wiewiórki. Zwierzątko popatrzyło na nią błyszczącym czarnym okiem, a potem zaczęło wspinać się po wierzbie. Że próbowała je złapać, Elena zorientowała się dopiero, kiedy chybiła celu i rozorała paznokciami korę drzewa.

No to już było śmieszne. Czego, u licha, ona chce od wiewiórki? Zastanawiała się nad tym przez chwilę, a potem znów położyła się, wykończona.

Nadal słyszała te krzyki.

Próbowała zakryć uszy, ale to wcale nie pomogło ich uciszyć. Ktoś był ranny i nieszczęśliwy, ktoś walczył. No właśnie. Toczyła się jakaś walka.

No dobrze. Więc już wie, o co chodzi. Teraz będzie mogła zasnąć.

A jednak nie mogła. Krzyki wzywały ją, przyciągały. Czuła nieopartą potrzebę, żeby ruszyć w stronę, skąd płynęły.

A potem będzie mogła zasnąć. Kiedy już zobaczy… jego.

Och, tak, powoli to do niej wracało. Przypomniała go sobie. To on był tym, kto ją rozumiał, kto ją kochał. To z nim chciała być na zawsze.

Z zamglonego umysłu wynurzyła się jego twarz. Przyjrzała jej się z miłością. No więc dobrze. Dla niego wstanie i ruszy przez ten cholerny marznący deszcz, a potem odszuka tę właściwą polankę. Dołączy do niego i będą mogli być razem.

Na samą myśl o nim zrobiło jej się cieplej. Był w nim ogień, którego większość ludzi nie umiała dostrzec.

W tej chwili miał chyba kłopoty. A przynajmniej dużo tam było krzyków. Była już teraz na tyle blisko, że słyszała je wyraźnie.

Tam, pod tym prastarym dębem. To stamtąd napływały krzyki. Był tam on i jego czarne, niezgłębione oczy, i tajemniczy uśmiech. I potrzebował pomocy. Ona mu pomoże.

Wytrząsając z włosów kryształki lodu, Elena wyszła na leśną polanę.

Szał

Mojej ciotce Margie. A także pamięci ciotki Agnes i cioci Eleanore, które wspierały mój rozwój twórczy.

ROZDZIAŁ 1

Elena wyszła spomiędzy drzew.
Ostatnie jesienne liście zamarzały w błocie pod jej stopami.
Zapadł zmierzch i choć burza już przechodziła, w lesie robiło
się coraz zimniej. Ale Elena nie czuła chłodu.

Nie przeszkadzały jej również ciemności. Źrenice jej się
rozszerzyły, by wychwycić okruchy jasności, zbyt słabe, by dostrzegł je człowiek. A Elena wyraźnie widziała sylwetki dwóch
mężczyzn walczących pod wielkim dębem.

Jeden z nich miał gęste, ciemne włosy, które falowały jak
morska toń. Był wyższy od swojego przeciwnika i choć Elena
nie widziała twarzy, skądś wiedziała, że jego oczy są zielone.

Ten drugi również miał burzę czarnych włosów, ale pro-
stych i sztywnych jak zwierzęca sierść. W furii odsłonił zęby,
przypominał drapieżnika szykującego się do ataku. Jego oczy
były czarne.

Elena przypatrywała im się przez kilka minut. Zapomniała,
po co tu przyszła, że przywołały ją echa walki, która rozgry-
wała się w jej własnym umyśle. Z tak bliskiej odległości nienawiść, gniew i ból walczących były niemal ogłuszające, jak niemy
krzyk. Toczyli walkę na śmierć i życie.

Ciekawe, który wygra, pomyślała. Obaj odnieśli rany i obaj
krwawili. Lewa ręka wyższego zwisała pod nienaturalnym kątem. A jednak właśnie zdołał przygwoździć przeciwnika do pnia

dębu. Jego wściekłość była namacalna. Elena mogła jej dotknąć, poczuć jej smak i dostrzec, jak jest ogromna. Wiedziała też, że obdarza go niesłychaną mocą.

I nagle przypomniała sobie, dlaczego tu przyszła. Jak mogła zapomnieć? On był ranny. On ją wezwał, bombardując falami wściekłości i bólu. Przybyła mu na pomoc, bo należała do niego.

Mężczyźni walczyli teraz na zmarzniętej ziemi, warcząc jak wilki i szczerząc kły. Elena zbliżyła się szybko i bezszelestnie. Ten o falujących włosach i zielonych oczach – Stefano, szepnął głos w jej głowie – rozorywał paznokciami gardło przeciwnika. Elena poczuła, jak ogarnia ją gniew. Gniew i instynkt kazały jej bronić tego, który ją tu wezwał. Rzuciła się między walczących.

Nie przyszło jej do głowy, że może nie być wystarczająco silna. Ale była wystarczająco silna. Nie zadawała sobie pytań. Usiłowała odciągnąć Stefano od jego ofiary. Ścisnęła mocno jego poharatane ramię i wcisnęła mu twarz w pokrytą liśćmi ziemię. A potem zaczęła go dusić.

Dał się zaskoczyć, ale nie pokonać. Zaczął się wyrywać, zdrową ręką sięgając do jej gardła. Wreszcie wcisnął kciuk w jej tchawicę.

Elena zatopiła zęby w jego ręce. To instynkt podpowiedział jej, co ma robić. Zęby to broń. Poczuła krew.

Ale on był silniejszy. Jednym ruchem zrzucił ją z siebie i przewrócił na ziemię. I w sekundę później pochylał się nad nią, z twarzą wykrzywioną wściekłością. Elena syknęła i usiłowała wydrapać mu oczy, ale przytrzymał jej rękę w żelaznym uścisku.

Zamierzał ją zabić. Nawet mimo ran miał nad nią przewagę. Wyszczerzył zęby, które już wydawały się czerwone od krwi. Był jak kobra szykująca się do ataku.

I nagle zamarł. Wyraz jego twarzy zaczął się zmieniać.

Elena zobaczyła, jak otwiera wielkie zielone oczy. Źrenice, przed chwilą jeszcze zwężone, nagle się rozszerzyły. Patrzył na nią, jak gdyby widział ją po raz pierwszy w życiu.

Dlaczego? Dlaczego nie mógł od razu po prostu tego skończyć? Rozluźnił żelazny uchwyt. Przestał szczerzyć zęby jak wilk, zamknął usta. Na jego twarzy pojawiło się zdziwienie. Usiadł, pomógł jej się podnieść, ale przez cały czas nie spuszczał wzroku z jej twarzy.

– Elena – szepnął łamiącym się głosem. – To ty, Elena.

Ja jestem Elena? – pomyślała. Naprawdę?

To nie miało znaczenia. Spojrzała w stronę starego dębu. On wciąż tam był, dysząc, podpierał się jedną ręką o pień. Patrzył na nią nieskończenie czarnymi oczami spod zmarszczonych brwi.

Nie martw się, pomyślała. Dam mu radę. Jest głupi. I znów rzuciła się na zieloonokiego mężczyznę.

– Elena! – krzyknął, gdy przewróciła go na plecy. Odepchnął ją zdrową ręką. – Eleno, to ja, Stefano! Eleno, spójrz na mnie!

Spojrzała I zobaczyła tylko jedno: odsłoniętą szyję. Syknęła i obnażyła zęby.

Zamarł.

Czuła, jak przeszywa go dreszcz, widziała nagłą zmianę w jego wzroku. Zbladł tak bardzo, jak gdyby ktoś uderzył go w żołądek. Pokręcił głową, wciąż leżąc w zamarzniętym błocie.

– Nie – szepnął. – Nie… nie…

Wydawało się, że mówi to sam do siebie, jak gdyby nawet nie oczekiwał, że ona to usłyszy. Wyciągnął dłoń w stronę jej policzka. Uderzyła.

– Elena…

Ostatnie ślady wściekłości i żądzy krwi zniknęły już z jego twarzy. W oczach miał zaskoczenie i żal.

I kruchość.

Elena wykorzystała ten moment słabości, by dopaść jego szyi. Uniósł rękę, by ją powstrzymać, ale natychmiast ją opuścił.

Patrzył na nią z rosnącym bólem w oczach i po prostu się poddał. Już nie walczył.

Wyczuwała, co się dzieje. Jego ciało zwiotczało. Leżał na zamarzniętej ziemi z liśćmi we włosach, patrząc gdzieś ponad nią, w czarne, zachmurzone niebo.

Skończ to, usłyszała w głowie jego zmęczony głos.

Elena zawahała się na moment. Coś w tych oczach obudziło w niej wspomnienia. Światło księżyca… Pokój na poddaszu… Ale wspomnienia były zbyt zamazane, nie mogła rozszyfrować obrazów, a wysiłek przyprawiał ją o mdłości.

To on musiał umrzeć. On, ten zielonooki, o imieniu Stefano. Stefano zranił jego, tego, któremu Elena przeznaczona była od narodzin. Każdy, kto go zrani, musi zginąć.

Zatopiła zęby w szyi Stefano.

Od razu zdała sobie sprawę, że nie robi tego tak, jak trzeba. Nie trafiła w żyłę. Przez chwilę kręciła głową rozwścieczona brakiem umiejętności. Gryzienie sprawiało jej przyjemność, ale było za mało krwi. Podniosła się i wbiła zęby raz jeszcze. Ciałem Stefano wstrząsnął ból.

Znacznie lepiej. Tym razem znalazła żyłę, ale nie ugryzła jej wystarczająco mocno. Takie draśnięcie nie dawało odpowiedniego efektu. Musiała rozszarpać żyłę, żeby wypuścić strumień gorącej krwi.

Zielonooki zadrżał, gdy zaczęła rozszarpywać jego szyję. Już jej się prawie udało, gdy nagle czyjeś ręce próbowały odciągnąć ją od Stefano. Elena warknęła. Jednak ten ktoś nie ustępował. Poczuła czyjąś rękę obejmującą ją w pasie i czyjeś palce we włosach. Nie poddawała się, ze wszystkich sił wbijała zęby w szyję ofiary.

Puść go! Zostaw go!

Głos w jej głowie zabrzmiał rozkazująco, jak podmuch lodowatego wiatru. Elena natychmiast go rozpoznała i usłuchała. To był głos tego, który ją tu wezwał. Przypomniało jej się jego imię. Damon. Gdy postawił ją na ziemi, odwróciła się, by na niego spojrzeć. To był on. Patrzyła na niego ponuro, rozgniewana, że jej przeszkodził, ale nie mogła mu się sprzeciwić.

Stefano się podniósł. Szyję miał we krwi, która powoli wsiąkała w koszulę. Elena oblizała wargi, czując pragnienie podobne do głodu. Znów zakręciło jej się w głowie.

– Mówiłeś, że ona umarła – powiedział Damon.

Patrzył na Stefano. Na jego bladej jak kreda twarzy malowała się bezradność.

– Popatrz na nią – powiedział tylko.

Damon dotknął podbródka Eleny. Spojrzała prosto w zwężone czarne źrenice. Potem długie, szczupłe palce musnęły jej wargi, lekko je rozchylając. Instynktownie próbowała ugryźć, ale niezbyt mocno. Damon odnalazł ostrą krawędź kła. Tym razem Elena ugryzła naprawdę, jak kocię, które wbija zęby w głaszczące je palce.

Damon patrzył na nią bez wyrazu.

– Wiesz, gdzie jesteś? – zapytał.

Elena rozejrzała się wokół. Drzewa.

– W lesie – powiedziała, śmiało patrząc mu prosto w oczy.

– A wiesz, kto to jest?

Podążyła wzrokiem za jego dłonią.

– To Stefano   odparła obojętnic. – Twój brat.

– A ja? Wiesz, kim ja jestem?

Uśmiechnęła się do niego, odsłaniając kły.

– Oczywiście. Ty jesteś Damon. Kocham cię.

ROZDZIAŁ 2

Tego właśnie chciałeś, prawda? – zapytał Stefano cicho, z tłumioną wściekłością. – W takim razie to właśnie dostałeś. Musiałeś sprawić, by nas polubiła. Żeby polubiła ciebie. Zabić ją, to było za mało.

Damon nie odwrócił wzroku. Wpatrywał się uważnie w Elenę spod zmarszczonych brwi. Wciąż klęczał i dotykał jej podbródka.

– Mówisz mi to po raz trzeci i zaczyna mnie to nudzić. – Mówił z trudem i ciężko oddychał. – Eleno, czy ja cię zabiłem?

– Oczywiście, że nie – odparła Elena, splatając palce z jego palcami. Zaczynała się niecierpliwić. Co to za pytanie? Nikt nie zginął.

– Nigdy nie sądziłem, że kłamiesz – powiedział Stefano do Damona z goryczą. – Nie w tej jednej jedynej sprawie. Nigdy wcześniej nie usiłowałeś zacierać za sobą śladów w ten sposób.

– Jeszcze chwila i stracę cierpliwość – ostrzegł go Damon.

– A co jeszcze mógłbyś mi zrobić? Zabicie mnie byłoby aktem litości.

– Przestałem się nad tobą litować jakieś sto lat temu.

Damon zwrócił się do Eleny.

– Co pamiętasz z dzisiejszego dnia?

– Świętowaliśmy Dzień Założycieli – odparła zmęczonym głosem jak dziecko, które powtarza znienawidzoną lekcję. Na tym jej wspomnienia się urywały. Ale musiała przypomnieć sobie więcej.

– W stołówce kogoś spotkałam... Caroline – powiedziała zadowolona. – Zamierzała właśnie odczytać mój pamiętnik przy wszystkich i to byłoby straszne, bo... – Przez chwilę próbowała sobie przypomnieć, ale bezskutecznie. – Nie wiem dlaczego. Ale udało nam się jej przeszkodzić. – Uśmiechnęła się do niego ciepło i porozumiewawczo.

– Ach, nam się udało?

– Tak. Zabrałeś jej pamiętnik. Zrobiłeś to dla mnie. – Wsunęła dłoń pod jego kurtkę, szukając zeszytu w twardej oprawie. – Zrobiłeś to, bo mnie kochasz – dodała, gdy odnalazła pamiętnik, i delikatnie go podrapała. – Kochasz mnie, prawda?

Gdzieś w pobliżu rozległ się cichy dźwięk. Elena obejrzała się i zauważyła, że Stefano odwrócił twarz.

– Eleno, co się stało potem? – Głos Damona przywołał ją do porządku.

– Potem? Potem ciotka Judith zaczęła się ze mną kłócić o... – Elena zamyśliła się nad ostatnim zdaniem, po czym wzruszyła ramionami. – O coś tam. Byłam zła. Ona nie jest moją matką, nie może mi mówić, co mam robić.

– Ten problem chyba już się rozwiązał – powiedział Damon sucho. – I co dalej?

– I wtedy poszłam po samochód Matta. Matt… – powtórzyła to imię w zamyśleniu, przejeżdżając językiem po zębach. W głowie pojawił jej się obraz przystojnej twarzy, blond włosów, szerokich ramion. – Matt…

– Dokąd pojechałaś samochodem Matta?

– Do mostu Wickery – odpowiedział za nią Stefano, spoglądając w ich stronę. W oczach miał rozpacz.

– Nie, do pensjonatu – poprawiła go Elena z irytacją. – Chciałam poczekać tam na… Hm… Zapomniałam. W każdym razie czekałam tam przez chwilę. A potem… Potem zaczęła się burza. Wiatr, deszcz i cała ta reszta. Nie spodobało mi się to. Wsiadłam do samochodu. Ale coś zaczęło mnie gonić.

– Ktoś zaczął cię gonić – uściślił Stefano, patrząc na Damona.

– Coś – powtórzyła z naciskiem Elena. Miała już dość jego wtrętów. – Chodźmy gdzieś, tylko we dwoje – zaproponowała, przysuwając się do Damona.

– Za chwilę – odparł. – Co to było?

Odsunęła się zrozpaczona.

– Nie wiem, co to było! Jeszcze nigdy czegoś takiego nie widziałam. Nie przypominało ani ciebie, ani Stefano. To… – Przez jej umysł przetoczyły się fale obrazów. Mgła zbierająca się blisko ziemi. Wycie wiatru. I kształt – biały, ogromny, jak gdyby sam był utkany z mgły. Kształt podążający za nią jak chmura niesiona przez wicher. – Może po prostu wichura – dodała w końcu. – Ale myślałam, że to coś chce mi zrobić krzywdę. Udało mi się uciec. – Przez chwilę walczyła z suwakiem kurtki Damona, po czym uśmiechnęła się tajemniczo i popatrzyła na niego spod przymrużonych powiek.

Po raz pierwszy na twarzy Damona odmalowały się emocje. Jego usta wykrzywił grymas.

– Udało ci się uciec.

– Tak. Przypomniało mi się, co… Ktoś… powiedział mi kiedyś na temat wody. Zło nie może przekroczyć płynącej wody.

Więc pojechałam wzdłuż rzeki, w stronę mostu. I wtedy... –
Urwała na chwilę, marszcząc brwi. Usiłowała wyłowić jakieś
zrozumiałe wspomnienie z plątaniny obrazów i dźwięków.
Woda. Pamiętała wodę. I czyjś krzyk. Ale nic poza tym. I prze-
jechałam na drugą stronę – dokończyła wreszcie, dumna z siebie. – Musiałam przejechać, inaczej by mnie tu nie było. I to już
wszystko. Czy możemy teraz iść?

Damon milczał.

– Samochód został w rzece – powiedział Stefano. On i Damon patrzyli teraz na siebie tak jak dwoje dorosłych, dyskutu-
jących o poważnych sprawach nad głową nic nierozumiejącego
dziecka. Elena się zirytowała. Otworzyła usta, ale Stefano nie
pozwolił sobie przerwać. – Znalazłem go z Bonnie i Meredith.
Zanurkowałem, żeby ją wydostać, ale wtedy było już za późno...

Za późno? Na co? Elena zmarszczyła brwi.

– I co, i postawiłeś na niej kreskę? – Damon uśmiechnął się
szyderczo. – Przecież ty akurat musiałeś przewidzieć, co się stanie. A może za bardzo brzydziłeś się tej myśli? Wolałbyś, żeby
naprawdę umarła?

– Nie wyczuwałem pulsu, nie oddychała! – wybuchł
Stefano. – I w żadnym razie nie miałaby dość krwi, by przejść
przemianę! W każdym razie nie ode mnie – dodał, patrząc lodowato na Damona.

Elena znów otworzyła usta, ale Damon położył na nich palec, by ją uciszyć.

– I właśnie w tym problem – powiedział z niezmąconym
spokojem. – A może nawet tego nie jesteś w stanie zrozumieć?
Kazałeś mi na nią spojrzeć. Popatrz sam. Jest w szoku, nie myśli racjonalnie. O tak, nawet ja muszę to przyznać. – Urwał na
chwilę, by się uśmiechnąć. – To coś więcej niż zwykła dezorien-
tacja, jaka jest skutkiem przemiany. Ona będzie potrzebowała
krwi, ludzkiej krwi. Inaczej proces przemiany nie zostanie do-
kończony. Elena umrze.

Jak to nie myślę racjonalnie? – pomyślała Elena z oburzeniem.

– Czuję się dobrze – wymruczała w palce Damona. – Po prostu jestem trochę zmęczona. Właśnie zamierzałam iść spać, kiedy usłyszałam, że walczycie i przybyłam ci z pomocą. A potem nie pozwoliłeś nawet mi go zabić – dokończyła z wyrzutem.

– No właśnie, dlaczego jej nie pozwoliłeś? – zapytał Stefano, patrząc na Damona tak przenikliwie, że jego wzrok mógłby wywiercić w nim dziury. Nie było w nim jakiejkolwiek chęci porozumienia. – Przecież to było najłatwiejsze wyjście.

Damon spojrzał na brata z wściekłością.

– Nie muszę wybierać najłatwiejszych wyjść – wysyczał, oddychając szybko i płytko. – Ujmijmy to inaczej, braciszku – dodał z szyderczą miną. – Zabicie ciebie to przyjemność, która należy się tylko mnie. Nikomu innemu. Zamierzam osobiście się tym zająć. A jestem w tym świetny, zapewniam.

– Wszyscy widzieliśmy – przyznał cicho Stefano, jakby każde słowo napełniało go obrzydzeniem.

– Ale jej nie zabiłem. – Damon spojrzał na Elenę. – Czemu miałbym to robić? Mogłem ją przemienić w każdej chwili.

– Może dlatego, że właśnie zaręczyła się z kimś innym.

Damon podniósł dłoń Eleny, wciąż splecioną z jego dłonią. Na środkowym palcu błyszczał złoty pierścionek z błękitnym kamieniem. Elena zmrużyła oczy. Chyba już kiedyś go widziała. W końcu jednak wzruszyła ramionami i oparła się ciężko o Damona.

– Teraz to już chyba nie będzie problemu – powiedział Damon, spoglądając na nią z góry. – Myślę, że z przyjemnością o tobie zapomni. – Spojrzał na Stefano z drwiącym uśmiechem. – Ale tego dowiemy się, kiedy dojdzie do siebie. Wtedy zapytamy, którego z nas wybiera. Zgoda?

Stefano pokręcił głową.

– Jak możesz to proponować? Po tym, co się stało... – Urwał.

– Z Katherine? Ja mogę to powiedzieć głośno, skoro ty nie potrafisz. Katherine dokonała głupiego wyboru i zapłaciła za to. Elena jest inna; jest pewna siebie, ma własne zdanie. Ale w tej chwili to nieważne – dodał, widząc, że Stefano znów chce protestować. – Istotne jest to, że potrzebuje krwi. Zamierzam zadbać o to, by ją dostała, a następnie znajdę tego, który jej to zrobił. Możesz mi pomóc albo nie. Jak chcesz.

Wstał, ciągnąc ze sobą Elenę.

Poszła za nim chętnie. Nigdy wcześniej nie zauważyła, że las w nocy jest taki interesujący. Ciszę przeszywały żałobne krzyki sów, a odgłos kroków Eleny wypłaszał polne myszy z kryjówek. Z głębi lasu napływał prąd zimnego powietrza. Elena odkryła, że może bez trudu bezszelestnie podążać za Damonem, wystarczyło tylko uważnie stawiać stopy. Nie odwróciła się, by sprawdzić, czy Stefano ruszył za nimi.

Rozpoznała miejsce, w którym wyszli z gęstwiny. Tego dnia już raz tam była. Teraz jednak na polanie roiło się od ludzi. Wokół błyskały czerwone i niebieskie koguty. Niektóre postaci wyglądały znajomo. Na przykład ta kobieta o pociągłej, szczupłej twarzy i wystraszonych oczach... ciotka Judith? A ten wysoki mężczyzna przy niej... Czy to jej narzeczony Robert?

Ktoś jeszcze powinien z nimi być, pomyślała Elena. Dziecko o włosach tak jasnych jak jej własne. Ale za nic nie mogła sobie przypomnieć jego imienia.

Rozpoznała za to bez trudu dwie przytulone do siebie dziewczyny, które otaczał krąg policjantów. Ta niska, ruda, która płakała, nazywała się Bonnie. Ta wyższa, z burzą ciemnych włosów – Meredith.

– Ale przecież jej nie ma w wodzie – mówiła Bonnie, patrząc na mężczyznę w mundurze. Jej głos drżał, jak gdyby zaraz miała dostać histerii. – Widziałyśmy, jak Stefano ją wyciągnął. Powtarzam to panu po raz setny.

– I zostawiłyście go tutaj, z nią?

– Musiałyśmy. Nadciągała burza... I jeszcze coś...

– Nieważne – przerwała jej Meredith. Wydawała się równie zdenerwowana jak Bonnie. – Stefano powiedział, że gdyby... Gdyby musiał ją zostawić, zostawiłby ją pod wierzbami.

– A gdzie jest teraz ten Stefano? – zapytał inny umundurowany mężczyzna.

– Nie wiemy. Pobiegłyśmy po pomoc. Pewnie poszedł za nami. Ale co się stało z… Eleną… – Bonnie odwróciła się i ukryła twarz w ramionach Meredith.

One martwią się o mnie, uświadomiła sobie nagle Elena. Bez sensu. Zresztą mogę to łatwo wyjaśnić. Już chciała podejść do oświetlonych postaci, ale Damon odciągnął ją brutalnie. Popatrzyła na niego z urazą.

– Nie w ten sposób! Wybierz sobie, kogo chcesz, i zwabimy go tutaj – powiedział.

– Chcę? Po co?

– Po to, żeby się najeść, Eleno. Teraz jesteś łowcą. To są twoje ofiary.

Elena z wahaniem przeciągnęła językiem po zębach. Nic w jej otoczeniu nie wyglądało jak jedzenie. Skoro jednak Damon tak twierdził, to musiała mu wierzyć.

– Może mi coś polecisz? odparła uprzejmie.

Damon przekrzywił głowę i zmrużył oczy, przypatrując się ludziom stojącym w kręgu światła takim wzrokiem, jakim ekspert ocenia słynny obraz.

– Co byś powiedziała na parę ratowników medycznych?

– Nie – usłyszeli za sobą jakiś głos. – Było już dość ataków. Elena może i potrzebuje ludzkiej krwi, ale nie musi na nią polować. – Stefano miał nieprzenikniony wyraz twarzy, ale w jego głosie brzmiała ponura determinacja.

– Znasz jakiś inny sposób? – spytał ironicznie Damon.

– Owszem, i ty wiesz, jaki to sposób. Znajdź kogoś, kto dobrowolnie odda krew. Kogoś, kto zrobi to dla Eleny i ma na tyle silną psychikę, by sobie z tym poradzić.

– Ty oczywiście wiesz, gdzie znajdziemy tę gotową do poświęceń osobę?

– Zabierz Elenę do szkoły. Tam się spotkamy – powiedział Stefano, po czym zniknął.

Damon i Elena opuścili polanę oświetloną migającymi światłami, pełną zaaferowanych ludzi. Elena zauważyła coś dziwnego. W rzece w świetle latarni widać było wrak samochodu. Z wody wystawał tylko przedni zderzak.

Co za idiotyczne miejsce na parkowanie, pomyślała, po czym podążyła za Damonem z powrotem do lasu.

Stefano odzyskiwał czucie.

Bolało. A myślał, że już nic go nigdy nie zrani, że nie będzie już zdolny do żadnych uczuć. Kiedy wydobył ciało Eleny z rzeki, czuł niewyobrażalny ból. I rozpacz. Sądził, że nic gorszego nie może go spotkać.

Mylił się.

Przystanął na chwilę, opierając się zdrową ręką o drzewo. Opuścił głowę i przez chwilę oddychał ciężko. Gdy czerwona mgła opadła i znów zaczął widzieć, ruszył w dalszą drogę, ale palący ból w piersiach się nie zmniejszał. Przestań o niej myśleć, powtarzał sobie, wiedząc, że to nic nie pomoże.

Ale ona nie umarła. Czy to się nie liczyło? Myślał, że już nigdy nie usłyszy jej głosu, nie poczuje jej dotyku...

A teraz, gdy go dotknęła, chciała go zabić.

Znów przystanął, zginając się wpół. Bał się, że zaraz zwymiotuje.

Patrzeć na nią w takim stanie było gorsze, niż patrzeć na jej zwłoki. Może dlatego Damon zostawił go przy życiu. Może na tym polegała jego zemsta.

I może Stefano powinien zrobić to, co planował uczynić, gdy zabije Damona. Zaczekać do świtu i zdjąć srebrny pierścień, który chronił go przed światłem słonecznym.

Stanąć w ognistym uścisku promieni słonecznych i czekać, aż zamienią jego ciało w popiół, raz na zawsze położą kres cierpieniu.

Wiedział, że teraz tego nie zrobi. Dopóki Elena chodziła po ziemi, nie mógł jej opuścić. Nawet jeśli go nienawidziła, nawet jeśli na niego polowała. Zrobiłby wszystko, by ją chronić.

Stefano skręcił w stronę pensjonatu. Musiał się umyć i doprowadzić do porządku, by mógł się pokazać ludziom. Poszedł do swojego pokoju i zmył krew z twarzy i szyi. Obejrzał zranione ramię. Proces samoleczenia już się rozpoczął i przy odrobinie koncentracji mógł go przyspieszyć. Szybko używał swoją moc; walka z bratem bardzo go osłabiła. Ale to było ważne. Nie z powodu bólu – prawie go nie zauważał. Musiał być teraz w najlepszej formie.

Damon i Elena czekali na niego przed szkołą. Wyczuwał niecierpliwość brata i nową, porażającą osobowość Eleny.

– Obyś miał rację – powiedział Damon.

Stefano milczał.

W szkole także panowało zamieszanie. Uczniowie mieli świętować Dzień Założycieli, ale zamiast tańczyć, ci, którzy przeczekali tu burzę, krążyli z kąta w kąt, rozmawiając w małych grupkach. Stefano zajrzał przez otwarte drzwi, szukając umysłem konkretnej osoby.

Wreszcie wyczuł jego obecność. I zobaczył blondyna w rogu. Matt.

Matt wyprostował się i rozejrzał zdziwiony. Stefano nakłonił go, by wyszedł na zewnątrz. Musisz się przewietrzyć, pomyślał, i zaszczepił tę myśl w podświadomości Matta. Masz ochotę tak po prostu wyjść na chwilkę na dwór.

Zabierz ją do szkoły, do sali fotograficznej. Ona wie, gdzie to jest, przekazał jednocześnie Damonowi. Nie pokazujcie się, dopóki nie dam wam znać. Potem wycofał się, żeby zaczekać na Matta.

Chłopak wkrótce się pojawił. Na dźwięk głosu Stefano gwałtownie się odwrócił.

– Stefano! To ty! – Na jego twarzy malowały się rozpacz, nadzieja i przerażenie. Podbiegł do Stefano. – Czy oni już... Czy już ją znaleźli? Masz jakieś wieści?

– A co słyszałeś?

Matt wpatrywał się w niego przez chwilę.

– Bonnie i Meredith powiedziały, że Elena pojechała na most Wickery moim samochodem. I że... – Urwał, po czym przełknął ślinę. – Stefano, powiedz, że to nieprawda. – W oczach Matta pojawiło się błaganie.

Stefano spuścił wzrok.

– O Boże – szepnął Matt. Odwrócił się plecami do Stefano, przyciskając dłonie do oczu. – Nie wierzę w to. Nie wierzę. To nie może być prawda.

– Matt... – Stefano dotknął jego ramienia.

– Przepraszam – wychrypiał Matt z trudem. – Pewnie prze-chodzisz teraz piekło, a ja jeszcze pogarszam sprawę.

Nawet nie wiesz, jak bardzo, pomyślał Stefano, puszczając jego ramię. Zamierzał wykorzystać moc, by przekonać Matta. Ale teraz nie potrafił się na to zdobyć. Nie mógł tak potrakto-wać pierwszego – i jedynego – przyjaciela, którego tu poznał.

Pozostało mu tylko powiedzieć prawdę. I pozwolić, by Matt sam dokonał wyboru.

– Czy gdybyś mógł coś zrobić dla Eleny, zrobiłbyś to?

Matt był tak zrozpaczony, że nawet nie zauważył, jakie to dziwne pytanie.

– Wszystko – odparł niemalże z gniewem, ocierając oczy rę-kawem. – Zrobiłbym dla niej wszystko. – Popatrzył na Stefano zaczepnie.

Gratulacje, pomyślał Stefano, czując nagłe ssanie w żołąd-ku. Właśnie wygrałeś wycieczkę do krainy cienia.

– Chodź ze mną – powiedział. – Muszę ci coś pokazać.

ROZDZIAŁ 3

Elena i Damon czekali w ciemni. Stefano wyczuł ich obec-ność, gdy tylko otworzył drzwi do sali fotograficznej i wpro-wadził Matta.

– Przecież te drzwi są zawsze zamknięte – zdziwił się Matt, gdy Stefano włączył światło.

– Były. – Stefano zastanawiał się, co powiedzieć, by przy-gotować Matta na to, co usłyszy. Nigdy jeszcze nie ujawnił się żadnemu człowiekowi.

Milczał, dopóki Matt nie odwrócił się do niego. W sali było zimno i cicho. Rozpacz i szok na twarzy Matta zastąpił niepo-kój.

– Nie rozumiem – powiedział.

– Wiem, że nie rozumiesz. – Stefano wciąż spoglądał na Matta i po kolei usuwał bariery, które uniemożliwiały ludziom dostrzeżenie jego mocy. Teraz niepokój zmieniał się w strach. Matt zamrugał i pokręcił głową, oddychając coraz szybciej.

– Co tu się...? – zaczął łamiącym się głosem.

– Pewnie wiele razy dziwiło cię moje zachowanie – ciągnął Stefano. – Dlaczego stale noszę ciemne okulary. Dlaczego nie jem. Dlaczego mam taki szybki refleks.

Matt stał tyłem do ciemni. Jego krtań się poruszała, jakby usiłował przełknąć ślinę. Stefano, jak każdy drapieżnik, słyszał bicie jego serca.

– Nie – zaprzeczył Matt.

– Musiało cię to zastanawiać, musiałeś zadawać sobie pytania, dlaczego tak się różnię od innych ludzi.

– Nie... To znaczy, nigdy mnie to nie obchodziło. Nie wsadzam nosa w nie swoje sprawy. – Matt powoli zbliżał się do drzwi.

– Matt, nie uciekaj, nie chcę ci zrobić krzywdy, ale nie mogę pozwolić ci teraz wyjść. – Stefano wychwycił z najwyższym trudem kontrolowane pragnienie płynące z ciemni, gdzie była Elena. Zaczekaj, polecił jej w myślach.

Matt zastygł przerażony.

– Jeżeli chciałeś mnie wystraszyć, to ci się udało – odparł niskim głosem. – Czego jeszcze chcesz?

Teraz, powiedział Stefano do Eleny.

– Odwróć się – polecił Mattowi.

Matt posłusznie się odwrócił. I stłumił krzyk.

Za nim stała Elena – ale nie ta Elena, którą widział tego popołudnia. Miała bose stopy. Biała muślinowa sukienka, którą wciąż miała na sobie, pokryta była kryształkami lodu, iskrzącymi się w świetle. Jej skóra, niegdyś po prostu blada, teraz dziwnie lśniła, a jasnozłote włosy otaczała srebrna poświata. Ale największa zmiana zaszła w jej twarzy. Wielkie niebieskie oczy przysłaniały powieki, co nadawało jej senny wygląd – a jednocześnie była nienaturalnie pobudzona. Jej usta wyglądały zmysłowo, wyczekująco, pożądliwie. Była piękniejsza niż za życia, ale ta uroda przerażała.

Matt patrzył, zdrętwiały ze strachu, jak Elena wysuwa język i oblizuje wargi.

– Matt – powiedziała, jakby smakowała jego imię. A potem się uśmiechnęła.

Stefano usłyszał, jak chłopak głęboko wciąga powietrze, nie chcąc uwierzyć w to, co widzi, po czym odsuwa się od Eleny.

Wszystko w porządku, powiedział, i postarał się przekazać tę myśl Mattowi dzięki mocy.

– Teraz już wiesz – dodał, gdy Matt odwrócił się do niego. Oczy miał rozszerzone strachem.

Widać było, że chłopak wolałby nie wiedzieć. Gdy z cienia wyszedł Damon, atmosfera w sali zrobiła się jeszcze bardziej napięta.

Matt był w pułapce. Elena, Stefano i Damon stali tuż przy nim nieludzko piękni, otoczeni aurą grozy.

Stefano czuł zapach strachu Matta, tak jak lis wyczuwa strach królika, a sowa – myszy. Matt miał powód się bać. Otoczyły go drapieżniki. On był ofiarą. Ich życie polegało na zabijaniu takich jak on.

I właśnie w tej chwili instynkt zaczął brać górę. Matt wpadł w panikę i chciał uciec, to wyzwalało reakcję w umyśle Stefano. Kiedy ofiara ucieka, drapieżnik rusza w pogoń, to proste. Wszystkie trzy drapieżniki przyczaiły się gotowe do skoku. Stefano nie mógł wziąć odpowiedzialności za to, co by się stało, gdyby Matt nagle zerwał się do biegu.

Nie chcemy zrobić ci krzywdy, wysłał Mattowi myśl. To Elena cię potrzebuje. To, czego potrzebuje, nie zagraża twojemu życiu. Nie musi nawet boleć. Ale chłopak wciąż chciał uciec, a trójka drapieżników osaczała go, pozbawiając możliwości ucieczki.

Powiedziałeś, że zrobisz wszystko dla Eleny, przypomniał Mattowi zrozpaczony Stefano i zorientował się, że chłopak podejmuje decyzję.

Matt wypuścił powietrze, rozluźnił się.

– Owszem, zrobię – szepnął. Było widać, że wypowiedzenie następnego zdania sporo go kosztuje. – Czego potrzebuje Elena?

Elena podeszła do Matta i położyła mu palec na szyi, wymacując lekko pulsującą tętnicę.

– Nie w tym miejscu – powiedział szybko Stefano. – Nie chcesz przecież go zabić. Damonie, pokaż jej – dodał, bo Damon nawet nie drgnął, by jej pomóc. Pokaż jej.

– Spróbuj tu albo tu – wskazał Damon z precyzją chirurga, unosząc lekko podbródek Matta. Uścisk Damona był tak silny, że Matt nie mógł się z niego uwolnić. Stefano poczuł, że chłopak znów wpada w panikę.

Zaufaj mi, Matt, przesyłał mu uspokajające myśli. Ale wybór należy tylko do ciebie, dokończył w nagłym przejawie współczucia. Możesz zmienić zdanie.

Matt zawahał się na chwilę, po czym zacisnął zęby.

– Nie wycofuję się. Chcę ci pomóc, Eleno.

– Matt – szepnęła, wciąż patrząc na niego ciemnogranatowymi jak klejnot oczami spod opuszczonych gęstych rzęs. A potem skierowała wzrok na jego szyję i rozchyliła wargi. Już nie wahała się tak jak wtedy, gdy Damon zaproponował jej, by zaatakowała ludzi w lesie. – Matt – powtórzyła, uśmiechnęła się i ukąsiła go, szybko i zwinnie jak drapieżny ptak.

Stefano położył dłoń na plecach Matta, by dodać mu otuchy. Gdy Elena ukąsiła go, Matt instynktownie usiłował się wyrwać, ale Stefano błyskawicznie zaszczepił mu myśl: Nie opieraj się, wtedy nie będzie bolało.

Matt usiłował się rozluźnić, a zupełnie niespodziewanie pomogła mu w tym Elena, która emanowała takim szczęściem, jakie czuje wilcze niemowlę podczas karmienia. Tym razem już przy pierwszej próbie ugryzła tak, jak trzeba. Przepełniała ją duma. Głód powoli ustępował miejsca satysfakcji. A także sympatii dla Matta, jak zauważył Stefano, czując zazdrość. Elena nie nienawidziła Matta. Nie chciała go zabić, bo Matt nie stanowił zagrożenia dla Damona. Matt budził jej sympatię.

Stefano pozwolił Elenie wypić tyle, by było to dla Matta bezpieczne, po czym próbował jej przerwać. Wystarczy, Eleno.

Nie chcesz przecież zrobić mu krzywdy. Ale ona nie chciała przestać. Damon musiał pomóc Stefano oderwać Elenę od szyi Matta.

– Elena musi teraz odpocząć – powiedział Damon. – Zabiorę ją w jakieś bezpieczne miejsce. – Nie pytał Stefano o opinię. Informował go.

Gdy wychodzili, Damon przekazał Stefano myśl przeznaczoną wyłącznie dla niego.

Nie zapomniałem, jak mnie zaatakowałeś, bracie. Porozmawiamy o tym później.

Stefano popatrzył za nimi. Elena nie spuszczała wzroku z Damona, podążała za nim bez słowa protestu. Ale na razie nic jej nie groziło: krew Matta dała jej siłę, której potrzebowała. To był chwilowo jedyny cel Stefano, więc powiedział sobie, że nic więcej nie ma znaczenia.

Obejrzał się i pochwycił oszołomione spojrzenie Matta. Chłopak siedział nieruchomo na plastikowym krześle i patrzył bezmyślnie przed siebie.

Nagle popatrzył na Stefano. Zmierzyli się ponurym wzrokiem.

– No to teraz już wiem – stwierdził Matt. – Ale wciąż nie mogę w to uwierzyć – wymamrotał. – Gdyby nie to... – dodał, przyciskając gwałtownie palcami ślad po ugryzieniu. Syknął z bólu. – Kto to jest ten Damon?

– Mój starszy brat. – Głos Stefano był wyzuty z emocji. – Skąd wiesz, jak ma na imię?

– W zeszłym tygodniu był u Eleny w domu. Kociak na niego nafukał. – Matt urwał. Najwyraźniej przypomniał sobie coś jeszcze. – A Bonnie dostała jakiegoś ataku.

– Może miała wizję. Co mówiła?

– Mówiła, że... że w domu jest śmierć.

Stefano spojrzał w stronę drzwi, które zamknęły się za Damonem i Eleną.

– Miała rację.

– Stefano, co się dzieje? – Głos Matta zabrzmiał teraz błagalnie. – Wciąż nic nie rozumiem. Co się stało z Eleną? Czy ona już zawsze taka będzie? Czy absolutnie nic nie możemy zrobić?

– Będzie jaka? – zapytał brutalnie Stefano. – Taka zdezorientowana? Czy będzie wampirem?

– Jedno i drugie – wyszeptał Matt.

– Co do pierwszej sprawy, to teraz, kiedy się nasyciła, powinna zachowywać się bardziej racjonalnie. Przynajmniej tak sądzi Damon. Natomiast co do tej drugiej kwestii, to jest tylko jeden sposób, by to zmienić. – Oczy Matta rozświetliła nadzieja. – Możesz zaopatrzyć się w osinowy kołek i przebić nim jej serce. Wtedy nie będzie już wampirem. Będzie po prostu martwa.

Matt wstał i podszedł do okna.

– To nie znaczy, że byś ją zabił. Ona już nie żyje, utonęła w rzece. Ale dostała dość krwi ode mnie – Stefano urwał, by zapanować nad głosem – a także, jak się zdaje, od mojego brata i, zamiast po prostu umrzeć, przemieniła się w wampira. Obudziła się łowcą takim jak my. I taka będzie już zawsze.

– Zawsze wiedziałem, że jest w tobie coś innego – powiedział Matt, nie odwracając się. – Wmawiałem sobie, że to z powodu obcego pochodzenia. – Pokręcił głową z pogardą dla samego siebie. – Ale gdzieś w głębi duszy czułem, że chodzi o coś więcej. A jednak instynkt wciąż podpowiadał mi, bym ci ufał. I ufałem.

– Tak jak wtedy, kiedy poszedłeś ze mną po werbenę.

– Tak jak wtedy. Czy teraz możesz mi powiedzieć, po jaką cholerę ci to było potrzebne? – dodał Matt.

– Dla Eleny. Żeby Damon trzymał się od niej z daleka. Ale wygląda na to, że ona wcale sobie tego nie życzyła. – W głosie Stefano słychać było gorycz i ból z powodu zdrady.

Matt znów się odwrócił.

– Nie osądzaj jej, zanim nie poznasz wszystkich faktów. Tego jednego się nauczyłem.

Stefano zdziwił się, potem zdobył się na słaby uśmiech. Jako „byli" Eleny jechali teraz na tym samym wózku. Stefano zastanowił się, czy zdobyłby się na taki gest. Czy potrafiłby znieść porażkę z taką godnością jak Matt.

Chyba nie.

Na zewnątrz rozległ się dźwięk, niesłyszalny dla ludzkiego ucha. Nawet Stefano omal go nie zignorował, jednak słowa wkrótce dotarły wprost do jego świadomości.

Nagle przypomniał sobie, co zrobił ledwie kilka godzin wcześniej. Aż do tej chwili nawet nie pomyślał o Tylerze Smallwoodzie i jego kumplach twardzielach.

Teraz ścisnęło go w gardle z przerażenia i wstydu. Oszalał z żalu po Elenie. Ale dla tego, co zrobił, nie było wytłumaczenia. Czy wszyscy naprawdę zginęli? Czy on, który przysiągł sobie, że nigdy nie zabije, zabił sześć osób?

– Czekaj, Stefano! Dokąd idziesz? – Gdy Matt nie doczekał się odpowiedzi, ruszył za nim, niemal biegnąc. Wyszedł za Stefano z głównego budynku i dalej, na asfaltową drogę. Po drugiej stronie dziedzińca, obok blaszanego baraku stał pan Shelby.

Szara, pokryta zmarszczkami twarz dozorcy wyrażała przerażenie. Usiłował krzyczeć, ale wydawał tylko chrapliwe jęki. Stefano odepchnął go i zajrzał do środka. Doświadczył déjà vu.

Miał wrażenie, że ogląda scenę z horroru. Tyle że to nie był film. To była rzeczywistość.

Podłogę pokrywały kawałki drewna i szkła z rozbitego okna. Leżało na niej też sześć ciał, każdy centymetr kwadratowy podłogi był zakrwawiony. Krew już zaschła. Wystarczyło zerknąć na ciała, by zrozumieć, skąd się wzięła. Na szyi każdej ofiary widniały dwie ranki. Nie było ich tylko na szyi Caroline. Ale oczy dziewczyny były martwe.

Matt, stojący za Stefano, oddychał coraz szybciej.

– To nie Elena... Prawda? Stefano, to nie Elena zrobiła?

– Cicho bądź – odparł chrapliwie Stefano.

Gdy podchodził do Tylera, pod jego stopami zgrzytało potłuczone szkło.

Tyler żył. Stefano poczuł ogromną ulgę. Klatka piersiowa chłopaka lekko unosiła się i opadała. Gdy Stefano uniósł mu głowę, Tyler otworzył oczy, wzrok miał nieprzytomny.

Niczego nie pamiętasz, Stefano wysłał polecenie do umysłu Tylera. Ale od razu zadał sobie pytanie, dlaczego właściwie zadaje sobie trud. Powinien po prostu wyjechać z Fell's Church, zniknąć i nigdy tu nie wrócić.

Ale nie mógł tego zrobić. Nie, dopóki była tu Elena.

Wysłał tę samą myśl pozostałym ofiarom i umieścił ją głęboko w ich podświadomości. Nie pamiętacie, kto was zaatakował. Nie pamiętacie niczego z tego popołudnia.

Stefano czuł, że jego moc jest bardzo słaba, że drży jak przetrenowane mięśnie. Pan Shelby wreszcie odzyskał głos i zaczął krzyczeć. Stefano delikatnie położył głowę Tylera na podłodze, po czym wyszedł.

Matt zacisnął usta, nozdrza mu drgały, jakby poczuł jakiś obrzydliwy zapach.

– To nie Elena – szepnął. – To ty to zrobiłeś.

– Cicho bądź! – Stefano odepchnął go lekko i wyszedł z baraku. Lodowaty powiew powietrza przyniósł ulgę jego rozpalonej twarzy. Ktoś biegł w stronę baraku. Ludzie w końcu usłyszeli krzyk dozorcy.

– To ty to zrobiłeś, prawda? – powtórzył Matt, który wyszedł za Stefano. Chłopak rozpaczliwie pragnął zrozumieć, co się dzieje.

– Tak, zrobiłem to – warknął Stefano, odwracając się gwałtownie. Popatrzył na Matta z góry, nie usiłował tłumić wściekłości. – Mówiłem ci. Jesteśmy łowcami. Zabójcami. Tacy jak ty są owcami. My jesteśmy wilkami. A Tyler sam się o to prosił, odkąd tylko tu przyjechałem.

– Prosił się o nauczkę. I dostał nauczkę. Ale... – Matt zbliżył się i spojrzał Stefano prosto w oczy, bez cienia strachu. Stefano musiał przyznać, że nie brak mu odwagi. – Czy ty nie masz wyrzutów sumienia? Nie żałujesz?

– A dlaczego miałbym żałować – odparł chłodno Stefano, tonem wyzutym z emocji. – Czy ty masz wyrzuty sumienia, kiedy zjesz za dużo befsztyków? Żałujesz krowy? – Na twarzy Matta pojawiło się obrzydzenie i niedowierzanie. Stefano atakował, chciał wbić nóż w serce Matta. Darował sobie owijanie w bawełnę przerażającej prawdy; powinien się trzymać z daleka od Stefano. Bardzo daleka. Inaczej mógłby skończyć jak Tyler i jego kumple. – Jestem tym, kim jestem, Matt. A jeżeli nie możesz sobie z tym poradzić, lepiej odejdź.

Matt patrzył na niego jeszcze chwilę, a pełne obrzydzenia niedowierzanie na jego twarzy zmieniło się w pełne obrzydzenia rozczarowanie. Odwrócił się na pięcie i wyszedł bez słowa.

Elena była na cmentarzu.

Damon zaprowadził ją tam i prosił, by poczekała, aż po nią wróci. Jednak Elena miała ochotę się rozejrzeć. Była wprawdzie zmęczona, ale nie senna, a świeża krew podziałała na nią jak zastrzyk z kofeiny.

Cmentarz tętnił życiem. Niedaleko przemknął lis zmierzający w stronę rzeki. Gryzonie z piskiem torowały sobie ścieżki wokół porośniętych trawą nagrobków. Jakaś sowa niemal bezszelestnie kołowała w pobliżu ruin kościoła, aż wreszcie przysiadła na dzwonnicy i wydała z siebie upiorny krzyk.

Elena podążyła za tym dźwiękiem. To podobało jej się znacznie bardziej niż czajenie się w trawie jak mysz czy nornica. Z zainteresowaniem przyjrzała się ruinom kościoła. Większość dachu zapadła się do środka, zostały tylko trzy ściany, ale dzwonnica stała jak obelisk pośród gruzów.

W kościele znajdował się grobowiec Thomasa i Honorii Fellów. Elena spojrzała na twarze wyrzeźbione w marmurze. Były takie spokojne. Thomas Fell miał surową minę, Honoria była smutna. Elena pomyślała przelotnie o własnych rodzicach, którzy leżeli obok siebie na nowym cmentarzu.

Pójdę do domu, postanowiła. Właśnie przypomniała sobie o domu. O swoim ślicznym pokoju z niebieskimi zasłonami i meblami z drewna wiśniowego. Malutkim kominku. A także czymś jeszcze, ukrytym pod szafą.

Na Maple Street trafiła bez trudu. Wystarczyło, by pozwoliła się prowadzić własnym nogom. Dotarła do bardzo starego domu z wielkim gankiem i francuskimi oknami od frontu. Na podjeździe stał samochód Roberta.

Elena ruszyła do drzwi wejściowych, ale przystanęła.

Z jakiegoś powodu ludzie nie powinni jej oglądać, chociaż nie mogła sobie przypomnieć dlaczego. Po krótkim wahaniu wspięła się na pigwowiec rosnący tuż obok okna jej sypialni.

Ale nie mogła wejść do swojego pokoju. Na jej łóżku siedziała kobieta. Trzymała na kolanach czerwone jedwabne kimono Eleny i wpatrywała się w nie w milczeniu. Robert stał przy szafie. Mówił coś. Elena odkryła, że przez zamknięte okno słyszy, co Robert mówi.

– ...znowu jutro – powiedział. – O ile nie będzie burzy. Przeszukają każdy centymetr tych lasów i w końcu ją znajdą. Zobaczysz, Judith. – Ciotka nie mówiła nic, więc Robert ciągnął z rosnącą rozpaczą w głosie. – Nie możemy się poddawać, bez względu na to, co te dziewczynki mówią.

– Nie mamy szans, Bob. – Ciotka Judith w końcu uniosła głowę. Jej oczy były zaczerwienione, ale nie płakała. – To nie ma sensu.

– Co nie ma sensu? Akcja ratunkowa? Nie pozwalam ci tak mówić...

– Nie, nie tylko o to mi chodzi... Chociaż czuję, że ona nie żyje. Chodzi mi o... wszystko. O nas. To, co się dzisiaj stało, to nasza wina.

– Nieprawda. Zdarzył się wypadek.

– Owszem, ale to my go spowodowaliśmy. Gdybyśmy się z nią nie pokłócili, nie odjechałaby sama, nie złapałaby jej ta burza. Nie, Bob, nie próbuj zaprzeczać. – Ciotka Judith odetchnęła głęboko. Elena od dawna miała problemy, odkąd zaczął się rok szkolny, a ja zignorowałam wszystkie sygnały alarmowe. Byłam zbyt zajęta sobą... Nami... By zwrócić na to uwagę. Teraz to widzę. I teraz, kiedy Elena... zginęła... Nie chcę, by to samo spotkało Margaret.

– O czym ty mówisz?

– O tym, że nie mogę wyjść za ciebie, nie teraz, nie tak szybko, jak planowaliśmy. Być może nigdy. Margaret straciła już rodziców i siostrę – ciągnęła ciotka prawie szeptem, nie patrząc na Roberta. – Nie chcę, by czuła, że traci także mnie.

– Przecież ciebie nie straci. Jeżeli już, to zyska – mnie. Bo będę tu częściej bywał. Chyba wiesz, jak ją traktuję.

– Przykro mi, Bob. To po prostu niemożliwe.

– Nie mówisz poważnie. Po tym, co razem przeżyliśmy... Po wszystkim, co zrobiłem...

– Mówię poważnie. – Głos ciotki Judith był stanowczy i beznamiętny.

Elena, przyczajona na drzewie, spojrzała na Roberta zaciekawiona. Na czole pulsowała mu żyła, a twarz zalała się czerwienią.

– Jutro zmienisz zdanie.

– Nie, nie zmienię.

– Nie możesz naprawdę tak myśleć...

– Owszem, tak właśnie myślę. I nie łudź się, że zmienię zdanie. Nie zmienię.

Robert rozglądał się przez chwilę bezradnie.

– Rozumiem – powiedział zimno. – Skoro to jest twoje ostatnie słowo, powinienem już iść.

– Bob. – Ciotka Judith odwróciła się, zdziwiona, ale on był już za drzwiami. Wstała, jakby się wahała, czy iść za nim. Zacisnęła palce na kimonie. Odwróciła się, by rzucić kimono na łóżko Eleny i...

Zaparło jej dech w piersi, a dłonią zasłoniła usta. Judith zamarła z przerażenia. Wpatrywała się w okno. Mierzyły się z Eleną wzrokiem bez ruchu. Judith odjęła dłoń od ust i zaczęła przeraźliwie krzyczeć.

ROZDZIAŁ 4

Coś ściągnęło Elenę z drzewa. Wrzasnęła na znak protestu i wylądowała na ziemi pewnie jak kot, na obu nogach.

Poderwała się błyskawicznie, z palcami wykrzywionymi jak szpony, by zaatakować tego, kto ją ściągnął. Damon odepchnął ją jednym ruchem.

– Dlaczego to zrobiłeś? – zapytała gniewnie.

– Dlaczego nie czekałaś tam, gdzie ci kazałem? – odwarknął.

Przez chwilę wpatrywali się w siebie z wściekłością. Gdy usłyszeli, że ktoś na górze próbuje otworzyć okno, Damon popchnął Elenę pod ścianę domu. Osoba wyglądająca przez okno nie mogła ich widzieć.

– Zabierajmy się stąd – powiedział Damon. Złapał Elenę za rękę, ale ona stała w miejscu.

– Muszę tam wejść!

– Nie możesz. – Damon wyszczerzył zęby jak wilk. – I dlatego, że ja ci nie pozwalam. Nie możesz przekroczyć progu tego domu, bo nic zostałaś zaproszona.

Elena, chwilowo zdezorientowana, pozwoliła mu się pociągnąć kilka kroków. Ale po chwili znów zaparła się piętami w ziemię.

– Muszę odzyskać mój pamiętnik!

– Co takiego?

– Jest pod szafą. Potrzebuję go, nie mogę bez niego zasnąć. – Elena sama nie wiedziała, dlaczego robi tyle zamieszania o pamiętnik, ale wydawało jej się to ważne.

Damon przez chwilę patrzył na nią bezradny i zirytowany, potem jednak twarz mu się rozjaśniła.

– Musisz mieć pamiętnik – powiedział już spokojnie, z błyszczącymi oczami. Wyciągnął coś z kieszeni kurtki. – Proszę bardzo.

Elena popatrzyła sceptycznie na notes, który jej własnie podawał.

– To twój pamiętnik, prawda?

– Owszem, ale ten stary. Potrzebny mi jest nowy.

– Ten musi ci wystarczyć, bo żadnego innego nie dostaniesz. Chodźmy stąd, zanim twoja ciotka obudzi całą okolicę. – Znów mówił tonem chłodnym i rozkazującym.

Elena przyjrzała się notesowi, który trzymał w ręku. Pamiętnik miał niebieską, aksamitną okładkę i mosiężny zamek. To była rzecz, którą bardzo dobrze znała. Uznała, że może jej wystarczyć.

I pozwoliła się poprowadzić dalej w noc.

Nie pytała, dokąd Damon zmierza. Nie interesowało jej to. Ale rozpoznała dom przy Magnolia Avenue: mieszkał tam Alaric Saltzman.

I to on otworzył im drzwi, po czym gestem głowy zaprosił do środka. Alaric, nauczyciel historii, wyglądał dziwnie. Wydawało się, że ich nie widzi. Miał szklany wzrok. Poruszał się jak automat.

Elena oblizała wargi.

– Nie – powiedział krótko Damon. – Ten się nie nadaje. Jest w nim coś podejrzanego, ale w tym domu powinnaś być bezpieczna. Już tu kiedyś spałem. Chodź na górę. – Poprowadził ją po schodach do pokoju na poddaszu, w którym było jedno małe okno. Pomieszczenie było zagracone. Stała tam jakaś stara komoda, sanki, narty, hamak. Pod ścianą leżał stary materac. – Saltzman rano nie będzie wiedział, że tu jesteś. Połóż się.

Elena usłuchała, kładąc się w takiej pozycji, jaka wydała jej się naturalna – na plecach, z rękami złożonymi na piersiach, palce zacisnęła na pamiętniku.

Damon przykrył ją jakąś zniszczoną narzutą.

– Śpij, Eleno – polecił.

Nachylił się nad nią i przez chwilę myślała, że zaraz... coś zrobi. Znów nie była pewna, co ma na myśli. Widziała tylko czarne jak noc oczy. Damon odsunął się i znów mogła oddychać. Powoli nasiąkała ponurą atmosferą poddasza. W końcu opadły jej powieki i zasnęła.

Budziła się powoli, próbując się zorientować, gdzie jest. Na jakimś strychu. Co ona tu robi?

Słyszała chrobotanie myszy albo szczurów, ale to jej nie niepokoiło. Przez okno wlewało się blade światło. Elena zrzuciła z siebie narzutę, którą była przykryta, i wstała, żeby się rozejrzeć po pomieszczeniu.

Z całą pewnością była na czyimś strychu, ale nie znała tej osoby. Czuła się tak, jak gdyby wstała właśnie po raz pierwszy po długiej chorobie. Ciekawe, jaki to dzień, pomyślała. Słyszała głosy dobiegające z dołu. Od podnóża schodów. Instynkt podpowiadał jej, że powinna zachowywać się cicho i ostrożnie. Bała się zwrócić na siebie uwagę. Bezszelestnie uchyliła drzwi i ostrożnie zeszła na półpiętro. Na dole zobaczyła salon. Rozpoznała go. Siedziała kiedyś na tamtej kanapie, podczas przyjęcia, jakie wydawał Alaric Saltzman. Była w domu Ramseyów.

I był tu Alaric Saltzman we własnej osobie. Zobaczyła czubek jego jasnowłosej głowy. Jego głos trochę ją zdziwił. Po chwili zorientowała się, że nie brzmiał złowieszczo ani mistycznie, ani w żaden inny sposób, który znała z zajęć Alarica. Nauczyciel nie wyrzucał z siebie potoków psychodelicznego bełkotu. Mówił chłodno i stanowczo, a słuchało go dwóch innych mężczyzn.

– Może być wszędzie, nawet tuż pod naszym nosem. Jednak bardziej prawdopodobne, że jest gdzieś poza miastem. Może w lesie.

– Dlaczego w lesie? – zapytał jeden z mężczyzn. Elena rozpoznała także i ten głos, i tę łysą głowę. Pan Newcastle, dyrektor szkoły.

– Przecież pierwsze dwie ofiary znaleziono w lesie – zauważył drugi mężczyzna. Czy to był doktor Feinberg? – zastanowiła się Elena. Co on tu robi? Co ja tu robię?

– Nie tylko o to chodzi – powiedział Alaric. Tamci dwaj pozostali słuchali go z szacunkiem, a nawet z czołobitnością. – W lasach mogą mieć kryjówkę, miejsce, gdzie mogą zejść pod ziemię, gdyby ktoś odkrył ich obecność. Jeżeli tylko coś takiego istnieje, to ja to znajdę.

– Na pewno? – zapytał doktor Feinberg.

– Tak, na pewno – powiedział krótko Alaric.

– I tam właśnie jest Elena? – zapytał dyrektor. – Ale jak długo tam zostanie? Wróci do miasta?

– Nie wiem. – Alaric postąpił kilka kroków, po czym sięgnął po książkę leżącą na stoliku i bezmyślnie ją przekartkował. – Jedyny sposób, by się dowiedzieć, to obserwować jej przyjaciółki. Bonnie McCullough i tę ciemnowłosą dziewczynę... Meredith. Prawdopodobnie to one zobaczą ją pierwsze. Tak to zwykle wygląda.

– A kiedy już ją znajdziemy? – zapytał Feinberg.

– Zostawcie to mnie – odparł Alaric, cicho i złowieszczo. Zamknął książkę i upuścił ją na stolik z niepokojącym trzaskiem.

Dyrektor zerknął na zegarek.

Muszę już iść, nabożeństwo zaczyna się o dziesiątej. Myślę, że wszyscy tam się spotkamy? – Po drodze do drzwi dyrektor zatrzymał się niepewnie i odwrócił. – Alaric, mam nadzieję, że się tym zajmiesz. Kiedy cię wezwałem, sprawy nie zaszły jeszcze tak daleko. Teraz zaczynam się niepokoić...

– Dam sobie radę, Brian. Mówiłem ci, zostaw to mnie. A może wolałbyś przeczytać o szkole imienia Roberta E. Lee we wszystkich gazetach? Nie pisano by o niej jako miejscu tragedii, a o „Nawiedzonym Liceum w Hrabstwie Boone"? Punkt zborny czarownic? Świat zombie? Chcesz mieć taką prasę?

Newcastle przygryzał wargę.

– W porządku. Ale załatw to szybko i bez śladów. Do zobaczenia w kościele. – Wyszedł, a za nim podążył doktor Feinberg.

Alaric stał w miejscu przez jakiś czas, wpatrując się w przestrzeń. W końcu pokiwał głową sam sobie i wyszedł przez frontowe drzwi.

Elena powoli wróciła na górę.

O co tu chodzi? Była zdezorientowana, jak gdyby nie mogła odnaleźć swojego miejsca w czasie i przestrzeni. Musiała się dowiedzieć, co to za dzień, dlaczego się tu znalazła i dlaczego czuje taki lęk. Dlaczego ma tak niesamowicie wyostrzone zmysły.

Rozglądając się po strychu, nie widziała nic, co mogłoby jej pomóc odpowiedzieć na te pytania. Zatrzymała wzrok na materacu, narzucie i niebieskim notesie.

Jej pamiętnik! Elena chwyciła go niecierpliwie i zaczęła przeglądać kolejne wpisy. Kończyły się na siedemnastym października. To nie pomagało jej zgadnąć, jaki dzień i miesiąc jest dzisiaj. Ale gdy przewracała kartki pamiętnika, w umyśle formowały jej się kolejne obrazy, które układały się w łańcuch tak jak perły, tworząc wspomnienia. Zafascynowana usiadła na materacu. Wróciła do początku pamiętnika i zaczęła czytać o życiu Eleny Gilbert.

Gdy skończyła, zrobiło jej się słabo ze strachu i przerażenia. Przed oczami zatańczyły jej jasne plamy. Na tych stronach kryło się tyle bólu. Tyle planów, tyle tajemnic, tyle wołania o pomoc. To była historia dziewczyny, która czuła się zagubiona we własnym mieście i we własnej rodzinie. I ciągle poszukiwała... Czegoś. Czegoś, czego nigdy nie mogła znaleźć. Ale to nie to spowodowało, że wpadła w panikę i straciła całą energię. I nie dlatego poczuła się tak, jak gdyby spadała w przepaść. Była przerażona, bo właśnie wróciła jej pamięć.

Teraz pamiętała wszystko.

Most, prąd wody. Strach, gdy zabrakło jej powietrza w płucach i nie miała czym oddychać. Tylko wodą. Jak to bolało. I ostatnią chwilę, kiedy ból minął. Kiedy wszystko minęło. Kiedy wszystko... Ustało.

Stefano, tak strasznie się bałam, pomyślała. I ten sam strach czuła w tej chwili. Jak mogła zachować się tak wobec Stefano, wtedy, w lesie? Jak mogła o nim zapomnieć, zapomnieć, co dla niej znaczył? Co w nią wstąpiło?

Doskonale wiedziała. Uświadomiła to sobie z niesłychaną ostrością. Nikt nie mógł się utopić, a potem wstać nadal jakby nic się nie stało. Nikt nie mógł się utopić i żyć.

Powoli wstała i podeszła do okna. Przyciemniona szyba posłużyła jej za lustro, odbijając jej postać.

Nie takie odbicie widziała w swojej wizji, w której przebiegła korytarzem pełnym luster, a każde z nich zdawało się żyć własnym życiem. W jej twarzy nie było niczego okrutnego, nic drapieżnego. A jednak różniła się od tej, którą zwykle oglądała w lustrze. Skórę otaczała blada poświata, a oczy były zapadnięte. Elena dotknęła koniuszkami palców szyi. To stamtąd Stefano i Damon pili jej krew. Czy naprawdę zdarzyło się to tyle razy? Czy ona otrzymała dość krwi od nich?

Na pewno. A teraz, już zawsze będzie musiała żywić się tak jak Stefano. Będzie musiała...

Osunęła się na kolana, przyciskając czoło do boazerii na ścianie. Och, proszę, nie mogę tego robić... Nie mogę...

Nigdy nie była bardzo religijna. Ale teraz wołała o pomoc. Błagam, Boże, pomyślała. Błagam, błagam, pomóż mi. Nie wiedziała, o co dokładnie prosi, nie potrafiła na tyle zebrać myśli. Tylko: błagam, błagam, pomóż mi, Boże, błagam.

Po chwili wstała.

Jej twarz była wciąż blada, ale nieludzko piękna, jak cienka porcelana rozświetlona od środka. Jej oczy wciąż otaczały cienie. Ale błyszczało w nich zdecydowanie.

Musiała znaleźć Stefano. Jeżeli istniał dla niej jakiś ratunek, to on o nim wiedział. A jeśli nie... W takim wypadku tym bardziej go potrzebowała. Nie chciała niczego innego, tylko być z nim.

Ostrożnie zatrzasnęła za sobą drzwi strychu. Alaric Saltzman nie powinien odkryć jej kryjówki. Na ścianie zobaczyła kalendarz. Wszystkie dni aż do czwartego grudnia były przekreślone. Od sobotniej nocy minęły cztery doby. Przespała cały ten czas.

Gdy dotarła do drzwi, cofnęła się przed światłem dnia. Bolało. Mimo że niebo pokrywały chmury zapowiadające deszcz lub śnieg, światło raniło ją w oczy. Zmusiła się do opuszczenia bezpiecznego mroku domu, a ledwo znalazła się na dworze, wpadła w paranoję. Kuliła się za płotami i biegła od drzewa do drzewa, w każdej chwili gotowa skryć się w cieniu. Sama czuła się jak cień – albo jak duch, w długiej białej sukni Honorii Fell. Każdy, kto by ją zobaczył, wystraszyłby się na śmierć.

Ale wszystkie środki ostrożności wydawały się zbędne. Na ulicach nie było nikogo; miasto wyglądało na wymarłe. Elena mijała kolejne domy, puste podwórka, zamknięte sklepy. Wreszcie zobaczyła kilka samochodów, ale także pustych.

Gdy na tle gęstych, czarnych chmur dostrzegła strzelistą wieżę, zatrzymała się. Zadrżała. Zaczęła się skradać w stronę budynku. Znała ten kościół od zawsze, tysiące razy widziała krzyż wyrzeźbiony na drzwiach. Ale teraz zbliżała się do niego powoli, przyczajona, jak gdyby był uwięzionym dzikim zwierzęciem, które w każdej chwili mogłoby się zerwać z uwięzi i ją zaatakować. Przycisnęła jedną dłoń do kamiennej ściany i powoli przesuwała ją w stronę wyrytego w niej symbolu.

Gdy poczuła palcami ramię krzyża, oczy Eleny wypełniły się łzami. Przesunęła rękę dalej, by delikatnie objąć rzeźbiony kształt. A potem oparła się o ścianę i pozwoliła popłynąć łzom.

Nie jestem zła, pomyślała. Robiłam rzeczy, których nie powinnam była robić. Za dużo myślałam o sobie. Nigdy nie podziękowałam Mattowi, Bonnie i Meredith za to, co dla mnie zrobili. Powinnam była częściej bawić się z Margaret i być milsza dla ciotki Judith. Ale nie jestem zła. Nie jestem potępiona.

Gdy łzy przestały płynąć, spojrzała w górę. Pan Newcastle wspominał coś o kościele. Czy ten kościół miał na myśli?

Trzymała się z daleka od frontowych drzwi i głównej nawy. Weszła bocznymi drzwiami prowadzącymi na chór. Nie wydając jednego dźwięku, wślizgnęła się po schodach na galerię i spojrzała z góry na główną nawę.

Od razu zrozumiała, dlaczego nie widziała ludzi na ulicach. Wydawało się, że w kościele jest całe Fell's Church. Wszystkie miejsca we wszystkich ławkach były pozajmowane, a między ludzi stojących z tyłu kościoła nie dałoby się wcisnąć szpilki. Przyglądając się pierwszym rzędom, Elena rozpoznała wszystkie twarze. Siedzieli tam jej koledzy ze starszej klasy, sąsiedzi, przyjaciele ciotki Judith. Oraz ciotka Judith w tej samej czarnej sukience, w której była na pogrzebie rodziców Eleny.

O Boże, pomyślała Elena, zaciskając palce na balustradzie. Skoncentrowana na patrzeniu, nie zdawała sobie sprawy, co ludzie mówią. Nagle dotarły do niej słowa wielebnego Bethei.

– ...dzielić się wspomnieniami o tej wyjątkowej dziewczynie.

Elena miała wrażenie, że ogląda przedstawienie, siedząc w teatralnej loży. Nie brała udziału w tym, co się działo, była tylko widzem. Widziała własne życie.

Pan Carson, ojciec Sue Carson, podszedł do ołtarza, żeby o niej opowiedzieć. Znał ją, odkąd się urodziła. Opowiadał o tym, jak w lecie bawiła się z Sue na ganku ich domu. I o tym, jak wyrosła na piękną i zdolną dziewczynę. Nagle ścisnęło go w gardle, musiał przerwać i zdjąć okulary.

Jego miejsce zajęła Sue. Elena nie przyjaźniła się z nią blisko od czasu szkoły podstawowej, ale bardzo się lubiły. Sue była jedną z niewielu dziewczyn, które wytrwały przy Elenie, kiedy Stefano został oskarżony o zamordowanie pana Tannera. Sue płakała, jakby straciła siostrę.

– Po tym, co się stało w Halloween, wiele osób bardzo źle traktowało Elenę – powiedziała, ocierając oczy. – I wiem, że bardzo ją to bolało. Ale Elena była silna. Nigdy nie przejmowała się zdaniem innych. I bardzo ją za to szanowałam... – głos Sue zadrżał. – Kiedy startowałam w wyborach na Królową Śniegu, też bardzo chciałam wygrać, mimo że było to mało prawdopodobne, bo jedyną królową szkoły imienia Roberta E. Lee była Elena. I myślę, że zostanie nią już na zawsze, bo taką ją zapamiętamy. Będziemy pamiętać jak wspaniale potrafiła walczyć o to, co uważała za słuszne... – Tym razem Sue nie zdołała zapanować nad głosem. Wielebny pomógł jej wrócić na miejsce.

Dziewczyny ze starszej klasy, nawet te, które najbardziej jej dokuczały, płakały i trzymały się za ręce. Nawet dziewczyny, o których Elena wiedziała, że jej nie znoszą, pociągały nosami. Nagle okazało się, że była przez wszystkich kochana.

Chłopcy też płakali. Elena przytuliła się do balustrady, była w szoku. Nie mogła przestać na to patrzeć – choć nigdy w życiu nie widziała nic potworniejszego.

Na mównicę weszła Frances Decatur, której niezbyt ładna twarz naznaczona bólem wydawała się jeszcze brzydsza.

– Tak bardzo się starała, żeby być dla mnie miła – zaczęła zduszonym głosem. – Jadła ze mną lunche...

Co za bzdury, pomyślała Elena. Rozmawiałam z tobą wyłącznie dlatego, że byłaś źródłem informacji o Stefano. Każdy kolejny mówca zaczynał od tego samego... Nikt nie znajdywał słów, by wyrazić, jaka Elena była wspaniała.

– Zawsze ją podziwiałam...
– Była dla mnie wzorem...
– Jedna z moich ulubionych uczennic...

Na widok Meredith Elena zamarła. Nie wiedziała, jak to znieść. Ciemnowłosa dziewczyna była jedną z niewielu osób w kościele, które nie płakały, chociaż smutek i powaga na jej twarzy przypomniały Elenie Honorię Fell.

– Kiedy myślę o Elenie, przypominają mi się miłe chwile, które spędziłyśmy razem – powiedziała cicho i ze zwykłym opanowaniem. – Elena zawsze miała mnóstwo pomysłów i potrafiła najnudniejszą pracę przemienić w świetną zabawę. I gdyby Elena mogła mnic tcraz usłyszeć... Meredith rozejrzała się po kościele, nabierając głęboko powietrza, zapewne, żeby się uspokoić. – Gdyby mogła mnie teraz słyszeć, powiedziałabym, jak wiele te chwile dla mnie znaczyły i jak bardzo żałuję, że już nigdy nie wrócą. Na przykład te czwartkowe wieczory, które spędzałyśmy u niej w pokoju, ćwicząc do debaty drużynowej. Żałuję, że nie możemy zrobić tego jeszcze choć raz. – Meredith znów odetchnęła głęboko i pokręciła głową. – Ale wiem, że nie możemy, i to mnie boli.

Co ty wygadujesz? – pomyślała Elena. Przecież ćwiczyłyśmy w środowe wieczory, nie w czwartki. I nie u mnie, a u ciebie. I w dodatku szczerze tego nie znosiłyśmy, do tego stopnia, że obie zrezygnowałyśmy w końcu z tych debat...

Nagle, obserwując twarz Meredith, której pozorny spokój skrywał ogromne napięcie, Elena poczuła, że serce zaczyna jej walić jak młotem.

Meredith wysyłała jej sygnał, zakodowany sygnał, który tylko Elena mogła zrozumieć. A to oznaczało, że Meredith spodziewała się, że Elena ją usłyszy.

Meredith musiała wiedzieć.

Czy Stefano jej powiedział? Elena błyskawicznie powiodła wzrokiem po rzędach żałobników i po raz pierwszy uświadomiła sobie, że Stefano nie ma wśród nich. Matta również. I nie, nie wydawało jej się prawdopodobne, by to Stefano zdradził tajemnicę. Gdyby to on poinformował Meredith, dziewczyna pewnie nie usiłowałaby przekazać jej wiadomości akurat w taki sposób. Elena przypomniała sobie, jakim wzrokiem Meredith popatrzyła na nią tamtej nocy, gdy wyciągnęły Stefano ze studni i gdy Elena poprosiła ją, żeby zostawiła ich samych. W ciągu ostatnich miesięcy te ciemne, bystre oczy wielokrotnie z uwagą przypatrywały się jej twarzy. I za każdym razem, gdy Elena zwracała się do Meredith z jakąś dziwną prośbą, ta wydawała się coraz bardziej zamyślona i wycofana.

Meredith domyśliła się już wtedy. Elena nie wiedziała tylko, czy wszystkiego.

Teraz do mównicy zbliżyła się Bonnie, która płakała szczerze. I to było dziwne: skoro Meredith wiedziała, dlaczego nie podzieliła się tym sekretem z Bonnie? Może Meredith tylko coś podejrzewała i nie chciała dawać Bonnie złudnych nadziei.

O ile mowa Meredith nie zdradzała emocji, mowa Bonnie miała ich aż za wiele. Dziewczynie głos się załamywał i musiała ocierać łzy z policzków. W końcu wielebny Bethea podszedł do niej i wręczył coś białego, chusteczkę.

– Dziękuję – powiedziała Bonnie, ocierając zalane łzami oczy. Pochyliła głowę i spojrzała w sufit, żeby się uspokoić. I wtedy Elena zobaczyła coś, czego nie zobaczył nikt poza nią: z twarzy Bonnie zniknął kolor i wyraz. Nie wyglądała jak ktoś, kto zaraz zemdleje. Elena aż za dobrze wiedziała, co się teraz zdarzy.

Poczuła dreszcz na plecach. Nie tutaj. Och, dobry Boże, tylko nie tutaj, tylko nie teraz.

Ale to już się działo. Bonnie opuściła podbródek i znów patrzyła na zebranych. Tym razem jednak już ich nie widziała, a głos, który wydobywał się z jej gardła, nie był jej głosem.

– Nikt nie jest tym, kim się wydaje. Pamiętajcie. Nikt nie jest tym, kim się wydaje. – I nagle umilkła, zamarła, patrząc przed siebie oczami bez wyrazu.

Ludzie zaczęli szurać nogami i wymieniać spojrzenia. Rozległ się szmer niepokoju.

– Pamiętajcie, że... Pamiętajcie, nikt nie jest tym, kim się zdaje... – Bonnie nagle się zachwiała. Wielebny Bethea podbiegł do niej z jednej strony, podczas gdy inny mężczyzna usiłował ją złapać z drugiej. Łysa czaszka tego drugiego lśniła teraz od potu – to był pan Newcastle. Z tyłu zaczął się przeciskać do przodu trzeci mężczyzna. Alaric Saltzman schwycił Bonnie, zanim osunęła się na ziemię, a Elena usłyszała za sobą odgłosy czyichś kroków.

ROZDZIAŁ 5

To Feinberg, pomyślała spanikowana Elena, usiłując ukryć się w cieniu. Ale to nie niski pan doktor o orlim nosie ukazał się jej oczom. Twarz, którą zobaczyła, miała rysy postaci z rzymskich monet i medalionów i oszałamiające zielone oczy. Czas zatrzymał się na chwilę i Elena znalazła się w ramionach Stefano.

– Och Stefano, Stefano...

Czuła, że zesztywniał. Zaskoczony przytulał ją mechanicznie, jakby była kimś obcym, kto pomylił go ze znajomym.

– Stefano – powiedziała rozpaczliwie, wtulając twarz w jego szyję, usiłując zmusić go, by objął ją ramionami. Nie zniosłaby, gdyby ją odrzucił. Gdyby teraz nią wzgardził, naprawdę by umarła...

Z żałosnym westchnieniem usiłowała przylgnąć do niego jeszcze mocniej, utonąć w jego ramionach. Błagam, pomyślała, błagam, błagam, błagam...

– Elena. Elena, wszystko dobrze, trzymam cię. – Stefano zaczął powtarzać bezsensowne frazy łagodnym tonem, głaszcząc ją po włosach. I czuła, że jego uścisk się zmienia, że przytula ją coraz czulej. Już wiedział, kim jest. Po raz pierwszy od przebudzenia poczuła się naprawdę bezpiecznie. A jednak minęła długa chwila, zanim była w stanie choćby odrobinę rozluźnić uścisk. Nie płakała, dusiła się z paniki.

Nareszcie poczuła, że świat wraca na swoje miejsce. Ale wciąż stała, przywierając do Stefano, opierając głowę na jego ramieniu, chłonąc spokój i bezpieczeństwo, jakie dawała jej jego obecność.

Wreszcie uniosła głowę i spojrzała mu w oczy.

Wcześniej tego dnia, gdy o nim myślała, zastanawiała się, jak może jej pomóc. Chciała go prosić, błagać, by ocalił ją od tego koszmaru, by przywrócił jej dawną postać. Ale teraz, gdy na niego spojrzała, ogarnęła ją rozpacz.

– Nie da się już nic zrobić, prawda? – spytała bardzo cicho.

– Nie – odparł równie cicho, nawet nie próbując udawać, że nie rozumie, o co pyta.

Elena poczuła się tak, jak gdyby przekroczyła jakąś niewidzialną linię, zza której nie było już powrotu.

– Przepraszam za to, jak potraktowałam cię w lesie – powiedziała, gdy już odzyskała mowę. – Nie rozumiem, dlaczego tak się zachowywałam. Pamiętam, co wyprawiałam, ale nie pamiętam dlaczego.

– Ty mnie przepraszasz? – Głos Stefano zadrżał. – Eleno, po tym wszystkim, co ci zrobiłem, po wszystkim, co cię przeze mnie spotkało… – Nie mógł dokończyć, więc znów mocno się przytulili.

– Jakież to wzruszające – odezwał się jakiś głos. – Czy mam zaintonować jakąś pieśń miłości?

Spokój Eleny prysł, strach wpełzł w jej żyły jak wąż. Już zdążyła zapomnieć o hipnotycznej mocy Damona, o jego czarnych oczach.

– Jak się tu znalazłeś? – zapytał Stefano.

– Tak samo jak ty. Przyciągnął mnie szalejący płomień rozpaczy naszej pięknej Eleny. – Elena widziała, że Damon jest naprawdę wściekły. Nie zirytowany czy zły. Jego furia była niemal namacalna.

Ale kiedy nie wiedziała, co robi ani co się z nią dzieje, Damon zachował się przyzwoicie. Znalazł jej schronienie i zapewnił bezpieczeństwo. I nie pocałował jej, choć była tak przerażająco bezbronna. Zaopiekował się nią... dobrze.

– Pozwolę sobie zauważyć, że na dole coś się dzieje.

– Wiem. To znowu Bonnie... – powiedziała Elena, odsuwając się o krok od Stefano.

– Nie to miałem na myśli. Na dworze.

Elena, zdziwiona, poszła za nim do pierwszego zakrętu schodów, gdzie znajdowało się okno, skąd mogli wyjrzeć na parking. Czuła obecność Stefano.

Z kościoła wylał się tłum ludzi, ale zatrzymali się w zwartym szyku na skraju parkingu i z jakiegoś powodu nie szli dalej. Naprzeciwko nich stała gromada psów.

Ludzie i psy wyglądali jak dwie armie szykujące się do bitwy. Najbardziej upiorne wrażenie sprawiało jednak to, że obie grupy stały w absolutnym bezruchu. Ludzie wydawali się niepewni i zaniepokojeni. Psy najwyraźniej na coś czekały.

Psy były różnej rasy. Były tam małe corgi o spiczastych pyskach i brązowo-czarne teriery, a nawet lhasa apso, o długiej złotej sierści. Były też średniej wielkości spaniele i airedale teriery, a także jeden przepiękny, biały jak śnieg samojed. Był też masywny rottweiler o przyciętym ogonie, zadyszany szary wilczur i czarny sznaucer olbrzym. Po chwili Elena zaczęła rozpoznawać poszczególne psy.

– To jest bokser pana Grunbauma, a to owczarek niemiecki Sullivanów. Ale co jest z nimi nie tak?

Ludzie, początkowo zaniepokojeni, teraz byli już porządnie przestraszeni. Stali w jednej linii, ramię przy ramieniu i nikt nie chciał pierwszy zrobić kroku w stronę zwierząt.

Ale psy nic nie robiły, nie warczały, nie jeżyły sierści. Po prostu siedziały lub stały, niektóre z lekko wywalonymi ozorami. To bardzo dziwne, że zastygły w takim bezruchu, pomyślała Elena. Żaden pies nie merdał ogonem, żaden nie okazywał przyjaznych uczuć... Zwierzęta po prostu... czekały.

Gdzieś z tyłu tłumu stał Robert. Elena zdziwiła się na jego widok, ale nie mogła zrozumieć dlaczego. Po chwili uświadomiła sobie, że nie widziała go w kościele. Patrzyła, jak oddala się od grupy, aż w końcu zniknął jej z oczu.

– Chelsea! Chelsea…

Ktoś zebrał się na odwagę. Douglas Carson, pomyślała Elena. Żonaty brat Sue Carson. Wkroczył na ziemię niczyją, pomiędzy psy i ludzi, wolno wyciągając rękę.

Spanielka o długich, miękkich jak satyna uszach odwróciła głowę. Jej biały, ucięty ogonek zadrżał odrobinę, pytająco. Uniosła lekko brązowo-biały pysk. Ale nie podeszła do pana.

Doug Carson zbliżył się jeszcze o krok.

– Chelsea! Dobra psina. Chodź tu, Chelsea. Chodź! – Pstryknął palcami.

– Czy wyczuwasz, co się dzieje z tymi psami? – wymamrotał Damon.

Stefano pokręcił głową, nie odwracając wzroku od okna.

– Nie – odparł krótko.

– Ja też nie. – Damon miał zwężone źrenice i przechylił nieco głowę, oceniając to, co widzi, a jego lekko odsłonięte zęby skojarzyły się Elenie z pyskiem wilczura. – A powinniśmy coś czuć. Jakieś emocje, które moglibyśmy podchwycić. A za każdym razem, kiedy usiłuję wtargnąć w umysły tych psów, napotykam mur.

Elena żałowała, że nie wie, o czym oni mówią.

– Jak to: wtargnąć im w umysły? Przecież to są psy.

– Pozory mylą – odparł ironicznie Damon, a Elena pomyślała o tęczowych światłach tańczących na piórach kruka, który towarzyszył jej od pierwszego dnia szkoły. Gdy przyjrzała się bliżej, widziała podobne odblaski w jedwabistych włosach Damona. – A w każdym razie zwierzętami też targają emocje. Jeśli masz wystarczająco potężną moc, możesz badać ich umysły.

Moja moc nie jest dość silna, pomyślała Elena. Zdziwiło ją ukłucie zazdrości, które poczuła. Jeszcze kilka minut wcześniej tuliła się rozpaczliwie do Stefano, pragnąc za wszelką cenę pozbyć się wszelkiej mocy, jaką miała, przemienić się z powrotem. A teraz żałowała, że nie jest potężniejsza. Damon zawsze wywierał na nią dziwny wpływ.

– Może i nie udało mi się przejrzeć Chelsea, ale nie sądzę, by Doug poradził sobie lepiej – powiedział głośno.

Stefano wciąż wyglądał przez okno ze zmarszczonymi brwiami. Przytaknął Damonowi.

– Też nie sądzę.

– No chodź, Chelsea, grzeczna sunia. Chodź tu. – Doug Carson dotarł prawie do pierwszego rzędu psów. I ludzie, i psy wbijali w niego wzrok. Wstrzymali oddech. Gdyby nie to, że Elena widziała boki jednego czy dwóch psów unoszące się lekko, gdy oddychał, pomyślałaby, że ogląda jakąś wystawę w muzeum.

Doug przystanął. Chelsea patrzyła na niego zza corgiego i samojeda. Doug strzyknął językiem. Wyciągnął dłoń, zawahał się na moment, po czym przysunął się nieco.

– Nie – powiedziała Elena. Patrzyła na rottweilera. Napinał mięśnie... – Stefano, wyślij mu myśl, każ mu stamtąd iść.

– Dobrze. – Stefano się skoncentrował, ale pokręcił bezradnie głową. – Nie dam rady. Jestem słaby. Nie zrobię tego z takiej odległości.

A tam, na dole, Chelsea wyszczerzyła kły. Rudozłoty airedale terier podniósł się jednym cudownie miękkim ruchem, jak gdyby ktoś go poderwał do lotu.

I wtedy wszystkie ruszyły do ataku. Elena nie widziała, który pies był pierwszy. Skoczyły równocześnie. Sześć uderzyło w Douga z taką siłą, że powaliły go na plecy. Zniknął pod masą kłębiących się ciał.

Powietrze drgało od wściekłego ujadania, które wibrowało pod dachem kościoła i przyprawiło Elenę o natychmiastowy ból głowy, niskiego, gardłowego powarkiwania, które bardziej czuła, niż słyszała. Ludzie rozbiegli się, przeraźliwie krzycząc.

Elena zobaczyła kątem oka Alarica Saltzmana. On jeden nie zerwał się do ucieczki. Nie ruszał się z miejsca, a Elenie wydawało się, że porusza ustami i wykonuje jakieś ruchy dłońmi.

Zapanował totalny chaos. Ktoś uruchomił węża ogrodniczego i skierował strumień wody na kotłujących się ludzi i zwierzęta, ale nic to nie dało. Psy oszalały. Pysk Chelsea ociekał krwią.

Elena myślała, że serce wyskoczy jej z piersi.

– Oni potrzebują pomocy! – krzyknęła, a Stefano w tej samej chwili odsunął się od okna i ruszył szybko po schodach, przeskakując po trzy stopnie naraz. Elena sama była już w pół drogi na dół, gdy uświadomiła sobie dwie rzeczy: że Damon nie poszedł za nimi, i że nikt nie może jej zobaczyć.

Inaczej wszyscy wpadliby w histerię i panikę. Zadawaliby pytania, a po usłyszeniu odpowiedzi czuliby strach i nienawiść. Coś potężniejszego niż współczucie i chęć pomocy zatrzymało ją w miejscu, przyparło ją do ściany.

Ukryta w mrocznym, chłodnym wnętrzu patrzyła na pogłębiający się chaos. Doktor Feinberg, pan McCullough i wielebny Bethea wybiegali i wbiegali do kościoła, krzycząc. Bonnie leżała na podłodze, nachylały się nad nią Meredith, ciotka Judith i pani McCullough.

– Zło – jęczała Bonnie.

Nagle ciotka Judith podniosła głowę, patrząc w stronę Eleny.

Elena podbiegła kilka stopni w górę tak szybko, jak tylko mogła, mając nadzieję, że ciotka jej nie zauważyła. Damon wciąż stał przy oknie.

– Nie mogę tam iść. Myślą, że nie żyję!

– Ach, przypomniałaś sobie. Brawo.

– Jeżeli doktor Feinberg mnie zbada, zauważy, że coś jest nie tak. Prawda? – zapytała natarczywie.

– Z pewnością uzna cię za interesujący przypadek.

– W takim razie ja nie pójdę. Ale ty możesz. Dlaczego nic nie zrobisz?

– A dlaczego miałbym coś zrobić? – zapytał Damon, unosząc lekko brwi.

– Dlaczego? – Eleną targały niewiarygodnie silne emocje. Omal nie uderzyła Damona. – Bo oni potrzebują pomocy! A ty możesz im pomóc. Czy nie obchodzi cię nic oprócz ciebie?

Damon miał nieprzenikniony wyraz twarzy, to samo uprzejme zainteresowanie, z jakim niegdyś wprosił się do jej domu na kolację. Ale wiedziała, że wciąż czuje gniew, gniew o to, że ona i Stefano są razem.

Prowokował ją celowo i z dziką przyjemnością.

A ona nie potrafiła powstrzymać się od reakcji, stłumić frustracji, bezsilnej furii. Ruszyła do ataku, ale Damon chwycił ją za przeguby rąk i przytrzymał, świdrując ją wzrokiem. Zdziwiła się, słysząc, jaki dźwięk dobiegł z jej warg. Prychnęła jak wściekły kot i nagle zdała sobie sprawę, że palce wykrzywiły jej się na kształt pazurów.

Co ja robię? Atakuję go, bo nie chce bronić ludzi przed psami? Przecież to bez sensu. Ciężko dysząc, powoli rozluźniła ręce i oblizała wargi. Odstąpiła o krok. Pozwolił jej.

Przez dłuższą chwilę wpatrywali się w siebie w milczeniu.

– Schodzę – oświadczyła cicho Elena, po czym odwróciła się od niego.

– Nie.

– Potrzebują pomocy.

– Dobra, niech cię cholera... – Jeszcze nigdy nie słyszała, by Damon odezwał się tak niskim i tak rozwścieczonym głosem. – W takim razie ja... – Urwał. Elena odwróciła się i zobaczyła, że Damon rozbija pięścią szybę. – Pomoc już się zjawiła – powiedział sucho, bez cienia emocji.

Przyjechała straż pożarna. Węże strażackie okazały się znacznie skuteczniejsze niż ogrodnicze. Siła strumienia wody odepchnęła szarżujące psy. Elena zobaczyła szeryfa uzbrojonego w pistolet. Przygryzła policzek. Szeryf wymierzył, wystrzelił i sznaucer olbrzym upadł.

Wkrótce wszystko się skończyło. Wiele psów dało się odstraszyć wodą, a po drugim strzale kolejne uciekły w krzaki. Cokolwiek skłoniło je do ataku, w jednej chwili zniknęło. Elena odetchnęła z ulgą, gdy wypatrzyła Stefano. Nic mu się nie stało. Odciągał właśnie oszołomionego golden retrievera od Douga Carsona. Chelsea pokornie podeszła do pana i spojrzała mu w twarz, po czym opuściła łeb i ogon.

– Już po wszystkim – powiedział Damon. W jego głosie brzmiał zaledwie cień zainteresowania. Elena spojrzała na niego ostro. Dobra, niech cię cholera, w takim razie ja... Co? – pomyślała. Co zamierzał powiedzieć? Najwyraźniej nie był w nastroju, żeby o tym rozmawiać, ale ona zamierzała się dowiedzieć.

– Damon – położyła dłoń na jego ramieniu.

– Słucham?

Przez chwilę znów stali bez ruchu, wpatrując się w siebie, aż na schodach rozległy się kroki. Wrócił Stefano.

– Stefano... jesteś ranny – powiedziała, mrugając, nagle zdezorientowana.

– Nic mi nie jest. – Rękawem otarł krew z policzka.

– A co z Dougiem? – zapytała Elena, przełykając ślinę.

– Nie wiem. Jest ranny. Nie tylko on. Nigdy w życiu nie widziałem czegoś tak dziwnego.

Elena weszła z powrotem na galerię. Czuła, że musi pomyśleć, ale w głowie czuła dudnienie. Stefano w życiu nie widział czegoś tak dziwnego... To znaczy, że w Fell's Church działo się coś bardzo dziwnego.

Dotarła do ostatniego rzędu krzeseł. Powoli osunęła się na podłogę. W Dniu Założycieli przysięgłaby, że ani Fell's Church ani jego mieszkańcy nic jej nie obchodzą. Ale teraz wiedziała, że to nieprawda. Przyglądając się własnemu pogrzebowi, zaczęła myśleć, że może jednak trochę jej zależy. A gdy zobaczyła atakujące psy, była pewna, że jej zależy. Czuła się w jakimś sensie odpowiedzialna za to miasteczko.

Uczucie rozpaczy i samotności na chwilę zniknęło. Teraz było coś ważniejszego niż jej własne problemy. I trzymała się tego czegoś, bo, prawdę mówiąc, z własną sytuacją nie potrafiła sobie poradzić... Naprawdę nie potrafiła...

Usłyszała, że wydaje z siebie coś między westchnieniem a szlochem, po czym zerknęła w górę. Stefano i Damon spoglądali na nią. Delikatnie pokręciła głową, jak gdyby wybudzała się ze snu.

– Elena?

To Stefano się odezwał, ale Elena zwróciła się do jego brata.

– Damon – zaczęła drżącym głosem. – Czy powiesz mi prawdę, jeżeli cię o coś zapytam? Wiem, że to nie ty zagnałeś mnie na most Wickery. Cokolwiek to było, czułam, że to nie ty. Ale chciałabym usłyszeć jedno: czy to ty miesiąc temu wrzuciłeś Stefano do starej studni Francherów?

– Do studni? – Damon oparł się o ścianę, krzyżując ręce na piersiach. Miał uprzejmie niedowierzający wyraz twarzy.

– W noc Halloween, w noc, gdy zginął pan Tanner. Po tym, jak po raz pierwszy pokazałeś się Stefano w lesie. Powiedział mi, że zostawił cię na polanie i ruszył w stronę samochodu, ale ktoś go zaatakował, zanim do niego dotarł. Zginąłby, gdyby Bonnie nas do niego nie zaprowadziła. Zawsze zakładałam, że to twoja sprawka. On zawsze zakładał, że to twoja sprawka. A teraz myślę, że się myliliśmy.

Damon skrzywił się, jak gdyby nie podobała mu się natarczywość tego pytania. Przez chwilę przenosił wzrok ze Stefano na nią i z powrotem. Chwila przeciągała się, aż Elena wbiła paznokcie w dłonie. Wreszcie Damon wzruszył ramionami.

– Skoro już pytasz, nie, to nie byłem ja.

Elena wypuściła powietrze.

– Nie wierzę! – wybuchł Stefano. – Elena, nie wolno ci wierzyć w nic, co on mówi.

– Dlaczego miałbym kłamać? – zapytał Damon, ewidentnie ciesząc się, że Stefano stracił nad sobą panowanie. – Przyznaję się do zabicia Tannera. Piłem jego krew, aż uszło z niego życie i wyglądał jak suszona śliwka. I chętnie zrobiłbym to samo tobie, braciszku. Ale studnia? To nie w moim stylu.

– Wierzę ci – powiedziała Elena. – Nie czujesz tego? – zwróciła się do Stefano. – W Fell's Church jest coś innego, jakaś nieludzka siła. Coś, co mnie goniło, zepchnęło mój samochód z mostu. Coś, co poszczuło psy na tych ludzi. Jakaś straszliwa moc, zła moc... – urwała i zerknęła w stronę wnętrza kościoła, miejsca, gdzie leżała Bonnie. – Zła moc... – powtórzyła cicho. Serce zamieniło jej się w sopel lodu. Skuliła się przerażona i samotna.

– Jeśli szukasz złych mocy – rzucił brutalnie Stefano – nie musisz szukać daleko.

– Nie bądź głupszy, niż musisz być – warknął Damon. – Cztery dni temu powiedziałem ci, że Elenę zabił ktoś inny.

I że zamierzam tego kogoś znaleźć i osobiście się nim zająć. – Wyprostował się. – A teraz możecie kontynuować rozmowę, którą prowadziliście, kiedy wam przerwałem.

– Damon, zaczekaj. – Elena nie mogła powstrzymać dreszczu, który przeszył ją na dźwięk słowa „zabił". Przecież nie mogłam zostać zabita, wciąż tu jestem, pomyślała, czując kolejny przypływ paniki. Ale zapanowała nad nim, by porozmawiać z Damonem. – Cokolwiek to jest, jest bardzo potężne. Czułam to, gdy mnie goniło. Wydawało się wypełniać całe niebo. Nie sądzę, by którekolwiek z nas mogło poradzić sobie z tym czymś w pojedynkę.

– Zatem?

– Zatem… – Elena nie miała czasu zebrać myśli. Działała czysto instynktownie, tak jak podpowiadała jej intuicja. A intuicja kazała jej zatrzymać Damona. – Zatem myślę, że powinniśmy trzymać się razem. Razem mamy znacznie większą szansę, że to znajdziemy i pokonamy. I może zdołamy to powstrzymać, zanim skrzywdzi albo zabije kogokolwiek innego.

– Prawdę mówiąc, skarbie, inni kompletnie mnie nie obchodzą – powiedział Damon słodko. A potem uśmiechnął się swoim lodowatym uśmiechem. – Ale czyżbyś sugerowała, że to jest twój wybór? Pamiętaj, że zgodziliśmy się, byś dokonała wyboru, gdy będziesz mniej zdezorientowana.

Elena popatrzyła na niego ze zdziwieniem. Oczywiście, że to nie był jej wybór, jeżeli Damonowi chodziło o związek. Na palcu miała pierścionek od Stefano; należeli do siebie.

Ale wtedy przypomniała sobie coś jeszcze, tylko jeden obraz. To, jak wówczas w lesie spojrzała w twarz Damona i poczuła… Tak wielkie podniecenie… Taką jedność. Jak gdyby on właśnie rozumiał, jakie płomienie ją spalają, lepiej niż ktokolwiek. Jak gdyby razem mogli dokonać wszystkiego, podbić świat albo go zniszczyć, jak gdyby byli lepsi niż ktokolwiek, kto żył przed nimi.

Straciłam rozum, powiedziała sobie, nie wiedziałam, co robię. Ale to wspomnienie nie chciało odejść.

I wtedy przypomniała sobie coś jeszcze. To, jak Damon zachował się później tego wieczoru. Zadbał o jej bezpieczeństwo. Zdobył się nawet na delikatność.

Stefano patrzył na nią, a wojowniczość wypisana na jego twarzy ustąpiła miejsca goryczy i lękowi. Jakaś część niej chciała go pocieszyć, otoczyć ramionami i powiedzieć, że była jego, na zawsze i że nic poza tym się nie liczy. Ani miasto, ani Damon, nic.

Ale nie zrobiła tego. Bo jakaś inna część niej podpowiadała, że miasto bardzo się liczy. A jeszcze inna część była po prostu potwornie, tak potwornie zdezorientowana...

Elena poczuła, że zaczyna drżeć i że nie może nad tym zapanować. Przeciążenie emocjonalne, pomyślała, po czym ukryła twarz w dłoniach.

ROZDZIAŁ 6

Ona już dokonała wyboru. Sam widziałeś, kiedy nam przeszkodziłeś. Prawda Eleno? – Stefano powiedział to nie z samozadowoleniem ani nawet nie natarczywie, tylko z czymś w rodzaju desperackiej brawury.

– Ja... – Elena podniosła wzrok. – Stefano, kocham cię. Ale musisz zrozumieć, że jeżeli teraz mogę dokonać jakiegoś wyboru, to muszę wybrać, żebyśmy wszyscy zostali razem. Tylko na jakiś czas. Rozumiesz? – Ponieważ na twarzy Stefano widziała tylko sprzeciw, zwróciła się do Damona. – A ty rozumiesz?

– Chyba tak. – Uśmiechnął się do niej zaborczym uśmiechem. – Od początku mówiłem Stefano, że to egoizm nie dzielić się tobą. Bracia wszystko powinni mieć wspólne.

– Nie to miałam na myśli.

– Czyżby? – Damon znów się uśmiechnął.

– Nie – odparł Stefano. – Nie rozumiem. I nie rozumiem, jak możesz mnie prosić, żebym z nim współdziałał. On jest zły, Eleno. Zabija dla przyjemności. Nie ma sumienia. Nie dba o los Fell's Church, sam to przyznał. Jest potworem...

– W tej chwili to on wykazuje więcej chęci współpracy – zauważyła Elena. Wyciągnęła rękę do Stefano, zastanawiając się jak go przekonać. – Potrzebuję cię. I oboje potrzebujemy Damona. Dlaczego nie możesz tego zrozumieć? – Nie odpowiedział. – Stefano, czy naprawdę chcesz na zawsze być śmiertelnym wrogiem własnego brata?

– A ty naprawdę sądzisz, że on tego nie chce?

– Nie pozwolił mi cię zabić – powiedziała po długiej chwili bardzo cicho.

Poczuła obronną falę gniewu Stefano, która stopniowo wygasała. W końcu zawładnęło nim poczucie całkowitej porażki.

– To prawda – przyznał. – Poza tym jakie mam prawo twierdzić, że jest zły? Co on zrobił takiego, do czego ja się nie posunąłem?

Musimy porozmawiać, pomyślała Elena, nie mogąc znieść tego, jak bardzo Stefano nienawidzi sam siebie. Ale teraz nie było na to czasu.

– W takim razie zgadzasz się? – zapytała z wahaniem. – Stefano, powiedz mi, co teraz myślisz.

– Myślę, że zawsze stawiasz na swoim. Bo tak właśnie jest, prawda Eleno?

Elena spojrzała mu w oczy. Źrenice zwężyły mu się do cienkich zielonych pierścieni. Nie było w nim już gniewu, tylko zmęczenie i gorycz.

Ale ja nie robię tego tylko dla siebie, pomyślała, wyrzucając z umysłu przypływ zwątpienia. Udowodnię ci to, zobaczysz. Chociaż raz nie robię czegoś wyłącznie dla przyjemności.

– Zgadzasz się? – powtórzyła pytanie cicho.

– Owszem… zgadzam się.

– I ja się zgadzam – dodał Damon, wyciągając dłoń w geście przesadnej uprzejmości. Dotknął ręki Eleny, zanim zdołała cokolwiek powiedzieć. – Wszyscy aż roztapiamy się w zgodzie i zrozumieniu.

Przestań, pomyślała Elena, ale w tej samej chwili, w chłodnym mroku kościoła, poczuła, że Damon mówi prawdę. Wszyscy troje byli połączeni, zjednoczeni i silni.

Wtedy Stefano zabrał swoją dłoń. Elena słyszała hałas dobiegający z dworu. Ludzie wciąż krzyczeli, ale nie byli już spanikowani. Wyjrzała przez okno. Na parkingu wokół rannych siedziały małe grupki. Pomiędzy nimi krążyli zdrowi. Doktor Feinberg chodził od wysepki do wysepki, najwyraźniej udzielając pomocy. Ofiary wyglądały tak, jakby przetrwały huragan albo trzęsienie ziemi.

– Nikt nie jest tym, kim się wydaje – powiedziała Elena.

– Co takiego?

– Bonnie powiedziała to podczas pogrzebu. Miała kolejny atak. Myślę, że to może być ważne. – Elena przez chwilę zbierała myśli. – Sądzę, że w mieście jest parę osób, którym powinniśmy się przyjrzeć. Jak na przykład Alaric Saltzman. – Opowiedziała im krótko o rozmowie, którą podsłuchała tego ranka. – On na pewno nie jest tym, kim się zdaje, ale nie wiem dokładnie, kim jest. Nie możemy dopuścić, żeby nabrał podejrzeń… – Urwała, bo Damon nagle podniósł dłoń.

U podnóża schodów ktoś wołał.

– Stefano? Jesteś tam? Zdawało mi się, że widziałem, jak tam wchodzi – dodał głos, zwracając się do kogoś innego. Głos brzmiał jak głos pana Carsona.

– Idź – wysyczała Elena do Stefano. – Musisz zachowywać się najnormalniej, jak potrafisz, żebyś mógł zostać w Fell's Church. Nic się nie stanie.

– A ty dokąd pójdziesz?

– Do Meredith. Potem ci wyjaśnię. Idź już.

Po chwili wahania Stefano ruszył na dół.

– Już schodzę – krzyknął. A potem nagle się zatrzymał. – Nie zostawię cię z nim – powiedział beznamiętnie.

Elena wyrzuciła ręce w górę w geście desperacji.

– W takim razie idźcie obaj. Przed chwilą zgodziliście się współpracować. Czy zamierzasz już teraz złamać słowo? – dodała, widząc, że Damon przybiera nieustępliwy wyraz twarzy.

– W porządku. – Niemal niedostrzegalnie wzruszył ramionami. – Tylko jedno pytanie: Jesteś głodna?

– Hm, nie. – Elena zrozumiała, o co pyta Damon, gdy poczuła skurcz w żołądku. – Zupełnie.

– To świetnie. Ale wkrótce zgłodniejesz. Pamiętaj o tym. – Damon deptał Stefano po piętach na schodach, czym zarobił sobie na urażone spojrzenie.

Ale zanim zniknęli jej z pola widzenia, „usłyszała" w umyśle Stefano.

Czekaj na mnie. Później po ciebie przyjdę.

Żałowała, że nie potrafi mu wysłać myśli. Ona także coś zauważyła. Myśl Stefano była znacznie słabsza niż cztery dni wcześniej, gdy walczył z bratem. Przypomniała sobie też, że przed Dniem Założycieli Stefano w ogóle nie potrafił wysyłać myśli. Wtedy, gdy obudziła się nad rzeką, była zbyt zdezorientowana, by zdać sobie z tego sprawę, ale teraz zaczęła się zastanawiać. Co dało Stefano taką moc? I dlaczego teraz ta moc zanikała?

Elena miała czas, by to przemyśleć, siedząc na opuszczonej galerii, podczas gdy ludzie powoli wychodzili z kościoła, a zachmurzone niebo na zewnątrz stopniowo pogrążało się w mroku. Myślała o Stefano i o Damonie, zastanawiając się, czy dokonała właściwego wyboru. Przysięgła sobie, że nigdy nie pozwoli, by o nią walczyli, ale już raz tę przysięgę złamała. Czy pomysł, by zmusić ich do zawarcia rozejmu, nie był szalony?

Gdy niebo na zewnątrz przybrało jednolicie czarną barwę, ostrożnie ruszyła na dół. Kościół opustoszał i każdy jej krok niósł się głośnym echem. Nie zastanawiała się nad tym, jak właściwie wyjdzie na zewnątrz, ale na szczęście boczne drzwi były zamknięte tylko od wewnątrz. Odetchnęła z ulgą i ruszyła w noc.

Wcześniej nie uświadamiała sobie, jak cudownie jest być na dworze nocą. W budynkach czuła się jak w pułapce, a światło dzienne sprawiało jej ból. Teraz czuła się najlepiej, wolna, nieskrępowana – i niewidzialna. Jej własne zmysły cieszyły się bogactwem doznań. Powietrze niemal wisiało w miejscu, dzięki czemu mogła wyczuwać zapachy niezliczonych nocnych stworzeń. Jakiś lis buszował w czyimś śmietniku. Brązowe szczury przeżuwały pokarm w zaciszu krzaków. Ćmy nawoływały się zapachami.

Elena odkryła, że bez trudu może dotrzeć do domu Meredith niedostrzeżona przez nikogo; ludzie kryli się po domach. Ale kiedy już znalazła się na miejscu, przystanęła, onieśmielona, wpatrując się w elegancki front domu wraz z jego oświetlonym gankiem. Czy Meredith naprawdę spodziewała się jej wizyty? Czy nie czekałaby na nią na zewnątrz?

Jeżeli Elena się myliła, Meredith czekał ogromny szok. Elena oceniła odległość między gankiem a dachem. Okno sypialni Meredith było dokładnie na rogu. Odległość nie wydawała się mała, ale Elena czuła, że da radę.

Bez trudu wspięła się na dach; jej palce u rąk i stóp same odnajdywały punkty oparcia między cegłami i błyskawicznie zaprowadziły ją na górę. Ale wychylić się za róg i zajrzeć w okno Meredith nie było już tak łatwo. Elena zamrugała, oślepiona światłem płynącym z wnętrza.

Meredith siedziała na krawędzi łóżka, opierając łokcie na kolanach. Patrzyła w przestrzeń. Co jakiś czas przeczesywała palcami ciemne włosy. Zegar na stoliku nocnym wyświetlał godzinę: 6.43.

Elena zastukała w okno.

Meredith podskoczyła i popatrzyła w stronę drzwi. W końcu wstała i przybrała pozycję obronną, ściskając w ręce poduszkę gotową do rzutu. Kiedy drzwi się nie otworzyły, postąpiła dwa kroki w ich stronę, szykując się do ataku.

– Kto tam? – zapytała.

Elena znów zapukała w szybę.

Meredith natychmiast odwróciła się do okna, oddychając bardzo szybko.

– Wpuść mnie – powiedziała Elena. Nie wiedziała, czy Meredith ją słyszy, więc wyraźnie poruszała ustami. – Otwórz okno.

Meredith, dysząc, rozejrzała się po pokoju, jak gdyby oczekiwała, że ktoś się zjawi, by jej pomóc. Gdy to nie nastąpiło, podeszła do okna jak do groźnego zwierzęcia. Ale nie uchyliła go.

– Wpuść mnie – powtórzyła Elena. – Skoro nie chcesz, żebym przyszła, dlaczego się ze mną umówiłaś? – dodała zniecierpliwiona.

Zobaczyła, że Meredith rozluźnia ramiona. Powoli, z niezwykłą u niej niezgrabnością, Meredith otworzyła okno i odstąpiła o krok.

– A teraz zaproś mnie do środka. Inaczej nie będę mogła wejść.

– Wejdź... – głos Meredith się załamał. Musiała spróbować jeszcze raz. – Wejdź, proszę.

Elena z wysiłkiem wspięła się na parapet i rozprostowała przykurczone palce.

– To musisz być ty – stwierdziła Meredith oszołomiona. – Nikt inny nie mówi takim rozkazującym tonem.

– Tak, to ja – przytaknęła Elena. Przestała rozmasowywać przykurcze i spojrzała przyjaciółce w oczy. – To naprawdę ja, Meredith – powtórzyła.

Meredith przytaknęła i przełknęła ślinę z widocznym wysiłkiem. W tej chwili Elena nie pragnęła niczego na świecie tak bardzo, jak tego, by przyjaciółka ją przytuliła. Ale Meredith rzadko okazywała w ten sposób uczucia. Teraz powoli wycofywała się, by znów zająć miejsce na łóżku.

– Usiądź – powiedziała, sztucznie spokojnym głosem.

Elena przysunęła sobie krzesło od biurka i bezwiednie przybrała tę samą pozycję co Meredith przed chwilą, ze spuszczoną głową opierając łokcie o kolana.

– Skąd wiedziałaś? – spytała w końcu.

– Ja... – Meredith przez chwilę po prostu patrzyła na Elenę, po czym otrząsnęła się z zamyślenia. – Widzisz. Nie znaleziono... twojego ciała. Te ataki... na staruszka, na Tannera... I Stefano. Mnóstwo drobnych faktów poukładało mi się w całość. Ale nie mogę powiedzieć, że wiedziałam. Nie na pewno. Aż do teraz – dokończyła niemal szeptem.

– Cóż, świetny strzał – pochwaliła Elena. Starała się zachowywać normalnie, ale co to znaczy zachowywać się normalnie w takiej sytuacji. Meredith z trudem zdobywała się na to, by na nią patrzeć. Elena nigdy w życiu nie czuła się taka samotna.

Na dole ktoś zadzwonił do drzwi. Elena usłyszała dzwonek, ale Meredith najwyraźniej nie.

– Kto to? – zapytała. – Ktoś dzwoni.

– Poprosiłam Bonnie, żeby przyszła tu o siódmej, jeżeli matka jej pozwoli. To pewnie ona. Sprawdzę. – Meredith nie potrafiła ukryć, jak bardzo chce się na chwilę oddalić.

– Zaczekaj. Czy ona wie?

– Nie... Ach, masz na myśli, że powinnam jej to jakoś delikatnie powiedzieć. – Meredith rozejrzała się niepewnie po pokoju, a Elena włączyła lampkę nocną przy łóżku.

– Zgaś górne światło. I tak razi mnie w oczy – poprosiła cicho. Gdy Meredith posłuchała, w pokoju zapadł półmrok, a Elena mogła skryć się w ciemnościach.

Czekając na Meredith i Bonnie, stanęła w kącie. Może włączanie w to Meredith i Bonnie było złym pomysłem? Skoro zawsze opanowana Meredith nie radziła sobie z sytuacją, to jak zareaguje Bonnie?

Mamrotanie Meredith uprzedziło Elenę, że dziewczyny już się zbliżają.

– Tylko nie krzycz. Cokolwiek się stanie, nie krzycz. – Meredith przeprowadziła Bonnie przez próg.

– Co ci jest? Co ty robisz? – spytała Bonnie przejęta. – Puść mnie. Czy wiesz, na co musiałam się zdobyć, żeby matka wypuściła mnie dziś z domu? Chce mnie zabrać do szpitala w Roanoke.

Meredith zamknęła drzwi kopniakiem.

– No dobrze – powiedziała do Bonnie. – A teraz zobaczysz coś... coś, co spowoduje szok. Ale nie wolno ci krzyczeć, rozumiesz? Puszczę cię, jeżeli mi to obiecasz.

– Jest za ciemno, nic nie widzę. Przerażasz mnie. Co ci się stało, Meredith? Okej, obiecuję, ale o czym ty mówisz...

– O Elenie – uściśliła Meredith. A Elena przyjęła zaproszenie i wyszła z cienia.

Reakcja Bonnie ją zaskoczyła. Przyjaciółka zmarszczyła brwi i pochyliła się, usiłując wypatrzyć coś w mroku. Gdy zobaczyła postać Eleny, nabrała powietrza ze świstem. Ale na widok jej twarzy klasnęła w dłonie i pisnęła z radości.

– Wiedziałam! Wiedziałam, że oni się mylą! Widzisz, Meredith? A ty i Stefano byliście tacy pewni, że macie rację, że ona się utopiła i tak dalej. Ale myliliście się! Elena, tak za tobą tęskniłam! Teraz wszystko będzie…

– Cicho bądź, Bonnie, błagam, cicho bądź! – wycedziła Meredith z naciskiem. – Prosiłam, żebyś nie krzyczała. Posłuchaj, kretynko, czy naprawdę myślisz, że gdyby z Eleną było wszystko w porządku, stałaby tu teraz w środku nocy, nie ujawniając się nikomu innemu?

– Ale przecież wszystko jest w porządku. Spójrz na nią. Stoi tu. To ty, prawda, Eleno? – Bonnie ruszyła w jej stronę, ale Meredith znów ją powstrzymała.

– Tak, to ja. – Elena miała dziwne uczucie, że gra rolę w jakiejś surrealistycznej komedii, jak w książce Kafki, tylko nie pamiętała swoich kwestii. Nie wiedziała, co powiedzieć Bonnie, która była tak rozemocjonowana.

– To ja, ale… Nie wszystko jest w porządku – powiedziała w końcu nie swoim głosem i usiadła na krześle. Meredith szturchnęła Bonnie, by ta zajęła miejsce na łóżku.

– Dlaczego jesteście obie takie tajemnicze? Elena tu jest, ale nie wszystko jest w porządku. Co to ma znaczyć?

Elena nie wiedziała, czy śmiać się, czy płakać.

– Posłuchaj, Bonnie… Nie wiem, jak to powiedzieć. Bonnie, czy twoja babcia spirytystka opowiadała ci o wampirach?

Zapadła cisza tak gęsta, że w powietrzu dałoby się zawiesić siekierę. Chociaż wydawało się to niemożliwe, oczy Bonnie rozszerzyły się jeszcze bardziej. Milczenie się przedłużało. Wreszcie Bonnie przesunęła się w stronę drzwi.

– Wiecie co… – wyznała cicho. – To wszystko zrobiło się bardzo dziwne. Naprawdę, bardzo, bardzo…

Elena biła się z myślami.

– Spójrz na moje zęby. – Uniosła górną wargę i postukała palcem w kieł. Poczuła, jak ząb wydłuża się i wyostrza.

Meredith podeszła bliżej, przyjrzała się i szybko odwróciła wzrok.

– Łapię puentę – rzuciła, ale w jej głosie nie słychać było zwykłego zadowolenia z własnych ironicznych dowcipów. – Bonnie, popatrz.

Z Bonnie wyparowało nagle całe podniecenie i cała radość. Wyglądała jakby miała zwymiotować.

– Nie, nie chcę.

– Musisz. Musisz w to uwierzyć albo nigdy do niczego nie dojdziemy. – Meredith popchnęła zesztywniałą Bonnie. – Otwórz oczy, tchórzu. To ty lubujesz się w zjawiskach paranormalnych.

– Zmieniłam zdanie – odparła Bonnie, niemal szlochając. W jej głosie słychać było histerię. – Zostaw mnie, Meredith. Nie chcę patrzeć. – Usiłowała się wyrwać.

– Nie musisz – szepnęła Elena oszołomiona. Była przerażona. Łzy napłynęły jej do oczu. – To był zły pomysł, Meredith. Pójdę sobie.

– Och nie, nie idź. – Bonnie odwróciła się błyskawicznie i jeszcze szybciej rzuciła się Elenie w ramiona. – Przepraszam. Nie obchodzi mnie, kim jesteś. Po prostu cieszę się, że wróciłaś. Strasznie było tu bez ciebie. – Teraz naprawdę szlochała.

Łzy, które nie popłynęły, gdy Elena pogodziła się ze Stefano, teraz trysnęły strumieniem. Płakała w objęciach Bonnie, czując, że Meredith otacza je ramionami. Teraz wszystkie szlochały. Meredith bezgłośnie, Bonnie jak dziecko, a Elena z niepohamowaną rozpaczą. Dopiero teraz płakała nad tym, co się z nią stało, nad tym, co straciła, nad samotnością, strachem i bólem.

Przestały płakać, usiadły na podłodze, kolano przy kolanie, tak jak dzieci, które knują jakąś psotę.

– Jesteś taka dzielna – powiedziała Bonnie do Eleny, pociągając nosem. – Nawet nie wyobrażam sobie, jaka musisz być dzielna, że sobie z tym radzisz.

– Nie wiesz, jak się czuję. Wcale nie jestem dzielna. Ale jakoś muszę sobie radzić, nie mam wyboru.

– Nie masz zimnych dłoni. – Meredith ścisnęła palce Eleny. – Tylko lekko chłodne. Myślałam, że będą dużo zimniejsze.

– Dłonie Stefano także nie są zimne – dodała Elena i chciała mówić dalej, ale przerwał jej pisk Bonnie.

– Stefano?

Meredith i Elena spojrzały na nią.

– Bonnie, bądź rozsądna. Wampirem nie można zostać samemu. Ktoś musi cię przemienić.

– Ale... Stefano? Czy to znaczy, że on jest...? – Bonnie urwała, nie mogąc dokończyć.

– Sądzę, że chyba nadszedł czas, żebyś opowiedziała nam wszystko, Eleno. Także te drobne szczegóły, które umknęły ci, kiedy ostatnio cię o to prosiłyśmy – powiedziała Meredith.

– Masz rację. Trudno to wszystko wytłumaczyć, ale się postaram. – Odetchnęła głęboko. – Bonnie, pamiętasz pierwszy dzień szkoły? Wtedy po raz pierwszy słyszałam, jak wygłaszasz przepowiednie. Czytałaś mi z dłoni i powiedziałaś, że spotkam czarnowłosego nieznajomego. I że nie będzie wysoki, ale kiedyś był. Cóż... – Elena spojrzała na Bonnie, a potem na Meredith. – Stefano nie jest wysoki. Ale kiedyś był... W porównaniu z innymi ludźmi żyjącymi w XV wieku.

Meredith przytaknęła, ale Bonnie cicho jęknęła, wstrząśnięta, jak ktoś, kto właśnie przeżył wybuch.

– Chcesz powiedzieć, że...

– Że urodził się we Włoszech w czasach renesansu i że przeciętny mężczyzna był wówczas znacznie niższy. Więc Stefano uchodził za wysokiego. I wstrzymaj się jeszcze chwilę z mdleniem, bo jest coś jeszcze, co powinnaś wiedzieć: Damon to jego brat.

Meredith znów przytaknęła.

– Tak mi się wydawało. Ale dlaczego Damon twierdzi w takim razie, że jest studentem?

– Są bardzo skłóceni. Stefano bardzo długo nawet nie wiedział, że Damon jest w Fell's Church... – Głos Eleny zadrżał. Musiała teraz opowiedzieć o prywatnym życiu Stefano, a za-

wsze uważała, że to nie jej tajemnica. Ale Meredith miał
cję. Pora ujawnić wszystkie fakty. – Posłuchajcie, to było
Stefano i Damon zakochali się w tej samej dziewczynie, wted
we Włoszech. Pochodziła z Niemiec i nazywała się Katherine.
Na początku szkoły Stefano unikał mnie, bo mu ją przypomina-
łam. Ona też miała blond włosy i niebieskie oczy. A to jej pierścionek. – Elena puściła dłoń Meredith i pokazała im delikatnie
grawerowany złoty pierścień z lapis-lazuli. – Kłopot polegał na
tym, że Katherine była wampirzycą. Kiedy mieszkała w Niem-
czech, facet o imieniu Klaus przemienił ją, żeby ocalić jej życie,
bo umierała na nieuleczalną chorobę. Stefano i Damon wiedzieli o tym, ale im to nie przeszkadzało. Kazali jej wybrać, którego
z nich chce poślubić. – Elena urwała i uśmiechnęła się gorzko,
myśląc o tym, co zawsze powtarzał pan Tanner. Historia lubi
się powtarzać. Miała tylko nadzieję, że w jej wypadku zakończenie będzie inne. – Ale Katherine wybrała ich obu. Wymieniła
krew i ze Stefano, i z Damonem. Chciała, żeby wszyscy troje
żyli wiecznie razem.

– Trochę zboczony pomysł – wymamrotała Bonnie.

– Kretyński pomysł – orzekła Meredith.

– Trafiłaś – powiedziała Elena do Meredith. – Katherine
była uroczą dziewczyną, ale nieco brakowało jej inteligencji.
Stefano i Damon już wtedy za sobą nie przepadali. Powiedzieli,
że musi wybrać, bo nie mogli nawet myśleć o tym, by się nią
dzielić. A Katherine uciekła z płaczem. Następnego dnia…
Znaleźli jej ciało. Albo raczej resztki jej ciała. Wampir musi
mieć talizman, taki jak ten pierścień, żeby móc wychodzić na
słońce. Inaczej światło go zabija. A Katherine wyszła na słońce,
po czym zdjęła swój pierścień. Pomyślała, że jeżeli się usunie,
Damon i Stefano w końcu się pogodzą.

– Dobry Boże, jakie to roman…

– Nie, to nie jest romantyczne. – Elena przerwała Bonnie
brutalnie. – Stefano do dziś nie poradził sobie z poczuciem winy. I sądzę, że Damon także, chociaż nigdy się do tego nie przy-
zna. Skutek był taki, że wyciągnęli miecze i zabili się nawzajem. Tak, zabili. To dlatego są teraz wampirami i dlatego tak

bardzo się nienawidzą. I dlatego chyba oszalałam, że usiłuję ich skłonić do współpracy.

ROZDZIAŁ 7

Do współpracy przy czym? – spytała Meredith.
– Potem wam wyjaśnię. Ale najpierw powiedzcie mi, co się działo w mieście, odkąd... zniknęłam.

– No cóż, miasto ogarnęła panika. – Meredith uniosła jedną brew. – Twoja ciotka Judith kiepsko się trzyma. Miała halucynacje, twierdziła, że cię widziała... Ale to nie była halucynacja, prawda? Poza tym ona i Robert zerwali zaręczyny.

– Wiem – odparła ponuro Elena. – Co jeszcze?

– W szkole wszyscy są wstrząśnięci. Chciałam porozmawiać ze Stefano, zwłaszcza odkąd zaczęłam podejrzewać, że nie umarłaś naprawdę, ale nie zjawił się przez cały ten czas. Natomiast widziałam Matta. Coś jest z nim nie tak. Wygląda jak zombi i nie chce z nikim rozmawiać. Chciałam mu wytłumaczyć, że może nie zniknęłaś na zawsze, myślałam, że to go pocieszy. Ale nie chciał ze mną gadać. Zachowywał się zupełnie jak nie on i przez chwilę wydawało mi się, że chce mnie uderzyć. Nie dało mu się nic powiedzieć.

– Och, nie, Matt... – W umyśle Eleny pojawiła się straszliwa wizja, wspomnienie tak niepokojące, że nie chciała go analizować. W tej chwili nie mogła już się zmierzyć z niczym więcej... Nie wytrzymałaby tego... Stanowczo odrzuciła ten obraz.

– Niektórzy ewidentnie coś podejrzewają – ciągnęła Meredith. – Właśnie dlatego na pogrzebie powiedziałam tylko tyle. Bałam się, że gdybym podała prawdziwą datę i miejsce, Alaric Saltzman urządziłby na ciebie zasadzkę. Zadawał mnóstwo pytań i to naprawdę dobrze, że Bonnie nie wiedziała nic, co mogłaby wypaplać.

– To nie fair – zaprotestowała Bonnie. – Alaric po prostu się nami interesuje. Chce nam pomóc przejść przez traumę, tak jak wtedy. To Wodnik...

– To szpieg – ucięła Elena. – A może ktoś więcej. Ale o tym porozmawiamy później. Co z Tylerem Smallwoodem? Nie widziałam go na pogrzebie.

– Chcesz powiedzieć, że nie słyszałaś, co się stało? – Meredith wydawała się zdumiona.

– Nie słyszałam o niczym. Przez cztery dni spałam na strychu.

– No cóż... – Meredith urwała. – Tyler właśnie wrócił ze szpitala. Podobnie jak Dick Carter i czterej jego kumple, którzy towarzyszyli mu w Dniu Założycieli. Wieczorem ktoś zaatakował ich w baraku i stracili mnóstwo krwi.

– Ach tak. – Teraz wyjaśniło się, dlaczego moc Stefano była tego wieczoru tak potężna. I dlaczego od tamtej pory zanikała. Zapewne nie jadł. – Meredith, czy oni podejrzewają Stefano?

– No cóż. Ojciec Tylera chciał, żeby go podejrzewali, ale policja nie mogła dojść do ładu z alibi. Wiedzą mniej więcej, kiedy Tyler został zaatakowany, bo miał się spotkać z ojcem i się nie zjawił. A Bonnie i ja możemy dać Stefano alibi na ten czas, bo właśnie wtedy zostawiłyśmy go nad rzeką z twoim ciałem. Więc nie mógłby dotrzeć na miejsce zbrodni na czas. Żaden człowiek by nie zdążył. A jak dotąd policja nie podejrzewa żadnych istot o zdolnościach paranormalnych...

– Rozumiem. – Elenie ulżyło, przynajmniej z tego powodu.

– Tyler i reszta nie mogą zidentyfikować napastnika, bo nie pamiętają niczego, co się wydarzyło tamtego popołudnia – dodała Meredith. – Caroline także.

– Caroline? To ona tam była?

– Tak, ale nie została pogryziona. Była w szoku. Mimo wszystkiego, co zrobiła, trochę mi jej żal. – Meredith wzruszyła ramionami. – Ostatnio wygląda trochę żałośnie.

– Nie sądzę, by ktokolwiek podejrzewał Stefano po tym, co się stało z tymi psami dzisiaj – wtrąciła Bonnie. – Mój tata twierdzi, że duży pies mógł wybić szybę w oknie w baraku, a rany w gardle Tylera wyglądały tak, jak gdyby zadało je zwierzę. Myślę, że sporo osób uwierzy, że zrobił to pies albo kilka psów.

– To wygodne wyjaśnienie – zauważyła sucho Meredith. – Nie będą musieli się więcej nad tym zastanawiać.

– Ale to bez sensu – stwierdziła Elena. – Normalnie psy tak się nie zachowują. Czy ludzie nie dziwią się, dlaczego właściwie ich pupile nagle oszalały i zaczęły się na nich rzucać?

– Większość po prostu pozbywa się psów. Słyszałam też coś o obowiązkowych testach na wściekliznę – powiedziała Meredith. – Ale to nie jest wścieklizna, prawda Eleno?

– Nie wydaje mi się. Stefano i Damon także tak nie myślą. Właśnie dlatego przyszłam z wami porozmawiać. – Elena wytłumaczyła tak jasno, jak potrafiła, co sądzi o innej mocy w Fell's Church. Opowiedziała im o sile, która zmusiła ją do ucieczki na most, i o tym, co czuła, patrząc na psy. I wszystko, o czym rozmawiali Stefano i Damon. – A Bonnie sama powiedziała to dziś w kościele. „Zło". Myślę, że właśnie to nawiedziło Fell's Church. Coś, o czym nikt nie wie. Coś złego. Pewnie nie wiesz dokładnie, co miałaś na myśli, prawda Bonnie?

Ale myśli Bonnie biegły innym torem.

– Może Damon nie zrobił tych wszystkich złych rzeczy, o które go oskarżyłaś – zauważyła inteligentnie. – Nie zabił Jang-cy ani pana Tannera, nie zranił Vickie. Mówiłam ci, że ktoś tak przystojny nie może być psychopatycznym zabójcą.

– Myślę, że powinnaś porzucić romantyczne nadzieje związane z Damonem – zasugerowała Meredith, zerkając na Elenę.

– Zabił – podkreśliła z naciskiem Elena. – Naprawdę zabił Tannera, Bonnie. I rozsądnie jest uznać, że to on stoi za pozostałymi atakami. Zapytam go. Poza tym sama mam z nim dość kłopotów, lepiej trzymaj się od niego z daleka, uwierz mi.

– Aha. Trzymać się z daleka od Damona, od Alarica... Czy są jacyś faceci, których nie muszę zostawić w spokoju? A tymczasem Elena zgarnia ich wszystkich dla siebie. To niesprawiedliwe.

– Życie jest niesprawiedliwe – skwitowała sucho Meredith. – Posłuchaj, Eleno, nawet jeżeli ta inna moc naprawdę istnieje, co to za moc? Jak wygląda?

– Nie wiem. Coś porażająco silnego. Ale potrafi się ukryć tak dobrze, że nie jesteśmy w stanie tego wyczuć. Może wyglądać jak normalny człowiek. I właśnie dlatego proszę was o pomoc. To może być ktokolwiek. Jak powiedziała dziś Bonnie: Nikt nie jest tym, kim się wydaje.

– Nie pamiętam tego. – Bonnie popatrzyła na nie bezradnie.

– A jednak sama to powiedziałaś. Nikt nie jest tym, kim się wydaje – zacytowała Elena, przykładając wagę do każdego słowa. – Nikt. – Zerknęła na Meredith, ale w ciemnych oczach okolonych szerokimi brwiami widniał tylko dystans i opanowanie.

– W takim razie wszyscy jesteśmy podejrzani – stwierdziła Meredith najspokojniejszym tonem, jakiego kiedykolwiek używała. – Prawda?

– Prawda. Ale lepiej weźmy notes i ołówek i zróbmy listę tych ważniejszych osób. Damon i Stefano zgodzili się pomóc w śledztwie, a jeżeli wy także weźmiecie w tym udział, będziemy mieli jeszcze większe szanse. – Elena wskoczyła na swojego konia. Zawsze znakomicie radziła sobie z organizowaniem różnych rzeczy, od planów działań po spiskowanie, żeby włączyć chłopców w pomoc przy imprezach charytatywnych. Znów miała, jak za dawnych czasów, plan A i plan B, tylko że te plany dotyczyły poważniejszych spraw.

Meredith podała Bonnie papier i ołówek. Dziewczyna spojrzała na notes, potem przeniosła wzrok kolejno na Meredith i Elenę.

– No dobrze – westchnęła w końcu. – Ale kogo umieścimy na liście?

– Każdego, kogo mamy powód podejrzewać. Każdego, kto mógł zrobić rzeczy, o których wiemy, że dokonała ich inna moc. Kto mógł uwięzić Stefano w studni, gonić mnie, poszczuć psy na ludzi. Kto zachowywał się dziwnie.

– Matt – powiedziała Bonnie, pisząc pilnie. – I Vickie. I Robert.

– Bonnie! – wykrzyknęły prawie jednocześnie Elena i Meredith.

Bonnie uniosła wzrok znad kartki.

– Matt z całą pewnością zachowywał się dziwnie, podobnie jak Vickie, i to od paru miesięcy. A Robert kręcił się wokół kościoła przed nabożeństwem, ale nie wszedł do środka.

– Bonnie, bądź poważna... – przywołała ją do porządku Meredith. – Vickie to ofiara, nie podejrzana. A jeżeli Matt jest inną mocą, to ja jestem dzwonnik z Notre Dame. Co się tyczy Roberta...

– W porządku. Już wszystko wykreśliłam. – W głosie Bonnie zabrzmiała uraza. – Posłuchajmy, jakie ty masz propozycje.

– Zaczekajcie – poprosiła Elena. – Bonnie, wstrzymaj się. – Pomyślała o czymś, co dręczyło ją już od jakiegoś czasu... – Od samego nabożeństwa – powiedziała głośno, nagle odzyskując pamięć. – Ja też widziałam Roberta przed kościołem, kiedy siedziałam ukryta na galerii. Tuż przed atakiem psów zaczął się wycofywać, jak gdyby wiedział, co nastąpi.

– Eleno, co ty mówisz...

– Posłuchaj, Meredith. Widziałam go też wcześniej, w sobotę, z ciotką Judith. Kiedy zerwała zaręczyny... W jego twarzy było coś dziwnego... Sama nie wiem, ale lepiej zostaw go na liście, Bonnie.

Bonnie zawahała się na chwilę, po czym wpisała nazwisko Roberta z powrotem.

– Kto jeszcze? – zapytała.

– Obawiam się, że Alaric – odezwała się Elena. – Przykro mi, Bonnie, ale to praktycznie nasz numer jeden. – Opowiedziała im, co zaszło tego rana między Alarikiem i dyrektorem. – On nie jest zwykłym nauczycielem historii. Sprowadzono go tutaj w szczególnym celu. Wie, że zostałam wampirzycą, i szuka mnie. A dziś, gdy psy zaczęły atakować, stał z tyłu i dziwnie gestykulował. Z pewnością nie jest tym, kim się wydaje, i jedyne pytanie brzmi: Kim jest? Czy ty mnie słuchasz, Meredith?

– Owszem. Wiesz, sądzę, że powinnaś dodać do listy panią Flowers. Pamiętasz, jak stała przy oknie, gdy przyniosłyśmy Stefano po tym, jak uratowałyśmy go ze studni? Nie chciała nawet otworzyć nam drzwi. To dziwne.

– Tak. A potem odkładała słuchawkę, ilekroć do niego dzwoniłam – przyznała Elena. – Z pewnością trochę za rzadko wychodzi z domu. Może to tylko stara dziwaczka, ale zapisz ją, Bonnie. – Przejechała palcami przez włosy. Było jej gorąco. Właściwie nie, nie gorąco. Ale czuła się trochę tak, jak gdyby się przegrzała. Przesuszyła.

– Bonnie, pokaż mi tę listę – powiedziała Meredith.

Bonnie przytrzymała kartkę papieru tak, by wszystkie ją widziały. Meredith odczytała ją głośno.

> ~~Matt Honeycutt~~
> ~~Vickie Bennett~~
> *Robert Maxwell – co robił pod kościołem w czasie ataku psów? I co zaszło tamtej nocy w domu ciotki Eleny?*
> *Alaric Saltzman – dlaczego zadaje tyle pytań? Po co wezwano go do Fell's Church?*
> *Pani Flowers – dlaczego tak dziwnie się zachowuje? Dlaczego nie wpuściła nas do domu w noc, gdy Stefano został ranny?*

– W porządku – podsumowała Elena. – Powinnyśmy chyba ustalić także, czyje psy były pod kościołem. A wy możecie jutro obserwować Alarica.

– Ja to zrobię – oświadczyła stanowczo Bonnie. – I oczyszczę go z podejrzeń, jeszcze zobaczycie.

– Świetnie, zrób to. W takim razie możemy ci go przypisać. A Meredith będzie śledzić panią Flowers. Ja – Roberta. Co do Stefano i Damona... Oni mogą zająć się wszystkimi, bo mogą czytać w ludzkich umysłach. Poza tym nasza lista jest niekompletna. Zamierzam ich poprosić, żeby pokręcili się po mieście w poszukiwaniu oznak mocy albo czegokolwiek podejrzanego. Będzie im o wiele łatwiej to rozpoznać.

Elena usiadła i bezwiednie oblizała wargi. Naprawdę chyba się przesuszyła. Zauważyła coś, co przedtem jej umknęło: piękne linie żył po wewnętrznej stronie nadgarstka Bonnie.

Dziewczyna wciąż trzymała przed sobą notes, a skóra na jej rękach była niemal przezroczysta, nie zasłaniała błękitnych arterii. Elena żałowała, że nie uważała na zajęciach z anatomii. Jak się nazywała ta żyła, ta duża, rozgałęziająca się jak drzewo...?

– Elena. Elena!

Elena otrząsnęła się i spojrzała w czarne oczy Meredith i wystraszoną twarz Bonnie. Dopiero wtedy uświadomiła sobie, że podczołgała się bliżej nadgarstka Bonnie i zaczęła pocierać najgrubszą żyłę palcem.

– Przepraszam – wymamrotała, odsuwając się. Ale wiedziała, że kieł wyostrzył jej się i wydłużył. To było jak noszenie aparatu ortodontycznego. Zdała sobie sprawę, że jej uspokajający uśmiech nie wywarł pożądanego efektu. Bonnie była przerażona, a przecież nie miała powodu. Powinna wiedzieć, że Elena nigdy by jej nie skrzywdziła. A Elena nie była bardzo głodna tego wieczoru, nigdy nie jadła dużo... Wystarczyłaby jej ta najmniejsza żyłka, tu, na nadgarstku...

Elena zerwała się na nogi i oparła o framugę okna, czując świeże, nocne powietrze na skórze. Kręciło jej się w głowie. Z trudem chwytała oddech.

Co ona wyprawiała? Odwróciła się i zobaczyła, że Bonnie siedzi przytulona do Meredith, a obie patrzą na nią z przerażeniem. Nienawidziła się za to.

– Przepraszam – powiedziała. – Naprawdę nie chciałam, Bonnie. Nie zbliżę się już nawet o krok. Powinnam była zjeść, zanim tu przyszłam. Damon uprzedził mnie, że będę głodna.

Bonnie przełknęła ślinę i wydawała się teraz jeszcze bardziej przerażona.

– Zjeść?

– Owszem – odparła cierpko Elena. Paliły ją żyły, dlatego czuła się przegrzana. Stefano opisywał jej, jak to jest, ale nigdy naprawdę nie rozumiała. Nigdy nie zdawała sobie sprawy, przez co przechodził, kiedy opanowywała go żądza krwi. Była straszliwa i nie do odparcia. – A myślałaś, że co ja teraz jem? – dodała ze złością. – Zostałam drapieżnikiem i powinnam ruszyć na polowanie.

Widziała, że Bonnie i Meredith starają się poradzić sobie z tą dziwną sytuacją, ale w ich oczach widziała obrzydzenie. Skupiła się na własnych instynktach. Chciała otworzyć się na moc i wyczuć obecność Stefano albo Damona. Sprawiło jej to trudność, bo żaden z nich nie nadawał do niej komunikatu jak wówczas, kiedy walczyli w lesie, ale wydawało jej się, że wyczuwa jakąś moc w oddali.

Nie wiedziała jednak, jak nawiązać z nią kontakt, a frustracja wzmogła jeszcze uczucie pieczenia w żyłach. Właśnie postanowiła, że wyruszy bez pomocy żadnego z braci, gdy nagle powiew wiatru cisnął jej zasłonę w twarz. Bonnie zerwała się, gwałtownie chwytając powietrze, i przewróciła lampkę nocną. Pokój pogrążył się w ciemnościach. Meredith zaklęła, usiłując włączyć światło z powrotem. Zasłony trzepotały w migoczącym świetle, a Bonnie chyba usiłowała krzyczeć.

Gdy Meredith nareszcie uporała się z żarówką, zobaczyły Damona, który siedział na parapecie za oknem. Wydawał się jednocześnie swobodny i ostrożny. Uśmiechał się ujmująco.

– Czy można? – zapytał. – Trochę mi niewygodnie.

Elena spojrzała na Bonnie i Meredith, które stały oparte o szafę z wyrazem przerażenia, ale i fascynacji na twarzy. Sama bezradnie pokręciła głową.

– A ja myślałam, że jestem specjalistką od dramatycznych wejść... – powiedziała. – Bardzo śmieszne, Damon, a teraz chodźmy.

– Przecież mamy pod ręką twoje dwie piękne przyjaciółki? – Damon uśmiechnął się jeszcze raz do Bonnie i Meredith. – Poza tym dopiero tu dotarłem. Czy nikt nie będzie tak uprzejmy, by zaprosić mnie do środka?

Spojrzenie brązowych oczu Bonnie, wbite w Damona, odrobinę złagodniało. Usta, które rozchyliły jej się ze strachu, teraz rozchyliły się odrobinę bardziej. Elena rozpoznała oznaki nadchodzącej katastrofy.

– Nie, nikt cię nie zaprosi – oznajmiła, stając dokładnie pomiędzy Damonem a dziewczynami. – One nie są dla ciebie, Damon. Żadna z nich. Nigdy. – Zobaczyła wyzwanie w jego oczach. – W każdym razie ja wychodzę. Nie wiem jak ty, ale ja idę na polowanie.

Uspokoiła się, wyczuwając obecność Stefano w pobliżu. Prawdopodobnie siedział na dachu. My idziemy na polowanie, Damon, poprawił ją natychmiast. Możesz tu siedzieć całą noc, jeżeli masz ochotę.

Damon poddał się z godnością. Zanim zniknął za oknem, obdarzył Bonnie jeszcze jednym, rozbawionym spojrzeniem. Bonnie i Meredith popatrzyły za nim z obawą, najwyraźniej przekonane, że spadł i zabił się na miejscu.

– Nic mu nie jest – zapewniła je Elena. – I nie martwcie się. Nie pozwolę, by wrócił. Spotkamy się jutro o tej samej porze. Do zobaczenia.

– Ale... – Meredith urwała. – Chciałam tylko zapytać, czy nie pożyczyć ci jakiegoś ubrania.

Elena przyjrzała się sobie. Suknia dziedziczki z XIX wieku wyglądała teraz jak łachman, biały muślin był podarty w wielu miejscach. Ale nie miała czasu się przebierać. Potrzebowała jedzenia. Natychmiast.

– Później. – Machnęła ręką. – Do zobaczenia.

Po czym wyskoczyła przez okno w ślad za Damonem. Kątem oka zauważyła jeszcze, że Bonnie i Meredith patrzą za nią oszołomione.

Lądowania wychodziły jej coraz lepiej, tym razem nawet nie podrapała kolan. Stefano czekał na nią i od razu okrył ją czymś ciemnym i ciepłym.

– Twoja peleryna – powiedział zadowolony. Przez chwilę uśmiechali się do siebie, wspominając pierwszy raz, kiedy podał jej tę pelerynę, po tym jak uratował ją przed Tylerem na cmentarzu i zabrał do pensjonatu, żeby się doprowadziła do porządku. Wówczas bał się jej dotknąć. Ale prędko pomogła mu się ośmielić, pomyślała Elena, czując, że nawet oczy jej się uśmiechają.

– Sądziłem, że wybieramy się na polowanie – stwierdził Damon.

Elena uśmiechnęła się teraz do niego, nie puszczając ręki Stefano.

– Owszem. Dokąd?

– Do dowolnego domu przy tej ulicy – zaproponował Damon.

– Do lasu – powiedział Stefano.

– Do lasu – zdecydowała Elena. – Nie tykamy ludzi i nie zabijamy. Zgadza się, Stefano?

– Zgadza się – odparł cicho.

– I cóż to będziemy łowić w lasach? – Damon się skrzywił. – Może wolałbym tego nie wiedzieć? Piżmaki? Skunksy? Termity? – Spojrzał na Elenę i ściszył głos. – Chodź ze mną, a pokażę ci, jak wygląda prawdziwe polowanie.

– Możemy przejść przez cmentarz – zauważyła Elena, ignorując Damona.

– Jelenie żerują całą noc na polanach – powiedział Stefano. – Ale musimy być bardzo ostrożni, słyszą niemal równie dobrze jak my.

Innym razem, „usłyszała" Damona w swojej głowie.

ROZDZIAŁ 8

Kto...? Ach, to ty! – Bonnie wzdrygnęła się lekko, gdy dotknął jej łokcia. – Wystraszyłeś mnie. Nie słyszałam cię.

Będę musiał być ostrożniejszy, pomyślał Stefano. Nie było go w szkole zaledwie kilka dni i odwykł już od poruszania się i chodzenia jak ludzie. Znów przemykał się bezszelestnie jak łowca.

– Przepraszam – powiedział, gdy poszli razem korytarzem.

– W porządku – odparła Bonnie, dzielnie udając nonszalancję. Ale jej brązowe oczy były lekko rozszerzone. – Co ty tu robisz? Dziś rano zajrzałam z Meredith do pensjonatu, sprawdzić, co porabia pani Flowers, ale nikt nie otworzył. I nie widziałam cię na biologii.

– Przyszedłem po południu. Wróciłem do szkoły. Przynajmniej na tak długo, na ile będzie trzeba, żeby dokończyć śledztwo.

– Masz na myśli szpiegowanie Alarica – wymamrotała Bonnie. – Wczoraj powiedziałam Elenie, żeby zostawiła go mnie. Uuups! – dodała, gdy grupa przechodzących pierwszoroczniaków wbiła w nią zaciekawiony wzrok. Bonnie przewróciła wymownie oczami. Zgodnie skręcili w boczny korytarz i wyszli na opustoszałą klatkę schodową. Bonnie oparła się o ścianę z westchnieniem ulgi.

– Muszę pamiętać, żeby nie wymieniać jej imienia – wyznała żałośnie. – Ale to takie trudne. Rano mama zapytała mnie, jak się czuję i omal nie wypaliłam, że świetnie, bo wczoraj widziałam Elenę. Nie wiem, jak wam udało się trzymać to… no sam wiesz co… w tajemnicy tak długo.

Stefano czuł, że wbrew woli zaczyna się uśmiechać. Bonnie przypominała sześciotygodniowe kocię, sam wdzięk i żadnych zahamowań. Zawsze mówiła dokładnie to, co w danej chwili myślała, nawet jeśli było to kompletnie sprzeczne z tym, co powiedziała ledwie chwilę wcześniej.

– Właśnie stoisz w towarzystwie sama-wiesz-czego w opustoszałym korytarzu… – powiedział z diabelskim uśmiechem.

– Och…oo… – Oczy Bonnie znowu się rozszerzyły. – Ale przecież nie zrobiłbyś tego, prawda? – stwierdziła z nagłą ulgą. – Elena chybaby cię zabiła… Ojej. – Przełknęła ślinę w poszukiwaniu nowego tematu do rozmowy. – I jak… Jak wam poszło wczoraj?

Stefano natychmiast stracił humor.

– Nie za dobrze. Z Eleną wszystko w porządku, teraz śpi. – Urwał, bo pochwycił dźwięk kroków na końcu korytarza. Trzy dziewczyny ze starszych klas właśnie przechodziły obok. Jedna na widok Stefano i Bonnie odłączyła się od grupy. Sue Carson miała bardzo bladą cerę i czerwone oczy, ale zdobyła się na uśmiech.

– Jak się czujesz, Sue? – spytała troskliwie Bonnie. – Co u Douga?

– Wszystko w porządku. Z Dougiem też. Dochodzi do siebie. Stefano, chciałam z tobą porozmawiać – dodała w pośpiechu. – Wiem, że tata dziękował ci za to, że wczoraj pomogłeś Dougowi, ale ja też chciałam ci podziękować. Wiem, że ludzie w mieście zachowywali się wobec ciebie okropnie i... Dziwię się, że chciało ci się dla nas tyle zrobić. Ale cieszę się bardzo. Mama mówi, że ocaliłeś Dougowi życie. Więc chciałam po prostu powiedzieć dziękuję. I przepraszam. Za wszystko – dokończyła Sue mocno drżącym głosem.

Bonnie pociągnęła nosem i zanurkowała ręką do plecaka w poszukiwaniu chusteczek. Przez chwilę wydawało się, że Stefano został sam na sam z dwiema szlochającymi niewiastami. W przerażeniu usiłował wymyślić coś, żeby odwrócić ich uwagę.

– Nie ma za co – powiedział. – A co u Chelsea?

– Przechodzi kwarantannę. Zabrali wszystkie psy, które zdołali złapać. – Sue przytknęła chusteczkę do oczu, po czym wyprostowała się, a Stefano z ulgą stwierdził, że niebezpieczeństwo minęło. Zapadła niezręczna cisza.

– No... – odezwała się w końcu Bonnie do Sue. – A czy słyszałaś, co rada szkoły postanowiła w sprawie Śnieżnego Balu?

– Słyszałam, że zebrali się rano i właściwie chcą nam pozwolić go zorganizować. Ale ktoś powiedział, że rozmawiali w tej sprawie z policją. O, ostatni dzwonek! Lećmy na historię, zanim Alaric wpisze nam uwagi.

– Przyjdziemy za minutę – zapowiedział Stefano. – Kiedy ma być ten Śnieżny Bal?

– Trzynastego. W piątek – dorzuciła Sue, po czym skrzywiła się niemiłosiernie. – O rany, trzynastego w piątek. Nawet nie chcę myśleć... Ale to mi przypomina, że chciałam z wami porozmawiać jeszcze o czymś. Dziś rano wycofałam się z konkursu na Królową Śniegu. To wydało mi się... Tak musiałam zrobić. I tyle. – Sue oddaliła się w pośpiechu, niemal biegiem.

– Bonnie, co to jest Śnieżny Bal? – spytał Stefano.

– To taki bal bożonarodzeniowy, tylko zamiast królowej balu wybieramy Królową Śniegu. Po tym, co się zdarzyło przy okazji Dnia Założycieli, bal chcieli odwołać. I jeszcze te psy wczoraj... Ale zdaje się, że jednak się odbędzie.

– Trzynastego w piątek – dodał ponuro Stefano.

– Owszem. – Bonnie znowu miała wystraszony wyraz twarzy, jak gdyby starała się wydawać mniejsza i nie rzucać w oczy. – Stefano, nie patrz na mnie w ten sposób. Przerażasz mnie. Co jest nie tak? Czego się boisz? Co się stanie na tym balu?

– Nie wiem.

Ale coś na pewno, pomyślał Stefano. Jeszcze żadna uroczystość w Fell's Church nie odbyła się bez udziału innej mocy – a to mógł być już ostatni bal w tym roku. Ale nie było sensu teraz o tym rozmawiać.

– Chodź, naprawdę się spóźnimy.

Miał rację. Gdy weszli, Alaric Saltzman stał już przy tablicy, podobnie jak na pierwszej lekcji historii. Jeżeli nawet zdziwił się, że przychodzą spóźnieni, nie dał tego po sobie poznać i obdarzył ich promiennym uśmiechem.

A zatem ty jesteś tym, który poluje na łowcę, pomyślał Stefano, zajmując miejsce. Ale czy jesteś jeszcze kimś? Inną mocą?

Nic nie wydawało się mniej prawdopodobne. Alaric, z tymi nieco zbyt długimi jak na nauczyciela włosami o barwie piasku i chłopięcym uśmiechem, który wbrew wszystkiemu nigdy nie schodził mu z twarzy, wydawał się zupełnie nieszkodliwy. Ale Stefano zawsze strzegł się tego, co z pozoru wydawało się niegroźne. A jednak trudno mu było uwierzyć w to, że to Alaric Saltzman stał za atakami na Elenę albo za szaleństwem psów. Nie mógłby tak doskonale grać.

Elena. Stefano zacisnął pięści pod ławką, a w piersi poczuł ból. Nie chciał o niej myśleć. Przetrwał ostatnich pięć dni wyłącznie dzięki temu, że spychał ją w najdalsze zakamarki umysłu, nie pozwalał, by jej obraz stawał mu przed oczami. Oczywiście sam wysiłek, jaki wkładał w trzymanie jej na bezpieczną odległość, pochłaniał mu większość czasu i energii. A tu, w klasie, sytuacja nie mogła być gorsza. Lekcja w najmniejszym stopniu nie zaprzątała jego uwagi. Nie pozostawało mu nic, tylko myśleć o niej.

Zmusił się, by oddychać powoli i spokojnie. Elena była bezpieczna i to się liczyło. Nic innego. Ale nie zdążył nawet dokończyć w myślach tego zdania, gdy poczuł nagły przypływ zazdrości, bolesny jak uderzenie bata. Ilekroć myślał o Elenie, musiał pomyśleć także i o nim.

O Damonie, który cieszył się wolnością, ile tylko chciał. Który właśnie w tej chwili mógł być z Eleną.

W umyśle Stefano rozgorzał gniew, jasny płomień zmieszał się z gorącym bólem w piersiach. Stefano wciąż nie wierzył do końca, że to nie Damon wrzucił go, krwawiącego i nieprzytomnego, do studni, by tam skonał. I traktowałby cały pomysł Eleny z inną mocą, gdyby dał się przekonać, że to na pewno nie Damon doprowadził ją do śmierci. Damon był zły; nie znał litości ani nie miał skrupułów...

I cóż on takiego zrobił, czego ja nie zrobiłem? – zapytał Stefano sam siebie po raz setny. Nic.

Tylko zabił.

Stefano starał się zabić. Chciał zabić Tylera. Na to wspomnienie lodowaty płomień wściekłości skierowanej na brata nieco przygasł, a Stefano odwrócił się, by spojrzeć na ławkę w końcu sali.

Była pusta. Chociaż Tyler dzień wcześniej wyszedł ze szpitala, wciąż nie wrócił do szkoły. Jednak Stefano nie obawiał się kłopotów. Tyler nie powinien przypomnieć sobie żadnych szczegółów tamtego upiornego popołudnia. Podświadoma sugestia, by zapomniał, musiała działać jeszcze długo, o ile nikt nie majstrowałby przy umyśle Tylera.

Nagle uświadomił sobie, że od dłuższej chwili ponuro wpatrywał się w pustą ławkę. Odwracając wzrok, pochwycił spojrzenie kogoś, kto go na tym przyłapał.

Matt błyskawicznie pochylił się z powrotem nad książką od historii. Ale Stefano zdążył zobaczyć wyraz jego twarzy.

Nie myśl o tym. Nie myśl o niczym, rozkazał sobie Stefano, usiłując skoncentrować się na wykładzie Alarica Saltzmana o wojnie Dwóch Róż.

5 grudnia – Nie wiem, która godzina, prawdopodobnie wczesne popołudnie.

Drogi pamiętniku,

Damon przyniósł mi ciebie dziś rano. Stefano powiedział, że nie chce, żebym znów pojawiała się na strychu Alarica. Piszę teraz jego długopisem. Sama nie mam teraz nic – nie mogę odzyskać żadnej ze swoich rzeczy. Zresztą ciotka Judith zauważyłaby, gdybym zabrała choć jedną. W tej chwili siedzę w stodole za pensjonatem. Nie mogę wchodzić do miejsc, w których są ludzie, o ile nie zostanę zaproszona. Zwierzęta pewnie się nie liczą, bo widzę tu szczury śpiące pod sianem i sowę ukrytą pod dachem. W tej chwili ignorujemy się nawzajem.

Bardzo się staram nie wpaść w histerię.

Myślałam, że pisanie mi pomoże. To coś normalnego, znanego. Ale teraz nic w moim życiu nie jest już normalne.

Damon twierdzi, że przyzwyczaję się do tego szybciej, jeżeli całkiem porzucę dawne życie. Chyba myśli, że muszę stać się taka jak on. Mówi, że jestem urodzoną łowczynią i że nie ma sensu żyć na pół gwizdka.

Wczoraj polowałam na jelenia. To był młody samiec, robił mnóstwo hałasu, pocierając porożem o drzewa. Wyzywał inne samce na pojedynek. Piłam jego krew.

Kiedy przeglądam ten pamiętnik, widzę tylko, że cały czas czegoś szukałam. Miejsca, do którego mogłabym należeć. Ale nie szukałam tego. Mojego nowego życia. Boję się, czym się stanę, gdy naprawdę poczuję się w nim na swoim miejscu.

Boże, boję się.

Sowa jest niemal zupełnie biała. Widać to szczególnie teraz, kiedy rozczapierzyła skrzydła. Z tyłu wydaje się bardziej złota. Ma też złote odblaski wokół dzioba. W tej chwili patrzy na mnie, bo zachowuję się głośno, mimo że staram się nie płakać.

To ciekawe, że jeszcze mogę płakać. Chyba wiedź-
my nie potrafią.
Zaczął padać śnieg. Okrywam się peleryną.

Elena przytuliła pamiętnik do siebie i przyciągnęła skraj
czarnej, aksamitnej peleryny do podbródka. W stodole nie roz-
legał się żaden dźwięk, nie licząc cichutkich oddechów śpiących
tam zwierząt. Na zewnątrz padał śnieg, który cicho, bezszelestnie otulał świat tłumiącą wszelkie dźwięki pierzyną. Elena spoglądała na śnieg niewidzącymi oczami, niemal nie zauważając,
że łzy spływają jej po policzkach.

– Bonnie McCullough i Caroline Forbes, zostańcie proszę na chwilę po zajęciach – powiedział Alaric, gdy wybrzmiał
dzwonek.

Stefano zmarszczył brwi. Jeszcze bardziej zdziwił się, gdy
w otwartych drzwiach stanęła Vickie Bennett, o nieśmiałym
i wystraszonym spojrzeniu.

– Czekam pod salą – zwróciła się do Bonnie, która kiwnęła
jej głową.

Stefano ostrzegawczo uniósł brwi, na co Bonnie odpowiedziała śmiałym spojrzeniem. Ja na pewno nie chlapnę czegoś,
czego nie powinnam, mówił jej wzrok.

Wychodząc, Stefano mógł tylko mieć nadzieję, że dotrzyma
słowa.

Po drodze omal nie zderzył się z Vickie Bennett i musiał się
usunąć. Tym samym wpadł jednak na Matta, który właśnie wyszedł przez drugie drzwi i usiłował jak najszybciej przemknąć
korytarzem.

Stefano, nie zastanawiając się, chwycił go za ramię.

– Zaczekaj.

– Puść mnie. – Pięść Matta wystrzeliła w górę. Matt przyjrzał jej się z widocznym zdziwieniem, jak gdyby nie był pewien,
co go tak rozgniewało. Ale każdym mięśniem walczył z uściskiem Stefano.

– Chcę tylko z tobą porozmawiać. To zajmie minutę. Zgoda?

– Nie mam teraz minuty – powiedział Matt i nareszcie jego niebieskie oczy spotkały się z oczami Stefano. Tym oczom brakowało wyrazu, jak w spojrzeniu kogoś, kto został zahipnotyzowany albo znajdował się pod wpływem jakiejś mocy.

Stefano zdał sobie sprawę, że w wypadku Matta żadna moc nie wchodziła w grę, żadna z wyjątkiem jego własnego umysłu. Właśnie tak reagował ludzki umysł, gdy napotykał coś, z czym sobie nie radził. Matt zamknął się w sobie.

– Posłuchaj, jeżeli chodzi o to, co się stało w sobotę – zaczął Stefano, na próbę.

– Nie mam pojęcia, o czym mówisz. Muszę już iść, do cholery. – W oczach Matta zaprzeczenie było jak forteca nie do pokonania. Ale Stefano musiał spróbować jeszcze raz.

– Nie winię cię za to, że jesteś wściekły. Na twoim miejscu dostałbym furii. I wiem, jak to jest nie chcieć myśleć, zwłaszcza gdy myślenie mogłoby cię doprowadzić do szaleństwa.

Matt pokręcił głową, a Stefano rozejrzał się po korytarzu. Był niemal pusty. Desperacja kazała mu zaryzykować. Ściszył głos.

– Może chciałbyś przynajmniej wiedzieć, że Elena już wstała i czuje się...

– Elena nie żyje! – krzyknął Matt, przyciągając uwagę wszystkich. – I prosiłem cię, żebyś mnie puścił – dodał nieświadomy, że mają publiczność, po czym mocno potrząsnął Stefano. Było to tak niespodziewane, że Stefano cofnął się chwiejnie w stronę szafek i omal nie wylądował na podłodze. Wbił wzrok w Matta, który jednak nawet się nie odwrócił, odchodząc szybko korytarzem.

Czekając na Bonnie, Stefano zabijał czas, wpatrując się w ścianę. Wisiał tam plakat reklamujący Śnieżny Bal. Stefano wkrótce znał go na pamięć.

Mimo wszystkiego, czego on i Elena zaznali od Caroline, Stefano nie potrafił jej nienawidzić. Gdy ją zobaczył, jej kasztanowe włosy wydawały się zmatowiałe, twarz była ściągnięta.

– Wszystko w porządku? – spytał Bonnie, gdy wyruszyli razem do wyjścia.

– Tak, oczywiście. Alaric wie tylko, że my trzy, Vickie, Caroline i ja, sporo przeszłyśmy. Chciał nam powiedzieć, że nas wspiera. – Chyba nawet ona wiedziała, że jej optymizm jest przesadny. – Żadna z nas o niczym mu nie mówiła. W przyszłym tygodniu urządza kolejne przyjęcie u siebie w domu – dodała wesoło.

Cudownie, pomyślał Stefano. W zwykłych okolicznościach pewnie powiedziałby coś na ten temat, ale w tej chwili jego uwagę zajmowało coś innego.

– O, Meredith – stwierdził.

– Pewnie czeka na nas... A nie... Idzie w stronę sali do historii – powiedziała Bonnie. – To dziwne, mówiłam, że spotkamy się tutaj.

To więcej niż dziwne, pomyślał Stefano. Zdążył tylko zerknąć na Meredith, zanim skręciła za róg, ale jej widok utkwił mu w pamięci. Meredith szła ostrożnie, cicho, ze skupionym wyrazem twarzy. Jak gdyby chciała zrobić coś w tajemnicy.

– Jak zobaczy, że nas tam nie ma, to zaraz wróci – stwierdziła Bonnie.

Ale Meredith nie wróciła zaraz. Zjawiła się dopiero po dziesięciu minutach i wydawała się zdziwiona widokiem Stefano i Bonnie.

– Przepraszam, coś mnie zatrzymało – powiedziała spokojnie, a Stefano szczerze podziwiał jej opanowanie. Zastanawiał się jednak, co Meredith ukrywa tym razem, i tylko Bonnie miała ochotę na pogawędki, gdy wspólnie wychodzili ze szkoły.

– Ostatnim razem użyłaś ognia – zauważyła Elena.

– To dlatego, że szukałyśmy Stefano, konkretnej osoby – wyjaśniła Bonnie. – Tym razem chcemy przepowiedzieć przyszłość. Gdyby chodziło tylko o twoją przyszłość, czytałabym z twojej dłoni, ale my chcemy dowiedzieć się czegoś bardziej ogólnego.

Meredith weszła do pokoju, niosąc porcelanową miskę wypełnioną po brzegi wodą. W drugiej ręce trzymała świecę.

– Przyniosłam graty – ogłosiła.

– Druidzi uważali wodę za świętość – wyjaśniła Bonnie, a Meredith postawiła naczynie na podłodze. Dziewczyny usiadły wokół.

– Druidzi prawie wszystko uważali za świętość – uzupełniła Meredith.

– Cicho. Teraz włóż świeczkę do świecznika i zapal ją. Potem wleję stopiony wosk do wody, a kształty podadzą mi odpowiedzi na wasze pytania. Babcia topiła ołów i opowiadała, że jej babcia używała prawdziwego srebra, ale podobno wosk też działa. – Gdy Meredith zapaliła świeczkę, Bonnie przechyliła głowę i głęboko odetchnęła. – Coraz straszniej i straszniej mi to robić.

– Nie musisz – powiedziała cicho Elena.

– Wiem. Ale chcę. Chociaż ten raz. Poza tym nie boję się rytuałów, to opętanie jest takie straszne. Nienawidzę tego. Czuję się, jak gdyby ktoś przywłaszczał sobie moje ciało.

Elena zmarszczyła brwi i otworzyła usta, ale Bonnie nie pozwoliła sobie przerwać.

– W każdym razie zaczynamy. Zgaś światło, Meredith. Dajcie mi minutę, żebym się wczuła, i potem zadajcie pytania.

W ciszy i półmroku Elena patrzyła, jak blask migoczącej świeczki pełga po przymrużonych rzęsach Bonnie i poważnej twarzy Meredith. Spojrzała na swoje ręce złożone na kolanach. Wydawały się bardzo blade na tle czarnego swetra i legginsów, które pożyczyła od Meredith. Wreszcie zerknęła na tańczący płomień.

– Już czas – zaczęła Bonnie, ujmując świeczkę.

Elena splotła palce, zaciskając je mocno.

– Kto jest inną mocą w Fell's Church? – zapytała niskim, cichym głosem.

Bonnie przechyliła świeczkę, płomień oblizał krawędzie. Gorący wosk spłynął jak woda do miski i uformował w niej kuliste kształty.

– Tego się obawiałam – wymamrotała Bonnie. – To mi nic nie mówi. Zadajcie inne pytanie.

Elena rozczarowana wyprostowała się, wbijając paznokcie w dłonie. To Meredith zabrała głos.

– Czy możemy znaleźć inną moc? Czy możemy ją pokonać?

– To dwa pytania – wyszeptała Bonnie, znów przechylając świeczkę. Tym razem wosk uformował się w krąg, biały nierówny krąg.

– To jedność! Symbol ludzi trzymających się za ręce. Oznacza, że damy radę, jeżeli będziemy trzymać się razem.

Elena gwałtownie podniosła głowę. Niemal tych samych słów użyła w rozmowie ze Stefano i Damonem. Oczy Bonnie rozbłysły z podniecenia. Uśmiechnęły się do siebie.

– Uważaj! Wciąż lejesz wosk – ostrzegła Meredith.

Bonnie błyskawicznie wyprostowała świeczkę i znów wpatrzyła się w miskę. Reszta wosku uformowała długą, cienką linię.

– To miecz – wolno oznajmiła. – Oznacza poświęcenie. Damy radę, jeżeli będziemy trzymać się razem. Ale coś poświęcimy.

– Co takiego? – spytała Elena.

– Nie wiem – powiedziała Bonnie z zatroskaną twarzą. – Teraz mogę wam powiedzieć tylko tyle. – Wstawiła świeczkę z powrotem do świecznika.

– Fiu… – westchnęła Meredith.

Elena także się podniosła.

– Przynajmniej wiemy, że możemy to pokonać – stwierdziła, podciągając spodnie, które były na nią trochę za długie. Spojrzała na swoje odbicie w lustrze Meredith. Z pewnością nie przypominała już Eleny Gilbert, królowej szkolnej mody. Teraz, cała w czerni, wyglądała blado i groźnie, jak miecz schowany do pochwy. Włosy bezładnie okalały jej ramiona.

– W szkole nawet by mnie nie poznali – szepnęła z nagłym ukłuciem bólu. Dziwiło ją, że żal jej szkoły, ale żałowała szczerze. To dlatego że nie mogę do niej iść, pomyślała. I dlatego że tak długo była królową, tak długo wszystkim rządziła. Nie mogła uwierzyć, że już nigdy nie przestąpi jej progu.

– Możesz iść gdzieś indziej – zaproponowała Bonnie. – Po tym, jak to wszystko się skończy, możesz dokończyć rok gdzieś, gdzie nikt cię nie zna. Jak Stefano.

– Nie sądzę. – Elena była w dziwnym humorze po tym, jak przez cały dzień spędziła w stodole, patrząc na śnieg. – Bonnie – powiedziała nagle. – Czy mogłabyś znowu odczytać moją przyszłość z dłoni? Chcę, żebyś przepowiedziała mi przyszłość. Moją przyszłość.

– Nawet nie wiem, czy jeszcze pamiętam to wszystko, czego babcia mnie uczyła... Ale w porządku, spróbuję. – Bonnie ustąpiła niechętnie. – Mam tylko nadzieję, że nie zjawią się żadni nowi ciemnowłosi nieznajomi. Już i tak dostało ci się za dużo. – Zachichotała, ujmując wyciągniętą rękę Eleny. – Pamiętasz, jak Caroline zapytała, którego wybierasz? Pewnie teraz zamierzasz się dowiedzieć, co?

– Po prostu czytaj mi z dłoni, dobrze?

– W porządku, to jest twoja linia życia... – Bonnie urwała, zanim zaczęła. Popatrzyła w dłoń Eleny z lękiem i niechęcią. – Powinna biec aż do tego punktu – wskazała. – A urywa się tu, jest taka krótka...

Przez chwilę Bonnie i Elena bez słowa wymieniały spojrzenia, a Elena czuła ten sam lęk wzbierający w jej piersiach. Meredith przerwała ciszę.

– Oczywiście, że jest krótka – powiedziała trzeźwo. – Oznacza tylko to, co już się stało, Elena utonęła.

– No tak, pewnie o to chodzi – wymamrotała Bonnie. – Puściła dłoń, a Elena powoli się wyprostowała. – Na pewno o to – przytaknęła Bonnie pewniejszym głosem.

Elena znów wpatrzyła się w lustro. Dziewczyna, którą zobaczyła, była piękna, ale w jej oczach kryła się smutna mądrość, której dawna Elena Gilbert nigdy nie posiadła. Zdała sobie sprawę, że Bonnie i Meredith także na nią spoglądają.

– Na pewno o to – powtórzyła lekko, ale jej oczy się nie uśmiechały.

ROZDZIAŁ 9

Przynajmniej tym razem nie zostałam opętana – powiedziała Bonnie. – Ale mam już dosyć tego wszystkiego. Nigdy więcej przepowiedni, to był absolutnie ostatni raz.

– W porządku – zgodziła się Elena, odchodząc od lustra. – Porozmawiajmy o czymś innym. Dowiedziałaś się czegoś dzisiaj?

– Rozmawiałam z Alarikiem. W przyszłym tygodniu znów wydaje przyjęcie – odparła Bonnie. – Zapytał Caroline, Vickie i mnie, czy dałybyśmy się zahipnotyzować, żeby pomóc nam poradzić sobie z tym, co się wydarzyło. Ale dam głowę, że to nie on jest inną mocą, Eleno. Zachowuje się tak miło.

Elena przytaknęła. Sama zaczęła się wahać, czy słusznie podejrzewa Alarica. Nie dlatego że jest taki miły, ale dlatego że spędziła cztery dni, śpiąc na jego strychu. Czy inna moc nie zrobiłaby jej krzywdy? Oczywiście Damon twierdził, że wymazał z pamięci Alarica wspomnienie o tym, że weszła na górę, ale czy inna moc dałaby się tak łatwo opanować? Powinna przecież być znacznie potężniejsza.

Chyba że ta inna moc była chwilowo słaba, pomyślała nagle Elena. Tak jak Stefano w tej chwili. Albo udawała, że poddaje się wpływowi Damona.

– Na razie jeszcze go nie skreślimy – powiedziała Elena. – Musimy być ostrożne. A co z panią Flowers? Odkryłyście coś?

– Nie – odparła Meredith. – Rano wybrałyśmy się do pensjonatu, ale nie odpowiedziała na pukanie. Stefano powiedział, że spróbuje wytropić ją jakoś po południu.

– Gdyby tylko ktoś mnie zaprosił, także mogłabym ją poobserwować. Zdaje się, że jako jedyna nic właściwie nie robię. Chyba... – Elena urwała na chwilę. – Chyba przejdę się do domu. Mam na myśli dom ciotki Judith. Może uda mi się wypatrzyć Roberta przyczajonego w krzakach albo coś...

– Pójdziemy z tobą – zaproponowała Meredith.

– Nie, lepiej, żebym była sama. Naprawdę. Potrafię stać się zupełnie niewidzialna i niesłyszalna.

– W takim razie posłuchaj własnej rady i bądź ostrożna. Wciąż strasznie pada.

Elena przytaknęła i zniknęła po drugiej stronie parapetu.

Zbliżając się do domu, zobaczyła, że z podjazdu właśnie wyjeżdża jakiś samochód. Wtopiła się w mrok. Reflektory oświetliły upiorny zimowy krajobraz: bezlistne, czarne drzewa w ogródku sąsiadów, z sową siedzącą na gałęzi.

Elena rozpoznała samochód, gdy przejechał obok niej. To był granatowy oldsmobile Roberta.

Bardzo ciekawe. Elena chciała podążyć za nim, ale jeszcze bardziej pragnęła zajrzeć do domu, sprawdzić, czy wszystko w porządku. Ostrożnie otoczyła dom, wpatrując się w okno.

Żółte zasłony w kuchni były podniesione, odsłaniając jasne wnętrze. Ciotka Judith właśnie zamykała zmywarkę. Czy Robert przyszedł na kolację?

Ciotka wyszła do holu, a Elena ruszyła za nią, przechodząc do kolejnego okna. Znalazła szparę między kotarami w salonie i ostrożnie przyłożyła oko do grubej szyby. Usłyszała, że frontowe drzwi otwierają się i zamykają, a potem ciotka Judith zjawiła się w salonie. Usiadła na kanapie, włączyła telewizor i zaczęła zmieniać kanały.

Elena żałowała, że widzi tylko profil ciotki. Czuła się bardzo dziwnie, zaglądając do tego salonu i wiedząc, że nie może zrobić nic więcej. Nie może wejść do środka. Kiedy ostatnio uświadomiła sobie, jaki to ładny pokój? W starym mahoniowym kredensie była porcelana i szkło, na stole tuż obok ciotki stała lampa z muślinowym abażurem, a na kanapie leżały poduszki. Wszystko to nagle wydało się Elenie niezwykle cenne. Stojąc na zewnątrz, stopniowo zasypywana pierzastymi płatkami śniegu, żałowała, że nie może po prostu wejść, choćby na chwilkę.

Ciotka Judith odchyliła głowę i przymknęła oczy. Elena dotknęła czołem do szyby, po czym powoli się odwróciła.

Wspięła się na pigwowiec obok jej własnego okna, ale ku jej rozczarowaniu zasłony były całkiem zasunięte. Klon rosnący w pobliżu pokoju Margaret stanowił pewne wyzwanie, ale kiedy zdołała się na niego wspiąć, przynajmniej zyskała świetny widok – tu nic nie przesłaniało szyby. Margaret spała, przykryta po brodę, z otwartymi ustami. Jej złociste włosy leżały rozrzucone na poduszce jak wachlarz.

Cześć, skarbie, pomyślała Elena, przełykając łzy. Wszystko to wyglądało tak słodko i niewinnie: nocne przyćmione światło, mała dziewczynka w łóżku, pluszaki czuwające nad nią z półek. Przez otwarte drzwi weszła mała biała kotka.

Śnieżynka wskoczyła na łóżko Margaret. Kotka ziewnęła, pokazując malutki, różowy języczek, po czym przeciągnęła się, wystawiając pazurki. A potem wdzięcznie przystanęła na piersiach Margaret.

Elena poczuła, że cierpnie jej skóra.

Nie wiedziała, czy to instynkt łowcy, czy zwykła intuicja, ale nagle poczuła ogromny strach. W tym pokoju czaiło się jakieś niebezpieczeństwo. Margaret była w niebezpieczeństwie.

Kotka nie ruszyła się z miejsca i lekko poruszła ogonem. I nagle Elena zrozumiała, co jej to przypomniało. Psy. Kotka patrzyła takim samym wzrokiem, jakim Chelsea patrzyła na Douga Carsona na chwilę przed tym, jak go zaatakowała. O Boże, miasto kazało poddać psy kwarantannie, ale nikt nie pomyślał o kotach.

Umysł Eleny pracował na najwyższych obrotach, ale to nie pomagało. Przez głowę przewijały się jej tylko niezliczone obrazy tego, co można zrobić pazurami i kłami ostrymi jak szpilki. A Margaret leżała tam, oddychając spokojnie, nieświadoma zagrożenia.

Sierść na grzbiecie Śnieżynki powoli zaczęła się podnosić. Jej ogon nagle spuchł do rozmiarów szczotki do butelek. Kotka położyła uszy i otworzyła pysk, sycząc bezgłośnie. Nie spuszczała oczu z twarzy Margaret, podobnie jak Chelsea z twarzy Douga.

– Nie! – Elena rozejrzała się, rozpaczliwie poszukując czegoś, czym mogłaby cisnąć w okno, narobić hałasu. Nie mogła się zbliżyć, bo dalsze gałęzie drzewa nie wytrzymałyby jej ciężaru. – Margaret, obudź się!

Ale śnieg, który okrył ją teraz jak gruby koc, wytłumił słowa. Z gardła Śnieżynki wydobył się niski, chrapliwy jęk. Kotka zerknęła w stronę okna, po czym błyskawicznie znów wbiła wzrok w Margaret.

– Margaret, obudź się! – krzyknęła znów Elena. A potem, zanim kotka zdążyła unieść wykrzywioną łapę, rzuciła się na okno.

Nigdy nie umiała wyjaśnić, jak zdołała się utrzymać. Nie miała na czym uklęknąć, ale wbiła paznokcie w miękkie, stare drewno framugi i czubek buta w ścianę. Waliła w okno całym ciężarem ciała.

– Odejdź! – wrzeszczała. – Margaret! Wstawaj!

Margaret nagle otworzyła oczy i usiadła, zrzucając z siebie Śnieżynkę. Kotka, spadając, zaczepiła pazurami o kapę na łóżku. Elena znów zaczęła krzyczeć.

– Margaret, zejdź z łóżka! Otwórz okno, szybko!

Na czteroletniej zaspanej twarzyczce Margaret malowało się zdziwienie, ale nie strach. Dziewczynka wstała i podeszła do okna. Elena zgrzytnęła zębami.

– Właśnie tak. Grzeczna dziewczynka… A teraz powiedz: wejdź. No już, powiedz to!

– Wejdź – powiedziała posłusznie Margaret, mrugając.

Ledwie Elena wpadła do środka, Śnieżynka zerwała się do skoku. Elena usiłowała ją złapać, ale kotka była za szybka. Wyskoczyła na zewnątrz, ześlizgnęła się po gałęziach pigwowca z oszałamiającą łatwością, po czym wyskoczyła na śnieg i zniknęła.

Malutka dłoń szarpała Elenę za sweter.

– Wróciłaś! – powiedziała Margaret, tuląc się do bioder Eleny. – Tęskniłam za tobą.

– Och Margaret, ja też tęskniłam – zaczęła Elena, ale po chwili zamarła. Ze schodów dobiegł nagle głos ciotki Judith.

– Margaret, nie śpisz? Co tam się dzieje?

Elena musiała podjąć decyzję w kilka sekund.

– Nie mów jej, że tu jestem – szepnęła, klękając. – To tajemnica, rozumiesz? Powiedz, że wypuściłaś kotkę, ale nie mów, że tu jestem. – Nie miała czasu tłumaczyć nic więcej. Elena zanurkowała pod łóżko i zaczęła się modlić.

Spod kapy widziała, jak odziane w pończochy stopy ciotki Judith wkraczają do pokoju. Przytuliła twarz do podłogi i wstrzymała oddech.

– Margaret! Czemu nie śpisz? Chodź, zaraz cię położymy – powiedziała ciotka, a po chwili łóżko zaskrzypiało pod ciężarem Margaret. Elena słyszała odgłos poprawianej kołdry. – Masz strasznie zimne dłonie. Dlaczego okno jest otwarte?

– Otworzyłam je i Śnieżynka wyskoczyła na zewnątrz.

Elena odetchnęła.

– A teraz masz śnieg na całej podłodze... No nie wierzę. Nigdy więcej nie otwieraj tego okna, dobrze? – Rozległo się jeszcze trochę szelestów i w końcu stopy opuściły pokój.

Drzwi zamknęły się z trzaskiem.

Elena wyślizgnęła się spod łóżka.

– Grzeczna dziewczynka – szepnęła do Margaret. – Jestem z ciebie dumna. Jutro powiesz cioci, że musisz oddać kicię. Powiedz, że cię wystraszyła. Wiem, że nie chcesz – podniosła dłoń, żeby uciszyć Margaret, która już otwierała usta, by zaprotestować. – Ale musisz. Uwierz mi, że kicia zrobi ci krzywdę, jeśli ją zatrzymasz. A tego nie chcesz, prawda?

– Nie – odparła Margaret, a w jej niebieskich oczach zalśniły łzy. – Ale...

– I nie chcesz, żeby kicia zrobiła krzywdę cioci Judith. Powiesz jej, że nie możesz mieć ani kici, ani pieska, ani nawet ptaszka, dopóki... przez jakiś czas. Nie mów jej, że ja ci tak powiedziałam. To wciąż będzie nasza tajemnica. Powiedz, że się boisz przez to, co się stało z psami pod kościołem. – Już lepiej, żeby dziecko śniło koszmary, niż przeżyło prawdziwy koszmar, pomyślała ponuro Elena.

– Dobrze – odparła smutno Margaret.

– Przykro mi, skarbie. – Elena usiadła i przytuliła siostrę. – Ale tak trzeba zrobić.

– Jesteś zimna – powiedziała Margaret, po czym spojrzała Elenie w twarz. – Zostałaś aniołem?

– Nie... nie do końca.

Wprost przeciwnie, pomyślała Elena z ironią.

– Ciotka Judith powiedziała, że będziesz teraz z mamusią i tatusiem. Widziałaś ich już?

– Margaret... to trochę trudno wyjaśnić. Nie, jeszcze ich nie widziałam. I nie jestem aniołem, ale będę jak twój anioł stróż, dobrze? Będę nad tobą czuwała, nawet gdy mnie nie widzisz. Zgoda?

– Zgoda. – Margaret nawijała na palec pasmo włosów. – Czy to znaczy, że nie możesz już tu mieszkać?

Elena rozejrzała się po biało-różowej sypialni, popatrzyła na pluszaki na półkach, małe biureczko, konia na biegunach, który kiedyś należał do niej.

– Tak, to znaczy, że nie mogę już tu mieszkać – odparła cicho.

– Kiedy mi tłumaczyli, że idziesz do mamusi i tatusia, powiedziałam, że też chcę tam iść.

– Och, maleństwo. – Elena zamrugała. – Jeszcze nie czas, żebyś tam szła. Nie możesz. Ciocia Judith bardzo cię kocha i byłaby samotna bez ciebie.

Margaret przytaknęła. Powieki same jej opadały. Ale gdy Elena położyła ją z powrotem i nakryła kołdrą, Margaret zadała jeszcze jedno pytanie.

– A ty mnie nie kochasz?

– Oczywiście, że kocham. Ale ja sobie poradzę, a ciotka Judith potrzebuje cię bardziej. I... – Elena odetchnęła, żeby się uspokoić, po czym spojrzała na Margaret. Dziewczynka miała zamknięte oczy. Spała.

Och, głupia, głupia, pomyślała Elena, przedzierając się przez zaspy śniegu na drugą stronę Maple Street. Straciła okazję zapytać Margaret, czy Robert był na obiedzie. Teraz było za późno.

Robert. Jej oczy nagle się zwęziły. Podczas wizyty w kościele był na zewnątrz, a psy nagle się wściekły. A dziś wieczorem kot Margaret oszalał, chwilę po tym, jak samochód Roberta odjechał z ich podjazdu.

On ma sporo na sumieniu, pomyślała.

Ale melancholia odciągała jej uwagę od innej mocy. Wciąż wracała w myślach do jasnego domu, z którego właśnie wyszła, i patrzyła na przedmioty, których już więcej nie zobaczy. Wszystkie jej ubrania, drobiazgi, biżuteria – co ciocia Judith z nimi zrobi? Nic już nie mam, pomyślała. Jestem nędzarką.

Elena?

Z ulgą rozpoznała głos w swojej głowie i charakterystyczny cień na końcu ulicy. Podbiegła do Stefano, który wyciągnął ręce z kieszeni kurtki i chwycił jej dłonie, żeby je ogrzać.

– Meredith powiedziała mi, dokąd poszłaś.

– Poszłam do domu – odparła Elena. Tylko tyle mogła powiedzieć, ale kiedy przytuliła się do niego, wiedziała, że zrozumiał.

– Znajdźmy jakieś miejsce, gdzie będziemy mogli usiąść – powiedział. Stał jednak w miejscu, przygnębiony. Wszystkie miejsca, do których zwykli chodzić, były zbyt niebezpieczne albo Elena nie miała do nich wstępu. A policja wciąż miała jego samochód.

W końcu poszli do szkoły i usiedli pod daszkiem. Patrzyli na prószący śnieg. Elena opowiedziała mu, co stało się w pokoju Margaret.

– Poproszę Meredith i Bonnie, żeby puściły w miasto informację, że koty też mogą być groźne. Ludzie powinni się o tym dowiedzieć. Myślę też, że ktoś powinien obserwować Roberta – zakończyła.

– Nie spuścimy go z oka – obiecał Stefano, a ona nie mogła się powstrzymać od uśmiechu.

– To zabawne, jak bardzo stałeś się amerykański. Przez długi czas o tym nie myślałam, ale kiedy tu przyjechałeś, byłeś dużo bardziej cudzoziemski. Teraz nikt by się nie domyślił, że nie żyjesz tu od urodzenia.

– Szybko się adaptujemy. Musimy – odpowiedział. – Ciągle są nowe kraje, nowe czasy, nowe sytuacje. Ty też się tego nauczysz.

– Tak myślisz? – Jej oczy wciąż wpatrywały się w opadające płatki śniegu. – Nie wiem...

– Nauczysz się w swoim czasie. Jeżeli można znaleźć cokolwiek... dobrego... w tym, że jesteśmy, czym jesteśmy, to czas. Mamy go mnóstwo, tak wiele, jak tylko chcemy. Wieczność.

– „Wieczni radośni towarzysze". Czy nie tak Katherine powiedziała do ciebie i Damona? – zapytała Elena.

Poczuła, jak Stefano sztywnieje.

– Mówiła o całej naszej trójce. Nie o mnie.

– Stefano, przestań, proszę, nie teraz. Nawet nie myślałam o Damonie, tylko o wieczności. To mnie przeraża. Wszystko to mnie przeraża i czasem myślę, że po prostu chciałabym zasnąć i już się nie obudzić.

W jego ramionach czuła się bezpieczniej. Zauważyła, że jej nowe zmysły działają równie zadziwiająco z bliska, jak na duży dystans. Słyszała każde pojedyncze uderzenie serca Stefano i szum krwi w jego żyłach. Mogła wyczuć jego własny zapach zmieszany z zapachem jego kurtki, śniegu, wełnianych ubrań.

– Zaufaj mi, proszę – wyszeptała. – Wiem, że jesteś zły na Damona, ale daj mu szansę. Myślę, że on jest lepszy, niż się wydaje. A ja chcę, żeby pomógł mi znaleźć inną moc. I to wszystko, czego od niego chcę.

W tej chwili to była prawda. Tego wieczoru Elena nie chciała mieć nic wspólnego z życiem łowcy. Ciemność nie pociągała jej ani trochę. Marzyła o tym, żeby być w domu, przed kominkiem.

Ale to było przyjemne po prostu siedzieć tak w objęciach Stefano, mimo że siedzieli na śniegu. Oddech Stefano był ciepły, kiedy pocałował ją w kark. Nie było w nim już zimna.

Ani głodu, a przynajmniej nie takiego, jaki zwykle czuła, gdy byli tak blisko. Teraz, gdy sama też stała się łowcą, to była inna potrzeba – raczej wspólnoty niż pożywienia. Nie miało to znaczenia. Coś stracili, ale też coś zyskali. Rozumiała Stefano lepiej niż kiedykolwiek wcześniej. A zrozumienie ich zbliżyło, ich umysły niemal mieszały się ze sobą. Zgiełk różnych głosów w głowie ustąpił pozawerbalnej komunikacji. Tak jakby ich duchy się zjednoczyły.

– Kocham cię – powiedział Stefano, nachylony nad jej karkiem, a ona wtuliła się w niego mocniej. Wiedziała teraz, dlaczego tak długo bał się jej to powiedzieć. Kiedy każda myśl o jutrze przeraża cię, trudno się zaangażować, bo nie chcesz pociągnąć drugiej osoby ze sobą.

Zwłaszcza kogoś, kogo kochasz.

– Też cię kocham – powiedziała i wstała. Jej melancholijny nastrój zniknął. – Spróbujesz dać Damonowi szansę? Pracować z nim? Proszę cię.

– Będę z nim pracował, ale nie zaufam mu. Nie mogę, za dobrze go znam.

– Zastanawiam się czasem, czy w ogóle ktoś go zna. W porządku, zrób, co tylko możesz. Może poprośmy go, żeby śledził jutro Roberta.

– Śledziłem wczoraj panią Flowers. – Stefano się lekko skrzywił. Całe popołudnie aż do późnego wieczoru. I wiesz, co zrobiła?

– Co?

– Trzy prania – w zabytkowej pralce, która wyglądała, jakby miała zaraz wybuchnąć. Bez suszarki, tylko wyżymaczka. Wszystko jest w piwnicy. Potem wyszła i napełniła z dziesięć karmników dla ptaków. A potem wróciła do piwnicy, żeby powycierać słoje z konserwami. Spędza tam większość czasu. Mówi do siebie.

– Jak przystało na stukniętą starszą panią – zauważyła Elena. – Dobrze, może Meredith się myli i pani Flowers jest zupełnie nieszkodliwa. – Zauważyła, że wyraz jego twarzy zmienił się na dźwięk imienia Meredith. – Co?

– No cóż, Meredith może sama mieć się z czego tłumaczyć. Nie pytałem jej o to; pomyślałem, że lepiej poczekać na ciebie. Ale poszła dzisiaj po szkole porozmawiać z Alarikiem Saltzmanem. I ukrywała to przed wszystkimi.

Te słowa obudziły w Elenie niepokój.

– No i co?

– No i kłamała później na ten temat albo przynajmniej unikała go. Próbowałem zbadać jej umysł, ale moja moc jest już bardzo słaba. A ona ma silną wolę.

– A ty nie miałeś prawa tego robić! Stefano, posłuchaj. Meredith nigdy nie zrobiłaby nic, żeby nas skrzywdzić albo zdradzić. Cokolwiek przed nami ukrywa...

– Więc przyznajesz, że coś ukrywa.

– Tak – powiedziała z wahaniem. – Ale to nic, co by nam zaszkodziło, jestem pewna. Przyjaźnię się z Meredith od pierwszej klasy... – Nagle Elena przypomniała sobie Caroline, przyjaciółkę od przedszkola, która w zeszłym tygodniu próbowała zniszczyć Stefano i upokorzyć ją na oczach całego miasta.

A co napisała w swoim dzienniku o Meredith? „Meredith nic nie robi, tylko patrzy. Jakby nie mogła działać, tylko reagować na rzeczy. Poza tym słyszałam, jak moi rodzice rozmawiali o jej rodzinie – nic dziwnego, że nigdy o niej nie wspomina".

Elena oderwała wzrok od śnieżnego krajobrazu, by poszukać wzroku Stefano.

– To nie ma znaczenia – powiedziała cicho. – Znam Meredith i ufam jej. Będę jej zawsze ufać.

– Mam nadzieję, że na to zasługuje, Eleno – odpowiedział. – Naprawdę.

ROZDZIAŁ 10

12 grudnia, wtorek rano

Drogi pamiętniku,
co więc ustaliliśmy po tygodniu pracy?
Ja, Stefano i Damon nie spuszczaliśmy z oczu trzech podejrzanych przez ostatnich sześć lub siedem dni. Wyniki: Robert spędził ten tydzień jak każdy biznesmen. Alaric nie robił nic niezwykłego jak na nauczyciela historii. Pani Flowers większość czasu przebywa w piwnicy. Tak więc nie dowiedzieliśmy się niczego, co ułatwiłoby nam rozwiązanie zagadki.

*Stefano mówi, że Alaric spotkał się kilka razy z dy-
rektorem, ale nie mógł się zbliżyć na tyle, żeby usłyszeć,
o czym rozmawiają.*

*Meredith i Bonnie rozpowszechniają wiadomości,
że nie tylko psy mogą być niebezpieczne, inne zwierzęta również. Nie musiały się bardzo starać; wygląda na
to, że wszyscy w mieście są już i tak na skraju histerii.
Mówiono o kilku kolejnych atakach zwierząt, ale trudno powiedzieć, które z nich należy traktować poważnie.
Jakieś dzieciaki usiłowały złapać wiewiórkę i je ugryzła. Królik Massasesów zadrapał ich synka. Stara pani Coomber widziała żmiję w swoim ogródku, chociaż
wszystkie węże powinny teraz hibernować.*

*Jeden, co do którego jestem pewna, to atak na wete-
rynarza, który poddaje psy kwarantannie. Kilka z nich
go pogryzło i uciekło z klatek. A potem zniknęły. Ludzie
się cieszą, że uciekły, i mają nadzieję, że zdechną z głodu w lesie, ale ja się zastanawiam.*

*Cały czas pada śnieg. Nie gwałtownie, ale bez prze-
rwy. Nigdy nie widziałam tyle śniegu.*

Stefano niepokoi się jutrzejszym balem.

*Nie jesteśmy ani o krok bliżej odnalezienia innej
mocy.*

*Żaden z naszych podejrzanych nie był w pobliżu
posesji Massasesów albo Coomberów, albo weteryna-
rza, gdy doszło do ataków. Spotkanie u Alarica jest dziś
wieczorem. Meredith sądzi, że powinniśmy pójść. Nie
wiem, co innego możemy zrobić.*

Damon wyciągnął długie nogi i leniwie rozejrzał się po stodole.

– Nie, nie sądzę, żeby to było szczególnie niebezpieczne –
powiedział. – Ale nie wiem, czego się spodziewacie po tej wi-
zycie.

– Ja też nie – przyznała Elena. – Ale nie mam lepszych pomysłów. A ty?

– Masz na myśli ciekawsze spędzenie czasu? Tak, mam parę pomysłów. Powiedzieć ci o nich?

Elena machnęła na niego, żeby umilkł. Posłuchał.

– Mam na myśli coś pożytecznego, co moglibyśmy w tej chwili zrobić. Robert wyjechał z miasta, pani Flowers jest...

– ...w piwnicy – odezwał się chórek głosów.

– A my siedzimy tutaj. Czy ktoś ma jakiś lepszy pomysł?

Zapadła cisza, którą przerwała Meredith.

– Jeśli obawiasz się, że to może być niebezpieczne dla mnie i Bonnie, dlaczego nie pójdziemy wszyscy do Alarica? Nie mówię, że musicie się pokazywać. Możecie się ukryć na strychu. Wtedy, jeśli będzie nam coś grozić, krzykniemy o pomoc i nas usłyszycie.

– Nie wiem, dlaczego ktoś miałby krzyczeć. – Bonnie wciąż była przekonana o niewinności Alarica. – Nic się tam nie stanie.

– Może nie, ale lepiej dmuchać na zimne – odpowiedziała Meredith. – Co o tym myślicie?

Elena powoli kiwnęła głową.

– To ma sens. – Spojrzała na przyjaciół, ale nikt nie protestował. Stefano tylko wzruszył ramionami, a Damon wymruczał coś, co rozśmieszyło Bonnie.

– W porządku, w takim razie postanowione. Chodźmy.

– Bonnie i ja możemy pojechać samochodem – zaczęła Meredith. – A wy troje...

– Och, poradzimy sobie – uspokoił ją Damon z wilczym uśmiechem. Meredith kiwnęła głową. Nie zrobiło to na niej wrażenia. To dziwne, pomyślała Elena, gdy dziewczyny odeszły w stronę samochodu, Damon nigdy nie robił na niej wrażenia. Jego urok zdawał się nie mieć na nią żadnego wpływu.

Właśnie miała powiedzieć, że jest głodna, gdy Stefano zwrócił się do Damona.

– Czy zamierzasz towarzyszyć Elenie przez cały czas, kiedy tam będziecie? – zapytał.

– Spróbuj mnie powstrzymać – odpowiedział zaczepnie Damon. Po czym spytał poważnie. – Dlaczego?

– Bo jeśli tak, to możecie tam iść we dwójkę, a ja dołączę do was później. Muszę coś zrobić, ale to nie zajmie bardzo dużo czasu.

Elena poczuła falę ciepła. Stefano próbował zaufać swojemu bratu. Uśmiechnęła się do niego z aprobatą, kiedy odciągnął ją na bok.

– O co chodzi?

– Dostałem wiadomość od Caroline. Pytała, czy mógłbym się z nią spotkać w szkole przed przyjęciem u Alarica. Mówi, że chce przeprosić.

Elena już miała ostro zareagować, ale ugryzła się w język. Z tego, co słyszała, Caroline nie wyglądała ostatnio dobrze. A może Stefano poczułby się lepiej po rozmowie z nią.

– Cóż, ty w każdym razie nie masz za co przepraszać – powiedziała. – Wszystko, co się stało, to jej wina. Nie sądzisz, że jest niebezpieczna?

– Nie. Zresztą, nawet gdyby, to zdołam sobie z nią poradzić. Spotkam się z nią, a potem pójdziemy oboje do Alarica. – Odwrócił się i ruszył przez śnieg.

– Bądź ostrożny – zawołała za nim Elena.

Strych wyglądał tak, jak go zapamiętała; był ciemny, zagracony i zakurzony. Damon, który wszedł po prostu przez drzwi, musiał otworzyć okno, żeby ją wpuścić. Potem usiedli obok siebie na starym materacu i nasłuchiwali głosów z dołu.

– Potrafię sobie wyobrazić bardziej romantyczne dekoracje – wyszeptał Damon, z grymasem ściągając pajęczynę z rękawa. – Jesteś pewna, że nie wolałabyś...

– Jestem – odpowiedziała. – Teraz bądź cicho.

To było jak gra, słuchanie fragmentów rozmowy i próby poskładania ich, dopasowania głosu do twarzy.

– A potem powiedziałam: nie obchodzi mnie, od jak dawna masz tę papugę, pozbądź się jej albo idę na tańce z Mikiem Feldmanem. A on na to...

– ...słyszałam plotkę, że rozkopano wczoraj grób pana Tannera...

– ...wiesz, że wszyscy oprócz Caroline wycofali się z konkursu na Królową Śniegu? Nie sądzisz...

– ...martwa, ale mówię ci, widziałam ją. I nie, nie spałam.
Miała na sobie srebrną suknię, a jej włosy były złote i puszyste...

Elena odwróciła się do Damona i uniosła brwi, a potem
wymownie spojrzała na swój czarny strój. Uśmiechnął się szeroko.

– Romantyzm – powiedział. – Ja wolę cię w czerni.

– Jasne, jakżeby nie. – Zaskakiwało ją, o ile swobodniej
czuła się ostatnio z Damonem. Siedziała w milczeniu, pozwalając, żeby rozmowy prowadzone przez kolegów na dole przepły-
wały obok niej. Niemal traciła poczucie czasu. Nagle usłyszała
znajomy głos, znacznie bliżej niż pozostałe.

– Dobrze, dobrze, idę.

Wymieniła spojrzenie z Damonem i oboje wstali. Ktoś nacisnął klamkę. Bonnie zajrzała przez drzwi.

– Meredith kazała mi tu przyjść. Nie wiem dlaczego.
Okupuje Alarica, przyjęcie jest do niczego. A psik!

Usiadła na materacu, a Elena obok niej. Pomyślała, że dobrze by było, żeby Stefano już przyszedł. Kiedy drzwi znowu
się otworzyły i weszła Meredith, Elena zaczęła się już niecierpliwić.

– Meredith, co się dzieje?

– Nic, a w każdym razie nic, czym należałoby się martwić.
Gdzie Stefano? – Jej policzki były zarumienione i miała dziwny
wyraz twarzy...

– Przyjdzie później... – zaczęła Elena, ale przerwał jej
Damon.

– Nieważne, gdzie jest. Kto idzie po schodach?

– Jak to, kto idzie po schodach? – zapytała zdziwiona
Bonnie, wstając.

– Uspokójcie się... – powiedziała Meredith, stając przy oknie, jakby go pilnowała. Sama nie wyglądała na spokojną.

– W porządku – zawołała. Drzwi otworzyły się i stanął
w nich Alaric Saltzman.

Damon poruszył się tak szybko, że nawet Elena tego nie zauważyła. W jednej chwili złapał ją za nadgarstek i pociągnął za siebie, sam odwracając się twarzą do Alarica. Stanął w pozycji drapieżcy, każdy muskuł miał napięty, był gotowy do ataku.

– Stój! – krzyknęła Bonnie. Rzuciła się w stronę Alarica, który cofnął się o krok na widok Damona. Niemal stracił przy tym równowagę i musiał oprzeć się ręką o drzwi. Drugą sięgnął do paska.

– Nie! Czekaj! – krzyknęła Meredith. Elena dostrzegła jakiś kształt pod jego marynarką i uświadomiła sobie, że to pistolet.

Nagle coś się stało, a ona znowu nie zauważyła co. Damon puścił jej nadgarstek i skoczył do Alarica. A za chwilę Alaric siedział na podłodze z oszołomionym wyrazem twarzy, a Damon opróżniał magazynek jego pistoletu.

– Mówiłam, że to głupie i niepotrzebne – rzuciła Meredith. Elena zdała sobie sprawą, że trzyma czarnowłosą dziewczynę za ramiona. Musiała ją chwycić, żeby nie próbowała zatrzymać Damona, ale nie pamiętała, jak to zrobiła.

– Te naboje z drewnianym czubkiem to prawdziwe paskudztwo. Mogą komuś zrobić krzywdę – skarcił Alarica Damon. Włożył jeden nabój z powrotem do magazynka i wycelował broń w historyka.

– Przestań – powiedziała z naciskiem Meredith. Odwróciła się do Eleny. – Niech on przestanie, Eleno, wyrządzi tylko więcej szkody. Alaric nie zrobi wam krzywdy. Obiecuję. Cały tydzień zajęło mi przekonanie go, że wy nie zrobicie krzywdy jemu.

– A teraz mam chyba złamany nadgarstek – poskarżył się Alaric. Włosy koloru piasku wchodziły mu do oczu.

– Możesz winić tylko siebie – odparowała Meredith.

– Nie mogę się doczekać, żeby usłyszeć jakieś wyjaśnienie.

– Zaufaj mi. – Meredith zwróciła się do Eleny.

Elena spojrzała w jej ciemne oczy. Ufała swojej przyjaciółce; tak powiedziała. A te słowa przywołały inne wspomnienie, jej własną prośbę o zaufanie Stefano. Skinęła głową.

– Damon? – zapytała. Odłożył pistolet i uśmiechnął się do wszystkich, dając jasno do zrozumienia, że nie potrzebuje broni.

– Teraz, jeśli tylko posłuchacie, to zrozumiecie – zaczęła Meredith.

– Och, z pewnością – parsknęła Bonnie.

Elena podeszła do Saltzmana. Nie bała się go, ale z tego, jak na nią patrzył, mierząc ją powoli wzrokiem, widać było, że on się jej boi.

Zatrzymała się o metr od niego.

– Dobry wieczór – przywitała go.

Wciąż trzymał się za nadgarstek.

– Dobry wieczór – odpowiedział i przełknął ślinę.

Elena spojrzała na Meredith, a potem z powrotem na niego. Tak, bał się. Z tymi włosami wchodzącymi do oczu wyglądał młodziej. Jakby był o cztery, pięć lat starszy od niej. Nie więcej.

– Nie zrobimy ci krzywdy – powiedziała.

– To samo mu mówiłam – wtrąciła cicho Meredith. – Wyjaśniłam mu, że niezależnie od tego, co wcześniej widział i o czym słyszał, wy jesteście inni. Powiedziałam mu to, co ty mi opowiedziałaś o Stefano, jak przez te wszystkie lata walczył ze swoją naturą. I o tym, co ty przeszłaś i że nigdy tego nie chciałaś.

Ale dlaczego mu tyle powiedziałaś? – pomyślała Elena.

– W porządku, wiesz już o nas. Ale wszystko, co my wiemy o tobie, to to, że nie jesteś nauczycielem historii – zwróciła się do Alarica.

– Jest łowcą – wyjaśnił Damon i zabrzmiało to jak groźba. – Łowcą wampirów.

– Nie – odpowiedział Alaric. – A przynajmniej nie takim, jak myślisz. – Wydawało się, że podejmuje właśnie jakąś decyzję. – W porządku. Z tego, co wiem o was trojgu... – Przerwał, rozglądając się uważnie po ciemnym pomieszczeniu, jakby właśnie coś sobie uświadomił. – Gdzie Stefano?

– Przyjdzie. Właściwie to powinien już tu być. Miał wpaść do szkoły i zabrać Caroline – wytłumaczyła Elena. Zaskoczyła ją reakcja Alarica.

– Caroline Forbes? – zapytał, podnosząc się gwałtownie. Jego głos brzmiał tak jak wtedy, gdy podsłuchała jego rozmowę z doktorem Feinbergiem i dyrektorem, był ostry i zdecydowany.

– Tak. Wysłała mu dzisiaj wiadomość, że chce przeprosić czy coś. Chciała się spotkać w szkole przed przyjęciem.

– Nie może tam pójść. Trzeba go zatrzymać – powiedział Alaric i powtórzył z naciskiem. – Musicie go powstrzymać.

– Już poszedł. Dlaczego nie może?

– Bo zahipnotyzowałem ją przedwczoraj. Próbowałem wcześniej z Tylerem, ale bez skutku. Ale Caroline jest podatna na hipnozę i przypomniała sobie trochę z tego, co się wydarzyło w baraku. I rozpoznała Stefano Salvatore jako napastnika.

Na ułamek sekundy wszyscy zamarli.

– Ale co ona może mu zrobić? – przerwała ciszę Caroline.

– Nie rozumiecie? Nie macie już do czynienia tylko z uczniami. To zaszło za daleko. Jej ojciec o tym wie i ojciec Tylera. Niepokoją się o bezpieczeństwo w mieście…

– Bądźcie cicho! – Elena skoncentrowała się, próbując znaleźć jakiś ślad obecności Stefano. Bardzo osłabł. W końcu coś wyczuła, coś, co chyba prowadziło do Stefano. I wyczuła cierpienie.

– Coś jest nie tak – potwierdził Damon i zrozumiała, że musiał też szukać i to umysłem dużo potężniejszym od jej umysłu. – Chodźmy.

– Zaraz, najpierw porozmawiajmy. Nie pakujcie się w to ot tak. – Alaric mógłby równie dobrze mówić do wiatru, próbując słowami powstrzymać jego niszczycielską moc. Damon był już w oknie, a w następnej chwili Elena wyskoczyła za nim i wylądowała zwinnie na śniegu. Głos Saltzmana dobiegł ich z góry.

– My też idziemy. Czekajcie tam na nas. Pozwólcie mi najpierw z nimi porozmawiać. Zajmę się tym…

Elena ledwo go słyszała. Jej umysł płonął jedną myślą. Zranić ludzi, którzy chcą zranić Stefano. To zaszło za daleko, tak, pomyślała. A teraz ja mam zamiar posunąć się tak daleko, jak będzie trzeba. Jeżeli ośmielą się go tknąć… Obrazy tego, co z nimi zrobi, przebiegały przez jej myśl zbyt szybko, żeby je zliczyć. W innej sytuacji mógłby ją powalić ten przypływ adrenaliny i podniecenia.

„Słyszała" myśli Damona, gdy biegli przez śnieg. Czuła atak furii. Pasował do jej wściekłości. Uświadomiła sobie jednak coś innego.

– Spowalniam cię – powiedziała. Nie traciła sił, biegnąc przez nieubity śnieg, mimo nadzwyczajnego tempa. Ale dwie ani nawet cztery nogi nie mogły się równać z ptasimi skrzydłami. – Leć, dotrzyj tam najszybciej jak się da, a ja dobiegnę.

Poczuła, że powietrze drży, i usłyszała trzepot skrzydeł. Spojrzała w górę i zobaczyła odlatującego kruka.

Dobrego polowania, „usłyszała" w głowie myśl Damona.

Dobrego polowania, pomyślała. Przyspieszyła. Koncentrowała się na śladzie Stefano.

Stefano leżał w śniegu. Z kilkucentymetrowej rany na jego głowie ciekła krew.

Był tak pochłonięty własnymi myślami, że nie zauważył samochodów zaparkowanych po drugiej stronie ulicy. To, że zgodził się spotkać z Caroline, było głupie. Teraz miał za swoją głupotę zapłacić.

Gdyby tylko mógł zebrać myśli na tyle, żeby wezwać pomoc… Ale prawie nie dysponował mocą. Dlatego tak łatwo go pokonali, i dlatego nie mógł wysłać myśli do Eleny. Od tamtej nocy, kiedy zaatakował Tylera, prawie w ogóle się nie żywił. Co za ironia. Sam wpakował się w kłopoty.

Nie trzeba było próbować walczyć ze swoją naturą, myślał. Damon miał jednak rację. Wszyscy są tacy sami – Alaric, Caroline, wszyscy. Każdy cię zdradzi. Trzeba było na nich polować bez skrupułów.

Miał nadzieję, że Damon zaopiekuje się Eleną. Będzie z nim bezpieczna; jest silny i bezlitosny. Nauczy ją przetrwać. Stefano cieszył się z tego.

Ale serce mu pękało.

Bystry wzrok kruka dostrzegł krzyżujące się snopy światła. Damon nie potrzebował widzieć świateł, drogę wskazywała mu gasnąca iskierka życia Stefano. Gasnąca, bo Stefano był słaby i już się poddał.

Nigdy się nie nauczysz, co, bracie? – wysłał do niego myśl. Powinienem cię tam po prostu zostawić. Ale kiedy wylądował, zmienił postać.

Czarny wilk wpadł w grupę ludzi stojących wokół Stefano i skoczył na tego, który trzymał nad jego piersią zaostrzony drewniany kołek. Uderzenie zwaliło mężczyznę z nóg, a kołek poleciał w śnieg. Damon powstrzymał chęć – tym silniejszą, że był teraz w ciele wilka – by zatopić zęby w szyi człowieka. Odwrócił się i znów ruszył na ludzi.

Rozbiegli się, ale jeden mężczyzna zatrzymał się, odwrócił i uniósł coś do ramienia. Strzelba, pomyślał Damon. Pewnie załadowana jakimiś specjalnymi nabojami jak pistolet Alarica. Nie miał szans dopaść człowieka, zanim wystrzeli. Ale warknął i skoczył. Twarz mężczyzny rozjaśnił uśmiech.

Biała dłoń wyrwała mężczyźnie strzelbę i odrzuciła ją. Człowiek rozglądał się wokół siebie gorączkowo, a wilk szczerzył kły. Przybyła Elena.

ROZDZIAŁ 11

Elena patrzyła, jak strzelba pana Smallwooda wpada w śnieg. Ubawił ją wyraz jego twarzy, gdy rozglądał się niespokojnie dokoła, próbując zrozumieć, co się stało. Czuła też dumę Damona, przypominającą dumę wilczycy obserwującej pierwsze udane polowanie jej szczenięcia. Ale kiedy dostrzegła Stefano leżącego na ziemi, zapomniała o wszystkim innym. Wściekłość odebrała jej oddech. Ruszyła w jego stronę.

– Wszyscy stać! Stójcie tam, gdzie jesteście.

Na jej krzyk nałożył się pisk opon. Saltzman hamował gwałtownie. Alaric wyskoczył z samochodu niemal jeszcze w biegu.

– Co tu się dzieje? – zapytał, podchodząc do grupy mężczyzn.

Elena wycofała się w mrok. Patrzyła teraz na twarze ludzi odwracających się w stronę Alarica. Oprócz pana Smallwooda rozpoznała panów Forbesa i Bennetta, ojca Vickie Bennett. Pozostali musieli być ojcami chłopaków, którzy byli z Tylerem w baraku.

To jeden z nich odpowiedział na pytanie. W jego głosie słychać było zdenerwowanie.

– Mieliśmy już dość czekania. Postanowiliśmy nieco przyspieszyć sprawy.

Wilk zawarczał, zabrzmiało to jak odgłos piły łańcuchowej. Wszyscy mężczyźni cofnęli się, a oczy Alarica, który dopiero teraz zauważył zwierzę, się rozszerzyły.

Inny dźwięk – jękliwe zawodzenie – dobiegał od samochodów. Alaric dostrzegł tam jakąś postać. To była Caroline Forbes.

– Powiedzieli, że chcą z nim tylko porozmawiać. Nie mówili mi, co chcą zrobić – powtarzała w kółko.

Alaric, kątem oka obserwując wilka, wskazał Caroline.

– Chcieliście, żeby ona to widziała? Młoda dziewczyna? Czy rozumiecie, jakie szkody mogłoby to wyrządzić jej psychice?

– A co ze szkodami, jakie jej psychice wyrządziłoby przegryzione gardło? – odparował Forbes, a inni poparli go okrzykami. – Tym się bardziej martwimy.

– Więc martwcie się lepiej o to, żeby znaleźć właściwego człowieka – powiedział Alaric. – Caroline – dodał – pomyśl, proszę. Nie dokończyliśmy sesji. Wiem, że kiedy przerwaliśmy, myślałaś, że rozpoznałaś Stefano. Ale czy jesteś absolutnie pewna, że to był on? Czy to nie mógł być ktoś inny, ktoś podobny do niego?

Caroline spojrzała na Stefano, któremu udało się usiąść, a potem na Alarica.

– Ja…

– Pomyśl, Caroline. Musisz być absolutnie pewna. Czy to mógł być ktoś inny, na przykład…

– Na przykład ten facet, który przedstawia się jako Damon Smith – wtrąciła się Meredith. Stała obok samochodu Saltzmana, ledwie widoczna w ciemności. – Pamiętasz go, Caroline? Był na pierwszym przyjęciu Alarica. Jest podobny do Stefano.

Elena zamarła, podczas gdy Caroline gapiła się przed siebie zdezorientowana. Potem zaczęła powoli kiwać głową.

– Tak… To mógł być on, tak myślę. Wszystko stało się tak szybko… Ale to mógł być on.

– I nie jesteś pewna, który z nich to był? – zapytał Alaric.

– Nie… Nie absolutnie pewna.

– Widzicie. Mówiłem wam, że ona potrzebuje kolejnych sesji, że jeszcze niczego nie możemy być pewni. Wciąż jest w szoku. – Alaric szedł powoli w stronę Stefano. Elena zauważyła, że wilk wycofał się, tak że ona mogła go dostrzec w ciemności, ale ludzie nie.

Jego zniknięcie dodało im odwagi.

– O czym ty mówisz? Kto to jest ten Smith? Nigdy go nie widziałem.

– Ale pańska córka, Vickie, pewnie widziała, panie Bennett – odpowiedział Saltzman. – To może wyjść przy następnej sesji z nią. Porozmawiamy o tym jutro, to może poczekać jeszcze dzień. Teraz lepiej zabiorę Stefano do szpitala.

Rozległ się szmer niezadowolenia.

– Tak, oczywiście, a w czasie, gdy my będziemy czekać, wszystko może się zdarzyć – zaczął Smallwood. – W dowolnym miejscu, w dowolnej chwili…

– Więc wymierzycie sprawiedliwość, tak? – głos Alarica stał się chłodniejszy. – Niezależnie od tego, czy to właściwy podejrzany, czy nie. Gdzie dowody, że ten chłopak ma nadnaturalną moc? Skąd to wiecie? Czy on był w stanie walczyć?

– Gdzieś tu jest wilk, który, owszem, był w stanie – rzucił wściekły Smallwood. – Może to wspólnicy.

– Nie widzę żadnego wilka. Widziałem psa. Może to był jeden z tych, które uciekły z kwarantanny. Ale co to ma do rzeczy? Mówię wam, jako przedstawiciel swojego zawodu, że to nie ten człowiek.

Mężczyźni zaczęli się wahać.

– Myślę, że powinniście wiedzieć, że w tej okolicy już wcześniej zdarzały się ataki wampirów – zabrała głos Meredith. – Długo przed tym, nim pojawił się tu Stefano. Mój dziadek padł ich ofiarą. Może niektórzy z was o tym słyszeli. – Spojrzała na Caroline.

To zakończyło dyskusję. Elena widziała, jak niedoszli łowcy wampirów wymieniają niepewne spojrzenia i wracają do swoich samochodów.

Tylko Smallwood został.

– Powiedziałeś, że jutro o tym porozmawiamy, Saltzman. Chcę usłyszeć, co mówi mój syn następnym razem, gdy go zahipnotyzujesz.

Zabrał Caroline i szybko wsiadł do samochodu, mrucząc coś o tym, że to wszystko błąd i że nikt go nie traktuje poważnie.

Kiedy w końcu odjechali, Elena podbiegła do Stefano.

– Jesteś cały? Zranili cię?

– Ktoś uderzył mnie z tyłu, gdy rozmawiałem z Caroline. Wszystko w porządku, na razie. – Rzucił spojrzenie na Saltzmana. – Dzięki. Dlaczego?

– On jest po naszej stronie – powiedziała Bonnie, dołączając do nich. – Mówiłam wam. Stefano, czy na pewno wszystko w porządku? Myślałam, że zaraz zemdleję. Oni nie robili tego na poważnie. To znaczy, oni nie mogli naprawdę robić tego na poważnie...

– Poważnie czy nie, myślę, że nie powinniśmy tu zostawać – przerwała jej Meredith. – Czy Stefano rzeczywiście musi jechać do szpitala?

– Nie – odpowiedział ranny, podczas gdy Elena z niepokojem oglądała ranę na jego głowie. – Muszę tylko odpocząć.

– Mam klucze do pracowni historycznej, chodźmy tam – zaproponował Alaric.

Bonnie rozglądała się, wpatrując się w ciemności.

– Wilk też? – zapytała, a potem podskoczyła, gdy jeden z cieni zmaterializował się nagle jako Damon.

– Jaki wilk? – spytał.

Stefano spróbował się odwrócić i skrzywił się z bólu.

– Tobie również dziękuję – powiedział chłodno. Ale gdy szli do budynku, patrzył na Damona z pewnym zmieszaniem.

W holu Elena odciągnęła go na bok.

– Stefano, dlaczego nie zauważyłeś, że zachodzą cię od tyłu? Dlaczego byłeś taki słaby?

Stefano pokręcił głową, odmawiając odpowiedzi.

– Kiedy ostatni raz się żywiłeś, Stefano? – ciągnęła. – Kiedy? Zawsze, gdy jestem w pobliżu, masz jakąś wymówkę. Co ty próbujesz sobie zrobić?

– Nic mi nie jest – odpowiedział. – Naprawdę, Eleno. Zapoluję później.

– Obiecujesz?

– Obiecuję.

Elena nie pomyślała w tej chwili o tym, że nie wie, co to znaczy „później".

Pracownia historyczna w nocy wyglądała inaczej. Sprawiała dziwne wrażenie, jakby światła były za mocne. Alaric odsunął wszystkie ławki i przysunął pięć krzeseł do swojego biurka. Gdy się z tym uporał, posadził Stefano w swoim fotelu.

– Dobrze, to może wszyscy usiądźmy.

Spojrzeli na niego. Po chwili Bonnie opadła na krzesło, ale Elena stała obok Stefano, Damon zatrzymał się w pół drogi między nimi a drzwiami, a Meredith przesunęła papiery z biurka na środek i przysiadła na rogu.

Alaric nie miał miny belfra.

– W porządku – powiedział i usiadł na jednym z krzeseł. – Cóż.

– Cóż – powtórzyła Elena.

Wszyscy spoglądali po sobie. Elena wzięła kawałek waty z klasowej apteczki i zaczęła oczyszczać ranę Stefano.

– Myślę, że czas na to wyjaśnienie – stwierdziła.

– Racja. Tak. Cóż, wydaje się, że wszyscy domyśliliście się, że nie jestem nauczycielem historii...

– W ciągu pierwszych pięciu minut – wtrącił Stefano. Jego głos był cichy i brzmiał groźnie. Elena z zaskoczeniem zauważyła, że przypomina głos Damona. – Więc kim jesteś?

Alaric zrobił przepraszającą minę.

– Psychologiem – powiedział nieśmiało. – Nie takim od kozetki – dodał szybko, gdy pozostali wymienili spojrzenia. – Jestem badaczem, psychologiem eksperymentalnym. Z Uniwersytetu Duke. Wiecie, tam gdzie zaczęły się badania nad postrzeganiem pozazmysłowym.

– Te, w których każą ci zgadywać, co to za karta, bez patrzenia na nią? – zapytała Bonnie.

– Tak, ale zaszliśmy już nieco dalej, oczywiście. Nie żebym nie zbadał cię chętnie kartami Rhine'a, zwłaszcza gdy jesteś w transie. – Oczy Alarica zabłysły naukowym zapałem. Potem odchrząknął i ciągnął dalej. – Ale mówiłem o czym innym. To się zaczęło parę lat temu, kiedy pisałem artykuł o parapsychologii. Nie próbowałem udowodnić, że istnieją nadnaturalne moce, chciałem tylko zbadać, jaki wywierają wpływ na ich posiadaczy. Bonnie to taki przypadek. – Saltzman przybrał ton wykładowcy. – Jak to na nią oddziałuje, psychicznie, emocjonalnie, to, że musi radzić sobie ze zdolnościami nadprzyrodzonymi.

– To straszne – przerwała gwałtownie Bonnie. – Nie chcę ich już. Nienawidzę ich.

– No właśnie, widzisz. Byłabyś świetnym obiektem badań. Mój problem tkwił w tym, że nie mogłem znaleźć nikogo obdarzonego prawdziwymi zdolnościami, żeby go zbadać. Było mnóstwo oszustów, oczywiście – uzdrowicieli, różdżkarzy i tym podobnych. Aż dostałem wskazówkę od mojego przyjaciela z policji.

– Była taka kobieta w Karolinie Południowej, która twierdziła, że została ugryziona przez wampira i że od tego czasu ma straszliwe koszmary i jest medium. Byłem już wtedy tak przyzwyczajony do oszustów, że po niej nie spodziewałem się niczego innego. Ale okazało się, że mówiła prawdę, przynajmniej jeśli chodzi o ugryzienie. Nie udało mi się udowodnić, że była medium.

– Skąd wiedziałeś, że naprawdę została ugryziona? – zapytała Elena.

– Były dowody medyczne. Ślady śliny w jej ranach, która była podobna do ludzkiej, ale jednak nie taka sama. Zawierała czynnik zapobiegający krzepnięciu podobny do tego, jaki zawiera krew pijawek... – Alaric przerwał, uświadamiając sobie swoją gafę, po czym ciągnął dalej. – W każdym razie mogłem być pewien. I tak się zaczęło. Skoro już wiedziałem, że coś naprawdę jej się przydarzyło, zacząłem szukać innych takich przypadków. Nie było ich dużo, ale znalazłem kilka osób. Ludzi, którzy spotkali wampiry.

– Porzuciłem wszystkie inne zajęcia i skupiłem się na poszukiwaniu i badaniu ofiar wampirów. I jak sam sobie mówię, stałem się wybitnym ekspertem w tej dziedzinie – dodał skromnie. – Napisałem wiele artykułów...

– Ale nigdy nie widziałeś wampira – przerwała mu Elena. To znaczy aż do teraz. Mam rację?

– Cóż, nie. Nie widziałem na własne oczy. Ale napisałem monografie... i tak dalej. – Zamilkł.

Elena przygryzła wargę.

– Co robiłeś z tymi psami? – zapytała. – W kościele, kiedy hipnotyzowałeś je dziwnymi gestami?

– Och... – Saltzman wyglądał na zakłopotanego. – Nauczyłem się tego i owego podczas moich podróży. To było zaklęcie na odpędzenie zła, którego nauczył mnie stary góral. Pomyślałem, że może zadziałać.

– Musisz się jeszcze dużo nauczyć – rzucił Damon.

– Oczywiście – odpowiedział hardo Alaric. Po czym się skrzywił. – Zrozumiałem to zaraz po tym, jak tu przyjechałem. Wasz dyrektor, Brian Newcastle, słyszał o mnie. Wiedział, czym się zajmuję. Kiedy Tanner zginął, a doktor Feinberg stwierdził, że jego ciało jest pozbawione krwi, a za to ma rany od kłów na szyi... Cóż, zadzwonili do mnie. Uznałem, że to może być dla mnie przełom – przypadek, w którym wampir wciąż jest w okolicy. Problem w tym, że kiedy tu przyjechałem, okazało się, że oczekują, że ja się go pozbędę. Nie wiedzieli, że dotąd miałem do czynienia tylko z ofiarami. I... Cóż, może to było dla mnie za dużo. Ale zrobiłem, co mogłem, żeby nie stracili do mnie zaufania...

– Udawałeś – przerwała znów Elena oskarżycielskim tonem. – To właśnie robiłeś, kiedy słyszałam, jak rozmawiasz z nimi u siebie w domu o tym, że przypuszczalnie znalazłeś siedlisko i tak dalej. Mydliłeś im oczy.

– No, nie do końca. Teoretycznie jestem ekspertem. – Przerwał. – Co to znaczy, kiedy słyszałaś, jak rozmawiam z nimi?

– Kiedy ty poszedłeś szukać siedliska wampirów, ona spała na twoim strychu – wyjaśnił sucho Damon. Alaric otworzył usta, a potem je zamknął.

– Chciałbym wiedzieć, co ma z tym wszystkim wspólnego Meredith – powiedział Stefano. Nie uśmiechał się.

Meredith, która wpatrywała się dotąd w zamyśleniu w papiery na biurku Alarica, podniosła wzrok. Mówiła spokojnie, bez emocji.

– Rozpoznałam go. Nie mogłam sobie przypomnieć, kiedy widziałam go po raz pierwszy, bo to było prawie trzy lata temu. Potem uświadomiłam sobie, że to było w szpitalu, u dziadka. Powiedziałam prawdę tamtym ludziom, Stefano. Mój dziadek został zaatakowany przez wampira.

Na chwilę zapadła cisza, a potem Meredith kontynuowała.

– To się stało dawno temu, zanim się urodziłam. Nie został ciężko ranny, ale nigdy do końca nie wyzdrowiał. Stał się... Taki jak Vickie, tylko bardziej brutalny. Doszło do tego, że bali się, że zrobi krzywdę sam sobie. Więc zabrali go do szpitala, gdzie miał być bezpieczny.

– Szpitala psychiatrycznego – dopowiedziała Elena. Poczuła współczucie dla przyjaciółki. – Och, Meredith. Dlaczego nic nie powiedziałaś? Nam mogłaś powiedzieć.

– Wiem. Mogłam... Ale nie mogłam. Rodzina trzymała to tak długo w tajemnicy... Albo przynajmniej próbowała. Z tego, co Caroline pisała w pamiętniku, najwyraźniej o tym słyszała. Rzecz w tym, że nikt nigdy nie wierzył dziadkowi w opowieść o wampirze. Myśleli, że to jego kolejna halucynacja. Miał ich wiele. Nawet ja mu nie wierzyłam... Aż pojawił się Stefano. A potem, nie wiem, zaczęło mi się to wszystko układać w głowie. Ale tak naprawdę nie wierzyłam w to, co myślę, dopóki ty nie wróciłaś, Eleno.

– Dziwię się, że mnie nie znienawidziłaś.

– Nie mogłabym przecież. Znam ciebie, znam Stefano. Wiem, że nie jesteście źli. – Nie spojrzała na Damona. – Ale kiedy przypomniałam sobie, jak Alaric rozmawiał z dziadkiem w szpitalu, zrozumiałam, że on też nie jest zły. Tylko nie wiedziałam, jak zebrać was wszystkich razem, żeby to udowodnić.

– Ja też cię nie rozpoznałem – powiedział Alaric. – Staruszek miał inne nazwisko. To ojciec twojej matki, prawda? A ciebie mogłem widzieć gdzieś w poczekalni, ale byłaś wtedy dzieckiem. Zmieniłaś się – dodał z uznaniem.

Bonnie zakaszlała znacząco.

Elena próbowała poukładać to wszystko w myślach.

– Więc co ci ludzie robili tam z kołkiem, skoro nie ty im kazałeś?

– Musiałem oczywiście poprosić rodziców Caroline o zgodę na zahipnotyzowanie jej. I powiedziałem im o wynikach. Ale jeśli myślisz, że miałem cokolwiek wspólnego z tym, co się dzisiaj wydarzyło, mylisz się. Nawet o tym nie wiedziałem.

– Opowiedziałam mu o tym, co robiliśmy, o poszukiwaniu innej mocy – dodała Meredith. – Chce pomóc.

– Powiedziałem, że mogę pomóc – poprawił ją ostrożnie Alaric.

– To źle – zareagował Stefano. – Albo jesteś z nami albo przeciw nam. Jestem ci wdzięczny za to, co dzisiaj zrobiłeś, ale faktem pozostaje, że to ty przyczyniłeś się do naszych kłopotów. Teraz musisz zdecydować – jesteś po naszej stronie czy ich?

Saltzman rozejrzał się, przyglądając się każdemu z nich: spokojnemu spojrzeniu Meredith, uniesionym brwiom Bonnie, Elenie klęczącej na podłodze i Stefano. Potem odwrócił się do Damona, który opierał się o ścianę, ponury i mroczny.

– Pomogę – oświadczył w końcu. – Do diabła, nie przegapię takiej okazji do badań.

– W porządku – powiedziała Elena. – Jesteś z nami. Więc co zrobimy jutro z panem Smallwoodem? Co, jeżeli będzie chciał jeszcze raz zahipnotyzować Tylera?

– Zagram na zwłokę. Nie będę mógł tego robić długo, ale zyskamy trochę czasu. Powiem mu, że muszę pomóc przy balu.

– Zaraz – wtrącił Stefano. – Nie powinno być żadnego balu, nie, jeżeli można tego uniknąć. Masz dobre relacje z dyrektorem, powinieneś porozmawiać z radą szkoły. Niech to odwołają.

Alaric wyglądał na zdumionego.

– Myślisz, że coś się stanie?

– Tak. Nie tylko z powodu tego, co zdarzyło się przy innych takich okazjach, ale dlatego że wokół narasta zło. Czułem to przez cały tydzień.

– Ja też – dodała Elena. Dotąd nie zwróciła na to uwagi, ale napięcie, które czuła, które ją alarmowało, nie pochodziło tylko z niej. To było wszędzie wokół. Powietrze było od niego gęste. – Coś się stanie, Alaricu.

Saltzman wypuścił powietrze z lekkim gwizdnięciem.

– Cóż, spróbuję ich przekonać, ale nie wiem, czy mi się uda. Waszemu dyrektorowi piekielnie zależy na tym, żeby wszystko wyglądało normalnie. A nie mogę podać żadnych racjonalnych powodów, żeby odwołać imprezę.

– Postaraj się.

– Tak zrobię. A tymczasem może powinnaś pomyśleć o swoim bezpieczeństwie. Jeżeli to prawda, co mówi Meredith, to większość ataków spotkała ciebie i twoich bliskich. Twojego chłopaka ktoś wrzucił do studni, twój samochód wylądował w rzece, twoje nabożeństwo żałobne zostało przerwane. Meredith mówi, że nawet twoja siostrzyczka była w niebezpieczeństwie. Jeśli coś się jutro stanie, może powinnaś opuścić miasto.

Teraz Elena była zaskoczona. Nigdy nie pomyślała o atakach w ten sposób, ale Saltzman miał rację. Słyszała, jak Stefano wciąga powietrze, i poczuła jego palce zaciskające się na jej dłoni.

– On ma rację – przyznał. – Powinnaś wyjechać, Eleno. Ja mogę tu zostać, aż...

– Nie. Nigdzie bez ciebie nie pojadę. A poza tym – ciągnęła powoli, z namysłem – nigdzie nie pojadę, dopóki nie znajdziemy innej mocy i nie powstrzymamy jej. – Spojrzała na niego poważnie, teraz mówiła szybko. – Stefano, nie rozumiesz, nikt inny nie ma z nią szans. Pan Smallwood i jego przyjaciele nie mają pojęcia, co się dzieje. Alaric myśli, że można z nią walczyć, machając rękami. Nikt nie wie, z czym walczy. Tylko my możemy pomóc.

Dostrzegła opór w jego oczach i poczuła, że jest spięty. Ale wciąż patrzyła na niego i widziała, jak jego zastrzeżenia znikają jedno po drugim. Z tego prostego powodu, że to była prawda, a on nie cierpiał kłamać.

– W porządku – zgodził się w końcu, z bólem w głosie. – Ale kiedy tylko to się skończy, wyjeżdżamy. Nie pozwolę ci zostać w mieście, po którym straż obywatelska biega z kołkami.

– Dobrze. – Odwzajemniła uścisk jego palców – Kiedy to się skończy, wyjedziemy.

Stefano zwrócił się do Alarica.

– A jeżeli nie uda się wyperswadować im jutrzejszej imprezy, myślę, że powinniśmy nad nią czuwać. Jeśli coś się stanie, może uda nam się zapobiec najgorszemu.

– To dobry pomysł – odpowiedział Alaric, ożywiając się. – Możemy spotkać się jutro po zmroku w tej sali. Nikt tu nie przychodzi. Możemy tu czuwać całą noc.

Elena spojrzała na Bonnie wzrokiem pełnym wątpliwości.

– To... to oznaczałoby, że Bonnie i Meredith nie mogłyby pójść na bal.

Bonnie wyprostowała się.

– No i co z tego? – wykrzyknęła wzburzona. – Co to ma do cholery za znaczenie?

– Racja – zgodził się Stefano. – W takim razie postanowione. – Poczuł ból i się skrzywił. Elena się zaniepokoiła.

– Musisz pójść do domu i odpocząć. Alaric, możesz nas odwieźć? To niedaleko.

Stefano zaprotestował, twierdząc, że może iść, ale w końcu się poddał. Pod pensjonatem, kiedy Stefano i Damon wysiedli z samochodu, Elena nachyliła się do Alarica, żeby zadać jeszcze jedno pytanie. Gryzło ją to, odkąd opowiedział im swoją historię.

– Ci ludzie, którzy spotkali wampiry. Jaki to miało wpływ na ich psychikę? To znaczy czy wszyscy oszaleli i mieli koszmary? Czy niektórzy się nie zmienili?

– To zależy od osoby – odparł. – I od tego, jak wiele miała z nimi kontaktów, i jakiego rodzaju. Ale jednak głównie od osobowości ofiary, od tego, jak sobie z tym poradziła.

Elena skinęła głową i nic nie powiedziała, dopóki jego samochód nie zniknął w śnieżnej nocy. Potem odwróciła się do Stefano.

– Matt.

ROZDZIAŁ 12

Stefano spojrzał na Elenę. Na jej ciemnych włosach rozpuszczały się płatki śniegu.

– Co z Mattem?

– Przypomniałam sobie… coś. Niezbyt wyraźnie. Ale tej pierwszej nocy, kiedy nie byłam sobą – czy widziałam wtedy Matta? Czy widziałam?

Strach sprawił, że słowa ugrzęzły jej w gardle. Ale nie musiała kończyć, a Stefano nie musiał odpowiadać. Zobaczyła to w jego oczach.

– To był jedyny sposób, Eleno – powiedział w końcu. – Umarłabyś bez ludzkiej krwi. Wolałabyś zaatakować kogoś, kto tego nie chciał, zranić go, może zabić? Głód może cię do tego doprowadzić. Czy tego byś chciała?

– Nie – odpowiedziała gwałtownie. – Ale czy to musiał być Matt? Och, nie odpowiadaj; mnie też nie przychodzi do głowy nikt inny. – Wzięła krótki oddech. – Ale martwię się o niego. Nie widziałam go od tamtej nocy. Czy wszystko z nim w porządku? Co ci powiedział?

– Niewiele. – Stefano odwrócił wzrok. – „Zostaw mnie w spokoju" – do tego się to sprowadzało. Zaprzeczył też, że cokolwiek stało się tamtej nocy, i powiedział, że nie żyjesz.

– Brzmi jak jeden z tych, którzy sobie nie radzą – skomentował Damon.

– Zamknij się – krzyknęła Elena. – Trzymaj się od tego z daleka. A skoro już o tym mowa, to pomyśl lepiej o biednej Vickie Bennett. Jak myślisz, jak ona sobie radzi?

– Nie mam pojęcia. Nie wiem, kim jest ta Vickie. Ciągle o niej mówisz, ale ja jej nigdy nie widziałem.

– Widziałeś. Nie kręć, Damonie, cmentarz, pamiętasz? Zrujnowany kościół? Dziewczynę, którą zostawiłeś tam błąkającą się w koszuli nocnej?

– Przykro mi, nie. A zwykle pamiętam dziewczyny, które zostawiam błąkające się w koszuli nocnej.

– No to pewnie Stefano to zrobił – powiedziała Elena z jadowitym sarkazmem.

Gniew błysnął w oczach Damona, ale szybko zniknął za niepokojącym uśmiechem.

– Może to zrobił. Może ty to zrobiłaś. Wszystko mi jedno, ale mam już trochę dość oskarżeń. A teraz...

– Poczekaj – zatrzymał go Stefano z zaskakującą łagodnością. – Nie idź jeszcze. Powinniśmy porozmawiać.

– Obawiam się, że jestem już umówiony. – Po tych słowach usłyszeli tylko trzepot skrzydeł i zostali we dwoje.

Elena zakryła usta dłonią.

– Nie chciałam go rozgniewać. Po tym jak cały wieczór był prawie miły.

– Nieważne. On bardzo lubi się wściekać. Co mówiłaś o Matcie?

Zauważyła zmęczenie na jego twarzy i objęła go ramieniem.

– Nie będziemy teraz o tym rozmawiać, ale myślę, że jutro powinniśmy go odwiedzić. Powiedzieć mu... – Podniosła drugą dłoń w geście bezradności. Nie wiedziała, co chce powiedzieć Mattowi. Wiedziała tylko, że musi coś zrobić.

– Myślę – odezwał się po namyśle Stefano – że lepiej, żebyś ty go odwiedziła. Ja próbowałem z nim rozmawiać, ale nie chciał mnie słuchać. Rozumiem to, ale może tobie pójdzie lepiej. Myślę też – przerwał na chwilę – że lepiej będzie, jeśli będziesz z nim sama. Możesz pójść teraz.

Elena wbiła w niego wzrok.

– Jesteś pewien?

– Tak?

– Ale... poradzisz sobie? Powinnam zostać z tobą.

– Poradzę sobie, Eleno. Idź.

Zawahała się jeszcze i skinęła głową.

– Wrócę szybko – obiecała.

Niewidoczna przemknęła wzdłuż ściany drewnianego budynku z łuszczącą się farbą i skrzynką na listy z napisem „Honeycutt". Okno Matta było uchylone. Nieostrożny chłopiec, pomyślała z naganą. Nie wiesz, że czasem ktoś może się zakraść? Otworzyła okno szerzej, ale oczywiście dalej nie mogła się posunąć. Powstrzymała ją niewidzialna bariera, jakby mur z powietrza.

– Matt – wyszeptała. W pokoju było ciemno, ale dostrzegała niewyraźny kształt na łóżku. Bladozielone cyfry na budziku pokazywały 12.15. – Matt – powtórzyła.

Kształt się poruszył.

– Hm?

– Matt, nie chcę cię przestraszyć – powiedziała bardzo delikatnie, próbując obudzić go łagodnie, zamiast przerazić go na śmierć. – Ale to ja, Elena, i chciałam porozmawiać. Tylko musisz mnie najpierw zaprosić. Czy możesz mnie zaprosić?

– Uhm. Wejdź. – Zdziwił ją brak zaskoczenia w jego głosie. Dopiero gdy zeszła z parapetu, zorientowała się, że Matt śpi.

– Matt. Matt – szepnęła, bojąc się podejść bliżej. W pokoju było duszno, grzejnik był ustawiony na maksa. Dostrzegła bosą stopę wystającą spod kołdry z jednej strony i blond włosy z drugiej.

– Matt? – Z wahaniem pochyliła się nad łóżkiem i dotknęła go.

To zadziałało. Stęknął głośno i podniósł się gwałtownie, tak że niemal podskoczył. Gdy jego oczy napotkały jej, były szeroko otwarte i oszołomione.

Elena starała się wyglądać na małą i nieszkodliwą, zupełnie niegroźną. Odsunęła się i stanęła pod ścianą.

– Nie chciałam cię przestraszyć. Wiem, że to szok. Ale porozmawiasz ze mną?

Matt wciąż tylko się na nią gapił. Włosy miał pozlepiane. Widziała, jak pulsuje mu żyła na szyi. Obawiała się, że wstanie i wybiegnie z pokoju.

Aż w końcu rozluźnił się i zamknął oczy. Oddychał głęboko, ale nierówno.

– Elena.

– Tak – szepnęła.

– Ty nie żyjesz.

– Nie. Jestem tutaj.

– Martwi ludzie nie wracają. Mój tata nie wrócił.

– Nie umarłam naprawdę. Zmieniłam się tylko. – Wciąż zaciskał oczy, nie dopuszczając do siebie jej obecności. – Wolałbyś, żebym była martwa? Pójdę już.

Skrzywił się i zaczął płakać.

– Nie, o nie. Matt, proszę, nie.

Nagle zorientowała się, że tuli go w ramionach, sama z trudem powstrzymując się od płaczu.

– Matt, przepraszam. Nie powinnam była tu przychodzić.

– Nie odchodź – wykrztusił przez łzy. – Zostań.

– Zostanę. – Poddała się i jej łzy kapały na włosy Matta. – Nie chciałam cię skrzywdzić, nigdy nie chciałam. Nigdy, Matt. Wszystkie te… wszystko to, co zrobiłam… Nie chciałam cię zranić. Naprawdę… – Przestała mówić i tylko objęła go mocniej.

Po chwili jego oddech się uspokoił. Usiadł, ocierając twarz prześcieradłem. Unikał jej wzroku. Miał na twarzy wyraz nie tyle zakłopotania, ile nieufności, jakby opierał się przed czymś, co go przeraża.

– Dobrze, więc jesteś tutaj. Żyjesz – powiedział niepewnie. – Czego chcesz?

Elena oniemiała.

– No, przecież o coś ci chodzi. O co?

Znów łzy napłynęły do jej oczu, ale powstrzymała je.

– Chyba na to zasłużyłam. Wiem, że zasłużyłam. Ale ten jeden raz, Matt, niczego nie chcę. Przyszłam przeprosić za to, że cię wykorzystałam – nie tylko tamtej nocy, ale ciągle cię wykorzystywałam. Zależy mi na tobie i boli mnie, jeśli ty cierpisz. Myślałam, że może mogę coś naprawić.

– Teraz już chyba naprawdę pójdę – dodała po chwili ponurej ciszy.

– Nie, czekaj. Poczekaj chwilę. – Matt jeszcze raz otarł twarz. – Słuchaj, to było głupie, a ja jestem palantem…

– To była prawda, a ty jesteś dżentelmenem. Inaczej kazałbyś mi spadać już dawno temu.

– Nie, jestem palantem. Powinienem walić głową o ścianę z radości, że żyjesz. Zrobię to zaraz. Posłuchaj. – Chwycił ją za nadgarstek. Spojrzała na niego nieco zaskoczona. – Nie obchodzi mnie, czy jesteś Koszmarem z ulicy Wiązów, Godzillą, Frankensteinem czy wszystkimi naraz. Ja tylko…

– Matt. – W panice położyła rękę na jego ustach.

– Wiem. Jesteś zaręczona z facetem w czarnej pelerynie. Nie martw się, pamiętam go. Nawet go polubiłem, chociaż Bóg wie czemu. – Wziął głęboki oddech i uspokoił się trochę. – Nie wiem, czy Stefano ci powiedział. Mówił mi różne rzeczy – o złu, o nieżałowaniu tego, co zrobił Tylerowi. Wiesz, o czym mówię?

Elena zamknęła oczy.

– On prawie nie jadł od tamtej nocy. Myślę, że polował tylko raz. Dzisiaj o mało nie dał się zabić, bo jest tak słaby.

Matt skinął głową.

– Więc to wam daje siłę. Powinienem był się domyślić.

– I tak, i nie. Głód jest silny, silniejszy, niż możesz sobie wyobrazić. – Zaczynała jej świtać myśl, że sama się dziś nie żywiła i była głodna już przed wyprawą do Alarica. – Naprawdę, Matt, lepiej już pójdę. Tylko jedna rzecz: jeżeli jutro będzie bal, nie idź na niego. Coś się tam stanie, coś złego. Spróbujemy to powstrzymać, ale nie wiem, czy nam się uda.

– Kto to jest „my"?

– Stefano i Damon – myślę, że Damon – i ja. I Meredith, i Bonnie... i Alaric Saltzman. Nie pytaj o Alarica. To długa historia.

– Ale co chcecie powstrzymać?

– Zupełnie zapomniałam, ty przecież tego nie wiesz. To dopiero jest długa historia, ale... no, najkrótsza odpowiedź jest taka, że to, co mnie zabiło. Cokolwiek to było. I co sprawiło, że psy zaatakowały ludzi na pogrzebie. To coś bardzo złcgo, Matt, co już od jakiegoś czasu czai się w Fell's Church. A my spróbujemy to powstrzymać jutro wieczorem. – Głód bardzo jej doskwierał. – Słuchaj, przepraszam, ale naprawdę muszę iść. – Jej oczy powędrowały mimowolnie ku szerokiej niebieskiej żyle na jego szyi.

Kiedy udało jej się oderwać wzrok i spojrzeć mu w twarz, zobaczyła na niej szok ustępujący nagłemu zrozumieniu. A potem czemuś niewiarygodnemu: zgodzie.

– W porządku – powiedział.

Nie była pewna, czy dobrze usłyszała.

– Matt?

– W porządku, możesz to zrobić. Nie bolało poprzednim razem.

– Nie, Matt, naprawdę nie. Nie przyszłam tu po to...

– Wiem. Dlatego tego chcę. Chciałbym dać ci coś, o co nie prosiłaś. – Po chwili dodał: – Przez wzgląd na dawne czasy.

Stefano, pomyślała Elena. Ale Stefano kazał jej przyjść i to przyjść samej. Stefano wiedział. To był jego prezent dla Matta. I dla niej.

Ale wracam do ciebie, Stefano.

– Przyjdę jutro, żeby wam pomóc, wiesz. Nawet, jeśli nie jestem zaproszony – powiedział, gdy nachylała się nad nim. Potem jej wargi dotknęły jego szyi.

13 grudnia, piątek

Drogi pamiętniku,
to dzisiaj.

Wiem, że pisałam to już wcześniej albo przynajmniej o tym myślałam. Ale to dziś jest ten wieczór, ten wielki, kiedy wszystko to się stanie. To dziś.

Stefano też to czuje. Wrócił dzisiaj ze szkoły, żeby powiedzieć mi, że balu nie odwołano. Pan Newcastle nie chciał wywołać paniki taką decyzją. Zamierzają tylko zapewnić ochronę, co pewnie oznacza policję. I może pana Smallwooda i paru jego kumpli ze strzelbami. Cokolwiek ma się zdarzyć, nie sądzę, żeby zdołali to zatrzymać.

Nie wiem, czy my zdołamy.

Padało cały dzień. Przełęcz jest zasypana, co znaczy, że nikt nie może wjechać do miasta ani z niego wyjechać. Przynajmniej dopóki nie dotrze tu pług, a to będzie dopiero rano, czyli za późno.

W powietrzu czuje się coś dziwnego. Nie tylko śnieg. To jakby coś nawet zimniejszego... Czekało. Jest wycofane jak ocean przed przypływem. Kiedy ruszy...

Myślałam dzisiaj o moim drugim pamiętniku, tym schowanym pod moją szafą. Jeżeli coś jeszcze do mnie należy, to ten pamiętnik. Myślałam o wydobyciu go jakoś, ale nie chcę znowu wchodzić do domu. Nie wiem, czybym sobie poradziła. A ciocia Judith na pewno nie, gdyby mnie zobaczyła.

Jestem zaskoczona, że ktokolwiek sobie radzi. Meredith, Bonnie – zwłaszcza Bonnie. Cóż, Meredith też, biorąc pod uwagę, przez co przeszła jej rodzina. Matt.

To dobrzy i lojalni przyjaciele. To zabawne, myślałam kiedyś, że nie przeżyję bez całej galaktyki przyja-

*ciół i wielbicieli. Teraz doskonale wystarczy mi troje,
dziękuję. Bo to prawdziwi przyjaciele.*

*Nie wiedziałam wcześniej, jak bardzo mi na nich
zależy. Albo na Margaret czy nawet na cioci Judith.
I wszystkich w szkole... Wiem, że kilka tygodni temu
mówiłam, że nic by mnie nie obchodziło, nawet gdyby
cała szkoła zginęła, ale to nieprawda. Dzisiaj zrobię,
co w mojej mocy, żeby ich chronić.*

*Wiem, że skaczę z tematu na temat, ale mówię
po prostu o rzeczach, które są dla mnie ważne. Próbuję
je jakoś uporządkować. Na wszelki wypadek.*

*Cóż, to już czas. Stefano czeka. Skończę ostatnią
linijkę i idę.*

Myślę, że wygramy. Mam taką nadzieję.

Spróbujemy.

Pracownia historyczna była ciepła i jasno oświetlona. Po
drugiej stronie budynku szkoły, w stołówce, było jeszcze jaśniej – światło pochodziło z dekoracji świątecznych. Po przyby-
ciu na miejsce Elena zbadała je dokładnie z bezpiecznej odległości, obserwując pary przychodzące na bal i mijające drzwi
szeryfa. Czując milczącą obecność Damona za sobą, wskazała
na dziewczynę z długimi jasnobrązowymi włosami.

– Vickie Bennett.

– Wierzę ci na słowo.

Będąc już w środku, rozejrzała się po ich tymczasowej kwa-
terze głównej. Alaric ściągnął papiery z biurka i położył na nim
mapę szkoły, nad którą się teraz pochylał. Meredith nachylała
się obok niego, a jej ciemne włosy opadały na jego rękaw. Matt
i Bonnie rozmawiali z uczestnikami balu na parkingu. Stefano
i Damon patrolowali okolicę. Mieli się zmieniać.

– Lepiej zostań w środku – powiedział jej Alaric. – Ostatnie,
czego potrzebujemy, to to, żeby ktoś cię zobaczył i zaczął gonić
z kołkiem.

– Chodzę po mieście od tygodnia – odpowiedziała zaskoczona. – Jeżeli nie chcę, żeby mnie zobaczyli, nie widzą

mnie. – Ale zgodziła się zostać w sali i koordynować działania zespołu.

To jak twierdza, pomyślała, patrząc na Alarica zaznaczającego pozycje policjantów i innych osób na mapie. A my jej bronimy. Ja i moi lojalni rycerze.

Okrągły zegar na ścianie tykaniem obwieszczał mijanie kolejnych minut. Elena patrzyła na niego, wpuszczając i wypuszczając ludzi przez drzwi. Nalewała chętnym gorącej kawy z termosu. Słuchała raportów.

– Po północnej stronie szkoły cisza.

– Caroline właśnie została Królową Śniegu. To ci niespodzianka.

– Jakieś dzieciaki hałasują na parkingu; szeryf się nimi zajął...

Północ przyszła i minęła.

– Może się myliliśmy – powiedział Stefano jakąś godzinę później. Pierwszy raz od początku wieczoru byli wszyscy w pracowni historycznej.

– Może to dzieje się gdzieś indziej – zasugerowała Bonnie, zdejmując but i zaglądając do niego.

– Nie da się przewidzieć, gdzie to się zdarzy – zauważyła Elena zdecydowanym tonem. – Ale to nie znaczy, że się myliliśmy.

– Być może – odpowiedział zamyślony Alaric – da się. To znaczy przewidzieć, gdzie to się zdarzy. – Głowy uniosły się pytająco. – Prekognicja.

Wszystkie oczy zwróciły się ku Bonnie.

– O nie – zaprotestowała. – Skończyłam z tym. Nie cierpię tego.

– To wielki dar... – zaczął Alaric.

– To wielki ból. Słuchajcie, nie rozumiecie. Same przewidywania nie są dobre. Ciągle dowiaduję się rzeczy, których nie chcę wiedzieć. Ale kiedy to przejmuje nade mną kontrolę, to jest okropne. A potem nawet nie pamiętam, co mówiłam. To straszne.

– Przejmuje kontrolę? – zapytał Saltzman. – Co masz na myśli?

Bonnie westchnęła.

– To właśnie stało się w kościele – wyjaśniła cierpliwie. – Mogę też wróżyć na inne sposoby, czytać z wody albo z dłoni – spojrzała na Elenę i ciągnęła dalej – i tym podobne. Ale czasem zdarza się, że ktoś przejmuje nade mną kontrolę i zmusza do rozmowy. To jakby mieć kogoś obcego w swoim ciele.

– Tak jak na cmentarzu, kiedy powiedziałaś, że ktoś tam na mnie czeka – wtrąciła Elena. – Albo kiedy ostrzegłaś mnie, żebym nie zbliżała się do mostu. I kiedy przyszłaś na obiad, i powiedziałaś, że śmierć, moja śmierć, jest w domu. – Rozejrzała się natychmiast, szukając wzrokiem Damona, który bez emocji odwzajemnił jej spojrzenie. Ale to i tak nie było na miejscu. Damon nie był jej śmiercią. Więc co oznaczało to proroctwo? Na krótką chwilę coś zabłysło w jej umyśle, ale zanim zdążyła się na tym skupić, przerwała jej Meredith.

– To jakby jakiś inny głos mówił przez Bonnie – wyjaśniła Alaricowi. – Nawet wygląda wtedy inaczej. Może w kościele nie byłeś dość blisko, żeby zobaczyć.

– Ale dlaczego mi o tym nie powiedzieliście? – zawołał podekscytowany Saltzman. – To może być ważne. To, ta istota, czymkolwiek jest, może dać nam ważne informacje. Mogłaby rozwiązać zagadkę innej mocy albo przynajmniej dać nam wskazówkę, jak ją pokonać.

Bonnie pokręciła głową.

– Nie. To nie jest coś, co mogę po prostu wezwać, i to nie odpowiada na pytania. To się po prostu dzieje. I nienawidzę tego.

– Masz na myśli, że nie przychodzi do głowy nic, co by to przywoływało? Nic, co wcześniej sprawiło, że to się zdarzyło?

Elena i Meredith, które doskonale wiedziały, co to przywołuje, spojrzały na siebie. Elena przygryzła policzek. To był wybór Bonnie. To musiał być jej wybór.

Bonnie rzuciła okiem na Elenę. Po czym zamknęła oczy i jęknęła.

– Świece – wykrztusiła.

– Co?

– Świece. Płomień świecy może zadziałać. Ale nie jestem pewna, wiecie, nic nie obiecuję...

– Niech ktoś pójdzie poszukać w laboratorium – polecił Alaric.

To przypominało dzień, kiedy Alaric przyszedł do szkoły i poprosił ich, żeby ustawili krzesła w koło. Elena spojrzała na krąg twarzy spod płomienia świecy. Był tam Matt, z zaciśniętymi zębami. Obok niego Meredith z czarnymi puklami rzucającymi cień. I Alaric pochylający się w napięciu. Dalej Damon, na którego twarzy tańczyły cienie. Stefano, którego kości policzkowe wyostrzyły się w tym świetle – za bardzo, jak dla niej. I w końcu Bonnie, przestraszona i blada nawet w złotawym blasku świecy.

Jesteśmy zjednoczeni, pomyślała Elena, przejęci tym samym uczuciem, które ona przeżywała wtedy w kościele, kiedy chwyciła dłonie Stefano i Damona. Przypomniała sobie cienki okrąg z białego wosku unoszący się na wodzie w misce. Damy radę, jeśli będziemy trzymać się razem.

– Popatrzę na świecę – powiedziała Bonnie ledwie słyszalnym szeptem. – I postaram się nie myśleć o niczym. Spróbuję... poddać się temu. – Zaczęła oddychać głęboko, wpatrując się w płomień.

A potem to się stało tak jak poprzednio. Twarz Bonnie wyglądała jak maska. Jej oczy wydawały się ślepe jak oczy kamiennych cherubów na cmentarzu.

Nie powiedziała ani słowa.

Wtedy Elena uświadomiła sobie, że nie ustalili, o co chcą zapytać. Zagłębiła się w myślach, próbując znaleźć dobre pytanie, zanim stracą kontakt z Bonnie.

– Gdzie możemy znaleźć inną moc? – spytała.

– Kim jesteś? – odezwał się w tej samej chwili Alaric.

Ich głosy i pytania zmieszały się.

Blada twarz Bonnie odwróciła się, przebiegając krąg przyjaciół niewidzącym wzrokiem. Potem usłyszeli głos, który nie należał do niej.

– Sami zobaczcie.

– Zaraz – zawołał Matt, gdy Bonnie wstała, wciąż w transie, i ruszyła ku drzwiom. – Gdzie ona idzie?

Meredith chwyciła jej kurtkę.

– Czy idziemy za nią?

– Nie dotykajcie jej – ostrzegł Alaric. Bonnie wyszła.

Elena spojrzała na Stefano, a potem na Damona. W jednej chwili wszyscy troje wstali i ruszyli za Bonnie wzdłuż pustego, ciemnego korytarza.

– Dokąd idziemy? Na które pytanie ona odpowiada? – dopytywał się Matt. Elena potrafiła jedynie pokręcić głową. Alaric podbiegł, żeby dotrzymać kroku Bonnie.

Dziewczyna zwolniła, gdy wyszła na śnieg, i ku zaskoczeniu Eleny podeszła do samochodu Saltzmana na parkingu. Stanęła przy nim.

– Nie zmieścimy się. Pojedziemy z Mattem za wami – powiedziała Meredith. Elena, drżąc z zimna i niepokoju, usiadła na tylnym siedzeniu, gdy Alaric otworzył drzwi. Stefano i Damon usiedli po obu jej stronach. Bonnie zajęła miejsce z przodu. Gdy Alaric wyjechał z parkingu, podniosła białą dłoń i wskazała kierunek. Na Lee Street, a potem w lewo na Arbor Green. Prosto w stronę domu Eleny i na prawo na Thunderbird. W stronę Old Creek Road.

Wtedy Elena zrozumiała, dokąd jadą.

Pojechali na cmentarz innym mostem, tym, który zwykle nazywano „nowym", żeby odróżnić go od mostu Wickery, którego już nie było. Podjechali od strony bramy. To z tej strony jechał Tyler, gdy wiózł Elenę do zrujnowanego kościoła.

Alaric zatrzymał samochód dokładnie tam, gdzie zaparkował Tyler. Meredith zatrzymała się za nim.

Z potwornym uczuciem déjà vu Elena wspięła się na wzgórze i przeszła przez bramę, idąc za Bonnie w stronę kościoła,

którego wieża wycelowana była w burzowe niebo jak oskarży-
cielski palec. Przed przejściem przez dziurę, która kiedyś była
drzwiami, wzdrygnęła się.

– Dokąd nas zabierasz? – zapytała. – Posłuchaj mnie. Czy
powiesz nam przynajmniej, na które pytanie odpowiadasz?

– Sami zobaczcie.

Elena spojrzała bezradnie na pozostałych, po czym przekroczyła próg. Bonnie podeszła powoli do grobu z białego marmuru i się zatrzymała.

Elena spojrzała na niego, a potem na nieprzytomną twarz
przyjaciółki. Włosy stanęły jej dęba.

– O nie... – szepnęła. – Tylko nie to.

– Eleno, o czym ty mówisz? – zdziwiła się Meredith.

Elenie zakręciło się w głowie, gdy spojrzała na twarze
Thomasa i Honorii Fellów wyryte na kamiennej przykrywie ich
grobu.

– To się otwiera – wykrztusiła.

ROZDZIAŁ 13

Czy myślicie, że powinniśmy... zajrzeć? – zapytał Matt.
– Nie wiem – odpowiedziała żałosnym głosem Elena. Nie
chciała widzieć, co jest w grobie, tak samo jak wtedy, gdy Tyler
proponował otwarcie go lub rozbicie. – Może nie udać nam się
go otworzyć – dodała. – Tyler i Dick nie dali rady. Pokrywa zaczęła się przesuwać dopiero, gdy się o nią oparłam.

– Oprzyj się o nią jeszcze raz; może tam jest jakiś ukryty
mechanizm sprężynowy – zaproponował Alaric, a kiedy Elena
spróbowała bezskutecznie, powiedział – Dobra, spróbujmy
wszyscy, złapmy to i pociągnijmy, o tak. No, chodźcie.

Kucając przy grobie, spojrzał w górę na Damona, który stał
bez ruchu, z wyrazem lekkiego rozbawienia na twarzy.

– Przepraszam – odezwał się w końcu. Alaric odsunął się, marszcząc brwi. Damon i Stefano złapali pokrywę z obu końców i podnieśli ją.

Poruszyła się bez problemu, wydając głośny zgrzyt, gdy zsunęli ją na ziemię obok grobu.

Elena nie potrafiła się zmusić, żeby podejść bliżej. Zamiast tego, walcząc z mdłościami, obserwowała wyraz twarzy Stefano. Myślała, że wyczyta z jego twarzy, co zobaczył w środku. Przez jej głowę przelatywały obrazy zmumifikowanych ciał w kolorze pergaminu, gnijących zwłok, szczerzących się czaszek. Gdyby Stefano wyglądał na przestraszonego lub wstrząśniętego albo chociaż zdegustowanego...

Ale gdy zajrzał do grobu, jego mina wyrażała jedynie zaskoczenie i dezorientację.

Elena nie mogła tego dłużej znieść.

– Co to?

Posłał jej kwaśny uśmiech.

– Sama zobacz – odparł, spoglądając na Bonnie.

Podeszła ostrożnie do grobu i spojrzała w dół. Potem szybko podniosła głowę i wbiła wzrok w Stefano.

– Co to jest? – zapytała zdumiona.

– Nie wiem – odpowiedział. Odwrócił się do Meredith i Alarica. – Czy któreś z was ma latarkę? Albo linę?

Meredith i Alaric poszli do samochodu. Elena pozostała na miejscu, wpatrując się w grób. Wciąż nie mogła w to uwierzyć.

Grób nie był grobem, ale drzwiami.

Zrozumiała teraz, dlaczego czuła podmuch zimnego powietrza, kiedy pokrywa poruszyła się pod naciskiem jej dłoni tamtej nocy. Patrzyła w dół do wnętrza jakiejś krypty albo piwnicy. Widziała tylko jedną ścianę, tę, która była bezpośrednio pod nią. Tkwiły w niej żelazne szczeble, jakby drabinka.

– Proszę bardzo – powiedziała do Stefano Meredith, dając mu latarkę. – Alaric też ma latarkę. A to jest lina, którą Elena spakowała do mojego samochodu, kiedy cię szukaliśmy.

Wąski promień latarki Meredith oświetlił ciemne pomieszczenie na dole.

– Nie widzę zbyt daleko, ale wygląda na puste – ocenił Stefano. – Zejdę pierwszy.

– Zejdziesz? – zawołał Matt. – Zaraz, czy jesteście pewni, że powinniśmy schodzić? Bonnie?

Bonnie się nie poruszyła. Wciąż stała tam z kamienną twarzą, jakby nic nie widziała. Bez słowa przerzuciła nogę przez brzeg grobu, odwróciła się i zaczęła schodzić.

– No – rzucił Stefano. Wetknął latarkę do kieszeni kurtki, oparł się o krawędź skrzyni i skoczył na dół.

Elena nie miała tyle czasu, żeby podziwiać wyraz twarzy Alarica.

– W porządku? – krzyknęła, pochylając się nad otworem.

– Tak, tak. – Latarka zamrugała do niej z dołu. – Bonnie też sobie poradzi. Szczeble prowadzą na sam dół. Ale i tak lepiej weźcie linę.

Elena obejrzała się na Matta, który stał najbliżej. Jego niebieskie oczy patrzyły na nią z wyrazem bezradności i rezygnacji. Skinął głową. Wzięła głęboki oddech i położyła rękę na krawędzi grobu, tak jak Stefano. Inna ręka nagle chwyciła jej nadgarstek.

– Właśnie o czymś pomyślałam – to była Meredith. – A co będzie, jeśli istota, która prowadzi Bonnie, jest inną mocą?

– Pomyślałam o tym już dawno – odpowiedziała Elena. Poklepała dłoń Meredith, odsunęła ją i skoczyła.

Stanęła, wspierając się na ramieniu Stefano, i rozejrzała się po pomieszczeniu.

– O Boże...

To było dziwne miejsce. Ściany wyłożono kamieniem. Były gładkie, niemal wypolerowane. W równych odstępach wisiały na nich żelazne kandelabry. W niektórych z nich tkwiły resztki świec. Elena nie mogła dostrzec drugiego końca pomieszczenia, ale promień latarki ukazał bramę z kutego żelaza w niewielkiej odległości. Wyglądała jak te bramy w niektórych kościołach, które zasłaniają ołtarz.

Bonnie dotarła właśnie na sam dół drabinki. Czekała w milczeniu, aż zeszli pozostali, najpierw Matt, potem Meredith, w końcu Alaric z drugą latarką.

Elena spojrzała w górę.

– Damon?

Widziała jego sylwetkę na tle nieco jaśniejszego czarnego prostokąta, obramowanego przez ściany grobu.

– Jesteś z nami? – zapytała. Nie „Idziesz z nami?" Wiedziała, że Damon zrozumie różnicę.

Odczekała pięć uderzeń serca w ciszy, która nastąpiła po jej pytaniu.

Sześć, siedem, osiem...

Coś poruszyło się w powietrzu i Damon wylądował zwinnie obok Eleny. Ale nie spojrzał na nią. Jego wzrok był dziwnie daleki. Nie potrafiła nic wyczytać z jego twarzy.

– To krypta – zdziwił się Alaric, oświetlając pomieszczenie latarką. – Podziemna komnata pod kościołem używana jako miejsce pochówku. Zwykle buduje się je pod większymi kościołami.

Bonnie podeszła do zdobionej bramy i popchnęła ją drobną białą dłonią. Brama się otworzyła.

Serce Eleny biło teraz zbyt szybko, by liczyć uderzenia. Jakoś zmusiła swoje nogi do pójścia naprzód, za Bonnie. Jej zmysły były niemal boleśnie wyostrzone, ale nie potrafiły powiedzieć nic o miejscu, do którego wchodziła. Promień latarki Stefano był tak wąski, że pokazywał jedynie kamienną podłogę na kilka kroków przed nimi i rozmytą postać przyjaciółki.

Która właśnie się zatrzymała.

To jest to, pomyślała Elena, ale nic nie powiedziała, bo słowa ugrzęzły jej w gardle. O Boże, to jest to, naprawdę. Nagle poczuła się jak we śnie, takim, w którym wiesz, że śnisz, ale nie możesz nic zmienić ani się obudzić. Zamarła w bezruchu.

Czuła zapach strachu jej towarzyszy, nawet Stefano, który stał tuż obok. Jego latarka oświetlała przedmioty znajdujące się przed Bonnie, ale na początku oczy Eleny nie potrafiły rozróżnić żadnych kształtów. Widziała kąty, płaszczyzny, kontury, aż nagle coś się wyostrzyło. Trupioblada twarz, groteskowo zawieszona do góry nogami...

Krzyk nie zdołał wydobyć się z jej gardła. To był tylko posąg, ale rysy wyglądały znajomo. Były takie same jak na pokrywie grobu na górze. Ten, który stał przed nimi, był bliźniaczą kopią tamtego. Poza tym, że został splądrowany, kamienna pokrywa była złamana na pół i stała oparta o ścianę krypty. Coś jakby drobne kawałki kości słoniowej leżało rozrzucone na podłodze. Kawałki marmuru, pomyślała desperacko Elena. To tylko marmur, kawałki marmuru.

To były ludzkie kości, potrzaskane i rozrzucone.

Bonnie się odwróciła.

Kręciła głową. Zatrzymała się, patrząc prosto na Elenę.

Potem zadrżała, potknęła się i poleciała nagle do przodu, jak marionetka, której odcięto sznurki.

Elena ledwie ją złapała, sama niemal upadając.

– Bonnie? Bonnie?

Brązowe oczy, które spojrzały na nią, szeroko otwarte i błędne, były przerażonymi oczami Bonnie.

– Co się stało? – zapytała Elena. – Gdzie to zniknęło?

– Tu jestem.

Ponad splądrowanym grobem pojawiło się mgliste światło. Nie, to nie światło, pomyślała Elena. Widziała je, ale to światło nie mieściło się w normalnym spektrum. To było coś dziwniejszego niż podczerwień albo ultrafiolet, coś, czego nie powinny dostrzec ludzkie zmysły. Jakaś zewnętrzna moc ujawniała jej to, wbijała to w jej umysł.

– Inna moc – wyszeptała, a jej krew niemal zamarzła.

– Nie, Eleno.

Głos nie był dźwiękiem, tak samo jak to, co widziała, nie było światłem. Był cichy jak blask gwiazd i smutny. Przypominał jej kogoś.

Matka? – przyszło jej nagle do głowy. Ale nie, to nie był głos jej matki. Blask nad grobem zdawał się krążyć i wirować. Przez chwilę dostrzegła w nim twarz, łagodną, smutną twarz. Już wiedziała kto to.

– Czekałam tu na ciebie – powiedział miękko głos Honorii Fell. – Tu mogę wreszcie przemówić do ciebie pod własną postacją, a nie przez usta Bonnie. Posłuchaj mnie. Nie masz wiele czasu, a niebezpieczeństwo jest wielkie.

Elena w końcu odzyskała mowę.

– Ale co to za komnata? Dlaczego nas tu przyprowadziłaś?

– Poprosiliście o to. Nie mogłam tego zrobić, dopóki nie zapytaliście. To jest wasze pole bitwy.

– Nie rozumiem.

– Ta krypta została zbudowana dla mnie przez mieszkańców Fell's Church. Miejsce spoczynku mojego ciała. Tajemne miejsce dla kogoś, kto za życia był obdarzony tajemnymi mocami. Tak jak Bonnie znałam rzeczy, których nikt inny nie mógł znać. Widziałam to, czego nikt nie mógł zobaczyć.

– Byłaś medium – wyszeptała ochryple Bonnie.

– Wtedy nazwano by mnie wiedźmą. Ale nigdy nie użyłam moich mocy, żeby zrobić komuś krzywdę, a kiedy umarłam, wybudowali mi ten pomnik, żebym mogła spocząć w pokoju z moim mężem. Ale potem, po wielu latach, nasz spokój został zakłócony.

Upiorne światło pulsowało i poruszało się, a postać Honorii chwiała się w nim.

– Inna moc pojawiła się w Fell's Church, pełna nienawiści i zniszczenia. Skalała miejsce mojego spoczynku i potrzaskała moje kości. Zadomowiła się tu. Stąd wychodziła, by czynić zło w moim mieście. Przebudziłam się.

– Próbowałam ostrzec cię od samego początku, Eleno. Ona żyje pod cmentarzem. Czekała na ciebie, obserwowała cię. Czascm pod postacią sowy...

Sowy. Myśli przebiegały przez umysł Eleny. Sowa, jak ta, którą widziała w gnieździe na wieży kościoła. Jak ta w stodole i na drzewie niedaleko jej domu.

Biała sowa... Drapieżnik... Mięsożerca... pomyślała. A potem przypomniała sobie wielkie białe skrzydła, które zdawały się w obie strony sięgać horyzontu. Wielki ptak z mgły lub śniegu, ścigający ją, śledzący ją, krwiożerczy i pełen zwierzęcej nienawiści...

– Nie! – krzyknęła, gdy zalały ją te wspomnienia.

Poczuła, jak palce Stefano wbijają się w jej ramię, niemal zadając jej ból. Przywróciło ją to do rzeczywistości. Honoria Fell wciąż mówiła.

– Ciebie też obserwowała, Stefano. Nienawidziła cię, zanim znienawidziła Elenę. Dręczyła cię i bawiła się z tobą jak kot z myszą. Nienawidzi tych, których kochasz. Sama jest pełna zatrutej miłości.

Elena mimowolnie obejrzała się za siebie. Zobaczyła Meredith, Alarica i Matta stojących, jakby skamienieli. Bonnie i Stefano byli obok niej. Ale Damon... Gdzie był Damon?

– Jej nienawiść jest tak wielka, że każda śmierć stała się jej miła, każda kropla rozlanej krwi sprawia jej przyjemność. W tej chwili zwierzęta, które kontroluje, wychodzą z lasu. Idą w stronę miasta, w stronę świateł.

– Bal! – zawołała przerażona Meredith.

– Tak. I tym razem będą zabijać, dopóki wszystkie same nie zginą.

– Musimy ostrzec tych ludzi – powiedział Matt. – Wszystkich...

– Nigdy nie będziecie bezpieczni, dopóki umysł, który je kontroluje, nie zostanie zniszczony. Zabijanie będzie trwało. Musicie zniszczyć moc pełną nienawiści, dlatego przyprowadziłam was tutaj.

Światło ponownie zamigotało. Zdawało się gasnąć.

– Masz odwagę, Eleno, jeżeli tylko ją odnajdziesz. Bądź silna. Tylko tyle mogę zrobić, żeby wam pomóc.

– Poczekaj, proszę... – zaczęła Elena.

Głos ciągnął dalej, nie zwracając na nią uwagi.

– Bonnie, ty masz wybór. Twoje tajemne moce to wielka odpowiedzialność. To także dar, który może zostać odebrany. Czy chcesz się ich pozbyć?

– Ja... – Bonnie pokręciła głową przestraszona. – Nie wiem. Potrzebuję czasu...

– Nie ma czasu. Wybieraj. – Światło słabło.

W oczach Bonnie było oszołomienie i niepewność, gdy spojrzała na Elenę, szukając pomocy.

– To twój wybór – wyszeptała Elena. – Sama musisz zdecydować.

Powoli wyraz niepewności opuścił twarz Bonnie. Skinęła głową. Odsunęła się od Eleny, stanęła bez jej pomocy i spojrzała w światło.

– Zatrzymam je – powiedziała zdecydowanym głosem. – Poradzę sobie z nimi. Moja babcia sobie poradziła.

W świetle mignęło coś jakby rozbawienie.

– Mądrze wybrałaś. Obyś używała ich dobrze. To ostatni raz, kiedy do ciebie mówię.

– Ale...

– Zasłużyłam na spokój. Teraz to wasza walka. – Światło stopniało jak ostatnie iskry gasnącego ognia.

Kiedy zniknęło, Elena poczuła napięcie. Coś miało się stać. Jakaś potężna, złowroga moc zbliżała się do nich, a może wisiała nad nimi.

– Stefano...

Stefano też to czuł, wiedziała o tym.

– Chodźcie – powiedziała Bonnie, a jej głos zdradzał rosnącą panikę. – Musimy się stąd wydostać.

– Musimy wrócić na bal – wychrypiał Matt. Jego twarz była blada jak płótno. – Musimy im pomóc.

– Ogień! – zawołała Bonnie, jakby zaskoczona myślą, która nagle pojawiła się w jej głowie. – Ogień ich nie zabije, ale może je powstrzyma.

– Czy nie słuchaliście? Musimy zmierzyć się z inną mocą. A ona jest tutaj, właśnie tutaj, właśnie teraz. Nie możemy odejść! – krzyknęła Elena. W jej umyśle panował zamęt. Obrazy, wspomnienia i przerażające przeczucia. Żądza krwi... wyczuwała ją...

– Alaricu – odezwał się Stefano tonem przywódcy. – Ty wracaj. Zabierz resztę; zróbcie, co możecie. Ja zostanę.

– Myślę, że wszyscy powinniśmy pójść – krzyknął głośno Saltzman. Musiał niemal krzyczeć, żeby przebić się przez ogłuszający hałas, który ich otaczał.

Chwiejący się lekko promień latarki ukazał oczom Eleny coś, czego wcześniej nie zauważyła. W ścianie obok niej była dziura, jakby ktoś zerwał kamienie, którymi była wyłożona. Za nimi znajdował się tunel w ziemi, czarny i bez końca.

Dokąd on prowadzi? – zastanawiała się Elena, ale jej myśl zaginęła w jej strachu. Biała sowa... Drapieżnik... Mięsożerca... Kruk, pomyślała i nagle wiedziała już, miała pełną jasność, czego się boi.

– Gdzie jest Damon? – zawołała, odwracając się i rozglądając po komnacie. – Gdzie jest Damon?

– Uciekajmy! – krzyknęła przerażona Bonnie. Rzuciła się do bramy w momencie, gdy ciemność przeciął głośny dźwięk.

To było warczenie, ale nie warczenie psa. Nie dało się tego pomylić z psem. Było o wiele głębsze, bardziej donośne. To był potężny dźwięk, który niósł ze sobą dżunglę, krwiożerczość łowcy. Odbijał się w klatce piersiowej Eleny, zgrzytał o jej kości.

Sparaliżował ją.

Pojawił się znowu, głodny i dziki, ale jakby trochę leniwy. Aż tak pewny siebie. A za nim nastąpił odgłos kroków w tunelu.

Bonnie próbowała krzyczeć, ale wydawała z siebie tylko cienki pisk. Coś zbliżało się ciemnym tunelem. Jakiś kształt poruszający się z kocią gracją. Elena rozpoznała teraz to warczenie. To był głos największego z drapieżnych kotów, większego niż lew. Z ciemności wyłoniły się żółte ślepia tygrysa.

A potem wszystko stało się w jednej chwili.

Elena poczuła, jak Stefano próbuje usunąć ją z drogi zwierzęcia. Ale strach go sparaliżował. Wiedziała, że jest za późno.

Skok tygrysa, drgnienie jego mięśni były obrazem wcielonego wdzięku. W tej chwili zobaczyła go jakby uchwyconego w świetle flesza. Krzyknęła mimowolnie.

– Damon, nie!

Zorientowała się, że tygrys jest biały, dopiero kiedy czarny wilk wyskoczył z cienia i przeciął mu drogę.

Damon wpadł na wielkiego kota w locie, odpychając go na bok. W tej samej chwili Stefano chwycił i odciągnął Elenę. Mięśnie jej drżały, pozwoliła mu postawić się pod ścianą.

Słabość Eleny po części wynikała ze strachu, po części z dezorientacji. Nic nie rozumiała; szumiało jej w głowie. Jeszcze przed chwilą była pewna, że Damon gra z nimi, że to on cały czas był inną mocą. Ale zło i żądza krwi, które emanowały z tygrysa, nie pozostawiały miejsca na wątpliwości. To była istota, która ścigała ją na cmentarzu i z pensjonatu aż do rzeki, istota, która doprowadziła do jej śmierci. Ta biała moc, z którą wilk teraz walczył.

Walka była więcej niż nierówna. Czarny wilk, jakkolwiek zawzięty i agresywny, nie miał szans. Jedno uderzenie wielkich tygrysich pazurów rozorało mu ramię aż do kości. W następnej chwili tygrys rozwarł szczękę, by zmiażdżyć kark Damona.

Ale wtedy pojawił się Stefano, oślepiając kota światłem latarki i odpychając rannego wilka na bezpieczną odległość. Elena chciałaby krzyczeć, chciałaby móc coś zrobić, żeby uwolnić ból, który czuła. Nic rozumiała, nic nie rozumiała. Stefano był w niebezpieczeństwie. Ale nie mogła się poruszyć.

– Uciekajcie – krzyczał Stefano do pozostałych. – Już! Uciekajcie!

Ze zwinnością niedostępną człowiekowi uniknął uderzenia białej łapy, wciąż świecąc latarką w oczy tygrysa. Meredith była już po drugiej stronie bramy. Matt na pół niósł, a na pół ciągnął Bonnie. Alaric już się wydostał.

Tygrys skoczył w ich stronę i silnym uderzeniem zatrzasnął bramę. Stefano przewrócił się na bok, spróbował wstać, poślizgnął się.

– Nie zostawimy was – zawołał Alaric.

– Idźcie! – odkrzyknął Stefano. – Idźcie na bal, zróbcie, co tylko możecie. Idźcie!

Wilk znów atakował, pomimo krwawiącej rany na głowie i rozszarpanego barku. Tygrys podjął walkę. Odgłosy walki stały się tak głośne, że Elena z trudem mogła to znieść. Meredith i inni uciekli; latarka Alarica zniknęła.

– Stefano! – krzyknęła, widząc, że zamierza zmierzyć się z tygrysem.

Jeżeli on zginie, ona zginie z nim.

Odzyskała możliwość poruszania się. Podeszła do Stefano, szlochając. Przytulił ją i odwrócił się tak, by stanąć między nią a tygrysem i wilkiem. Ale ona była uparta, równie uparta jak on. Okręciła się i oboje stanęli zwróceni twarzą do walczących zwierząt.

Wilk został pokonany. Leżał na plecach, a chociaż jego futro było zbyt ciemne, aby widać było na nim krew, pod nim zbierała się czerwona kałuża. Biały tygrys stał nad nim, jego zęby dzieliły centymetry od gardła wilka.

Ale nie ugryzł go. Tygrys podniósł głowę i spojrzał na Stefano i Elenę.

Elena zauważyła, że z dziwnym spokojem obserwuje szczegóły jego wyglądu: proste i smukłe wąsy, jakby srebrne żyłki; śnieżnobiałe futro, przecięte pasami koloru niepolerowanego złota. Srebro i złoto, pomyślała, przypominając sobie sowę w stodole. A potem pojawiło się kolejne wspomnienie... czegoś, co widziała... albo o czym słyszała...

Uderzeniem łapy tygrys wytrącił latarkę z dłoni Stefano. Elena usłyszała syk bólu, ale w całkowitej ciemności nie mogła nic dostrzec. Gdy nie ma żadnego, najmniejszego źródła światła, nawet łowca traci wzrok. Wtuliła się w Stefano i czekała na śmiertelny cios.

Nagle przed oczami miała szarą, wibrującą mgłę, nie mogła już trzymać się Stefano. Nie mogła myśleć, nie mogła mówić. Podłoga zdawała się gdzieś znikać. Półprzytomna zdała sobie sprawę, że użyto przeciw niej mocy, że opanowała ona jej umysł.

Poczuła, jak ciało Stefano słabnie, osuwa się. Nie mogła dłużej opierać się mgle. Upadła. Uderzenia o ziemię już nie poczuła.

ROZDZIAŁ 14

Biała sowa... Drapieżnik... Łowca... Tygrys. Bawi się z tobą jak kot z myszą. Jak kot... Wielki kot... Kociak. Biały kociak.

Śmierć jest w domu.

A kociak, ten kociak uciekł przed Damonem. Nie ze strachu, ale żeby nie zostać rozpoznany. Jak wtedy, kiedy stał na piersi Margaret i zaczął piszczeć na widok Eleny za oknem.

Jęknęła i niemal się ocknęła, ale szara mgła znów pozbawiła ją przytomności, zanim zdołała otworzyć oczy. W głowie znów kłębiły się myśli.

Zatruta miłość... Stefano, nienawidziła cię, zanim znienawidziła Elenę... Biel i złoto... Coś białego... Coś białego pod drzewem...

Tym razem, kiedy spróbowała otworzyć oczy, udało jej się. Zanim dostrzegła coś w bladym, zamglonym świetle, zrozumiała. Rozwiązała zagadkę.

Postać w białej sukni z trenem odwróciła się od świecy, którą zapalała, i Elena ujrzała twarz, która mogłaby być jej własną. Ale była nieco zmieniona, blada i piękna jak lodowa figura, zniekształcona. Wyglądała jak niezliczone odbicia, które widziała we śnie o sali luster. Wykrzywiona i głodna. Szydercza.

– Witaj, Katherine – szepnęła.

Katherine uśmiechnęła się przebiegle.

– Nie jesteś taka głupia, jak myślałam – powiedziała.

Jej głos był lekki i słodki. Jak ze srebra, pomyślała Elena. Jak jej rzęsy. Jej suknia też połyskiwała srebrem. Ale jej włosy były złote, niemal takie jak Eleny. Oczy były szmaragdowe. Na szyi miała naszyjnik z kamieniem w tym samym żywym kolorze.

Elenę bolało gardło, krzyczała. Wystarczyło, że powoli odwróciła głowę na bok, żeby poczuć ból.

Stefano stał obok niej, pochylony do przodu, z rękami przywiązanymi do żelaznych belek bramy. Głowa opadła mu na pierś, ale mogła dostrzec, że jego twarz jest trupio blada. Miał rozorane gardło, krew zasychała na kołnierzu.

Odwróciła się do Katherine. Zakręciło jej się w głowie od zbyt gwałtownego ruchu.

– Dlaczego? Dlaczego to zrobiłaś?

Katherine uśmiechnęła się, ukazując ostre zęby.

– Bo go kocham – powiedziała dziecinnym głosikiem. – Czy ty go nie kochasz?

Dopiero teraz Elena uświadomiła sobie, dlaczego nie może się ruszyć i dlaczego bolą ją ręce. Była przywiązana do bramy tak samo jak Stefano. Gdy z bólem odwróciła głowę w drugą stronę, zobaczyła Damona.

Był w gorszym stanie niż jego brat. Kurtkę miał rozdartą, bark rozharatany. Widok rany przyprawił Elenę o mdłości. Jego koszula była w strzępach, widać było, jak żebra poruszają się przy oddechu. Gdyby nie to, pomyślałaby, że nie żyje. Krew skleiła mu włosy i spływała do oczu.

– Którego z nich wolisz? – zapytała Katherine poufale. – Możesz mi powiedzieć. Który jest według ciebie lepszy?

Elena spojrzała na nią z obrzydzeniem.

– Katherine – wyszeptała cicho. – Proszę. Proszę, posłuchaj mnie...

– No powiedz. – Szmaragdowe oczy przykuły wzrok Eleny, gdy Katherine zbliżyła się do niej. Podeszła tak blisko, że mogłaby ją pocałować. – Ja myślę, że obaj są świetni. Dobrze ci z nimi, Eleno?

Elena zamknęła oczy i odwróciła twarz. Gdyby tylko przestało jej się kręcić w głowie.

Katherine odeszła i zaśmiała się.

– Wiem, tak trudno wybrać. – Zrobiła piruet. Elena zauważyła, że to, co wzięła za tren sukni, było w rzeczywistości jej włosami. Spływały jak roztopione złoto po jej plecach i rozlewały się po podłodze.

– Wszystko zależy od twojego gustu – ciągnęła Katherine, wykonując kilka tanecznych kroków i zatrzymując się przed Damonem. Spojrzała figlarnie na Elenę. – Ale ja jestem takim łasuchem. – Chwyciła Damona za włosy i zanurzyła zęby w jego szyi.

– Nie! Nie rób tego, nie krzywdź go już... – Elena próbowała się poruszyć, ale była zbyt ciasno przywiązana. Brama była z solidnego żelaza, umocowana w kamiennej ścianie, a liny trzymały mocno. Katherine wgryzała się w Damona, a on jęczał, mimo że był nieprzytomny. Elena widziała, jak jego ciałem wstrząsa ból.

– Przestań. Proszę, przestań...

Katherine podniosła głowę. Krew spływała po jej podbródku.

– Ale ja jestem głodna, a on jest dobry – powiedziała. Pochyliła się i ugryzła jeszcze raz. Ciało Damona przeszył spazm. Elena krzyknęła.

Taka byłam, pomyślała. Na początku, tej pierwszej nocy, byłam taka sama. Skrzywdziłam w ten sposób Stefano, chciałam go zabić...

Otoczyła ją ciemność i przyjęła ją z wdzięcznością.

Samochód Alarica odwrócił się nagle na lodzie. Meredith o mało nie wjechała w niego. Ona i Matt wyskoczyli z auta, zostawiając drzwi otwarte. Alaric i Bonnie zrobili to samo.

– Co z resztą miasta? – zawołała Meredith, podbiegając do nich. Wiał silny wiatr, jej twarz była zarumieniona od mrozu.

– Tylko rodzina Eleny – ciocia Judith i Margaret – krzyknęła Bonnie. Jej głos drżał ze strachu, ale w oczach widać było zdecydowanie. Odchyliła głowę, jakby próbowała coś sobie przypomnieć. – Tak, to wszystko. Psy zaatakują tylko je. Każ im się gdzieś ukryć, może w piwnicy. I trzymaj je tam.

– Zajmę się tym. Wy zajmijcie się balem!

Bonnie pobiegła za Alarikiem. Meredith wróciła do samochodu.

Bal dobiegał końca. Wiele par zmierzało już do swoich samochodów. Alaric zawołał, kiedy podbiegli do nich z Mattem i Bonnie.

– Wracajcie do środka! Niech wszyscy wrócą do środka i zamknijcie drzwi! – krzyczał do policjantów.

Ale nie było na to czasu. Dobiegł do stołówki w momencie, kiedy w ciemności pojawił się pierwszy skradający się kształt. Powalił jednego z oficerów, zanim ten zdążył wyciągnąć broń albo krzyknąć.

Drugi policjant był szybszy i zdążył wystrzelić. Huk strzału rozniósł się po okolicy. Uczniowie zaczęli krzyczeć i uciekać w stronę parkingu. Alaric pobiegł za nimi, próbując zmusić ich do powrotu do szkoły.

Z ciemności, pomiędzy samochodami, z każdej strony, wyłaniały się kolejne kształty. Wybuchła panika. Alaric wciąż krzyczał, próbując zebrać przerażonych ludzi w budynku. Na zewnątrz byli łatwą zdobyczą dla drapieżników.

– Potrzebujemy ognia – zwróciła się do Matta Bonnie. Matt wbiegł do stołówki i wrócił z pudłem pełnym zaproszeń na imprezę. Wyrzucił je na ziemię i wyciągnął z kieszeni zapałki, którymi wcześniej zapalili świecę.

Papier zajął się ogniem bez problemu, tworząc wyspę bezpieczeństwa. Matt wciąż poganiał ludzi, by chowali się w stołówce. Bonnie też weszła do środka. Panował tam taki sam chaos jak na zewnątrz.

Rozejrzała się za kimś, kto mógłby uspokoić rozhisteryzowanych uczniów, ale nie widziała żadnych dorosłych. Jej wzrok przyciągnęły zielone i czerwone dekoracje z bibuły.

Hałas był oszałamiający, nie dało się usłyszeć nawet krzyku. Przedzierając się przez tłum ludzi próbujących się wydostać, dostała się na drugą stronę sali. Stała tam Caroline, blada, w koronie Królowej Śniegu. Bonnie pociągnęła ją do mikrofonu.

– Jesteś dobra w mówieniu. Powiedz im, żeby weszli do środka i nie wychodzili! Niech zaczną zdejmować dekoracje. Potrzebujemy wszystkiego, co się pali: drewnianych krzeseł, śmieci, wszystkiego. Powiedz im, że to nasza jedyna szansa! – Caroline gapiła się na nią przestraszona i zdezorientowana. – Masz teraz koronę, więc zachowuj się jak królowa!

Nie czekała, żeby zobaczyć, czy Caroline posłucha. Wmieszała się znów w tłum. Po chwili usłyszała Caroline w głośnikach, najpierw mówiącą z wahaniem, potem coraz bardziej zdecydowanie.

Kiedy Elena znowu otworzyła oczy, w komnacie było całkiem cicho.

– Elena?

Spróbowała się skupić na ochrypłym szepcie. Odnalazła wzrokiem zielone, pełne bólu oczy.

– Stefano – powiedziała. Pochyliła się w jego stronę, żałując, że nie może się poruszyć. Nie miało to sensu, ale czuła, że gdyby tylko mogli się objąć, wszystko byłoby dobrze.

Usłyszała dziecinny śmiech. Nie odwróciła się w jego stronę, ale Stefano to zrobił. Zobaczyła jego reakcję, wyraz twarzy zmieniający się tak szybko, że ledwo dało się go rozpoznać. Szok, niedowierzanie, cień radości, a potem przerażenie. Przerażenie, które w końcu sprawiło, że jego wzrok stał się pusty.

– Katherine – wykrztusił. – To niemożliwe. Nie. Ty nie żyjesz…

– Stefano… – spróbowała Elena, ale nie odpowiedział.

Katherine zasłoniła usta dłonią i zachichotała.

– Ty też się obudź – poleciła, spoglądając w bok. Elena poczuła spiętrzenie mocy. Po chwili głowa Damona podniosła się powoli. Zamrugał oczami.

Na jego twarzy nie było zdziwienia. Odchylił głowę, zmrużył oczy i przez chwilę wpatrywał się w Katherine. Potem na jego ustach pojawił się słaby i bolesny, ale zauważalny uśmiech.

– Nasze słodkie białe kocię – wyszeptał. – Powinienem był się domyślić.

– Ale się nie domyśliłeś, prawda? – Katherine wyraźnie bawiła się jak dziecko. – Nawet ty nie zgadłeś. Wszystkich oszukałam. – Roześmiała się znowu. – To była świetna zabawa patrzeć na ciebie, kiedy ty patrzyłeś na Stefano i żaden z was nie wiedział, że tam jestem. Raz nawet cię zadrapałam. – Zginając palce jak pazury, machnęła ręką jak kot uderzający łapą.

– W domu Eleny. Tak, pamiętam – powiedział powoli Damon. Nie wyglądał na wściekłego, był raczej nieco rozbawiony. – Cóż, z pewnością jesteś łowcą. Dama i tygrys, tak.

– I wrzuciłam Stefano do studni – przechwalała się dalej Katherine. – Widziałam, jak walczycie. Podobało mi się to. Poszłam za Stefano aż do skraju lasu, a potem... – Klasnęła w dłonie, jak ktoś łapiący owada. Otworzyła je powoli, zaglądając do środka, jakby naprawdę coś złapała, i zachichotała do siebie. – Chciałam wciąż się z nim bawić – wyznała. Wysunęła dolną wargę i obrzuciła Elenę nienawistnym spojrzeniem. – Ale ty go zabrałaś. To było niegrzeczne, Eleno. Nie powinnaś była tego robić.

Przerażająca dziecięca przebiegłość zniknęła z jej twarzy i przez moment Elena zobaczyła płonącą nienawiść zranionej kobiety.

– Zachłanne dziewczynki zasługują na karę. – Katherine podeszła do niej. – A ty jesteś zachłanna.

– Katherine! – Stefano mówił teraz szybko. – Nie chcesz nam powiedzieć, co jeszcze zrobiłaś?

Zaskoczona wampirzyca cofnęła się o krok. Wyraźnie jednak jej to schlebiało.

– Cóż, skoro naprawdę chcesz usłyszeć – powiedziała. Skrzyżowała ramiona na piersi i okręciła się w szybkim piruecie. – Nie – rzuciła radośnie, odwracając się i wyciągając palec w ich stronę. – Sami zgadnijcie. Zgadujcie, a ja wam powiem „dobrze" albo „źle". No już!

Elena przełknęła ślinę, rzucając okiem na Stefano. Nie widziała sensu w tej grze na zwłokę; koniec i tak był nieunikniony. Ale jakiś instynkt kazał jej trzymać się przy życiu tak długo, jak to możliwe.

– Zaatakowałaś Vickie – spróbowała. Głos jej zadrżał, ale odzyskała nad nim panowanie. – Tamtej nocy, w kościele.

– Dobrze! Tak! – zawołała Katherine. Znów machnęła dłonią, udając kota. – No cóż, w końcu była w moim kościele – dodała rzeczowym tonem. – A to, co ona i ten chłopak robili... No, nie robi się takich rzeczy w kościele. Więc tak, zadrapałam ją! – Zademonstrowała to jak dziecko opowiadające jakąś historię. – I... zlizałam krew! – Oblizała bladoróżowe wargi. Wskazała na Stefano. – Dalej!

– Od tamtego czasu ciągle ją dręczysz – zarzucił jej. To nie była część gry, tylko stwierdzenie, wyraz oburzenia.

– Tak, z tym już skończyliśmy! Dalej, spróbuj czegoś innego – ucięła Katherine. Ale potem chwyciła za guziki swojej sukni i udała, że je rozpina. Elena pomyślała o Vickie, rozbierającej się w stołówce. – Zmusiłam ją do zrobienia paru głupot. To był ubaw.

Elena poczuła skurcz w ramieniu i zdała sobie sprawę, że cały czas mimowolnie napina liny. Słowa Katherine tak ją rozsierdziły, że nie mogła zachować spokoju. Odchyliła się i spróbowała poruszyć dłońmi. Nie wiedziała, co zrobi, jeżeli się uwolni, ale musiała spróbować.

– Następna próba – przypomniała Kathcrinc z groźbą w głosie.

– Dlaczego twierdzisz, że to twój kościół? – zapytał Damon. Jego głos brzmiał, jakby Damon wciąż był nieco rozbawiony, jakby to wszystko w ogóle go nie dotyczyło. – A co z Honorią Fell?

– Och, ta stara wiedźma! – odpowiedziała szyderczo. Spojrzała gdzieś za nich, wydymając wargi. Elena uświadomiła sobie, że stoją twarzą w stronę wejścia do krypty, a rozbity grób znajduje się za ich plecami. Może Honoria mogłaby im pomóc...

Ale przypomniała sobie ten cichy, gasnący głos. Tylko tyle mogę zrobić, żeby wam pomóc. Wiedziała, że na nic więcej nie mogą liczyć.

– Nie może nic zrobić. Jest tylko stertą kości – powiedziała Katherine, czytając w jej myślach. Smukłymi dłońmi zrobiła gest, jakby łamała te kości. – Wszystko, co może, to gadać. Długo pilnowałam, żebyście jej nie usłyszeli. – Jej twarz znów przybrała złowrogi wyraz, ale Elena poczuła ukłucie strachu.

– Zabiłaś psa Bonnie, Jangcy – rzuciła. Strzelała, chciała tylko odwrócić uwagę wampirzycy. Udało jej się.

– Tak! To też było zabawne. Wszyscy przybiegliście do domu i zaczęliście krzyczeć, i jęczeć... – Przedstawiła jak w pantomimie całą scenę: mały pies leżący przed domem Bonnie, dziewczyny podbiegające do jego ciała. – Nie był smaczny, ale opłaciło się. Śledziłam wtedy Damona, gdy był krukiem. Często go śledziłam. Gdybym chciała, mogłabym złapać tego kruka i... – Udała, że skręca ptakowi kark.

Sen Bonnie, pomyślała Elena, rozumiejąc wszystko coraz lepiej. Gdy zauważyła spojrzenia Stefano i Katherine, zrozumiała, że powiedziała to na głos.

– Bonnie śniła o tobie – wyszeptała. – Ale myślała, że to ja. Powiedziała mi, że widziała, jak stoję pod drzewem. Wiał wiatr i bała się mnie. Powiedziała, że wyglądałam inaczej, byłam blada, ale niemal jaśniałam. Kruk przeleciał, a ja chwyciłam go i skręciłam mu kark. – Przełknęła ślinę. – Ale to byłaś ty.

Katherine wyglądała na zachwyconą.

– Ludzie często o mnie śnią – oznajmiła z dumą. – Twoja ciocia też o mnie śniła. Powiedziałam jej, że twoja śmierć to jej wina. Ona myśli, że to ty do niej mówiłaś.

– O Boże...

– Żałuję, że nie umarłaś – ciągnęła Katherine, teraz pogardliwym tonem. – Powinnaś była umrzeć. Wystarczająco długo trzymałam cię pod wodą. Ale ty bezwstydnie wypiłaś krew ich obu i przetrwałaś. No cóż. – Uśmiechnęła się zagadkowo. – Teraz mogę się dłużej z tobą pobawić. Wściekłam się dzisiaj, bo zobaczyłam, że Stefano dał ci mój pierścień. Mój pierścień! – Podniosła głos. – Mój. Zostawiłam mu go na pamiątkę. A on ci go oddał. Wtedy zrozumiałam, że nie mogę się z nim bawić. Muszę go zabić.

Wzrok Stefano zdradzał zdumienie i strach.

– Ale myślałem, że ty nie żyjesz – powiedział. – Umarłaś pięćset lat temu. Katherine...

– Och, wtedy oszukałam was po raz pierwszy – odpowiedziała, ale tym razem w jej głosie nie było radości. Sposępniała. – Zaaranżowałam to wszystko z Gudren, moją służącą. Nie zaakceptowaliście mojego wyboru – wypaliła, patrząc gniewnie na braci. – Chciałam, żebyśmy byli szczęśliwi. Kochałam was. Was obu. Ale to was nie zadowalało.

Jej twarz znów się zmieniła, Elena dostrzegła w niej dziecko zranione pięćset lat temu. Tak musiała wtedy wyglądać, pomyślała. Szmaragdowe oczy napełniły się łzami.

– Chciałam, żebyście wy też się kochali – ciągnęła, jakby zakłopotana. – Ale wy nie chcieliście. Czułam się z tym okropnie. Pomyślałam, że jeżeli umrę, to pokochacie się. Wiedziałem zresztą, że muszę odejść, zanim papa zacznie podejrzewać, kim jestem.

– Więc zaplanowałyśmy to z Gudren – kontynuowała, zagłębiając się we wspomnienia. – Miałam inny talizman chroniący przed słońcem, a jej oddałam pierścień. Wzięła moją białą suknię – moją najlepszą białą suknię – i prochy z kominka. Spaliłyśmy w nim tłuszcz, żeby miały odpowiedni zapach. A potem położyła wszystko na słońcu, tak żebyście to znaleźli. Nie byłam pewna, czy dacie się oszukać, ale udało się.

– Ale potem wszystko zrobiliście źle – jej twarz wykrzywiła się ze zgryzoty. – Mieliście płakać, żałować i pocieszać się nawzajem. Zrobiłam to dla was. A wy zamiast tego wyciągnęliście miecze. Dlaczego to zrobiliście? – To był szczery krzyk, prosto z serca. – Dlaczego nie przyjęliście mojego daru? Potraktowaliście to jak śmieć. Napisałam wam w liście, że chciałam, żebyście się pogodzili. Ale nie posłuchaliście i zaczęliście walczyć. I zabiliście się nawzajem. Dlaczego to zrobiliście?

Łzy spływały teraz po jej policzkach, podobnie jak po policzkach Stefano.

– Byliśmy głupi – powiedział, równie pogrążony we wspomnieniach jak ona. – Obwinialiśmy się nawzajem o twoją śmierć i byliśmy tacy głupi... Katherine, posłuchaj mnie. To była moja wina, to ja pierwszy zaatakowałem. I żałowałem, nie wiesz, jak bardzo tego żałowałem i żałuję do dziś. Nie wiesz, ile razy myślałem o tym i żałowałem, że nie mogę tego zmienić. Oddałbym wszystko, żeby to cofnąć, wszystko. Zabiłem mojego brata... – Jego głos załamał się, a łzy trysnęły mu z oczu. Serce

Eleny pękało z żalu. Odwróciła się bezradnie do Damona, ale nie zwracał na nią najmniejszej uwagi. Wyraz rozbawienia zniknął. Wpatrywał się teraz w Stefano w absolutnym skupieniu.

– Katherine, proszę, posłuchaj mnie – mówił dalej Stefano drżącym głosem. – Już dość długo wszyscy krzywdziliśmy się nawzajem. Pozwól nam teraz odejść. Albo zatrzymaj mnie, jeśli chcesz, ale ich wypuść. To mnie powinnaś winić. Zatrzymaj mnie, a zrobię, co zechcesz…

Błękitne oczy Katherine były wypełnione nieskończonym smutkiem. Błyszczały w nich łzy. Elena nie odważyła się oddychać, żeby nie przerwać czaru. Szczupła dziewczyna podeszła do Stefano. Jej twarz była teraz łagodna, przepełniona tęsknotą.

Ale nagle znów pojawił się na niej chłód, tak że łzy niemal zamarzły na jej policzkach.

– Trzeba było pomyśleć o tym dawno temu – powiedziała. – Może wtedy bym posłuchała. Na początku żałowałam, że się zabiliście. Uciekłam do domu, porzuciłam nawet Gudren. Ale nie zostało mi nic, nie miałam nawet nowej sukni. Byłam głodna i było mi zimno. Pewnie umarłabym z głodu, gdyby Klaus mnie nie znalazł.

Klaus. Mimo przerażenia Elena przypomniała sobie coś, co opowiedział jej Stefano. Klaus był tym, kto przemienił Katherine w wampira. Ludzie mówili o nim, że jest zły.

– Klaus otworzył mi oczy. Pokazał mi, jaki świat naprawdę jest. Trzeba być silnym i brać to, co się chce. Trzeba myśleć tylko o sobie. I teraz jestem najsilniejsza ze wszystkich. Jestem. Wiecie, jak to osiągnęłam? – Nie czekała, aż odpowiedzą. – Życie innych. Tak wielu innych. Ludzi i wampirów, życie ich wszystkich jest teraz we mnie. Zabiłam Klausa po jakimś stuleciu albo dwóch. Był zaskoczony. Nie wiedział, jak dużo się nauczyłam.

– Byłam tak szczęśliwa, odbierając im życie, wypełniając się nim. Ale potem przypomniałam sobie o was dwóch i o tym, co zrobiliście. Jak potraktowaliście mój dar. I wiedziałam, że muszę was ukarać. W końcu wymyśliłam, jak to zrobić.

– Sprowadziłam was obu tutaj. Umieściłam tę myśl w twoim umyśle, Stefano, tak jak ty robisz to z ludźmi. Doprowadziłam cię tutaj. A potem upewniłam się, że Damon też tu trafi. Elena tu była. Chyba musi być ze mną spokrewniona, jest do mnie podobna. Wiedziałam, że zobaczycie ją i poczujecie się winni. Ale nie mieliście się w niej zakochiwać! – Uraza w jej głosie znów ustąpiła wściekłości. – Nie mieliście zapominać o mnie! Nie miałeś jej dawać mojego pierścienia!

– Katherine…

Ciągnęła dalej.

– Bardzo mnie rozgniewaliście. A teraz będziecie żałować, będziecie bardzo żałować. Wiem, kogo teraz najbardziej nienawidzę. Ciebie, Stefano. Bo najbardziej cię kochałam. – Wydawało się, że odzyskuje kontrolę nad sobą. Otarła łzy z policzków i wyprostowała się z przesadną godnością.

– Damona nienawidzę mniej. Mogłabym nawet pozwolić mu żyć. – Zmrużyła oczy, a potem otworzyła je szeroko. Widocznie wpadła na jakiś pomysł. – Posłuchaj, Damonie – zwróciła się do niego szeptem. – Nie jesteś tak głupi jak Stefano. Wiesz, jaki jest świat. Słyszałam, co mówisz. Widziałam, co robisz. – Nachyliła się do niego. – Jestem samotna od śmierci Klausa. Mógłbyś dotrzymać mi towarzystwa. Wszystko, co musisz zrobić, to powiedzieć, że kochasz mnie najbardziej na świecie. Wtedy zabiję ich, a ciebie wypuszczę. Możesz nawet sam zabić tę dziewczynę, jeśli zechcesz. Pozwolę ci. Co ty na to?

O Boże, pomyślała Elena wstrząśnięta. Damon wbił wzrok w Katherine, jakby próbował ją wybadać. Na jego twarzy znów pojawił się wyraz rozbawienia. O Boże, nie. Proszę, nie…

Damon się uśmiechnął.

ROZDZIAŁ 15

Elena patrzyła na Damona oniemiała z przerażenia. Zbyt dobrze znała ten uśmiech. Ale chociaż jej serce krwawiło, umysł postawił drwiące pytanie: co za różnica? Ona i Stefano i tak mieli umrzeć. Tylko Damon mógł się uratować. Byłoby błędem oczekiwać, że postąpi wbrew swojej naturze.

Patrzyła na ten piękny, kapryśny uśmiech z poczuciem żalu wywołanego myślą o tym, kim Damon mógł być.

Katherine odwzajemniła uśmiech oczarowana.

– Będziemy razem tacy szczęśliwi. Kiedy oni będą martwi, puszczę cię. Nie chciałam cię skrzywdzić tak naprawdę. Po prostu się rozgniewałam. – Wyciągnęła smukłą rękę i pogłaskała go po policzku. – Przepraszam.

– Katherine – powiedział, wciąż się uśmiechając.

– Tak. – Nachyliła się bliżej.

– Katherine...

– Tak, Damonie?

– Idź do diabła.

Elena wzdrygnęła się przed tym, co miało nastąpić, zanim to jeszcze nastąpiło. Poczuła nagły przypływ mocy, złowrogiej, nieokiełznanej mocy. Krzyknęła, widząc zmianę w Katherine. Urocza twarz wykrzywiła się, przekształcając w coś nieludzkiego. Czerwone płomienie błysnęły w jej oczach, gdy rzuciła się na Damona, wbijając kły w jego gardło.

Z czubków jej palców wyrosły szpony, którymi rozdarła jego już i tak krwawiącą pierś. Elena nie przestawała krzyczeć, domyślając się ledwie, że ból w jej ramieniu pochodzi od liny, którą usiłuje zerwać. Usłyszała krzyk Stefano, ale nad wszystkim górował ogłuszający skrzek myśli wysyłanych przez Katherine.

Teraz będziesz żałował! Będziesz żałował! Zabiję cię! Zabiję cię! Zabiję cię! Zabiję cię!

Same słowa zadawały ból, wbijając się w umysł Eleny, ich brutalna moc oszołomiła ją. Przywarła do żelaznych prętów za jej plecami. Ale nie dało się uciec od tego głosu. Zdawał się dochodzić ze wszystkich stron naraz i miażdżyć jej czaszkę.

Zabiję cię! Zabiję! Zabiję!

Elena zemdlała.

Meredith, kucając obok cioci Judith w komórce na narzędzia, przesunęła się trochę, próbując rozpoznać dźwięki dobiegające zza drzwi. Psy dostały się do piwnicy. Nie była pewna jak, ale widząc zakrwawione pyski, domyśliła się, że musiały wejść przez okienka. Teraz były gdzieś za drzwiami, ale Meredith nie mogła odgadnąć, co robią. Było zbyt cicho.

Margaret, wtulona w Roberta, jęknęła cicho.

– Tss... – szepnął Robert. – W porządku, skarbie. Wszystko będzie dobrze.

Meredith spojrzała ponad głową Margaret w jego przestraszone, ale zdeterminowane oczy. Prawie uznaliśmy cię za inną moc, pomyślała. Ale teraz nie było czasu tego żałować.

– Gdzie Elena? Powiedziała, że się mną zaopiekuje – powiedziała Margaret. – Że będzie nade mną czuwać. – Ciocia Judith przykryła jej usta dłonią.

– Opiekuje się tobą – odpowiedziała szeptem Meredith. – Po prostu wysłała mnie, żebym się tobą zajęła. Tak było – dodała stanowczo i zobaczyła, jak w wyrazie twarzy Roberta wyrzut ustępuje zakłopotaniu.

Na zewnątrz ciszę przerwały odgłosy gryzienia i drapania. Psy zabrały się do drzwi.

Robert mocniej przycisnął głowę Margaret do piersi.

Bonnie nie wiedziała, jak długo już pracują. Całe godziny w każdym razie, a wydawało się, że całą wieczność. Psy dostały się do środka przez kuchnię i stare boczne drzwi. Jak na razie jednak tylko kilku udało się pokonać przez ogniska broniące tych wejść. Ludzie z bronią zajęli się nimi.

Ale pan Smallwood i jego przyjaciele trzymali teraz w rękach strzelby bez nabojów. Kończył się też opał.

Vickie wpadła w histerię jakąś chwilę temu, zaczęła krzyczeć i łapać się za głowę, jakby coś sprawiało jej ból. Próbowali jakoś ją powstrzymać, aż w końcu zemdlała.

Bonnie podeszła do Matta, który wyglądał na zewnątrz przez rozwalone boczne drzwi. Wiedziała, że nie patrzył na psy, ale szukał czegoś dużo bardziej odległego. Czegoś, czego stąd nie mógł dostrzec.

– Musiałeś pójść z nami, Matt – powiedziała. – Nic innego nie mogłeś zrobić.

Nie odpowiedział ani nie odwrócił się.

– Już prawie świt – ciągnęła. – Może kiedy noc się skończy, psy odejdą. – Ale sama w to nie wierzyła.

Matt wciąż nie odpowiadał. Dotknęła jego ramienia.

– Stefano jest z nią. Jest tam.

W końcu zareagował. Skinął głową.

– Stefano jest z nią – powtórzył.

Z ciemności wyskoczył kolejny warczący kształt.

Dużo czasu upłynęło, zanim Elena odzyskała przytomność. Domyśliła się tego, bo mogła widzieć, nie tylko dzięki świecom, które Katherine zapaliła, ale także dzięki zimnemu szaremu światłu, które wpadało przez wejście do krypty.

Zobaczyła Damona leżącego na podłodze. Jego więzy były przecięte, a ubranie poszarpane. Było dość jasno, żeby mogła dostrzec jego rany. Zastanawiała się, czy jeszcze żyje. Nie poruszał się w każdym razie.

Damon? – zwróciła się do niego w myślach. Dopiero po chwili zorientowała się, że nie powiedziała tego głośno. Krzyk Katherine domknął coś w jej umyśle albo może obudził w niej coś. A krew Matta bez wątpienia pomogła. W końcu miała dość siły, by móc wysyłać myśli.

Odwróciła głowę w drugą stronę. Stefano?

Jego twarz była wykrzywiona bólem, ale był przytomny. Zbyt przytomny. Elena niemal chciałaby, żeby zemdlał tak jak Damon, żeby nie miał świadomości tego, co się dzieje.

Elena, odpowiedział.

Gdzie ona jest? – zapytała, rozglądając się po pomieszczeniu.

Stefano spojrzał w stronę otwartego grobu. Wyszła stąd przed chwilą. Może poszła sprawdzić, jak sobie radzą jej psy.

Elena myślała, że dotarła już do granic strachu, ale to nie była prawda. Wcześniej nie myślała o pozostałych.

Eleno, przepraszam. Tego, co wyrażała twarz Stefano, nie opisałyby żadne słowa.

To nie twoja wina, Stefano. Nie ty jej to zrobiłeś. Sama to sobie zrobiła. Albo może to się po prostu stało dlatego, że jest tym, kim jest. Kim my jesteśmy. Z tyłu głowy Elena miała cały czas wspomnienie o tym, jak zaatakowała Stefano w lesie i jak czuła się, kiedy chciała mścić się na panu Smallwoodzie. To mogłam być ja, powiedziała.

Nie! Nigdy byś się taka nie stała.

Elena nie odpowiedziała. Gdyby miała teraz moc, co zrobiłaby z Katherine? Czego by nie zrobiła? Ale wiedziała, że dalsza rozmowa na ten temat tylko zmartwi Stefano.

Myślałam, że Damon nas zdradzi.

Ja też. Patrzył na brata z dziwnym wyrazem twarzy.

Czy wciąż go nienawidzisz?

Jego wzrok spochmurniał. Nic, powiedział cicho. Nie, już nie.

Elena skinęła głową. To było ważne, w jakiś sposób.

Nagle jej zmysły wszczęły alarm. Coś przysłoniło wejście do krypty. Stefano też stał się czujny.

Idzie. Eleno…

Kocham cię, Stefano, powiedziała zrozpaczona. Niewyraźny biały kształt zsunął się na dół.

Katherine zmaterializowała się przed nimi.

– Nie wiem, co się dzieje – oznajmiła. Wyglądała na zirytowaną. – Blokujecie mój tunel. – Spojrzała znów za ich plecy, w stronę rozbitego grobu i dziury w ścianie. – Tamtędy zwykle wychodzę – wyjaśniła. Zdawała się nie zwracać żadnej uwagi na ciało Damona leżące u jej stóp. – Przechodzi pod rzeką. Więc nie muszę przekraczać płynącej wody, wiecie. Zamiast tego przechodzę pod nią. – Wyraźnie oczekiwała, że docenią jej dowcip.

Oczywiście, pomyślała Elena. Jak mogłam być tak głupia? Damon jechał z nami w samochodzie Alarica, gdy przekraczaliśmy rzekę. Przekroczył wtedy wodę i pewnie zrobił to wiele razy. Nie mógł być inną mocą.

Zaskoczyło ją, że może myśleć w miarę jasno mimo strachu. Jakby jedna część jej umysłu obserwowała wszystko z pewnej odległości.

– Zabiję was teraz – powiedziała Katherine, jakby nigdy nic. – Potem przejdę pod rzeką, żeby zabić waszych przyjaciół. Psy chyba jeszcze tego nie zrobiły. Zajmę się tym sama.

– Wypuść Elenę. – Głos Stefano była słaby, ale pełen determinacji.

– Nie zdecydowałam jeszcze, jak to zrobię – ciągnęła Katherine, ignorując go. – Mogłabym was upiec. Za chwilę będzie tu dość światła. A ja mam to. – Sięgnęła do fałdy sukni i wyciągnęła zaciśniętą dłoń. – Raz, dwa, trzy! – zawołała, upuszczając na ziemię dwa srebrne pierścienie i jeden złoty. Ich kamienie były niebieskie jak jej oczy, jak wisior na jej szyi.

Elena gwałtownie poruszyła dłońmi. Rzeczywiście, nie miała na palcu pierścienia. Nie spodziewałaby się, że bez niego będzie się czuła tak bardzo naga. Był jej niezbędny, konieczny do przetrwania. Bez niego…

– Bez nich zginiecie – oznajmiła Katherine, kopiąc pierścienie lekceważąco. – Ale nie wiem, czy to wystarczająco powolna śmierć. – Podeszła do przeciwległej ściany krypty. Jej suknia połyskiwała w słabym świetle.

Wtedy w głowie Eleny pojawił się pomysł.

Mogła poruszyć dłońmi na tyle, żeby dotknąć jedną drugiej i żeby wiedzieć, że nie są już odrętwiałe. Liny musiały się poluzować.

Ale Katherine była silna. Niewiarygodnie silna. I szybsza od Eleny. Nawet gdyby zdołała się uwolnić, miałaby czas tylko na jeden ruch.

Odwróciła jeden nadgarstek. Poczuła, jak sznur się zsuwa.

– Są inne sposoby – kontynuowała Katherine, przechadzając się po pomieszczeniu. – Mogłabym was zranić i patrzeć, jak się wykrwawiacie. Lubię patrzeć.

Zaciskając zęby, Elena szarpnęła mocniej linę. Jej dłoń była wygięta pod dużym kątem, ale pomimo bólu nie przestawała naciągać liny. W końcu poczuła, jak zsuwa się z jej dłoni.

– A może szczury – mówiła w zamyśleniu Katherine. – To mogłaby być zabawa. Mogłabym im powiedzieć, kiedy mają zacząć i kiedy przestać.

Uwolnienie drugiej ręki było łatwiejsze. Elena starała się ukryć to, co robiła za plecami. Chciałaby powiedzieć Stefano, ale się nie odważyła. Było ryzyko, że Katherine usłyszy jej myśl.

Ona tymczasem podeszła do Stefano.

– Chyba zacznę od ciebie – powiedziała, przysuwając swoją twarz do jego. – Znów jestem głodna. A ty jesteś taki słodki, Stefano. Zapomniałam już, jaki jesteś słodki.

Światło wpadające z góry tworzyło szary prostokąt na posadzce. Świtało. Katherine była już na zewnątrz, w tym świetle. Ale…

Wampirzyca uśmiechnęła się nagle, a w jej oczach zabłysły iskry.

– Wiem! Wypiję prawie całą twoją krew, a potem każę ci patrzeć, jak zabijam ją! Zostawię ci tyle siły, żebyś mógł zobaczyć, jak umiera, zanim sam zginiesz. Czy to nie jest dobry plan?

Radośnie klasnęła w dłonie i tanecznym krokiem odeszła w głąb komnaty.

Jeszcze jeden krok, pomyślała Elena. Patrzyła, jak Katherine zbliża się do słupa światła. Jeszcze jeden krok…

Zrobiła go.

– Tak, to jest to! – Zaczęła się obracać. – Świetny…

Teraz!

Wyszarpując obolałe ramię z więzów, Elena rzuciła się w jej stronę ze zwinnością polującego kota. Jeden rozpaczliwy atak. Jedna szansa.

Całym ciężarem ciała uderzyła w Katherine. Obie upadły na oświetloną część posadzki. Poczuła, jak głowa jej przeciwniczki uderza o kamień.

Poczuła też palący ból, jakby jej ciało zostało zanurzone w truciźnie. To było jak nagły atak głodu, ale silniejsze. Tysiąc razy silniejsze. Nie do zniesienia.

– Elena! – krzyknął Stefano i w myślach, i na głos.

Stefano, pomyślała. Czuła wzbierającą moc, gdy Katherine otrząsała się z zaskoczenia. Jej usta wykrzywiła wściekłość, obnażyła kły. Były tak długie, że wbiły się w dolną wargę. Zawyła.

Elena położyła dłoń na jej gardle. Palce zacisnęły się na chłodnym metalu naszyjnika. Z całej siły szarpnęła. Łańcuch puścił. Chciała utrzymać naszyjnik, ale jej palce nie były dość zręczne, uderzenie Katherine wytrąciło go z jej dłoni. Poleciał w ciemność.

– Elena! – zawołał znowu Stefano.

Poczuła, jakby jej ciało napełniało się światłem. Jakby było przezroczyste. Tyle że tym światłem był ból. Katherine z potwornym grymasem patrzyła prosto w górę, na zimowe niebo. Krzyczała teraz przenikliwie, coraz głośniej i głośniej.

Elena próbowała się podnieść, ale nie miała siły. Z twarzy Katherine buchnęły płomienie. Krzyk wpadł w crescendo. Jej włosy stanęły w ogniu, skóra sczerniała. Elena poczuła ogień pod sobą i nad sobą.

A potem poczuła, jak coś ją chwyta za ramiona i odciąga. Chłód cienia był jak lodowata woda. Coś ją odwróciło i objęło.

Zobaczyła ręce Stefano, zaczerwienione tam, gdzie sięgnęło światło słońca, i krwawiące z ran po linach, które zerwał. Zobaczyła jego twarz, bladą z przerażenia i rozpaczy. A potem obraz się zamazał i nie widziała już nic.

Meredith i Robert próbowali odepchnąć pyski, które wściekłe psy wpychały przez dziurę w drzwiach. Przerwali nagle zaskoczeni. Psy przestały warczeć i gryźć. Jeden z nich się przewrócił. Gdy Meredith odwróciła się w stronę drugiego, zobaczyła, że jego oczy są szkliste. Spojrzała na Roberta, który stał obok zdyszany.

W piwnicy nie było już słychać hałasów. Wokół panowała cisza.

Ale nie odważyli się odetchnąć z ulgą.

Szalone wrzaski Vickie nagle ucichły. Pies, który wbił zęby w udo Matta, zadrżał i zesztywniał. Z trudem łapiąc oddech,

Bonnie wyjrzała na zewnątrz. W świetle świtu zobaczyła ciała zwierząt.

Oboje z Mattem rozejrzeli się zdumieni.

W końcu przestał padać śnieg.

Elena powoli otworzyła oczy.

Wokół niej było cicho i spokojnie.

Krzyki na szczęście ustały, zniknął ból, który jej sprawiały. Znów miała wrażenie, jakby jej ciało wypełniało światło, ale tym razem nie sprawiało bólu. Miała wrażenie, że unosi się w powietrzu, wysoko i lekko, jakby w ogóle nie miała ciała.

Uśmiechnęła się.

Obrót głowy też nie sprawił jej bólu, ale wzmógł uczucie bezcielesności. W plamie bladego światła na podłodze zobaczyła tlące się resztki srebrnej sukni. Kłamstwo Katherine sprzed pięciuset lat stało się prawdą.

To był już koniec. Elena odwróciła wzrok. Nikomu nie życzyła teraz źle i nie chciała tracić czasu na myślenie o Katherine. Było tak wiele dużo ważniejszych spraw.

– Stefano – powiedziała i westchnęła, uśmiechając się. Czuła się bardzo dobrze, tak jak musi czuć się ptak. – Nie chciałam, żeby tak to się potoczyło – wyszeptała łagodnym i smutnym tonem.

Jego zielone oczy były wilgotne. Wypełniły się łzami, ale odwzajemnił jej uśmiech.

– Wiem. Wiem, Eleno.

Rozumiał. To dobrze, to było ważne. Łatwo było teraz dostrzec rzeczy naprawdę ważne. A zrozumienie Stefano liczyło się dla niej bardziej niż cokolwiek innego.

Wydawało jej się, że minęło dużo czasu, odkąd ostatnio naprawdę na niego patrzyła. Mogła teraz znów dostrzec, jaki jest piękny, z ciemnymi włosami i oczami zielonymi jak liście dębu. Widziała w jego oczach jego duszę. Było warto, pomyślała. Nie chciałam umierać, wciąż nie chcę. Ale zrobiłabym to wszystko jeszcze raz, gdybym musiała.

– Kocham cię, Stefano.

– Wiem – odpowiedział, ściskając jej dłoń.

Otoczyło ją dziwne światło. Ledwie czuła dotyk Stefano. Zdziwiło ją, że się nie boi. To dlatego, że Stefano był przy niej.

– Ludzie na balu, nic im nie będzie, prawda? – zapytała.

– Ocaliłaś ich.

– Nie zdążyłam się pożegnać z Bonnie i Meredith. Ani z ciocią Judith. Musisz im powiedzieć, że je kocham.

– Powiem.

– Możesz im to sama powiedzieć – wtrącił inny głos, słaby i ochrypnięty. Damon czołgał się w ich stronę po podłodze. Jego twarz spływała krwią, ale w ciemnych oczach płonął ogień. Wpatrywał się w Elenę. – Wytęż wolę, Eleno. Masz dość siły...

Uśmiechnęła się do niego z wahaniem. Znała prawdę. To, co się działo, było tylko dokończeniem tego, co zaczęło się dwa tygodnie temu. Miała trzynaście dni, żeby wszystko uporządkować, wyjaśnić sprawy z Mattem i pożegnać się z Margaret. Powiedzieć Stefano, że go kocha. Ale teraz jej czas minął.

Ale nie miało sensu ranić Damona. Jego również kochała.

– Spróbuję – obiecała.

– Zabierzemy cię do domu – powiedział.

– Ale jeszcze nie teraz – odpowiedziała łagodnie. – Poczekajmy jeszcze chwilę.

Spojrzała w jego oczy i zrozumiała, że on też wie.

– Nie boję się. No, może trochę. – Poczuła senność, jakby zasypiała w wygodnym łóżku. Rzeczywistość odpływała.

W klatce piersiowej pojawił się ból. Nie bała się, ale żałowała. Było tyle rzeczy, które miały ją ominąć, tyle rzeczy, których nie zdążyła zrobić.

– Och, jakie to dziwne.

Ściany krypty wyglądały, jakby się roztapiały. Były szare i zamglone. Było w nich coś, jakby drzwi, tak jak te do podziemnego pokoju. Tyle że za nimi było światło.

– Jakie to piękne – wyszeptała. – Stefano? Jestem bardzo zmęczona.

– Możesz teraz odpocząć.

– Nie zostawisz mnie?

– Nie.

– Więc się nie boję.

Coś błyszczało na twarzy Damona. Dotknęła jej. Poczuła wilgoć.

– Nie płacz – poprosiła ciepło. Poczuła jednak lekkie ukłucie żalu. Kto teraz zrozumie Damona? Kto spróbuje dostrzec, jaki jest naprawdę? Poczuła, jak wraca jej ułamek sił. – Musicie się o siebie troszczyć. Stefano, obiecujesz? Obiecujesz, że będziecie się opiekować sobą nawzajem?

– Obiecuję – przytaknął. – Eleno…

Powoli ogarniał ją sen.

– To dobrze. To dobrze, Stefano.

Drzwi były teraz bliżej, tak blisko, że mogła ich dotknąć. Zastanawiała się, czy jej rodzice są gdzieś tam.

– Czas wrócić do domu – wyszeptała.

A potem cienie zniknęły i wokół niej było już tylko światło.

Stefano trzymał ją, aż zamknęła oczy. A potem wciąż ją trzymał, a łzy, które dotąd powstrzymywał, płynęły po jego policzkach. To był inny ból niż wtedy, gdy wyciągał ją z rzeki. Nie było w nim gniewu ani nienawiści, ale miłość, która wydawała się wieczna.

Bolało nawet bardziej.

Spojrzał w stronę światła, padającego na posadzkę tylko krok albo dwa od niego. Elena odeszła w światło. Zostawiła go samego.

Nie na długo, pomyślał.

Jego pierścień leżał niedaleko. Nie spojrzał nawet na niego. Wstał, wpatrując się w snop słonecznego światła.

Jakaś dłoń złapała go za ramię i pociągnęła do tyłu.

Spojrzał w twarz swojego brata.

Oczy Damona były ciemne jak północ. Trzymał w dłoni pierścień Stefano. Wepchnął mu go na palec i dopiero wtedy go puścił.

– Teraz – oznajmił, osuwając się z powrotem na podłogę – możesz iść, dokąd chcesz. – Podniósł pierścień, który Stefano podarował Elenie. – To też jest twoje. Weź to. Weź to i idź. – Odwrócił wzrok.

Stefano przez długą chwilę patrzył na kawałek złota w jego dłoni.

Potem wziął go i spojrzał znowu na Damona. Jego brat miał zamknięte oczy, oddychał z trudem. Wyglądał na wycieńczonego ze zmęczenia i bólu.

A Stefano obiecał coś Elenie.

– Chodź – powiedział cicho, wkładając pierścień do kieszeni. – Chodźmy gdzieś, gdzie będziesz mógł odpocząć.

Objął brata ramieniem, żeby pomóc mu wstać. Uścisnął go mocno.

ROZDZIAŁ 16

16 grudnia, poniedziałek

Stefano dał mi ten pamiętnik. Dał mi większość rzeczy, które miał w pokoju. Na początku powiedziałam, że go nie chcę, bo nie wiedziałam, co z tym zrobić. Ale chyba mam jednak pomysł.

Ludzie już zaczynają zapominać. Mylą fakty i opowiadają rzeczy, które nigdy się nie zdarzyły. I zmyślają wyjaśnienia. Dlaczego to wcale nie było nadnaturalne; jakie jest racjonalne wytłumaczenie. To głupie, ale nie da się ich powstrzymać, zwłaszcza dorosłych.

Oni są najgorsi. Mówią, że psy miały wściekliznę czy coś takiego. Weterynarz wymyślił na to jakąś głupią nazwę, to ma być przenoszone przez nietoperze. Meredith mówi, że to ironiczne. Ja myślę, że to po prostu głupie.

Uczniowie są trochę lepsi, przynajmniej ci, którzy byli na balu. Na niektórych z nich chyba możemy naprawdę polegać, na przykład na Sue Carson czy Vickie. Vickie tak bardzo zmieniła się przez ostatnie dwa dni, że to prawie cud. Nie zachowuje się tak jak przez ostatnie dwa i pół miesiąca, ale też nie tak jak wcześniej. Była taką lalunią zadającą się z łobuzami. Ale zmieniła się na lepsze.

Dzisiaj nawet Caroline się starała. Nie przemawiała podczas poprzedniego pogrzebu, ale zrobiła to teraz. Powiedziała, że to Elena była prawdziwą Królową Śniegu. Trochę odgapiła to z mowy Sue z tamtego razu, ale to i tak dużo jak na nią. To naprawdę miły gest.

Elena wyglądała tak spokojnie. Nie jak woskowa lalka, ale jakby spała. Wiem, że wszyscy tak mówią, ale to prawda. Tym razem to rzeczywiście prawda.

Ale potem ludzie mówili o tym, jak „cudem uniknęła utonięcia" i tak dalej. Twierdzą, że zmarła na embolię czy coś. To zupełnie absurdalne. Ale stąd mój pomysł.

Wydobędę spod szafy jej drugi pamiętnik. A potem poproszę panią Grimesby, żeby umieściła oba w bibliotece, nie tak jak w przypadku Honorii Fell, ale tak, żeby ludzie mogli je czytać. Bo w nich jest prawda. Tam jest opowiedziane wszystko tak, jak było. I nie chcę, żeby ktokolwiek o tym zapomniał.

Może przynajmniej nasi koledzy zapamiętają.

Chyba powinnam napisać, co stało się z innymi; Elena by tego chciała. Ciocia Judith ma się dobrze, chociaż jest jedną z tych dorosłych, którzy nie radzą sobie z prawdziwą historią. Potrzebuje racjonalnego wyjaśnienia. Na Gwiazdkę pobiorą się z Robertem. To powinno być dobre dla Margaret.

Margaret ma dobre podejście. Powiedziała mi na pogrzebie, że zobaczy się kiedyś z Eleną i rodzicami, ale nie teraz, bo ma jeszcze dużo rzeczy do zrobienia.

Nie wiem, skąd jej to przyszło do głowy. Bystra jest jak na czterolatkę.

Z Alarikiem i Meredith też wszystko w porządku, oczywiście. Kiedy zobaczyli się tego strasznego ranka, kiedy wszystko się uspokoiło i sprzątaliśmy, praktycznie wpadli sobie w ramiona. Myślę, że coś jest między nimi. Meredith mówi, że będzie się nad tym zastanawiać, jak będzie pełnoletnia i skończy szkołę.

Typowe, absolutnie typowe. Wszyscy znajdują sobie facetów. Może powinnam spróbować jednego z rytuałów mojej babci, żeby dowiedzieć się, czy kiedykolwiek wyjdę za mąż. Tu nawet nie ma za kogo.

No, jest Matt. Matt jest miły, ale w tej chwili myśli tylko o jednej dziewczynie. Nie wiem, czy to się kiedyś zmieni.

Uderzył Tylera dzisiaj po pogrzebie, bo tamten powiedział o niej coś nieprzyzwoitego. Tyler nigdy się nie zmieni, to wiem na pewno. Choćby nie wiem co, zawsze będzie tym samym odpychającym kretynem.

Ale Matt, cóż, oczy Matta są okropnie niebieskie. I ma świetny prawy sierpowy.

Stefano nie mógł uderzyć Tylera, bo go tam nie było. Wciąż mnóstwo ludzi w mieście myśli, że to on zabił Elenę. To na pewno on, mówią, bo nikogo innego tam nie było. Prochy Katherine były rozrzucone po całej komnacie, kiedy przybyła tam grupa ratunkowa. Stefano mówi, że spłonęła w taki sposób, bo była bardzo stara. Mówi, że powinien był się zorientować za pierwszym razem, kiedy upozorowała swoją śmierć, że młody wampir nie odwróciłby się w proch w ten sposób. Umarłaby po prostu jak Elena. Tylko stare się rozsypują.

Niektórzy – zwłaszcza pan Smallwood i jego kumple – pewnie winiliby Damona, gdyby tylko wpadł im w ręce. Ale jego nie było w krypcie, gdy tam dotarli. Stefano pomógł mu się wydostać. Nie wiem, gdzie jest, ale pewnie gdzieś w lesie. Wampiry muszą szybko zdrowieć, bo dzisiaj, kiedy rozmawiałam ze Stefano po pogrzebie, powiedział, że Damon odjechał. Nie był z tego zadowolony, zdaje się, że Damon go nie uprzedził. Co teraz robi? Poluje na niewinne dziewczyny? Czy się zmienił? Nie mam pojęcia, nie odważyłabym się obstawiać. Damon był dziwny.

Ale piękny, absolutnie piękny.

Stefano nie powiedział, dokąd sam się uda. Ale podejrzewam, że Damona może spotkać niespodzianka, gdy się obejrzy. Wygląda na to, że Elena zmusiła Stefano do obietnicy, że będzie nad nim czuwał. A Stefano traktuje obietnice bardzo, bardzo poważnie.

Życzę mu powodzenia. Ale będzie robił to, co Elena chciała, żeby robił. Myślę, że to sprawi, że będzie szczęśliwy. Na tyle, na ile może być szczęśliwy bez niej. Nosi teraz jej pierścień na łańcuszku na szyi.

Jeżeli coś z tego wszystkiego wydaje się wam nieważne albo brzmi, jakbym nie tęskniła za Eleną, to bardzo się mylicie. Niech nikt nie waży się tak myśleć. Meredith i ja płakałyśmy cały dzień w sobotę i przez większość niedzieli. A ja byłam tak zła, że chciałam niszczyć wszystko wokół siebie. Wciąż myślałam: Dlaczego Elena? Dlaczego? Przecież było tylu ludzi, którzy mogli zginąć tamtej nocy. Z całego miasta zginęła tylko ona.

Oczywiście, zrobiła to, żeby ich ocalić, ale dlaczego tak musiało być? To nie fair.

Znów zaczynam płakać. Tak to jest, kiedy myślisz, że życie jest fair. I nie potrafię wyjaśnić, dlaczego takie nie jest. Chciałabym walić w grób Honorii Fell i pytać, czy ona potrafi to wytłumaczyć, ale nie powiedziałaby mi. Nie sądzę, żeby ktokolwiek to wiedział.

Bardzo kochałam Elenę. I będzie mi jej strasznie brakowało. Całej szkole będzie jej brakowało. To jakby światło nagle zgasło. Robert mówi, że po łacinie jej imię znaczy światło.

Zawsze już pozostanie we mnie jakaś część, z której odeszło życie.

Żałuję, że nie mogłam się z nią pożegnać, ale Stefano mówi, że kazała mi powiedzieć, że mnie kocha. Spróbuję myśleć o tym jak o świetle, które zabiorę ze sobą.

Kończę już pisać. Stefano wyjeżdża, a Matt, Meredith, Alaric i ja idziemy go odprowadzić. Nie chciałam się tak rozpisywać; sama nigdy nie prowadziłam pamiętnika. Ale chcę, żeby ludzie poznali prawdę o Elenie. Nie była święta. Nie była zawsze słodka i dobra, szczera i sympatyczna. Ale była silna i lojalna, kochała swoich przyjaciół i w końcu zrobiła najmniej samolubną rzecz, jaką można zrobić. Meredith mówi, że wybrała światło zamiast ciemności. Chcę, żeby ludzie o tym wiedzieli i zawsze pamiętali.

Ja będę pamiętać.

Bonnie McCullough
16.12.1991

Już wkrótce dowiesz się,
jak to wszystko się zaczęło...

Pamiętniki Wampirów
Pamiętnik Stefano

Początek

Pamiętnik Stefano przeniesie cię o sto lat
wcześniej i odkryje początek historii
dwóch nienawidzących się braci wampirów
zakochanych w tej samej dziewczynie

Przeczytaj fragment ⟹

Prolog

Nazywają to godziną czarownic, ten moment w środku nocy, kiedy wszyscy ludzie śpią, a nocne stworzenia mogą usłyszeć ich oddech, poczuć zapach ich krwi, patrzeć, jak płyną ich sny. To ta chwila, kiedy świat należy do nas, kiedy możemy polować, zabijać, chronić.

To moment, kiedy najbardziej pragnę się pożywić. Muszę się jednak powstrzymywać. Bo powstrzymując się i polując wyłącznie na zwierzęta, których krwi nigdy nie burzy pożądanie, których serca nigdy nie biją żywiej radością, których pragnienia nie sprowadzają snów, mogę kontrolować własne przeznaczenie. Mogę się nie poddawać mrocznej stronie. Mogę zapanować nad własną Mocą.

I właśnie dlatego w taką noc, kiedy czuję wszędzie wkoło siebie zapach krwi, kiedy wiem, że w mgnieniu oka mógłbym się połączyć z Mocą, której tak długo się opieram, i której będę się opierał wiecznie, czuję potrzebę pisania. Spisując własne dzieje, widząc, jak kolejne sceny i lata łączą się ze sobą nawzajem niczym ogniwa niekończącego się łańcucha, pamiętam, kim byłem jeszcze jako człowiek, kiedy jedyna krew, jaka szumiała mi w uszach i przyspieszała bicie serca, była moją własną krwią...

Rozdział 1

Dzień, w którym moje życie się odmieniło, zaczął się jak każdy inny zwykły dzień. Był gorący sierpień 1864 roku, a pogoda była tak upalna, że nawet muchy przestały brzęczeć wokół stodół. Dzieci służby, które zwykle bawiły się w jakieś szalone gry i z wrzaskiem wykonywały swoje liczne obowiązki, umilkły. Powietrze zastygło w bezruchu, jakby wstrzymywało oddech przed długo oczekiwaną burzą. Planowałem po południu pojechać na mojej klaczy, Mezanotte, do chłodnego lasu na skraju posiadłości Veritas, mojego rodzinnego domu. Do torby na ramię wsunąłem książkę i chciałem po prostu uciec.

Robiłem to przez większość tego lata. Miałem siedemnaście lat i byłem pełen niepokoju, nie czując się ani gotowy, żeby dołączyć do mojego brata na wojnie, ani żeby pozwolić ojcu uczyć mnie, jak zarządzać majątkiem. Codziennie po południu ogarniała mnie ta sama nadzieja; że kilka godzin samotności pozwoli mi odkryć, kim jestem i kim chciałbym zostać. Naukę w Męskiej Akademii zakończyłem ostatniej wiosny i ojciec polecił mi wstrzymać się z zapisaniem na uniwersytet stanu Wirginia do chwili, kiedy wojna się skończy. Od tamtej pory trwałem w dziwnym zawieszeniu. Już nie byłem chłopcem, jeszcze nie byłem mężczyzną i kompletnie nie wiedziałem, co mam ze sobą począć.

Najgorsze było to, że nie miałem z kim porozmawiać. Damon, mój brat, był z armią generała Grooma gdzieś w Atlancie, moi przyjaciele z chłopięcych lat w większości albo mieli niebawem się zaręczyć, albo sami walczyli gdzieś na odległych polach bitew, a ojciec wiecznie przesiadywał w swoim gabinecie.

– Goręc dziś będzie! – wrzasnął w moją stronę nasz nadzorca Robert od strony stodoły, gdzie obserwował dwóch stajennych usiłujących spętać jednego z naszych koni, którego ojciec kupił na aukcji w zeszłym.tygodniu.

– Tak – mruknąłem. To był kolejny problem: chociaż chciałem mieć z kim porozmawiać, nigdy nie bywałem zadowolony, kiedy trafiał mi się partner do rozmowy. Desperacko pragnąłem poznać kogoś, kto potrafiłby mnie zrozumieć, z kim mógłbym dyskutować o książkach i o życiu, a nie tylko o pogodzie. Robert, osobnik całkiem sympatyczny, stał się jednym z najbardziej zaufanych doradców ojca, ale był taki głośny i krzykliwy, że wystarczyło dziesięć minut rozmowy z nim, żeby ogarnęło mnie zmęczenie.

– Słyszał pan nowiny? – spytał Robert, zostawiając konia i ruszając w moją stronę.

Jęknąłem w duchu i pokręciłem głową.

– Nie czytałem gazet. Co znowu zrobił generał Groom? – spytałem, chociaż rozmowa o wojnie zawsze mnie przygnębiała.

Robert osłonił oczy przed słońcem i pokręcił głową.

– Nie, nie chodzi o wojnę. O te ataki na zwierzęta. Ludzie u Griffinów stracili już pięć kurcząt. Wszystkie miały rozerwane gardła.

Przystanąłem w pół kroku, czując że włoski na karku zaczynają mi stawać dęba. Przez całe lato z okolicznych plantacji dochodziły pogłoski o zabitych zwierzętach. Zwykle chodziło o drobną zwierzynę, przede wszystkim kurczęta i gęsi, ale w ciągu ostatnich paru tygodni ktoś – być może sam Robert po czterech czy pięciu szklaneczkach whisky – zaczął rozpuszczać plotkę, że te ataki to robota demonów. Nie wierzyłem w to, ale było to jeszcze jedno przypomnienie, że świat nie jest już tym samym światem, w którym dorastałem. Wszystko się zmieniało, czy mi się to podobało, czy nie.

– Mógł je zabić jakiś zbłąkany pies – powiedziałem do Roberta, machając dłonią ze zniecierpliwieniem. Powtórzyłem słowa, które ojciec wypowiedział do niego w zeszłym tygodniu. Zerwał się lekki wietrzyk, a konie zaczęły nieco nerwowo przebierać kopytami.

– No cóż, ja mam tylko nadzieję, że żaden z tych zbłąkanych psów nie znajdzie pana w czasie codziennej samotnej przejażdżki. – Po tych słowach Robert ruszył w stronę pastwiska.

Wszedłem do wnętrza ciemnej, chłodnej stajni. Spokojny rytm oddechów i parskania koni natychmiast pozwolił mi się odprężyć. Zdjąłem ze ściany zgrzebło Mezanotte i zacząłem czesać jej gładką, karą sierść. Zarżała z radości.

I w tej samej chwili drzwi stajni otworzyły się ze skrzypieniem, a do środka wszedł ojciec. Wysoki, nosił się zawsze z taką godnością i siłą, że z łatwością zastraszał tych, którzy ośmielali się stanąć mu na drodze. Jego twarz poorana była zmarszczkami, które tylko dodawały mu powagi. Mimo upału miał na sobie odświętny poranny strój.

– Stefano? – zawołał ojciec, rozglądając się po boksach dla koni. Chociaż mieszkał w Veritas od lat, był w stajni chyba ledwie parę razy. Wolał, żeby konie siodłano i podprowadzano mu pod same drzwi.

Wyślizgnąłem się z boksu Mezzanotte.

Ojciec skierował się na tyły stajni. Spojrzał na mnie przelotnie, a ja nagle zawstydziłem się, że widzi mnie spoconego i rozchełstanego.

– Nie bez powodu zatrudniamy stajennych, chłopcze.

– Wiem – odparłem, czując się tak, jakbym go jakoś zawiódł.

– Jest czas i miejsce na zabawę z końmi. Ale przychodzi też w życiu chłopca czas, żeby przestać się bawić i zostać mężczyzną. – Ojciec mocno klepnął Mezanotte w zad. Parsknęła i cofnęła się o krok.

Zacisnąłem zęby i czekałem, aż zacznie mi opowiadać, że w moim wieku przyjechał do Wirginii z Włoch, mając wyłącznie ubranie na grzbiecie. Z jakim trudem się targował, żeby nabyć maleńki jednoakrowy spłachetek ziemi, który teraz rozrósł się do dwustu akrów posiadłości Veritas. Że nazwał ją tak dlatego, że Veritas to po łacinie „prawda", a on nauczył się, że póki człowiek poszukuje prawdy i walczy z oszustwem, póty nie potrzeba mu w życiu niczego innego...

Ojciec oparł się o drzwi boksu.

– Rosalyn Cartwright właśnie obchodziła szesnaste urodziny. Rozgląda się za mężem.

– Rosalyn Cartwright? – powtórzyłem.

Kiedy mieliśmy po dwanaście lat, Rosalyn wyjechała do szkoły dla dorastających dziewcząt gdzieś pod Richmond i nie widziałem jej od wieków. Była cichą myszką o brunatnych oczach i włosach i w każdym moim wspomnieniu miała na sobie jakąś burą sukienkę. Nigdy nie promieniowała radością i nie śmiała się jak Clementine Haverford, nie była zadziorną flirciarą jak Amelia Hawke ani bystrą psotnicą jak Sarah Brennan. Była po prostu w cieniu, zawsze obecna gdzieś w tle wspomnień naszych dziecięcych przygód, ale nigdy niewybijająca się na pierwszy plan.

– Tak, Rosalyn Cartwright. – Ojciec obdarzył mnie jednym ze swoich rzadkich uśmiechów, przy którym kąciki jego ust unosiły się tak nieznacznie, że można było pomyśleć, iż to jakiś szyderczy grymas, gdyby nie znało się go lepiej. – Rozmawiałem z jej ojcem i zdaje się nam, że stworzycie idealne małżeństwo. Zawsze bardzo cię lubiła, Stefano.

– Nie wiem, czy Rosalyn Cartwright i ja stanowimy dobraną parę – wykrztusiłem, czując że chłodne ściany stajni zamykają się wkoło mnie. No jasne, że ojciec rozmawiał z panem Cartwrightem. Pan Cartwright był właścicielem banku w miasteczku; gdybyśmy stali się rodziną, łatwo byłoby ojcu jeszcze powiększyć posiadłość Veritas. Skoro więc porozmawiali, decyzja właściwie już zapadła. Rosalyn i ja zostaniemy małżeństwem.

No jakże, nie wiesz? Ojciec zaśmiał się, klepiąc mnie po plecach. Był w zadziwiająco dobrym humorze. Mój humor jednak pogarszał się z każdym jego słowem. Mocno zacisnąłem powieki, miałem nadzieję, że to tylko zły sen. – Żaden chłopak w twoim wieku nie wie, co dla niego dobre. Właśnie dlatego musisz mi zaufać. W przyszłym tygodniu wydam kolację na cześć was dwojga. Ty tymczasem złóż Rosalyn wizytę. Poznaj ją trochę. Powiedz parę komplementów. Pozwól jej się w sobie zakochać – zakończył ojciec i wcisnął mi do ręki jakieś pudełeczko.

A co ze mną? Co, jeśli ja nie chcę, żeby ona się we mnie zakochiwała? Chciałem to powiedzieć, ale nie powiedziałem. Zamiast tego wcisnąłem pudełeczko do tylnej kieszeni spodni, nawet nie zerkając na jego zawartość, a potem znów zająłem się Mezzanotte, czyszcząc ją tak energicznie, że parsknęła i zaczęła się cofać z oburzeniem…

– Cieszę się, że odbyliśmy tę rozmowę, synu – dodał ojciec. Czekałem, czy zauważy, że powiedziałem zaledwie kilka słów, czy zda sobie sprawę, że to absurd prosić mnie, żebym się ożenił z dziewczyną, z którą od lat nie zamieniłem ani słowa.

Ciąg dalszy nastąpi...

BC	6/16